HEYNE <

*Das Buch*

Blau und wunderschön leuchtet die Erde inmitten der Schwärze des Weltalls, doch sie ist inzwischen unbewohnt. Von den Umwelteskapaden der Menschen zerstört, ist der Planet zu einer tödlichen Welt geworden. Die Überlebenden der globalen Katastrophe umkreisen in einer alten Raumstation ihre frühere Heimat – Enge, Schmutz und Ausweglosigkeit gehören zum Alltag der Bewohner. Außenerde, so der Name der Station, kreist in fast 500 Kilometern Höhe über dem blauen Planeten, und ihre eine Million Bewohner sind alles, was von der Menschheit übrig geblieben ist. Eine von ihnen ist die zwanzigjährige Riley Hale. Sie arbeitet als Tracer, als Kurier, die Pakete und Sendungen durch die von rivalisierenden Banden regierten Gänge der Raumstation bringt, und sie ist die beste ihres Fachs. Rileys eiserne Regel lautet, niemals die Pakete zu öffnen, die sie transportiert – bis sie eines Tages gezwungen ist, sich den Inhalt einer Sendung anzuschauen. Was sie sieht, verändert nicht nur ihr Leben, sondern das aller Menschen auf Außenerde. Denn es gibt offenbar einen Serienkiller, der auf der Station sein Unwesen treibt, und dieser Mann verfolgt einen wahnsinnigen Plan. Wenn Riley und ihre Verbündeten ihn nicht aufhalten können, werden die letzten Menschen des Universums sterben. Ein unbarmherziger Wettlauf gegen die Zeit beginnt …

*Der Autor*

Rob Boffard wurde in Johannesburg, Südafrika, geboren und verbringt seine Zeit als Autor zwischen London, Vancouver und Johannesburg. Als Journalist hat er in mehr als zwölf Ländern Artikel geschrieben, unter anderem für *The Guardian* und *Wired*. *Tracer* ist sein erster Roman.

ROB BOFFARD

# TRACER

Roman

WILHELM HEYNE VERLAG
MÜNCHEN

Titel der englischen Originalausgabe
TRACER
Deutsche Übersetzung von Bernhard Kempen

FSC
www.fsc.org
MIX
Papier aus verantwortungsvollen Quellen
FSC® C014496

Verlagsgruppe Random House FSC®N001967

Deutsche Erstausgabe 06/2016
Redaktion: Rainer Michael Rahn

Printed in Germany
Umschlaggestaltung: Das Illustrat, München, unter Verwendung
eines Motivs von ZargonDesign / iStockphoto
Satz: Christine Roithner Verlagsservice, Breitenaich
Druck und Bindung: GGP Media GmbH, Pößneck

ISBN 978-3-453-31734-5

www.diezukunft.de

*Für M.O.R.*

# Sieben Jahre zuvor

Das Schiff bricht Stück für Stück auseinander.

Der Rumpf verbiegt sich knirschend, als würde er versuchen, sich von der Hitze des Wiedereintritts loszureißen. Die äußeren Schichten lösen sich, die Trümmer wirbeln an den Sichtluken des Cockpits vorbei, schwarze Streifen vor einem mattroten Glühen.

Singh, die erste Offizierin des Schiffs, zerrt an ihren Sitzgurten, als könnte sie sich auf diese Weise retten. Sie brüllt den Kapitän an, der neben ihr sitzt, aber er beachtet sie nicht. Das Flugdeck unter ihnen ist ein Meer aus blitzendem Rot; die Besatzung wird auf den Sitzen herumgeschleudert, auf der Suche nach etwas, *irgendetwas*, das sie einsetzen kann.

Sie haben Checklisten für solche Situationen. Aber es gibt keine Checkliste für den Fall, dass ein Schiff bäuchlings durch die Erdatmosphäre stürzt, wobei es den Luftwiderstand maximiert, und dann durch eine Explosion tief in den Eingeweiden des Maschinenraums herumgeworfen wird, um zunächst zu rotieren und dann in einen kreischenden Sturzflug überzugehen. Jetzt schießt es wie ein Speer durch die Atmosphäre, während die Reibung es in Stücke reißt.

Die Stimme des Kapitäns bleibt völlig ruhig. »Wir müssen das Heckmodul abstoßen«, sagt er.

Singh reißt die Augen auf. »Kapitän …«

Er ignoriert sie, legt die Hand an den Kommunikator in seinem Ohr. »Offizier Yamamoto«, sagt er, spricht es so deutlich wie möglich aus. »Stoßen Sie das Heckmodul ab.«

Koji Yamamoto starrt mit großen Augen zu ihm herauf, den Mund leicht geöffnet. Er ist das jüngste Besatzungsmitglied, kaum achtzehn Jahre alt. Der Kapitän muss seinen Namen wiederholen, bevor er sich umdreht und auf die Touchscreens einschlägt.

Der bislang lauteste Knall lässt das Schiff erzittern, als fast das gesamte hintere Drittel abgesprengt wird. Jetzt überschlägt sich das Schiff, und die Bewegung drückt die Besatzung wieder in die Sitze. Der Magen des Kapitäns fühlt sich an, als hätte er sich losgerissen und selbstständig gemacht. Er wartet, dass das Trudeln nachlässt, dass sich das Schiff wieder stabilisiert. Drei Sekunden. Fünf.

Er sieht das Gesicht seiner Frau, seiner Tochter. *Nein, denk nicht an sie. Denk an das Schiff.*

»Die Steuerungssysteme sind ausgefallen«, ruft McCallister mit verzerrter Stimme über das Kom. »Der Reaktorkern ist tot. Ich kann nichts mehr machen.«

»Zentrale hat Ihren Notruf gehört«, sagt Dominguez. »Sie …«

McCallisters Sicherheitsgurte reißen. Sie wird aus dem Sitz geschleudert, knallt gegen die Kontrollkonsole, hinterlässt einen dunkelroten Blutspritzer auf einem Bildschirm. Yamamoto greift nach ihr, vergisst, dass er noch angeschnallt ist. Singh schreit.

»Dominguez«, sagt der Kapitän. »Stellen Sie mich durch.«

Dominguez wendet den Blick von der verletzten McCallister ab. Eine Sekunde später fliegen seine Hände über die Kontrollen. Statisches Rauschen erfüllt die Kom-Einheit des Kapitäns, gefolgt von zwei schnellen Piepsern.

Er hält sich nicht mit dem Kommunikationsprotokoll auf. »Das Schiff befindet sich auf Kollisionskurs. Wir werden bruchlanden. Wenn wir …«

»John.«

Foster muss sich nicht identifizieren. Nach etlichen Besprechungen, Planungssitzungen und leisen Gesprächen in der Pilotenbar hat sich seine Stimme dem Gedächtnis des Kapitäns eingeprägt.

Der Kapitän weiß nicht, ob die übrigen Mitglieder der Flugüberwachung mithören, und es ist ihm auch egal. »Marshall«, sagt er. »Ich glaube, ich kann das Schiff runterbringen. Wir werden unser Notsignal aktivieren. Wartet ab, bis ihr uns erreichen könnt.«

»Es tut mir leid, John. Ich kann nichts tun.«

»Wovon redest du?«

Es gibt einen weiteren Knall und ein Dröhnen, als wäre das Schiff zwischen den Kiefern einer riesigen Bestie gefangen. Der Kapitän dreht sich zu Singh um, aber sie ist nicht mehr da. Genauso wie eine Seite des Schiffs. Dort klafft jetzt nur noch ein Loch mit gezackten Rändern aus zerrissenem Metall und flatternden Kabeln. Das schreckliche rote Leuchten dringt durch das Loch herein, streckt die Finger nach ihm aus, und er spürt, wie die Hitze auf seiner Haut brennt.

»Marshall, hör mir zu«, sagt der Kapitän, aber auch Marshall ist nicht mehr da. Der Kapitän kann den Himmel außerhalb des Schiffs sehen, außerhalb der Flammen. Er ist blau und klarer, als er es sich jemals vorstellen konnte.

Er verdunkelt sich zu Schwarz, wo er die obere Atmosphäre erreicht, und im Weltraum dahinter funkeln einzelne Sterne.

Einer dieser Sterne ist Außenerde.

*Vielleicht kann ich sie finden, wenn ich genau hinschaue,* denkt der Kapitän. Er verspürt Wut und Fassungslosigkeit über Marshalls Worte, aber er will sich nicht davon entmutigen lassen. Er sagt sich, dass Außenerde Hilfe schicken wird. Sie müssen es tun. Er versucht sich die Gesichter seiner Familie vorzustellen, sie in den Vordergrund seines Bewusstseins zu rücken, aber das Dröhnen und die Hitze sind überall, und er kann nicht mehr …

# 1 | Riley

Mein Name ist Riley Hale, und wenn ich renne, verschwindet die Welt.

Stampfende Beine. Pochendes Herz. Stahlplatten, die unter meinen Füßen donnern, während ich renne, hoch oben auf Ebene 6. Ich halte mein Bewegungsmoment, während ich durch die verdunkelten Korridore laufe. Ich konzentriere mich auf den nächsten Schritt, auf das Ein-und-Aus, das Stoßen-und-Ziehen meiner Atemzüge. Ausschreiten, auftreten, abfedern, abspringen, wiederholen. Die Station ist ein dichtes Gewirr aus Zwischendecks und Luftschächten um mich herum, jede Metalloberfläche mit uralten Graffiti übersät.

»Sie ist da drüben!«

Der Ruf kommt von einer Stelle hinter mir, am anderen Ende des Korridors. Die hastigen Schritte, die darauf folgen, hallen von den Wänden wider. Ich dachte, ich hätte diese Idioten bereits an der Grenze des Sektors abgeschüttelt, doch nun muss ich ihnen noch einmal davonlaufen. Ich hatte mich im Rhythmus meiner Schritte verloren, was gefährlich ist, wenn jemand versucht, einem das Transportgut zu stehlen. Ich weigere mich, meinen Atem mit einem Fluch zu vergeuden, aber ein ausgestoßenes Schnaufen verwandelt sich in ein frustriertes Knurren.

Die Lieren sind vielleicht nicht so schnell wie ich, aber offensichtlich geben sie nicht so leicht auf.

Ich wechsle vom Trab in den Sprint, und mein Rucksack hämmert gegen meine Wirbelsäule, als ich sogar noch schneller mit den Armen pumpe. Eine winzige Schweißperle streift mein Auge, zischend und brennend. Ich achte nicht darauf. Kein Tracer aus meinem Team hat jemals sein Transportgut verloren, und ich werde nicht die Erste sein, die versagt.

Ich biege um die Ecke – und wäre fast in eine Menschenansammlung gekracht. Es sind fünf, die durch den Korridor schlendern und sich miteinander unterhalten. Aber ich reagiere bereits, stoße mich mit dem rechten Fuß ab, springe in Richtung Wand. Ich hebe den anderen Fuß, drücke die Sohle gegen das Metall und ziehe mein linkes Knie bis zur Brust hoch. Das Bewegungsmoment treibt mich weiter, auch während ich mich abstoße und mit einem kleinen Schrei ausatme. Dann zwänge ich mich durch die Lücke zwischen den Leuten und der Wand. Mein linker Fuß landet auf dem Boden, und im nächsten Augenblick bin ich wieder in Bewegung. In vollem Schwung. Ein perfekter Tic Tac.

Die Lieren sind dicht hinter mir, stoßen mit der Gruppe zusammen, werfen die Leute in einem Durcheinander aus verwirrten Rufen um. Aber ich habe jetzt wieder einen Vorsprung. Ihre Schreie verhallen in der Ferne.

Man hat nicht allzu viel Bewegungsspielraum zwischen den Sektoren, ohne den Gangs etwas bezahlen zu müssen. Es sei denn, man weiß, wo und wie man durchkommt. Tracer wissen es. Und deshalb gibt es uns. Wenn jemand etwas an jemanden liefern will, oder wenn jemand ein kleines Paket hat, von dem er nicht möchte, dass die Gangs davon erfahren, kommt er zu uns. Wir liefern es aus – gegen Bezahlung, versteht sich –, und wenn man damit zu meinem Team kommt, den Teufelstänzern, liefern wir es *schnell* aus.

Der Korridorausgang ragt vor mir auf, und dann bin ich draußen auf der Galerie. Nach den Korridoren blenden mich die großen Lampen, die den riesigen offenen Raum beleuchten. Aus dem Korridor wird ein Laufsteg mit verrostetem Metallgeländer, und meine Schritte verhallen, verlieren sich im offenen Raum.

Kurz kommt das Diagramm an der gegenüberliegenden Wand in mein Blickfeld. Hundert Jahre, nachdem es aufgemalt wurde, ist es immer noch lesbar. Ein Plan der Station. Im Zentrum der Kern, eine riesige Kugel mit dem Hauptfusionsreaktor. Davon gehen zu beiden Seiten zwei Speichen aus, die mit einem gewaltigen Ring verbunden sind, dem Hauptteil der Station. Und darunter, nach über einem Jahrhundert fast völlig verblasst: *Außenerde, Orbitales Konservationsmodul, erbaut AD 2234.*

Vor mir kommen weitere Menschen durch den Eingang am anderen Ende auf den Laufsteg. Eine dicht gedrängte Gruppe von Mädchen, die sich laut unterhalten. Ich zähle zehn, fünfzehn – *nein*. Sie haben mich nicht gesehen. Ich steuere mit vollem Tempo genau auf sie zu.

Ohne langsamer zu werden, packe ich das rechte Geländer des Laufstegs und katapultiere mich hinauf und hinüber in den Raum.

Eine Sekunde lang ist nichts zu hören außer der Luft, die an mir vorbeirauscht. Die Gespräche der Mädchen werden leiser, als hätte jemand einen Lautstärkeregler heruntergedreht. Ich kann bis zum Boden der Galerie hinunterblicken, dreißig Meter unter mir, picke mir Einzelheiten heraus, die ich kurz in den Lücken des Netzes der sich kreuzenden Laufstege sehe.

Der Boden ist ein Durcheinander aus kaputten Bänken und kreisrunden Blumenbeeten, in denen nichts wächst. Dort sind zwei kleine Mädchen, die vor und zurück über eine Linie springen, die sie auf den Boden gemalt haben. Eine trägt einen ausgebleichten Kittel. Ich kann gerade noch das Wort *Astro* auf dem Rücken erkennen. Eine Lampe über ihnen flackert, und ihre Schatten blitzen immer wieder auf der Wand hinter ihnen auf, über die Metallplatten tanzend. Mein eigener Schatten breitet sich vor mir aus, zerteilt durch die Laufstege, ein schwarzer Umriss, von verrosteten Geländern gebrochen. Auf einem Laufsteg weiter unter streiten sich zwei Männer, schubsen sich gegenseitig. Einer boxt den anderen, worauf sein Opfer zurückweicht und die Gruppe, die die beiden umringt, idiotische Drohungen schreit.

Ich bin vom Laufsteg gesprungen, ohne mir Gedanken über meinen Landeplatz zu machen. Ich will gar nicht daran denken, was Amira tun würde, wenn sie davon erfährt. Wahrscheinlich explodieren. Denn falls sich unter mir jemand befindet, den ich von oben treffe, erwartet mich nicht nur ein gebrochener Fußknöchel.

Die Zeit scheint erstarrt zu sein. Mein Blick geht zum Laufsteg auf Ebene 5, der auf mich zurast.

Er ist leer. Niemand in Sicht, auch nicht ein Stück weiter. Ich ziehe die Beine an, hebe die Arme und mache mich auf die Landung gefasst.

Kontakt. Ich höre wieder etwas, einen Knall, der meinen Kopf zurückreißt, während ich mich vorwärts abrolle. Instinktiv drehe ich mich zur Seite, damit sich die

Energie des Aufpralls verteilt, statt meine Wirbelsäule zusammenzustauchen. Meine rechte Hand trifft den Boden, die scharfen Kanten des gefrästen Stahls ritzen meine Haut, und ich stoße mich nach oben ab, beuge den Rücken, damit ich mich über den Rucksack abrollen kann.

Dann bin ich wieder auf den Beinen und renne weiter, auf den dunklen Ausgang am Ende des Laufstegs zu. Ich höre, wie die Lieren den Steg über mir erreichen. Sie haben mich gesehen, aber ihr wütendes Geheul verrät mir, dass es zu spät ist. Sie würden einen solchen Sprung niemals schaffen. Um zu mir zu gelangen, müssten sie sich durch die Treppenschächte auf der gegenüberliegenden Seite kämpfen. Bis dahin bin ich längst weg.

»Versucht niemals, einen Teufelstänzer einzuholen, Jungs«, murmele ich zwischen zwei Atemzügen.

# 2 | Darnell

»Sie haben es also nicht?«

Der Techniker gibt sich alle Mühe, Oren Darnell nicht anzusehen. Er blickt stirnrunzelnd auf den Tabscreen in seinen Händen und blättert mit einem zitternden Finger durch das Menü.

Darnells Nase zuckt, und er schnuppert vorsichtig, prüft die Luft. Er hatte schon immer einen guten Geruchssinn. Er kann Pflanzen an ihrem Duft erkennen und die verschiedenen Komponenten analysieren. Der Geruch der Düngersäcke, die an den Wänden aufgestapelt sind, ist intensiv, sogar penetrant, aber trotzdem kann er den Schweiß des Technikers riechen, den heißen und strengen Geruch der Angst. Gut.

»Ich weiß, dass es hier war«, sagt der Techniker kopfschüttelnd. Er ist klein, mit kurz geschorenem Haar und einer kaum sichtbaren Maske aus Bartstoppeln auf dem Gesicht. »Jemand muss es aus der Liste ausgetragen haben.«

Er schaut zu Darnell auf, nur für eine Sekunde, dann senkt er wieder den Blick. »Aber das ergibt keinen Sinn. Diese Sendung war nur für Ihren Gebrauch gekennzeichnet.«

Darnell sagt nichts. Er kratzt sich im Nacken, blickt sich zur Tür des Lagerraums um. Sein Wächter Reece lehnt am Rahmen und wirkt gelangweilt. Er bemerkt Darnells Blick und zuckt mit den Schultern.

»Aber machen Sie sich keine Sorgen, Mr. Darnell«, sagt der Techniker, schaltet den Tabscreen aus und klemmt ihn sich unter den Arm. Er macht es zu schwungvoll und muss das Gerät auffangen, bevor es zu Boden fallen kann. »Ich werde es finden. Ich lasse es Ihnen direkt in Ihr Büro schicken. Ich werde es sogar persönlich hinbringen. Überlassen Sie alles Weitere mir.«

Darnell sieht ihn lächelnd an. Ein warmes, fast väterliches Lächeln. »Schon gut«, sagt er. »So etwas kann passieren.«

»Ich weiß, was Sie meinen, Sir«, sagt der Techniker und erwidert Darnells Lächeln. »Aber wir werden der Sache auf den Grund …«

»Tun Sie mir einen Gefallen«, sagt Darnell und zeigt auf die Rückseite des Lagerraums. »Geben Sie mir bitte einen Sack mit Mikronährstoffen.«

Der Techniker lächelt noch breiter, erleichtert, dass er eine Aufgabe hat, etwas, das er problemlos erledigen kann. »Sofort«, sagt er und eilt quer durch den Raum, sucht bereits auf den Regalen nach einem Düngersack in mattem Orange. Er sieht ihn auf dem obersten Brett, knapp außerhalb seiner Reichweite, und er reckt sich auf Zehenspitzen empor, um am untersten Rand zu zerren, als etwas an seinem Kopf vorbeizischt. Das Messer prallt von der Wand ab, wirbelt durch die Luft, landet schließlich auf dem Boden. Der Techniker kann seinen Gesichtsausdruck auf der glatt polierten Klinge sehen. Unwillkürlich stößt er ein schwaches Wimmern aus. Der Tabscreen fällt ihm herunter, zersplittert, verstreut glitzernde Scherben.

»Ich habe immer einen leichten Drall nach rechts«, sagt Darnell, während er zum Techniker hinüberschlendert.

»Aber machen Sie mir deswegen keinen Vorwurf. Ein Messer zu werfen ist schwierig – und dieses hat eine perfekt ausbalancierte Klinge.«

Der Techniker kann nichts sagen. Kann sich nicht rühren. Kann nicht einmal den Blick vom Messer losreißen, das sein Genick nur um wenige Zentimeter verfehlt hat. Der Griff ist aus Hartholz, ölig glänzend, die Maserung durch lange Benutzung geglättet.

»Der Arm ist das Entscheidende«, sagt Darnell. »Man darf es nicht loslassen, bevor der Arm gerade ausgestreckt ist. Ich weiß, ich weiß, ich muss unbedingt besser werden. Aber, he, Sie haben doch im Moment gar nichts anderes zu tun, oder? Warum bleiben Sie nicht und helfen mir ein wenig? Es ist ganz einfach. Sie müssen nur absolut still dastehen.«

Er zeigt auf das Messer. »Heben Sie es auf.«

Als sich der Techniker immer noch nicht bewegt, zu nichts imstande ist, außer zitternd dazustehen, stößt Darnell gegen seine Schulter. Es ist eine leichte, fast sanfte Berührung, aber sie hätte den Techniker beinahe umgeworfen. Er quiekt, ballt die Hände zu Fäusten, öffnet sie wieder.

»Heben Sie es auf.«

»Chef.« Reece kommt zu ihnen herüber, die Hände in den Hosentaschen vergraben. Darnell blickt auf, und Reece deutet mit einer Kopfbewegung zur Tür.

Darnell sieht wieder den Techniker an, zeigt ihm noch einmal das warme Lächeln. »Die Pflicht ruft«, sagt er. »Um ehrlich zu sein, ist es schwierig, genug Zeit zum Üben zu finden. Aber machen Sie sich keine Sorgen – wenn ich frei habe, sage ich Ihnen Bescheid.«

Der Techniker nickt eifrig. Er weiß nicht, was er sonst tun kann.

Darnell wendet sich zum Gehen, wirft dann noch einen Blick über die Schulter zurück. »Die Klinge ist sehr kräftig gegen die Wand geprallt. Wahrscheinlich ist sie jetzt stumpf. Möchten Sie sich nützlich machen? Würden Sie sie für mich schärfen?«

»Aber sicher«, sagt der Techniker mit einer Stimme, die gar nicht wie seine eigene klingt. »Aber sicher. Das kann ich machen.«

»Sehr nett von Ihnen.« Darnell schlendert davon. Er wechselt ein paar geflüsterte Worte mit Reece, dann hebt er die Stimme, damit der Techniker ihn hören kann. »Gut und scharf, nicht vergessen! Wenn Sie ganz leicht auf die Schneide drücken, müsste es einen blutigen Schnitt geben.«

Dann verlässt er den Raum, und Reece folgt ihm im Abstand von ein paar Schritten.

# 3 | Riley

Ich werde ein wenig langsamer, als ich den Korridor auf Ebene 5 erreiche. Die Lieferadresse befindet sich noch ein gutes Stück den Ring hinauf, im Luftlabor des Garten-Sektors. Da jeder Sektor im Ring fünf Kilometer lang ist – und es insgesamt sechs Sektoren gibt –, wäre es noch ein weiter Weg. Es sei denn, man ist ein Tracer mit genug Ausdauer und Geschick, um Dinge dorthin zu bringen, wo sie gebraucht werden. Die Entfernung ist für mich kein Problem – wenn ich auf dem Weg zum Luftlabor bin, werde ich Prakesh wiedersehen.

Ich lächle über diese Vorstellung, bevor mir einfällt, dass er heute gar nicht da ist. Für ihn ist es ein seltener freier Tag, mit dem er geprahlt hat, als ich ihn vor einigen Wochen das letzte Mal getroffen habe.

Das Paket, das die Lieren stehlen wollen – in der Hoffnung, dass es etwas Nützliches ist –, schmiegt sich an meine Wirbelsäule. Es ist für Oren Darnell bestimmt, den Mann, der das Luftlabor leitet. Ich habe es von einem Händler auf dem Markt im Apogäum-Sektor erhalten. Der Händler – ich glaube, sein Name war Gray – hat mit sechs frischen Batterien bezahlt, hat sie auf den rostigen Tresen seines Stands geknallt, ohne zu mir aufzublicken. Damit kann ich gut leben. Wenn die Bezahlung stimmt, wird das Paket ausgeliefert.

Als ich in den Korridor einbiege, greife ich über die

Schulter nach dem dünnen Plastikschlauch, der aus meinem Rucksack ragt, stecke ihn mir in den Mund und sauge Wasser aus dem Vorratsbehälter. Es ist warm und fühlt sich zähflüssig an. Es ist nicht viel, aber damit kann ich weitermachen.

Ich bin jetzt im Chengshi-Sektor zwischen Apogäum und Garten – etwa die Hälfte der Strecke bis zur Lieferadresse. Ich werde anhalten müssen, um meinen Vorrat irgendwo im Garten aufzufüllen, weil es ausgeschlossen ist, dass ich Wasser von Darnell bekomme. Ich bringe ihm zwar ein Paket, aber diesen Kerl nach Wasser zu fragen ist fast genauso tödlich wie ein blinder Sprung von einem Laufsteg.

Hier sind die Korridore dunkler als vorher. Ich muss genauer auf den Boden achten, als ich auf die nächste Biegung zurenne, nach Stellen Ausschau halten, wo die Stahlplatten verbogen sind. Zu meiner Überraschung gibt es hier einen funktionierenden Bildschirm, recht verstaubt, aber er zeigt eine fröhliche Werbung für den Weltraum-Bautrupp. Ein lächelnder Mann in schnittigem schwarzem Raumanzug mit geöffnetem Visier hält einen Plasmaschneider, während er sich um den Ausleger eines Bauschiffs herummanövriert. Das Video taucht den Korridor in sanftes blaues Licht, und als ich um die Ecke komme, schließe ich für einen Sekundenbruchteil die Augen. Das Licht sickert durch meine Lider, ein flackerndes, warmes Orange.

Ich war noch nie dort, aber manchmal stelle ich mir gern vor, dass ich auf der Erde bin und über Grasflächen renne, unter einem Himmel, der so blau ist, dass es schmerzt, ihn anzusehen. Ich spüre die Sonne warm im Genick, als ich immer schneller und schneller werde. Bis ich nicht mehr renne, sondern fliege.

Ich öffne die Augen.

Gerade noch rechtzeitig, um die Metallstange zu sehen, die um die Ecke schwingt und dann meinen Brustkorb trifft.

Eine Sekunde lang fliege ich tatsächlich, hänge schräg in der Luft. Dann stürze ich krachend zu Boden, und meine Knochen fühlen sich an, als würden sie mir durch die Haut getrieben. Ich will schreien, aber ich schaffe nicht mehr als ein gepresstes, heiseres Keuchen.

Der mit der Stange ist nur ein verwischtes schwarzes Etwas. Er dreht die Waffe in der Hand, als wäre er auf einem Spaziergang. Ein weiterer Schmerzkrampf erschüttert meine Brust, und ich huste – ein tiefes trockenes Ächzen, das den Schmerz in meinem Bauch verteilt.

»Gut getroffen«, sagt eine Stimme von links. Von anderswo, hinter ihm, ist Lachen zu hören.

Dann sind es sechs, die auf mich herabblicken. Es sind Lieren, aber andere als die, die mich zuvor gejagt haben. Ich huste wieder, diesmal noch schlimmer, als würde ein Dolch in meiner Brust stecken.

Der Kerl, der mich getroffen hat, blickt sich nervös um. Ich sehe ein dunkelrotes Wolfstattoo an seinem Hals. »Los«, sagt er und schaut in den Korridor. »Nehmt ihr Paket.«

Jemand stößt einen Stiefel unter meinen Rücken und rollt mich herum, worauf ich wieder husten muss. Ein Fuß in meinem Genick wirft mich zurück auf den Boden, bevor zwei andere Lieren meine Arme packen, sie nach hinten biegen und mir den Rucksack abstreifen.

Meine Gedanken rasen. Inzwischen hätten andere Leute in diesem Korridor auftauchen müssen. Ich kann hier nicht der einzige Mensch sein. Selbst wenn sie nicht eingreifen, könnten sie für die Ablenkung sorgen, die ich brauche, um zu entkommen. Und wie haben die Lieren diesen Hinterhalt überhaupt vorbereiten können? Sie waren hinter mir. Ich habe diesen Weg nur genommen, weil der Laufsteg blockiert war, weil ich dann …

Ah! Das war sehr clever. Die Mädchengruppe auf dem Steg. Sie wurde mir gezielt entgegengeschickt, entweder bezahlt oder gezwungen, das zu tun, was die Lieren von ihnen verlangten. Sie wussten, dass sie nicht schnell genug sind, um mich zu erwischen, also haben sie mich genau zu ihnen getrieben. Ich habe schon Lieferungen zum Luftlabor gebracht, also kennen sie die Strecken, die ich benutze, wissen, wohin ich laufe und was ich tue, wenn ich gejagt werde. Ganz schön blöd von dir, Riley.

»Können wir uns sonst noch etwas nehmen? Ihre Jacke?«, höre ich einen von ihnen sagen. Wut kocht in mir hoch. Wenn sie mir die Jacke meines Vaters abnehmen, werde ich sie töten. Jeden einzelnen.

»Nein, das ist nur ein Stück Dreck. Das Transportgut reicht.«

Sie ziehen mir den Rucksack ab und drücken mich wieder zu Boden. Jemand greift in meine Jackentaschen und schnappt sich die Batterien. Der Stiefel wird von meinem Genick genommen. Ich hebe den Kopf und sehe den Jungen mit der Stange, wie er eine Batterie hochwirft und auffängt, mit einem gemeinen Grinsen im Gesicht. In der anderen Hand hält er meinen Rucksack. Er und die anderen fünf ziehen sich zurück.

Ich stemme mich hoch, komme auf die Beine, während mein Brustkorb von der Anstrengung schmerzt und ich mich zwinge, still zu bleiben. Ich finde mein Gleichgewicht wieder, dann laufe ich auf sie zu, verlagere mein Gewicht auf die Fußballen, um im engen Korridor nicht zu viel Lärm zu machen. Schnelle Schritte.

Ich habe es auf den Kerl mit meinem Rucksack abgesehen, und genau in dem Moment, als ihm klar wird, dass ich hinter ihm bin, hole ich mit der rechten Hand zum Schlag aus. Ich habe die Hand zur Faust geballt, den Knöchel des Zeigefingers leicht vorgestreckt, und ich ziele genau auf seine Schädelbasis. Amira hat versucht, mir alles über Druckpunkte beizubringen, aber dies ist das erste Mal, dass ich es jemals in die Praxis umsetzen muss.

Ich treffe ins Ziel, genau in die kleine weiche Stelle, wo der Schädel mit der Wirbelsäule verbunden ist, und ich spüre, wie etwas unter meiner Faust knackt. Er gibt einen erstickten Laut von sich und stürzt nach vorn, wobei ihm mein Rucksack aus der Hand fällt.

Mir bleibt etwa eine halbe Sekunde, um meinen Sieg zu genießen. Dann tritt einer seiner Freunde vor und schlägt mir so heftig ins Auge, dass ich für eine Weile woanders bin.

Als ich zurückkomme – Sekunden später? Minuten? –, werde ich gegen die Korridorwand gedrückt, von zwei Lieren festgehalten. Mein Gesicht ist taub, und ich habe den ekligen metallischen Geschmack von Blut im Mund. Der eine, den ich angegriffen habe, liegt immer noch am Boden. Als ich hinsehe, stöhnt er, zuckt unter den flackernden Lampen.

Der Lieren mit dem Wolfstattoo steht vor mir, holt zu

einem weiteren Hieb aus. Wenn er mich noch einmal trifft, heißt es tschüss, Riley.

Er schlägt zu. Ich reiße den Kopf zur Seite, und seine Faust kracht gegen die Metallwand. Der scheppernde Knall hallt um die Ecke. Er zieht die Hand mit einem Schmerzensschrei zurück. Ein Hautfetzen hängt von seinem Mittelfinger, und rund um die Wunde quillt bereits Blut hervor. Vor Überraschung haben seine Kumpel den Griff für einen Moment gelockert, als ich ausgewichen bin, aber es genügt nicht, um mich zu befreien, und jetzt drücken sie mich wieder gegen die Wand. »Sie hat tatsächlich Mumm«, knurrt einer.

Tattoo hält sein Handgelenk und schüttelt die Hand. »Du hast danebengeschlagen«, sage ich. »Kannst nicht mal jemanden treffen, der genau vor dir steht, was?«

»Meinst du?«, sagt er und wischt sich mit der unverletzten Hand über den Mund.

»Ja. Vielleicht sagst du deinen Jungs, dass sie mich loslassen sollen, und wir kämpfen ein paar Runden. Du und ich. Mal sehen, wer schneller ist.«

»Glaubst du wirklich? Du bist ziemlich klein für eine Tracer. Wie alt bist du? Fünfzehn?«

»Zwanzig«, blaffe ich zurück und bereue es im nächsten Moment.

»Und hässlich ist sie auch noch«, sagt einer der Lieren, die mich festhalten. »Wie irgendein Atommutant von der Erde.«

»Vielleicht hat sie da unten ein paar Verwandte. Neue Lebensformen.«

Sie lachen grausam und schrill. Ich versuche, mit ruhiger Stimme zu sprechen. »Hört mir zu«, sage ich. »Dieses

Transportgut ist für Oren Darnell bestimmt. Im Garten stehe ich unter seinem Schutz. Wenn ihr mir die Lieferung abnehmt, müsst ihr euch vor ihm verantworten.«

»Wer zum Teufel ist Oren Darnell?«, sagt der, der meine linke Schulter hält.

»Was weißt du überhaupt?«, sagt der Lieren mit dem Tattoo. »Er ist der Chef des Luftlabors.« Aber sein Gesicht zeigt keine Furcht – stattdessen wirkt er amüsiert, während er immer noch die verletzte Hand schüttelt. Nicht gut.

»Er hat Verbindungen zu den Gangs«, sage ich. »Totenkopf. Team Schwarzes Loch. Glaubt ihr, Zhao möchte, dass ihr Transportgut mit dieser Adresse klauen wollt?«

Ich hatte die leise Hoffnung, die Erwähnung des Namens von Zhao Zheng, dem Anführer der Lieren, würde irgendeine Wirkung zeigen. Doch Tattoo lacht nur. »Gerüchte, Schätzchen. Mehr ist es nicht.«

»Es ist die Wahrheit. Ich …«

Dann zückt Tattoo ein Messer, und die Welt erstirbt auf meinen Lippen.

# 4 | Darnell

Darnell marschiert quer durch das Luftlabor. Seine schweren Schritte donnern auf den metallenen Laufstegen. Er muss sich nicht vergewissern, dass Reece ihm folgt. Sein Wächter ist immer in der Nähe, ist immer da, wenn Darnell ihn braucht. Im Gegensatz zu seinem Chef geht er mit lautlosen Schritten.

Der Laufsteg wird von Algenteichen gesäumt, jeder drei Quadratmeter groß, mit trüber Oberfläche. Darnell beugt sich über einen, zieht müßig einen Finger durch den Schleim.

»Und was ist jetzt so dringend, dass Sie mich wegzerren mussten?«, fragt er.

Reece bleibt in geringer Entfernung stehen, die Arme verschränkt. Er blickt nach links und rechts. Auf dem Boden des riesigen Luftlabors halten sich viele Techniker auf, die sich um die Bäume kümmern oder sich in dichten Gruppen bewegen, aber keiner von ihnen ist in der Nähe von Reece und Darnell.

»Nun?«, sagt Darnell und starrt in die zähflüssige Brühe.

»Was ist los, Chef?«, fragt Reece.

Darnell sagt nichts.

Reece öffnet die Arme, hakt die Daumen in den Gürtel. »Hier geht es nicht um irgendeinen Gangster, der seine Wassersteuer nicht bezahlt hat«, sagt er. »Das war einer Ihrer Angestellten. Bei den meisten Sachen kann ich Ihnen Rückendeckung geben, aber in diesem Fall dürfte es selbst mir schwerfallen, es wieder in Ordnung zu bringen.«

Darnell richtet sich schwungvoll auf und zeigt mit dem Finger auf Reece. Daran hängt ein kleiner Faden aus Algen, der vor und zurück schaukelt. »Bekommen Sie Angst, Reece?«, fragt er und tritt vom Tank zurück. »Glauben Sie, ich gehe zu weit?«

Der Wächter zuckt nicht zusammen, er verschränkt nur erneut die Arme.

»Wenn ich zu weit gehe«, sagt Darnell, »dann sollten Sie mich vielleicht aufhalten. Wie wär's damit, Reece? Wollen Sie es versuchen?«

Reece sieht ihn mit kühlem Blick an. Trotz seiner Wut über diese Aufsässigkeit staunt ein Teil von Darnell über Reece' Weigerung, sich einschüchtern zu lassen. Das ist ein Grund, warum er ihn schon so lange um sich hat.

»Sie sind abgelenkt, Chef«, sagt Reece. »Schon seit etwa einem Monat. Und ich habe noch nie erlebt, dass Sie mit einem Ihrer eigenen Techniker die Geduld verloren haben, nicht auf diese Weise. Was auch immer los ist, Sie sollten es mir sagen, damit ich …«

»Ich *sollte?*«

Reece erstarrt.

»Sorgen Sie einfach nur dafür, dass diese Lieferung hier eintrifft«, sagt Darnell. Er schwenkt einen Arm, um auf den Rest des Hangars zu zeigen. »Ist das nicht Ihre Aufgabe? Ich leite das Luftlabor, Reece. Ich bin für jedes Sauerstoffmolekül verantwortlich, das Sie in Ihre Lunge saugen, und für jedes $CO_2$-Molekül, das dafür herauskommt. Sie müssen dafür sorgen, dass ich alles habe, was ich brauche, um das zu tun. Das ist es, was Sie tun sollten.«

»Ich werde mich darum kümmern«, verspricht Reece.

»Ausgezeichnet«, sagt Darnell und setzt seinen Marsch in Richtung Kontrollraum fort. Mit den Gedanken ist er längst woanders. Er muss sich mit anderen Dingen auseinandersetzen, zum Beispiel mit dieser Lieferung: das kleine Paket, das Arthur Gray ihm schicken soll. Wenn jemand es abfangen sollte, bekommt Darnell viel größere Schwierigkeiten als mit diesem blöden Messerwurf.

# 5 | Riley

Es wäre nett, wenn ich sagen könnte, dass es eine schöne Klinge ist. Aber das ist es nicht. Der Griff ist geflickt und abgenutzt, und der Stahl ist mit Rostflecken überzogen. Wenn der Schnitt einen nicht tötet, tut es die Infektion.

Tattoo hält es hoch, und das Licht spiegelt sich auf dem Metall. »Weißt du«, sagt er, »eigentlich wollten wir nur einen Treffer landen. Wir hatten gar nicht vor, dich zu töten.«

Er dreht das Messer in der Hand, zielt dann mit der Spitze auf meine Augen. »Aber jetzt müssen wir uns etwas nehmen. Du kannst nicht einfach einen von uns verletzen und erwarten, dass du nicht dafür bezahlen musst. Du verstehst, ja?«

Ich versuche etwas zu sagen, aber ich kann den Blick nicht von der Klinge losreißen. Er beugt sich näher heran. Die Spitze ist jetzt nur noch wenige Zentimeter entfernt. »Was soll es sein? Das linke Ohr oder das rechte?«

»Lasst mich los«, sage ich schließlich. Es klingt fast wie ein Knurren. Aber das Messer bleibt völlig ruhig; die Spitze schwankt kaum, als sie sich langsam meinem Gesicht nähert. Dann stößt er es behutsam vor und zurück. Ich spüre, wie mein Hemd auf dem Rücken nass vom Schweiß wird. Ich reiße meinen Körper zur Seite, aber die Lieren, die mich halten, sind zu stark. Einer von ihnen legt eine Hand auf meine Stirn, drückt meinen Kopf gegen die Wand. »Du solltest lieber stillhalten«, sagt er.

*Links, rechts, links, rechts.*

Hinter Tattoo ertönt ein Schrei. Er richtet sich irritiert auf und blickt über die Schulter zurück. Einer der anderen Lieren, groß, schlaksig, mit blasser Haut, hält meinen Rucksack. Er ist offen, und er winkt seine Kumpel hektisch heran.

Mit einem Seufzer zieht Tattoo das Messer von meinem Gesicht zurück und geht zu ihm hinüber. »Und jetzt? Was ist los mit …?«

Er stockt, als er in den Rucksack blickt. Er dreht sich um, versperrt mir die Sicht und unterhält sich flüsternd mit seinem Partner.

Ich habe nicht die leiseste Ahnung, was sich in meinem Rucksack befindet. Wir schauen niemals nach. Das ist einer der Gründe, warum mein Team so viele Aufträge bekommt. Man kann schicken, was auch immer man möchte, und man kann darauf vertrauen, dass wir nichts darüber wissen.

Ich spüre neue Hoffnung. Zum ersten Mal sieht es danach aus, dass ich vielleicht doch mit dem Leben davonkomme.

Nach einigem gezischeltem Hin-und-Her mit seinem Freund gibt Tattoo den Leuten, die mich festhalten, ein Zeichen. Unvermittelt lassen sie mich los. Ich breche an der Wand zusammen, versuche aufzustehen, aber meine Beine hören nicht mehr auf mich.

Tattoo starrt mich mit einem seltsamen Ausdruck an. Er kommt zu mir, beugt sich herab und flüstert: »Es ist noch nicht vorbei.«

Er hebt eine Batterie hoch, hält sie mir genauso nahe vors Gesicht wie zuvor das Messer. »Und diese behalten wir.«

Der eine, der den Rucksack geöffnet hat, lässt ihn fallen, und er landet mit einem dumpfen Schlag auf dem Boden. Auf ein Zeichen von Tattoo machen sich die Lieren durch den Korridor davon. Einer von ihnen schnappt sich den Mann, den ich mit dem Schlag gegen den Druckpunkt ausgeschaltet habe, wirft ihn sich wie einen Getreidesack über die Schulter.

Ich will aufstehen, aber ich bleibe vor der Wand hocken, bis sie außer Sichtweite sind. Ich zittere, und ich brauche eine Minute, bis ich mich langsam beruhige. Dann brauche ich eine weitere Minute, um wieder aufzustehen – wobei ich fast das Gleichgewicht verliere. Ich sehe, wie vor mir ein paar Blutstropfen auf den Boden fallen. Mein Gesicht summt vor Schmerz, und meine Augenhöhle steht in Flammen. Aber darum kann ich mich jetzt nicht kümmern. Ich habe schon viel zu viel Zeit verloren.

Als ich den immer noch offenen Rucksack hole und den Reißverschluss zuziehen will, werfe ich unwillkürlich einen Blick hinein. Ich sehe den grauen Kasten, den Gray mir gegeben hat, damit ich ihn überbringe – höchstens so groß wie eine Faust, wie etwas, in dem man ein kleines Maschinenteil aufbewahrt. Der Deckel des Kastens wurde von den Lieren geöffnet. Darin befindet sich etwas, das in mehrere Schichten Polsterfolie eingewickelt ist – ein verschwommener Umriss, der vage vertraut wirkt.

Und aus der rechten unteren Ecke des Kastens sickert ein dünnes Rinnsal in den schützenden Schaumstoff – es ist rot wie Blut.

Ich will den Rucksack schließen, den Reißverschluss zuziehen, meinen Auftrag erledigen und nicht an das Ding in der Folie denken, aber meine Hände zögern. Das Blut ist immer noch da, sammelt sich auf dem Schaumstoff. Der Korridor ist menschenleer.

Ich muss es wissen.

Langsam schiebe ich einen Finger in die Schutzfolie. Sie ist dick, fühlt sich feuchtkalt auf meiner Haut an. Das Plastik umschließt fest das Transportgut, doch es löst sich an den Rändern, als ich daran ziehe. Dann streifen meine Finger etwas Weiches und Feuchtes, und das Ding liegt frei.

Ich starre es an, zwinge mich, den Blick abzuwenden, aber nun ist jeder Irrtum ausgeschlossen.

Es ist ein Augapfel. Ich habe einen Augapfel mit mir herumgetragen.

# 6 | Darnell

Darnell sitzt am Tisch an der Rückseite des verdunkelten Kontrollraums, umgeben von ramponierten Stühlen. Jeder Techniker, der hier arbeitet, weiß, dass er sie nicht verrücken darf, nicht einmal um einen Zentimeter. Und dass er nichts über die erstickende Hitze sagen darf, die laut Anweisung ihres Chefs in diesem Zimmer zu herrschen hat.

Jetzt geht er die Berichte durch, als Reece den Lagertechniker hereinführt. Der Mann hält sich im Hintergrund, mit einer kleinen Schachtel unter dem Arm, und wartet darauf, dass Darnell ihn zur Kenntnis nimmt.

Schließlich winkt Darnell ihn herüber. Der Techniker nähert sich hastig und hält die Schachtel wie einen Schild vor sich. Die Großbuchstaben auf der Vorderseite ergeben die Worte LUFTLABOR LIEFERUNG 6/00/7-A EILIG.

»Hab es gefunden, Sir«, sagt er. »Es war nur am falschen Platz. Vorübergehend.«

Darnell würdigt ihn kaum eines Blickes. »Und das Messer?«

Der Mann schluckt. Mit zitternder Hand zieht er das Messer aus einer Tasche, achtet darauf, es nur an der Klinge anzufassen. Er legt es flach auf den Tisch, gleich neben die Schachtel.

Darnell neigt den Kopf zur Seite. »Da sind Fingerabdrücke auf der Klinge.«

»Ich …«

»Sie haben es geschärft, wie ich gesagt habe?«

»Ja, Sir. Wie Sie gesagt haben.«

Dann verspürt Darnell einen heißen und intensiven Drang. Er möchte die Schärfe des Messers testen, indem er es dem Mann in den Bauch stößt. Seine Finger zucken nervös. Es würde weniger als eine Sekunde dauern. Rein und raus.

Stattdessen winkt er den Mann weg. Der Techniker zieht sich zurück, nickt heftig, als wäre sein Genick bereits gebrochen. Darnell zieht eine finstere Miene und widmet sich wieder seinen Berichten. Obwohl er es niemals zugeben würde, gehen ihm immer noch Reece' Worte durch den Kopf. Er muss vorsichtiger sein. Er hat zu hart gearbeitet und zu lange gewartet, um sich jetzt ablenken zu lassen.

Er reißt die Schachtel auf, schiebt seine Hand hinein. Seine Finger streifen bearbeitetes Glas, dann zieht er einen Tabscreen hervor – kleiner als die regulären Geräte, mit einer knollenförmigen Antenne auf der Oberseite. Er schaltet ihn ein, blättert sich durch die Menüoptionen. Ein Lächeln breitet sich auf seinem Gesicht aus wie Öl auf Wasser. Sein Verbindungsmann im Tzevya-Sektor hat ganze Arbeit geleistet.

Der Lagertechniker stolpert beinahe über die Türschwelle, als er den Kontrollraum verlässt, und das Geräusch, mit dem sein Fuß gegen die Metallkante schlägt, lässt Darnell aufblicken. Er ist mit sich zufrieden, dass er seinem Drang nicht nachgegeben hat. Außerdem wird der Techniker früh genug bekommen, was er verdient hat. Genauso wie Reece und die anderen Techniker und alle anderen Bewohner von Außenerde, solange er sich nur zusammenreißen kann. Disziplin – das ist der Schlüssel. Selbstbeherrschung.

# 7 | Riley

Ein trockener Würgereiz steigt in meine Kehle, kocht vom Bauch hoch. Meine Hand zuckt und stößt gegen den Kasten. Er rutscht aus dem Rucksack, und das Ding springt aus der Plastikfolie, landet mit einem gedämpften Klatschen auf dem Boden.

Es rollt hin und her, gehalten vom Sehnerv, der wie eine blutige Sehne am Metall klebt. Es schaut mich nicht an, aber ich kann die Iris sehen, die dunkelblau den tintenschwarzen Punkt der Pupille umgibt. Ich muss mich zwingen, den Blick abzuwenden, und als ich es tue, verstärkt sich der Würgereiz. Ich beuge mich vor, dränge ihn zurück, schlucke ihn hinunter.

*Du wirst jetzt nicht kotzen. Nicht hier.*

Schau dir niemals an, was du transportierst. Das ist die eine große unumstößliche Sache, die Amira uns immer wieder eingebläut hat. Dafür gibt es einen Grund: Sie verschafft uns Aufträge. Die Leute vertrauen uns. Nein, wir werden Ihr Transportgut niemals stehlen, es interessiert uns nicht einmal, was es ist.

Und das Nichtwissen hält uns am Leben. Tracer, uns eingeschlossen, transportieren manchmal schlimme Sachen. Waffen, Schmuggelware, Drogen, die irgendwo in den Höhlen zusammengebraut wurden und in einem fernen Sektor verkauft werden sollen. Es wäre nett, wenn wir davon leben könnten, für Kliniken zu rennen, aber das können wir nicht. Es ist besser, wenn wir es nicht wissen. Theoretisch könnte ich seit Jahren herausgeschnittene Augäpfel transportiert haben, ohne jemals davon zu erfahren. Aber es tatsächlich zu sehen, zu berühren …

Ich gehe in die Hocke und benutze eine Ecke der Plastikfolie, um nach dem Nerv zu greifen, vorsichtig daran zu ziehen. Der Würgereiz kehrt zurück, und ich muss für ein paar Sekunden die Augen schließen und durch die Nase atmen, bevor ich wieder hinschauen kann. Weitere Details treten hervor. Winzige milchige Wolken in der Pupille, die ich bislang nicht bemerkt hatte. Dünne Adern, die wie eine filigrane Zeichung von der Iris ausgehen.

Bewegung. Stimmen. Ohne nachzudenken, schnappe ich mir den Augapfel. Er fühlt sich weich und nachgiebig an, wie Kitt.

*Drück ihn nicht zu fest, sonst wird er platzen.*

Wieder muss ich gegen einen Würgereiz ankämpfen. Ich lege das Ding in den Kasten zurück und schließe den Reißverschluss, als die Menschen, die zu den Stimmen gehören, um die Ecke kommen.

Zwei Stomper. Offiziell sind sie als Stationsschutzpolizisten bekannt, aber inzwischen nennt sie niemand mehr so. Ich bin überrascht, sie zu sehen, denn heutzutage sind nicht mehr allzu viele von ihnen unterwegs.

Ein paarmal pro Jahr hört man Geschichten über Gangbosse, die sich zusammentun und die Jagdsaison auf Stomper für eröffnet erklären, die dumm genug sind, sich in ihre Territorien zu wagen. Das endet jedes Mal mit etlichen Toten auf beiden Seiten, aber wenn es um neue Mitglieder geht, scheinen immer noch genug Leute bereit zu sein, sich den Gangs anzuschließen. Die Sektorenleiter geben sich alle Mühe, zeigen sich in den Bars und auf dem Markt und in den Kantinen, um nach neuen Rekruten für die Stomper-Einheiten zu suchen, aber sie müssen jedes Mal mit schlechten Nachrichten zum Rat im Apex zurückkehren.

Die Stomper, die auf mich zukommen, tragen dicke graue Overalls mit dem Stationslogo – einer stilisierten Ringsilhouette –, das auf die Brusttasche aufgestickt ist. Im engen Raum krachen ihre Stiefel schwer auf den Boden. An ihren Hüften hängen spezialangefertigte Pistolen: Waffen mit Munition, die Fleisch und Knochen durchdringen, aber kein Metall. Wir nennen sie Stinger.

Den linken habe ich schon gelegentlich gesehen – ich glaube, er heißt Royo, ein Bär von einem Mann mit dunkler Haut und rasiertem Schädel. Sein Partner ist genauso groß, mit zottigem Bart. Unter anderen Umständen würde er vielleicht einen gemütlichen Eindruck machen, aber als er mich nun fixiert, sehe ich, dass sein rechtes Auge aus Glas ist, tot und reglos in der Höhle.

*Links, rechts, links, rechts.*

Sie nehmen die Szene in sich auf. Blutspuren auf dem Boden und eine Tracer, die aussieht, als wäre sie frontal mit einem Asteroiden kollidiert. »Was ist hier los?«, fragt Royo, aber noch während die Worte aus seinem Mund kommen, schieße ich bereits an ihm vorbei. Sein Partner will nach mir greifen, aber ich bin zu schnell, schlüpfe unter seinem Arm hindurch. »Wichtige Lieferung!«, rufe ich über die Schulter zurück.

Ich erwarte, dass sie mich verfolgen, sich vielleicht sogar auf mich stürzen. Aber sie tun es nicht, und ich stoße einen erleichterten Seufzer aus. Vielleicht denken sie, dass ein zusammengeschlagener Tracer die Mühe nicht lohnt. Gute Neuigkeiten für mich. Ich muss einiges an Rückstand aufholen. Mein Schlüsselbein scheint in Ordnung zu sein, aber mein Gesicht pulsiert wieder, und brennende Schmerzwellen gehen von der Stelle aus, wo ich den Hieb eingesteckt habe.

Eine Million Gedanken stürmen auf mich ein, wetteifern um Aufmerksamkeit. Ein Teil von mir will den Kasten irgendwo wegwerfen und rennen, so tun, als hätte ich diesen Auftrag nie angenommen. Innerhalb von Sekunden lasse ich diese Option fallen – ich will nicht mal darüber nachdenken, was geschehen würde, wenn Darnell seinen Augapfel nicht bekommt. Vermutlich würde er einen von mir als Ersatz benutzen. Und wenn er beschließt, sich an den Teufelstänzern zu rächen …

Aber kann ich das Transportgut wirklich ausliefern? So tun, als hätte ich den Augapfel niemals gesehen, zurückgehen und hoffen, dass alles wieder normal wird? Ist das jetzt überhaupt noch möglich? Jedes Mal, wenn jemand mir etwas gibt oder mich bittet, mich umzudrehen, damit er es in meinen Rucksack packen kann, werde ich an heute denken müssen.

Aber ich habe keine Wahl. Eigentlich nicht. Ich muss diesen Job zu Ende bringen. Es besteht die Chance, dass Darnell herausfindet, dass ich das Transportgut gesehen habe, aber das ist weniger riskant, als den Auftrag komplett sausen zu lassen.

Immer wenn der Rucksack schaukelt, wenn sich das Transportgut auf meinem Rücken verschiebt, rollt eine neue Welle des Schreckens durch mich hindurch.

Ich komme an den Bergbauanlagen vorbei, für die Chengshi bekannt ist. Die Öfen und Maschinen schweigen, und aus den Hallen, in denen sie stehen, dringt kein Licht auf den Korridor hinaus. Sie werden erst wieder laufen, wenn der nächste Asteroidenfänger neben der Station in den Orbit einschwenkt. Ich mag es nicht besonders, hier zu laufen, weil ich anschließend das Gefühl nicht loswerde, Dreck auf der Haut und der Kleidung zu haben. Ich sage mir, dass ich weiterrennen muss, dass es nur noch wenig mehr als einen Kilometer bis zur Grenze des Garten-Sektors sein kann.

Dann kommen ein paar Räume mit Schlacke, dazwischen vereinzelte heruntergekommene Habitate, die alle sicher verschlossen sind. Mehrere Male muss ich schnell reagieren, damit ich in den Korridoren keine Leute umrenne. Einige liegen am Boden, um sie herum ihr Besitz in unordentlichen Haufen. Wenn keine Habitat-Einheit bereit ist, sie aufzunehmen, müssen sie dort schlafen, wo es eben möglich ist.

Es fällt mir schwer, nach dem Überfall wieder in vollem Tempo zu rennen, sodass ich lieber in einen langsameren Trab verfalle. Als ich um die nächste Ecke biege, stoße ich fast mit einem Tagger zusammen.

Er malt etwas an die Wand – ich sehe es kurz, als ich ihm ausweiche, einen Slogan. »Der einzige Weg.« Die Phrase ergibt für mich überhaupt keinen Sinn, bis ich mich erinnere, dass ich sie schon einmal gehört habe. Bei einer Demonstration in einer der Galerien, wo die Worte skandiert wurden. Aber wogegen wurde noch gleich protestiert?

Der Tagger sieht mich. »Wir müssen die Geburtenrate

begrenzen«, ruft er. »Den Menschen war es nie bestimmt, weiterhin zu existieren …«

Ach ja. Das war es. Freiwilliges Aussterben der Menschheit.

»Aus dem Weg«, sage ich, schleudere die Worte praktisch in seine Richtung, als ich vorbeizische.

Solche Sachen habe ich schon oft gehört. Dass wir keine Kinder mehr kriegen sollten, um das Gleichgewicht des Universums wiederherzustellen. Freiwillige Euthanasie. Wenn ich mich vom Tagger aufhalten lasse, wird er mir am Ende erzählen, dass Außenerde überhaupt nicht existieren sollte, dass es nur um ein Wettpinkeln zwischen den Staaten der Erde ging, das zu weit eskalierte, um es noch stoppen zu können. Bevölkerungsüberschuss, so hat man es genannt. Ich kenne die Geschichte genauso wie jede andere Person in dieser Station.

Natürlich war der schwere Atomkrieg ein paar Jahre später auch nicht hilfreich.

Aber das war vor langer Zeit, und es interessiert mich nicht allzu sehr. Ich drehe mich um, zeige dem Tagger einen ausgestreckten Mittelfinger. Dann renne ich weiter.

Bald laufe ich unter dem Schild hindurch, das die Grenze zwischen Garten und Chengshi markiert. Ich blicke hinauf. Vor längerer Zeit war jemand mit einer Spraydose hier, hat die Worte »Sektor 2« durchgestrichen und in grüner Farbe primitive Blumen und Bäume drumherum gemalt.

Man kann die Sektorengrenzen auf fast allen Ebenen überqueren, aber aus irgendeinem Grund finde ich mich fast immer auf dieser wieder. Der Garten ist sauberer als Chengshi – er wird besser instand gehalten, und es gibt weniger Graffiti und Dreck. Der größte Teil des Sektors wird vom Luftlabor und vom Nahrungslabor eingenommen, woher der Garten seinen Namen hat. Sie liegen hinter Luftschleusentüren am Fuß der Galerie. Ich kann die zwei Wächter erkennen, die heute Dienst haben: Dumar und Chang. Chang ist neu – vor ein paar Wochen verweigerte er mir den Zutritt, und ich musste warten, bis Prakesh in einer Pause herauskam, bevor ich eingelassen wurde. Aber Dumar arbeitet hier schon seit Jahren. Er ist ein stämmiger Kerl mit dunklen Augen und einem großen schwarzen geflochtenen Bart. Er hebt eine Hand, als ich mich nähere, weniger ein Befehl zum Anhalten, eher eine freundliche Begrüßung. Aber ich sehe auch, dass seine andere Hand wie immer auf dem Holster mit dem Stinger liegt.

»Wieder zurück?«, fragt er.

Ich zwinge mich zu einem Lächeln. »Freut mich, dich zu sehen, Dumar.«

»Ich schwöre, eines Tages gehst du da rein und züchtest Wurzeln, so oft, wie du hier zu Besuch kommst.«

»He, ich bin nur zu Besuch. Du arbeitest hier.«

Schon seit Jahren tauschen wir immer wieder diese Dialogzeilen aus. Er stößt ein gutmütiges Grunzen aus, als er sich seiner Kontrollkonsole zuwendet. Hinter ihm schnieft Chang. Prakesh hat mir einmal erzählt, dass er an seinem ersten Tag versucht hat, jeden Techniker, der durch die Tür wollte, einer Leibesvisitation zu unterziehen.

Dumar beäugt meinen Rucksack. »Eine Lieferung?«

Ich schlucke. »Richtig. An Mr. Darnell.«

Er schüttelt den Kopf. »Mit dem solltest du vorsichtig

sein«, sagt er. Dann scheint er noch etwas hinzuzufügen wollen, aber Chang wirft ihm einen finsteren Blick zu, worauf er verstummt.

Dumar drückt ein paar Knöpfe, dann geht die äußere Luftschleusentür zischend auf. Ich trete hindurch. »Viel Spaß«, ruft er mir über die Schulter zu, als sich die Tür hinter mir schließt. Während ich darauf warte, dass sich die innere Tür öffnet, fahre ich mir mit der Hand durchs Haar. Wie üblich ist es fettig, verdreckt und unangenehm klebrig. Ich versuche es kurz zu halten, aber das nützt auch nichts.

Ich sehe mich auf der spiegelnden Metalltür. Mein Haar umrahmt ein Gesicht, das vor Schweiß glänzt. Ich versuche, nicht in die dunkelgrauen Augen meines Spiegelbilds zu blicken. Stattdessen konzentriere ich mich auf den Körper, strecke die Arme zu den Seiten, schüttele die Beine aus. Die Jacke ist klobig, aber die Figur darunter ist schlank und geschmeidig, mit ausgeprägten Muskeln vom endlosen Rennen und Klettern und Springen.

Es summt, dann blitzt es kurz bläulich auf – ultraviolettes Licht, das die Bakterien an der Oberfläche braten soll. Ich weiß nicht, warum sie sich die Mühe machen. Ich bin mir nicht einmal sicher, ob es wirklich funktioniert. Die Tür vor mir öffnet sich zischend, verschwindet in der Wand.

Man gelangt zum Luftlabor, indem man durch das Nahrungslabor geht. Ich kann undeutlich die Umrisse der Pflanzen durch die Plastikkuppeln im Hangar erkennen: Mais, Tomatenstauden, Beete mit Kopfsalat, Bohnen, alles in das sanfte grüne Leuchten der Zuchtlampen getaucht. Im eigentlichen Nahrungslabor gibt es keine allgemeine Beleuchtung, der Weg vor mir wird vom matten Umgebungslicht erhellt; von den großen Kästen der Klimaanlage an den Wänden kommt ein sanftes Summen. Der Hangar scheint sich kilometerweit zu erstrecken, und in der Ferne erkenne ich die Lichter des Laborkomplexes, wo die Techniker daran arbeiten, ergiebigere Pflanzen zu züchten.

Hinter den Treibhäusern liegt die Insektenkolonie, die von den Labortechnikern Summsaal genannt wird, wie ich gehört habe. Winzige Käfer und Seidenraupen können allein nicht viel Lärm machen, aber wenn sie zu Millionen versammelt sind, können sie ein Summen erzeugen, das einem den Bauch vibrieren lässt. Trotzdem schmecken sie recht gut. Vor allem die gebratenen Käfer, die es manchmal auf dem Markt gibt. Knusprig und salzig. Viel besser als das Zeug in den Kantinen.

Ich biege nach rechts ab, komme an einem Treibhaus mit der Aufschrift *Soja Japonica* vorbei und laufe die Reihen entlang. Wenig später trete ich durch eine Tür, und nun wird der Raum über mir von einem dichten grünen Blätterdach ausgefüllt. Die Bäume sind speziell gezüchtete riesige Eichen, die dazu gedacht sind, Kohlendioxid aufzunehmen und so viel Sauerstoff wie möglich zu produzieren. Einige von ihnen sind schon alt – viel älter als die Techniker, die mit ihnen arbeiten. Im Laufe der Jahre sind ihre Wurzeln aus den Metallgefängnissen ausgebrochen und haben sich durch den Boden geschoben. Ich muss über einige hinwegsteigen, als ich zwischen den Bäumen hindurchlaufe.

Im Gegensatz zum Nahrungslabor ist das Luftlabor hell erleuchtet, von großen Flutlichtern an der Decke. Ich bleibe für einen Moment unter einem Baum mit dickem, knorrigem Stamm stehen und lege den Kopf in den Nacken, beobachte die Lichtstrahlen, die durch das Blätterdach dringen. Die Luft ist kühl. Wäre der Boden unter meinen Füßen nicht aus Metall, und wäre ich nicht von großen Algenteichen umgeben, die zwischen den Bäumen verteilt sind, könnte ich mich fast irgendwo auf der Erde befinden. Hätten die Atomwaffen den größten Teil des Planeten nicht in eine brennende Einöde verwandelt, bevor ich geboren wurde, wäre ich jetzt vielleicht sogar dort.

Natürlich waren zu jenem Zeitpunkt ohnehin nicht mehr viele Bäume übrig.

Das Luftlabor ist genauso groß wie das Nahrungslabor – schließlich muss es genügend Luft für die Station produzieren. Ich laufe zur Rückseite, zu den Kontrollräumen, die die Bäume überragen. Es fühlt sich verlockend an, das Transportgut einfach irgendwo in einem Büro abzugeben, vielleicht in den Lagerräumen, nur um Darnell aus dem Weg zu gehen. Keine Chance. Entweder drücke ich dem Empfänger das Paket direkt in die Hand, oder ich tue es gar nicht.

Egal, was das Paket enthält.

Ich steige die scheppernde Metalltreppe hinauf und frage mich, wie es hier jemanden geben kann, der so gut wie Prakesh ist, und gleichzeitig eine Person wie Darnell. Als ich oben ankomme, erkenne ich den üblichen Wächter vor dem Eingang. Ein kleiner, drahtiger Mann mit grimmigem Gesicht und schmuddeligem, knielangem Mantel. Er nickt, als er mich sieht, und drückt die Tür zum Hauptkontrollraum auf – nach so vielen Lieferungen kennt er mich.

Ich trete durch die Tür, und mir schlägt eine Hitzewelle

entgegen. Die Konvektionslamellen an der Außenseite kühlen die Station – die meiste Zeit –, doch Darnell zieht höhere Temperaturen vor. Es gefällt ihm, wenn seine Besucher sich unwohl fühlen.

Ich spüre, wie mir wieder der Schweiß ausbricht, sich um meine Hüfte sammelt. Ich brauche unbedingt Wasser – den letzten Rest meines Vorrats habe ich auf dem Weg hierher verbraucht –, aber man fragt Oren Darnell einfach nicht nach etwas zu trinken.

Die Kontrollkonsolen an den Wänden summen leise vor sich hin; sie werden von Technikern in weißen Kitteln bedient, die wie Käfer in ihren Sesseln zusammengesackt sind. Mitten im Raum stehen zwei große Fässer mit Wasser, das langsam hin- und herschwappt – allein der Anblick lässt meine Zunge zucken, als hätte sie einen elektrischen Draht berührt. Darnell sitzt im Hintergrund, in ein Gespräch mit einem seiner Assistenten vertieft.

Die Luft ist schwer von der trockenen Hitze. Hinter mir ertönt ein Klappern – vielleicht von einem der Wasserrohre irgendwo im Garten –, aber es dauert nur einen Moment, bevor die Tür wieder zuschwingt und das Geräusch zu einem gedämpften Stampfen reduziert. In diesem Moment blickt Darnell auf und erkennt mich.

Er ist ein Riese von einem Mann, mit dicken Armen und einem Brustkorb wie ein Schiffsrumpf. Er ist gut gekleidet: ein eng anliegendes schwarzes Hemd und eine ebensolche schwarze Hose, die beide aus einem glatten Stoff gemacht sind. Ich weiß nicht, was ich mit meinen Händen anfangen soll, also beschäftige ich mich damit, meinen Rucksack abzunehmen. Die Riemen fühlen sich rau und unnachgiebig an, meine Finger unbeholfen.

»Riley Hale«, sagt er. Seine Stimme ist sanft und hell wie die eines Kindes. Es klingt seltsam, wenn sie von einem so riesigen Mann kommt. Er nähert sich mir mit langen, lässigen Schritten, und sein Blick wandert über meinen Körper, über mein ramponiertes Gesicht. »Es freut mich, Sie wiederzusehen. Ich hoffe, es geht Ihnen gut.«

Ich zucke mit den Schultern und versuche seinem Blick auszuweichen. Stattdessen greife ich in meinen Rucksack und ziehe den Kasten hervor.

Darnell gibt einem Techniker ein Zeichen, worauf dieser vortritt und mir den Kasten abnimmt. Er streckt die Hand danach aus, schnappt ihn sich und zieht sich sofort wieder zurück, als könnte ich ihm den Arm abbeißen. Ich habe den Kasten sorgfältig geschlossen, bevor ich hierherkam – es gibt keinen Hinweis darauf, dass er geöffnet wurde.

Der Techniker reicht ihn an Darnell weiter, der hastig das Siegel aufbricht und hineinschaut. Mein Magen dreht sich um. Darnell nickt, verschließt den Kasten wieder und gibt ihn dem Techniker zurück, der damit zur Rückseite des Raums eilt.

Ich blicke immer noch dem Kasten nach, als mir bewusst wird, dass Darnell einen Schritt näher gekommen ist. Bevor ich ihn daran hindern kann, streicht er vorsichtig mit einem Finger über die Prellungen seitlich neben meinem Auge. Ich muss mich zwingen, nicht zusammenzuzucken.

»Sie sind frisch«, sagt er. »Verraten Sie mir, wer das getan hat.«

»Es ist nichts«, sage ich und wende mich ab. Er löst seine Hand nicht von meinem Gesicht, und der leichte Druck treibt die Worte aus mir heraus. »Nur irgendeine Gang, die dachte, sie könnte mir das Transportgut klauen.«

»Aber Sie haben sie abgewehrt.«

»Natürlich«, sage ich und trete einen Schritt zurück. Er lässt die Hand sinken. »So wichtiges Transportgut ist …«

»Wichtig?«

Ich halte meinen Gesichtsausdruck so neutral wie möglich. Innerlich schreie ich mich selbst an. Die Worte sind einfach aus mir herausgepurzelt, durch seine Berührung gelöst, das Gefühl seiner sanften Finger auf meiner Haut. Darnell sieht mich mit leicht zusammengekniffenen Augen an.

»Ja, wichtig«, sage ich. Erstaunlicherweise bringe ich ein lässiges Schulterzucken zustande. »Weil es, Sie wissen schon, um Sie geht. Sie sind nicht irgendein gewöhnlicher Kunde.« Die Worte klingen gezwungen, während ich sie spreche, aber meine Stimme bleibt ruhig.

Darnell rührt sich nicht. Gute drei Sekunden lang starrt er mich nur an.

Dann lächelt er. »Nun, falls Sie irgendwann der Meinung sind, dass jemand dafür bezahlen sollte, sagen Sie mir einfach Bescheid. Ich kann mir vorstellen, es war heute nicht das erste Mal, dass Sie in Schwierigkeiten geraten sind.«

Ich versuche nicht auszuatmen. Ich kann nur ein zweites Mal mit der Schulter zucken, als wäre es keine große Sache.

Darnell zieht in gespieltem Erschrecken die Augenbrauen hoch. »Aber ich bin ein verdammt schlechter Gastgeber. Etwas zu trinken?« Er zeigt auf das Wasser in den Fässern.

»Danke«, sage ich und erwidere endlich seinen Blick. »Alles bestens.«

Er gluckst amüsiert. Es ist ein merkwürdiger Laut, harsch und kurz, als würde ein nackter Fuß auf Glasscherben treten. »Es geht aufs Haus, Riley. Keine Rechnung. Und schauen Sie …« Er geht zu den Fässern hinüber und schöpft eine Handvoll Flüssigkeit heraus, führt sie zu seinen Lippen. »Es ist sauber. Ich habe dieses Fass nicht einmal versiegelt.«

Ein paar Tropfen sickern durch seine zusammengelegten Hände, fallen klatschend ins Fass zurück. Ich bin mir meiner Zunge bewusst, groß und trocken in meinem Mund, wie ein Klotz aus altem Harz.

Einer von Darnells Mitarbeitern tritt mit einem kleinen Becher neben ihn, füllt ihn und reicht ihn mir. Ich warte, aber nur für einen Moment. Das Wasser ist kühl und köstlich, und es schmeckt nur ganz leicht nach dem Metall, aus dem das Fass besteht. Ich halte den Becher mit beiden Händen und neige ihn, um auch den letzten Tropfen zu erwischen.

Ich gebe den Becher zurück und wische mir mit einer Hand über die Lippen. Plötzlich möchte ich von hier verschwinden, unbedingt. Ich nicke zum Dank, hebe meinen Rucksack auf und wende mich zum Gehen – Auftrag erledigt, Transportgut abgeliefert und tschüss.

Darnell räuspert sich hinter mir. »Riley.«

Ich blicke mich über die Schulter zu ihm um.

»Sie sollten sich wirklich überlegen«, fährt er fort, »aus unserem Arbeitsverhältnis etwas zu machen, das …« Er sucht nach den passenden Worten. »… mehr eine Vollzeittätigkeit ist. Ich könnte Ihre Talente gut gebrauchen.«

»Tut mir leid«, sage ich. »Es gefällt mir, was ich mache.«

»Ich wollte nicht vorschlagen, dass Sie damit aufhören. Ich könnte einen hausinternen Tracer gebrauchen. Jemanden, der exklusiv für das Luftlabor arbeitet. Für mich.«

»Sie haben viele Arbeiter im Garten. Geben Sie einem von ihnen diesen Job.«

»Von ihnen?« Wieder dieses Lachen. Seine Augen sind wie Eiskristalle. »Nein. Diese Leute wissen nicht, was es bedeutet, für etwas zu arbeiten. Sie dagegen …«

»Wie ich bereits sagte. Ich bin nicht interessiert.« Ich gehe in Richtung Tür, aber dann räuspert er sich wieder, und diesmal lässt es mich auf der Stelle erstarren.

»Normalerweise mache ich ein solches Angebot nur einmal, Riley. Aber ich lasse Ihnen Zeit, darüber nachzudenken. Lassen Sie es sich einfach mal eine Weile durch Ihr kleines Köpfchen gehen. Ich könnte Ihnen Schutz bieten. Stellen Sie sich vor: keine blauen Augen mehr.«

Ich sage nichts. Sein Lächeln verändert sich nicht. »Sie wären jetzt in Sicherheit.«

Er wendet sich ab, geht zum Tisch zurück, als hätte er mich bereits vergessen. Ich wende mich wieder der Tür zu, ohne auf die Blicke seiner Techniker zu achten, die sich in meinen Rücken brennen. Draußen auf dem Laufsteg grüßt mich der Wächter mit einem spöttischen Grinsen, bevor er vorsichtig die Tür zudrückt.

# 8 | Riley

Ich bin fast am Fuß der Treppe, als ich zusammenbreche.

Ich weiß nicht, ob mich nun der Schock eingeholt hat oder ob es einfach an den Schlägen liegt, die ich von den Lieren einstecken musste, aber eben noch nehme ich die letzten Stufen, und in der nächsten Sekunde liege ich flach auf dem Bauch. Der Metallboden fühlt sich kühl an meiner Wange an. Eine angenehme Empfindung.

Hände auf meinem Rücken, dann an meinen Schultern, dann ziehen sie mich hoch. Jemand sagt meinen Namen, und dann blicke ich ins Gesicht von Prakesh Kumar.

Er ist größer als ich, mit starken Armen, weil er jeden Tag im Dreck wühlt, und bevor ich verstehe, was geschieht, hat er mich auf die Kante eines Algentanks gesetzt. »Bei den Göttern, Ry, was zum Teufel ist passiert?«

Seine Hände nähern sich bereits meinem Gesicht, aber ich wehre sie ab. Seine walnussbraune Haut ist schwielig, mit dunklen Erdkrümeln gesprenkelt.

»Ich dachte, du hättest heute deinen freien Tag«, sage ich, wobei ich mich auf jedes Wort konzentrieren muss, um es deutlich genug auszusprechen.

»Gestrichen. Man hat zusätzliche Arbeitskräfte gebraucht. Was ist passiert?«

»Mir geht es gut«, sage ich. »Nur ein kleines Problem auf dem Weg hierher.«

»Ein *kleines* Problem?« Er hebt wieder die Hände, und ich muss sie noch etwas entschiedener wegdrücken.

»Ich sagte, mir geht es gut«, murmele ich.

»So siehst du aber gar nicht aus. Nicht einmal annähernd.« Er verschränkt die Arme, mustert meine Prellungen. An den anderen Technikern wirken die weißen Laborkittel unförmig, fast wie ausgeleiert, doch Prakesh steht seiner gut, an den Schultern gerade, über einem groben Baumwollhemd.

Ich spreche leise, falls irgendjemand lauscht. »Hinterhalt. Lieren. Sie wollten mein Transportgut klauen. Hab's geschafft, sie abzuwehren ...« Ich muss innehalten, als ein Hustenanfall mich zusammenklappen lässt.

Prakesh legt die Hände auf meinen Rücken, hält mich. »Immer mit der Ruhe. Bleib einfach hier sitzen, okay? Ich hole dir etwas Wasser.« Ich versuche ihn wieder wegzudrücken, will ihm sagen, dass ich bereits von seinem Chef etwas bekommen habe, aber diesmal lässt er es nicht zu, stützt mich mit einer Hand zwischen den Schulterblättern. »Nein. Du bist verletzt. Du kannst etwas Wasser gebrauchen. Ich bin gleich zurück.«

Er geht, und ich lasse mich schwer gegen die Seite des Tanks fallen. Nach einer Minute ist mir nicht mehr so schummrig, und ich wanke zu einem der Bäume in der Nähe hinüber. Ich stütze mich daran ab und lasse mich dann auf den weichen, lehmigen Boden niedersinken. Prakesh wird mich wahrscheinlich anbrüllen, weil ich auf seinem kostbaren guten Erdboden sitze, aber das ist mir egal. Ich bin nur froh, die Füße ausstrecken zu können. Ich lecke mir über die Lippen. Die Blutkruste bricht ein wenig auf, wie altes Glas.

Meine Gedanken driften zurück in die Zeit, als ich Prakesh kennengelernt habe. Damals in der Schule mussten wir uns in einen engen Raum mit harten Stühlen und grellem Licht zwängen. Wenn man klein ist, macht es irgendwie Spaß – man verbringt dort nicht allzu viel Zeit, und man lernt die meiste Zeit, wie man liest und schreibt und zählt, und manchmal haben wir sogar Bilder gemalt, wenn der Lehrer ein paar Buntstifte aufgetrieben hat.

Aber wenn man älter wird, wird das Klassenzimmer noch enger, und es ist weniger Platz auf den Stühlen. Und was man lernt, ergibt keinen Sinn mehr. Die Lehrer zeigten uns Bilder oder Videos vom Leben auf der Erde: Tiere in Gefangenschaft, blaugrüne Ozeane, riesige Ansammlungen von Gebäuden, die als Städte bezeichnet wurden. Sie versuchten uns beizubringen, wie das alles funktionierte. Ich erinnere mich, wie ich das Bild irgendeines Tieres anschaute – ein riesiges, unmögliches Wesen mit einer langen Nase wie ein Tentakel und schrecklicher, runzlig grauer Haut – und wie ich es mir im realen Leben vorzustellen versuchte, wie es damals auf der Erde gewesen sein musste. Ich konnte es nicht. Ich konnte es einfach nicht sehen. Ich wusste, wie es aussah, aber ich konnte es mir nicht vorstellen. Und dann der Name: Elefant. Wie etwas aus einer Gruselgeschichte. Eine ungewöhnliche Abfolge von Buchstaben, ein Wort, Lichtjahre von allem entfernt, das ich kannte.

Ich wurde wütend und schlug in einem idiotischen Wutanfall auf den Tabscreen ein. Ich erinnere mich, wie das dünne Glas des Bildschirms zersprang, der winzige Stich, als ich mich an einer Scherbe schnitt und der Elefant verschwand. Ich war sieben.

Bis dahin hatte ich Prakesh nicht allzu viel Aufmerksamkeit geschenkt. Ich hatte schon gewusst, wer er ist, aber ich hatte noch nie mit ihm gesprochen. Aber aus irgendeinem Grund saß er an jenem Tag neben mir, und als meine Hand zum vierten Mal auf den Bildschirm niederfuhr, hielt er meinen Arm fest. Ich sah ihn verblüfft an. Ich hatte erwartet, Angst oder vielleicht sogar Wut zu sehen, aber seine Augen blickten mich freundlich an. Er beugte sich vor und zog mir behutsam die Glasscherbe aus der Hand. Während ich zusah, erschien ein kleiner Blutstropfen, scheinbar aus dem Nichts.

Dann packte mich der Lehrer im Genick. Er warf mich hochkant aus der Schule und befahl mir, nach Hause zu gehen. Aber als ich dann im Korridor stand, spürte ich erstmals, wie sich der Schmerz in meiner Hand ausbreitete, und mir wurde bewusst, dass ich wieder hineingehen wollte.

Es hielt nicht lange an. Meine Mutter flehte sie an, mich wieder aufzunehmen, und nach einer Weile waren sie dazu bereit, aber ich konnte mich nicht mehr konzentrieren. Prakesh war freundlich, und wir verbrachten immer mehr Zeit miteinander, aber es war nicht genug. Als meine Mutter starb, ein paar Tage nach meinem vierzehnten Geburtstag, sagte ich zu Prakesh, dass ich damit fertig war. Es überraschte niemanden, dass die Schule nicht versuchte, mich zurückzuholen.

Danach hatte ich ihn längere Zeit nicht wiedergesehen. Es ist schon komisch, wie es in dieser Station läuft. Wir leben hier auf engstem Raum, eine Million Menschen in diesem kleinen Stahlring, der nur dazu gedacht war, die Hälfte davon aufzunehmen, aber es kommt vor, dass man jemanden jahrelang nicht sieht. Und dann, vor ein paar Monaten, bat mich eine Frau, ein Paket an ihren Sohn im Garten auszuliefern. Zuerst hätte ich Prakesh fast nicht erkannt, aber er erinnerte sich an mich. Damals war er nur ein Nahrungstechniker, irgendein Kerl in weißem Laborkittel. Aber er führte mich herum, gab mir Wasser zu trinken und frische, knackige Bohnen zu essen, erzählte mir von seiner Arbeit. Erst da wurde mir bewusst, wie sehr ich ihn vermisst hatte.

Prakesh kommt zurück, trägt eine dicke Plastikflasche. Er murmelt etwas, als er mich am Baum sitzen sieht, protestiert aber nicht. Stattdessen geht er in die Knie und reicht mir die Flasche, die ich an die Lippen setze, um einen großen Schluck zu trinken. Das Wasser ist wunderbar kalt, so kalt, dass es fast schmerzt, und bevor es mir bewusst wird, habe ich die Flasche leergetrunken.

»Du bist noch nicht fertig«, sagt er und holt ein paar Babytomaten aus der Tasche seines Laborkittels. Als er sie mir reicht, berühren sich unsere Hände, die warme Haut seiner Finger streicht über meine.

Ich esse zwei Tomaten, bevor ich plötzlich innehalte, die nächste bereits auf halbem Weg zu meinem Mund. »Das ist nicht das genetische Zeug, oder?«

»Genetisches Zeug! Ich liebe es, wie dein Verstand manchmal funktioniert, Riley«, sagt er und nimmt selbst einen Bissen. »Nein, das ist gutes altes natürliches Gemüse. Mit dem genetischen Zeug werden wir frühestens in einem Jahr Erfolge vorweisen können. Aber wenn wir so weit sind …«

»Dann könnt ihr Millionen Pflanzen in einer Nanosekunde wachsen lassen, um damit die gesamte Station für einen Tag zu versorgen, und ihr könnt eure wissenschaftlichen Kenntnisse dazu benutzen, mir ein biologisches Raketentriebwerk zu bauen, mit dem ich wegfliegen kann. Ich weiß, du hast es mir schon einmal erzählt.«

Er kratzt sich am Hinterkopf. »Nun, wir hatten gestern wirklich einen Durchbruch. Wir haben es tatsächlich geschafft, eine komplette Sojabohnenpflanze in vierundzwanzig Stunden keimen zu lassen. Natürlich hätte sie jeden umgebracht, der etwas davon gegessen hätte, aber es ist schon ein großer Fortschritt gegenüber dem Kinderkram, den wir vorher gemacht haben. Und die Genetik ist nicht alles – die Pflanzen brauchen die richtigen Mineralien, um zu wachsen. Es ist Monate her, seit der letzte Asteroidenfänger hier seine Beute abgeliefert hat, und mit dem Zeug, das wir vom Mars und vom Mond bekommen, geht es nicht.«

»Dann vergiss die Mineralien. Fang mit der genetischen Arbeit an Menschen an. Wir brauchen keine Mineralien zum Funktionieren.« Ich halte die letzte Tomate hoch und werfe sie mir dann in den Mund. »Gib uns einfach nur ab und zu eine Tomate zu essen, und wir sind startklar.«

»Ja, weil die genetische Modifikation von Menschen beim letzten Mal so unglaublich gut funktioniert hat. Oder erinnerst du dich nicht mehr an den Geschichtsunterricht in der Schule.«

»Ich glaube, diese Stunde habe ich verpasst.«

Er senkt den Blick, dann schaut er mit getrübten Augen zu mir auf.

»Was?«, frage ich. Und dann noch einmal, verärgert: »Was?«

»Was ist wirklich passiert, Ry? Unterwegs.«

»Wie meinst du das?«

»Du hast es also geschafft, ganz allein eine komplette Gang abzuwehren? In einem Hinterhalt? Blödsinn, Ry. Sie haben dir in den Arsch getreten, und jetzt belügst du mich.«

»Tue ich nicht.«

Er hebt die Augenbrauen. Normalerweise lache ich über ihn, wenn er das tut – weil er dann wie jemand aussieht, der soeben einen derben Witz gehört hat –, aber diesmal sehe ich seinen frustrierten Gesichtsausdruck. Mit der einen Hand wühlt er im Erdboden, und die dunklen Krümel quellen zwischen seinen Fingern hervor. Ich glaube, er weiß nicht einmal, dass er es tut.

»Warum tust du es immer wieder?«, fragt er. Seine Stimme ist leise, aber seine Wut ist nicht zu überhören. Ich vergesse ständig, wie schnell sich seine Stimmung ändern kann. Damals im Klassenzimmer hat er mich zwar davon abgehalten, den Tabscreen weiter zu zertrümmern, aber während wir älter geworden sind, scheint meine ganze Wut auf ihn übergegangen zu sein.

»Was tue ich?«

»Ich versuche dir zu helfen, und du schließt mich aus.«

»Ich brauche keine Hilfe.« Die Worte klingen dumm und bockig, noch während ich sie spreche. »Ich kann gut auf mich selbst aufpassen, danke.«

»Wirklich?«, erwidert er und zeigt mit einem Finger auf mein Gesicht. »Was meinst du mit ›auf dich selbst aufpassen‹?«

»Was soll ich denn tun?«, frage ich und hebe die Stimme. »Willst du, dass ich mit dem Rennen aufhöre?

Die Gangs sind ein Teil des Jobs, Prakesh. Damit muss man leben.«

»Das ist es nicht wert. Nicht für diesen Preis. Es gibt andere Jobs, die du machen könntest.«

»Ach ja? Zum Beispiel?« Ich komme auf die Beine. Die Schmerzen in meinen Füßen erwachen wieder.

Er versucht mir zu folgen, löst sich mit frustierender Leichtigkeit vom Baum. »Was auch immer. Du bist intelligent, du könntest überall in dieser Station Arbeit finden. Warum rennst du? Wofür?«

»Zu deiner Information: Ich mag diese Arbeit wirklich.«

»Ich weiß«, sagt er. »Aber du hast sonst nichts in deinem Leben. Du rennst, und das war es. Und wenn du wieder einmal so schlimm verletzt wirst? Was willst du dann machen?«

Ich starre ihn finster an. »Es gibt jede Menge Sachen, die ich mache, wenn ich nicht renne.«

Sein Lachen ist bitter. »Komm schon, Riley. All die Zeit habe ich nie gesehen, dass du etwas anderes machst als rennen und Karten spielen. Wofür bringst du dich in Lebensgefahr? Für ein paar Batterien? Gestohlene Lebensmittel? Das ist es nicht wert.«

»Besser, als den ganzen Tag für nichts in einem Treibhaus zu arbeiten«, sage ich. Doch schon im nächsten Moment möchte ich meine Worte zurücknehmen. Prakesh jedoch nimmt sie ohne Kommentar auf und starrt mich einfach nur an.

Nach einer Weile sagt er: »Wir arbeiten hier dafür, die Leute am Leben zu erhalten. Falls es dir noch nicht aufgefallen ist: Es sind nicht mehr allzu viele von uns übrig.

Und ohne Luft und ohne Nahrung wären es noch viel weniger. Deshalb kannst du hierherkommen und mein Wasser trinken, und wenn du deswegen wütend auf mich bist, dann ist das in Ordnung. Aber sag mir nie wieder, dass ich für nichts arbeite.«

Wir starren uns gegenseitig an. Unser Wortwechsel hat die Aufmerksamkeit einer weiteren Person erregt, einer schüchternen Technikerin mit knallrotem Haar, die nervös auf uns zukommt. »Ist alles in Ordnung, Prakesh?«, fragt sie. »Ich kann die Sicherheit rufen, falls …«

»Nein, Suki, alles ist gut«, antwortet er, aber er schaut sich nicht zu ihr um.

»Und ich wollte sowieso gerade gehen«, sage ich, wende schnell den Blick von ihm ab und schultere meinen Rucksack.

Er legt eine Hand auf meine Schulter. »Riley, hör zu …« Aber ich schüttele sie ab und renne los, lasse die beiden neben dem Baum stehen. Wenig später bin ich außerhalb des Waldes, sause an einem verdutzten Dumar vorbei. Lasse mich vom Rhythmus meiner Bewegung beruhigen, als ich zu den Galerien zurücklaufe. Die Leute wachen auf, gehen von ihren Quartieren zur Kantine, zur Schule, zu ihren Arbeitsplätzen. Während ich renne, lässt meine Wut nach, wie ein feuchter Handabdruck, der auf einer Glasscheibe verdunstet, und ich verliere mich in der Menge.

# 9 | Darnell

Die Tür zu Oren Darnells Büro ist eine dicke Metallplatte, deren Scharniere angerostet sind. Sie ist halb geöffnet, als er eintrifft, und er drückt sie weiter auf. Als sie gegen die Wand schlägt, ist der Knall laut genug, um das riesige Fenster mit Blick auf das Luftlabor zu erschüttern. Einer der Kontrollraumtechniker ist ihm gefolgt, will ihn etwas fragen. Er muss der Tür ausweichen, als sie zurückprallt.

Darnell blickt sich nicht einmal zu ihm um. »Raus hier«, sagt er zu ihm.

Der Techniker weiß, dass er nicht widersprechen sollte. Er hastet hinaus, zieht die Tür hinter sich zu. Kurz bevor sie sich schließt, brüllt Darnell: »Und sagen Sie Reece, dass ich ihn sehen will. Sofort!«

Die Tür hält kurz inne, dann fällt sie ins Schloss.

Darnell wendet sich wieder dem Fenster zu. Er ist nicht wütend, auch wenn der Techniker etwas anderes denken dürfte. Er ist aufgeregt. So aufgeregt, dass er laut lachen möchte. Stattdessen lächelt er, und seine Zähne spiegeln sich im Fenster. Er öffnet den Kasten, dreht ihn um, lässt den Augapfel auf seiner Handfläche hin- und herrollen. Er hinterlässt eine klebrige Spur auf seiner Haut, aber Darnell bemerkt es kaum.

Es hat so lange gedauert. So viele Jahre des Beobachtens und Abwartens, während er sich mit dem Abschaum arrangieren musste, der den Großteil der Bevölkerung der

Station ausmacht. Während er vor dem Rat und den Technikern und den unzähligen Funktionären so tun musste, als würde ihn die Luftqualität der Station mehr als einen Dreck interessieren. Jetzt nicht mehr. Der Augapfel ist das letzte Detail – und endlich kann er diesem morschen Wrack einer Station all das geben, was es verdient hat.

Er sagt sich, dass er ruhig bleiben muss. Es gibt noch ein paar Dinge, um die er sich kümmern muss. Zum Beispiel Riley Hale. Er hatte sie noch gar nicht auf seine mentale Liste der »zu erledigenden Dinge« gesetzt, bis sie in den Kontrollraum getreten war. Es waren nicht nur die Verletzungen. Riley Hale hat schon viele Male Transportgut an Darnell ausgeliefert, und er hat sie noch nie nervös erlebt. Nicht bis zu dieser speziellen Lieferung. Ihr ganzer Körper war angespannt, als hätte man sie unter Strom gesetzt. Also war ihm klar, dass sie gesehen hatte, was sich in ihrem Rucksack befand, noch bevor sie die Bemerkung über die Wichtigkeit des Transportguts gemacht hatte.

Genau in jenem Moment verspürte Darnell den Wunsch, seine Finger um ihren hübschen Hals zu legen, und als sie ihn zurückwies, wollte er das Problem so schnell wie möglich lösen, aber er sagte sich, dass er sich zurückhalten musste. Es kommt nicht infrage, jemanden im Luftlabor zu töten. Genauso wenig kann er sie frei herumlaufen lassen. Er ist viel zu nahe dran, um sich durch solche Dinge in Schwierigkeiten bringen zu lassen.

Und er war fair zu ihr. Er hat ihr eine Chance geboten, sich ihm anzuschließen. Natürlich hätte es letztlich keine Rolle gespielt – sie und er, genauso wie jede andere Person in der Station, haben nur noch eine Lebensspanne, die sich in Tagen bemessen lässt. Aber es wäre lustig gewesen, sie ins Boot zu holen. Mit ihrem Tempo wäre sie äußerst nützlich gewesen. Jetzt ist sie nur noch eine Belastung.

Er ist zufrieden mit dem Zustand des Auges – Gray hatte ihm gesagt, dass er ein Mittel injizieren würde, das er entwickelt hatte, irgendeine Konservierungsflüssigkeit, die die Zersetzung verlangsamt. Er lässt den Augapfel in seiner Hand hüpfen, mit einem leisen Platschen, als wäre es ein verfaultes Stück Obst.

Eine Bewegung, am Rand des Luftlabors. Es ist Hale, die lautlos über den Weg zwischen zwei riesigen Eichen rennt, auf den Ausgang zu. Darnell kann noch kurz den Saum ihrer Jacke sehen, die hinter ihr herflattert.

Er schließt den Augapfel wieder im Kasten ein und setzt sich an seinen Schreibtisch. Er ist aus Holz, aus einem toten Baum gefertigt – soweit Darnell weiß, ist es das einzige Möbelstück aus Holz in der gesamten Station, vielleicht sogar das einzige Stück, das überhaupt noch existiert. Er poliert ihn ständig, sodass er von Öl glänzt.

Der Schreibtisch wird von einem Bonsai dominiert, einem kleinblättrigen Buchsbaum, nicht größer als sein Kopf, mit einem dünnen, verdrehten Stamm und Büscheln aus hellgrünen Blättern. Darnell hat eine kurze, dicke Schere auf seinem Schreibtisch, und jetzt greift er danach. Er beugt sich vor, nimmt einen Zweig und schneidet. Ein einzelnes winziges Blatt fällt auf die Tischplatte. Er beugt sich wieder vor, schneidet erneut.

Einst gab es viele Hunderttausend Buchsbäume in ganz Asien. Wunderschöne Bäume mit dichtem grünem Laub. Jetzt nicht mehr. Aber vielleicht, denkt Darnell, werden sie dort irgendwann wieder wachsen. Wenn es keine Menschen mehr gibt, die eingreifen, sie fällen, ihren Lebensraum zerstören.

Die Tür knarrt. Reece tritt ein, in einem langen Mantel. Darnell blickt nicht auf. »Sie kennen diese Tracer, die vorhin hier war?«, fragt er.

»Hm-hm.«

»Auf dem Weg hierher ist sie in einen Hinterhalt geraten. Irgendeine Gang. Sie sollten den Kerlen einen Besuch abstatten. Bringen Sie die Kleine dazu, Ihnen zu sagen, wer sie waren. Seien Sie überzeugend.«

»Und was wird aus der Tracer?«

»Töten Sie sie.«

# 10 | Riley

Ich komme bis zur Grenze des Gartens, bis ich wieder anhalten muss. Ich kann jeden einzelnen Muskel in meinen Beinen und meinem Unterleib spüren, weiß glühende Fäden, die sich kreuz und quer durch meinen Körper ziehen. Als ich langsamer werde, fährt ein Stich durch meine Seite, beißt sich tief hinein. Mein Körper will, dass ich mich vorbeuge, um die Muskelspannung zu lindern, aber ich zwinge mich, aufrecht stehen zu bleiben, während ich langsam durch die Nase atme. Meine Augenhöhlen pulsieren schmerzhaft.

Ich habe es geschafft. Ich habe den Auftrag erledigt, das Transportgut abgeliefert, bin noch einmal davongekommen. Ich habe keine Ahnung, wie zum Teufel ich das durchgezogen habe, aber ich habe es getan.

Heute keine weiteren Jobs. Ich werde nach Hause gehen und dann schlafen. Wahrscheinlich eine Ewigkeit.

Ich bin auf der untersten Ebene des Sektors, und der Korridor ist zum Glück menschenleer. Ich stütze mich an der Wand ab. Das Metall fühlt sich kalt und ölig unter meiner Hand an, also lehne ich mich nur mit der Schulter dagegen. Dann drehe ich mich, sodass ich die Wand im Rücken habe. Und bevor es mir bewusst wird, rutsche ich daran hinunter. Ein Stromkasten ragt aus der Wand, wo sie auf den Boden trifft, und ich setze mich mit gespreizten Beinen darauf. Mein Atem geht jetzt langsamer, und die Hitze in meinen Muskeln hat sich zu einem mattroten Glühen abgeschwächt. Das muss genügen. Wenigstens bis ich zu Hause bin.

Ich kann immer noch die Menschenmenge in den fernen Korridoren hinter mir hören. Der Lärm bekommt eine metallische Note, bis er mich erreicht, abgelenkt und verzerrt durch den Boden und die Wände, sodass er wie ein unheimliches Alien-Monster wirkt, das durch die Station streift.

Ich brauche eine Minute, um zu erkennen, dass da noch ein anderes Geräusch ist. Schritte. Ich reiße die Augen auf und sehe gerade noch rechtzeitig eine Gestalt, die auf mich zukommt, als Silhouette vor den flackernden Leuchtstofflampen.

Die Gestalt bleibt stehen, hebt die Hände. »He, bleib cool! Ich wollte nur fragen, ob du vielleicht etwas zu essen hast.«

Ich blinzle. Die Stimme klingt auf unheimliche Weise vertraut. Dann gewöhnen sich meine Augen an das Licht, und ich erkenne, dass es der Tagger ist, den ich kurz zuvor gesehen habe. Der, an dem ich im Korridor auf der oberen Ebene vorbeigesaust bin, kurz vor der Grenze, als ich zum Luftlabor gerannt bin. Er ist jünger, als ich zunächst gedacht habe, kaum älter als ein Kind, mit schlimmer Akne und dunklem Haar, das auf seiner Stirn klebt. Seine Farbdose hat er sich unter den Hosenbund geklemmt.

Er lässt nicht erkennen, dass er mich wiedererkennt, starrt nur mit hoffnungsvollem Blick auf meinen Rucksack. Ich will ihm sagen, dass er abhauen soll, aber dann erinnere ich mich, dass ich ihm heute schon einmal den Finger gezeigt habe, und bekomme so etwas wie ein schlechtes Gewissen.

»Klar«, sage ich. Obwohl ich mir ziemlich sicher bin, dass mein Rucksack leer ist, besteht durchaus die Möglichkeit, dass ich tief unten einen Proteinriegel oder etwas anderes Essbares vergessen habe. Ein Teil von mir weiß, dass ich wachsam bleiben sollte, aber ein anderer glaubt daran, dass nicht einmal ich so viel Unglück haben kann, zweimal an einem Tag ausgeraubt zu werden.

»Danke«, sagt er, als ich meinen Rucksack öffne und darin herumkrame. »Ich hatte den ganzen Tag noch nichts zu essen, und ich kann nicht in die Kantine gehen, solange ich keinen Job gefunden habe, also … He, was …?«

Seine Worte gehen in einen schrecklichen, gurgelnden Schrei über. Ich reiße den Kopf hoch und sehe gerade noch, wie Metall an seiner Kehle aufblitzt, gefolgt von einem roten Strahl aus Blut. Ich springe auf, als die Gestalt hinter dem Tagger ihn zur Seite stößt.

Ich reagiere instinktiv, beuge mich zurück, als das Messer in meine Richtung zuckt. Ich kann für eine halbe Sekunde das Gesicht meines Angreifers sehen – es ist Darnells Wächter, der mich in den Kontrollraum eingelassen hat. Was zum Teufel?

Er stößt erneut nach mir, und ich schaffe es, seinen Arm zu packen, knapp unter dem Ellbogen. Die Spitze des Messers ritzt meinen Hals, und ich zische vor Schmerz. Der Wächter entwindet sich lachend meinem Griff, dann greift er noch einmal an, treibt mich rückwärts durch den Korridor. Hinter uns zuckt der Körper des Taggers, während er ausblutet.

Ich drehe mich, um loszurennen – dieser Kerl kann unmöglich schneller sein als ich. Aber ich habe kaum zwei Schritte zurückgelegt, als er mich schon am Saum meiner Jacke festhält. Eine Sekunde lang ist es, als wären wir in einem verrückten Tanz gefangen. Ich beuge mich rückwärts, lehne mich gegen seinen Körper. Er schiebt seine Schulter auf mich zu, knapp dahinter das Messer.

Ich drehe mich zur Seite, reiße mich von ihm los, wobei ich nur mit Mühe auf den Beinen bleibe. Er lacht wieder. Kleine Nadeln des Schreckens jagen durch mich, aber darunter schwelt noch etwas anderes: Wut. Ich habe das Transportgut abgeliefert. *Ich habe den verdammten Job erledigt*. Und jetzt will Darnell mich abservieren? Als wäre ich nicht mehr als ein loses Ende, das abgeschnitten werden muss?

Auf gar keinen Fall. Nicht heute.

Der Wächter greift nach mir. Er ist ein guter und schneller Kämpfer, aber er ist leicht zu durchschauen. Er will mich heranziehen und mir dann das Messer in den Bauch rammen. Also lehne ich mich nicht zurück, wie er erwartet, sondern lasse mich fallen und hole in weitem Bogen mit dem rechten Bein aus.

Er bemerkt die Bewegung, weicht zurück, aber vorher hakt sich meine Schuhspitze um seinen Fußknöchel. Es ist nicht viel, aber es reicht. Er stolpert, versucht sich aufrecht zu halten, doch dann kracht er zu Boden. Sein rechter Fuß kommt herunter, prallt ab, bleibt dann auf dem Stromkasten unten an der Wand liegen.

Ich überlege nicht lange, springe, so hoch ich kann, und lande mit beiden Füßen auf seiner Kniescheibe. Höre ein leichtes Knacken, als würde man eine Selleriestange durchbrechen, und dann schreit der Wächter.

Ich springe von ihm herunter, schnappe meinen Rucksack und renne.

# 11 | Prakesh

Das Becherglas zerspringt an der Wand. In der folgenden Stille ist im Labor nur das sanfte Summen des DNS-Thermocyclers zu hören.

Prakesh Kumar wendet den Blick von den Glasscherben ab, wütend auf sich selbst. Bechergläser sind nicht leicht zu ersetzen. Trotzdem kann er die Bescherung zumindest wegräumen, bevor irgendjemand es bemerkt. Er ist ganz allein im mobilen Labor – auf der gegenüberliegenden Seite des Hangars, vom Hauptkontrollraum aus gesehen. Nicht dass es ihn stören würde. Er arbeitet gern allein.

Vor allem wenn er beschließt, seine Wut abzureagieren, indem er Dinge zertrümmert.

Er nimmt sich einen Eimer von einem Werkzeugregal und geht in die Hocke, sammelt die großen Stücke vom Boden auf und wirft sie hinein. Verdammter Thermocycler. Er konnte ihn nicht richtig zum Laufen bringen – die Temperatur wollte nicht steigen, und er musste das System dreimal neu einrichten, bis sich wenigstens etwas tat. Als er es endlich geschafft hatte, fühlte sich jeder Muskel seines Körpers an, als würde er unter Strom stehen. Ihm war gar nicht bewusst, was er tat, bis das Becherglas in Scherben vor der Wand lag.

Nur dass es gar nicht der Thermocycler ist, auf den Prakesh wütend ist. Eigentlich nicht. Schließlich ist es eine Maschine. Maschinen kann er verstehen, genauso wie er Bäume oder Algen verstehen kann. Wenn sie nicht mehr funktionieren, gibt es immer eine Lösung, um das Problem zu beheben – ein Systemneustart, ein anderer Dünger. Sie sind nicht wie Menschen.

Als er den Eimer gefüllt hat, schiebt er ihn unter den Tisch und sagt sich, dass er sich später darum kümmern wird. Er richtet sich auf und reibt sich die Augen, erstaunt, wie müde er ist. Es wird ein paar Stunden dauern, bis er die Resultate der Gel-Elektrolyse abschicken kann. Zeit für eine Pause.

Er verlässt das Labor, verschließt hinter sich die Tür und läuft zum Kontrollraum zurück, im Zickzack zwischen den Bäumen hindurch. Niemand ist in der Nähe, nicht einmal Suki, die oft bis lange nach dem Schichtwechsel bleibt, wie jeder weiß. Niemand stört ihn, während er durch den Hangar läuft.

Er hat wieder Riley im Kopf. Er bleibt ständig beim selben Bild von ihr hängen: wie sie zum ersten Mal ins Luftlabor zurückkam, um ihn zu besuchen, nach ihrer ersten Lieferung. Sie kam zum Stehen, ihr Haar noch in wirbelnder Bewegung, und ein Lächeln spielte auf ihrem Gesicht. Er erinnert sich, wie er gedacht hat, dass er noch nie einen Menschen gesehen hat, der so sehr in Schnelligkeit verliebt ist, der so gern rennt.

Nicht dass es irgendeine Rolle spielt. *Sie lässt dich nicht an sich heran,* denkt er. *Sie lässt sich nicht einmal von dir helfen, wenn sie verletzt ist. Du bist ein freundliches Gesicht für sie, jemand, der ihr etwas zu essen besorgen kann, wenn sie es braucht. Nicht mehr.*

Der Umkleideraum befindet sich auf der Rückseite des Hauptlabors. Der Boden ist dreckig von Fußabdrücken, die Schränke sind verbeult und rostig. Der, den Prakesh benutzt, lässt sich nicht einmal mehr richtig verschließen, aber das Einzige, was er dort aufbewahrt, ist sein Laborkittel, und jeder, der ihn klauen möchte, kann es seinetwegen gern tun. Er streift ihn sich von der Schulter und stopft ihn in den Schrank, schließt die Tür mit einem Knall. Dann lehnt er sich mit dem Kopf gegen das Metall und schließt die Augen, nur für eine Sekunde.

Als er sich umdreht, steht Oren Darnell hinter ihm.

Er steht mit verschränkten Armen und ausdruckslosem Gesicht da. Er ist Prakesh so nahe, dass dieser die Poren in Darnells Haut erkennen kann.

Prakesh zwingt sich, nicht auszuflippen. Er kennt Mr. Darnells Ruf – wie jeder andere –, aber er neigt normalerweise nicht dazu, sich mit Technikern anzulegen. Es sei denn, sie kommen ihm in die Quere. Er braucht sie, damit sie ihm Resultate liefern, damit er sich an der höchsten Position im Luftlabor halten kann. Prakesh erwidert seinen Blick, obwohl er es eigentlich gar nicht tun will.

»Womit kann ich Ihnen helfen?«, fragt er.

Darnell antwortet nicht. Stattdessen packt er Prakesh an den Schultern und wirf ihn gegen die Spinde. Sie knirschen und knarren, werden hinter seinem Rücken durchgeschüttelt. Er ist zu benommen, um etwas sagen zu können, kann sich in der Enge kaum noch rühren. Seine Schultern fühlen sich an, als wären sie in einer Schraubzwinge festgeklemmt.

»Wo ist sie?«, sagt Darnell schnell. Genauso gut könnte er nach einem Update der Ergebnisse der Elektrolyse fragen.

Prakesh reißt einen Arm hoch, versucht Darnell von der Seite gegen den Kopf zu schlagen. Darnell blockt ihn ab und holt mit der Hand aus. Prakeshs Wut verfliegt, wird durch nackte Angst ersetzt. Er versucht ein weiteres Mal, Darnell zu schlagen, aber der Laborchef hält sein Handgelenk fest.

»Tun Sie das noch einmal, und Sie verlieren den Arm. Wo ist Riley Hale?«

Prakesh versucht zu antworten. Genauso gut könnte er versuchen, in seinem Bewusstsein Bäume wachsen zu lassen. All die Geschichten, all die kleinen Gerüchte, die er gehört hat, wenn er mit den anderen Technikern Pause machte, kommen nacheinander wieder hoch. Es fühlt sich an, als würden sie seine Kehle verstopfen, sie versiegeln.

Darnell seufzt. Er rammt seinen Unterarm gegen Prakeshs Hals und lässt seinen Kopf erneut gegen den Spind knallen.

Prakesh klammert sich an den Arm, der ihn am Atmen hindert. Im Nacken spürt er einen winzigen Stich. Er breitet sich aus, der Schmerz durchflutet seinen Körper. Er muss schreien, aber Darnell hält ihm mit einer Hand den Mund zu.

»Es wird Ihnen nicht gefallen, was geschieht, wenn Sie aufwachen«, sagt er. Prakesh befindet sich am Ende eines sehr langen, dunklen Tunnels, und als er endlich versteht, was diese Worte bedeuten, nimmt er gar nichts mehr wahr.

# 12 | Riley

Zu knapp. Das war viel zu knapp.

Jeder Schritt lässt ein neues Bild aufblitzen. Der Tagger, der über mir steht. Das Funkeln von Metall. Sein Schrei, wie Wasser, das durch ein verrostetes Rohr gurgelt. Wenn er nicht da gewesen wäre, wenn er nicht genau an dieser Stelle stehen geblieben wäre …

Nein. So darf ich nicht denken. Darnells Wächter hat den Tagger getötet, weil er ihm im Weg war. Wäre er nicht dort gewesen, wäre es jemand anders gewesen. Ich war das Ziel – und da nicht einmal Darnell es wagen würde, mich mitten im Luftlabor zu ermorden, hat er seinen Schläger geschickt, um es für ihn zu erledigen. Gut, dass ich abgehauen bin, bevor …

O Gott – *Prakesh.*

Ich gehe bereits alle Begegnungen durch, die mir in den Sinn kommen, versuche mich zu erinnern, ob Darnell uns jemals zusammen gesehen hat. Ich glaube nicht. Aber die letzten Worte, die Prakesh und ich gewechselt haben, wiederholen sich ohne Ende in meinem Kopf.

Ich sollte zurückgehen. Nein. Auf gar keinen Fall. Ich kann mich nicht mehr im Garten blicken lassen, bis diese Sache ausgestanden ist. Stomper? Keine Chance. Sie würden mich zusammen mit Darnell in den Knast werfen.

Amira. Sie wird wissen, was zu tun ist.

Ich renne weiter, so schnell ich kann, strenge mich an,

alles andere wegzuschieben. Aber die Wut, die ich während des Angriffs verspürt habe, brodelt immer noch in meinem Bauch. Es ist nicht nur Wut auf Darnell. Es ist Wut über die Hässlichkeit der Station. Den Dreck überall. Es ist, als hätte ich einen Schorf aufgekratzt, den ich schon fast vergessen hatte. Es fühlt sich an, als hätte ich auf das rohe Fleisch darunter geblickt.

Genug. Konzentrier dich aufs Rennen.

Bewegung hilft. Tut es immer. Ich lasse mein Muskelgedächtnis übernehmen, und im Nu bin ich im oberen Korridor von Apogäum, der zum Nest führt.

Für die meisten Leute hat Außenerde nur sechs Ebenen. Trotzdem gibt es hier Ecken und Nischen, die man auf keinem offiziellen Grundriss findet. Luft- und Kabelschächte, Kanalisationsröhren. Und kleine Lagerräume, in denen sich ein Mensch problemlos aufrichten kann. Diese Orte hat der Rest der Station längst vergessen. Aber wenn man weiß, wo man suchen muss, kann man sich eine nützliche Basis sichern.

Ich muss mich kurz umschauen, bis ich die Luke in der Decke gefunden habe. Im gedämpften Licht kann ich gerade noch das gelbe Warnschild erkennen, die Schriftzeichen in Hindi und Chinesisch sind fast unlesbar. Ich lege einen Zahn zu, zwinge meinen Körper, noch ein Stück weiter zu rennen. Es sind fast fünfzehn Kilometer vom Luftlabor bis zum Nest in Apogäum, und ich spüre jeden einzelnen schmerzhaft in den Füßen.

Als ich zur Luke renne, springe ich gegen die Wand, katapultiere mich in einem rückwärtigen Tic Tac zur Decke hinauf. Ich lege eine flache Hand auf die Luke, als ich daran vorbeikomme, und drücke, worauf sie lautlos nach oben aufgleitet. Die Hydraulik, die Carver eingebaut hat, funktioniert tadellos. Ich lande auf dem Boden, und im nächsten Moment springe ich an der gegenüberliegenden Wand hinauf, stoße mich zu einem weiteren Tac in einer glatten Bewegung ab.

Als ich das die ersten paar Male probiert habe, bin ich immer wieder auf dem Hintern gelandet. Im Sprung greife ich nach oben, nach der Kante der Öffnung. Ich entspanne mich in der Bewegung, lasse meinen Körper zurückschaukeln, nutze dann den Vorwärtsschwung, um mich nach oben durch die Luke zu ziehen.

Danach rolle ich mich seitlich ab. Mein Körper schreit mir zu, dass ich hierbleiben soll, aber ich höre nicht auf ihn, zwinge mich wieder auf die Beine.

Die Luke schließt sich wieder mit einem kaum hörbaren Zischen. Im Zugangsbereich ist es fast völlig dunkel – das einzige Licht kommt von einer winzigen digitalen Tastatur, die hinter mir an der Wand befestigt ist. Es ist das perfekte Sicherheitssystem: Um in die Lagereinheit zu gelangen, braucht man entweder etwas, auf das man steigen kann, oder die Beweglichkeit eines Tracers, und selbst wenn man so weit gekommen ist, muss man den Zugangscode zur inneren Tür kennen. Wer auch immer diesen Teil von Außenerde entworfen hat, hatte wahrscheinlich nicht geplant, dass er auf diese Weise benutzt wird, aber für uns funktioniert es ziemlich gut.

Ich muss mehrmals die 9 drücken, bevor die Zahl auf der Anzeige erscheint. Das Gerät ist alt, wurde aus einer kaputten Maschine ausgebaut, und obwohl Carver sich alle Mühe gibt, es instand zu halten, nutzt es sich allmählich ab.

Kurz darauf piept die Tastatur zweimal zur Bestätigung. Ich drücke gegen die Tür, aber sie schwingt nicht auf, sondern bleibt fest verriegelt. Mit gerunzelter Stirn starre ich auf die Tastatur. Kurz bevor die Anzeige verschwindet, sehe ich den Code, den ich eingegeben habe. Er war korrekt.

Für so etwas habe ich wirklich keine Zeit!

Ich tippe die Zahlen noch einmal ein, aber die Metalltür will sich immer noch nicht von der Stelle rühren. Kurz bevor ich versuche, den Code ein drittes Mal einzugeben, erkenne ich, wo das Problem liegt.

»Carver, öffne diese Tür!«, rufe ich, ohne mich darum zu scheren, ob im Korridor unter mir irgendjemand ist, der mich hören kann. Ich hämmere gegen das Metall, was mir ohrenbetäubend laut vorkommt.

Auf der anderen Seite bewegt sich etwas, dann höre ich eine Stimme: »Nicht in diesem Tonfall! Sag bitte!«

Ich schaffe es etwa zwei Sekunden lang, mich zusammenzureißen. »Ich schwöre dir, Carver, wenn du diese Tür nicht sofort öffnest, werde ich sie aus der Wand reißen und dich zwingen, sie zu fressen!«

Ich höre gedämpftes Lachen, dann das Klicken des geöffneten Schlosses. Die Tür schwingt auf, und als ich hindurchgehe und das Nest betrete, greife ich nach dem Erstbesten, das ich sehe – in diesem Fall eine alte Batterie, die auf einem Stuhl liegt, um sie quer durch den Raum auf Aaron Carver zu werfen. Sosehr ich mir das Gegenteil wünsche – seine Reflexe sind so gut wie immer. Die Batterie knallt harmlos gegen die Wand, bevor sie abprallt und aus meinem Sichtfeld verschwindet.

Er hält einen kleinen Kasten in der Hand, und ich sehe

die dünnen Drähte, die über den Boden bis zum Eingang verlaufen. Er hockt an seiner Werkbank, vor ihm ein Durcheinander aus schwarzen und spitzen Einzelteilen. Ihm haben wir unsere superleichten Rucksäcke zu verdanken. Sie sind besser als die Leinentaschen, die wir vorher benutzt haben – darin wurde jedes Transportgut innerhalb von zehn Sekunden herumgeschüttelt und zertrümmert.

Doch das alles hindert ihn nicht daran, jedem auf die Nerven zu gehen.

Rechts von mir höre ich ein Keuchen. Dann eine Stimme, hell und melodiös: »Wer hat dein Gesicht so zugerichtet?«

Ich drehe mich um und sehe die Zwillinge: Yao Shen und Kevin O'Connell. Yao hockt im Schneidersitz auf dem Boden und starrt mit riesigen Augen auf meine Prellungen. Sie ist ein zierliches, elfenhaftes Wesen mit neugierigen Augen und einem winzigen knospenförmigen Mund. Als ich sie zum ersten Mal sah, dachte ich, sie wäre viel zu jung und schwach, um eine Tracer sein zu können. Aber sie hat ein paar beeindruckende Fähigkeiten: Je größer der Sprung, desto mehr wirft sie sich ins Zeug.

Kev sitzt links von ihr. Während Yao winzig klein ist, ist Kev gigantisch, ein Schlägertyp mit Oberarmen, die wie dicke Stahltrossen wirken. Neben seinem Knie liegt ein Buch – beziehungsweise *das* Buch, ein Exemplar von *Die Schatzinsel,* das wir alle schon so oft gelesen haben, dass sich der Einband aufgelöst hat und die meisten Seiten eingerissen sind.

Die Zwillinge erledigen alle Aufträge gemeinsam, sie rennen zusammen, kämpfen zusammen. Amira hat mir gesagt, dass sie kein Liebespaar sind, aber manchmal fällt es mir schwer, das zu glauben. Ich habe sie einmal im Scherz als Zwillinge bezeichnet, und danach ist der Name haften geblieben.

Ich reibe mir geistesabwesend ein Auge. »Bin in eine Schlägerei geraten«, beantworte ich Yaos Frage. »Wo ist Amira?«

»Erledigt einen Job«, sagt Carver. Auch er starrt auf mein Gesicht, die Augen leicht zusammengekniffen. Wie gewöhnlich trägt er ein ärmelloses T-Shirt – heute ein rotes –, und sein blondes Haar ist tadellos, die Schutzbrille auf seiner Stirn ebenso.

»Mit wem bist du aneinandergeraten?«, fragt Yao, erhebt sich aus dem Schneidersitz. »Mit allen Bewohnern der Station? Hast du gewonnen?«

»Mir geht es gut.« Nachdem ich jetzt nicht mehr renne, stürmt meine Angst wieder auf mich ein. Weiß Darnell, für welches Team ich renne? Weiß er, wo wir leben? Wenn sie hierherkommen, können wir ihnen entkommen? Und Prakesh …

»Du siehst aber gar nicht gut aus«, sagt Kev knurrend. Auch er steht nun auf. Es wirkt wie ein Kranarm, der sich an einem Bauschiff entfaltet, schwere Gelenkverbindungen richten sich aus.

»Wir sollten losziehen und sie suchen«, sagt Yao. »Wer waren sie, Riley? Ich werde ihnen die Beine ausreißen und mit ihren Kniescheiben Fangen spielen.«

»Yao, sei still«, sagt Kevin, ohne sie anzusehen. Yao gehorcht schmollend, aber sie sieht mich immer noch an, mit zugleich wütendem und besorgtem Ausdruck.

»Lasst sie in Ruhe, Leute«, sagt Carver, wendet sich

wieder seiner Werkbank zu und nimmt einen Lötkolben in die Hand. »Es geht ihr gut. Was sind ein paar Beulen und Prellungen für jemanden wie Riley Hale? Das ist einfach Teil ihres Jobs.«

Ich habe ein paar ziemlich dicke Mauern in meinem Kopf aufgebaut, um heute alles zusammenzuhalten, aber Carvers Bemerkungen gehen einfach durch sie hindurch, als würden sie nur aus dünnem Stoff bestehen. Ohne ein weiteres Wort gehe ich zu seiner Werkbank hinüber. Er hat ein paar Teile zur Seite gelegt, ordentlich auf der zerkratzten Tischplatte aufgereiht, und ich schlage mit der Faust genau dazwischen. Die Teile springen auseinander, prallen klirrend von der Werkbank ab.

»Was zum Teufel …?«, sagt Carver.

Ich blaffe ihm direkt ins Gesicht. »Weißt du, was ich heute den ganzen Tag transportiert habe? Einen Augapfel! Den man irgendwem aus dem Schädel gerissen hat. Ich habe Hinterhalte und Mordversuche überstanden, und jetzt bin ich etwas aufgedreht. Also tu mir einen Gefallen und sag mir nicht, was Teil meines Jobs ist und was nicht.«

Carver sieht mich an, als wäre ich verrückt geworden. Kev und Yao starren mich mit offenem Mund an.

»Nun gut«, sagt eine Stimme. »Ich bin ja so froh, dass nicht alles zusammengebrochen ist, während ich fort war.«

Amira Al-Hassan steht in der Tür, die Arme verschränkt, den Blick auf mich gerichtet.

# 13 | Riley

Hätte sie nicht gesprochen, hätte keiner von uns bemerkt, dass Amira eingetreten ist. Wie immer ist sie von tödlicher Lautlosigkeit, und wenn sie rennt, ist es, als würden ihre Füße den Boden gar nicht berühren. Die Sprünge, bei denen ich stolpere und schmerzhaft lande, bewältigt sie mit sanfter Leichtigkeit, zart und leise wie ein Kuss.

Sie muss ein wenig den Kopf neigen, um durch die Tür zu treten. Amira ist gut zehn Jahre älter als ich und schlicht gekleidet, in ein graues Trägerhemd und eine Cargohose. Um den Hals trägt sie einen verblassten roten Schal, die ausgefransten Enden auf den Rücken geworfen. Ihr Rucksack hängt locker in einer Hand.

Sie geht zu Carvers Werkbank hinüber, mustert meine Verletzungen. »Das ist eine Geschichte, die ich hören muss«, sagt sie, bevor sie in ihren Rucksack greift und eine Schachtel mit Proteinriegeln hervorzieht. »Die habe ich als Bezahlung für den Auftrag erhalten. Lasst uns frühstücken.«

»Ja«, sagt Carver benommen und steht auf. »Gute Idee.«

Ich setze mich auf den Matratzenhaufen in der Ecke. Es ist mir schwergefallen, die ganze Zeit stehen zu bleiben, und nun scheint mein Körper auf einmal aufzugeben, jede Kraft fließt aus meinen Beinen. Die Fliegerjacke meines Vaters bauscht sich um mich, die Ärmel schieben sich über meine Hände.

Das Nest macht nicht allzu viel her. Es besteht nur aus zwei schmalen, miteinander verbundenen Räumen mit niedriger Decke und zischenden Rohren an den Wänden. Meistens halten wir uns in dem Raum auf, wo Carvers Werkbank steht, und der andere hat eine Luftdusche und eine chemische Toilette, die er an das Hauptsystem angeschlossen hat. Leute, die hierherkommen, sagen, dass es hier riecht. Wahrscheinlich stimmt das, wenn fünf Teufelstänzer dicht gedrängt zusammenleben. Schließlich ist das Nest aufgrund seiner Größe nicht dazu geeignet, viele Leute unterzubringen. Aber ich meine, dass ich seit Jahren keinen Geruch mehr wahrgenommen habe. Es ist mein Zuhause.

Mein Blick wandert zu den Farben an der Wand über meinem Kopf. Abstrakte Formen in Rot-, Grün-, Schwarz- und Goldtönen. Yaos Wandgemälde. Keiner von uns kann genau sagen, was sie eigentlich malt – manchmal glaube ich sogar, dass sie selbst es nicht weiß. Die selbstgemachte Tattoo-Farbe, die sie bei einem Tauschgeschäft erhalten hat, ist vermutlich schon zu alt und toxisch, als dass man sie mit Haut in Berührung bringen dürfte, aber an einer Wand sieht es toll aus. Auch wenn Carver sich beschwert hat, dass er lieber einen neuen Schraubenschlüssel eingetauscht hätte.

Amira wirft mir einen Proteinriegel zu, den ich, ohne nachzudenken, auffange. »Also, Riley«, sagt sie und macht es sich auf Carvers Stuhl bequem. »Erzähl uns, warum du Körperteile herumgetragen hast. Und woher du *weißt*, dass du Körperteile herumgetragen hast.«

Die gummiartigen, zähen Proteinriegel schmecken leicht süß und kleben in hartnäckigen kleinen Klumpen an den Zähnen, aber sie halten sehr lange vor. Schon nach einem hat man das Gefühl, eine vollständige Mahlzeit gegessen zu haben. Sie sind schwer zu bekommen, also genießen wir sie, spülen sie mit Wasser aus unserer Reserve hinunter. Wir ziehen Nahrung vor, die wir uns selbst beschaffen können, nicht das Zeug aus den Kantinen, das kaum essbar ist und zu Brei zerkocht wird. Manche der Mitarbeiter wollen einem nichts davon geben, wenn man keinen offiziellen Job hat. Ein Tracer zählt nicht.

Zwischen den Bissen erzähle ich ihnen, was passiert ist – die Verfolgungsjagd, der Hinterhalt, Darnell, alles. Amira spricht nicht, während sie isst, hält den Riegel in der linken Hand und beißt große Stücke von ihm ab. Ihre rechte Hand liegt auf der Werkbank, und ich bemerke, dass die Stummel, wo früher ihre Zeige- und Mittelfinger waren, gerötet und wund aussehen. Sie hat wieder daran gerieben – die meiste Zeit wird ihr gar nicht bewusst, dass sie es tut. Ihr kleines Souvenir aus der Zeit der Unruhen im unteren Sektor vor Jahren. Als sie ohne Thermoanzug durch den Kern gerannt ist, von Apogäum nach Apex, durch die frostige Hölle des Fusionsreaktors, während sie eine Bombe mit Zeitzünder bei sich trug. Anarchisten hatten sie gelegt, aber sie hatte es geschafft, sie zu entfernen und zu rennen.

Ihre Finger waren erfroren, aber nachdem sie die Bombe im Dock auf der anderen Seite aus der Station geworfen hatte, war Amira eine Heldin. Man bot ihr einen Sitz im Rat an, in dem auch schon ihre Eltern gesessen hatten. Aber ich schätze, wenn man einmal durch den Kern gerannt ist, bringt man nicht mehr allzu viel Interesse für Ratspolitik auf.

Deshalb die Tänzer. Deshalb gibt es uns.

Nach hundert Jahren ist es viel schwieriger geworden, irgendetwas in der Station zu ersetzen oder zu reparieren. Also ist auch der Transport von Dingen und Nachrichten schwieriger geworden als früher – vor allem, wenn die Gangs darauf warten, diese Sachen zu klauen. Die Tracer sind das Netzwerk, das es trotzdem möglich macht, und die Teufelstänzer gehören zu den besten Teams von Außenerde. Es gibt jede Menge andere, aber unter Amiras Führung haben wir uns einen ziemlich guten Ruf erarbeitet.

Als ich mit meiner Geschichte fertig bin, sitzen die anderen eine Weile schweigend da, und dann reden plötzlich alle auf einmal. Carver und Yao verlangen wütend, dass wir uns an Darnell rächen, aber Amira hebt eine Hand, worauf sie sich widerstrebend beruhigen. Carver murmelt einige Obszönitäten, setzt sich wieder an seine Werkbank, nimmt sich seine Schutzbrille und zieht sie sich grob über die Augen, wodurch sein Haar in alle möglichen Richtungen absteht. Amira starrt mich nur an, und diesmal blitzt ein Tadel in ihren Augen auf.

»Nicht gut«, sagt Kev mit einem untypischen Erschaudern zu Amira.

Yao stimmt ihm mit einem heftigen Nicken zu. »Es gab da diese Frau, die vor einer Weile spurlos verschwand. Sie hat in einer Kantine gearbeitet. Und ich hatte diesen Job, für den ich nach Chengshi gerannt bin, wo ich von einem Kanalisationstechniker hörte, der vermisst wurde. Ich habe noch gar nicht darüber nachgedacht, aber wäre es möglich, dass er der Kerl ist, der dir das Transportgut gegeben hat?«

Wir alle starren sie an. Da war durchaus etwas dran.

»Stellt euch vor, wir schnappen den Kerl«, sagt sie mit funkelnden Augen.

»Bist du verrückt geworden?« Carver hat die Schutzbrille heruntergerissen und starrt Yao an, als wäre ihr ein zweiter Kopf gewachsen. »Reden wir hier tatsächlich über eine Aktion gegen jemanden, der Augäpfel per Sonderzustellung verschickt? Nein. Nein, verdammt noch mal! Ich atme gern. Und gute Arbeit übrigens, Riley. Auch mir macht es immer wieder großen Spaß, meinen Tag mit einem Kampf auf Leben und Tod gegen die Handlanger eines psychotischen Laborchefs zu beenden.«

»Ich wurde nicht verfolgt!«, sage ich. Es ist fast ein Knurren, mit dem ich meine Unsicherheit überspielen will.

Amira hat geschwiegen, die Hände ineinander verschränkt, sodass die Fingerspitzen fast ihre Lippen berühren. Sie sieht mich an. »Wir sollten nicht wissen, was wir transportieren«, sagt sie. »Das ist die wichtigste Bedingung für unsere Arbeit. Nur so können wir überleben, und das weißt du. Du hättest niemals in deinen Rucksack schauen dürfen – das habe ich dir immer wieder eingetrichtert.«

Meine Wangen werden heiß, aber ich halte ihrem Blick stand.

Sie zuckt mit den Schultern. »Du hast uns in diese Situation gebracht, Riley. Was meinst du, was wir tun sollten?«

Ich atme einmal tief durch, versuche meine Gedanken in irgendeine Ordnung zu zwingen. »Darnell dürfte auf Rache sinnen«, sage ich. »Der Mann, den er zu mir geschickt hat, war bestimmt nicht der letzte. Das bedeutet, dass wir alle hier in Gefahr sind.«

»Und was heißt das? Wir können es nicht mit ihnen aufnehmen«, sagt Carver. Amira hebt eine Hand, bringt ihn zum Schweigen.

»Aber es geht um mehr als nur das«, sage ich. »Es ist nicht richtig, dass wir in diese Sache hineingezogen wurden … in dieses kranke Spiel.«

»Hmm«, macht Amira. »Was schlägst du also vor?«

»Im Moment sind wir die einzigen Leute, die davon wissen, abgesehen von Darnell und dem Kerl, der mir das Paket gegeben hat …«

»Gray.«

»Richtig, Gray. Abgesehen von ihnen sind wir die Einzigen. Also nehmen wir den Kampf gegen sie auf. Wir zeigen ihnen, dass wir uns nicht einfach so unterkriegen lassen – angefangen mit Gray.«

»Warum machen wir nicht zuerst den großen Bösewicht fertig?«, fragt Yao.

Amira fällt ihr ins Wort. »Nein, Riley hat recht«, sagt sie. »Dieser Händler, dieser Gray, hat uns ausgesucht, weil er weiß, dass wir nicht wissen wollen, was wir transportieren. Er hat unsere Vertrauenswürdigkeit ausgenutzt.« Sie schüttelt den Kopf. »Das werde ich nicht zulassen. Ein Kampf gegen Darnell ist nicht die Antwort, zumindest im Moment noch nicht, aber wir können uns selbst um Gray kümmern. Eine Nachricht schicken.«

Yao würgt. »Ich glaube, ich habe neulich eine von seinen Zwiebeln gegessen. Was ist, wenn er sie mit *menschlichem Blut* düngt?«

Carver verdreht die Augen.

Amira wirft mir einen Blick zu. »Wahrscheinlich werden wir uns irgendwann direkt damit auseinandersetzen müssen. Riley, du hattest viel häufiger mit Darnell zu tun als wir. Gibt es da etwas, das wir wissen sollten?«

Ich atme langsam aus. »Er ist niederträchtig. Verhält sich unauffällig, aber praktisch hat er einige der Gangs da oben im Griff. Hauptsächlich geht es um Wasserzuteilung. Er hat Verbindungen und kann Leute von der Versorgung abschneiden, bis sie etwas haben, das einen Handel lohnenswert macht.«

»Also hätten wir es nicht nur mit ihm zu tun?«

»Wahrscheinlich nicht.«

»Stomper?«, fragt Kevin, wie ein Echo dessen, was ich bereits gedacht habe.

Carver wirft die Arme hoch. »Großartige Idee, Kev. Weil wir ohnehin schon ein so gutes Verhältnis zu den Stompern haben.«

»Keine Stomper«, sagt Amira. »Es ist unser Problem. Wir werden uns selbst darum kümmern.« Sie wendet sich an die Zwillinge. »Wir brauchen so viele Informationen wie möglich. Ich möchte, dass ihr in den Garten geht und nach einem Weg ins Luftlabor sucht. Beobachtet Darnell, schaut euch an, was er tut, und meldet euch dann wieder bei mir. Wenn er wirklich etwas gegen uns unternehmen will, müssen wir es rechtzeitig erfahren.«

Sie tauschen nur einen kurzen Blick aus, dann machen sich die Zwillinge auf den Weg, springen durch die Luke. Ich höre ihre leisen Schritte, die sich durch den Korridor entfernen.

Amira dreht sich wieder zu uns um. Ihre Augen sind kalte Schlitze. »Wir gehen noch einmal zum Markt. Es wird Zeit, diesem Arthur Gray einen Besuch abzustatten.«

Mit einem Kopfnicken deutet sie auf meine Prellungen. »Wirst du damit ein Problem haben?«

Ich schüttle den Kopf. »Ich werde es überleben.«

»Gut.«

Als wir uns durch die Luke fallen lassen, ist es still im Korridor, kein Geräusch außer dem Rumoren der Station. Doch als wir in Richtung Galerie loslaufen, kommt ein Ruf vom anderen Ende des Korridors. Jemand brüllt meinen Namen.

Ich wirble herum, mache mich auf das Schlimmste gefasst – die Lieren oder einen neuen Angriff von Darnell –, doch dann sehe ich, dass es ein Tracer ist, der vom Ende des Korridors auf uns zugerannt kommt. Es ist ein älterer Mann, den ich schon einige Male gesehen habe, mit grauen Strähnen im schulterlangen Haar. Ansonsten kenne ich ihn nicht.

»Sie sind Riley Hale?«, fragt er und kommt zum Stehen.

Ich nicke. »Richtig.« Meine Hände sind zu Fäusten geballt. Ich muss mich bewusst zwingen, sie zu entspannen. Carver und Amira stehen ein Stück entfernt und beobachten verwundert den Neuankömmling.

»Eine Lieferung für Sie«, sagt der Tracer und greift in seine Jackentasche. Er hält mir etwas hin, und ich brauche eine Sekunde, um zu erkennen, was es ist.

»Ist das … Papier?«, fragt Carver.

Abgesehen von unserem Exemplar der *Schatzinsel* glaube ich nicht, dass wir jemals ein loses Blatt Papier in den Händen gehalten haben. Es fühlt sich seltsam weich an. Der Tracer nickt knapp und läuft in die Richtung zurück, aus der er gekommen ist.

»Was ist das?«, fragt Amira.

Mein Magen dreht sich wieder auf diese langsame Art, und das Geräusch, als ich das Papier entfalte, klingt im engen Korridor viel zu laut. Ich lese die Nachricht, in winziger Schreibschrift verfasst, und wieder pocht mein Herz gegen meinen Brustkorb.

»Riley?«, sagt Amira.

Ich dachte, Darnell würde weitere Leute zu uns schicken. Aber das hier ist viel schlimmer. Viel, viel schlimmer.

*Liebe Miss Hale,*
*Sie werden schnell sterben. Prakesh Kumar nicht. Ich schlage vor, Sie tauschen Ihr Leben gegen seins. Und wenn Sie zum Luftlabor kommen, kommen Sie allein.*
*Mit wärmsten Empfehlungen*
*Oren Darnell*

# 14 | Darnell

Der Vorarbeiter versucht ihm zu sagen, dass die Monorail voll ist. Der Mann ist neu, macht diesen Job erst seit knapp einem Monat, und seine einzige Sorge gilt den Nahrungslieferungen nach Chengshi und Apogäum und Neu-Deutschland. Er bemerkt nicht, wie die anderen Arbeiter von ihm abrücken, sieht nicht die abgewandten Blicke oder das plötzliche Interesse an Zugfahrplänen und Lebensmittellisten.

Darnell legt einen Arm um die Schulter des Vorarbeiters. »Wie ist Ihr Name?«

»Judd, Sir.« Die Worte des Vorarbeiters klingen leicht gedämpft, hauptsächlich weil sein Kopf in Darnells Achselhöhle klemmt.

»Judd. Okay. Kennen Sie meinen Leibwächter? Er hört auf den Namen Reece.«

Judd versucht den Kopf zu schütteln, schafft es aber nicht ganz.

»Vor ein paar Stunden wurde ihm das Knie gebrochen. Hauptsächlich weil er nicht genau das getan hat, was ich ihm gesagt hatte.«

Darnell lässt den Mann los. Judd taumelt zurück, starrt seinen Chef an. Darnell zeigt auf die Kiste hinter ihm – einen großen versiegelten Metallkasten auf einer fahrbaren Palette mit der Aufschrift *Soja Japonica*. »Laden Sie meine Kiste ein, Judd«, sagt er.

Er sieht die Fragen in Judds Augen – zum Beispiel, warum eine weitere Kiste mit Sojabohnen in eine Monorail geladen werden soll, die bereits voll damit ist. Oder warum Darnell die Lieferung persönlich begleiten will. Doch als Darnell schließlich in den hintersten Waggon der Einschienenbahn steigt, ist seine Kiste eingeladen und gesichert. Mit einem Rumpeln verlässt der Zug das Ladedock.

In den Tunneln ist es schwarz. Die große Halogenlampe an der Kabine des Waggons reicht nicht so weit zurück, und Darnell muss sich an den Kisten festhalten, um nicht das Gleichgewicht zu verlieren. Früher gab es Dutzende von Monorails, die an der Innenseite des Rings entlangfuhren – es war das öffentliche Verkehrssystem der Station. Doch dann wurde es unmöglich, sie zu warten, und nun wird die Monorail nur noch vom Rat und für Lebensmittellieferungen genutzt.

Der Zug passiert einen verlassenen Bahnhof, wo der Bahnsteig von einer dicken Staubschicht bedeckt ist. Es gibt Anzeichen menschlicher Anwesenheit – Müll, eine saubere Stelle im Staub, wo sich vermutlich jemand schlafen gelegt hat –, aber jetzt ist niemand zu sehen. Kurz bevor die Dunkelheit den Zug wieder verschluckt, erkennt Darnell das Zeichen auf einem Stützelement des Tunnels. Ein simples weißes Kreuz, das auf das Metall gesprüht wurde.

Darnell schätzt die Geschwindigkeit des Zuges ab. Langsam genug. Er arbeitet schnell, benutzt sein Messer, um die Riemen zu zerschneiden, mit denen die Kiste gesichert ist, dann hebt er den Deckel ab. Darin liegt Prakesh Kumar, immer noch bewusstlos, der Körper in unbequemer Lage verrenkt.

Oren Darnell greift hinein, zieht den komatösen Techniker hoch. Dann wirft er ihn vom Zug.

Prakesh stürzt neben das Gleis, rollt ein Stück weiter. Darnell sieht, wie sein Mund zuckt, zu einem schmerzhaften Stöhnen ansetzt, aber er wacht nicht auf, und der Laut verliert sich im Rumpeln der Monorail. Darnell springt ab, landet auf beiden Beinen neben dem Gleis.

Fast hätte es ihn umgeworfen. Obwohl der Zug langsam fährt, bebt der Tunnel. Die Oberfläche unter Darnells Füßen vibriert, als wäre sie lebendig. Doch er beugt die Knie noch ein wenig mehr durch und findet schließlich sein Gleichgewicht wieder.

Er greift nach Prakesh und wirft ihn sich über die Schulter. Arthur Gray nennt das Zeug Schlafschnell. Darnell hat gern immer etwas davon in der Tasche, einen kleinen Beutel mit winzigen Spritzen.

Er nimmt sich einen Moment, um zur Ruhe zu kommen und damit sich seine Augen wieder an die Dunkelheit gewöhnen. Schnell findet sein Blick die Tür, die leicht nach hinten versetzt in die Wand des Tunnels eingelassen wurde. Er geht hinüber, aktiviert die Zugangstastatur, die einen matten weißen Schein in den Tunnel wirft. Gray wollte Darnell nicht den Code für das geben, was er als seine Werkstatt bezeichnet. Darnell hat ihn dazu gebracht, es doch zu tun.

Er tippt den Code ein, und das Türschloss wird entriegelt. Das Klicken hallt durch den engen Tunnel. Der Gang hinter der Tür ist schwach erleuchtet, die Metallwände sind rostig und schartig. Mit seiner Last macht sich Darnell auf den Weg durch den Gang. Nachdem er den idiotischen Techniker abgeladen hat, kann er zum Luftlabor zurückkehren und auf die Rückkehr von Riley Hale warten. Er muss sie nicht einmal betäuben. Sie wird ihn freiwillig begleiten, wenn sie weiß, was gut für sie ist. Er kann sie Arthur Gray überlassen, als kleines …

Darnell hält inne, lauscht angestrengt.

Die Tür hat sich nicht wieder hinter ihm geschlossen.

Er blickt sich über die Schulter um. Die Tür steht einen Spalt offen. Sein Blick geht nach unten, wo er eine Schuhspitze zwischen dem Rahmen und der Tür erkennt.

Darnell greift an. Er benutzt den Körper des Technikers als Rammbock und wirft sich damit gegen die Tür. Sie fliegt auf, wirft den Besitzer des Schuhs stolpernd zurück. Darnell lässt Prakesh los, stößt ihn von sich, und sein Verfolger bricht unter dem Gewicht des Körpers zusammen, knallt auf das Gleis.

Bewegung. Rechts von ihm. Eine Gestalt springt auf ihn zu, schießt aus der Dunkelheit hervor. Darnell wehrt die Angreiferin mit einer Rückhand ab. Sie schreit auf, und Blut spritzt auf seine Hand. Er kann es in der Dunkelheit nicht sehen, aber er kann es spüren, warm und klebrig, und es bringt ein Lächeln auf sein Gesicht.

Der Erste ist wieder aufgestanden. Darnell kann seine Züge in der Dunkelheit nicht erkennen, aber der Mann ist riesig, mit Armen wie Baumstämme. Für einen Sekundenbruchteil zögert Darnell. Doch als der Mann auf die Beine kommt, begeht er den Fehler, einen entsetzten Blick auf den Körper des Technikers zu werfen.

Darnell nimmt zwei Spritzen aus der Tasche, schnippt die Kappen ab. Sie springen über den Boden davon. Die erste Nadel fügt dem Riesen nur einen Kratzer zu, aber es genügt, um etwas Schlafschnell in seinen Blutkreislauf zu injizieren, und nach wenigen Sekunden taumelt er, schlägt nur noch unkoordiniert um sich. Darnell duckt sich, duckt sich erneut, dann drückt er die Spritze mitten in den Brustkorb des Riesen.

Der Mann bricht praktisch im nächsten Moment zusammen, fällt zuerst auf die Knie und dann aufs Gesicht. Ein Wutschrei ertönt, dann ist die Kleine zurück.

Sie stürmt auf Darnell zu, mit gesenkter Schulter, zielt auf seine Beine. Er packt sie im Genick, bevor sie näher herankommen kann, hebt sie hoch. Sie tritt nach ihm, versucht die bloße Haut seines Arms aufzukratzen, aber es nützt nichts. Seine Hand schließt sich vollständig um ihren Hals, hält sie fest wie ein Schraubstock.

Etwas Licht dringt aus Grays Geheimgang. Darnell kann seine Angreiferin vage erkennen. Es ist eine winzige Frau, deren Haut mit farbigen Tattoos übersät ist. Um ihren Hals windet sich ein Wort in filigraner, verschnörkelter Schrift: *Teufelstänzer*.

Riley Hales Team. Aha.

Sie wehrt sich immer verzweifelter. Darnells Finger ziehen sich zusammen. Noch etwas mehr Druck, und ihre zarte Wirbelsäule wird brechen. Und er hat noch sein Messer, das er sich unter den Gürtel geklemmt hat. Ein einziger Schnitt wird ihre Halsschlagader öffnen.

Nein. Es ist besser, sich einige Optionen offenzuhalten – vorläufig. Darnell zieht eine weitere Spritze hervor. Er steckt sich die Kappe in den Mund, packt sie mit den Zähnen, zieht und spuckt aus. Die Augen des Mädchens werden groß, und als er ihr die Nadel in den Hals sticht, werden sie trübe und verdrehen sich.

Er lässt die Frau fallen, und im Tunnel ist es wieder still.

# 15 | Riley

Ich lese die Nachricht noch einmal. Und das schreckliche Gefühl in meiner Brust wird intensiver. Wut erblüht wie eine giftige Blume.

Zitternd reiche ich das Papier an Amira weiter, die es überfliegt, genauso wie Carver. Als sie aufblickt, ist ihre Miene verbittert. »Wir sollten bei unserer Planung bleiben«, sagt sie leise.

Ich starre sie an. »Bei unserer … Nein. Ich muss das in Ordnung bringen. Ich werde zum Luftlabor zurücklaufen.«

»Er wird dich töten, wenn du das tust.«

»Er wird Prakesh töten, wenn ich es nicht tue.«

»Langsam, Riley«, sagt Carver. Ich erwarte eine witzige Bemerkung, aber seine Stimme bleibt ruhig. »Amira hat recht. Man reißt nicht einfach so irgendjemandem den Augapfel heraus oder verschleppt Techniker aus dem Luftlabor. Er hat zweifellos einen stillen, abgelegenen Schlupfwinkel. Und wenn du dich im Labor blicken lässt, wird er dich *und* Prakesh töten.«

»Was machen wir also?«, sage ich mit brechender Stimme.

»Wir bleiben bei unserer Planung«, wiederholt Amira. »Wir suchen Gray. Wir spüren ihn auf. Er wird uns direkt zu ihnen führen.«

Ein neuer Schwall von Schuldgefühlen, als ich mich

erinnere, dass wir Kev und Yao zu Darnell geschickt haben. »Was ist mit den Zwillingen?«

»Sie können auf sich selbst aufpassen«, antwortet Amira.

Sie wartet nicht auf eine Erwiderung, rennt einfach los, durch den Korridor. Nach einer Weile haben Carver und ich sie eingeholt, und wir laufen in enger Formation. Als wir um die nächste Ecke biegen, sehen wir vor uns im Korridor weitere Leute, genau in unserem Weg.

Amira ruft über die Schulter zurück: »Riley, übernimm die Spitze!«

Ich beschleunige, stürme nach vorn, um sie zu überholen.

Es ist eine Kunst, in einer Gruppe zu rennen. Man muss hintereinander laufen, um ein möglichst schmales Profil abzugeben. Selbst dann muss man wissen, wann man die Formation verlassen sollte, um durch ein Menschengewühl zu kommen. Der schnellste Tracer gibt das Tempo und die Route vor, und ich wähle die schnellste, die ich kenne, kehre um, laufe an der Kantine vorbei und ins Labyrinth aus Korridoren auf der untersten Ebene.

Vor den Habitaten gibt es Menschenmengen, durch die wir uns kämpfen müssen. In diesem Teil des Sektors sind sie als Schlafsäle angelegt und sollen möglichst vielen Leuten Unterkunft bieten. Es gibt keine Bergbau- oder Fabrikanlagen in Apogäum, und im Laufe der Jahre sind dort viele Menschen eingezogen. Hier wohnen jede Menge Familien, was bedeutet, dass die Korridore immer überfüllt und laut sind – hauptsächlich wegen der Kinder, egal zu welcher Uhrzeit.

Als wir hinabsteigen, biege ich um eine Ecke an einem

Treppenschacht und sehe, wie ein Ball auf meinen Kopf zufliegt. Ich muss mich zur Seite werfen, um ihm auszuweichen, wobei ich fast gegen die Wand geprallt wäre. Amira stößt den Ball zurück, ohne innezuhalten – er besteht aus Lumpen, die durch straff gespannte Stoffstreifen zusammengehalten werden. Die Kinder stehen in einer dichten Gruppe am oberen Ende der Treppe, und eins fängt den Ball aus der Luft auf. Der Junge hat ein breites Lächeln im Gesicht. Ich muss den Drang unterdrücken, ihn anzubrüllen. Wie kann er so glücklich sein, wenn Prakesh …

Ich kämpfe dagegen an. Lasse mich von meinen Bewegungen und dem Rhythmus meines Atems mitreißen. Immer wieder, wenn eine Menge uns zwingt, die Formation aufzulösen, werfe ich einen kurzen Blick auf die anderen beiden Tänzer, die neben mir rennen.

Ich habe vielleicht den Vorteil der Schnelligkeit, aber Amira bewegt sich mit einer erschütternden Sparsamkeit. Jeder Fuß ist exakt platziert, perfekt ausbalanciert, ihre Schultern sind gereckt, und der Blick ist auf den Horizont gerichtet. Ihr Schal weht hinter ihr her, der verblasste rote Stoff fängt das Licht ein.

Carvers Technik ist nicht so präzise, aber mit seiner brutalen Kraft und den langen Armen kann er mühelos die weitesten Sprünge vollführen. Als wir uns dem Markt nähern, erreichen wir einen kleinen offenen Bereich, wo sich der Gang, in dem wir laufen, zu einer Sackgasse neben einer Reihe von Terminals verengt. Ein weiterer Laufsteg verläuft parallel dazu, links oben. Amira und ich müssen uns mit einem Tic Tac von den Wänden abstoßen, um ihn zu erreichen, doch Carver katapultiert sich einfach mit einem einzigen gewaltigen Sprung hinauf und zieht sich über das Geländer.

Manchmal ist das Gedränge so groß, dass wir uns trennen müssen, aber wir schließen uns jedes Mal wieder zusammen. Wenn ich denke, dass ich den anderen zu weit voraus bin, taucht plötzlich Amira auf, oder Carver schießt aus einem dunklen Gang hervor, in dem die Lampen durchgebrannt sind, oder schlängelt sich durch eine Menge. Es fühlt sich schrecklich falsch an, von dort wegzulaufen, wo Prakesh ist, aber Amira hat recht. Unsere einzige Möglichkeit ist, bei unserer Planung zu bleiben.

Die Menge wird dichter, je näher wir dem Markt kommen. Immer häufiger müssen wir uns auffächern, um Lücken zu finden. Aber wir sind gut vorangekommen, und bald haben wir die riesigen Hangartüren erreicht, die den Eingang bilden. Einige Händler haben schon vor den Türen ihre zusammengestückelten Tische aufgebaut. Die Luft ist heiß, vom Rauch der behelfsmäßigen Schmieden und Schmelzöfen geschwängert. Ich rieche Eisen und Gewürze.

Meine Kehle ist ausgedörrt, und ich bin dankbar, als Amira eine kleine Flasche aus ihrer Tasche zieht und sie herumreicht. Es ist nicht viel, aber jeder von uns bekommt ein paar Schlucke ab. Auf dem Weg hierher sind wir an einigen Wasserspendern vorbeigekommen, aber ich habe nicht daran gedacht, an einem anzuhalten. Sie sind über ganz Außenerde verteilt: Maschinen in den Wänden von Korridoren und Galerien, die sauberes Wasser abgeben, gewonnen aus gereinigtem menschlichem Abwasser, verbunden durch ein Nervensystem aus Rohren und Filtern, das sich durch die gesamte Station zieht. Es kommt einem scheußlich vor, wenn man genauer darüber nachdenkt, aber es ist nun einmal unsere einzige Wasserquelle.

»Was jetzt, Chefin?«, fragt Carver, als er die Flasche zurückgibt.

Amira nimmt einen letzten Schluck und wischt sich mit einer Hand über den Mund. »Wir gehen hinein. Riley, bleib außer Sicht, ganz gleich, was passiert. Warte ein paar Minuten, bis du uns folgst.«

»Verstanden.«

Amira und Carver setzen sich in Bewegung, gehen langsam durch die massiven Türen. Bald haben sie sich im Gedränge verloren. Ich warte noch eine Weile, dann folge ich, ducke mich unter einer Markise hindurch und halte mich links.

Der Hangar ist gewaltig – früher hat man hier Schiffe gebaut. Der Lärm wird ohrenbetäubend, als ich eintrete, nicht nur wegen der wimmelnden Menge, sondern auch wegen der Händler, die versuchen, sich gegenseitig zu überschreien. Überall treiben die Leute Tauschhandel mit Gemüse, Altmetall, Batterien, Maschinen, feilschen in dunklen Ecken um kleine Pakete mit Gewürzen. Käfer brutzeln auf fettigem Metall. Es gibt haufenweise Seidenraupen, nur leicht angebraten, in schmutzigen Stoffbeuteln serviert. Ich habe einmal eine probiert, und ich bin froh, dass ich es nur einmal getan habe.

Rechts von mir spritzt ein Funkenregen über die Stände, als jemand einen selbstgebauten Plasmaschneider vorführt, mit verschmierter Schutzbrille über den Augen.

Es gibt mindestens einen Markt in jedem Sektor. Früher haben sich die Leute vollständig auf die Kantinen verlassen, um etwas zu essen zu bekommen, in den Zeiten, als noch alle Arbeit hatten und regelmäßiges Erscheinen am Arbeitsplatz die einzige Möglichkeit war, auf die Liste der Essenszuteilung zu kommen. Sie arbeiteten im Garten oder schleppten Kisten in den Schiffsdocks oder besserten als Mitarbeiter der Wartung Rohre und Stromleitungen aus. Doch als die Zahl der Menschen die der verfügbaren Jobs überstieg, fingen die Leute an, sich um sich selbst zu kümmern.

»Riley«, sagt jemand. Ich drehe mich um und sehe, wie der alte Madala mich angrinst.

Er ist klein und gebeugt, und ihm sind die meisten Zähne ausgefallen, abgesehen von einem einzelnen gelben Stumpf. Der linke Ärmel seines Overalls ist an der Schulter zusammengeknotet, wo er einen Arm verloren hat. Er ist ein regelmäßiger Kunde, ein Gemüsezüchter – unser letzter Auftrag für ihn hat uns ein dickes Bündel süßer, knuspriger Karotten eingebracht. Ich glaube sogar, dass er gar kein anderes Quartier in der Station hat, denn er scheint unter seinem Tisch zu schlafen und sich darauf zu verlassen, dass die anderen Händler seine Ware im Auge behalten.

Sein zahnloses Grinsen wird noch breiter. »Du lange Zeit nicht hier zu mir gekommen«, sagt er in seinem seltsamen Patois. »Wo warst du?«

»Beschäftigt. Unterwegs. Übrigens danke für die Karotten.«

»Du willst mehr? Ich hab einen Job für dich, wenn dir gefällt.« Er hält eine Hand hoch, und ich sehe ein kleines Paket, das in zerfetztes Wachstuch eingewickelt ist.

Ich schüttle den Kopf, zwinge mich, ruhig zu bleiben. »Nein, ich erledige gerade einen anderen Auftrag, aber ich werde Kev sagen, dass er sich bei dir melden soll.«

»Okay, null Problem. Aber komm bald vorbei, ja? Du willst einen alten Mann doch nicht einsam lassen, ja?«

Er zwinkert lasziv. Bei jedem anderen hätte es unheimlich gewirkt, aber Madala hat eine Art, die es schwer macht, wütend auf ihn zu sein.

»Das werde ich«, sage ich und beuge mich zu ihm vor. »Hör mal, ich würde dich gern was fragen.«

Er hebt verwundert die Augenbrauen. »Informationen? Ich soll dir Dinge sagen? Wird dich was kosten, du weißt.«

Ich schmolle. »Ach, komm schon«, sage ich. »Wir machen doch schon sehr lange Geschäfte. Dieses eine Mal könntest du großzügig sein.«

Er stößt ein bellendes Lachen aus. »Wohl wahr. Was willst du wissen?«

»Alles, was du mir über den Kerl sagen kannst, der neben Takashi Zwiebeln verkauft. Gray.«

Er sieht mich verdutzt an. »Gray? Da gibt nichts. Nicht viel, was ich über ihn weiß. Ein ruhig Mann, sein Geschäft ist nur sein Geschäft, du weißt? Ich null Schwierigkeiten mit ihm. Ein Guter. Wir brauchen mehr wie er.«

»Weißt du, wo er wohnt?«

Madala reibt sich das Kinn, dann reckt er einen Finger in die Höhe. »Auf oberste Ebene, ich glaube. Aber jetzt ich denke, meine Freundin Indira, sie lebt auch da. Braucht lange Zeit jeden Tag, für hinauf und hinunter. Nicht gut mit ihre Bein.«

Ich unterbreche ihn. »Was hat sie gesagt?«

Er blickt mir in die Augen. »Er niemals da. Er niemals geht zurück. Ich denke, vielleicht er schläft woanders.«

Ich greife nach seiner Hand und drücke. »Danke,

Madala. Wir werden dich wieder besuchen, wenn wir fertig sind, okay?«

Er zwinkert noch einmal, bevor er sich abwendet und durch den Rauch verschwindet, sich unter einem weiteren Funkenregen duckt.

Ich bewege mich an der Wand des Hangars entlang. Vor mir spielen zwei Musiker, ein Mann mit einer uralten, ramponierten Gitarre und ein junges Mädchen, kaum älter als zehn Jahre. Sie singt, und eine kleine Menge hat sich versammelt, von ihrer Stimme angelockt. Ihr Gesang ist zart und spröde, aber er übertönt den Lärm des Markts.

Ich möchte stehen bleiben und zuhören. Sie singt auf Hindi, eine Sprache, in der ich nur ein paar Worte murmeln kann, aber ihre Stimme ist eindringlich, sanft. Leider habe ich keine Zeit. Nicht jetzt. Also dränge ich mich durch das Publikum.

Und während ich das tue, spüre ich einen Blick im Rücken. Ich drehe mich um, erwarte eine Gefahr, sehe aber nichts. Erst nach einer Weile bemerke ich eine Frau, die mich durch die Menge anstarrt. Sie ist etwa sechzig, trägt ein blaues Kopftuch, und sie hat einen sehr merkwürdigen Gesichtsausdruck, eine tiefe Traurigkeit, gemischt mit … etwas anderem. Bevor ich reagieren kann, verschwindet sie wieder in der Menge.

Wer auch immer sie war, sie kann warten. Ich zwinge mich weiterzugehen, mich durch die Menge zu schieben, fort von der Sängerin.

Als ich mich der Rückseite des Hangars nähere, komme ich am riesigen Grundriss der Station vorbei, der mit Sprayfarbe an die Wand gemalt wurde. Nicht zum ersten Mal frage ich mich, wie man überhaupt auf die Idee gekommen ist, so etwas zu konstruieren. Es wäre viel einfacher gewesen, eine Stadt auf der Erde zu bauen, vielleicht unterirdisch. Aber Außenerde ist etwas, das passiert, wenn eine schlechte Idee viele Unterstützer findet. Manchmal können die Menschen ziemlich blöd sein. Vor allem, wenn sie in einer Regierung sitzen und etwas beweisen müssen.

Der Ring ist in sechs Sektoren aufgeteilt, im Uhrzeigersinn geht es von Apex zum Garten, dann nach Chengshi, Apogäum, Neu-Deutschland und Tzevya und wieder nach Apex. Die Bezeichnungen sind schon alt, sie stammen von den ersten Leuten, die in diese Sektoren kamen. Einige der Namen beziehen sich auf die Regionen auf der Erde, wo sie vorher lebten, Länder, die gar nicht mehr existieren. Manchmal frage ich mich, wie es wirklich im alten Deutschland war. Wie wäre es gewesen, dort zu leben, oder in China, woher das Wort Chengshi stammt?

Schließlich lässt man eine Monorail rund um den inneren Rand des Rings laufen, und fertig ist die Raumstation: fünfhundert Kilometer über der Erde, ein bewohnbarer Lebensraum, bis das Bevölkerungswachstum sie wie eine Weintraube platzen lässt.

Es ist eine seltsame Vorstellung, dass der Boden unter unseren Füßen in Wirklichkeit die Außenwand der Station ist. Aufgrund der Ringform sind alle Böden von Außenerde leicht gekrümmt, auch wenn die Krümmung kaum wahrzunehmen ist, außer wenn man sich sehr darauf konzentriert. Selbst wenn man rennt, sieht man es kaum – was daran liegt, dass der Ring einen Umfang von dreißig Kilometern hat. Je höher man nach oben steigt, desto näher kommt man dem eigentlichen Zentrum des

Rings, obwohl der Abstand vergleichsweise klein ist, sodass man keine Veränderung der Schwerkraft spürt.

Die Speichen, die vom Kern ausgehen, treffen den Ring in Apogäum und Apex. Wenn man den Weg zum Kern nimmt, durch die Decke von Ebene 6 in Apogäum und weiter, gerät man schon bald in den Bereich mit Null-G. Je höher man kommt, desto leichter wird man.

Duch den Dunst auf dem Markt sehe ich Takashis Bar am anderen Ende des Hangars. Früher war es ein Büro, das einzige tatsächliche Gebäude im Hangar. Takeshi selbst starb bei den Unruhen vor einigen Jahren, aber die Bar hat seinen Namen behalten, und dort wird selbstgebrautes Bier verkauft, seit ich mich erinnern kann. Außerdem gibt es dort extrem teures Gras im Angebot, wenn man weiß, wen man fragen muss.

Takashis Bar steht genau vor der Wand des Marktes, wo früher die Rettungskapseln untergebracht waren. Die Leute haben sie im Laufe der Jahre gestartet, weil sie nicht glauben wollten, dass es auf der Erde nichts mehr gibt, zu dem man zurückkehren könnte. Die meisten Kapseln wurden schon vorher ausgeschlachtet, die Treibstofftanks geleert. Was die Leute nicht daran hinderte, sie trotzdem zu benutzen.

Die letzte wurde schon vor Jahrzehnten zur Erde geschossen. Über sie werden Geistergeschichten erzählt: Kapseln, die niemals zurückgekehrt sind, die immer noch durch den Weltraum treiben.

Ich reiße meinen Blick von den leeren Nischen in der Wand los. Und dann sehe ich ihn. Arthur Gray.

Ich habe ihn nicht weiter beachtet, als ich das Transportgut entgegennahm. Er hat ein Gesicht, das man im nächsten Moment wieder vergessen hat, wenn man es kurz im Gewühl sieht. Sein Schädel ist fast kahl, nur ein paar dünne Strähnen von weißem Haar um die Ohren. Sein Hemd ist braun gefleckt, wobei die Flecken irgendwie flüssig wirken – mehr Schweiß als Dreck.

Gray beugt sich über seinen Tisch, hinter ihm eine schmutzige Kiste mit Zwiebeln, in ein Gespräch mit einem Kunden vertieft. Ich ducke mich hinter einen Kistenstapel und beobachte sie. Gray und der Kunde scheinen zu einer Übereinkunft gekommen zu sein und schütteln sich die Hände. Dann lächelt Gray, und ich muss mich zusammenreißen, um nicht schreiend zu ihm zu rennen, über den Tisch zu springen und meine Hände um seine Kehle zu schließen. Weil sein Lächeln das Schrecklichste ist, das ich je gesehen habe.

Ich bin noch dabei, die Sprungdistanz zu berechnen und mir zu überlegen, ob ich auf den Würgegriff verzichte und ihm einfach ins Gesicht trete, als mir klar wird, dass Gray seine Sachen einpackt. Er verschließt die Kisten, wickelt eine alte, rostige Kette darum, die er mit einem schweren Vorhängeschloss sichert. Dann befestigt er das Ganze an einem Träger in der Wand.

Amira und Carver. Zweifellos haben auch sie ihn gesehen. Aber als ich mich umblicke, kann ich sie nirgendwo in der Menge zwischen den Ständen erkennen.

Gray macht sich auf den Weg, bewegt sich erstaunlich schnell. Ich schaue mich um, erwarte, dass jemand aus einem Versteck kommt und die Verfolgung aufnimmt, aber ich sehe niemanden. Er läuft zu einer Lücke zwischen zwei Ständen, auf denen sich Altmetall türmt. In wenigen Sekunden wird er im Gedränge verschwunden sein. Amira hat mich zwar gewarnt, dass ich mich zurückhalten soll, aber ich kann ihn nicht einfach entkommen lassen.

Der Teil meines Geistes, der noch richtig funktioniert, schreit mich an. Es gibt keinen Beweis, dass er auch nur von Prakeshs Existenz weiß. Ihn zu verfolgen könnte eine riesige Zeitverschwendung sein; außerdem dürfte ich es nicht riskieren, ihm allzu nahe zu kommen. Sollen Amira und Carver sich darum kümmern.

Ich trete hinter den Kisten hervor und laufe Gray durch das Gewühl auf dem Markt hinterher.

# 16 | Darnell

Als er damit fertig ist, die zwei Tracer und den Techniker nach drinnen zu schleppen, ist Darnell klitschnass. Sein Hemd klebt an seinem Rücken, Schweiß läuft in kleinen Rinnsalen seine Brust hinunter.

Der Große war am schlimmsten. Darnell konnte ihn nicht hochheben. Er musste ihn unter den Armen packen und durch den Gang schleifen. Seine Laune ist miserabel. Die Freude, die er beim Empfang des Augapfels empfunden hat, hat sich verflüchtigt.

Er richtet sich auf, mit schmerzenden Schultern. In Grays Werkstatt gibt es nicht viel Inventar – ein paar Bänke, einige mobile Lagercontainer. Ein großer Metalltisch, verdächtig sauber. Darnells Blick kehrt zum bewusstlosen Trio zurück. Sollte er die Leute irgendwie fesseln? Er weiß, wo die Handschellen und Kabelbinder sind, im Lagerraum ganz hinten. Gray hat ihm einmal sein Spielzeug gezeigt, wie er es genannt hat, die Messer und Zangen und Schneidbrenner, alle ordentlich auf etikettierten Regalen aufgereiht.

Er schüttelt den Kopf. Er kann auf Fesseln verzichten. Er hat schon einige Male die Wirkung von Schlafschnell beobachtet – die Opfer sind einige Stunden ausgeschaltet, was ihm jede Menge Zeit gibt, und selbst wenn sie aufwachen, werden sie viel zu angeschlagen sein, um irgendetwas tun zu können.

Gray. Der Mann ist akribisch. Fast schon pedantisch. Aber selbst akribische Personen machen Fehler, und Grays Fehler hat alles ungewöhnlich kompliziert gemacht. Darnell ist seinem Ziel so nahe, dass es sich anfühlt, als müsste er nur den Arm ausstrecken, um es zu berühren. Aber er ist nur deshalb so weit gekommen, weil er selbst sehr akribisch vorgegangen ist, weil er Fehler vermieden hat.

Er leckt sich über die Lippen und blickt sich noch einmal zu seinen Gefangenen um.

Selbst kleine Fehler können Konsequenzen haben, die außer Kontrolle geraten. Solche Fehler dürfen ihm nicht unterlaufen. Und er darf auf keinen Fall riskieren, dass jemand wie Gray solche Fehler für ihn macht.

Er nimmt einen Metallstuhl von einem Stapel und lässt sich darauf fallen. Er muss bald zum Luftlabor zurückkehren und sich um Hale kümmern. Aber zuerst wird er eine kleine Unterhaltung mit Arthur Gray führen.

# 17 | Riley

Das Schlimmste, was ein Tracer tun kann, ist im Dunkeln rennen.

Es gibt Teile der Station, die wir als schwarze Strecken bezeichnen: Bereiche, in denen die Beleuchtung durchgebrannt ist und völlige Finsternis herrscht. Es geht nicht nur um die Verletzungsgefahr, sondern auch um die Gangs, die in den Schatten lauern und darauf warten, dass ein unerfahrener Tracer eine Abkürzung nimmt.

Und der Ort, den man um jeden Preis vermeiden sollte? Der dunkelste Teil von Außenerde? Das sind die Monorail-Gleise, die an der Innenseite des Rings entlangführen.

Wenn kein Zug mit Lebensmitteln hindurchfährt, ist es in den Tunneln schwarz wie der Tod – kalt und still. Als es in der Station immer voller wurde, haben einige Leute versucht, in den Tunneln zu schlafen, aber nachdem einige von der Monorail überfahren wurden, haben alle die Botschaft verstanden.

Ich habe so ein Gefühl im Bauch, dass die Gleise das Ziel sind, das Gray ansteuert. Ich sollte auf Amira warten. Aber ich will Gray auf keinen Fall entkommen lassen. Nicht wenn er vielleicht meine einzige Verbindung zu Prakesh darstellt. Ich halte größeren Abstand zu ihm, versuche, in den Menschenströmen auf dem Markt unterzutauchen. Ich musste noch nie jemanden beschatten.

Normalerweise laufe ich nicht auf Schwierigkeiten zu, sondern vor ihnen davon.

Um in die Tunnel zu gelangen, muss man bis zur höchsten Ebene hinaufsteigen und sich durch einen der alten Bahnhöfe Zugang verschaffen. Gray hält am Eingang zum Markt inne, und ich spanne mich an, bin bereit, mich hinter dem nächsten Stand zu verstecken, falls er sich umblicken sollte. Doch stattdessen schaut er kurz nach oben, bevor er weiterläuft, auf den nächsten Treppenschacht zu. Er steigt mit langen, zielstrebigen Schritten hinauf.

Immer noch kein Anzeichen von Amira oder Carver. Ich schlucke und setze die Verfolgung fort.

Wir lassen das Gedränge hinter uns zurück, und als wir Ebene 6 erreicht haben, ist es auf den Treppen praktisch menschenleer. Wie ich vermutet habe, läuft er direkt auf den Monorail-Bahnhof zu, steigt die letzte Treppe zum Bahnsteig hinauf. Diesmal bleibe ich zurück, bis er außer Sicht ist.

Ich zähle bis zehn, dann nehme ich leise die Treppe zum Bahnsteig.

Ich bin schon seit einiger Zeit nicht mehr hier gewesen, und es überrascht mich, dass die Digitalanzeigen immer noch funktionieren. Über dem Gleis schweben Hologramme in leuchtendem Orange, die anzeigen sollen, wann der nächste Zug einfahren wird. Jetzt stellen sie nur noch flimmernden Zeichensalat dar, eine endlose Abfolge von bedeutungslosem Code, aber sie tauchen den Bahnsteig in ein warmes Licht. Auch einige Leuchtstofflampen funktionieren – und flackern nicht einmal. Der Boden besteht aus schwarzen Stahlplatten, und die

Wände werden von verstaubten Bänken gesäumt. Metallsäulen wachsen neben dem Gleis aus dem Boden.

Ich schließe die Augen und horche. Da – sehr leise, das Geräusch von Schritten, die sich durch den Tunnel nach links entfernen. Vorsichtig klettere ich vom Bahnsteig auf das Gleis hinunter. Das Licht vom Bahnsteig endet dort, wo der Tunnel beginnt, wie abgeschnitten, als würde es dort auf eine unsichtbare Barriere treffen. Meine Hand liegt auf der Bahnsteigkante.

Angst packt mich. Ich habe nichts mehr von Carver oder Amira gesehen, seit ich den Markt verlassen habe. Ich verstoße gegen jede Regel, die wir aufgestellt haben: niemals in die Tunnel gehen, niemals im Dunkeln laufen und niemals allein jemanden verfolgen, während man schon die ersten beiden Regeln verletzt.

Ich atme einmal tief durch und trete in die Finsternis des Tunnels.

Ich muss mich zwingen, eine Pause einzulegen, damit sich meine Augen anpassen können. In der Ferne höre ich Grays Schritte, die immer leiser werden. Trotzdem warte ich, bis ich den Umriss der Schiene sehen kann. Dann mache ich mich langsam auf den Weg. Ich laufe auf den Fußballen, versuche so lautlos wie möglich zu sein. Wenn ein Zug vorbeikommt, bin ich erledigt, aber ich beruhige mich mit dem Gedanken, dass Gray, wenn er hier ein Versteck hat, bestimmt weiß, wann man sicher den Tunnel durchqueren kann.

Luft pfeift durch den Tunnel. In der Dunkelheit lege ich eine Hand an die Wand, um mich abzustützen. Das Geräusch, das meine Finger machen, ist dumpf und schwach, das Metall fühlt sich leicht schmierig an. Die

Wände von Außenerde sind mehrere Meter dick, um uns vor Strahlung zu schützen, aber es fühlt sich trotzdem an, als würde das Vakuum an meiner Hand saugen, nur wenige Zentimeter entfernt an der Wand scharren. Man vergisst so leicht, dass wir uns im Weltraum befinden, dass die Station nur eine winzige Metallhülle ist, die in der Leere schwebt.

Ich höre keine Schritte mehr. Ich erstarre und horche angestrengt. Wie lange bin ich schon gelaufen? Ist er immer noch vor mir?

Doch dann höre ich seinen Atem, erschöpft und keuchend, gleich neben mir, und ich hätte fast geschrien. Ich drücke mich an die Tunnelwand. Jetzt kann ich hören, wie er sich bewegt, ein leises Rascheln von Kleidung, dann der schwache Schein einer Tastatur. Er steht vor der gegenüberliegenden Wand, hat mir den Rücken zugekehrt. Das Piepen, als er den Code eintippt, kommt mir laut wie eine Sirene vor. Es klickt, und plötzlich flutet Licht in den Tunnel. Er tritt hindurch, und die Tür schließt sich hinter ihm mit einem hallenden Knall. Schlagartig ist es wieder finster im Tunnel. Als das Echo verklungen ist, nehme ich nur noch meinen eigenen Herzschlag wahr, so laut, dass ich glaube, er müsste ihn durch die Tür hören können.

Ich springe über die Schiene und streiche mit der Hand über die Tastatur, während ich mir einen mentalen Tritt in den Hintern verpasse, weil ich nicht weit genug vorausgedacht habe. *Natürlich* hat er seine Tür mit einem Schloss gesichert. Er lässt sie nicht einfach offen stehen, damit jeder hineinspazieren kann. Ich blicke mich um, suche nach irgendetwas, das mir helfen könnte, sehe aber nichts. Carver würde wissen, wie man dieses Ding hackt, und wenn ich auf ihn warten würde … Ich fluche leise und will mich gerade wieder zur Tastatur umdrehen, als ich nach oben schaue und erstarre.

Eigentlich kann ich doch gar nicht so viel Glück haben.

Eine der Deckenplatten ist locker. Hier gibt es gerade genug Licht, um zu erkennen, dass sie ganz leicht zur Seite verschoben ist, und hinter der Öffnung ist es finster.

Ich habe keine Ahnung, wohin sie führt oder ob ich mich überhaupt hindurchzwängen kann, aber es ist meine einzige Option. Allerdings dürfte es schwierig werden, nach oben zu kommen. Ich überlege, ob es mit Tic Tacs zwischen den Wänden geht, wie ich es mache, um ins Nest zu gelangen, aber das ist keine gute Idee. Ich würde zu viel Lärm machen. Nein, es muss einen anderen Weg geben.

Ich blicke mich um und sehe die Streben an der Wand neben der Tür. Sie sind alt und verrostet, machen aber den Eindruck, als könnten sie mein Gewicht tragen. Ich lege die Hände an die äußere Kante der Strebe, die der Luke am nächsten ist, dann lehne ich mich prüfend zurück. Der Rost beißt in meine Haut, und die Strebe ächzt leise, aber sie hält.

Ich setze meine Füße an die Wand und ziehe mich hoch, hänge schräg an der Strebe, und meine Armmuskeln sträuben sich schmerzhaft. Als ich ganz oben bin, strecke ich sehr vorsichtig eine Hand aus. Meine Finger berühren die Kante der Deckenplatte, verlieren sie, erwischen sie wieder und ziehen sie zu mir. Mit dem Knarzen von altem Metall gleitet die Platte über die Öffnung.

Ich spanne mich an, nehme zwei schnelle Atemzüge,

dann werfe ich mich zurück und packte die Kante der Öffnung mit beiden Händen. Ein Teil der Kante ist scharf und schlitzt meine rechte Handfläche auf. Heißes Blut fließt meinen Unterarm hinunter, und ich muss einen Schmerzschrei unterdrücken, als ich zurückschwinge. Ich zwinge mich, mein Bewegungsmoment zu nutzen, und als ich nach vorn schwinge, ziehe ich mich mit einem Satz hinauf.

Im nächsten Moment muss ich mich auf den Bauch werfen. Der Zwischenraum über der Öffnung ist so winzig, dass ich gerade darin liegen kann, aber nicht mehr. Er ist voller Drähte und Kabel, und alles ist mit einer dünnen Schicht aus Staub überzogen, der mir in der Nase kitzelt. Ich berühre die Wunde in meiner Hand mit dem Daumen und zische vor Schmerz. Es ist ein tiefer, unregelmäßiger Schnitt, genau dort, wo die Finger in die Handfläche übergehen.

*Eine weitere Verletzung auf der langen Liste,* denke ich. *Ein beeindruckendes Gesamtergebnis.*

Das Rauschen der Luft über dem Gleis hat aufgehört. Ich habe keine Ahnung, ob dieser Schacht überhaupt in die Richtung führt, die Gray genommen hat. Er könnte abbiegen oder in eine ganz andere Richtung verlaufen. Noch schlimmer wäre es, wenn er sich verzweigt. Dann spüre ich erneut den bitteren Geschmack der Furcht, als mir bewusst wird, dass ich mich nicht mehr umdrehen kann. Hier komme ich nur rückwärts wieder heraus.

Ich hatte noch nie ein Problem mit Klaustrophobie – wenn man mit einer Million anderer Menschen auf engstem Raum zusammenlebt, gewöhnt man sich mehr oder weniger daran –, aber vor mir scheint der Schacht noch enger zu werden. Ich spüre einen Stich in der Kehle – der vertraute beißende Durst. Ich verdränge ihn und krieche weiter, benutze meine Arme, um meinen Körper vorwärtszubewegen. Meine Jacke streift raschelnd die Seiten.

Meine Finger stoßen gegen eine Wand genau vor mir, die ich nicht sehen kann. Ich taste umher und stelle fest, dass der Schacht scharf nach rechts abbiegt.

Es gibt keine Möglichkeit, auf dem Bauch liegend um die Ecke zu kommen. Ich stemme mich hoch, drücke meinen Körper zur linken Seite. Der Reißverschluss meiner Jacke bohrt sich in mein Handgelenk, ein unerwarteter heftiger Schmerz, gegen den ich nichts ausrichten kann. Ich konzentriere mich darauf, mich langsam vorzuarbeiten, mich um die Biegung zu schieben: zuerst den Kopf, dann die Schultern. Langsam zwänge ich mich hindurch. Etwas Staub fällt von der Decke des Schachts auf mein Gesicht und juckt mir in der Nase.

Etwas bewegt sich unter meiner Hand. Etwas Lebendiges.

Ich unterdrücke einen Aufschrei, reiße die Hand zurück, und in der Finsternis höre ich ein leises Flattern, ein huschendes Geräusch, als etwas über das Metall krabbelt. Ein Insekt. Vielleicht ein Käfer. Einer, der Glück hatte und dem Summsaal entkommen konnte. Ich erschaudere, als ich mir vorstelle, wie sie sich vermehren, in der Finsternis des Lüftungssystems Kolonien bilden. Die Angst ist zurück und will mich beherrschen.

Ich bin halbwegs um die Biegung, mache mich bereit, die Arme auszustrecken und die Beine weiterzuschieben, als ich es spüre. Die Vibration. Anfangs ist sie nur ganz leicht, ein winziges Zittern an meinen Fersen, die gegen die Wand gedrückt werden. Aber es wird zunehmend stärker, und dann wird der ganze Schacht durchgeschüttelt. Der Lärm ist gewaltig, ein tiefes Rumpeln, das meinen Körper völlig erfüllt und erbeben lässt.

Der Zug. Eine Monorail, die auf dem Gleis unter mir vorbeifährt. Mir droht keine Gefahr, aber alles in mir will laut schreien. Ich will mir die Ohren mit den Händen zuhalten, um den wahnsinnigen Krach auszublenden, aber ich kann sie nicht weit genug zurückbeugen. Ich liege zitternd da, bis der Zug vorbei ist und das ungeheuerliche Dröhnen durch ein helles Pfeifen in meinen Ohren ersetzt wird.

Ich bleibe ruhig, atme eine Weile schwer, bevor ich mich strecke und um die Ecke ziehe. Im Schacht ist es immer noch völlig finster, und mir wird klar, dass ich irgendwann, wenn ich keinen Weg zu Gray finde, rückwärts durch den engen Raum zurückkriechen muss.

Ich bin schon viel zu weit gekrochen. Ich könnte sonst wo sein, vielleicht sogar in Nähe der Außenwand, ungeschützt durch die dicke Panzerung, einer tödlichen Strahlendosis ausgesetzt. Ich halte für einen Moment keuchend inne, als die Anstrengung sich schlagartig bemerkbar macht. Ich habe zähen, säuerlichen Speichel im Mund. Ich schlucke, und dabei höre ich etwas: Stimmen. Sehr leise, aber unmissverständlich.

Ich halte an, wage kaum noch zu atmen. Einen Moment lang denke ich, dass ich sie mir nur eingebildet habe, aber dann nehme ich sie wieder wahr, an der unteren Grenze meiner Hörschwelle. Ich zwinge mich, weiter vorzurücken, schiebe mich durch die Finsternis. Die Stimmen werden lauter. Auch wenn ich keine Worte verstehen kann. Einer der Sprecher ist Gray, da bin ich mir ganz sicher. Aber mit wem unterhält er sich?

Hinter einer weiteren Biegung erkenne ich einen winzigen Lichtstrahl, der die Dunkelheit des Schachts durchdringt und von Dreck geschwärzte Wände offenbart. Das Licht kommt aus einer kleinen Ritze in den Bodenplatten. Die Stelle sieht aus, als wäre sie nicht richtig verschweißt worden und hätte sich mit der Zeit gelockert. Die Stimmen sind jetzt lauter. Ich kann immer noch nicht ausmachen, mit wem Gray redet, obwohl ich allmählich eine Ahnung habe. Langsam arbeite ich mich zur Ritze vor und blicke hindurch.

Ein Raum. Hell erleuchtet, der übliche Boden aus Metallplatten. Irgendein Lagerraum. Gray ist da. Er hat mir den Rücken zugekehrt und spricht mit jemandem, den ich nur undeutlich am Rand meines Sichtfelds erkenne. Nun höre ich seine Worte, die durch die Lücke zwischen den Platten dringt. »Ich habe getan, was Sie wollten«, sagt er.

Die andere Person im Raum erwidert: »Nein, das haben Sie nicht. Sie haben es verpatzt, Arthur.«

Ich kenne diese Stimme. Es ist der gleiche flötende, sanfte Tonfall, in dem mir vor wenigen Stunden ein Job angeboten wurde.

Oren Darnell tritt vor, in mein Sichtfeld. Und dabei fällt mein Blick auf Prakesh.

Er liegt hinter Darnell auf dem Boden – nicht gefesselt, aber bewusstlos. Mir stockt der Atem in der Kehle. Aber nicht nur wegen Prakesh.

Gleich neben ihm liegen Yao und Kevin.

# 18 | Prakesh

Prakesh wird erst bewusst, dass er wach ist, als er die Stimmen hört. Sie klingen gedämpft, metallisch, doch als er sich langsam aus der Dunkelheit emporkämpft, werden sie deutlicher.

»Ich bitte Sie um eine ganz einfache Sache, und Sie können nicht liefern«, sagt ein Mann. »Ich habe nicht allzu viel Respekt vor Leuten, die ihr Versprechen nicht halten können.«

*Das ist Mr. Darnell*, denkt Prakesh. Der Gedanke ist undeutlich, verschwommen. Seine Augen sind geschlossen. Er versucht sie zu öffnen, aber es ist, als wären sie zugeklebt. Aus irgendeinem Grund findet er das äußerst komisch. Nicht dass er lachen könnte. Seine Kehle schmerzt, es fühlt sich an wie ein heißer Ring über seinem Adamsapfel.

»Sie wollten seinen Tod, und jetzt ist er tot!«, sagt ein anderer Mann. Und dann erinnert sich Prakesh wieder an alles. An die Hände seines Chefs um seine Kehle. Plötzlich ist er wach, viel wacher als je zuvor, aber sein Körper weigert sich, ihm zu gehorchen. Seine Augen bleiben hartnäckig geschlossen.

»Außerdem wollte ich, dass sein linkes Auge auf eine Weise überbracht wird, dass es nicht die Aufmerksamkeit *sämtlicher Tracer von Außenerde* auf sich zieht«, sagt Darnell. »Sie hätten es persönlich überbringen sollen, statt ein kleines Botenmädchen damit zu beauftragen.

Jetzt muss ich sehr viele Leute töten, um das wieder in Ordnung zu bringen.«

*Das alles ist völlig falsch,* denkt Prakesh. Mit großer Willensanstrengung gelingt es ihm, seine Augenlider einen Spaltweit zu öffnen. Grelles Licht blendet ihn, und er schließt sie wieder. Schmerzen stechen tief in seinen Schädel, nisten sich dort ein, schlagen einen Trommelrhythmus.

»Machen Sie sich wegen ihnen keine Sorgen«, sagt der andere Mann. Er klingt zuversichtlich, aber seine Stimme zittert ganz leicht. »Das Schlafschnell wirkt, nicht wahr? Jetzt können wir mit ihnen machen, was wir wollen.«

»Sie gehören zum gleichen Team wie die Tracer, die Sie beauftragt haben«, sagt Darnell. »Also haben wir es mit mehreren zu tun. Verstehen Sie allmählich, welche Probleme Ihr Versagen verursacht hat?«

»Aber Sie haben das Auge doch bekommen, nicht wahr?« Grays Stimme hat einen missmutigen Tonfall angenommen. »Sie können den Scanner jetzt knacken. Wo ist das Problem?«

Mit Mühe kann Prakesh noch einmal die Augen öffnen. Er zwingt alle Energie, über die er verfügt, in die Muskeln rund um seine Augen. Er zwingt sie, offen zu bleiben. Langsam und unter Qualen lässt Prakesh immer mehr Licht herein.

Er liegt auf dem Rücken und starrt an die Decke. Er kann Oren Darnell gerade noch erkennen, wie er über ihm kopfsteht, und er kann die Person sehen, mit der er spricht – ein Mann mit kahlem Schädel und vor Schweiß glänzender Haut.

Darnells Augen sind kalt und schwarz, und das Gesicht scheint aus Stahl zu sein. »Wissen Sie, warum man Sie so lange in Ruhe gelassen hat? Warum die Stomper nie etwas von Ihrer hässlichen kleinen Angewohnheit bemerkt haben?«

Der andere Mann stöhnt, Schweiß tropft ihm vom Gesicht.

»Wir haben über einen sehr langen Zeitraum Schläfer rekrutiert«, sagt Darnell. »Leute, auf die wir uns verlassen können. Und Sie – Sie waren der Einzige, der sich mit dem Töten auskannte.«

Dann sieht Prakesh eine Bewegung. Oben in der Decke. Da ist ein Schmutzfleck an einer Platte – nein, kein Schmutzfleck, sondern eine Ritze. Und dahinter ist etwas. Ein Auge. Jemand beobachtet sie. Jemand schaut von oben auf sie herab. Der Blick des Auges ist nicht auf ihn gerichtet, sondern springt zwischen Darnell und seinem Komplizen hin und her. Prakesh zwingt sich dazu, seine Augen offen zu halten, er will, dass das andere Auge ihn ansieht.

Es ändert den Blickwinkel. Prakesh erkennt flüchtig eine Nase, einen Mundwinkel. Und in diesem Moment setzt sich für ihn das Bild eines Gesichts zusammen.

*Nein, Riley,* denkt Prakesh. *Komm auf keinen Fall hier herein.*

»Sie hätten uns in den kommenden Tagen sehr nützlich sein können«, sagt Darnell.

»Das kann ich immer noch sein!«

»Das sehe ich anders«, sagt Darnell und sticht ein Messer seitlich in den Hals des Mannes.

Prakesh kann nicht schreien. Er kann gar nichts tun. Als das Blut auf den Boden spritzt, auf seine Wange, spürt er, wie ihm die Kontrolle über seine Augenlider entgleitet. Dann geht gar nichts mehr, und die Welt wird schwarz.

# 19 | Riley

Die Bewegung kommt so schnell, so unverhofft, dass ich eine Sekunde brauche, um zu verstehen, was Darnell getan hat. Gray stößt ein schreckliches, ersticktes Husten aus, so kurz und scharf wie die Klinge in seinem Hals. Darnell zieht das Messer heraus, was ein scheußliches saugendes Geräusch erzeugt, das sich wie ein langer schwarzer Tentakel bis in den Kriechraum hinaufschlängelt. Ich muss mir auf die Zunge beißen, damit ich nicht aufschreie.

Er holt ein Tuch aus seiner Hosentasche und wischt das Messer ab, fährt damit behutsam die Klinge entlang. Sein Gesichtsausdruck ist entspannt, er hat einen dünnen Schweißfilm auf der Stirn, und mir wird entsetzt bewusst, dass der Schweiß nicht auf Schuldgefühle oder Sorgen zurückzuführen ist, sondern nur auf Erschöpfung. Er macht den Eindruck, als hätte er gerade eine schwere Kiste geschleppt.

Zu seinen Füßen erzittert und zuckt Gray, während er stirbt. Eine dunkle Blutlache breitet sich auf dem Boden aus.

Ich muss da hinein. Ich bin die einzige Person, die weiß, wo Prakesh und die Zwillinge sind. Eine Rückkehr kommt nicht infrage. Es würde zu lange dauern, mich rückwärts durch den finsteren Schacht zu arbeiten, und selbst dann würde ich nicht weiter kommen als bis zur verschlossenen Tür, ohne eine andere Möglichkeit, in diesen Raum zu gelangen, während Darnell mit den dreien macht, was er schon mit Gray gemacht hat. Ich muss mich weiter vorwärtsbewegen, aber noch während mir dieser Gedanke kommt, erkenne ich erschrocken, dass ich auch das nicht tun kann. Der Schacht, in dem ich mich befinde, führt genau über die Mitte des Raums hinweg, und ich kann mich darin nicht leise genug bewegen. Wenn ich auch nur das geringste Geräusch mache, bin ich erledigt. Ich stelle mir vor, wie das Messer nach oben gerammt wird, durch das dünne Metall und dann in meinen Bauch. Darnell könnte es einfach tun und verschwinden, um mich im Schacht zurückzulassen, bis ich verblutet bin, ohne dass irgendjemand meine Schreie hört.

Durch die Ritze sehe ich, wie er sich den Zwillingen zuwendet, immer noch das Messer in der Hand, und mein Herz pocht in meiner Kehle. Doch er betrachtet sie nur eine Weile, bevor er sich aus meinem Sichtfeld entfernt und dabei über Grays Leiche hinwegsteigt. Ich höre, wie sich die Tür unter mir öffnet und wieder schließt. Ich höre, wie seine Schritte leiser werden, als er zum Gleis zurückkehrt.

Sehr vorsichtig nehme ich ein paar tiefe Atemzüge und arbeite mich weiter durch den Schacht voran. Wenn meine Ellbogen und Knie gegen das Metall stoßen, klingt das viel zu laut, aber ich bin mir ziemlich sicher, dass Darnell es nicht mehr hören kann, und kurze Zeit später habe ich die Wand auf der anderen Seite des Raums erreicht.

Ich verspüre das dringende Bedürfnis, mich auszuruhen, mich im Schacht auszustrecken und meinen schmerzenden Armen und Beinen eine Pause zu gönnen. Kommt nicht infrage.

Vor mir teilt sich der Schacht in einer T-Kreuzung, und unwillkürlich nehme ich die rechte Seite, krümme meinen Körper, um die Ecke hinter mich zu bringen, während meine Hände den Boden vor mir abtasten. Und plötzlich stoßen meine Finger gegen etwas: eine kleine Erhebung im Boden, rau vom Rost. Ich halte inne und bewege langsam meine Hände über die Oberfläche. Ich dachte, meine Augen hätten sich an die Dunkelheit gewöhnt, aber nach dem grellen Licht, das durch das Guckloch kam, bin ich wieder blind.

Ich ertaste eine zweite Erhebung. Es ist ein Scharnier. Ich bin zufällig auf eine Falltür gestoßen, einen weiteren Eingang zum Schacht. Erleichterung durchflutet mich. Hastig suche ich, finde den äußeren Rand und ziehe ihn hoch. Inzwischen ist es mir egal, wie viel Lärm ich mache. Ich will nur noch raus.

Etwas Licht erhellt den Schacht, dringt aus dem Raum unter mir herauf. Ich ziehe mich nach vorn, an der offenen Falltür vorbei, dann lasse ich vorsichtig die Beine hinunter. Es ist immer noch zu dunkel, als dass ich erkennen könnte, wo der Boden ist oder was sich da unter mir befindet, also mache ich es so langsam wie möglich.

Schließlich hänge ich an der Kante der Falltür und lasse los. Meine Füße treffen auf Metall, und ich gehe in die Hocke, blicke mich im Raum um. Das Licht kommt durch einen schmalen Spalt unter einer Tür links von mir, und ich sehe, dass ich mich in einem weiteren Lagerraum befinde, in dem sich alte elektrische Bauteile stapeln. Ein kalter Hauch kommt durch die Ventilation im unteren Teil der Wand, aber ich kann nicht sagen, ob es die Klimaanlage ist oder nur der Atem der Station. Dennoch riecht es in diesem Raum merkwürdig – unangenehm, fast chemisch.

An der Rückwand steht eine Reihe großer Schränke; vereinzelte Kabel und Werkzeuge liegen auf verschiedenen Regalen, sind im schwachen Licht gerade noch erkennbar. Dieser Raum wäre eine Goldgrube für die Händler auf dem Markt.

Der Schmerz in meiner rechten Hand flammt wieder auf, und ich drücke sie gegen meine Brust. Ich öffne sie vorsichtig und streiche mit einem Finger über den Schnitt. Er ist bereits von getrocknetem Blut und Dreck verkrustet, und selbst die leiseste Berührung lässt mich zusammenzucken. Aber darum kann ich mich jetzt nicht kümmern. Nach meiner Berechnung müsste ich durch den Kabelschacht in einen Raum gelangt sein, der gleich neben dem liegt, in dem Gray und Darnell sich unterhalten haben. Ich lasse mich auf ein Knie sinken und lege den Kopf auf den Boden, um unter der Tür hindurchblicken zu können. Nichts. Nur ein Streifen aus blendend weißem Licht.

Ich will nicht in den Nebenraum gehen.

Die Vorstellung, dort auf Darnell zu stoßen, jagt kleine Elektroschocks durch meine Wirbelsäule, und als ich mich langsam erhebe, muss ich mich zusammenreißen, um wieder ruhiger zu atmen. Ich hätte auf Amira und Carver warten sollen. Zu dritt hätten wir eine Chance gegen Darnell. Verdammt, mit etwas Glück könnte Carver ihn wahrscheinlich allein überwältigen. Aber nur ich?

So ist es. Im Moment bin nur ich da.

Langsam schleiche ich zur Tür. Was ist, wenn sie verschlossen ist? Durch eine Tastatur auf der anderen Seite gesichert? Nein. Daran darf ich jetzt nicht denken. Ich muss zu den Zwillingen. Ich halte mein Ohr an die Tür, horche angestrengt. Anders als viele Türen in der Station arbeitet diese nicht elektronisch. Sie hat eine altertümliche Klinke, von einer dicken Staubschicht bedeckt.

Ich horche eine gefühlte ganze Minute, aber ich nehme nicht das leiseste Geräusch wahr. Sehr langsam greife ich nach der Klinke und drücke.

Mit einem viel zu lauten Klicken öffnet sich das Türschloss. Grelles weißes Licht schießt durch den Spalt, blendet mich für einen Moment. Ich blinzle ein paarmal, dann trete ich sehr vorsichtig in den Raum.

Hier gibt es nur wenig Mobiliar, ein paar Werkbänke vor der gegenüberliegenden Wand. Anscheinend war das früher eine Werkstatt für die Monorail. Grays Leiche liegt auf der anderen Seite des Raums, und ich gebe mir alle Mühe, sie nicht anzustarren.

Die Zwillinge und Prakesh sind rechts von mir. Yaos Gesicht ist blutig und angeschwollen. Sie muss sich gegen Darnell gewehrt haben, als er ihr das Schlafschnell verpasst hat.

Ich schaue mich noch einmal um, dann laufe ich zu ihnen hinüber, gehe neben Prakesh in die Knie. Ich habe große Angst, wie nie zuvor in meinem Leben. Die Furcht ist wie ein Tier, das mir im Genick sitzt und seine Krallen in meine Schulter schlägt.

Ich strecke eine Hand aus, berühre seine Schulter. »Prakesh«, flüstere ich.

Seine Augen öffnen sich flatternd, und genau in diesem Moment schließen sich riesige, feuchte Hände um meine Kehle.

# 20 | Riley

Sein Griff ist wie Stahl. Ich zerre an den enormen Händen, will verzweifelt schreien, aber aus meinem Mund kommt nicht mehr als ein entsetztes Keuchen. Wie kann ein so großer Mann so leise sein?

Seine Hände drücken immer fester zu, die feuchten Finger zerquetschen meine Luftröhre. Ein dumpfer Schmerz breitet sich in meiner Brust aus, wird schärfer. Darnell hebt mich hoch, bevor er mich herumwirbelt und über den Zwillingen gegen die Wand knallt.

Sein Gesicht zeigt keine Wut, sondern etwas, das viel erschreckender ist: Freude. Er grinst, bleckt große Zähne. Sie sind perlweiß, strahlen im Licht der Leuchtstofflampen, und es ist dieses Detail – dass er es irgendwie geschafft hat, sie so sauber und makellos zu halten –, das mich ausrasten lässt. Ich schlage auf seine Arme ein, versuche mich seinem Griff zu entwinden, aber sein Lächeln wird nur umso breiter. Meine Füße tanzen, versuchen ihn zu treten, aber er ist außer Reichweite, drückt mich auf Armeslänge gegen die Wand.

»Sie hätten mein Angebot annehmen sollen«, flüstert er. Dann blickt er kurz zur Decke hinauf. »Ich wusste die ganze Zeit, dass Sie da waren. Ich musste nicht einmal nach Ihnen suchen. Sie sind selbst zu mir gekommen.«

Er beugt sich etwas näher heran, und ich nutze die Gelegenheit, meine Hand hochzureißen und meine Fingernägel in sein Gesicht zu schlagen. Ich halte sie kurz, aber sie sind eingerissen und ungleichmäßig. Sie öffnen drei dünne Schnitte in seiner Stirn. Er wirft den Kopf zur Seite, aber er kann dem Hieb nicht ausweichen, und als er sich mir wieder zuwendet, ist seine kindliche Freude offenem Zorn gewichen.

Wütend schleudert er mich durch den Raum. Damit habe ich nicht gerechnet, und mir bleibt keine Zeit, eine Schulter nach unten zu drehen, bevor ich auf dem Boden lande. Der Aufprall treibt mir den letzten Atem aus der Lunge. Mein Kopf stößt gegen die Wand, löst einen neuen Funkenregen aus Schmerzen aus.

Aber ich kann wieder atmen, und der Sauerstoff, der in meine Lunge strömt, entfacht meine Wut. Ich stoße mich vom Boden ab und springe hoch, benommen, aber hellwach. Ich habe es *satt*, mir in den Arsch treten zu lassen.

Darnell durchquert den Raum innerhalb weniger Sekunden, seine Schritte dröhnen auf dem Metall, als er rennt. Sein linker Arm ist auf Hüfthöhe zurückgezogen, ist zu einem Schlag in die Eingeweide bereit. Aber er agiert viel zu schnell, um sich unter Kontrolle zu haben. Ich täusche nach rechts an, dann lasse ich mich in die Hocke fallen und strecke mein rechtes Bein aus. Er sieht die Bewegung, versucht auszuweichen, aber sein hinterer Fuß erwischt meine Wade, sodass er voll gegen die Wand kracht.

Er brüllt, aber er hat das Gleichgewicht verloren, und als ich aus der Hocke zurückspringe, ziehe ich den anderen Fuß hoch und trete kräftig zu, ziele genau zwischen seine Beine.

Doch für einen Riesen ist Darnell unverschämt schnell. Er packt meinen Fußknöchel mit seinem stahlharten Griff, und in einer Bewegung gewinnt er sein Gleichgewicht wieder und reißt mich in seine Richtung.

Mein Herz arbeitet auf Hochtouren, pocht in meinen Ohren, und ich habe schreckliche Angst. Ich sehe wieder seine Hände an meiner Kehle, und nacktes Entsetzen packt mich. Wenn ich ihm entkommen kann und einen leichten Vorsprung gewinne, wird es mir vielleicht gelingen, Hilfe zu finden.

Ich drehe mich zu einer Seite, recke meinen Oberkörper empor – und schlage meine Zähne in seine Wade.

Der dünne Stoff seines Hosenbeins zerreißt unter meinem Biss, und er heult vor Schmerz auf. Heißes Blut explodiert in meinem Mund. Meine Instinkte drängen mich, ihn loszulassen, und ich spüre bereits, wie mir übel wird, aber ich zwinge mich, ihn festzuhalten.

Er tritt mit dem anderen Bein zu und trifft mein aufgeschürftes Schlüsselbein. Er hätte mich nicht besser treffen können, wenn er es geplant hätte. Ein knirschender Schmerz flammt in meiner Schulter auf, und ich lasse sein Bein los, schreie auf. Mein Gesicht ist klebrig von seinem Blut. Ich versuche mich wieder aufzurappeln, aber meine Beine haben jedes Gleichgewichtsgefühl verloren.

Mit feuchten und verschwommenen Augen sehe ich den Tritt kommen, und diesmal kann ich mich nicht dagegen wappnen. Sein schwerer Stiefel bohrt sich mitten in meinen Bauch, und jedes Luftmolekül wird mir aus dem Körper getrieben.

Ich liege würgend da, und Darnell wirft mich herum. Dann hockt er sich auf mich, und mit einem Laut wie dem

Atemzug eines Sterbenden zieht er ein Messer aus seinem Gürtel. Er atmet heiß und keuchend vor Anstrengung. Ein kurzes Lachen löst sich von seinen Lippen.

Ich sammle meine letzten Energiereserven und spucke ihm genau ins Gesicht. Danach steigt ein neuer Würgereiz in meiner Brust auf. Darnell schnippt die Spucke von seiner Wange. Ich höre, wie sie mit einem leisen Platschen auf dem Boden landet. »Das ist der richtige Kampfgeist«, sagt er. Und damit dreht er den Griff in einer mühelosen Bewegung und hebt ihn hoch, um mich abzustechen.

Es gibt einen Knall, und Darnell wird zur Seite geworfen. Ich sehe die Hand mit dem Messer, wie sie in der Luft zurückgerissen wird. Dann ist Darnell verschwunden, und die Welt ist voller Lärm und Bewegung und rufender Stimmen. Hände packen meine Schultern, hieven mich hoch. Einen Moment lang scheint der Raum von blendend weißem Licht erfüllt zu sein.

Amira ist da, und ihre Lippen formen Worte, die ich nicht richtig verstehen kann, während sie mich an den Schultern festhält. Hinter ihr wimmelt es von Stompern und Sanitätern, eine verwirrende Kakophonie aus grauen und weißen Overalls. Darnell liegt auf dem Bauch, seine Arme werden auf seinem Rücken gefesselt, Blut sickert aus einer Stingerwunde unter seiner linken Schulter. Er brüllt, schwört Rache. Ein Stomper verpasst ihm einen Fußtritt gegen den Brustkorb. Er rollt sich in Embryonalhaltung zusammen und verstummt.

Yao setzt sich auf, und eine Sanitäterin – eine junge Frau mit blondem Haar, durch das sich eine stahlblaue Strähne zieht – leuchtet mit einer Lampe in ihre Augen.

Kev und Prakesh blinzeln im hellen Licht. Niemand scheint Grays Leiche mitten im Raum zu beachten.

»Das Blut«, sagt Amira. »Riley? Riley, woher kommt das Blut?«

Ich brauche einen Moment, um zu erkennen, dass sie Darnells Blut meint, das mir ins Gesicht gespritzt ist. »Nicht meins«, sage ich. »Es ist nicht mein Blut.«

»Du hättest warten sollen, verdammt noch mal!«, flüstert Amira. Ich kann sie im Chaos gerade noch verstehen. Ich schaffe es, mich aufzusetzen. Carver steht neben der Tür, und sein Gesicht zeigt einen merkwürdigen Ausdruck – gleichzeitig zufrieden und entsetzt.

Ich springe auf und laufe zu Prakesh. Ein Sanitäter will mich zurückdrängen, aber ich ducke mich unter seiner Hand weg. Ich will mir Prakeshs ganzen Körper auf einmal ansehen, um mich zu vergewissern, ob er verletzt wurde. Er zieht mich heran und umarmt mich. Ich erstarre instinktiv, da ich einen solchen Kontakt nicht gewohnt bin, doch dann erwidere ich die Umarmung. Es kommt mir verrückt vor, es nicht zu tun.

»Es tut mir leid«, sage ich. »Es tut mir so leid. Das ist alles nur meine Schuld, ich …«

»Mir geht es gut«, flüstert er mir mit heiserer Stimme ins Ohr. »Alles ist gut. Lass die anderen tun, was sie tun müssen. Wir haben es überstanden.«

Ich drücke ihn fest an mich, dann lasse ich ihn los und ziehe mich zurück. Kev zeigt mir einen hochgereckten Daumen.

Amira erklärt, wie sie mich beobachtet haben, als ich auf dem Markt Grays Verfolgung aufnahm. Sie hatten sich in der Nähe seines Standes versteckt, und als ich loslief, beschloss sie, mich nicht aufzuhalten, sondern mir in größerem Abstand zu folgen, um mir Rückendeckung zu geben. »Darnell hätte uns vielleicht gesehen, wenn sich deine und unsere Wege gekreuzt hätten«, sagt sie.

Ich starre sie an, während mir ein beunruhigender Gedanke kommt. »Ihr habt mich als Köder benutzt.«

Ihr Blick ist völlig ruhig. »Du hast uns keine andere Wahl gelassen. Du warst schon immer sehr ungeduldig.«

Sie folgten mir in den Tunnel, und als sie sahen, wie ich mir durch das Dach Zugang verschaffte, beschlossen sie, mir nicht zu folgen. »Drei Leute im Kabelschacht wäre eine schlechte Idee gewesen«, sagt Amira. Danach entschieden sie, die Stomper zu holen. Es war ein Glücksspiel, das sich schließlich auszahlte.

Ein Sanitäter kommt herüber und hockt sich neben mich. Er ist ein älterer Mann mit zerfurchtem Gesicht, aber seine Augen blicken freundlich, und Amira tritt zurück, damit er mich untersuchen kann. Er leuchtet auch mir in die Augen und tastet mein Schlüsselbein und meinen Bauch ab. »Prellungen und leichter Schock, aber nichts Ernsthaftes«, sagt er. »Sie sind ein echtes Glückskind.«

Ich deute auf die Zwillinge. »Er hat ihnen etwas verpasst. Schlafschnell, so hat er es genannt.«

Der Mann nickt. »Wir haben etwas Ähnliches schon einige Male gesehen. Er hat ein sehr wirksames Mittel zusammengebraut, aber es wird irgendwann nachlassen.«

Er hebt meine Hand hoch und murmelt etwas, bevor er in seinem zerfledderten Schulterbeutel kramt und einen Injektor hervorholt. Er bemerkt, dass ich ihn anstarre.

»Zur Desinfektion«, sagt er. »Damit sich der Schnitt nicht entzündet.«

»Tut es weh?«

»Das werden wir gleich feststellen«, sagt er fröhlich und spritzt mir einen Strahl aus weißem Schaum in die Handfläche. Der Stich kommt so plötzlich und ist so heftig, dass ich mich zusammenreißen muss, um nicht um mich zu schlagen. Aber nach einer Weile ebbt der Schmerz ab und wird durch eine pulsierende Wärme ersetzt. Der Schaum wirft Blasen und scheint in den Schnitt zu sickern, bis er eine harte, weiße Kruste bildet. Der Sanitäter erhebt sich, hält mir eine Hand hin, und trotz des Schocks durchströmt mich eine Welle des Glücksgefühls. Ich greife mit meiner gesunden Hand nach seiner, dann hilft er mir auf die Beine.

»Chef«, ruft eine Stimme aus dem Lagerraum. »Wir haben hier Leichen gefunden.«

Die Schränke. Dieser leichte Gestank. Ich muss mich wirklich zusammenreißen, um nicht zu fragen, ob einem der Toten ein Auge fehlt.

Ein Stomper tritt hinter dem Sanitäter hervor, und zu meiner Überraschung ist es der, den ich auf dem Weg zu Darnell getroffen habe. Royo. Sein Gesichtsausdruck ist immer noch abweisend, doch als er mich mustert, besänftigt er sich leicht.

»Sie haben diesen beiden sehr viel zu verdanken«, sagt er und blickt zu Amira und Carver hinüber. »Wir wollten sie verhaften, weil sie in die Tunnel eingedrungen sind.« Seine Stimme klingt rau, als hätte eine verstaubte Statue gelernt zu sprechen. »Kann mir irgendjemand erklären, warum alles damit endet, dass wir stattdessen den Chef des Luftlabors verhaften? Irgendjemand? Nicht dass ich mir selber noch keine Gedanken darüber gemacht hätte.«

Ich rede die meiste Zeit. Ich muss ihm die gesamte Geschichte erzählen, und dann muss ich sie noch einmal wiederholen, als sein Chef eintrifft – eine größere und hässlichere Version von Royo mit Namen Santos.

Ich erzähle ihm, dass ich schon oft Lieferungen übernommen habe, aber nie wusste, was ich transportiert habe. Als er das hört, bedenkt Royo mich mit einem langen starrenden Blick, der mich für einen Moment verstummen lässt. Schließlich stößt er ein unverbindliches Grunzen aus. Wahrscheinlich hätte er jedes Recht, uns alle wegen Unterstützung krimineller Geschäfte zu verhaften, aber er sagt nichts, und ich beschließe, nichts zu riskieren.

Nach ein paar weiteren Fragen wendet sich Royo zum Gehen, doch dann dreht er sich noch einmal um und reicht mir seine Hand. Sein Griff ist fest. Carver kommt herübergeschlendert und beobachtet erstaunt, wie ein Tracer mit einem Stomper die Hände schüttelt. Ich muss unwillkürlich lachen.

»Also ist alles in Ordnung für uns?«, fragt Carver mit einem Seitenblick auf Royo. Er macht nicht den Eindruck, als würde er ihm uneingeschränkt vertrauen.

Royo lässt meine Hand los und sieht ihn an. »Ihr habt soeben ein gewaltiges Machtvakuum erzeugt«, sagt er. »Jetzt wird jede Gang von Außenerde versuchen, einen Anteil an der Wasserversorgung zu bekommen. Was bedeutet, dass wir Überstunden machen werden, um sie davon abzuhalten, sich gegenseitig umzubringen.«

Er hält inne – und ich bin fest davon überzeugt, den

Anflug eines Lächelns auf seinem Gesicht zu erkennen. »Aber nach meiner Erfahrung dauert es für gewöhnlich ein paar Tage, bis das geschieht. Wenn wir jetzt genügend Präsenz zeigen, können wir den Lauf der Dinge vielleicht etwas kanalisieren. Wie auch immer. Normalerweise traue ich euch Tracern nicht, aber heute habt ihr es gut gemacht.«

»Und was genau ist das wert?«, fragt Amira. Royo schüttelt den Kopf und wendet sich ab, als seine gute Laune erschöpft ist.

Hinter ihm wurde Darnell auf die Beine gestellt, und plötzlich hat er seine Stimme wiedergefunden. »Eure Welt wird enden!«, schreit er. Mehrere Stomper müssen herbeieilen, um ihn festzuhalten. Er zerrt an seinen Fesseln, die Muskeln an seinem Hals treten hervor. »Ihr alle werdet verbrennen! Ihr alle! Ihr alle werdet verbrennen!«

Seine Stimme verklingt, als er durch den Korridor fortgeschleift wird, bis sie völlig im Hintergrundrauschen der Station untergeht. Ein neuer Übelkeitsanfall droht mich zu überwältigen, als mir bewusst wird, was ich soeben überstanden habe. Amiras Hand liegt auf meiner Schulter, und ihr Gesicht zeigt Sorgenfalten, aber ich wehre sie ab, reiße mich zusammen und stehe auf. Yao geht vorbei, gestützt von einem Sanitäter, und drückt meinen Arm.

Bald sind wir draußen, im Tunnel, der von den Taschenlampen mehrerer Stomper erhellt wird. Prakesh hält meine Hand, so fest, als wollte er sie nie wieder loslassen, und dann sind wir auf dem Gleis neben dem Bahnsteig. Amira springt hinauf, streckt mir dann eine Hand entgegen. Ich muss Prakesh loslassen, um hinaufzuklettern, und als ich mich umdrehe, um ihm zu helfen, sehe ich, dass einer der Stomper ihn beiseitegenommen hat, um ihn etwas zu fragen.

Für einen Moment möchte ich da unten bei ihm sein, doch dann führen Amira und Carver mich davon, bis er aus meinem Sichtfeld verschwunden ist.

# 21 | Riley

Ich habe mich geirrt, was das Nest angeht. Es hat Platz für jede Menge Leute.

Der Korridor war bereits eine wogende Masse, als wir eintrafen, und lauter Jubel ertönte, als die Leute uns sahen. Gelegentlich verbreitet sich Tratsch schneller, als ein Tracer rennen kann – vor allem, wenn es um jemanden geht, der so sehr gefürchtet wird wie Oren Darnell. Wie es schien, wollten alle meine Hand schütteln oder mich umarmen. Ich musste unwillkürlich lächeln, insbesondere als Carver ein lautes Gejohle von sich gab.

Hastig stellte er eine behelfsmäßige Leiter zur Zugangsluke auf, ohne auf Amiras Protest zu achten, dass wir unser Zuhause geheim halten sollten. »Die Leute wissen doch längst, wo wir wohnen«, sagte Carver kopfschüttelnd zu ihr, worauf Amira einlenkte.

Bald strömten sogar noch mehr Leute ins Nest, brachten Musik, Teller mit Essen, Eimer mit selbstgebrautem Bier. Jemand hatte neue Tattoo-Farbe dabei, auf die sich Yao und ihre Kumpel sofort stürzten und sie an die Wand spritzten. Trotz ihrer Kopfverletzung und des getrockneten Bluts, das ihr Haar verkrustet, hat sie sich recht schnell erholt. Kev ist immer noch etwas benommen. Er hat den Ehrenplatz auf den Matratzen in der Ecke bekommen, hält sich an einem Becher mit Bier fest und schaut sich mit getrübtem Blick um, ein leichtes Lächeln auf dem Gesicht.

Ich schiebe mich durch die Menge und finde ein freies Plätzchen vor der Wand, erleichtert, dass mich für einen Moment niemand beachtet. Was auch immer der Sanitäter mit meiner Hand gemacht hat, es ist ein ganz erstaunliches Zeug. Die Wunde hat sich innerhalb weniger Minuten geschlossen, und obwohl ich immer noch einen dumpfen Schmerz spüre, kann ich schon fast wieder eine Faust ballen. Jemand drückt mir einen Krug mit Selbstgebrautem in die gesunde Hand, und ich nehme einen tiefen Schluck. Diesmal kann ich das bittere, salzige Brennen des Alkohols genießen. Ich war schon lange nicht mehr betrunken oder auch nur angeheitert, aber jetzt macht mir das Schwirren im Kopf Spaß.

Als immer mehr Leute über die Leiter ins Nest kommen, bringen sie neue Gerüchte mit. Jemand hat gehört, dass die Leichen in Grays Werkstatt identifiziert wurden, und wenig später kommt jemand mit Namen. Wie sich herausstellt, war einer der Toten eine recht bedeutende Person: ein Mann namens Marshall Foster. Vor Jahren leitete er den Rat, bis er nach seiner Pensionierung nach Apogäum umzog. Die Neuigkeiten, die durch die Luke heraufkommen, erklären nicht, warum Gray ihn getötet hat – oder ob ihm irgendwelche Körperteile fehlen. Der Augapfel wird von niemandem erwähnt – wahrscheinlich befindet er sich immer noch irgendwo im Luftlabor.

Gray hat vielleicht einen großen Fehler gemacht, als er Foster umbrachte, aber er hatte eine Glückssträhne. In den Schränken waren zwei weitere Leichen versteckt. Gray hatte sich einen Kanalisationsarbeiter und eine Kantinenmitarbeiterin geschnappt, sie mit seinem Schlafschnell-Serum außer Gefecht gesetzt, sie in seinen Lagerraum neben dem Gleis gebracht und … Dinge mit ihnen gemacht. Erste Verschwörungstheorien machen die Runde, was Darnell und Gray gemeinsam geplant haben mochten – und ob das irgendetwas mit Fosters Tod zu tun hatte.

Mit Mühe schüttle ich meine düsteren Gedanken ab. Ich sehe, wie sich Amira neben Kev auf die Matratzen fallen lässt. Sie ist nüchtern, obwohl sie sich mehr Bier hinter die Binde gekippt hat als alle anderen. Sie beugt sich zu Kev vor, flüstert ihm etwas ins Ohr, das bewirkt, dass sein Lächeln noch breiter wird. Sie bemerkt meinen Blick und zwinkert mir zu, bevor sie ihr Glas in meine Richtung hebt. Ich proste zurück und nehme einen Schluck Bier. Doch diesmal brennt es zu heftig, und ich muss husten.

»Das habe ich doch schon immer behauptet, Riley«, sagt Carver und klatscht mir eine Hand auf die Schulter. »Du kannst den Fusel noch nicht bei dir behalten.«

Er ist gut gelaunt. Bevor wir aufbrachen, hatte er die Gelegenheit, sich in Grays Lager mit Ersatzteilen einzudecken, und er konnte sogar ein paar Ampullen mit Schlafschnell einstecken.

»Ich glaube, ich habe mir diesen Drink verdient«, erwidere ich lachend.

»Ja, auf jeden Fall.«

Er beugt sich näher heran. Er ist betrunken, sein Blick ist unfokussiert, aber es ist ein guter Rausch. »Sie werden noch jahrelang über diese Sache reden. Das Mädchen, das ganz allein das Monster des Markts erledigt hat.«

»Gray?«

»So wird er von allen genannt. Und dann Darnell – er

sitzt im Knast, umgeben von etwa fünfzehn Wächtern. Ich glaube, der halbe Sektor möchte das Gefängnis stürmen und ihn zu Tode prügeln.«

»Du weißt, dass ich Gray gar nicht getötet habe, oder?«

»Spielt keine Rolle. Die Leute glauben, was sie glauben wollen. Ein toter Mörder, ein korrupter Luftlabor-Chef im Gefängnis, zwei gerettete Tracer. Gar nicht schlecht für jemanden wie dich, die Schwierigkeiten wie ein Magnet anzieht.«

»Vorsicht«, sage ich, aber in meinem Tonfall schwingt ein Lächeln mit. »Jedenfalls ist es eine gelungene Party. Wer hat den Fusel mitgebracht? Oder haben wir etwas dagegen eingetauscht?«

»Suki hatte noch etwas dabei«, sagt er und deutet mit einem Blick über die Schulter nach hinten, auf ein Mädchen mit knallroter Mähne in der Ecke. Sie plaudert mit Prakesh. Ich kenne sie flüchtig.

Carver entfernt sich, wankt zu Yao hinüber, die immer noch mit ihren Freunden die Wand bearbeitet. Es ist eine wilde Farborgie, die bis zur Decke hinaufreicht und im Licht feucht glänzt.

*Eure Welt wird enden.*

Prakesh bemerkt meinen Blick und reckt fragend einen Daumen hoch. Ich nicke und lächle, aber Darnells Worte kleben wie Staub am Rand meines Bewusstseins.

Worte wie *Schläfer*. Und *in den kommenden Tagen*.

Fast ohne dass es mir bewusst wird, stoße ich mich von der Wand ab und gehe zu Prakesh hinüber.

»Hallo«, sagt er. »Du kennst Suki, nicht wahr?«

Die rothaarige Elfe grüßt mich mit einer lässigen Geste.

»Danke für das Bier«, sage ich.

»Kein Problem. Ich braue es zusammen mit meinem Bruder. Viel besser, als arbeiten zu gehen.«

Ich wende mich an Prakesh. »Hör mal, ich werde einen kleinen Spaziergang machen. Mir wird es hier etwas zu eng.«

»Bist du dir sicher? Ich kann jederzeit mitkommen, wenn …«

»Nein«, unterbreche ich ihn und zwinge mich zu einem Lächeln. »Mit mir ist alles in Ordnung. Ich will nur versuchen, wieder einen klaren Kopf zu bekommen.«

Ich befürchte, dass er darauf bestehen könnte – die Sorge steht ihm ins Gesicht geschrieben –, aber dann lächelt er ebenfalls. »Ich denke, wir wissen, dass du gut auf dich selbst aufpassen kannst.«

Ich habe das Gefühl, dass ich noch etwas mehr sagen muss. »Es tut mir wirklich leid. Wegen vorher.«

Sein Lächeln flackert, aber dann kehrt es zurück, und er winkt ab. »Alles gut, Ry. Versprochen. Und jetzt verschwinde von hier.«

Ich erwidere für einen Moment seinen Blick, lächle zurück, dann drehe ich mich um und ducke mich durch die Tür. Hinter mir ertönt erneut lauter Jubel, und als ich mich umblicke, sehe ich, wie Carver Yao küsst. Sie hält mit einer Hand seinen Kopf, er ihren Arsch, und hinter ihr sieht Kev mit erstaunter Miene zu. Amira lacht. »Aaron, ich habe dir doch gesagt, keine Affären mit Arbeitskollegen!«, ruft sie.

Unglaublich. Ich lasse mich durch die Luke fallen.

Im Sektor ist es überraschend still, und ich husche unbeobachtet durch die Korridore von Außenerde. Ich gehe es ruhig an, ich spaziere mehr, als dass ich renne, und mein geschundener Körper ist dankbar für die Entspannung.

Der Knast befindet sich auf der untersten Ebene, und als ich mich auf den Weg dorthin mache, lasse ich meine Gedanken schweifen, denen das Selbstgebraute eine eigene Färbung gibt. Ich versuche, alles zusammenzusetzen, das ich erlebt habe – Gray, Darnell, Foster. Ich bin tief in meiner Welt versunken und brauche ein paar Sekunden, um zu erkennen, dass ich am Mahnmal vorbeilaufe.

Hier ist der Korridor breiter als sonst, und das Mahnmal nimmt eine komplette Wand ein. Richtige Farbe, nicht nur Tattoo-Tinte. Janice Okwembu hat es in Auftrag gegeben, die derzeitige Vorsitzende des Stationsrats. Jeder durfte etwas zeichnen – ich war offenbar die einzige Person im gesamten Sektor, die sich geweigert hat –, und in der Mitte ließ man ein paar talentiertere Künstler das eigentliche Schiff malen.

Ich betrachte es, bevor ich es mir verbieten kann, ziehe meine Jacke fester um mich. Das Gemälde ist im Laufe der Jahre verblasst, aber immer noch deutlich erkennbar. Der riesige kegelförmige Rumpf, die nach hinten ragenden Finnen, die vorgewölbten Sektionen im hinteren Bereich, wo die Versorgungsgüter untergebracht sind. Und darunter in schwarzen Buchstaben: *Rückkehr zur Erde.*

Es gibt auch religiöse Symbole, Dutzende übereinander. Kerzen, Kreuze, Metall, das zu seltsamen Formen verbogen wurde. Verbeugungen vor Allah, Jahwe, Buddha, Kali, Vishnu, vor Göttern, die ich gar nicht benennen kann.

Ich versuche mich möglichst vom Mahnmal fernzuhalten, benutze die oberen Ebenen, wenn ich Apogäum verlassen muss. Ich habe in der Vergangenheit viel zu viel Zeit damit verbracht, es anzustarren, und es weckt zu viele Erinnerungen, die ich lieber ruhen lassen möchte. Ich gehe weiter, halte den Blick auf einen Punkt weiter hinten im Korridor gerichtet. Bald darauf erreiche ich das Gefängnis. Es ist klein – nur ein paar Zellen, nicht weit von der Grenze zu Chengshi entfernt. Als ich mich nähere, sehe ich vier Stomper, die davorstehen, in die üblichen grauen Uniformen gekleidet. Sie wirken kalt und einsam.

Zwei von ihnen sehen mich kommen, und sie legen die Hände an die Holster, schließen die Finger um die Griffe ihrer Stinger. Doch dann scheint mich einer wiederzuerkennen und gibt seinen Kollegen ein Zeichen, sich zurückzuhalten.

»Sie waren es, die ihn gefunden hat, nicht wahr?«, sagt er.

Ich nicke. »Ja.«

»Ich muss zugeben, dazu ist Mumm nötig«, sagt einer der anderen. »Ich bin beeindruckt. Aber es war sicher gut, dass wir schließlich dazukamen.«

Jetzt sind sie viel entspannter – anscheinend stellt eine einzelne Tracer keine Bedrohung für sie dar. Ich atme einmal tief durch. »Es mag vielleicht komisch klingen, aber ich muss unbedingt mit ihm sprechen. Es gibt da etwas, das ich wissen will.«

Ein entschiedenes Kopfschütteln vom ersten Wächter. »Keine Chance.«

»Im Ernst. Es wird nur zwei Minuten dauern. Rein und wieder raus.«

Aber er starrt mich nur leidenschaftslos an. Sein Kollege

tritt vor. Er ist fast genauso groß wie Darnell, und es sieht aus, als würde er jeden Moment seinen Overall sprengen. »Sie haben gehört, was er gesagt hat. Niemand darf zu ihm rein. Sie haben sich heute gut geschlagen, aber gehen Sie jetzt nach Hause.«

Ich überlege kurz, ob ich mit ihnen flirten könnte, aber dann verdränge ich den Gedanken, verärgert über mich selbst. Mit Bestechung könnte es funktionieren, und ich stehe kurz davor, ihnen ein oder zwei Jobs für lau anzubieten, als ich sehe, wie Royo sich hinter ihnen dem verriegelten Zugang nähert. Ich rufe seinen Namen, und er blickt auf, das Gesicht von tiefen Sorgenfalten zerfurcht.

Ich höre ein metallisches Summen. Das Tor gleitet auf, und er kommt auf mich zu. Er wirkt müde, irgendwie viel menschlicher. »Du solltest nicht hier sein«, sagt er.

Hastig erkläre ich ihm, was ich beabsichtige. Er kneift leicht die Augen zusammen. »Glaubst du, wir hätten nicht längst mit ihm geredet? Man heuert niemanden an, um ein Ratsmitglied nur zum Spaß zu ermorden. Aber er hat überhaupt nichts gesagt.«

»Er kennt mich schon seit Langem. Ich habe schon häufiger Aufträge für ihn übernommen. Vielleicht rutscht ihm etwas heraus.«

»Er hätte dich fast getötet.«

Darauf habe ich keine Erwiderung. Aber nachdem ich ihn eine Weile finster anstarre, gibt Royo nach. »Gut«, sagt er. »Du gehst mit mir rein, du bleibst zwei Minuten, dann gehst du wieder raus. Und wenn ich auch nur die leiseste Ahnung habe, dass du eine Dummheit begehen willst, werfe ich dich schneller in eine eigene Zelle, als deine Worte verklungen sind.«

Die anderen Wachen haben sich gelangweilt von uns abgewandt und unterhalten sich miteinander. Wir gehen durch den Eingang. Es gibt zwei Türen, und die innere öffnet sich erst, nachdem die äußere fest verschlossen ist. Wieder ein ohrenbetäubendes Summen, dann sind wir durch und treten in einen schmalen Korridor, der nur von einigen nackten Leuchtstoffröhren erhellt wird.

Der Korridor geht in einen weiteren über, an dem links und rechts die Zellen aufgereiht sind. Hier gibt es keine Deckenlampen, aber die Zellen sind hell erleuchtet. Jeder winzige Raum enthält eine harte Pritsche und eine Toilette, und die Vorderseite jeder Zelle bildet eine dicke, transparente, nahezu unzerbrechliche Plastikwand mit zwei dünnen Schlitzen für das Essenstablett. Einige sind besetzt, und dort liegen die Leute zitternd auf ihren Pritschen. Hier ist es kalt, weil es keinen Sinn hat, das Gefängnis zu beheizen. Ich ziehe meine Jacke fester um mich. Royo, der neben mir läuft, ist schweigsam geworden.

Wir bleiben vor der letzten Zelle auf der rechten Seite stehen. Ich folge Royos Blick und sehe Oren Darnell. Er sitzt auf seiner Pritsche und starrt auf die Wand. Er scheint uns nicht zu bemerken und macht den Eindruck, als würde er die Kälte nicht spüren. Man hat ihn in einen dünnen hellgrauen Gefängnisoverall gesteckt.

»Du hast zwei Minuten«, sagt Royo, worauf Darnell seinen großen Kopf in unsere Richtung dreht. Seine Augen haben nichts von ihrer Bösartigkeit verloren, und als er mich sieht, verzieht sich sein Gesicht wieder zu einem furchtbaren Grinsen.

»Riley Hale«, sagt er leise. Durch die Plastikwand hat seine Stimme einen seltsamen Klang.

Ich bemühe mich, einen neutralen Gesichtsausdruck zu wahren. »Was haben Sie gemeint, als Sie sagten, dass die Welt enden wird?«

Darnell zeigt auf Royo. »Warum fragen Sie nicht ihn? Er wollte das Gleiche von mir wissen.«

»Und was haben Sie geantwortet? Warum wird die Welt enden?

Er steht unvermittelt auf, sein riesiger Körper schießt vom Bett hoch, und im nächsten Moment steht er vor der Barriere. Ich weiche einen Schritt zurück.

»Nicht *die* Welt«, sagt er. »*Eure* Welt. Die Welt wird wie immer weiterbestehen.«

Royo versucht mich zurückzuziehen. »Immer derselbe Blödsinn. Du musst dir das nicht anhören.«

Ich schüttle seine Hand ab, und Darnell lacht. Meine mühsam gewahrte Selbstbeherrschung verflüchtigt sich. Ich schlage mit einer Hand auf die Plastikwand. Sie erzittert unter dem Hieb. »Sagen Sie es mir!«

»Wohl kaum«, erwidert er. Sein Tonfall ist unschuldig, unbesorgt, furchtbar. Er wirkt wie jemand, dem schließlich das eigene Schicksal offenbart wurde. »Warum sollte ich? Das würde den ganzen Spaß verderben. Und es wird jede Menge Spaß geben, das können Sie mir glauben.«

»Dürfte nicht so einfach sein, wenn man in einer Zelle hockt, meinen Sie nicht auch?«

Seine Augen sind groß, fast flehend. »Wir haben uns in diesem Metallkasten eingesperrt, damit wir weiterexistieren können, obwohl alles auf diesem Planeten uns sagt, dass wir gescheitert sind. Das ist etwas, das wir in Ordnung bringen werden.«

Ohne dass ich es will, denke ich an den Tagger, der von

Darnells Wächter ermordet wurde, als er die Aufforderung zur freiwilligen Ausrottung der Menschen an die Wand gesprüht hat. Ich verdränge das Bild. Darum geht es hier nicht. Hier geht es um etwas ganz anderes.

Ohne ein weiteres Wort wendet er sich ab und legt sich auf seine Pritsche, wieder mit dem Gesicht zur Wand. Ich schlage noch einmal gegen die Plastikwand, brülle ihn an, aber diesmal packt Royo meine Schulter mit festem Griff.

»Ich habe dir doch gesagt, dass du nichts aus ihm herausbekommen wirst«, murmelt Royo und führt mich hinaus, zurück zum Eingangstor. Die anderen Gefangenen haben sich nicht gerührt. Eine kalte Furcht hat sich wie ein Mantel um meine Schultern gelegt.

Während wir hinausgehen, rechne ich damit, etwas aus der Zelle am Ende der Reihe zu hören, vielleicht sogar Gelächter, aber da ist nur Stille und das hallende Rumoren von Außenerde.

# 22 | Prakesh

Prakesh muss Rileys Namen einige Male brüllen, bevor die Falltür zum Nest aufgleitet und ihr Gesicht erscheint.

»Könntest du da unten etwas leiser sein?«, sagt sie.

Er zuckt mit den Schultern. »Ich war mir nicht einmal sicher, ob du zu Hause bist.«

»Amira sagt, dass ich mich ausruhen muss.«

»Wie fühlt sich das für dich an?«

Ihr Gesicht verschwindet, dann schiebt sich eine Leiter durch die Luke, trifft mit einem Knall auf den Boden. Prakesh klettert hinauf, zwängt sich durch den Eingang zum Nest. Die Tür zur Unterkunft der Teufelstänzer steht offen, und er sieht, dass Riley allein ist. Der Boden ist immer noch vom Müll der Party übersät, und Prakesh bemerkt amüsiert, dass ein Teil auf Carvers Werkbank gelandet ist, als würde es darauf warten, in irgendein neues Spielzeug verwandelt zu werden.

»Wie geht es dir?«, fragt Riley, während sie ins Nest zurückgeht. »Was denkst du? Amira hat mir gesagt, dass ich keine Aufträge übernehmen soll, nicht rennen, gar nichts tun.«

»Sie hat recht«, sagt Prakesh. In der Beleuchtung des Nests kann er immer noch den blauen Fleck rund um Rileys Auge erkennen. Sie hat versucht, ihn unter ihrem Haar zu verbergen, hat einige Strähnen darüber drapiert, aber es reicht nicht ganz, um die Prellung zu verdecken. Dadurch macht ihr Gesicht einen schiefen Eindruck.

»Es spielt keine Rolle, ob sie *recht* hat«, sagt Riley und wendet sich ab. »Ich langweile mich zu Tode.«

Sie hockt sich im Schneidersitz auf den Boden, zieht einen Stapel abgegriffener Karten aus ihrer Jackentasche und breitet sie auf den Metallplatten aus.

Prakesh setzt sich ihr gegenüber hin. »Was spielen wir?«

»Acey-deucey?«

»Klar.«

Sie spielen eine Weile schweigend. Prakesh ist gut darin – was Riley immer wieder vergisst. Seine Familie ist damit aufgewachsen, und er hat schon in frühem Alter Paare abgelegt. Die ersten paar Runden gewinnt er mühelos. Riley riskiert zu viel, lehnt zu schnell jede Herausforderung ab. Ihr Blick ist starr auf die Karten vor ihr gerichtet.

Ausnahmsweise empfindet Prakesh Erleichterung, weit weg vom Luftlabor zu sein. Auch wenn Oren Darnell korrupt war, hat er doch alles unter Kontrolle gehabt. Nachdem er jetzt fort ist, haben einige Techniker bereits begonnen, nach Höherem zu streben. Prakesh gehört nicht dazu, aber dadurch ist es schwieriger geworden, Sachen zu erledigen. Er würde es niemals wagen, diesen Punkt Riley gegenüber zu erwähnen. Dazu hat sie schon zu viel durchgemacht.

Nachdem sie auch die dritte Runde verloren hat, wirft Riley angewidert ihre Karten auf den Boden. »Betrüger.«

»Ich betrüge nicht. Ich bin einfach nur gut.« Prakesh fächelt sich mit seinen Karten Luft zu.

Sie hebt einen Herz-König auf. »Siehst du diese Karte? Ich werde sie dir in die Kehle stopfen, Prakesh Kumar.«

»Nur du kannst auf die Idee kommen, eine Spielkarte als Waffe zu benutzen.«

»Es ist eine, wenn ich sie in der Hand habe«, sagt sie.

Unwillkürlich muss er lächeln. »Tod durch Kartenspiel.«

Sie hebt die Karte, als wollte sie sie werfen. »Genau zwischen die Augen.«

»Du könntest eine zusammenrollen. Sie als Blasrohr benutzen.«

»Die Ränder schärfen.«

Jetzt lachen beide – die Art von Lachen, die man zurückzuhalten versucht, bis es trotzdem hervorbricht. Riley räuspert sich, immer noch grinsend, und wendet den Blick ab.

Prakesh hat die Worte ausgesprochen, bevor er sie zurückhalten kann. »Du solltest mitkommen und bei mir wohnen, oben im Garten. Es wäre eine Abwechslung von …«

»Wovon?«

Riley sieht ihn erwartungsvoll an, und plötzlich ist sich Prakesh nicht mehr sicher, was er sagen wollte.

Er mischt geistesabwesend seine Karten. »Von allem.«

Sie schweigen eine Weile. Dann sagt Riley: »Hast du jemals von Amiras Freundin gehört?«

Er blickt verwirrt auf. »Was?«

»Amiras Freundin.«

»Amira, die Eiskönigin, hat eine Freundin?«

»Hatte. Halt die Klappe und hör zu. Sie hat oben in Neu-Deutschland in einer Klinik gearbeitet. Sie kam sogar ein paarmal ins Nest. Sie war in Ordnung.«

»Wie ist ihr Name?«

»Spielt keine Rolle. Auch Amira hat sie immer wieder besucht, aber oft genug war sie nicht da. Sie hatte einen Auftrag oder war hier oder hat sonst was gemacht. Und nach einer Weile fordert Amiras Freundin sie auf, sich zu entscheiden. Sie oder wir.«

»Ich würde es niemals tun.«

»Was?«

Er seufzt. »Nichts. Mach dir deswegen keine Sorgen.«

Einen Moment lang scheint es, als wollte Riley nachhaken. Doch dann teilt sie stattdessen eine neue Runde Karten aus.

Prakesh möchte sie anbrüllen, weil sie so grausam ist, so kurzsichtig. Die Sache mit Darnell war schrecklich, aber er hat gehofft, es könnte wenigstens eine gute Auswirkung haben: dass er und Riley sich näherkommen würden. Er erinnert sich immer noch daran, wie sie ihn umarmt hat, nachdem er in Grays Lagerraum aufgewacht war, als überall Licht und Lärm war und sie die Einzige war, die er wiedererkannte.

Er fängt seine Wut ab, bevor sie sich richtig festsetzen kann, neutralisiert sie mit bewusster Anstrengung. Für einen kurzen Moment fragt er sich, ob er vielleicht unter einer Art posttraumatischem Stress leidet. Es wäre durchaus möglich, und er fixiert sich auf diese Idee, hält sie in seinem Bewusstsein.

Es hilft. Er spürt, wie die Wut nachlässt, wie kleine

Wellen in einem Wassergefäß, die sich schließlich beruhigen.

Aber die Anstrengung hat ihn verstört, und er verliert die nächsten zwei Spiele, als seine üblichen Strategien scheitern.

Riley grinst. Sie hält sich die Karten vors Gesicht, versteckt ihren Mund, während blitzende Augen darüber hingweglugen. »Mag sein, dass du gut bist, Kesh, aber ich bin besser.«

Die Art, wie sie es sagt, bringt seine Wut zurück. Sehr vorsichtig legt er seine Karten mit der Bildseite nach oben auf den Boden, dann steht er auf. »Ich muss gehen.«

Riley sieht sich die Karten an. »Du hast eine doppelte Zwei. Willst du diese Hand nicht wenigstens zu Ende spielen?«

»Ich muss gehen«, wiederholt er. Mehr kann er nicht sagen, jedes andere Wort würde zu etwas mutieren, das er bereuen würde.

Riley springt ebenfalls auf. »Nun komm schon, Kesh, ich hab doch nur gespielt. Damit habe ich nichts anderes gemeint.«

Sie streckt ihre Hand nach ihm aus, und zum ersten Mal will er sie nicht in seiner Nähe haben. Er schiebt sich hinaus, sitzt mit baumelnden Beinen an der Kante der Falltür. Die Leiter ist da, aber er verspürt das Bedürfnis, sich hinunterfallen zu lassen. Damit er von der Wucht des Aufpralls erschüttert wird.

»Sei nicht so«, sagt Riley. Sie steht mit verschränkten Armen im Durchgang. Ihr Gesicht zeigt keine Reue mehr. Jetzt wirkt sie nur noch resigniert. Als wäre dieser Konflikt unausweichlich.

Etwas platzt aus Prakesh hervor und gibt vor, ein Lachen zu sein. Er könnte in diesem Moment eine Million Dinge sagen, über Entscheidungen, über ihn, über sie. Aber er tut es nicht. Er stößt sich einfach nur von der Kante ab, dann ist er verschwunden.

# 23 | Darnell

Man hat Darnell die Kleidung abgenommen. Genauso wie sein Messer und die noch übrigen Ampullen mit Schlafschnell. Inzwischen dürfte man sein Büro durchsucht und den Augapfel gefunden haben, um ihn zu registrieren und dann einzuäschern. Die Vorstellung, dass Stomper an seinem geliebten Bonsai vorbeigehen, *ihn berühren*, genügt, ihn wieder wütend werden zu lassen.

Unwillkürlich verkrampfen sich seine Hände, krallen sich in die Decken auf der schmalen Pritsche. Der Gefängnisoverall in Einheitsgröße ist zu kurz für ihn, reicht ihm kaum bis zu den Handgelenken.

Er blickt sich in der Zelle um. Nackte Wände mit einer einzigen hellen Lampe, die tief in die Decke eingelassen ist. Gleich daneben die Fischaugenlinse einer Kamera. Das Licht spiegelt sich in der Plastikscheibe auf der Vorderseite der Zelle. Hier riecht es genauso wie im Habitat seiner Familie in Neu-Deutschland: antiseptisch, vermischt mit dem säuerlichen Geruch nach Schweiß.

Er erinnert sich noch gut an das Habitat. Seine Mutter hat ihr Bett nie verlassen. Wenn sie lächelte, tropfte Spucke aus der erschlafften, unbeweglichen Hälfte ihres Gesichts.

Sein Vater arbeitete in der Bergbaufabrik, und wenn er zu Hause war, kümmerte er sich die meiste Zeit um seine Frau. Er und Darnell wuschen sie, versuchten sie zu füttern. Darnell hasste sie beide. Es gab nie genug zu essen, nie genug Wasser. Und sie bekam das meiste davon.

Er weiß nicht, woher die Bohnenpflanze stammte, aber er kann sich deutlich an sie erinnern: den Plastiktopf, den intensiven Geruch, die dunkle Erde. Es gefiel ihm, wie die Blätter nach dem Licht strebten, wie der einzige Zweck der Pflanze ihr Überleben war. Sie nahm so wenig und gab so viel zurück.

Darnell war neun Jahre alt, als sein Vater starb. Ein Unglücksfall in der Raffinerie. Zuerst war er wütend, weil er nun allein gelassen war, aber auch auf seltsame Weise glücklich. Es bedeutete, dass jetzt mehr Platz für Pflanzen da war. Sein Garten vergrößerte sich, jeder freie Quadratzentimeter des Habitats war mit Töpfen und Anzuchtkästen vollgestellt.

Niemand kam, um nach Darnell und seiner Mutter zu sehen. Niemand musste es tun. Darnell kam in der Schule gut voran, es machte ihm dort sogar Spaß. Manchmal zeigten die Lehrer ihnen Bilder von Dingen, die es auf der Erde gegeben hatte, zum Beispiel Regenwälder und botanische Gärten. Voller Stolz erkannte er, dass er einige dieser Pflanzen züchtete: die Blumen, Kletterpflanzen und Obststauden. Und mit dem Stolz kam noch etwas anderes: Wut. Diese Pflanzen versorgten den gesamten Planeten. Aber die Lehrer sagten immer wieder, dass es auf der Erde nichts mehr gab, und Darnell verstand einfach nicht, warum.

Und ganz gleich, wie viele Pflanzen er im Habitat hatte, er konnte nie ganz den Gestank seiner Mutter loswerden.

Er brachte aus der Kantine Essen für sie mit. Statt dahinzusiechen, hatte sich ihr Körper aufgebläht, breitete sich über die Pritsche aus. Eines Nachts starrte er sie an, auf das wabbelnde Fett an ihren Beinen, wo die Decke hochgerutscht war. Die blasse Haut, der Sabberfleck auf dem Kissen. Plötzlich konnte er nicht mehr fassen, wie fett sie geworden war, wie nutzlos.

»Du bist schon viel zu fett«, sagt Darnell, und seine Worte hallen in der Zelle wider. Er bemerkt kaum, dass er laut spricht. »Du brauchst kein Essen mehr.«

Darnell schüttelt den Kopf, verärgert über sich, weil er sich von seinen Erinnerungen hat überwältigen lassen. In letzter Zeit passiert es immer häufiger – sie kommen zu den unmöglichsten Augenblicken, und er verliert sich darin, bevor ihm überhaupt bewusst wird, was geschieht.

Er versucht sich einzureden, dass es überhaupt keine Rolle spielt, in dieser Zelle eingesperrt zu sein. Dass Außenerde auch ohne sein Dazutun verdammt ist. Aber es nützt nichts. Stattdessen macht er es dadurch nur schlimmer. Er wollte die letzten Tage damit verbringen, die Station auseinanderzureißen, Stück für verrottetes Stück.

Letztlich macht es nicht den geringsten Unterschied. Es wurde schon vor langer Zeit in Bewegung gesetzt. Aber es ist nicht fair. Er kann toben und rasen, so viel er will, aber niemand hört auf ihn. Nicht solange er hier drinnen ist. Und wenn er vor Gericht kommt, bevor es geschieht, wenn er für schuldig befunden und exekutiert wird …

»Gefangener Darnell!«

Darnell blickt auf und sieht einen der Gefängniswächter vor der Plastikwand stehen. Er hat ein Essenstablett dabei. Darnell verzieht die Lippen, als er sich an das Obst erinnert, das er essen würde, wenn er jetzt im Luftlabor wäre. Er gibt dem Wächter ein Zeichen, dass er es abstellen soll. Wenn keine Plastikwand zwischen ihnen wäre, würde er das Tablett zerbrechen und dem Wächter die Bruchkante ins Gesicht rammen.

»Ich habe eine Nachricht für Sie, Sir.«

Es ist das »Sir«, das Darnell erneut aufblicken lässt. Das Gesicht des Wächters kommt ihm irgendwie bekannt vor, aber er kann es nicht einordnen.

Darnell steht auf und tritt an die Barriere, lehnt sich mit der Stirn dagegen. Der Wächter erwidert seinen Blick, schaut nicht weg.

»Gefangener Darnell, Ihre Verhandlung wird in drei Tagen stattfinden«, sagt der Wächter. Er spricht laut und langsam. »Ihr Fall wird vor dem gesamten Rat während einer öffentlichen Anhörung verhandelt. Wenn Sie Zeugen zu Ihrer Verteidigung benennen möchten, müssen Sie mir jetzt ihre Namen sagen. Haben Sie noch irgendwelche Fragen?«

Zufällig hat Darnell jede Menge Fragen, aber er kommt nicht dazu, sie zu stellen, weil der Wächter plötzlich sehr leise sagt: »Greifen Sie hindurch, und packen Sie mich.«

Darnell starrt ihn an.

Der Wächter blickt kurz nach unten auf den Schlitz in der Plastikwand, wo das Tablett mit dem grauen Fraß steht. Darnell stößt das Essenstablett zur Seite, greift hindurch, bekommt den Overall des Wächters zu fassen. Er reißt ihn heran, lässt ihn mit einem dumpfen Knall gegen die Plastikscheibe stoßen. Irgendwo geht eine Alarmsirene los, aber die Augen des Wächters zeigen keine Furcht. Er spricht schnell und ruhig.

»Ich werde während der Verhandlung neben Ihnen stehen«, sagt der Wächter. »Wenn die Zeit gekommen ist, folgen Sie mir. Stellen Sie keine Fragen, zögern Sie nicht. Alles wird wie geplant ablaufen, Sir.«

Darnell lächelt, und der Wächter nickt. Dann wird er von anderen Stompern weggezerrt, die Plastikbarriere öffnet sich zischend, und Darnell wird zu Boden geworfen. Stomperstiefel treten gegen seine Seite und in seinen Bauch. Doch trotz der Schmerzen, obwohl sich jeder Tritt wie eine glühende Metallstange anfühlt, die in seinen Körper sticht, schafft Oren Darnell es, weiter zu lächeln.

# 24 | Riley

Es dauert nicht lange, bis Amira mich wieder arbeiten lässt. Nicht dass ich damit ein Problem hätte. Je schneller ich renne, desto weiter scheine ich die vergangenen Tage hinter mir zurückzulassen. Die Schmerzen in meinem Schlüsselbein, meiner Brust und in der Augenhöhle lassen nach und verschwinden, um durch den täglichen Muskelkater eines Tracers ersetzt zu werden.

Man hat bekanntgegeben, dass Darnells Verhandlung in drei Tagen stattfinden soll. Das ist keine Überraschung – wenn der Platz knapp ist, verbringen die Leute für gewöhnlich nicht allzu viel Zeit im Gefängnis. Man bringt sie zügig vor die Entscheidungsträger des Sektors, und wenn sie verurteilt werden, besteht die Strafe meistens aus harter Arbeit. Sie müssen die Korridore reinigen oder bei der Wartung der Maschinen im eisigen Schacht mithelfen, der zum Kern führt. Wenn ihr Vergehen jedoch zu schwer ist, ist es das Erschießungskommando.

Seine Worte gehen mir ständig durch den Sinn, und immer wieder grüble ich, was er damit gemeint haben könnte.

Wenn ich an die Verhandlung denke – und das wahrscheinliche Urteil –, läuft es mir kalt über den Rücken. Sie sollten es nicht tun, aber sie tun es. Früher tagte das Gericht unter Ausschluss der Öffentlichkeit, aber nach einer Weile wurden die Forderungen immer lauter, Publikum zuzulassen. Jetzt ist es eine Art Unterhaltungsprogramm, mit dem die Leute bei Laune gehalten werden. Natürlich gibt es viele, denen es so nicht gefällt, aber kaum jemand hört auf sie.

Als ich am Tag der Verhandlung aufwache, ist es kalt im Nest. Es hallt vom fernen Summen der Station wider. Kev ist an der Werkbank eingenickt, sein Kopf liegt auf den Armen, und er schnarcht dezent. Carver und Yao sind nirgendwo zu sehen. Ich hatte mich in eine Decke gehüllt, als ich mich schlafen legte, aber während der Nacht habe ich sie weggestoßen. Sie liegt zusammengeknüllt zu meinen Füßen, und Kälteschauer gleiten über meinen Körper.

Rechts von mir rührt sich etwas, und ich hebe den Kopf. Mit schlaftrüben Augen sehe ich Amira, die sich streckt. Sie hat mir den Rücken zugewandt.

Ich setze mich auf, reibe mir die Augen, und als ich nach einer Wasserflasche greife, spricht sie, ohne sich umzudrehen. »Hab einen Auftrag für dich«, sagt sie.

»Einen neuen?« Ich gähne, so heftig, dass mein Unterkiefer knackt.

»Richtig«, sagt Amira. »Ich bin zum Markt gegangen, um uns Arbeit zu besorgen. Zwei Aufträge. Ich übernehme den einen, und da du zuerst aufgestanden bist, kannst du den anderen haben.«

»Klar.«

»Du musst zur Sektorklinik gehen. Eine Krankenschwester hat auf dem Markt nach einem Tracer gesucht. Anscheinend wollen sie etwas an die Klinik in Neu-Deutschland liefern lassen. Abholen, hinbringen, fertig.«

Ich nicke und strecke meine Schenkel, beuge mich herab, bis ich eine Sprungposition eingenommen habe. Amira greift in ihren Rucksack und wirft mir etwas Kleines und Grünes zu. Ich fange es ohne Schwierigkeiten auf. Nicht einmal der Schlaf lässt meine Reflexe abstumpfen. Es ist ein Apfel, glatt und perfekt. Ich schenke ihr ein dankbares Lächeln. Der Apfel ist knackig und so saftig, dass ich mir das Kinn abwischen muss, nachdem ich ihn gegessen habe.

Genau in diesem Moment erinnere ich mich an etwas. »Ich habe deinen Trick benutzt«, sage ich zu Amira.

Sie blickt mich über die Schulter an. »Was?«

»Deinen Trick. Den Druckpunkt.« Schnell erzähle ich ihr, wie ich einen der Lieren mit dem Hieb erledigt habe, den sie mir beigebracht hat. Als ich die Geschichte erzähle, breitet sich ein Lächeln auf ihrem Gesicht aus.

»Nett«, sagt sie, als ich fertig bin und mit meinen Dehnübungen weitermache.

Wie lange ist es schon her, seit ich Amira zuletzt lächeln gesehen habe? Auch das kommt mir wie Jahre vor. Seit ich sie kenne, scheinen es nur wenige Male gewesen zu sein, dass sie wirklich mit mir zufrieden war.

Wir haben uns ein Jahr nach dem Tod meines Vaters getroffen. Ich war dreizehn. Meine Mutter mühte sich noch ein Jahr lang ab. Ich musste zusehen, wie sie immer trauriger wurde. Und dann gab sie eines Tages einfach auf, und ich war allein.

Danach verließ ich die Schule. Bin ein paar Monate lang ausgestiegen, suchte nach Essbarem, übernahm Gelegenheitsjobs, schlief in Lagerräumen oder unter Tischen in den kalten Passagen.

Sie kamen, als ich in einer Passage auf der untersten Ebene von Chengshi schlief, zusammengerollt und den Kopf in die Armbeuge geklemmt. Es waren mindestens vier, harte Männer mit erschöpften Gesichtern. Ich erkannte sie sofort, als sie mich mitten auf den Korridor zerrten. Es waren Händler. Ich hatte ihnen an diesem Tag einige Lebensmittel geklaut – es war einer der wenigen Tage, an denen ich nicht mit leerem Magen schlafen gegangen war.

Ich schrie und rief, aber niemand kam. Und sie waren sehr leise. Die Lippen zusammengepresst, die Gesichter hart, als wäre ich nicht mehr als ein Maschinenbauteil, das einmal zu oft kaputtgegangen war und nun mit Entschiedenheit und fester Hand repariert werden musste. Nur meine Schreie waren zu hören, als sie mich durch den Korridor schleiften. Ich trat mit den Füßen nach ihnen, aber sie schlugen sie einfach weg, als wären sie nichts.

Und dann war Amira da, ein Wirbelwind aus Fäusten und Ellbogen und Messern, die schlugen, schnitten und brachen. Ich erinnere mich, wie erstaunt ich über ihre Schnelligkeit war. Der Mann, der meinen rechten Arm hielt, ging als Erster zu Boden. Ein roter Schlitz explodierte in seiner Kehle, als Amira mit ihrer Klinge ausholte. Die anderen rannten unter lauten Rufen auf sie zu, aber innerhalb weniger Augenblicke waren sie erledigt, mit verrenkten Armen und tiefen Schnitten, die den Boden bereits dunkelrot färbten.

Als es vorbei war, hielt Amira für einen Moment inne, eine Silhouette vor der Deckenbeleuchtung, schwer atmend. Sie steckte das Messer wieder in die Tasche und reichte mir dann eine Hand.

Wir wohnten zusammen, wir trainierten zusammen, und wir wurden zusammen verletzt. Ich war ihr erster Tänzer, und sie brachte mir alles bei: wie man rennt, wie man sich durch Menschenmengen schlängelt, wie man nach einem Sprung landet. Wie man kämpft. Wie man Aufträge findet, welche man übernehmen und welche man ablehnen sollte. Und wie man sich nie wieder erwischen lässt. Von niemandem.

»Na los«, sagt sie und zeigt auf die Tür. »Du weißt, dass Jobs nicht warten.«

Wenn ich gleich nach dem Aufwachen einen Job übernehmen soll, fühlt sich mein Körper normalerweise träge und plump an. Aber nicht heute. Meine Manöver sind tadellos, und ich treffe bei jedem Sprung das Ziel. Einige Wandläufe gelingen mir sogar besonders gut. Irgendwann springe ich eine komplette Treppe hinunter, stoße mich von der nächsten obersten Stufe ab und greife nach einer Dachstrebe, bevor ich mich durch die Luft schwinge, den Kopf erhoben und die Arme schräg hinter mir ausgestreckt, bis ich so perfekt lande, dass ich mich nicht einmal abrollen muss. Das Manöver fühlt sich so gut an, dass ich laut lache und ein Mann applaudiert, der auf der Treppe hinter mir sitzt. Ich winke ihm zu und renne weiter, verliere mich in der Bewegung.

Die Klinik ist nicht allzu weit vom Nest entfernt. Sie ist ein regelmäßiger Kunde. Während sich die meisten Sektoren um ihre eigenen Angelegenheiten kümmern, tauschen die Kliniken in der gesamten Station Ausrüstung aus und schicken sich gegenseitig Sachen, die anderswo gebraucht werden. Sie geben uns viele Aufträge. Entweder transportieren wir selbst Dinge, oder wir überbringen in ihrem

Auftrag Anfragen, indem wir zwischen den Sektoren hin- und herlaufen.

Als ich eintreffe, ist ein Arzt in ein Gespräch mit einer Krankenschwester vertieft. Sie tragen Kittel, die früher einmal weiß waren, und wie alle Ärzte, die ich bis jetzt kennengelernt habe, scheinen sie kaum noch am Leben zu sein. Er blickt auf und sieht mich. Sein schwarzes Haar ist wie sein Hemd silbrig grau geworden, und sein Gesicht ist von Sorgenfalten zerfurcht. Aber er lächelt und winkt mich herüber.

»Ich bin Doktor Arroway«, sagt er und hält mir seine Hand hin. Ich schüttle sie schnell. Seine Handfläche fühlt sich rau an, wie alter Rost.

»Sie haben Transportgut, das ausgeliefert werden soll?«, frage ich.

Der Arzt greift nach hinten, nimmt eine weiße Schachtel vom Tisch. »Richtig. Wir haben hier ein Paket mit ...«

Ich räuspere mich, und er blickt irritiert auf. Dann nickt er. »Natürlich, tut mir leid. Ich vergaß, dass Sie es lieber nicht wissen wollen. Aber ich versichere Ihnen, dass es nichts Schlimmes ist. Wollen Sie es wirklich nicht wissen?«

»Definitiv.«

Er seufzt. »Gut. Liefern Sie es einfach nur heil ab. In der Klinik in Neu-Deutschland gibt es einen Arzt namens Singh. Er braucht es dringend. Er hat ein paar Leute im Isolierraum, die es so schnell wie möglich benötigen.«

»Da bin ich genau die Richtige«, sage ich, nehme die Schachtel entgegen und lege sie in meinen Rucksack. »So. Was springt für uns dabei heraus?«

Er sieht mich mit verschränkten Armen an. »Was Sie

transportieren, wird Menschenleben retten. Vielleicht viele Menschenleben. Wir müssen es nicht komplizierter machen, als es ist.«

Ich erwidere seinen Blick. »Das sehe ich anders. Keine Entlohnung, keine Auslieferung. Machen Sie mir also ein Angebot.« Ich verhandle nicht gern. Es ist mir viel lieber, wenn der Preis vorher abgemacht wird. Aber es wäre viel schlimmer, nichts zu bekommen – oder etwas, das die ganze Mühe nicht wert ist.

Er seufzt verärgert. »Gut. Ich gebe Ihnen eine Packung Schmerzmittel. Nicht das gute Zeug, aber in Ihrem Job können Sie es wahrscheinlich gebrauchen.«

»Einigen wir uns auf das gute Zeug. Es ist ein langer Weg.«

Er verdreht die Augen. Nachdem er sich umgedreht und in einem Wandfach gekramt hat, reicht er mir eine kleine weiße Packung. Ich schüttle sie. Darin rasselt es zu meiner Zufriedenheit, und ich stecke die Packung in die Innentasche meiner Jacke.

Auf dem Weg nach draußen rührt sich ein Mann, der auf einem ramponierten Stuhl sitzt und bis jetzt aussah, als wäre er bewusstlos. Er ruft meinen Namen. Sein Bart reicht ihm wie ein grauer Fluss bis zur Brust, und seine linke Hand steckt in einem übel aussehenden, blutigen Verband. »Mach sie fertig!«, sagt er und schüttelt die Faust, wobei ein paar Blutstropfen auf den Boden spritzen. Ich weiche lachend zurück.

Dem Tratsch in den Treppenschächten entnehme ich, dass Darnells Verhandlung in einigen Stunden beginnen wird, in der Galerie in Apogäum. Besser dort als im Garten, wo es brenzlig werden könnte. Die Gangs, mit denen

Darnell zu tun hatte, könnten ein wenig ins Wanken geraten, wie Royo sagte, aber es wäre nicht das erste Mal, dass eine Verhandlung gestört wird – in manchen Fällen auch gewaltsam. Ich mache mir eine mentale Notiz, zu diesem Zeitpunkt so weit wie möglich entfernt zu sein. Inzwischen wurde auch der Augapfel in Darnells Büro gefunden, von den Stompern registriert und eingeäschert. Anscheinend war er bereits in Verwesung übergegangen.

Als ich die Grenze zu Neu-Deutschland erreiche, ist es in den Korridoren noch voller geworden. Leute spazieren in großen Gruppen herum, lehnen an den Wänden, die von dicken Rost- und Schmutzschichten überzogen sind. Hier gibt es kein Hinweisschild wie an der Grenze zum Garten – nur die Aufhängung, wo es einmal eins gab, baumelt noch von der Decke.

Trotz des Gedränges brauche ich nicht allzu viel Zeit bis zur Klinik. Der Arzt, Singh, begrüßt mich mit einem knappen Nicken, mehr nicht, und verstaut das Paket in einem schweren Stahlschrank. Er wirkt geistesabwesend, blickt sich zu den Untersuchungsräumen um. In seiner Klinik herrscht viel mehr Betrieb als in der vorigen, und das Stöhnen der Patienten hängt in der Luft, sickert aus den verdunkelten Zimmern wie Öl aus einer kaputten Versiegelung. Meine gute Laune wird hier gedämpft, erstickt.

Als ich gehen will, spüre ich eine Hand an meinem Arm und drehe mich um. Vor mir steht der graue Klotz eines Stompers. Sein Gesicht ist völlig ausdruckslos. Überrascht versuche ich, meinen Arm loszureißen, aber er hat ihn fest im Griff.

»Was?«, sage ich. »Habe ich etwas Falsches getan?

Wenn Sie irgendein Problem haben, können Sie sich an meine Teamleiterin wenden …«

Seine Miene hat sich nicht verändert. Er macht den Eindruck, als könnte er den ganzen Tag lang so dastehen, wenn es sein müsste. Erst dann bemerke ich den roten Aufnäher an seiner Schulter. Er hat die Form der Station, und in meinem Bauch bildet sich ein kleiner Knoten der Furcht. Er ist kein Stomper. Rote Abzeichen werden von den Eliteeinheiten getragen, die den Rat bewachen.

Sein Griff wird fester. »Ms. Hale. Janice Okwembu möchte mit Ihnen sprechen.« Seine Stimme klingt monoton, so unbeweglich wie die Wände, die uns umgeben.

Die Ratsvorsitzende? Ich bin viel zu schockiert, um Widerstand zu leisten, als er mich zu den Krankenzimmern führt. Endlich finde ich meine Stimme wieder. »Aber warum gehen wir dann nicht nach Apex?« Doch er antwortet nicht, zerrt mich nur durch den Korridor zwischen den mit Vorhängen abgetrennten Zimmern.

# 25 | Riley

Hier sind weitere Wächter, die sich nicht wie reguläre Stomper gegen die Wand lehnen, sondern kerzengerade dastehen und den Korridor im Auge behalten.

Einer von ihnen wendet sich uns zu: »Ist sie das?«, fragt er. Der andere Wächter nickt und lässt mich los.

Inzwischen wurde die Wut, die ich anfangs empfunden habe, durch Neugier ersetzt. Was macht Janice Okwembu hier? Und warum will sie mit mir sprechen? Ich bin ihr noch nie zuvor persönlich begegnet. Gelegentlich steigt sie zu den unteren Sektoren hinab, aber nicht, wenn ich da bin. Und ich war noch nie in Apex – kein einziges Mal, nicht einmal für eine Lieferung. Der Sektor ist ziemlich gut gesichert. Da sich dort der Ratssaal und der Hauptkontrollraum der Station befinden, bemüht man sich, so wenig Leute wie möglich hineinzulassen.

Der Wächter zeigt auf einen Vorhang, zieht ihn zur Seite und nickt mir zu. Im düsteren Licht kann ich Janice Okwembu gerade noch erkennen. Sie beugt sich über ein Bett und flüstert einem alten Mann etwas zu. Er ist bandagiert und hat ein dickes Pflaster über dem linken Auge. Er scheint nicht bei Bewusstsein zu sein, aber Okwembu redet trotzdem leise auf ihn ein. Ich kann ihre Worte nicht verstehen, und der Wächter gibt mir zu verstehen, dass ich warten soll.

Nach einer Weile beugt sich Okwembu hinab und drückt dem Mann einen Kuss auf die Wange. Sie dreht sich um und sieht uns im Eingang stehen. »Ich kenne ihn schon sehr lange«, sagt sie und deutet auf den alten Mann im Bett. Sie bewegt sich mit beherrschter, sanfter Anmut. »Eigentlich sollte ich niemanden begünstigen, aber ich möchte mich gern vergewissern, dass er gut versorgt wird.«

Ich finde meine Stimme wieder. »Woher wussten Sie, dass ich hierherkommen würde?«

Sie lächelt nur. Mit einem Blick zum Wächter sagt sie: »Ich glaube, das Zimmer nebenan ist frei. Könnten Sie bitte Dr. Singh fragen, ob er dort das Licht einschalten würde?« Er nickt und macht schneidig auf dem Absatz kehrt.

Okwembu kommt näher. Das Grau in ihrem Haar ist auffälliger als auf dem Bildschirm, wenn sie gelegentlich Ansprachen im Namen des Rats hält. Doch es sind ihre Augen, die am beeindruckendsten sind: in blassem Grün, fast weiß, am äußeren Rand von einem zerfaserten Blau gesäumt.

Sie ist klein, vielleicht genauso groß wie ich, aber schon ein flüchtiger Blick verrät muskulöse Arme unter dem weißen Overall. Sie bemerkt meinen Blick und lacht, was erstaunlich mädchenhaft klingt. »Ich versuche in Form zu bleiben«, sagt sie, legt eine Hand auf meinen Rücken und führt mich aus dem Krankenzimmer. »Früher habe ich als Computertechnikerin gearbeitet, bis mir klar wurde, dass ich nicht wie meine Kollegen enden wollte – fett und träge.«

Sie zieht den Vorhang zum nächsten Krankenzimmer

auf. Die Beleuchtung ist eingeschaltet, und sie deutet auf zwei Stühle in der Ecke, die von einer Staubschicht bedeckt sind. Ich setze mich – und rechne fast damit, dass sie den Stuhl abwischt. Aber sie hält lediglich für einen Moment inne, bevor sie sich auf die Stuhlkante hockt, die Hände im Schoß verschränkt. Über uns flackern die Lampen lautlos. Erschrocken wird mir bewusst, wie ungepflegt ich zweifellos mit der zerfetzten Jacke und dem fettigen Haar aussehe. Ich muss mich zwingen, nicht die Hand zu heben, um es zu ordnen.

»Ich wollte Ihnen persönlich gratulieren«, sagt sie. Ich öffne den Mund zu einer Erwiderung, aber sie hindert mich mit einer Geste daran. »Sie haben sich sehr tapfer verhalten. Ich war entsetzt, als ich das von Marshall Foster hörte.«

»Kannten Sie ihn?«

»Ja«, sagt sie. »Ich wurde Ratsmitglied, während er den Vorsitz innehatte. Er war …« Sie zögert einen Moment. »… ein Freund.«

»Das tut mir leid.«

»Sie müssen sich für nichts entschuldigen«, sagt sie. »Ich beobachte Ihr Team schon seit längerer Zeit, und natürlich sind wir Amira Al-Hassan sehr dankbar für das, was sie getan hat.« Ich denke an Amiras fehlende Finger, ihren Lauf durch den Kern vor vielen Jahren, und eine kleine dunkle Wolke legt sich über mein Herz.

»Danke«, ist das Einzige, das ich herausbringe.

Sie lehnt sich zurück, schürzt die Lippen, als wäre sie in Gedanken versunken. »Sie hätten Hilfe holen können, statt selbst hineinzugehen. Die meisten Leute hätten es getan. Aber Sie nicht.«

»Ich wollte nicht so lange warten. Wenn ich nicht geholfen hätte, wären vielleicht auch Prakesh, Yao und Kevin gestorben.« Ich stolpere über meine Worte, als mir klar wird, dass sie vielleicht gar nicht weiß, wer sie sind, aber sie nickt nur.

»Sie alle hatten Glück, dass sie Sie kennen«, sagt sie, aber in ihrer Stimme liegt keine Wärme, sie ist kühl und berechnend. »Andererseits wissen Sie, wie es ist, jemanden zu verlieren.«

Ich brauche einen Moment, um die richtigen Worte zu finden. »Das ist sehr lange her.«

»In der Tat. Sieben Jahre. Aber was Ihr Vater getan hat – das, wobei er starb –, war auf jeden Fall bemerkenswert.«

Ich kann sie nicht ansehen. Ich hatte gehofft, in diesem Jahr davon verschont zu werden, an die Mission Rückkehr zur Erde zu denken. Aber nun – und mit meinem unerwarteten Besuch beim Mahnmal – sieht es nicht danach aus.

Falls sie meine Bestürzung bemerkt, geht sie nicht darauf ein. »Nachdem Ihr Vater … nachdem die *Akua Maru* verloren ging, hat uns das schwer zu schaffen gemacht. Diese Station war darauf ausgelegt, mit einer Flotte von Schiffen zu operieren, aber die *Akua* war eins unserer besten, und es war ein harter Schlag, als sie zerstört wurde. Es war schwierig, die Moral aufrechtzuerhalten.«

»Ich weiß.«

Okwembu hebt eine Hand. »Bitte. Lassen Sie mich zu Ende sprechen. Die Menschen brauchen jemanden, um den sie sich versammeln können, und die Tochter von jemandem wie John Hale könnte genau das sein, wonach sie suchen. Wir hatten gehofft, dass Sie heute vielleicht bei Darnells Verhandlung als Zeugin aussagen.«

»Ich bin kein politisches Werkzeug«, sage ich und bin selbst überrascht über den zornigen Unterton in meiner Stimme.

Sie neigt den Kopf. »Natürlich. Das hatte ich auch nicht vorgeschlagen.«

»Wenn Sie Frieden mit den Gangs schließen und die Menschen glücklich machen wollen, sollten Sie sich jemand anderen suchen. Übermalen Sie die Graffiti. Stellen Sie wieder Pflanzen in die Galerien. Verbessern Sie das Essen in den Kantinen. Benutzen Sie nicht mich.«

Okwembu hebt eine Augenbraue, und ich komme in Fahrt, aber sie unterbricht mich nicht und scheint auch nicht verärgert zu sein.

»Ich hoffe, Sie überlegen es sich noch einmal«, sagt sie nach einer Weile. Ihre Stimme ist so leise, dass ich sie kaum verstehe.

Wir verstummen. Schließlich erwidere ich ihren Blick. »Das ist noch nicht alles, nicht wahr? Sie sind nicht hierhergekommen, um mich nur zu fragen, ob ich aussagen will.«

»Eigentlich bin ich hierhergekommen, um einen Freund zu besuchen«, sagt sie. »Aber wo Sie es erwähnen, gibt es tatsächlich noch etwas anderes.«

Sie beugt sich vor. »Ich muss wissen, ob Sie den Schutzpolizisten alles gesagt haben. Wenn es etwas gibt, das Sie bisher zurückgehalten haben, müssen Sie es mir sagen, und Sie müssen es jetzt tun. Ihnen wird nichts geschehen, aber Sie müssen es mir sagen. Ich kann gar nicht genug betonen, wie wichtig es ist.«

Ich zucke mit den Schultern. »Wir haben einen Auftrag für ihn übernommen, und es fühlte sich irgendwie nicht richtig an. Er schnappte sich meine … Prakesh und zwei aus meinem Team. Wir haben ihn beschattet, und wir hatten Glück. Das ist alles.«

Aber sie lehnt sich nicht zurück. »Als wir Marshalls Leiche fanden, stellten wir fest, dass ihm ein Auge fehlt. Wir glauben, dass es etwas mit dem Grund zu tun hat, warum er Foster beseitigen wollte, und mit dem, was auch immer Oren Darnell plante. Ich glaube, dass auch Sie es wissen, Riley. Und ich glaube, dass Sie uns gegenüber nicht ganz ehrlich waren.« Ihre Stimme klingt immer noch ruhig, auf eine tödliche Weise.

Ich setze eine angewiderte Miene auf und hoffe, dass ich es nicht übertreibe. »Das wusste ich nicht. Das mit seinem Auge, meine ich. Warum? Warum sollte Gray so etwas tun?«

Ich spüre, wie ihr blasser Blick mich fixiert, als wollte sie sich in meinem Kopf umschauen. Schließlich lehnt sie sich zurück, die Augen weiterhin auf mich gerichtet. »Ich weiß, dass Sie und Ihre Freunde manchmal Aufträge übernehmen, bei denen Sie Dinge transportieren, die …« Sie hält inne, wählt ihre Worte mit Bedacht. »Sagen wir einfach, dass Ihre Aufträge manchmal nicht im besten Interesse von Außenerde sind. Wir lassen die Tracer gewähren, weil Sie wertvolle Dienste leisten, und wir wissen, dass Sie dabei gelegentlich auch gefährliche Dinge transportieren. Etwas, wovon wir vielleicht wissen sollten.«

Der Schweiß auf meiner Stirn ist zu einer dünnen Kruste getrocknet, die leicht juckt. Ich zwinge mich dazu, meine Hände im Schoß liegen zu lassen. Ihre Worte sind eigentlich keine Drohung, aber die Absicht dahinter ist unüberhörbar.

»Ich werde Sie beobachten, Ms. Hale«, fährt sie fort. »Sie sollten lieber nicht vergessen, dass nichts ewig andauern wird.«

Unvermittelt steht sie auf und nickt mir knapp zu, bevor sie den Vorhang zurückzieht. Ich erhebe mich vom Stuhl und will ihr folgen, als sie sich noch einmal umdreht. Ihre Stimme klingt kühl, aber geschäftsmäßig. »Denken Sie bitte noch einmal darüber nach, vor Gericht auszusagen.«

Ich wünsche mir nur, dass sie geht, und ich nicke, womit sie zufrieden zu sein scheint. Sie wendet sich ab, winkt ihrer Wache, ihr zu folgen. Ihre Schritte hallen durch den Krankensaal, als sie davonmarschieren, und ich höre, wie sie ein paar Worte mit Dr. Singh wechselt. Nun klingt ihre Stimme wieder warm, als hätte sie einen Schalter umgelegt. Ich bleibe, wo ich bin, kann mich für einen Moment nicht von der Stelle rühren.

Ich ziehe meine Jacke enger um mich, aber die Kälte, die ich zuvor verspürt habe, will nicht verschwinden, fährt mit eisigen Fingern über meinen Nacken. Ich muss wieder an damals denken, als der Mann vom Rat zu meiner Mutter und mir in unser kleines Zimmer in Apogäum kam. Ich erinnere mich noch an seine Uniform, eine schwere graue Jacke mit rotem Besatz, der Kragen fest um den Hals geschlossen. Sein sorgenvoller Ausdruck, als er uns von der gewaltigen Explosion beim Eintritt in die Atmosphäre erzählte, das katastrophale Reaktorversagen. Und dass es keine neue Kolonie auf der Erde geben würde, kein Terraforming, keine Ressourcen, die zur Station geschickt werden können. Dass John Hale und seine Besatzung nicht mehr zurückkehren würden.

# 26 | Darnell

Zuerst werden seine Hände gefesselt. Die schweren Metallbänder rasten um seine Handgelenke ein. Er muss die Arme durch den Schlitz in der Plastikwand schieben und zurücktreten, sobald er die Handschellen trägt. Zwei Stomper halten seine Beine an den Knien fest, ein dritter übernimmt seine Arme, und ein vierter legt ihm Fußfesseln an. Die Kette zwischen Händen und Füßen ist zu lang und rasselt auf dem Boden, wenn er sich bewegt.

Dann führen sie Darnell aus der Zelle, ein Mann auf jeder Seite. Die Stomper laufen schnell, und er muss sich Mühe geben, mit ihnen Schritt zu halten. Er richtet den Blick auf den Boden, achtet darauf, sich nichts von seiner Aufregung anmerken zu lassen. Er weiß nicht einmal, welcher Stomper der Wächter ist, der versprochen hat, ihn zu befreien. Sie tragen jetzt Ganzkörperrüstungen, ihre Gesichter werden von dunklen Visieren und dicken, kantigen Helmen verdeckt.

Unwillkürlich muss er grinsen, als sie durch die Korridore laufen, an der Menge vorbei, die sich vor dem Gefängnis versammelt hat. Es sind mehrere Dutzend, und alle buhen und grölen, rufen seinen Namen und lachen. Darnell überblickt die Menge. Er sucht nach denen, die nicht buhen. Die aufmerksam das Geschehen beobachten.

Darnell hat seit über einem Jahr Schläfer in Außenerde verteilt, das stille Netzwerk der Bewegung zur freiwilligen Ausrottung der Menschheit angezapft. Die Bewegung selbst war ein Witz, etwas, das niemals irgendjemand ernst nehmen würde. Also war es nicht schwierig, jene zu finden, die davon desillusioniert waren.

Es war leichter, als Darnell sich vorgestellt hatte. Diese Leute waren emotional verletzlich, hatten es satt zu warten, hatten es satt, freundlich zu fragen. Selbst diejenigen, die nie an das gedacht hatten, wozu Darnell sie aufforderte, ließen sich leicht in diese Richtung lenken. Er hatte ihnen nur einen kleinen Schubs geben müssen.

Und das Beste daran? Die Ideen, die Glaubensgrundsätze, wie auch immer man das nennen wollte, waren wie Viren. Wenn man für die richtigen Bedingungen sorgte, gediehen sie. Sie vermehrten sich. Sie stellten Kopien von sich selbst her. Und je revolutionärer die Idee – je wirksamer das Virus –, desto schwerer war es auszurotten. Bald gab es ein neues Netzwerk, das sich über Außenerde ausbreitete: ein Netzwerk aus Menschen, die von den Ideen angetrieben wurden, die sie verbreiteten.

Es sei denn …

Es ist durchaus möglich, dass die Stomper ihn hereinlegen wollen. Vielleicht hatten sie von seinen Schläfern erfahren und beschlossen, ein bisschen Spaß zu haben, indem sie ihm Hoffnung machen und sie ihm dann vor der Nase wegschnappen. Es wird kein Zeichen geben, keinen abtrünnigen Wächter, der ihn in Sicherheit bringen will.

Zum ersten Mal verspürt Darnell einen Anflug von Angst. Wenn er für schuldig befunden wird – woran es im Grunde keinen Zweifel gibt –, werden sich alle wie eine Wand gegen ihn stellen, vor allen Leuten.

Oren Darnell hat keine Angst vor dem Sterben. Aber er hat Angst davor, ohne seine Rache zu sterben.

»Bewegung«, murmelt einer der Wächter. Darnell ist so tief in Gedanken verloren, dass er langsamer geworden ist, und die Stomper, die ihn halten, hätten ihn fast von den Beinen gerissen. Er stolpert und geht wieder schneller, hält sich an der Vorstellung fest, wie die Gesichter der Stomper unter schreienden Todesqualen zerschmelzen.

Genau in diesem Moment, als er sein Gleichgewicht wiederfindet, blickt der Stomper auf seiner rechten Seite ihn an und nickt. Nur ganz leicht. Sein schwarzes Visier verrät nichts, zeigt Darnell nur sein eigenes Spiegelbild. Der Moment ist kurz, dann blickt der Stomper wieder geradeaus und zerrt Darnell weiter durch den Korridor.

Er kann die Galerie bereits hören. Der Lärm ist gewaltig, konzentriert sich in den Gängen rund um den offenen Raum zu einem Getöse. Darnell lächelt still und schafft es irgendwie, etwas gerader zu stehen, sodass sein Körper die der Stomper an seiner Seite überragt.

Darnell weiß nicht, welches Zeichen er erhalten wird, aber er wird bereit sein.

# 27 | Riley

Ich will nicht zu Darnells Verhandlung gehen, aber nach einer Weile stelle ich fest, dass ich sowieso in diese Richtung unterwegs bin. Vielleicht hat Okwembu mehr Überzeugungskraft, als ihr selbst bewusst ist. Aber ich werde trotzdem nicht als Zeugin aussagen, ganz gleich, was sie sich vorstellt.

Als ich die Klinik in Neu-Deutschland verließ, spielte ich mit dem Gedanken, in den Garten hinaufzugehen, um Prakesh zu besuchen. Nachdem Darnell weg ist, fließt das Wasser in seinem Sektor wahrscheinlich wieder ungehindert, sodass er bei guter Laune sein dürfte. Doch dann beschloss ich, dass ich keine Lust auf das Gedränge hatte. Ich lief zurück zum Markt in Apogäum, um vielleicht zu Madala zu gehen und den Auftrag zu übernehmen, von dem er gesprochen hat.

Aber die Freude, die ich empfunden habe, ist verschwunden, wurde durch ein zunehmendes Unbehagen ersetzt. Meine Bewegungen fühlen sich schwerfällig und langsam an, und ich kriege Okwembus Worte einfach nicht aus dem Kopf. Man muss schon ziemlich rücksichtslos sein, um sich zehn Jahre lang an der Spitze des Rats zu halten, ich weiß, aber es hat mich ein wenig beunruhigt, das aus unmittelbarer Nähe zu erleben.

Ich trage einen alten Kapuzenpullover unter meiner Jacke, und als ich die Grenze zu Apogäum erreiche, ziehe ich mir die Kapuze über den Kopf. In den Korridoren ist es sogar noch voller geworden, das Gedränge verstärkt sich, als sich die Leute zu den besten Plätzen in der Galerie vordrängen. Stattdessen kämpfe ich mich die Treppen hinauf, bis ich schließlich auf dem Laufsteg von Ebene 3 herauskomme. Der füllt sich gerade mit Leuten, und es ist wesentlich leiser als im Chaos weiter unten. Der Lärm ist wahnsinnig: eine dröhnende Mischung aus Gelächter, Schreien und Rufen von Händlern, die das große Publikum nutzen wollen. Sie haben Stände an den Wänden aufgebaut, und einem ist es sogar gelungen, mittendrin einen richtig guten Platz zu ergattern. Er huscht an seinem Tisch hin und her, serviert gebratene Käfer, wie es aussieht, während sich in den Kisten hinter ihm Tauschwaren stapeln. Der Geruch von Gekochtem weht in dichten Wolken von unten herauf. Die Stimmung ist beschwingt, fast wie bei einem Fest.

Das Meer von Leuten auf dem Boden der Galerie endet kurz vor der gegenüberliegenden Wand, aufgehalten von einer Reihe aus hüfthohen Absperrungen. Dahinter stehen Stomper, die die Menge im Auge behalten. Sie tragen klobige Helme mit schwarzen Visieren. Alle sind mit Stingern ausgerüstet. Hinter ihnen treffen zwei Leute die letzten Vorbereitungen an einer Plattform, einer Art Podium aus Stahlplatten und geschweißten Rohren.

Ein Stück weiter auf dem Laufsteg sehe ich Amira und Carver, die sich über das Geländer beugen. Amira winkt mich herüber.

»Hab nicht damit gerechnet, dich hier zu sehen«, sagt sie mit lauter Stimme, um den Lärm zu übertönen. »Alles in Ordnung mit dem Auftrag?«

Ich ziehe das Schmerzmittel aus der Tasche. »Alles glatt gelaufen.«

»Gut. Seit gestern bekommen wir sehr viele neue Angebote. Also müssen wir dranbleiben.«

»Entspann dich, Chefin«, sagt Carver. Er lehnt sich mit dem Rücken gegen das Geländer und reckt den Hals, blickt zur Decke hinauf. »Wir sind einmalig … zumindest Riley«, fügt er hinzu und zeigt mit dem Daumen auf mich. »Ich habe noch nie erlebt, dass so viele Leute einen ganz bestimmten Tracer anfordern.«

»Wo sind die Zwillinge?«, frage ich.

»Wieder im Nest«, sagt Amira. »Obwohl Kevin immer noch etwas unglücklich wegen gestern Abend ist.« Sie wirft Carver einen vielsagenden Blick zu. Plötzlich wird er sehr still.

Auf einer Seite der Galerie bewegt sich etwas. Die Menge wird unruhig, und zuerst glaube ich, dass Darnell hereingebracht wird, aber dann sehe ich, dass es der Rat ist, angeführt von Okwembu. Es sind sechs Leute, die zum Podium gehen, graue Männer und Frauen, die nervös auf die Menge blicken, als wären sie selbst die Angeklagten. Nur Okwembu ganz vorn wirkt zuversichtlich und stolz, das Kinn erhoben, während sie mit einer Handbewegung die Menge begrüßt. Ihr Blick sucht die Laufstege über ihr ab. Vielleicht bilde ich es mir nur ein, aber mir scheint, dass sie lächelt, als sie in meine Richtung blickt.

»Okwembu hat mit mir gesprochen«, murmele ich und wünsche mir im nächsten Moment, ich hätte es nicht getan.

»Was?«, ruft Amira. Der Lärm hat sich verstärkt, ein

donnerndes Getöse im engen Raum, dessen bloße Intensität meinen Bauch vibrieren lässt.

Widerstrebend spreche ich etwas lauter, beuge mich näher heran. »Okwembu. Als ich in der Klinik in Neu-Deutschland war, wartete sie dort auf mich. Sie wollte sich mit mir treffen.«

Ich sehe, wie Amira erstaunt die Augen aufreißt, und sie will gerade etwas sagen, als Darnell durch einen Korridor hereingeführt wird und die Menge explodiert.

Er trägt den gleichen grauen Gefängnisoverall wie während meines Besuchs bei ihm, dazu Handschellen und Fußfesseln. Stomper in voller Ganzkörperrüstung halten ihn an den Armen fest. Darnell lässt seine Eskorte winzig erscheinen, und die Stomper müssen doppelt so viele Schritte machen wie er, um mit ihm mitzuhalten. Sein Gesicht zeigt wieder dieses Grinsen.

Ich rechne fast damit, dass die Leute Dinge nach ihm werfen, aber nichts passiert. Ich vermute, dass sie nichts verschwenden wollen. Doch das hält sie nicht davon ab, laut zu grölen. Von überall kommen Buhrufe und Pfiffe.

Amira schiebt sich in mein Blickfeld, aber ich kann nicht hören, was sie sagt, und nachdem sie eine Weile erfolglos gebrüllt hat, gibt sie auf. In ihren Augen stehen viele unbeantwortete Fragen, und es ist klar, dass wir noch nicht fertig sind.

Darnell wird auf die Fläche vor dem Podium des Rats geführt. Die Stomper heben ihre Stinger nicht, aber selbst vom Laufsteg aus kann ich erkennen, dass sie sich anspannen.

Auf dem Podium tritt einer der Männer vor, und der

Lärm der Menge ebbt ein wenig ab. Er ist überraschend jung – vielleicht in den Vierzigern, was ungewöhnlich für ein Ratsmitglied ist. Die meisten steigen erst im Laufe der Zeit in der politischen Hierarchie auf, vom Ebenenleiter zum stellvertretenden Sektorenleiter, um erst danach ihren Sektor im Rat zu vertreten. Das kann Jahre dauern, denn im Rat werden nicht allzu oft Stellen frei.

Der Mann benutzt irgendein Gerät, mit dem er seine Worte übertragen kann.

»Oren Darnell«, dröhnt seine Stimme und hallt von den Wänden wider. »Sie werden von diesem Rat folgender Verbrechen angeklagt …«

Und während er die Liste vorliest, packt mich jemand an der Schulter und zerrt mich zurück.

Einen schrecklichen Moment lang bin ich mir sicher, dass es einer der Lieren ist und ich im nächsten Moment ein Messer im Rücken haben werde. Ich fahre herum, bereit zum Angriff, und starre dann in das Gesicht einer alten Frau. Sie trägt ein blaues Kopftuch, und ich brauche ein paar Sekunden, um sie einzuordnen.

Auf dem Markt. Die seltsame Frau in der Menge.

Sie umarmt mich, legt ihren Mund an mein rechtes Ohr. »Ich kann kaum glauben, dass ich Sie wiedergefunden habe«, sagt sie mit heller Stimme, die trotz des Lärms gut zu verstehen ist. Ich versuche etwas zu sagen, will sie fragen, wer sie ist, aber sie schneidet mir das Wort ab, drückt mich fester an sich, spricht mit eindringlicher und heiserer Stimme in mein Ohr. »Ich heiße Grace Garner. Ich war die Assistentin von Marshall Foster. Ich muss mit Ihnen reden – es gibt etwas, das Sie wissen müssen.«

»Sagen Sie es mir«, fordere ich sie auf.

Garner weicht zurück, blickt mir in die Augen. »Nicht hier. Wir müssen uns unter vier Augen unterhalten.«

Eine Million Fragen schwirren mir im Kopf herum. Was will sie mir sagen? Und woher weiß sie, wer ich bin? Die Angst ist wieder da, die kalten Finger, die über meinen Nacken streichen. Hinter mir spüre ich, wie sich Amira und Carver anspannen. Sie wissen nicht, wer diese Frau ist, ob ich in Gefahr bin. Die Leute um mich herum werden auf uns aufmerksam; ich sehe ein Paar, das versucht, unser Gespräch zu belauschen, neugierig auf möglichen Stoff für neuen Tratsch. Im Hintergrund leiert der Mann immer noch die Liste von Darnells Verbrechen herunter.

Ich überlege, ihr zu sagen, dass sie gehen und im Nest oder auf dem Markt warten soll, doch dann kommt mir plötzlich eine Idee.

»Gehen Sie zum Garten«, sage ich. »Zum Luftlabor. Fragen Sie nach einem Mann namens Prakesh Kumar – *Prakesh Kumar*«, wiederhole ich etwas lauter. »Sagen Sie ihm, ich hätte Sie geschickt, und sagen Sie ihm, dass Sie dort auf mich warten sollen. Ich werde nachkommen.«

Dann bemerke ich, wie erschrocken Garner aussieht, wie ausgezehrt. Aber sie nickt noch einmal, drückt mich ein letztes Mal und verschwindet dann in der Menge.

Carver kommt näher. »Was hatte das zu bedeuten?«, ruft er, aber bevor ich antworten kann, höre ich, wie der Sprecher auf dem Podium Darnell auffordert, zu den Vorwürfen Stellung zu nehmen.

Darnell steht in stolzer Haltung da, sein Grinsen ist breiter als je zuvor, und er blickt sich erwartungsvoll in der Galerie um. Einer der Stomper tritt mit erhobenem Stinger neben ihn und hält ihm ein Sprechgerät vor den

Mund – in respektvollem Abstand, als würde er befürchten, Darnell könnte vorspringen und ihn beißen.

Darnell blickt auf den Rat und sagt deutlich und klar: »Schuldig im Sinne der Anklage.«

Die Menge brüllt auf, lauter als zuvor, ein schockierter Lärmausbruch. Amira hält sich die Ohren zu, während meine bereits vom Krach schmerzen, und ich folge ihrem Beispiel.

In diesem Moment erlöschen mit einem lauten Klicken sämtliche Leuchtstofflampen im Saal, und alles wird in tiefe Dunkelheit getaucht.

Einen Sekundenbruchteil herrscht verdutzte Stille, dann geht das Gebrüll wieder los. Diesmal klingt es ängstlich, und Schreie mischen sich in den Lärm, durchstoßen ihn wie ein Dolch einen Brustkorb. Hinter mir spüre ich, wie die Menge auf dem Laufsteg in Bewegung gerät. Hände greifen hektisch nach Freunden und Verwandten.

Der Lärm steigert sich zu einem Höhepunkt, und mit einem heftigen Lichtblitz von unten wird die Galerie von einer schweren Explosion erschüttert.

# 28 | Prakesh

Prakeshs Schritte hallen vom Metall wider, als er durch die Labors geht. Einige weitere Techniker kümmern sich um die Bäume, einer hängt an einer Seilrolle, hat die Beine um einen Ast geschlungen. Er blickt mit ausdruckslosem Gesicht herunter, als Prakesh vorbeiläuft.

Prakesh ignoriert ihn. Er hat nicht allzu viel Zeit gehabt, mit den anderen Technikern zu sprechen. Nicht seit Oren Darnell festgenommen wurde. Während die vielen Leute um die Führungspositionen konkurriert haben, ist eine Menge Arbeit liegen geblieben. Prakesh stört es nicht. Die zusätzliche Arbeit bedeutet, dass er nicht nachdenken muss. Er kann Riley und Mr. Darnell einfach eine Weile vergessen und sich nach Herzenslust die Hände schmutzig machen.

Er braucht ein neues pH-Messgerät – das alte, das Suki und er benutzt haben, ist tot, seit die Batterien erschöpft sind. Das Luftlabor und das Nahrungslabor haben ein gemeinsames Werkzeuglager, das sich innerhalb des Nahrungslabors befindet. Prakesh tritt durch die Tür zwischen den beiden Bereichen. Die Luft verändert sich. Hier drinnen ist es dunkler, feuchter, und er spürt die Wärme, die von den Treibhäusern ausgeht. Das Bassdröhnen vom Summsaal lässt seinen Hinterkopf vibrieren.

Prakesh bleibt stehen. Er atmet tief durch, inhaliert die schwüle Luft, nimmt die unterschiedlichen Gerüche auf.

Es riecht nach Erdbeeren und Kürbissen, und aus der gegenüberliegenden Ecke kommt der erdige Moschusduft der Kartoffeln, die unter dunklen Abdeckungen gedeihen. Daneben der strenge, unangenehme Geruch des Kühlmittels, mit dem die Klimaanlage betrieben wird.

Und da ist noch etwas anderes. Etwas, das er nicht einordnen kann.

Er schüttelt den Kopf und geht weiter.

Das Werkzeuglager ist genau vor ihm, ein langes, schmales Gebäude, das von innen durch grelle Lampen erleuchtet wird. Es sieht aus, als würde es brennen, als würde es etwas Weißglühendes enthalten. Prakesh achtet nicht darauf, tritt an den Tresen. Er wird mit Deakin reden, dem Mann, der für das Lager verantwortlich ist. Den seltsamen Geruch erwähnen. Wahrscheinlich ist es nur ein neuer Dünger, der von irgendwem benutzt wird.

Aber Deakin ist nicht am Tresen. Prakesh beugt sich darüber, reckt den Kopf, um ins Lager blicken zu können. Hier ist niemand – er sieht nur die Werkzeuge, die an Haken hängen oder sich auf verrosteten Regalen stapeln. Die Saatbank ist auf der Rückseite, ein großer begehbarer Kühlschrank, dessen Tür fest verschlossen und mit einem Keypad gesichert ist.

»Deakin?«, sagt Prakesh. Dann lauter: »Sind Sie da?«

Keine Antwort. Nur die Insekten summen im Summsaal.

Prakesh beschließt, über den Schalter zu steigen und sich zu holen, was er braucht. Er sieht einen Tabscreen dort liegen, was bedeutet, dass er Deakin eine Nachricht hinterlassen kann. Doch als er die Hände auf den Tresen legt, bemerkt er hinter sich eine Bewegung.

Er wirbelt herum, denkt nur an Darnell und daran, wie nahe er ihm gekommen ist, aber jetzt ist niemand da.

Er atmet erneut ein und aus, dreht sich wieder um, und in diesem Moment sieht er Deakin.

Der Lagerverwalter steht neben einem Treibhaus, Prakesh den Rücken zugewandt. Er blickt zur Decke hinauf, seine Arme hängen schlaff herab. Er scheint tiefe Atemzüge zu nehmen, seine Schultern heben und senken sich.

»Deak«, sagt Prakesh, der nicht versteht, warum er das furchtsame Kribbeln zwischen den Schulterblättern und im Nacken spürt. »Ich brauche ein neues pH-Messgerät. Könnten Sie …?«

»Ich werde sie niemals sehen«, sagt Deakin.

Prakesh erstarrt. In Deaks Stimme schwingt etwas mit, das ihm überhaupt nicht gefällt. Er kommt einen Schritt näher.

Deak dreht sich um. Er ist ein älterer Mann, weit über fünfzig, doch im grellen Licht des Lagers sieht er dreißig Jahre jünger aus. Seine Augen sind tränenfeucht.

Und in diesem Moment versteht Prakesh, was der seltsame Geruch zu bedeuten hat. Es ist Ammoniak, der Gestank nach verbranntem Plastik. Genauer gesagt, Ammoniumnitrat, ein Bestandteil von Kunstdünger.

Deakins Hemd ist geöffnet. Darunter trägt er eine Art Weste, ein Durcheinander aus Plastik und Metall und Stoffbeuteln. Er hat die Finger um eine dünne Schnur gelegt, die mit der Weste verbunden ist.

»Ich werde niemals die Erde sehen«, sagt Deakin und zieht an der Schnur.

# 29 | Riley

Die Schockwelle erschüttert den Laufsteg, und ich spüre, wie sich das Metall verbiegt, während die Nieten sich bemühen, es zusammenzuhalten. Die Welt ist von einem schrecklichen gelben Licht erfüllt. Da ich mir die Ohren zugehalten habe, werde ich vom Schlimmsten verschont, aber der Knall ist immer noch laut genug, um meine Knochen durchzurütteln.

Jemand stößt gegen mich, und ich werde nach rechts geworfen. Ich lande auf jemand anderem, habe nur einen kurzen Moment, um nach Luft zu schnappen, bevor ein weiterer Körper auf mir zusammenbricht. Mir werden die Hände von den Ohren gerissen, und der Lärm steigert sich wieder zu einem verklingenden Basston und dem erschrockenen Geschrei der Menge. Unter uns geht ein weiterer Ruck durch den Laufsteg. Die Deckenbeleuchtung schaltet sich wieder ein. Die Menschen um mich herum liegen am Boden, Körper übereinander, die um sich schlagen, schreien, nach Halt suchen.

Der Körper auf mir ist schwer, sein Ellbogen bohrt sich schmerzhaft in meine Brust. Ich blicke über meine Schulter und sehe Amira, die nach dem Geländer greift und darüber hinwegspringt.

Einen Moment lang bin ich davon überzeugt, dass sie vom durchgeschüttelten Laufsteg in den Tod gestürzt wird. Ich sammle meine ganze Kraft, wälze den Mann von mir herunter und krieche zum Geländer. Dann sehe ich ihre Hände, die sich daran klammern, und verstehe, was sie und Carver getan haben. Um der Menge zu entkommen, haben sie sich an den äußeren Rand des Laufstegs gehängt. Sie beugen die Arme und Beine, um die Bewegungen auszugleichen, in Sicherheit vor dem Gedränge. Wäre ich nicht umgeworfen worden, hätte ich das Gleiche getan.

Amira greift nach meiner Hand und zieht sich herauf. Während sie das tut, sehe ich, was sich unter uns befindet, und für einen Moment stockt mir der Atem.

Die Bombe ist mitten in der Menschenmenge explodiert. Der schwarze, verbrannte Ring rund um das Zentrum der Detonation ist mit Blut und zerrissener Kleidung übersät. Darnell ist fort, die Barrikaden wurden umgeworfen, die Stomper haben sich zerstreut und rufen laut. Okwembu und die übrigen Ratsmitglieder sind nirgendwo zu sehen. Der Laufsteg auf Ebene 1 wurde auseinandergerissen, die zerfetzten Ränder nach oben gebogen. Der Laufsteg auf Ebene 2 genau unter uns ist intakt, aber in der Mitte wölben sich die Metallplatten, als hätte eine Riesenhand von unten dagegengedrückt. Darauf liegen reglose Menschen, die bei der Explosion ihr Bewusstsein verloren haben.

Ganz unten versucht ein Mann wegzukriechen, zieht sich mit nur einem Arm über den Boden. Der andere wurde ihm an der Schulter abgerissen, dort ist nur noch ein Knochenstumpf übrig, der in feuchtem Fleisch steckt. Seine Seite ist mit dunklem Blut beschmiert. Während ich zusehe, streckt er den noch vorhandenen Arm aus, als wollte er nach etwas greifen, das er nicht mehr sehen kann. Dann sackt er in sich zusammen. Umgeben von verkohlten Leichen. Einige rauchen immer noch.

Die Szene kommt mir viel zu lebhaft, viel zu plastisch vor. Ich spüre, wie sie sich in meinem Gedächtnis festsetzt, wie ihre Wurzeln tief eindringen und nicht mehr loslassen wollen.

Ich presse die Augenlider fest zusammen und ziehe Amira über das Geländer.

Carver schwingt sich selbst herauf, landet mitten auf dem Rücken von jemandem. Er springt herunter, mit erschrockenem Gesichtsausdruck, und dreht sich zu uns um. Sein Mund bewegt sich, aber ich kann keine Worte verstehen, und erst dann bemerke ich den schrillen Sirenenton, der über das Komsystem kommt. Ich zittere, hebe die Hände, um mir wieder die Ohren zuzuhalten, doch dann verstummt die Sirene abrupt. Sie wird durch eine Stimme ersetzt, weiblich, automatisch. Und viel zu ruhig.

»Warnung. Feuer im Sektor Apogäum. Feuer im Sektor Garten. Bitte begeben Sie sich ruhig zu Ihrem nächsten Evakuierungspunkt. Warnung …«

Und als die Meldung wiederholt wird, blickt Amira mir in die Augen und scheint zur gleichen erschreckenden Erkenntnis zu gelangen.

*Prakesh. Das Luftlabor.*

Er war noch nie bei irgendeiner Gerichtsverhandlung. Er hat sich immer strikt geweigert und gesagt, dass so etwas barbarisch sei. Also muss er im Luftlabor geblieben sein. Und wenn jemand dort eine Bombe gezündet hat …

Der Laufsteg ächzt unter unseren Füßen. Die linke Seite sackt mit einem Ruck ab, bringt uns aus dem Gleichgewicht. Sie wurde von der Druckwelle der Bombe geschwächt – all das marode Metall, zum Teil hundert Jahre alt. Die Menge um uns herum gerät in Panik, die Menschen drängen zu den Ausgängen auf beiden Seiten, eine brodelnde Masse aus Fleisch.

Der Mann, der auf mich gefallen war, schiebt sich vorbei, das Gesicht vor Schreck verzerrt. Der Laufsteg gibt wieder ein furchtbares Geräusch von sich, und diesmal klingt es wie reißendes Metall. Die Panik kocht über, die Leute schreien jetzt, drängen sich gegeneinander, zerren sich gegenseitig aus dem Weg, wollen verzweifelt dem Verhängnis entkommen. Unter uns hat sich der Boden völlig geleert, nachdem die Menge in die Korridore rund um die Galerie geflüchtet ist.

# 30 | Darnell

*Frei.*

Schweiß und Rauch klebt an Darnells Körper. Er hat Ringe um die Augen, und er hat sich den Fuß verstaucht, als die Explosion ihn von den Beinen gerissen hat. Sein Knöchel schmerzt pochend, aber es ist ihm egal. Er ist frei.

Er weiß gar nicht, wie sie aus der Galerie herausgekommen sind. Er weiß nicht einmal, wo sie jetzt sind. Er ist dem Wächter gefolgt, hat sich unter Rohren hinweggeduckt, war durch verlassene Räume geschlichen, ist über Monorail-Gleise gestiegen. Ein Teil von ihm zögert, dem Wachmann zu vertrauen. Eigentlich will er niemandem vertrauen. Aber er muss immer wieder an die Bombe denken, wie die Explosion die Menge zerrissen hat, als würden die Menschen aus Papier bestehen. Er denkt immer wieder daran, wie der Wächter schnell in Aktion getreten ist, seine Fesseln gelöst, ihn mitgezerrt hat. Nein, er kann seinen Schläfern vertrauen.

Sie halten vor einem Durcheinander aus gurgelnden Rohren an. Das einzige Licht kommt aus zwei Schlitzen in der Wand, kaum größer als der Finger eines Mannes. Sie müssen sich in der Nähe eines Korridors befinden, denn Darnell hört donnernde Schritte, panische Schreie.

Er bricht an der Wand zusammen, staunt, wie durstig er ist. Der Wächter bleibt auf den Beinen. Er kramt hinter einem Rohr und wirft Darnell eine Wasserflasche zu. Darnell schraubt den Deckel ab, trinkt gierig.

»Wir haben es geschafft, Sir«, sagt der Wächter. Darnell sieht ihn an. Er ist jünger, als er anfangs gewirkt hat, mit zerzaustem, blutigem, blondem Haar und vor Aufregung gerötetem Gesicht. Kurz fragt sich Darnell, was er in der Vergangenheit erlebt hat. Warum er so eifrig ist. Er gehört nicht zu den Leuten, die Darnell rekrutiert hat – er ist nur irgendein Knoten im Netzwerk, ein weiterer Funke am Zünder.

Darnell kommt wieder auf die Beine. »Ich muss in mein Büro zurück. Da ist …«

»Schon erledigt, Sir.«

Der Wächter zieht einen Tabscreen unter seiner Jacke hervor und reicht ihn seinem Schützling. Darnell muss seine Überraschung unterdrücken, denn es ist das Gerät, das er speziell modifiziert hat. Die kurze Antenne an der Seite erlaubt ihm einen drahtlosen Zugang zu den Komsystemen von Außenerde. Damit kann er jederzeit senden. Aber der Wächter kann unmöglich davon gewusst haben.

Darnell mustert den Mann, dann blickt er wieder auf den Bildschirm. »Sie waren in meinem Büro?«

»Ja«, sagt der Wächter. »Ich war einer der Stomper, die beauftragt wurden, es zu durchsuchen. Und da dachte ich mir, dass sich ein Tabscreen als nützlich erweisen könnte. Auch das hier habe ich mitgenommen.« Er reicht Darnell sein Messer – den Stahlkeil mit dem dicken Griff, den Darnell dem bedauernswerten Techniker gegeben hat, um ihn zu schärfen.

»Nette Klinge«, sagt der Wächter.

Darnell starrt ihn an. »Sie waren sehr fleißig.«

Der Wächter erwidert seinen Blick. »Ich habe nur versucht zu helfen, Sir. Wir tun etwas Gutes. Ohne Menschen kann sich die Biosphäre wieder erholen. Sie retten die Welt, und … ich stehe hinter Ihnen, Sir. Sie wissen, was ich meine? Hundertprozentig.«

Darnell geht nicht auf die Phrasen ein. Doch während der Mann spricht, blickt er zum Korridor, zu den Schlitzen, die in die Außenwelt führen. Er sieht nicht, wie Darnell die Hand hebt, sieht sie nicht, bis sie seinen Kopf gepackt hat.

Darnell schlägt den Kopf des Wächters gegen die Wand, immer wieder. Mit jedem Schlag wehrt sich der Wächter weniger, wird der rote Fleck an der Wand größer. Blut spritzt auf Darnells dünnen Gefängnisoverall.

Innerhalb von zehn Sekunden ist es vorbei.

Darnell lässt ihn los. Er wartet noch eine Weile, hält nach Lebenszeichen Ausschau. Nichts.

So, denkt er. Jetzt ist er der Einzige, der weiß, wo er sich befindet.

Er macht sich schnell an die Arbeit und zieht dem Wächter die harte Rüstung aus, dann die Jacke, das Hemd, die Hose. Das Hemd ist langärmlig, aus einem künstlichen Stretchstoff gemacht. Es lag locker um den Körper des Wächters, spannt sich nun straff um Darnells Brust und Schultern. Die Jacke ist zu klein für ihn, der Reißverschluss lässt sich nicht zuziehen, und die Hose reicht ihm kaum bis zu den Fußknöcheln, aber die Sachen sind wärmer als seine Gefängniskleidung. Er wird sie dort brauchen, wohin er gehen will. Er steckt sich das Messer hinten in den Hosenbund.

Er blickt auf den Tabscreen. In wenigen Augenblicken wird er ihn einschalten und auf das Komsystem zugreifen. Und dann kann er zu allen Bewohnern von Außenerde sprechen und ihnen sagen, was als Nächstes kommt.

# 31 | Riley

Amira packt mich. Äußerlich ist sie ruhig, aber in ihren Augen brennt das Adrenalin. Sie deutet mit einer Kopfbewegung in Richtung Geländer, und mir wird klar, wozu sie uns auffordert. Sie, Carver und ich greifen nach dem Geländer, und in einer synchronisierten Bewegung schwingen wir uns darüber.

Für einen kurzen Moment habe ich wieder vor Augen, wie ich das Auge an Darnell geliefert habe, als ich vom Laufsteg auf Ebene 5 gesprungen bin, um den Lieren zu entkommen, und wie die Zeit stillzustehen schien. Es kommt mir vor, als wäre es Jahre her. Jahrzehnte. Diesmal folgt keine Stille, kein Gefühl des friedlichen Schwebens. Nur die Luft, die in meinen Ohren rauscht, und die Schreie vom Laufsteg über mir.

Der Laufsteg auf Ebene 2 ist genau unter mir, kommt mir entgegengeflogen. Darauf liegt jemand – ich weiß nicht, ob Mann oder Frau – mit einem langen grauen Mantel, das rechte Bein in ungewöhnlichem Winkel abgeknickt.

Diesmal gibt es kein Ausweichen. Keinen Platz für eine saubere Landung. Nichts, was ich tun könnte. Ich ziehe die Knie an, lege die Arme um meinen Kopf und treffe auf, krache genau in den Rücken des liegenden Körpers. Ich spüre, wie er sich unter meinen Füßen verkrampft. Die Person schreit laut, dann springe ich vorwärts, rolle mich ab, stoße gegen das Geländer und breche in einem hässlichen Haufen aus Gliedmaßen zusammen.

Amira ist ein kleines Stück weiter gelandet, hat es irgendwie geschafft, keinen Menschen zu treffen. Carver ist nirgendwo zu sehen, und mir springt das Herz in die Kehle. Wo ist er? Hat er den Laufsteg verfehlt? Doch dann höre ich einen Schmerzensschrei, und ich sehe eine Hand, die sich an das Geländer klammert. Carver ist etwas über das Ziel hinausgeschossen, konnte aber das Geländer packen und seinen Sturz bremsen.

Amira greift Carver unter die Arme und hievt ihn über das Geländer. Er fällt auf den Boden. Sein Atem geht zu regelmäßig, als müsste er sich zwingen, die Luft aus der Lunge zu pressen, und er hält sich den Arm. Sein Gesicht ist totenbleich. Amira geht neben ihm in die Knie. »Ausgerenkt«, sagt sie, stößt das Wort zwischen zusammengebissenen Zähnen hervor.

In diesem Moment gibt der Laufsteg auf Ebene 3, von dem wir gerade hinuntergesprungen sind, ein letztes tiefes Kreischen von sich, und die Seite, die am weitesten von uns entfernt ist, wird von der Wand gerissen.

»Ach du Scheiße«, sagt Carver.

Das andere Ende des herabstürzenden Laufstegs kracht mit einem dumpfen Donnern auf unseren und wirft uns erneut um. Der Laufsteg prallt gegen das Geländer und zerdrückt es.

Auf der anderen Seite ist er noch mit der Wand verbunden, und Menschen rutschen über die Schräge, stürzen schreiend von den Seiten, werden unten auf dem verbrannten Boden zerschmettert. Über und hinter mir sehe ich, wie sich auch das zweite Ende langsam von der

Wand löst. Die Nieten verbiegen sich, werden herausgedrückt.

Angst durchzuckt mich, und ich springe auf, greife nach Carver und Amira und zerre sie mit. »Bewegt euch!«, brülle ich. Die Sirene schrillt wieder. Wir rennen.

Carver flucht mit schmerzverzerrter Miene. Um uns herum zerlegt sich die Galerie in einem Wirbelwind aus kreischendem, zerfetztem Metall. Wir sind nur noch wenige Meter vom Eingang zum Korridor entfernt, als sich über uns der Laufsteg mit ohrenbetäubendem Lärm von der Wand losreißt. Ich packe Carver und Amira, und wir drei werfen uns in den Korridor. Einen Sekundenbruchteil lang sehe ich die Menschen, die sich noch auf dem Laufsteg befinden, bevor die abstürzende Metallbrücke auf sie kracht. Sie prallt ab, schlägt ein zweites Mal mit lautem Donnern auf. Dann rutscht sie zur Seite und stürzt auf den Boden ganz unten.

Wir brechen schwer atmend im Korridor zusammen. Ich bin in Schweiß gebadet, mein Mund fühlt sich viel zu trocken an, das Blut rauscht fast genauso laut wie die Sirene in meinen Ohren. Carver ist verstummt, hat die Augen fest geschlossen, die Finger halb zu Fäusten verkrümmt. Die Beleuchtung im Korridor flackert heftig, wirft tanzende Schatten über die Wand. Die Sirene setzt aus, und die Notfallwarnung wird wiederholt. Feuer im Sektor Garten.

Amira kniet neben Carver, tastet vorsichtig seine Schulter ab. Ich öffne den Mund, um etwas zu sagen, aber sie schneidet mir mit einer Geste das Wort ab, deutet in den Korridor, der in Richtung Garten führt. »Geh!«, schreit sie. Ich zwinge mich aufzustehen und renne los, fast sofort mit voller Geschwindigkeit, ohne noch einmal zurückzublicken.

Es ist der schrecklichste Lauf meines Lebens. Die Panik ist zu etwas Lebendem geworden, das durch die Korridore und über die Laufstege jagt, wie Gift durch Adern. Überall sind Stomper, rufen, übertönen die Sirenen, brüllen Leute an, ruhig zu bleiben. Es wird mit Stingern geschossen, in größerer Entfernung und einmal auch schockierend nahe, als ich auf eine Ebene komme, wo ein Stomper auf einen Mann in schmutziger weißer Weste anlegt. Ich sehe noch, wie der Mann die Arme hebt, mit überraschter Miene, bevor der Stinger abgefeuert wird und ein blutiges Loch in seine Brust reiß. Der Stomper spürt Bewegung hinter sich und fährt herum, aber ich bin längst fort, halte kaum inne, mit pumpenden Armen, während der säuerliche Geschmack der Furcht meinen Mund erfüllt. Ich darf Prakesh nicht noch einmal verlieren.

Mehrere Male wäre ich fast gestürzt, renne zu schnell um eine Ecke oder bemerke eine Gruppe von Leuten erst, als es fast zu spät ist. Ich schaffe es, das Gleichgewicht zu wahren, fliege durch Apogäum und dann durch Chengshi, es brennt in meiner Brust, ein Stechen zerrt an meiner Seite. Auf halbem Wege fällt mir wieder ein, dass ich Grace Garner zu Prakesh ins Luftlabor geschickt habe, und ich erkenne erschüttert, dass ich sie möglicherweise zum Tod verurteilt habe.

Nein. Sie hatte nicht genug Zeit, auch nur den Sektor zu verlassen, bevor die Bombe hochging, ganz zu schweigen vom langen Weg bis zum Garten. Sie könnte sonst wo sein.

Jetzt ist es nicht mehr weit, nur noch knappe fünf

Minuten, durch den Treppenschacht hinauf, quer durch die Kantine von Chengshi und die Schule, dann die Abkürzung durch den Wartungskorridor auf Ebene 2 …

Dann renne ich um eine Ecke, und vor mir steht der Lieren mit dem Wolfs-Tattoo am Hals.

# 32 | Prakesh

Das Feuer verzehrt Deakin schlagartig.

Es gibt keine Explosion, keine Druckwelle, sondern nur einen bitteren Hitzeschwall, der genügt, Prakesh rücklings umzuwerfen. Deakins ganzer Körper geht in Flammen auf, und eine Sekunde lang kann Prakesh sein Gesicht sehen, das ihn aus einer brennenden Korona anstarrt. Die Tränenspuren auf Deakins Wangen sieden.

Dann ist er fort, sein Körper schrumpft, das Feuer breitet sich aus, saugt jedes Sauerstoffmolekül auf, wird immer stärker entfacht. Es bewegt sich schneller als alles, was Prakesh jemals gesehen hat. Es kräuselt sich in flüssigen Wellen hinauf und über die Treibhäuser, fließt über den Boden.

Prakesh rennt.

Hinter ihm explodiert das Treibhaus, zerspringt mit einem Knall, der durch den Hangar hallt. Die Luft füllt sich mit Rauch – heiß, scheußlich, schwer, er brennt in seiner Kehle und kratzt an seinen Augen. Er kann nur noch an das denken, was sie in der Schule gelernt haben: Das Schlimmste, was in einem Weltraummodul passieren kann, ist ein Feuer. In einem isolierten Raum wie der Station kann es alles vernichten. Ein kleiner Brand kann eingedämmt, unter Kontrolle gebracht werden. Aber dieser Brand ist nicht klein.

Die Löschanlage springt an. Er hört das metallische

Heulen über dem prasselnden Feuer und den Schreien der Techniker. Der Schaum soll das Feuer aufhalten und ihm den Sauerstoff entziehen, aber die brennenden Chemikalien schneiden einfach durch den glitschigen weißen Schaum, lassen ihn verpuffen.

Hitze leckt an seinem Genick. Techniker rennen an ihm vorbei zum Haupteingang. Vor ihm stürzt eine Frau, rutscht über die Bodenplatten, versucht mit den Händen Halt zu finden. Prakesh greift nach ihr, packt sie unter einem Arm, stellt sie wieder auf die Beine, kurz bevor sie zertrampelt worden wäre.

Und dabei fällt sein Blick auf die Tür zwischen dem Luftlabor und dem Nahrungslabor.

Bei einem Brand sollte sie geschlossen sein. Die Sensoren sind so programmiert, dass sie die Bereiche automatisch abriegeln. Aber die Tür steht weit offen. Vielleicht hat Deakin die Sensoren abgeschaltet, oder sie sind schon vor Jahren ausgefallen. Prakesh weiß es nicht, und in diesem Moment ist es ihm auch egal. Er kann die Bäume durch die Öffnung sehen, die Luftprozessoren, die in mehreren Ebenen vor der gegenüberliegenden Wand des Luftlabors angeordnet sind. Wenn das Feuer bis dorthin vordringt …

Prakesh schiebt die Technikerin zur Tür. Sie versucht ihn mitzuzerren, fleht ihn wortlos an, aber er hat sich bereits in Bewegung gesetzt. Er rennt seitwärts an den Treibhäusern entlang, links davon sind die Lager. Das gesamte Gebäude ist jetzt nur noch eine brennende Hülle. Seine Kehle schmerzt, scheint vom Rauch in Streifen geschnitten zu werden.

Auch Techniker des Luftlabors rennen zur Tür – sie

haben dasselbe gesehen wie er, aber sie sind noch zu weit weg. Ein Feuerstrahl taucht hinter der Ecke eines Treibhauses auf, wie eine tastende Schlange, die schwarzen Rauch spuckt. Prakesh weicht zur Seite aus, verliert fast das Gleichgewicht, kann sich aber auf den Beinen halten. Er spürt, wie sein Haar versengt wird, wie sich der Gestank in seinen Schädel brennt.

Die Kontrollen zum Schließen der Tür befinden sich auf der rechten Seite an der Wand. Prakesh schlägt in vollem Tempo darauf, als wollte er durch die Wand brechen. Flüssiges Feuer breitet sich auf dem Boden aus, in Richtung Öffnung, auf der Suche nach Frischluft.

*Das war nicht nur Ammoniumnitrat,* denkt Prakesh. Gleichzeitig wundert er sich über diesen außergewöhnlich rationalen Gedanken. Als wäre das Feuer nicht mehr als ein Experiment, etwas, das sich durch einen DNS-Thermocycler oder ein pH-Messgerät quantifizieren lässt.

Ächzend und ruckelnd schließt sich die Tür, nur wenige Sekunden bevor das Feuer sie erreicht. Prakesh kann nicht sagen, ob sie standhalten wird. Er muss hier raus, muss die Haupttür erreichen, bevor …

Mit einem gewaltigen Knall platzt hinter ihm ein Treibhaus auf. Die Druckwelle wirft ihn von den Beinen, schleudert ihn gegen die Wand und überschüttet ihn mit Scherben aus geschmolzenem Plastik. Das Feuer umgibt ihn auf allen Seiten, sucht mit glühenden Fühlern nach ihm.

*Die Tür,* denkt er. *Ich habe die Tür geschlossen. Das ist alles, was …*

# 33 | Riley

Es sind drei Lieren – Tattoo, der Schlaksige, der in meinen Rucksack geschaut hat, und jemand, den ich nicht kenne. Ein Junge, klein wie ein Zwerg. Sie stehen mitten im überfüllten Korridor, die Hände an den Hüften, schwer atmend. Ich erkenne die weiße Klinikverpackung, die sich der Zwerg unter den Arm geklemmt hat. Sie waren fleißig.

In Tattoos Gesicht sehe ich verblüfftes Wiedererkennen. Aber ich halte nicht an, werde nicht einmal langsamer. Stattdessen treibe ich meinen Körper zu einem Sprint an. Ich springe, stoße mich von der Wand ab, um Höhe zu gewinnen, fliege genau auf sie zu. Tattoo kann noch ein »He …« ausstoßen, bevor mein ausgestreckter Fuß in sein Gesicht knallt.

Seine Nase wird zertrümmert. Sein Kopf wird zurückgeworfen, versprüht einen feinen Blutnebel. Die anderen beiden Lieren wollen nach mir greifen, aber ich bewege mich zu schnell. Mein Schwung trägt mich weiter. Während ich mich auf die Landung vorbereite, gibt Tattoo einen erstickten, quäkenden Schrei von sich, rudert mit den Armen. Ich lande, rolle mich ab, springe auf und renne weiter, ohne mich umzublicken.

Ich höre ein schmerzhaftes Wimmern von Tattoo, als er sich die zerquetschte Nase hält, und stampfende Schritte und wütende Schreie hinter mir, als die anderen die Verfolgung aufnehmen. Aber sie müssen erst beschleunigen. Ich bin längst wieder bei voller Geschwindigkeit, verschwinde in den Korridoren, und nach einer Weile verhallen ihre Rufe in der Ferne.

Ich schiebe den Kopf vor und zwinge meine protestierenden Muskeln, noch schneller zu arbeiten. Trotz meiner Angst und Erschöpfung lächle ich. *Mein Gott,* das hat sich gut angefühlt!

Danach brauche ich nicht mehr allzu lange. Ich komme über den Laufsteg in die Galerie auf Ebene 1. Unten herrscht Chaos. Dumar, Chang und etwa zehn Stomper bemühen sich, eine schnell größer werdende Menge zurückzuhalten. Die riesigen Türflügel stehen offen – sowohl der Haupteingang als auch die kleinere Tür zum Dekontaminierungsraum – und dahinter beginnt die Hölle: eine schwarze, rauchende, brennende Wildnis, stellenweise Feuer und Löschschaum. Ich höre einen Mann laut rufen, er will, dass Lebensmittel gerettet werden. Techniker taumeln durch die Türen. Prakesh ist nicht unter ihnen.

Ich muss dort hinein. Ich muss ihn finden. Ich zwinge mich, ruhiger zu werden, zu atmen, die Luft in tiefen Zügen einzusaugen.

Und dann sehe ich sie: eine Frau mit feuerrotem Haar, nach vorn gebeugt hustend. Sie ist durch den Haupteingang gekommen, steht etwas abseits, fern von den Stompern. Ihr ehemals weißer Laborkittel ist jetzt schwarz und mit Ruß beschmiert, ihr Haar ist verfilzt und dunkel. Ich kenne sie. Sie ist eine Kollegin von Prakesh, sie war bei unserer Party im Nest. Wie war noch gleich ihr Name? Er liegt mir auf der Zunge … Suki. Sie heißt Suki.

Die Idee hat in meinem Kopf klare Gestalt angenommen, bevor es mir bewusst wird. Ich vergesse die Treppe am anderen Ende des Laufstegs, springe über das Geländer und lasse mich auf den Boden fallen. Es geht nur wenige Meter hinunter, und nach einer schnellen Rolle bin ich wieder auf den Beinen. Ich spüre, wie mein Rücken schmerzt, gegen die Rollen protestiert, zu denen ich ihn gezwungen habe, aber ich beachte es nicht weiter. Darüber kann ich mir später Sorgen machen.

Ich weiche der Menge aus, kämpfe mich zu Suki durch. Chang ruft mit seiner näselnden Stimme: »Bitte! Wir können nicht jeden hereinlassen!«

Niemand bemerkt mich. Alle sind auf den Eingang konzentriert, durch den nun dichter weißer Rauch quillt. Ich blicke auf. Die obere Hälfte der Galerie ist nicht mehr zu sehen, völlig in weißen Dunst gehüllt. Suki steht immer noch gebeugt da, als ich sie erreiche, zitternd, die Arme an die Brust gedrückt. Unter dem Ruß ist ihr Gesicht totenblass.

»Suki«, sage ich, während ich vor ihr zum Stehen komme. Sie blickt auf, aber ihre Augen sind vor Schock erstarrt. Ich wiederhole ihren Namen, und nach einer Weile nickt sie langsam, als hätte sie erst jetzt verstanden, dass ich zu ihr spreche.

»Suki, wo ist Prakesh?«, frage ich langsam, betone jedes Wort. Als sie nicht antwortet, packe ich sie an den Schultern, zwinge sie, mich anzusehen. »Suki, wo ist Prakesh? Ist er mit dir herausgekommen? Ist er noch drinnen?«

»Prakesh, er …« Sie verstummt wieder. Ihre Stimme klingt rauchig belegt. Ich schweige, blicke ihr in die

Augen. Verzweiflung kocht in mir hoch, und ich muss mich zusammenreißen, um sie nicht zu schütteln und ihr ins Gesicht zu schreien.

Dann fokussiert sich ihr Blick, wird wieder lebendig. »Prakesh! Er ist noch drinnen. Er ist immer noch drinnen!« Sie befreit sich aus meinem Griff und rennt auf die Tür zu, aber ich packe sie erneut und zerre sie zurück. Sie stößt einen wortlosen Schrei aus, versucht mich abzuschütteln, doch ich halte sie fest.

»Hör mir zu, Suki«, sage ich zischend, während ich meinen Schrecken zügle. »Du musst mich hineinbringen.«

Sie scheint mich nicht zu hören. »Aber wir müssen Prakesh herausholen!« Jetzt kreischt sie mit verängstigter Stimme. »Jemand muss hineingehen und Prakesh holen!«, wiederholt sie, als könnte die bloße Nennung seines Namens ihn herbeizaubern.

»Ich gehe«, sage ich. Vielleicht ist da etwas in meinem Tonfall, weil sie plötzlich zu schreien aufhört und mich anstarrt. Ich nutze die Gelegenheit und sage ihr, dass sie mir ihren Laborkittel überlassen soll. Sie zögert kurz, während nun große Tränen aus ihren flehenden Augen strömen, dann reißt sie sich den Kittel herunter und reicht ihn mir. Er ist schwer, der grobe Stoff ist feucht und schmierig vom Ruß. Doch inzwischen stolpern immer mehr Techniker durch die Tür, und ein weiterer weißer Kittel wird kaum auffallen.

»Sie werden den Bereich abriegeln«, sagt Suki. Der panische Unterton in ihrer Stimme ist wieder da. »Das ist die einzige Möglichkeit, das Feuer zu bekämpfen.«

»Was ist mit dem Schaum?«

Es gibt keine Sprinkler oder Feuerwehrschläuche in der Station, weil niemand auf diese Weise Wasser vergeuden will, nur Löschsysteme, die chemischen Schaum versprühen, wenn ein Feuer ausbricht. Sie sollten einen Brand ersticken, aber Suki schüttelt den Kopf, bewegt ihn länger als normal von einer Seite zur anderen. »Es funktioniert nicht. Das Feuer hat sich einfach hindurchgefressen, als wäre es nichts. Du musst schnell sein, sonst bist du da drinnen gefangen.«

Ich bin bereits losgerannt. Ich lasse die plappernde Suki zurück und laufe zur Tür, während ich hoffe, dass niemand mein Gesicht erkennt. Doch kein Techniker oder Stomper blickt in meine Richtung.

Ich spüre die zuckenden Hitzezungen des Feuers. Sie lecken über meine Haut, und ich muss die Augenlider zusammenpressen, als ein glühender Schwall über mich hinwegschießt. Vor mir ist das Nahrungslabor ein Chaos aus Rauch und Flammen, erhellt von Funkenschauern und dem roten Schimmern der Notbeleuchtung. Ich sehe, dass ein paar Treibhäuser noch stehen und wie Laternen aus dem Innern strahlen.

Ich sollte Angst haben. Ich sollte wegrennen, weit weg. Aber ich spüre nichts dergleichen. Stattdessen überkommt mich eine tödliche Ruhe, und in meinem Kopf ist nur ein einziger Gedanke.

*Prakesh. Ich komme.*

Hinter mir ertönt ein wütender Ruf. Jemand packt meinen Arm, brüllt mich an, dass ich stehen bleiben soll. Mit einer Bewegung schüttle ich Sukis Laborkittel ab und renne weiter. Genau in die Hölle.

Die Hitze umschließt mich, so heftig, dass Übelkeit in

meinem Magen hochkocht. Der Rauch ist dicht, und ich blinzle schnell, während ich die Reihe der Treibhäuser entlangrenne. Vor mir zerplatzen zwei, explodieren mit lautem Knall, lassen Tropfen aus geschmolzenem Plastik auf den Boden regnen. Es ist viel zu viel Feuer. Es ist überall, es bedeckt den Boden, die Wände.

Ich weiß nicht, wie viel Zeit ich habe. Ich schreie Prakeshs Namen und schlucke heißen, brennenden Rauch. Ein Hustenanfall erschüttert mich so sehr, dass ich auf die Knie falle. Die Luft wird mir explosionsartig aus der Lunge getrieben, sie reißt meine Kehle wie rostige Nägel auf. Ich stemme mich wieder hoch und renne weiter, auf das Luftlabor zu. Der weiße Rauch und das mattrote Feuer verwandelt den Garten in eine brodelnde Wildnis, und ich bin mir nicht einmal sicher, ob ich in die richtige Richtung laufe.

Ich biege um eine Ecke und strecke eine Hand aus, um mich abzustützen, dann ziehe ich sie mit einem Schrei zurück. Eine dünne Linie aus glänzendem geschmolzenem Plastik ist auf meinen Handrücken geklatscht, und ich wische es hektisch an meinem Ärmel ab. Das Plastik löst sich von meiner Hand und nimmt eine dünne Hautschicht mit. Der Schmerz ist so scharf und heftig, dass ich aufkeuche. Inzwischen tränen mir die Augen von dem Rauch und der Hitze.

Ich taumele weiter, zwinge mich voran, versuche den Pfützen aus Feuer auszuweichen, während meine Beine nachzugeben drohen. *Ich muss ihn finden. Ich muss.*

Aber noch während mir dieser Gedanke kommt, ist mir klar, dass es hoffnungslos ist. Der gesamte Hangar ist ein brennender Sarg, in dem ich gefangen bin. Seit ich mich hineingewagt habe, bin ich keiner einzigen Person begegnet, aber vielleicht ist jemand nicht weit von mir entfernt im dichten Rauch vorbeigelaufen, ohne dass ich es bemerkt habe. Selbst wenn ich Prakesh irgendwie ausfindig mache, werden wir es unmöglich bis zum Haupteingang schaffen, bevor man uns einsperrt. Und man wird uns einsperren: Die Notwendigkeit, dem Feuer den Sauerstoff zu entziehen, hat mehr Gewicht als das Leben einer Tracer und eines Labortechnikers.

Ich sinke zu Boden, breche zusammen, liege auf der Seite. Hier unten ist die Luft sauberer, und ich sauge sie in großen Zügen ein, was einen weiteren Hustenanfall auslöst. Mein Brustkorb ist eine straff gespannte Trommel. Ich höre ein Sirren in der Luft, unter dem Knistern des Feuers, und ich brauche einen Moment, um zu verstehen, dass es vom Summsaal kommt. Die Insekten. Sie müssen zu Millionen sterben, nachdem sich ihr Gehege in einen Glutofen verwandelt hat.

Der Rauch ist jetzt schwer geworden, lagert sich auf dem Boden ab, und die Hitze versengt mir durch die Jacke den Rücken. Ich sollte Angst haben, aber ich bin wieder völlig ruhig. Ich stelle mir Prakeshs Gesicht vor, halte es vor meinem geistigen Auge hoch, versuche mich an jedes Detail zu erinnern. Ich sehe ihn lächeln, über einen blöden Witz lachen, dann die Sorge in seinem Gesicht, als er mich nach dem Hinterhalt wiedergesehen hat, dann die Erleichterung, als er mich in Grays Werkstatt umarmt hat. Der Blick seiner Augen, als wir miteinander allein waren.

Und dann kommen mir ungebeten andere Gesichter in den Sinn: Carver, Amira, die Zwillinge. Meine Mutter und mein Vater.

*Überlebte einen Hinterhalt, schnappte einen Killer, entkam einem Bombenanschlag, starb dann bei einem Brand, während sie versuchte, ihren besten Freund zu retten,* denke ich und schließe die Augen. *Wenigstens können sie eine Wahnsinnsgeschichte über mich erzählen.*

Dieser letzte Gedanke ist wie ein flüchtiger Blick im Vorbeigehen, bevor er in der Ferne entschwindet.

Dann packen mich starke Hände und ziehen mich vom Boden hoch. Prakeshs Gesicht ist mit Ruß und Dreck verschmiert, umgeben vom weißen Rauch. Einen Moment lang bin ich gelähmt, bin mir nicht sicher, ob er real ist oder das Erste, was ich in der jenseitigen Welt sehe, doch dann schlingt er einen Arm um mich und zerrt mich mit sich. Ich zwinge mich zum Laufen, will mit ihm mithalten.

Es dauert eine Weile, bis meine Stimme wieder da ist. »Sie sperren den Bereich ab. Den ganzen!«, rufe ich.

»Ich weiß!«, schreit er zurück.

Vor uns kann ich die Türen zu den Labors erkennen, und die Glasscheiben darin reflektieren das Feuer, glühen rot wie bösartige Augen. Eine Sekunde lang überwältigt mich die Vorstellung, dass wir dort hineinmüssen, dass sie uns Schutz bieten werden. Aber Prakesh scheint zu spüren, was ich denke, und schüttelt den Kopf, zieht uns nach rechts an die Wand. Wir beide husten wieder, suchen im Rauch nach kleinen Lufttaschen.

Eine Feuerzunge explodiert quer über den Gang. Die Hitze sticht nach uns, und wir beide werden zurückgeworfen, wenden uns im Fallen davon ab. Es fühlt sich an, als würde ich bei lebendigem Leib gebacken, aber Prakesh bringt mich wieder auf die Beine. »Wage es nicht, hier zu sterben!«, sagt er.

Und plötzlich ragt vor uns der Eingang auf. Eine Gestalt, eine Silhouette vor den Scheinwerfern, rennt auf uns zu. Mehr Hände zerren uns hinaus ins blendende Licht. Und hier ist kein Rauch, nur noch frische Luft, und Prakesh und ich brechen übereinander zusammen. Ich hatte nie zuvor gewusst, wie köstlich und kühl Luft sein kann. Ich möchte darin baden, mich darin wälzen, mir große Stücke davon in den Mund stopfen.

Hinter uns schließt sich die Tür mit einem Knall, und das Rumoren und Prasseln des Feuers verschwindet, wird durch den Lärm der Menge ersetzt.

Prakesh rollt sich von mir herunter. Sein Gesicht ist voller Ruß. Ich drehe den Kopf zur Seite, um ihn anzusehen. Er erwidert meinen Blick und lächelt matt. »Mach dir keine Sorgen. Ich wette, dein Gesicht ist genauso schmutzig wie meins.« Seine Stimme klingt rauchig, und unwillkürlich muss ich lachen. Es tut mir in der Brust weh und geht bald in einen weiteren Hustenanfall über. Prakesh greift nach meiner Hand, ich drücke seine.

Ein Schatten fällt auf Prakesh, dann kommt die besorgte Miene von Dumar in Sicht. Er starrt mich verärgert an und packt Prakesh an den Schultern.

»Bitte sagen Sie mir, dass Sie die beiden Letzten waren!«, fordert er ihn auf. »Sagen Sie mir, dass jetzt niemand mehr drinnen ist!«

Prakesh schüttelt den Kopf. »Nein. Wir waren die Letzten. Wir haben es geschafft, alle anderen rauszubringen, glaube ich.« Besorgnis huscht über sein Gesicht. »Hat jemand die Genbanken rausgeholt?«

»Wir«, sagt eine Stimme hinter Dumar. Es ist Suki, die den Eindruck erweckt, als wollte sie Prakesh umarmen oder schlagen oder in Ohnmacht fallen – alles auf einmal.

Prakesh setzt sich auf, hält sich den Kopf. Ich sauge noch mehr frische, saubere Luft ein – und plötzlich werde ich von Sorge überwältigt.

»Prakesh«, sage ich. »Bitte sag mir, dass sich das Feuer nicht bis zum Luftlabor ausgebreitet hat. Dass die Bäume nicht verbrannt sind.«

Er schweigt, und für einen Moment bin ich mir fast sicher, dass wir unsere Atemluft verlieren werden, doch dann dreht er sich zu mir herum, und ich sehe Erleichterung in seinen Augen. »Die Bäume sind in Sicherheit. Ich habe das Luftlabor abgeriegelt.« Sein Ausdruck wird ernst. »Aber das Nahrungslabor … die Insekten …« Wir alle starren auf die riesigen Türflügel, die jetzt das Labor versiegeln.

Wir haben nichts mehr zu essen.

Ich höre wieder Darnells Worte: *Es wird jede Menge Spaß geben, das können Sie mir glauben.*

# 34 | Riley

Die Menge um uns herum ist immer noch verängstigt. Mehrere Leute hämmern gegen die Tür zum Nahrungslabor und verlangen, dass sie geöffnet wird. Dumar hilft Prakesh auf die Beine und greift dann nach mir. Er scheint mich umarmen zu wollen, wie er es in Grays Werkstatt getan hat, doch dann hält er mitten in der Bewegung inne und mustert mich stattdessen von oben bis unten.

»Alles in Ordnung mit dir?«, fragt er. Ich kann nichts in seinen Augen lesen.

»Es geht mir gut«, sage ich und meine es auch so. Die Beklemmung in meiner Brust lässt nach, und jeder Atemzug schmeckt so köstlich wie eiskaltes Wasser. Ich blicke auf meine Hand. Der rote Streifen, wo mich das geschmolzene Plastik getroffen hat, schmerzt heftig, aber die Verletzung scheint nur oberflächlich zu sein. Die Sanitäter müssen mir keine weitere Ladung von dem weißen Schaum verpassen.

Prakesh lächelt vorsichtig. »Vielleicht sollten wir nicht mehr kämpfen«, sagt er.

»Findest du?«

»Ich meine … Feuer, Entführungen, Bomben … vielleicht versucht das Universum uns etwas zu sagen.« Er lacht nervös.

»Was jetzt?«, fragt Suki. Sie und Dumar machen einen ratlosen Eindruck.

Prakesh denkt einen Moment lang nach. »Suki, wir müssten noch etwas Erdboden in den oberen Labors haben«, sagt er dann. »Wir sollten ganz schnell eine Notfall-Nahrungsproduktion organisieren. Sag den Leuten, dass sie die Erde herbringen sollen, zusammen mit den Ersatz-UV-Lampen, direkt ins Luftlabor. Die genetisch modifizierten Pflanzen sind noch lange nicht bereit, aber wir können mit der neuen Karbid-Saat arbeiten, die von den Laborratten entwickelt wurde. Und wenn du schon dabei bist, solltest du auch noch irgendein hydroponisches System auftreiben. Sag Yoshiro, dass er alles benutzen soll, was er braucht, und dass wir es in der Hälfte der Zeit schaffen müssen.«

Suki starrt ihn an, ist für einen Moment erschüttert, doch dann nickt sie und rennt los, ruft den Technikern zu, dass sie ihr folgen sollen.

Prakesh sieht mich an. »Die anderen? Amira?«

»In Sicherheit. Carver hat sich an der Schulter verletzt, aber sonst geht es ihnen gut. Die Zwillinge waren nach meinen letzten Informationen im Nest.«

»Über das Komsystem wurde gemeldet, dass es ein Feuer in eurem Sektor gab. Wurde auch dort eine Bombe gezündet?«

Ich erzähle ihm in Kurzfassung, was während Darnells Verhandlung vor dem Rat in Apogäum passiert ist.

»Wie viele wurden verletzt?«

Ich weiche seinem Blick aus, und er lässt die Schultern sinken. Er legt einen Arm um mich, sein Griff ist stark und tröstend. »Wir werden dich jetzt zurückbringen«, sagt er.

»Ich kann selbst laufen«, erwidere ich irritiert.

»Laufen? Ry, du kannst kaum stehen. Komm schon. Suki hat hier alles unter Kontrolle.«

Ich blicke zur größer werdenden Menge, die gegen die Tür hämmert und die anderen in Panik versetzt. »Das bezweifle ich.«

»Sie kommen nicht hinein. Zumindest nicht durch diese Tür. Lass uns gehen.«

Wir machen uns auf den Weg zum Treppenschacht am anderen Ende der Galerie. Die Beleuchtung ganz oben wurde gedimmt, als wollte jemand sein Mitgefühl für das Chaos zum Ausdruck bringen.

Es war vielleicht noch nicht das Ende der Welt, aber es kann nicht mehr weit entfernt sein. Das Chaos wird schlimmer, als wir die Grenze zu Chengshi überschreiten. Mehrere Male kommen wir an Leuten vorbei, die sich um Lebensmittel streiten. Männer werfen sich gegenseitig Beleidigungen an den Kopf, während sie von ihren Freunden zurückgehalten werden, zwischen ihnen Kisten mit Gemüse. Jemand wird unten am Boden ausgeraubt, als wir oben den Laufsteg überqueren, wegen einer Packung mit Proteinriegeln wird ihm ein Messer vors Gesicht gehalten. Ich will helfen, aber Prakesh zieht mich weiter. Wir betreten wieder das Labyrinth der Korridore und kommen an der Kantine vorbei. Die Tür ist geschlossen, und zwei Stomper in voller Rüstung bewachen den Eingang. Ich bin überzeugt, dass ihre Hände die Stinger fester umschließen, als wir vorbeigehen. Prakesh nickt ihnen zu, doch sie starren nur zurück.

Wir nähern uns der Grenze zu Apogäum, als ein Kombildschirm an der Korridorwand aufflackert. Kurz ist das Logo der Station zu sehen, dann erscheint Janice

Okwembu. Sie ist wieder im Ratssaal, steht allein hinter einem Rednerpult. Wir bleiben stehen, um zuzuschauen. Selbst auf dem flackernden Bildschirm kann ich ihre zusammengepressten Lippen erkennen, den stählernen Blick ihrer Augen.

Sie erspart sich eine Begrüßung. »Heute wurden wir von zwei koordinierten Anschlägen getroffen«, beginnt sie. Ich höre ihre Worte als Echo aus dem Korridor, wo sie von mehreren Lautsprechern gleichzeitig wiederholt werden. »Die erste Bombe wurde während einer Gerichtsverhandlung in Apogäum gezündet, und ein ferngesteuerter Sprengsatz ist im Nahrungslabor detoniert. Die erste Explosion kostete fast fünfzig Menschenleben, und die zweite, die deutlich weniger Todesopfer forderte, enthielt einen chemischen Brandbeschleuniger.

Wir wissen nicht, wie die Sprengsätze dort deponiert wurden oder woraus sie sich zusammensetzten. Der Schaden ist groß, sowohl an Menschenleben als auch an anderen Dingen. Zum Glück wurde die strukturelle Integrität der Station nicht beeinträchtigt, und die Ingenieure haben mir versichert, dass unser Orbit weiterhin stabil ist. Ich möchte Sie alle ermahnen, ruhig zu bleiben, die Lebensmittel zu teilen, über die Sie noch verfügen, und sich in dieser Krise gegenseitig zu helfen.«

»Als würden die Leute so etwas wirklich tun«, sagt Prakesh.

Okwembu redet weiter, beugt sich über das Pult vor, blickt genau in die Kamera. »Es gibt noch viel zu tun, bevor …« Das Bild flackert wieder und verschwindet dann ganz. Okwembus Stimme verstummt schlagartig, wird durch lautes statisches Rauschen ersetzt.

Und dann ist Darnell auf dem Bildschirm zu sehen, und mir gefriert das Herz in der Brust.

Es ist unmöglich zu sagen, wo er sich befindet. Hinter ihm liegt alles im Schatten. Prakesh drückt meine Hand, und in der Nähe höre ich, wie Leute nach Luft schnappen.

»Verzeihen Sie die Unterbrechung«, sagt Darnell. »Ich wollte nur diese Gelegenheit nutzen, um allen zu danken, die zu meiner Verhandlung gekommen sind. Und falls Sie sie verpasst haben, machen Sie sich keine Sorgen – es wird noch viel mehr kommen.«

Die Übertragung wird gestört, und Darnells Gesicht wird in zwei Hälften zerrissen. Der Ton fällt aus, und als er kurz darauf wieder da ist, klingt die Stimme grässlich verzerrt, als würde er sich das Mikrofon direkt vors Gesicht halten.

»… achtundvierzig Stunden. So viel Zeit bleibt Ihnen noch zum Leben. So viel Zeit geben wir Ihnen noch.«

Das letzte Wort scheint in der Übertragung hängen zu bleiben und wird zerdehnt, verwandelt sich in ein metallisches Summen, das erst nach einer halben Ewigkeit verklingt.

Ich habe die Luft angehalten. Ich muss mich zwingen, wieder einzuatmen, und jedes Wort unseres Gesprächs in der Gefängniszelle kommt mir wieder in den Sinn.

»Die Menschen haben Außenerde nicht verdient«, sagt Darnell dann, und sein Grinsen ruckelt, während die Übertragung immer wieder stockt. »Nicht nach dem, was wir unserem Planeten angetan haben. Wir haben gebombt und getötet und …«

Diesmal wird der Bildschirm völlig schwarz, und der

Ton verstummt. Als die Übertragung wieder einsetzt, läuft Darnell mit der Kamera in der Hand. Die Deckenbeleuchtung verwandelt sein Gesicht in eine dunkle Silhouette. Er lacht, seine kindliche Stimme wird zu einem kreischenden Kichern, das wiederum in einen schlimmen Hustenanfall übergeht.

»Wir müssen gehen. Jetzt«, sage ich zu Prakesh.

Doch auch während wir durch den Korridor weiterlaufen, verfolgen uns Darnells Worte, werden zu einem monströsen Echo. Wo auch immer er sich aufhält, er hat das gesamte System gehackt.

»Und von uns gibt es mehr als genug«, sagt er. »Wir leben mitten unter Ihnen, in diesem Augenblick. Ihr bester Freund. Ihr Tischnachbar in der Kantine. Ihre Schwester. Und wir alle zusammen? Wir sind die Söhne der Erde.«

Wir haben die Grenze zwischen den Sektoren erreicht. Überall starren die Leute fassungslos auf die Bildschirme. Darnells Worte sind allgegenwärtig.

»Und wenn wir nicht mehr sind? Dann wird sich unser Planet erholen. Es wird Jahrtausende dauern. Aber nach einer Weile wird er wieder so sauber sein wie zu der Zeit, als wir erstmals aus dem Schlamm gekrochen sind. Und wissen Sie auch, warum? Weil wir dann nicht mehr da sein werden.«

Er hält inne. Eine Sekunde lang denke ich, dass der Ton wieder ausgefallen ist, hoffe es, aber er macht nur eine Pause. Er beugt sich näher an das Mikrofon heran – nahe genug, dass wir seinen Atem hören können.

»Die nächsten zwei Tage werden ein großer Spaß sein. Wir …«

Wieder setzt Rauschen ein. »... Sie das Signal! Unterdrücken Sie es!«

Janice Okwembu spricht mit eindringlicher Stimme. Ich habe einen flüchtigen Blick auf einen Bildschirm, während wir durch einen der unteren Korridore laufen. Sie wirkt nervös, ihre beherrschte Fassade ist aufgebrochen. Doch dann nickt sie jemandem außerhalb des Bildes zu und blickt wieder in die Kamera. Ihre Augen scheinen aus Stahl gemacht zu sein.

»Ich habe gehört, was Sie alle soeben gehört haben«, sagt sie mit starker Stimme. »Lassen Sie mich eins klarstellen. Wir werden Oren Darnell finden. Wir werden ihn zur Strecke bringen. Darauf gebe ich Ihnen mein Wort. Bis dahin versuchen Sie bitte, ruhig zu bleiben. Wir werden das gemeinsam überstehen.« Sie verstummt, dann zeigt der Bildschirm wieder das Stationslogo.

Als die Sendung zu Ende ist, höre ich hinter uns Rufe. Angst wird innerhalb von Sekunden zu Panik, die die Menge überflutet. Prakesh und ich bleiben in Bewegung. Was sonst könnten wir tun?

Plötzlich erinnere ich mich an die Frau auf dem Laufsteg. Grace Garner. Was auch immer sie mir sagen wollte, kommt mir in diesem Moment viel bedeutender vor – ein mögliches fehlendes Teil im Puzzle, das Gray, Darnell und die Söhne der Erde bilden. Ich hätte ihr sofort zuhören sollen, hätte sie dazu bringen sollen, mir alles zu erzählen.

Ich drehe mich zu Prakesh um und erkläre ihm schnell, was geschehen ist und wie Garner aussieht. Aber sein Gesicht zeigt nur Verwirrung. »Eine Frau? Nein, tut mir leid, Ry, sie war nicht da. Vielleicht besser so, oder?« Er lacht bellend und wendet den Blick ab, und mir wird plötzlich klar, wie sehr der Verlust des Nahrungslabors ihn schmerzen muss. Er hat dunkle Augenringe, und es liegt nicht nur am Rauch und der Erschöpfung, dass er so ausgezehrt, so müde aussieht.

Er schüttelt den Kopf, als müsste er zunächst wieder zu sich kommen. »Wenn sie dir etwas über Darnell erzählen wollte, müssen wir sie finden.«

Ich nickte. »Vorher sollten wir uns ein wenig säubern. Wir brauchen Wasser. Und im Nest haben wir noch etwas zu essen.«

Ich mache mich auf den Weg durch den Korridor, doch Prakesh schüttelt den Kopf. »Geh nur. Ich muss nach meinen Eltern sehen.«

»Hast du …?«

»Mach dir keine Sorgen um mich. Kehre zu den anderen Tänzern zurück. Wenn ihr euch wieder zusammengefunden habt, kommt zu mir.«

Ich drücke seine Hand, und er dreht sich um, läuft durch den Korridor davon.

Als er mich nicht mehr stützt, fühlen sich meine Beine taub an, weich wie ein Stück Tofu, und ich wäre beinahe zusammengebrochen. Mein Mund ist voll mit zähflüssigem Speichel. Dann wird mir bewusst, dass ich immer noch meinen Rucksack trage, in dem ich nach der Wasserflasche suche. Aber sie ist leer, kein einziger Tropfen ist übrig. Ich schultere den Rucksack erneut, dann gehe ich weiter, während ferne Rufe von den Galerien mich verfolgen.

Die Tänzer sind da, als ich das Nest erreiche, und nachdem ich mich durch die Falltür hinaufgezogen habe, taucht

Kevs Kopf in der Öffnung auf. Sein Gesicht zeigt völlig untypische Verärgerung. »Wo warst du?«

Ich schüttle den Kopf. »Mir geht es gut. Die anderen?«

»Hier.« Er zieht die Tür auf, deutet zum Rest der Truppe. Carver lehnt an der Wand, spannt seinen Arm, umfasst mit einer Hand seine Schulter. Yao sitzt vor der Werkbank und durchsucht die Schubladen. Und Amira steht mitten im Raum, die Hände in die Hüften gestemmt, mit wütender Miene.

»Sag mir, dass du in deinem Rucksack etwas Essbares hast«, fordert sie mich auf. Ich schüttle den Kopf, und sie verzieht das Gesicht.

Erst dann sehe ich den Haufen aus Lebensmitteln auf dem Tisch. Anscheinend haben sie jeden Winkel des Nests durchsucht, um zu sehen, was noch übrig ist. Es ist erschreckend wenig, kaum genug, um uns alle drei Tage lang satt zu bekommen. Ein paar alte Kartoffeln, bereits grünlich geworden und mit kleinen Trieben. Einige Proteinriegel. Zwei vertrocknete Karotten. Ein kleiner Haufen aus gehorteten Zuckerpackungen, Pudding in dünnen Bechern. Und dahinter eine schmutzige Flasche mit Selbstgebrautem. Yao dreht sich um und wirft ein paar getrocknete Früchte auf den Tisch – Äpfel, wie es aussieht.

»Wenigstens werden wir nicht hungrig sterben«, sagt Carver.

»Na komm schon«, erwidert Yao. »Du glaubst doch nicht, dass er das wirklich durchziehen kann.«

Wir alle starren sie an. »Was?«, sagt sie. »Er ist irgendein Kerl mit einer Kamera, und jetzt glauben alle Bewohner von Außenerde, dass er ein Gott oder so was ist. Ich habe keine Angst vor ihm.«

»Hör auf damit«, blafft Amira sie an. Ihre Geduld scheint erschöpft zu sein. Ich will ihr von Garner erzählen, von Prakesh, doch bevor ich etwas sagen kann, reicht sie mir einen Becher Wasser. »Trink etwas, und danach habe ich eine Aufgabe für dich. Ich möchte, dass du dich um den Markt kümmerst. Es wird Zeit, die Punkte zu nutzen, die du gesammelt hast, als wir Darnell schnappen konnten. Yao, Kevin, ihr geht zur Galerie. Dort muss es Leute geben, die Sachen transportieren lassen wollen.«

Ich nehme einen Schluck Wasser. Es ist warm, aber es fühlt sich gut in meiner Kehle an. Ich muss mich zwingen, nicht zu gierig zu schlucken, sondern langsam zu trinken.

»Kommst du klar? Dein Arm wird nicht abfallen, oder?«, will Yao von Carver wissen.

»Ach, ich dachte, ich könnte mich hier ein wenig entspannen, Schätzchen«, erwidert Carver und zeigt ein Lächeln, das sich in eine Grimasse verwandelt. »Zur Abwechslung könntet ihr jetzt ein bisschen arbeiten.«

Amira wirft ihm einen finsteren Blick zu, dann dreht sie sich wieder zu uns um. »Wir wissen nicht, wie lange diese Situation anhalten wird. Selbst wenn die Stomper Darnell finden, wird es noch eine Zeitlang schwierig sein, an Lebensmittel zu kommen. Also machen wir ganz normal weiter. Arbeit gegen Essen – *nur* Essen. Da draußen wird es nicht einfach sein, aber nehmt alles, was ihr kriegen könnt.«

Niemand sagt etwas, aber die Blicke, die wir austauschen, sprechen Bände. Amira hat recht. Nachdem das Nahrungslabor zerstört ist, wird es selbst für die Leute schwierig, die Zugang zu den Kantinen haben. Und was ist mit Tracern wie uns, die sich selbst etwas Essbares beschaffen müssen?

Ich will Amira erzählen, was auf dem Laufsteg passiert ist, aber als sie mich ansieht, mache ich den Mund wieder zu. Das kann warten. Im Moment ist Überleben das Wichtigste. Wo auch immer Garner steckt, Prakesh wird sich um sie kümmern.

»Wolltest du noch etwas sagen, Riley?« Amiras Stimme klingt ungeduldig, gereizt.

Ich schüttle den Kopf. »Nein. Machen wir uns an die Arbeit.«

# 35 | Prakesh

Prakeshs Eltern leben am Rand des Gartens, nicht weit entfernt von den weißen Lichtern und sauberen Flächen von Apex. Sie haben ihr eigenes Habitat, eine verhältnismäßig große Einheit mit doppelter Pritsche und eigenem Bad. Ravi Kumars Auszeichnungen für langjährige Dienste hängen immer noch an der Wand, Streifen aus schwarzem Metall mit den eingravierten Zeiten, die er im Weltraumingenieurkorps gearbeitet hat. Seine Frau hat das Habitat mit Topfpflanzen dekoriert – einige hat Prakesh ihr gegeben, einige hat sie selbst gezüchtet.

»Du … komm rein, sofort!«, blafft Achala Kumar, als sie Prakesh die Tür öffnet. Er ist für einen Moment verdutzt, aber die Tür ist kaum zugefallen, als sie ihn fest umarmt, ihr Gesicht an seine Schulter drückt.

»Als sie sagten … und dann dieser Mann …«, stößt sie hervor, dann schluchzt sie, und ihre Tränen werden vom Stoff seines Hemdes aufgesaugt.

Prakeshs Vater sitzt auf der Bettkante. Das linke Bein seiner roten Hose ist unter dem Knie zugeknotet, seine Krücke liegt in seinem Schoß.

»Alles in Ordnung«, sagt Prakesh und löst den Kopf seiner Mutter von seiner Schulter. »Wir alle sind gut rausgekommen.«

»Nein, seid ihr nicht. Schau dich an!« Sie wischt über sein Gesicht, verschmiert den Ruß.

»Achala, lass den Jungen in Ruhe.« Ravi Kumar steht auf, erhebt sich mit geübter Leichtigkeit vom Bett. Seine Krücke klopft auf den Boden, als er zu ihnen hinüberhumpelt, seine Augen bohren sich in die seines Sohnes. »Wie schlimm ist der Schaden?«

»Schlimm.« Prakesh greift an seiner Mutter vorbei zu einem Regal, nimmt sich eine Wasserflasche. Er war in seinem Leben noch nie so durstig und trinkt fast die Hälfte des Inhalts der Flasche aus.

»Habt ihr beiden genug zu essen?«, fragt er seinen Vater.

»Frag nicht ihn«, sagt seine Mutter und zeigt mit einem Daumen auf den älteren Kumar. »Er weiß nicht mal, wie man die chemische Toilette repariert, wenn sie kaputtgeht.«

»Achala.«

»So ist es doch! Genauso wie mit dem Plasmaschneider, als du an Bord der *Shinso Maru* gearbeitet hast.«

»Fängst du schon wieder davon an?«

Prakesh muss grinsen. Man vergisst so leicht, dass seine Mutter die Chefin seines Vaters war, vor sehr langer Zeit. Er unterbricht sie, spricht mit schmerzender Kehle. »Irgendjemand sagt mir jetzt, wie es um euren Lebensmittelvorrat steht.«

»Uns geht es gut«, sagt sein Vater. »Wir haben ein wenig zurückgelegt.«

»Wie wenig?«

»Genug. Wir kommen zurecht, Prakesh, und du musst jetzt wieder zurück.«

»Nein, ich muss …« Prakesh hält inne. Er hat keine Ahnung, was er tun muss. Inzwischen dürfte im Luftlabor der Wahnsinn regieren: Für die Notfall-Nahrungsproduktion werden alle Hände gebraucht, Suki und die anderen können sich nicht ständig um alles kümmern. Aber Riley hat jemanden zu ihm geschickt – eine Frau, die sie in Sicherheit wissen wollte. Und dann sind da noch seine Eltern. Er glaubt nicht, dass sie genug Lebensmittel übrig haben. Nicht einmal annähernd. Er sollte bleiben und ihnen helfen.

Er schließt die Augen. Er öffnet sie wieder, als er das Klacken der Krücke seines Vaters hört, spürt seine Hand auf der Schulter.

»Prakesh«, sagt Ravi Kumar. »Es geht uns gut. Du wirst da draußen gebraucht.«

Er seufzt. »Ich weiß.«

»Und nicht nur im Labor«, sagt seine Mutter. »Du solltest dich um den ganzen Sektor kümmern. Sorge dafür, dass dieser *kutha sala* Darnell die Leute nicht auf dumme Gedanken bringt.«

»Was?«

»Ich habe schon immer gesagt, dass du dich in der Politik engagieren solltest«, sagt Achala und verschränkt die Arme. »Die Menschen vertrauen dir.«

»Nur im Luftlabor«, sagt Prakesh. Er spürt, wie seine Wangen heiß werden. »Nur wenn ich über Bäume spreche.«

»Unsinn. Die Menschen blicken zu dir auf. Vielleicht ignorierst du das ja, aber sie tun es. Und du kannst es dir nicht leisten, ängstlich zu sein. Nicht jetzt.«

»Aber was ist, wenn …?«

»Geh«, sagen beide gleichzeitig, dann sehen sie sich an. Achala Kumars Gesicht hat sich zu einem seltsamen

Lächeln verzogen. »Wir können auf uns selbst aufpassen«, sagt sie.

Doch als Prakesh seine Eltern anschaut, kann er nur die Dinge sehen, die sie einschränken. Es ist nicht nur das Bein seines Vaters, das ihn praktisch zu einem Gefangenen des Gartens macht, das ihn an den Weltraumspaziergängen hindert, die er so sehr geliebt hat. Es sind auch die Runzeln um die Augen seiner Mutter, ihr gebeugter Hals und Oberkörper. Sie waren im mittleren Alter, als er geboren wurde, und die folgenden Jahre haben es nicht gut mit ihnen gemeint.

Seine Wut auf Riley, seine Verzweiflung, all das hat ein anderes Ziel gefunden. Er kann fast körperlich spüren, wie sie sich in seinem Bauch bewegt, wie sie sich auf Oren Darnell konzentriert. Dieser Mann will, dass alle Bewohner der Station leiden, und es sind Menschen wie seine Eltern, die am meisten leiden.

Seine Mutter hat recht – er muss zurückgehen. Aber er denkt nicht nur an das Luftlabor. Er denkt an die Frau, die Riley zu ihm geschickt hat. Die Frau, die sagte, dass sie etwas weiß.

Das Luftlabor kann warten. Wenn auch nur die leiseste Chance besteht, dass sie ihnen helfen kann, Darnell aufzuhalten, muss er sie finden.

# 36 | Riley

Es ist erstaunlich, dass plötzlich jeder ganz genau weiß, wie viel Zeit uns noch bleibt. Natürlich sind es jetzt nicht mehr achtundvierzig Stunden. Es sind vierundvierzig Stunden und dreizehn Minuten – zumindest wenn ich dem Mann glaube, an dem ich auf dem Weg zum Markt vorbeigekommen bin. Sein Freund hat ihm widersprochen, behauptete, es wären elf Minuten, und schwenkte eine selbstgemachte Uhr wie ein heiliges Buch hin und her.

Die nervöse Energie hat sich verstärkt, staut sich in den Korridoren und drückt gegen die Wände der Galerien, summt mit schrecklicher Macht. Überall sind Gerüchte, sie verändern sich und mutieren innerhalb von Minuten, Geschichten von möglichen Sichtungen und Bürgerwehren und Computerhackern. So hat es sich noch nie in der Station angefühlt.

Als ich mich dem Markt nähere, mich durch die untersten Korridore von Apogäum schlängele, höre ich, wie zwei Leute miteinander reden. Ehemann und Ehefrau, wie es scheint, sie mit einem Baby auf den Armen, in eine zerfledderte Decke gewickelt, tief und fest schlafend.

»Wenn sie das Komsystem von Apex gehackt haben, wird es nicht lange dauern, bis sie den Hauptkontrollraum übernehmen«, sagt die Frau. »Und wenn das passiert …«

Der Mann unterbricht sie. »Ich weigere mich, daran zu glauben, dass sämtliche Rettungskapseln weg sind.«

»Sie sind weg. Das weißt du. Aber wir könnten jederzeit einen der Schlepper nehmen«, erwidert die Frau. Sie hat dunkle Ringe unter den Augen. »Wenn wir genügend Leute finden, könnten wir …«

Ihre Worte verklingen, als ich vorbeihusche. Fast wäre ich zurückgegangen, um ihr zu sagen, dass sie sich die Mühe sparen soll. Die Schlepper, die wir benutzen, um die Schlacke zur Station zu bringen, wenn die Asteroidenfänger in unseren Orbit einschwenken, haben nicht annähernd genug Reichweite. Der Treibstoff wäre aufgebraucht, lange bevor man die Erde erreicht hätte. Und schließlich können wir die Asteroidenfänger nicht einfach zu Hilfe rufen.

Jetzt sind nur noch zwei von ihnen übrig: riesige Raumschiffe, die Felsbrocken im All aufspüren, sie einfangen und zur Station schleppen, um sie zu Schlacke zu verarbeiten. Wir brauchen die Schlacke als Baumaterial und wegen der Mineralien. Diese Missionen dauern Jahre, und in diesem Moment sind beide Schiffe weit entfernt unterwegs. Wäre dies zehn oder zwanzig Jahre früher geschehen, wären sie vielleicht näher gewesen, auf dem Mond oder dem Mars. Aber die Rohstoffe, die sie mitbrachten, waren nicht gut genug, also wurden die Fänger für den Asteroidenbergbau umgerüstet. Selbst wenn wir einen Notruf senden würden und sie sich sofort auf den Rückweg machten, würden sie niemals rechtzeitig eintreffen.

Ich habe damit gerechnet, dass Chaos auf dem Markt herrscht, dass die Stände vielleicht sogar von Plünderern zerstört werden, aber es sieht hier genauso aus wie gestern, und die Händler machen enormen Umsatz. Lebensmittel werden zu Höchstpreisen gehandelt, und die Leute drängen sich um mehrere Stände, wo spontane Versteigerungen von schimmligen Zwiebeln oder einem einzelnen Proteinriegel veranstaltet werden. Ich schiebe mich durch die enge Lücke zwischen zwei Ständen, fange mir eine wütende Beschimpfung durch einen Händler ein. Ich hebe entschuldigend eine Hand, und als ich mich umblicke, bemerke ich in der Menge zwei Leute, die mich verärgert anstarren, als wollten sie sich mein Gesicht einprägen. Seltsam.

Ich finde den alten Madala in der Nähe der Bar. Er sitzt mit einem Becher Selbstgebrautem an einem Außentisch. Der Becher steht vor ihm auf dem Tisch, er hat beide Hände darum gelegt. Ich schnappe mir einen Stuhl, nehme ihm gegenüber Platz. Er blickt überrascht auf.

»Was den Auftrag betrifft, den du erwähnt hast …«, beginne ich, doch im nächsten Moment springt er auf, wirft dabei seinen Stuhl um. Er fällt klappernd auf die Metallplatten, als er sich hastig entfernt. Ich halte verwirrt inne, bevor ich meinen Stuhl zurückschiebe und ihm folge, ihm den Weg abschneide.

»Madala, was ist los?«, frage ich, aber als er sich zu mir umdreht, sehe ich Furcht in seinen Augen, und das lässt mich erstarren.

»Geh weg. Du darfst hier nicht sein«, murmelt er und wendet sich erneut von mir ab. Angst ballt sich in meinen Eingeweiden zusammen, und ich will nach ihm greifen, aber er zuckt zurück, während sich die Furcht in seinen Augen in Wut verwandelt. »Geh!«, ruft er. »Ich rede nicht mit dir.« Er geht über den Markt davon, die Schultern hochgezogen, ohne sich noch einmal umzublicken.

Mit einem Mal fühlt es sich an, als würde sich der Lärm des Marktes verstärken, sich in meine Gedanken drängen.

Ein Auftrag von Madala hätte uns etwas zu essen eingebracht, ein paar Trockenfrüchte oder grüne Bohnen. Jetzt muss ich mir jemand anderen suchen, jemanden, der vielleicht nicht sofort zu einem guten Tauschgeschäft bereit ist. Ich schiebe mich durch eine Menge, die sich offenbar um ein Stück Tofu streitet, das auf einem Tresen hinter einem stark tätowierten Verkäufer liegt, der die Leute mit verschränkten Armen anstarrt.

Die nächsten drei Leute, mit denen ich spreche, reagieren genauso wie Madala. In einem Fall erklärt mir ein Händler, zu dem ich bislang ein gutes Verhältnis hatte, mit wütenden Worten, dass ich nie wieder mit ihm sprechen soll. Niemand sagt mir, warum. Zuerst denke ich, dass sie keine Lebensmittel hergeben wollen oder nichts zu transportieren haben, doch nach einer Weile wird meine Verwirrung durch ein sehr ungutes Gefühl und schließlich durch Furcht abgelöst.

Darnell sagte, er hätte Leute rekrutiert. Glauben sie vielleicht, ich wäre eine von ihnen?

Ich muss von hier verschwinden, sofort. Ich schlüpfe zwischen einem Kistenstapel und einem Stand hindurch, auf dem sich Batterien türmen, und mache mich auf den Weg zum Ausgang. Ich hoffe, dass sich noch irgendetwas ergibt, dass ich nicht mit leeren Händen zum Nest zurückkehren muss. Aber im Vorbeigehen fange ich immer mehr böse Blicke ein. Ich senke den Kopf und laufe weiter.

Jemand tritt mir in den Weg, blockiert das Licht. Ein

kahlköpfiger Mann mit einer üblen, wulstigen Narbe am Hals. Er trägt ein schmutziges T-Shirt und eine alte Jeanshose. Er taucht so plötzlich auf, dass ich fast gegen ihn gerannt wäre.

»Du«, sagt er in bösartigem Tonfall. »Wir wissen, was du tust.«

Ich starre ihn verständnislos an, begreife nicht, was er mir sagen will.

Er spuckt wütend aus, ein dicker Speichelklumpen klatscht gegen eine Kiste in der Nähe. »Du hast heute viele Menschen getötet. Und jetzt spazierst du hier herein, als wüssten wir nichts davon.«

»He«, sage ich und hebe verdutzt die Hände. »Ich weiß nicht, was du glaubst, was ich getan habe, aber ich habe niemanden getötet.«

»Du bist eine von ihnen«, sagt er. »Du gehörst zu den Söhnen der Erde. Ich habe gehört, dass du Darnell ausgeliefert hast, nur damit die Leute beschäftigt sind, während du die Bomben gelegt hast. Das habe ich gehört.« Die letzten Worte spricht er in tiefem Knurren.

»Das habe ich nicht getan! Ich bin nur eine Tracer. Ich liefere Transportgut aus.«

Er kneift wieder die Augen zusammen und kommt einen Schritt näher. Ich weiche zurück und stoße gegen etwas Festes und Unnachgiebiges. Die Menge hat sich um mich geschlossen, hält mich in einem immer kleiner werdenden Kreis gefangen.

Der Mann hinter mir legt eine Hand auf meine Schulter, und ich fahre herum, schlage mit der Faust in seine Richtung. Er dreht den Kopf zur Seite, und mein Schlag streift nur sein Ohr. Dann stürzt sich die Menge auf mich, überall sind Hände, sie packen mich, zerren an mir und an meinem Rucksack und schreien mir Beleidigungen ins Gesicht.

Ich wehre mich, aber es ist, als würde ich gegen Luft kämpfen. Die Menge ist ein einziges Lebewesen, ein kollektiver Geist, ein Monster mit vielen Händen und tausend Fingern. Ich habe gesehen, was mit Leuten passiert, die von einem Mob überwältigt werden. Ich schlage noch wilder um mich, versuche mich verzweifelt zu befreien, rufe nach Hilfe, nach irgendjemandem. Aber es gibt keine Hilfe, und ich werde hochgehoben, über die Köpfe der Menge, Hände packen meine Arme und Beine. Ich werde zur Rückseite des Marktes getrieben, und irgendwann wird mein linkes Bein nach unten gezogen, als ein Dutzend Hände daran zerren. Ich schreie in Todesqualen und trete mit dem Fuß um mich.

Die Bewegungen bringen die Menge vor mir ins Schwanken. Die Leute stehen dicht gedrängt, drücken gegeneinander und versuchen nach mir zu greifen, bis sie in einem verworrenen Haufen aus Gliedmaßen zusammenbrechen. Die Körper, die mich tragen, erbeben. Die Hände verlieren den Griff, und ich werde nach vorn auf den Menschenhaufen geworfen. Ich dränge mich hektisch gegen sie, will mich nach oben kämpfen, aber dann greifen noch mehr Hände von hinten nach mir, noch mehr Leute brüllen vor Wut.

Jemand packt mich. Es ist Madala, sein Gesicht ist eine Maske der Furcht. Ich bin davon überzeugt, dass er zu ihnen gehört, dass auch er mir wehtun will, aber dann sehe ich die Dringlichkeit in seinen Augen. Er stößt mich weiter, fort von der wütenden Menge.

»Lauf!«, schreit er, und dann wird er vom Monster gepackt. Hände ziehen ihn ins Getümmel. Ich renne los, das Entsetzen bohrt sich in meine Seite, als ich über einen Tisch springe und durch einen Haufen aus leeren Kartons krache. Hinter mir schreit Madala, ein entsetzliches Heulen, das mich beinahe innehalten lässt. Ich will zu ihm zurückkehren, aber ich renne weiter, verfolgt von seinen Schreien, die immer schwächer werden.

Irgendwie komme ich auf der Vorderseite des Marktes aus der Menge raus und renne auf die Tür zu. Hinter mir höre ich, wie sich Teile der Bestie absondern und die Verfolgung aufnehmen. Von Madala kommen jetzt keine Schreie mehr. Mein Rucksack ist fort, meine Jacke hängt nur noch an einem Arm. Ich schiebe den anderen in den Ärmel, während ich renne, dann lasse ich mich fallen und rolle mich unter einem Tisch hindurch. Auf der anderen Seite komme ich wieder hoch, während meine Verfolger fluchend und schreiend dagegenkrachen. Meine Lunge brennt, und ich habe Seitenstechen, das sich wie ein eiserner Ring anfühlt. Aber ich laufe weiter, und plötzlich habe ich den Markt verlassen, die Schreie des Monsters werden hinter mir leiser.

Wie kommen sie nur darauf, dass ich dazugehören könnte? Jemand muss es ihnen gesagt haben. Jemand hat irgendetwas gesagt, und schon haben sich die Bewohner von Außenerde darauf gestürzt, weil sie sich verzweifelt Gerechtigkeit wünschen.

Keine Zeit, jetzt darüber nachzudenken. Wenn die Leute auf dem Markt glauben, dass ich ein Mitglied der Söhne der Erde bin, besteht die Chance, dass andere genauso denken. Ich muss aus den Korridoren verschwinden, mich irgendwo in Sicherheit bringen. Und da alle wissen, wo sich das Nest befindet, kann ich nicht dorthin. Ich muss ein anderes Versteck finden. Ich blicke zurück in den Korridor und fluche leise.

Bewegungen. Ich fahre herum, die Hände zu Fäusten geballt, kampfbereit. Yao tritt aus dem Schatten hervor, die Hände erhoben. »Entspann dich, Riley. Kühl dich ein bisschen ab.«

Kev taucht hinter ihr auf. Seine Miene ist ernst.

»Hört zu, ihr müsst mir glauben«, sage ich. »Es stimmt nicht, dass ich zu ihnen gehöre.«

»Das wissen wir«, sagt Kev mit ruhigem Blick.

»Komm schon«, sagt Yao. »So schlimm kann es doch nicht sein. Von wie vielen reden wir hier?«

»Von allen. Sie alle …« Ich atme zu heftig, und ein Schnaufen wird fast zu einem Schluchzer.

Ohne ein Wort reicht Kev mir seinen Rucksack. Seine Wasserflasche ist voll, und ich sauge daran, so schnell ich kann, stille meinen allgegenwärtigen Durst. »Ich muss mich irgendwo in Sicherheit bringen«, sage ich und wische mir den Mund ab. »Irgendwelche Ideen?«

Kev schüttelt den Kopf, doch dann erhellt sich seine Miene. »In der Nähe der Grenze zu Chengshi.«

Yao wirbelt zu ihm herum. »Kev! Dieses Versteck wollten wir uns für Notfälle aufheben.«

»Das ist ein Notfall.«

Sie schnauft. »Gut. An einem der Korridore auf Ebene 3, nicht weit von den Habitaten. Die sanitäre Versorgung müsste in Ordnung sein, und wir haben dort vor einiger Zeit Wasser eingelagert. Dort müsstest du dich eine Weile verstecken können.«

»Wie komme ich dorthin?«

»Immer geradeaus, bis du zu einem Stromverteilerkasten an der Wand kommst. Dort nimmst du den nächsten Korridor. Nach ein paar Schritten wirst du eine Falltür im Boden bemerken. Sie ist leicht zu übersehen, aber sie ist da.«

Ich will ihnen gerade danken, als in der Nähe etwas auf den Boden knallt. Es ist ein verbogenes Stück Altmetall, und der Mann, der es geworfen hat, steht am Ende des Korridors und ruft nach hinten: »Hab sie gefunden! Sie ist hier!«

»Wenn du gegen sie kämpfen willst, bleiben wir bei dir«, sagt Yao leise, ohne mich anzusehen. Ihr Blick ist auf einen Punkt in der Ferne gerichtet, ihre Hände sind zu Fäusten geballt.

Ich will Ja sagen. Mehr als alles andere möchte ich jetzt nicht allein sein. Und ich habe nicht nur Angst. Ich bin wütend. Ich will, dass Fäuste auf Fleisch treffen, dass Fingernägel reißen und kratzen, ich will diesen Leuten zeigen, dass ich nicht das bin, was sie von mir denken.

Aber ich kann es nicht. Selbst zu dritt könnten wir sie nicht abwehren. Und ich darf nicht zulassen, dass die Zwillinge verletzt werden. Nicht wegen mir. Nicht schon wieder.

Fast unmerklich schüttle ich den Kopf. Yao bemerkt meine Geste, blickt zu Kev und springt zur Seite. Kev packt mich und brüllt ebenfalls: »Ich hab sie! Sie ist hier drüben!« Ich bin zu verblüfft, um zu reagieren, doch dann wirft er sich theatralisch zurück, als hätte ich ihn weggestoßen. Eine solche Darbietung von jemandem wie Kev bringt mich fast zum Lachen, aber das Lachen erstirbt auf meinen Lippen, als ich seinen Gesichtsausdruck sehe. Es ist der gleiche, den Madala hatte, bevor er von der Menge verschluckt wurde. Kev sagt nichts, aber sein Blick fleht mich an, nur noch eins zu tun:

*Lauf.*

Immer mehr Leute tauchen im Korridor auf, rennen auf mich zu, schreien hasserfüllt und wie wahnsinnig. Mit einem letzten Blick auf Kev renne ich los, stürme den Korridor hinunter, fort vom Monster.

# 37 | Riley

Ich weiß nicht mehr, wie lange ich schon renne. Die Korridore sind endlos, erstrecken sich in die Ferne, unterbrochen von Galerien voller Lärm und Wut. Ich renne, renne und renne.

Irgendwann schaffe ich es, meine Verfolger abzuschütteln. Aber nicht das Gerücht, dass ich etwas mit dieser Sache zu tun habe. Es breitet sich wie ein Virus in der Station aus und infiziert jeden. Immer wenn ich glaube, ich hätte es hinter mir gelassen, ich hätte eine Ebene oder einen Korridor erreicht, wo die Leute noch nicht wissen, wer ich bin, kommt von irgendwo ein wütender Ruf. Immer wieder werde ich gejagt, wollen die Leute mich tot sehen. Als ich schließlich langsamer werde, schwer atmend, brauche ich einen Moment, um zu verstehen, wo ich bin.

Ich bin über die Grenze hinausgeschossen. Nach einer Weile wurden die Korridore ununterscheidbar, eine sich endlos abspulende Straße aus schwarzem Metall und flackernden Lampen. Ich bleibe stehen, lege die Hände an die Hüften, senke den Kopf, sauge tiefe Atemzüge ein. Dieser Lauf hat meinem Körper das Letzte abverlangt. Durst und Hunger zerren an mir. Wenn ich Kevs Versteck nicht bald finde, bin ich erledigt. Ich muss mich orientieren. Herausfinden, auf welcher Ebene ich mich befinde.

Ich zwinge mich zum Weitergehen, flehe meinen erschöpften Körper an, nur noch ein wenig länger durchzuhalten. Ich kehre den Weg zurück, den ich gekommen bin, finde den Treppenschacht. Hier wimmelt es von Leuten und von nervöser Energie, aber ich ziehe den Kopf ein, und diesmal hält mich niemand auf. Ich denke daran, dass es noch andere Tracer-Teams gibt, die mir helfen könnten – oder mich zumindest nicht sofort massakrieren werden. Leute wie die Kosaken oder die Area Boys wären wahrscheinlich nicht sehr erfreut, mich zu sehen, weil sie keine Freunde der Teufelstänzer sind, aber vielleicht kann ich jemanden von der D-Kompanie auftreiben. Sie haben sich eigentlich noch nie für irgendetwas interessiert, das keinen Profit für sie abwirft, aber sie kennen mich, und vielleicht würden sie mir Unterschlupf gewähren.

Aber ich kann keine Zeit darauf verschwenden, nach ihnen zu suchen, und ich brauche nicht lange, um die Falltür ausfindig zu machen, von der die Zwillinge gesprochen haben. Alles ist genauso, wie Yao es beschrieben hat, und zum Glück ist niemand in der Nähe, der mich beobachten könnte, wie ich sie öffne. Sie ist schwer und verrostet, und ich brauche eine Weile, um sie unter Knarren hochzustemmen. Ich mache mir Sorgen, dass der Lärm neugierige Zuschauer anlocken könnte, aber niemand kommt, und schließlich gelingt es mir, in den Schacht zu schlüpfen.

Er ist winzig, kaum groß genug, um darin zu hocken. Ich spüre eine dicke Staubschicht unter meinen Füßen. Räume unter dem Boden sind oft schmutziger und widerwärtiger als solche, in die man durch die Decke einsteigt. Und dunkler. Ich muss eine Weile still dasitzen, bis sich meine Augen an das Zwielicht gewöhnt haben. In den Ecken verlaufen dicke Stromleitungen, und eine bohrt sich unangenehm in meinen Hintern. Aber ich bewege mich nicht. Ich bin ganz still. Mein zitternder Körper strahlt Erleichterung aus.

Ich höre Schritte auf dem Boden über mir, sie hallen laut durch den engen Schacht, aber sie halten nicht inne, sondern verschwinden in der Ferne. Mir wird bewusst, dass ich den Atem angehalten habe, und entlasse ihn in einem langen und langsamen Zug. Dadurch wirble ich eine Staubwolke auf. Ich muss mich zwingen, nicht zu husten. Aber jetzt kann ich wieder etwas erkennen, und im nächsten Moment sehe ich die Wasserflasche aus Stahl, die an der Wand lehnt. Nicht zum ersten Mal schicke ich einen stummen Dank in Richtung Zwillinge.

Ich bemühe mich, so leise wie möglich zu sein, und nehme einen tiefen Schluck aus der Flasche. Das Wasser ist warm und schmeckt ein wenig abgestanden, aber es tut meiner ausgetrockneten Kehle gut. Ich muss aufpassen, dass ich nicht alles auf einmal trinke, weil ich voraussichtlich eine Weile hierbleiben werde.

Amira sucht bestimmt schon nach mir. Sie muss erfahren haben, was auf dem Markt geschehen ist, und ich hoffe, dass die Zwillinge entkommen konnten und ihr berichten, wohin ich unterwegs war. Aber sie könnte genauso gut eine Million Kilometer entfernt sein. Plötzlich höre ich wieder die letzten Worte, die sie an mich gerichtet hat, sehe ihren verärgerten Gesichtsausdruck. Was ist, wenn ich sie nie wiedersehe? Oder Prakesh? Oder die Zwillinge? Inzwischen wäre ich schon dankbar, nur Aaron Carver wiederzusehen.

Zum ersten Mal seit Jahren fühle ich mich wirklich einsam.

Ich stelle die Wasserflasche langsam ab, um das Klacken von Metall auf Metall zu dämpfen. Ich lehne den Kopf gegen die Seite des Schachtes, schließe die Augen. Ich muss nachdenken. Irgendeinen Plan entwickeln. Es muss eine Möglichkeit geben, die Leute davon zu überzeugen, dass ich mit allem nichts zu tun hatte.

Es dauert eine Weile, bis ich die Augen wieder öffne. Im nächsten Moment verfluche ich mich, weil ich zugelassen habe, dass ich eingeschlafen bin. Wie lange war ich weggetreten? Doch dann wird mir bewusst, dass der Schmerz in meinen Beinen und meiner Seite fast völlig verschwunden ist. Im Schacht kann ich die Beine nicht allzu weit ausstrecken, aber als ich es ansatzweise versuche, tut es mir gut.

Über mir ist es still. Ich höre ein fernes Rumpeln, als irgendeine Maschine anspringt, aber ansonsten klingt es nicht danach, als würde sich irgendjemand in der Nähe aufhalten. Ich riskiere einen Blick, drücke die Falltür über mir ein winziges Stück auf, zucke zusammen, als das Metall quietscht.

Der Korridor ist leer. Ich tauche wieder ab und nehme einen weiteren Schluck vom faden Wasser.

Da ist etwas, das ich nicht sehe. Jedes Mal, wenn ich versuche, es geistig zu erfassen, entgleitet es mir wieder. Grace Garner, Marshall Foster, Arthur Gray, Oren Darnell … zwischen allen gibt es eine Verbindung, das ist klar, aber wie sieht sie aus? Es fehlt ein sehr großes Teil dieses Puzzles, und irgendwie werde ich das Gefühl nicht los, dass Garner über Informationen verfügt, die diese ganze Sache aufhalten könnten. Ich weiß nicht, ob Darnell hinter ihr her ist – oder ob er überhaupt weiß, dass sie existiert. Ich muss irgendwie zu ihr.

Wenn ich sie suchen will, muss ich in den Garten zurückkehren. Doch damit würde ich mich mitten in Darnells ehemaliges Territorium wagen. Aber nur so könnte ich ins Luftlabor gelangen. Es gibt keine andere Möglichkeit.

Ich leere die Flasche – ohne Rucksack kann ich sie nicht mitnehmen, wenn ich beide Hände frei haben möchte. Dann steige ich hinauf in den Korridor. Zum Glück ist es hier immer noch menschenleer, und ich lege ein gutes Tempo vor, als ich mich auf den Weg zum Garten mache. Die Route, die ich nehmen will, habe ich bereits im Kopf. Ich will auf den oberen Ebenen bleiben, möglichst weit von den öffentlichen Bereichen entfernt. Ich werde die Korridore rund um die Schmelzöfen nehmen. Nachdem totale Panik in der Station ausgebrochen ist, dürften sich dort kaum Leute aufhalten. Ich kann über den höchsten Laufsteg der Galerien gehen, wo niemand über mir unterwegs ist, was die Chance einer Entdeckung verringert.

Ich renne erst seit weniger als fünf Minuten, habe gerade durch den Treppenschacht den Korridor auf Ebene 6 erreicht, als ich erneut heftigen Durst bekomme. Meine Kehle ist schlagartig ausgetrocknet und rau, und als ich schlucke, schießt ein stechender Schmerz durch meinen Hals. Ich werde langsamer, versuche den Speichelfluss im Mund anzuregen, aber das macht es nur schlimmer.

*Verdammt, warum ausgerechnet jetzt?*

Ich laufe in langsamerem Tempo weiter, versuche mit jedem Schritt so wenig Energie wie möglich zu verbrauchen. Aber der Durst wird umso stärker, ein brennendes Verlangen nach Flüssigkeit, das sich wie Bleigewichte um meine Füße legt. Als ich das letzte Mal so etwas gespürt habe, hatte ich gerade eine Auslieferung in mehreren Etappen beendet, die mich durch vier Sektoren führte und etwa fünf Stunden dauerte. In der Nähe der Schmelzöfen hält sich fast niemand auf, und die wenigen Leute, die ich sehe, würdigen mich kaum eines Blickes. Ich renne gerade an einer offenen Tür vorbei, als ich es höre: das deutliche Gurgeln eines Wasserspender, an dem jemand eine Flasche oder einen Becher füllt. Wenn ich meinen Rucksack trage und eine volle Wasserflasche bei mir habe, bemerke ich es kaum, aber nun ist es, als würde jemand in einem dunklen Raum eine Lampe ein- und ausschalten.

Der Raum, aus dem das Geräusch kam, ist schwach erleuchtet, aber selbst im Dämmerlicht kann ich sehen, dass sich hier kaum jemand aufhält. Es sieht chaotisch aus, überall liegen weggeworfene Verpackungen herum, aber ganz hinten befindet sich ein Wasserspender unter einer einzelnen Lampe. Ein Mann im Overall beugt sich darüber, mit dem Rücken zu mir.

Während ich zuschaue, höre ich wieder das wohlige Gurgeln von Wasser. Das Geräusch ist wie eine sanfte Hand, die tief in meinen Körper greift und dann zupackt. Der Schmerz in meiner Kehle erwacht wieder und verstärkt sich, und dann trete ich in den Raum, während ich hoffe und bete, dass ich einfach nur ein bisschen Wasser bekomme. Einen winzigen Schluck.

Der Mann richtet sich auf, als ich mich nähere. Ich erwarte, dass er jetzt gleich trinkt, aber er schiebt sich nur eine kleine Flasche in eine Tasche seines Overalls. Ich schleiche mich an ihn heran, zeige ihm ein breites Lächeln und ein Nicken. Das Letzte, was ich jetzt gebrauchen kann, wäre noch mehr Feindseligkeit.

Statt sich zu bewegen, stellt er sich genau vor den Wasserspender, starrt mich an.

»Hallo«, sage ich. Er reagiert nicht. Ich verliere ein wenig den Mut, doch ich lächle weiter.

»Der Spender funktioniert noch, oder?«, rede ich weiter. »Ich bin den ganzen Tag gerannt, und ich habe kein Wasser bei mir. Ich habe wirklich großen Durst.« Ich zwinge mich zu einem Lachen, hoffe, dass er sich entspannt, aber er rührt sich nicht, hat eine Hand an die Tasche gelegt. Ich höre, wie das Wasser in seiner Flasche ganz leicht hin und her schwappt, und ich muss mich zusammenreißen, um es mir nicht einfach zu nehmen.

Stattdessen breite ich die Arme aus und bemühe mich, so freundlich wie möglich zu sein. »Wenn das Ihr Wasserspender ist, kann ich vielleicht einen Tauschhandel anbieten«, sage ich. »Ich bin eine Tracer. Ich gehöre zum Team der Teufelstänzer. Die Schnellsten von Außenerde. Vielleicht kann ich etwas für Sie transportieren? Eine Lieferung? Oder eine Nachricht? Ich bringe alles, wohin Sie wollen, wirklich, sogar in die oberen Ebenen …« Inzwischen plappere ich, und er hat immer noch kein einziges Wort gesagt.

Ich höre damit auf. So funktioniert es nicht. Ich bin hin- und hergerissen, ob ich mich an ihm vorbeidrängen soll, gegen ihn kämpfen soll oder ob ich einfach nach einem anderen Wasserspender suche. Schließlich setzt sich die dritte Option durch. Im Moment bin ich sowieso nicht in der Lage, gegen irgendjemanden zu kämpfen.

»Trotzdem danke«, sage ich seufzend.

»Bitte keine Bewegung«, sagt er leise.

Ich habe mich bereits umgedreht. Im Schatten stehen drei Stomper. Sie haben ihre Stinger gezogen, und alle sind genau auf mich gerichtet.

# 38 | Prakesh

»Kein Ausweis, kein Zutritt«, sagt der Stomper.

»Kommen Sie schon«, sagt Prakesh. »Ich *arbeite* hier. Ich bin Techniker im Luftlabor.«

»Wo ist dann Ihr Ausweis?«

»Hab ihn verloren.«

»Wirklich.«

»Ja, wirklich. Ich habe ihn im Luftlabor liegen lassen, kurz bevor das Feuer ausbrach. Und zufällig habe ich mitgeholfen, es einzudämmen. Also sollten Sie vielleicht ein wenig Nachsicht zeigen, zur Seite treten und mich durchlassen, damit ich meine Arbeit machen kann.«

»Sie tragen nicht mal einen Laborkittel.«

»Hatte ich bereits das Feuer erwähnt?«

Der Wächter scheint einen Moment lang nachzudenken, dann schüttelt er den Kopf. »Ich kenne Sie nicht.«

»Natürlich kennen Sie mich nicht. Ich kenne Sie auch nicht. Ich habe Sie noch nie zuvor gesehen.« Prakesh reißt sich zusammen. So kommt er nicht weiter. Die Tür zum Luftlabor – ein Nebeneingang, von dem er gedacht hatte, er würde nicht bewacht – weigert sich hartnäckig, sich für ihn zu öffnen. Und nun hat der Stomper seinen Stinger gezückt, zwar nicht auf Prakesh gerichtet, aber er hält ihn auch nicht völlig entspannt in der Hand. Er macht eine ruckhafte Kopfbewegung. »Verschwinden Sie von hier.«

Prakesh murmelt etwas und entfernt sich. Normalerweise würde er nach jemandem suchen, den er kennt, der für ihn bürgen kann. Aber hier ist niemand – weder Suki noch Dumar oder der verdammte Chang. Wahrscheinlich sind alle bereits drinnen.

Es spielt keine Rolle. Es gibt andere Wege, um ins Luftlabor zu gelangen, Zugänge, die dieser schwachsinnige Stomper nie im Leben finden würde. Prakesh geht schneller durch den Korridor, kehrt zu den Galerien zurück, sucht nach dem Lagerraum, von dem er weiß, dass es dort in der Rückwand eine lose Platte gibt.

Er bleibt stehen. Wenn er nicht auf den üblichen Wegen ins Luftlabor gelangt, wie groß ist dann die Wahrscheinlichkeit, dass Grace Garner es geschafft hat? Wenn er tatsächlich hineinkommt, würde man ihn nicht mehr gehen lassen – alle würden an ihm zerren, man würde ihn auffordern, sich um alles Mögliche zu kümmern, von der Bodenqualität bis zu den UV-Strahlern. Einen Moment lang ist er hin- und hergerissen, denn genau das *sollte* er tun. Doch dann sieht er wieder die Gesichter seiner Eltern vor sich, erinnert sich daran, wie hilflos er sich gefühlt hat, als er sie besucht hat.

Er beschließt, in den Galerien nach Grace Garner zu suchen, in den endlosen Korridoren rund um das Luftlabor. Er ist nervös, wartet auf das nächste Rauschen im Komsystem, auf Oren Darnells nächste Ansprache. Aber in den Korridoren findet er lediglich sehr verängstigte Leute. Die Habitate sind geschlossen und verriegelt. Die Beleuchtung flackert, Gruppen von jungen Gangmitgliedern unterhalten sich leise und werfen Prakesh anzügliche Blicke zu, als er vorbeigeht.

Er nähert sich einer Gruppe, eine Mischung aus den Area Boys und dem Team Schwarzes Loch, wie es aussieht. Einige tragen rituelle Narben im Gesicht, parallel verlaufende Schnitte in der Haut, deren Heilung sie verzögert haben. Die dunkelroten Narben wirken wie Kriegsbemalung.

Prakesh zögert nicht. Wenn man vor diesen Jungs Angst zeigt, machen sie einen fertig. »Ich suche nach jemandem.«

Sie sehen ihn an, als wäre er aus dem Summsaal hervorgekrochen. Trotzdem redet er weiter. »Eine alte Frau, etwa sechzig, blaues Kopftuch. Habt ihr sie irgendwo gesehen?«

Jemand ruft sie vom anderen Ende des Korridors. Die Gang rennt los. Einer blickt sich noch einmal um und sagt: »Es ist völlig egal, nach wem du suchst, Mann. Wir sind alle erledigt. Jeder von uns.«

Er sucht weiter. Doch keine Spur von Garner. Es macht ihn wahnsinnig – sie könnte hinter jeder verschlossenen Tür stecken. Genauso könnte sie in Apogäum oder Chengshi oder mitten im Kern sein. Es dauert eine knappe Stunde, bis Prakesh aufgibt, wütend auf sich selbst. Er setzt sich auf eine Bank in der Galerie. Ein dumpfer Schmerz hat sich in seinen Gliedmaßen eingenistet, und ganz gleich, wie viel Wasser er trinkt, seine Kehle fühlt sich kurz danach wieder wie zerfetzt an. Die Menge vor dem Haupteingang zum Nahrungslabor ist wahnsinnig vor Angst geworden. Die Leute halten sich gegenseitig an den Armen und schreien Parolen.

Er lehnt sich zurück, schließt die Augen, wägt seine Optionen ab. Option eins: sich ins Luftlabor schleichen, bei der Nahrungsproduktion mithelfen. Option zwei: nach Apogäum zurückkehren, Riley finden, ihr sagen, dass Garner verschwunden ist. Zum zweiten Mal sagt Prakesh sich, dass er im Luftlabor sein sollte. Er sollte das tun, was seine Aufgabe ist.

Und so kommt es, dass er Stunden später die Grenze zu Apogäum überquert. Je weiter er sich vom Garten entfernt, desto schlimmer wird es. Er meidet nach Möglichkeit die Galerien – sie sind zu brodelnden Kesseln der Wut geworden, wo Stomper versuchen, die immer größer werdenden Mengen zurückzuhalten, die verlangen, dass die Ratsmitglieder ihrer Sektoren zu ihnen sprechen. Die Hauptgalerie von Apogäum wurde geschlossen, blockiert von einer Reihe Stomper. Prakesh versteht nicht, was sie hier tun – sie bewachen einen leeren Raum. Und er kann die Nachwirkungen riechen, einen üblen schwefligen Gestank, gemischt mit verbranntem Fett. Prakesh wird übel, und er macht sich hastig auf den Weg nach oben, steigt die Ebenen zum Nest hinauf.

Die letzten paar Schritte rennt er, hat plötzlich das verzweifelte Bedürfnis, Riley zu sehen, sich zu vergewissern, dass es ihr gut geht. Doch als er in den Korridor tritt, der zum Nest führt, sieht er Aaron Carver und die Zwillinge. Sie sind an der Wand zusammengebrochen, und die Falltür über ihnen steht offen.

Carver blickt auf, als Prakesh sich nähert. »P-Mann«, sagt er, nennt ihn bei seinem ungeliebtesten Spitznamen.

Die Zwillinge drehen den Kopf in seine Richtung. Kevs Gesicht ist ein einziger großer fleckiger Bluterguss. Yaos Hemd ist aufgerissen, und sie hat schmutzigen Schorf unter der Nase.

Prakesh hat ein ungutes Gefühl im Bauch, das aufgrund der Abwesenheit von Riley und Amira nur noch schlimmer wird. »Was ist passiert?«

»Deine Freundin Riley hat ziemlich viele Leute verärgert«, sagt Carver.

»Riley ... warum sollte sie ...?«

»Sie haben das Nest verwüstet.«

»Ich hasse sie«, sagt Yao mit leiser und zorniger Stimme. »Sie alle. Warum können sie uns nicht einfach in Ruhe lassen? Was haben wir getan?«

Prakesh holt tief Luft und fordert sie auf, von Anfang an zu erzählen. Die Zwillinge berichten, was ihnen auf dem Markt passiert ist. Als sie ihm dann von Riley erzählen, schwillt das üble Gefühl im Bauch an und droht ihn zu überwältigen. »Dann sind wir hierher zurückgekehrt und haben gesehen, wie sie unser Nest auseinandergenommen haben«, sagt sie.

Kev schüttelt den Kopf. Ihm scheinen die Worte zu fehlen.

»Wo ist Riley?«, fragt Prakesh. Seine Stimme krächzt scharf, seine Kehle ist trocken.

»Wir wissen es nicht«, sagt Carver. »Wir haben auch Amira verloren.«

»Wir müssen sie suchen.«

»Wo?«, fragt Kev.

»Genau, wo?«, sagt Carver. Er klingt erschöpft, unendlich müde. Wenn das Nest zerstört wurde, überlegt Prakesh, dürften auch Carvers Werkbank und all seine Experimente zertrümmert worden sein.

»Wenn du nach ihr suchen willst, nur zu«, fährt Carver fort. »Aber im Moment sind die Teufelstänzer hier in der

Gegend nicht allzu beliebt. Und nicht nur hier, um genau zu sein.«

Er steht auf, klopft sich die Hose ab. »Wir müssen gehen. Es wäre wahrscheinlich besser, wenn wir uns eine Weile nicht blicken lassen.«

»Was ist, wenn Riley und Amira zurückkommen?«

»Sie wissen, wo sie uns finden«, sagt Carver und blickt zu Yao. »Vertrau mir.«

# 39 | Riley

Die Zelle, in der ich bin, ist sechs Schritte lang und fünf breit. Ich habe sie ausgemessen. Zweimal.

An der Decke ist eine Kamera hinter einer stabilen Plastikverkleidung angebracht. Das weiße Licht von den dünnen Leuchtstreifen zu beiden Seiten der Kamera vertreibt jeden Schatten. Hinter der transparenten Barriere auf der Vorderseite der Zelle ist es dunkel im Gefängnis. Hier sind die Geräusche der Station gedämpft, fast gar nicht mehr zu hören.

Wie sich herausstellte, waren es sechs Stomper und nicht drei. Ich bin mir immer noch nicht sicher, woher sie wussten, wo ich auftauchen würde. Ich kann nur vermuten, dass ich irgendwo von einer Überwachungskamera erwischt wurde. Nachdem im Laufe der Jahre so viele ausgefallen sind, vergisst man leicht, dass einige immer noch funktionieren.

Als sie mich packten, wollte ich von ihnen wissen, worum es geht, aber ich bekam nur den Befehl, die Klappe zu halten. Dann führten sie mich unverzüglich nach Apogäum zurück, in dasselbe Gefängnis, in dem Darnell gestern einsaß.

Dort hatte sich eine kleine Menge versammelt. Sobald die Leute mich sahen, fingen sie an zu rufen, aber ich wurde direkt ins Gefängnis gebracht und in die Zelle geschubst. Als mir klar wurde, wohin wir unterwegs waren, hoffte ich, dass Royo da sein würde, aber er war nirgendwo zu sehen.

Nachdem man mich in die Zelle geworfen hatte und ich damit fertig war, frustriert gegen die Plastikwand zu hämmern und die hinausgehenden Wächter anzuschreien, brach ich auf der Pritsche zusammen, streckte mich auf der dünnen Matratze aus.

Der Wasserspender in der Zelle funktioniert nicht, und niemand hat mir etwas zu essen gegeben, seit ich hier bin. Mein Magen dreht sich vor Übelkeit. Ich bin wieder dort, wo ich angefangen hatte, mein Team hat keine Ahnung, wo ich stecke, und draußen tobt ein Mob, der mich lynchen will.

Super.

Irgendwann – vielleicht Stunden später – höre ich ein Geräusch von außerhalb der Zelle. Die Hauptbeleuchtung des Gefängnisses wurde vor einiger Zeit ausgeschaltet, sodass ich nichts sehen kann. Ich setze mich auf dem Bett auf, blinzle, versuche in der Dunkelheit irgendetwas zu erkennen. Da: Schritte. Sehr leise. Jemand nähert sich vom Ende des Blocks.

Im nächsten Moment bin ich aufgesprungen und schlage gegen die Plastikwand. »Hallo!«, sage ich, und meine Stimme hallt in der kleinen Zelle wider. »Ich brauche hier drinnen unbedingt Wasser!«

Als meine Stimme verklingt, höre ich wieder die Schritte. Falls der Unbekannte mich gehört hat, antwortet er nicht, geht zielstrebig weiter auf die Zelle zu. Ich verstumme, warte, meine Hand an der Barriere, und dann taucht Janice Okwembu aus der Dunkelheit auf.

Sie trägt wieder denselben weißen Overall. Ihr Gesichtsausdruck ist ernst, ihre Lippen bilden eine dünne Linie. Sie verschränkt die Arme, und ihre leuchtenden Augen suchen meinen Blick. Ich bin so überrascht, dass ich nur dastehe und sie anstarre.

»Verzeihen Sie bitte meine Verspätung«, sagt sie. Ihre Stimme wird durch die Plastikbarriere gedämpft, die ihr jede Wärme nimmt. »Ich war in Apex, als ich hörte, dass man Sie gefunden hat, und ich brauchte eine Weile, um herüberzukommen.«

Ich finde meine Stimme wieder. »Warum bin ich hier?«

»Man hat Sie zu Ihrem eigenen Schutz hierhergebracht. Oder wurde Ihnen das nicht erklärt?« Ihr Tonfall ist gleichmäßig, ihr Gesichtsausdruck unmöglich zu lesen.

»Ich kann auf mich selbst aufpassen.«

»Nein, das können Sie nicht.«

Darauf habe ich keine Antwort. Sie hält inne, dann fährt sie fort: »Die Leute scheinen zu glauben, dass Sie für die heutigen Bombenanschläge verantwortlich sind. Ich darf keine weitere Selbstjustiz erlauben. Nicht jetzt.«

»Aber das stimmt nicht. Ich hatte nichts damit zu tun!«

Dazu sagt sie nichts.

»Sie glauben doch nicht etwa …?«, stammle ich, während sich meine Selbstsicherheit verflüchtigt. Plötzlich wirkt der Raum kleiner, die Dunkelheit gleich hinter Okwembu wird dichter.

»Sie müssen doch nur …« Meine Stimme bricht. Mein Durst ist schlimmer als je zuvor. Ich setze noch einmal an. »Sie müssen doch nur auf Sendung gehen und den Leuten erklären, dass ich nicht dafür verantwortlich bin. Dann könnte ich mich wieder frei bewegen. Mein Team kann mich schützen. Und ich habe die Leute draußen gesehen.

Wenn sie hier hereinkommen, sitze ich in der Falle. Da draußen kann ich wegrennen. Bitte!«

Ich bereue das letzte Wort, sobald es meinen Mund verlassen hat. Okwembu scheint diesen kleinen Druckpunkt zu spüren und tritt näher an die Barriere heran.

»Was glauben Sie, wie viel Kontrolle wir tatsächlich haben?«, fragt sie. »Im Moment können wir den Frieden nur noch dadurch aufrechterhalten, dass wir die Leute tun lassen, was sie wollen. Wir müssen ihnen einen gewissen Freiraum geben. Wenn der Rat hart durchgreift, wenn wir die Leute zu bestimmten Dingen zwingen wollen, selbst bei Kleinigkeiten, wären wir innerhalb weniger Stunden erledigt. Wir können jetzt nur noch Ratschläge erteilen und Schutz bieten.«

»Also werden Sie mich hier nicht rauslassen?«

»Nicht bevor die Krise überstanden ist.«

Dann fällt mir etwas ein. Ich starre sie durch die Plastikwand an. »Und Sie sind persönlich hierhergekommen, um mir das zu sagen?«, frage ich mit verängstigtem Unterton. »Während Darnell daran arbeitet, die Station zu zerstören, machen Sie sich auf den Weg nach Apogäum, um mir zu sagen, dass ich in Haft bleiben werde? Irgendwie war mir das schon klar. Warum sind Sie *wirklich* gekommen?« Ich bin leicht außer Atem, aber ich erwidere unbeirrt ihren Blick.

Schließlich antwortet sie. »Ich werde ehrlich zu Ihnen sein, auch wenn Sie nicht ehrlich zu mir waren. Als ich Sie fragte, ob es noch mehr gibt, was Sie mir über Oren Darnell erzählen wollen, haben Sie Nein gesagt. Sie haben gelogen.«

»Was?«

»Hätten Sie mir gesagt, was Sie wissen, wäre es uns vielleicht gelungen, Darnell schon vor den Bombenanschlägen das Handwerk zu legen. Aber das spielt jetzt keine Rolle mehr. Jetzt ist es wichtig, dass Sie mir alles sagen, bevor noch mehr Menschen sterben.«

Mein Herz pocht viel zu schnell. Ich wende mich von ihr ab, lege die Hände an den Kopf. »Das ist völlig verrückt.«

Jetzt schwingt noch etwas anderes in ihrer Stimme mit, und ich brauche eine Sekunde, um es zu bemerken: Sie klingt beinahe erregt. »Marshall Fosters Assistentin wird vermisst«, fährt sie fort. »Eine Frau namens Grace Garner. Sie hat jahrelang für ihn gearbeitet, als er im Rat saß, und nun ist sie verschwunden. Seit den Bombenanschlägen hat sie niemand mehr gesehen.«

»Aha?« Ich zucke mit den Schultern, täusche Gelassenheit vor. »Könnte sie durch die Explosion umgekommen sein? Oder hat Gray sie gefangen genommen? Wer weiß, wie viele Leute er sich geschnappt hat?«

»Behandeln Sie mich nicht, als wäre ich eine Idiotin, Ms. Hale.« Ihre Stimme klingt sanft und beherrscht, aber in ihren Augen steht Wut. »Sie wurde zuletzt gesehen, *nachdem* Darnell festgenommen wurde. Als sie mit Ihnen gesprochen hat, auf einem Laufsteg. Bitte, tun Sie nicht so schockiert! Glauben Sie, wir könnten unsere Arbeit ohne Informanten machen?«

Ich schweige, und sie spricht weiter. »Foster könnte mit Gray und Darnell zusammengearbeitet haben. Wenn er einer der Söhne der Erde war, müsste Grace Garner davon wissen. Riley«, sagt sie dann. Als sie mich bei meinem Vornamen nennt, zucke ich beinahe zurück. Der

Name fühlt sich an wie ein spitzer Fingernagel, der bloße Haut berührt. »Ich muss wissen, was sie zu Ihnen gesagt hat und wohin sie gegangen ist. Wohin haben Sie sie geschickt?«

»Sie sagte, dass sie mir etwas erzählen will. Was, hat sie nicht gesagt. Ich meinte zu ihr, dass wir uns später in der Kantine treffen können. Aber dann kam die Explosion, sodass …«

»Sie belügen mich schon wieder.«

Sie tritt einen Schritt näher an die Scheibe heran, und diesmal schleicht sich ein wütender Tonfall in die seidige Stimme. »Ich bin für Außenerde verantwortlich, und ich werde alles tun, um die Station zu schützen. Wenn Sie mir nicht helfen wollen, helfe ich Ihnen auch nicht.«

»Ich weiß wirklich nicht, wo sie ist. Aber wahrscheinlich hält sie sich noch in Apogäum auf. Vielleicht hat irgendwer sie in der Kantine gesehen.«

Ein längeres Schweigen. Schließlich sagt Okwembu: »Es wäre so einfach, Sie zu foltern. Aber ich habe Leute wie Sie schon einige Male erlebt. Wenn Sie einen Verlust erlitten haben, bedeutet Ihnen körperlicher Schmerz nichts mehr. Aber was würden Sie tun, wenn wir Ihrer Freundin Amira Al-Hassan wehtun? Oder wenn wir Kevin O'Connell vor Ihren Augen einen Finger abschneiden?«

Wut und Furcht kochen gleichzeitig in mir hoch, erschaffen etwas anderes, eine neue Emotion, etwas, das groß, verletzt und schrecklich ist.

»Ich lasse Sie jetzt über unser Gespräch nachdenken«, sagt Okwembu. »Ich werde bald zurückkommen. Und erinnern Sie sich daran, dass diese Gefängnistüren nicht ewig halten werden. In diesen unruhigen Zeiten kann ich nur eine gewisse Zahl von Polizisten zum Wachdienst abstellen.«

Sie dreht sich um und geht, verschwindet in der Dunkelheit.

Ich verliere die Beherrschung. Ich hämmere mit beiden Fäusten gegen die Plastikbarriere und schreie, bis ich heiser bin. Es klingt genauso wie das Geräusch, als ich mit der Hand von außen gegen Darnells Zelle geschlagen habe, aber hier drinnen ist es lauter, und es hallt durch den kleinen Raum. Ich brülle immer wieder Okwembus Namen, drohe ihr, sie zu töten, wenn sie einen meiner Freunde auch nur berührt. Ich taste die Ränder der Plastikscheibe ab, suche nach irgendeiner Schwachstelle, aber da ist nichts. Und nach einer Weile sinke ich auf die Knie, lasse meine Fäuste an der Plastikscheibe herabgleiten.

Ich habe mir noch nie so sehr gewünscht, jemanden zu töten. Es ist ein seltsamer Gedanke, der sich still wie ein unwillkommener Gast in meinem Kopf festsetzt. Aber ich verdränge ihn nicht, sondern nähre ihn. Wenn Okwembu irgendjemandem etwas antut, Amira, Prakesh oder den Zwillingen, werde ich sie umbringen.

Ich flüstere mir selbst diese Worte zu, und in der Zelle klingen sie näher und vertrauter, als sie es sein sollten.

Ich schlafe etappenweise. Ich träume nicht, aber ich bin rastlos, werfe mich auf der Matratze hin und her, suche nach einer bequemen Lage. Hier drinnen verliert man jedes Zeitgefühl, aber ich habe den Eindruck, stundenlang auf der Pritsche zu liegen und mit den Zähnen zu knirschen. Als ich dann kurz vor dem Einschlafen bin, höre ich Schritte, die sich vom hinteren Ende des Zellenblocks nähern. Sie ist zurück.

Ich erhebe mich vom Bett, mit geballten Fäusten, und meine Nägel graben sich in meine Handflächen. Trotz beherrscht mich. Was auch immer sie tut, ich werde ihr gar nichts sagen. Ich trete an die Barriere, lege eine Hand darauf …

… und muss sie schnell zurückziehen, als die Scheibe lautlos seitlich in die Wand gleitet. Benommen trete ich vor, in den kleinen Kreis aus Licht. Nun ist er größer, nachdem die leicht milchige Barriere verschwunden ist. Doch im restlichen Teil des Gefängnisses ist es immer noch dunkel.

Ein Stromstoß jagt meine Wirbelsäule hinauf. Okwembu würde mich nicht herauslassen. Das kann nur eins bedeuten: Die Leute sind von draußen hereingekommen, um mich zu holen. Sie haben die Wächter überwältigt und das Gefängnis gestürmt. Ich nehme Kampfhaltung ein, halte meinen Schwerpunkt niedrig, die Arme angespannt. Jetzt höre ich wieder die Schritte, die immer näher kommen.

Eine Gestalt tritt aus dem Zwielicht hervor und streckt mir eine Hand entgegen.

Amira.

# 40 | Darnell

Oren Darnell nimmt einen tiefen Atemzug und springt.

Einen Moment lang hängt er in der Luft. Der Abgrund ist drei Meter breit, und jetzt ist nichts mehr unter ihm außer einem langen Sturz über sechs Ebenen bis zum Aufprall auf dem Boden. Als er bereits denkt, dass er sich verschätzt hat, dass sein Körper zu groß ist, um genügend Kraft für den Sprung aufzubringen, bekommen seine Finger die Kante auf der anderen Seite zu fassen.

Er knallt gegen die Wand, schürft sich die Knie auf, wäre beinahe abgerutscht. Die Kante, an der er sich festhält, ist nichts, ein kleiner Vorsprung, an dem sich zwei Metallplatten treffen. Heiße, giftige Luft weht von unten herauf.

Er versucht, so ruhig wie möglich zu bleiben. Er hört sein Herz unter seinem Hemd pochen, und es fühlt sich an, als würde jeder Herzschlag ihn von der Wand wegstoßen. Seine Jacke bläht sich hinter ihm, und der Tabscreen, den er sorgsam in einer Innentasche verstaut hat, rutscht heraus. Das Gerät prallt von der Wand ab, stürzt in die Tiefe, und nach ganzen fünf Sekunden hört Darnell den leisen Aufschlag.

»Egal«, murmelt er. »Das werde ich sowieso nicht mehr brauchen.« Ihm ist kaum bewusst, dass er den Gedanken laut ausgesprochen hat.

Langsam arbeitet er sich an der Wand entlang, auf

einen offenen Schacht zu, wenige Meter rechts von ihm. Darnell hört seinen eigenen schweren Atem. Seine Jacke ist schon längst durch die gezackten Kanten der Schächte und Tunnel zerrissen. Auch egal. Er ist hier.

Diese Kluft, dieser leere Raum zwischen den Sektoren, ist der einzige Zugang zu Apex. Die Hauptkorridore wurden abgeriegelt, bewacht von Stompern, die niemanden durchlassen sollen. Wenig überraschend, wenn man bedenkt, welche kostbaren Juwelen Apex enthält: den Hauptkontrollraum und den Ratssaal. Aber die Sicherung ist nicht so gut, wie die Bewohner vielleicht denken. Darnell hat viel dafür bezahlt, die Lage dieses Schachts in Erfahrung zu bringen, diese kleine Schwachstelle in den Bauplänen der Station. Niemand hat daran gedacht, ihn abzuriegeln.

Es ist schwierig, sich in die Öffnung zu ziehen, aber er schafft es. Für einen Moment bewegt er sich auf allen vieren, dann öffnet sich der Schacht zu einem größeren Raum, dessen Wände hinter Nestern aus Kabeln und offenen Sicherungskästen verschwinden. Eine normale Person könnte hier aufrecht stehen, aber Darnell muss gebückt weitergehen. Es stört ihn nicht. Die schwache Beleuchtung erhellt seinen unteren Körper, sein Gesicht bleibt im Dunkeln.

Ein paar Meter weiter muss er wieder auf alle viere hinuntergehen, um sich an einem Stromverteilerkasten vorbeizuschieben, der die obere Hälfte des Raumes beansprucht. So nahe am Boden erreicht ihn ein wenig Licht, das durch die Ritzen zwischen den Bodenplatten sickert. Als er aufsteht, sind seine Hände schmutzig und staubig.

Der Zugang ist eine saubere weiße Falltür im Boden. Sie arbeitet pneumatisch, und als Darnell auf den versenkten Knopf daneben drückt, gleitet sie lautlos zur Seite.

Weißes Licht flutet aus dem darunterliegenden Raum herauf. Darnell horcht angestrengt, aber in Apex ist es ungewöhnlich leise. Darnell war schon einmal hier, er weiß, wie klein dieser Sektor ist. Er müsste eigentlich Schritte hören, eindringliche Stimmen, das Zischen und Surren und Klappern eines sehr nervösen Sektors. Aber da ist nichts. Nur das schwache Summen der Station.

Darnell lässt sich durch die Öffnung fallen. Vorübergehend wird er vom grellen weißen Licht geblendet. Er blinzelt, bis seine Augen sich daran gewöhnt haben. Er scheint sich in einem kleinen Warteraum zu befinden; die Wände sind leicht gekrümmt, das Licht kommt von Leuchtstofflampen in der Decke. An einer Wand sind harte Plastikstühle aufgereiht, auf der anderen Seite wurde ein schmales Blumenbeet angelegt. Darnell betrachtet die Blumen, ihre zerbrechlichen orangefarbenen Blütenblätter. *Nasturtium*. Er fragt sich, wie der Rat es geschafft hat, sie mit Wasser zu versorgen.

Er nimmt sein Messer in die Hand und geht durch den Korridor, der aus dem Wartebereich herausführt. Wenn er alles richtig gemacht hat, müsste er sich in der oberen Ebene von Apex befinden, nur wenige Minuten vom Hauptkontrollraum entfernt. Staub rieselt aus seinem Haar und von seinen Schultern, während er weitergeht, und verschmutzt den makellosen weißen Boden.

»Sie haben sich Zeit gelassen.«

Darnell wirbelt herum, holt mit dem Messer aus.

Janice Okwembu weicht elegant zurück, und die Klinge

zerschneidet lediglich die Luft. Darnell starrt sie an, zieht die Schultern hoch.

»Sie hätten nicht zulassen dürfen, dass ich verhaftet werde«, sagt er nach einer Weile.

»Sie hätten sich nicht verhaften lassen dürfen«, erwidert Okwembu. »Wie auch immer, es spielt keine Rolle mehr. Alles andere verläuft nach Plan.«

# 41 | Riley

Ich schließe Amira in die Arme, drücke sie fest an mich. Sie lässt es eine Weile zu, doch dann löst sie sich von mir.

»Wie hast du mich gefunden?«, frage ich.

»Mach dir darüber keine Gedanken«, sagt sie. »Bist du verletzt?«

Ich schüttle den Kopf. »Aber was ist mit dem Mob? Den Stompern? Wie hast du …?«

»Die Leute sind schon vor einiger Zeit gegangen. Sobald ihnen klar wurde, dass sie nicht hineinkommen werden.«

»Aber die Stomper …«

Sie hält inne, und erst da bemerke ich die kleinen Blutspritzer auf ihrem Oberkörper. Sie zuckt mit den Schultern und sagt: »Sie haben keine Ahnung vom Kämpfen. Sie glauben, die Stinger machen sie unbesiegbar.«

Ich erzähle ihr von meinem Gespräch mit Okwembu. Doch bevor ich damit fertig bin, sind Rufe vom anderen Ende des Blocks zu hören. Weitere Wächter, mindestens vier. Amira winkt mich zurück. »In die Zelle. Leg dich aufs Bett.« Ich bin verdutzt, aber ich gehorche. Ich sehe, wie sie sich in den Schatten zurückzieht, sich flach an die Wand auf der anderen Seite drückt.

Die Hände unter dem Kopf verschränkt, starre ich zur Decke hinauf, als sie eintreffen, mit gezückten Stingern. Sie drängen sich am Eingang zur Zelle, fuchteln im engen Raum wild mit ihren Waffen herum. Sie wirken jung, höchstwahrscheinlich gehören sie zu irgendeiner Ausbildungseinheit, nicht mehr als Kinder mit Waffen. Einer, der als Erster hereingekommen ist, scheint etwas älter als die anderen zu sein, aber er sieht nicht danach aus, als wäre er auch nur eine Minute älter als achtzehn oder neunzehn. Zumindest er hält seinen Stinger ruhig.

»Was haben Sie getan?«, brüllt er.

Er hört nicht, wie Amira sich von hinten anschleicht, er sieht nicht, wie sie die Arme um seinen Hals und Kopf legt. Sie packt zu und dreht, und ich höre, wie sein Genick knackt, ein Geräusch, das die anderen schockiert verstummen lässt.

Dieser kurze Moment genügt ihr.

Es ist faszinierend, Amira beim Kampf zu beobachten. Es ist fast, als würde sie tanzen. Keine einzige Bewegung ist überflüssig, und jede geht fließend in die nächste über, als hätte sie die gesamte Abfolge vorher eingeübt. Ganz gleich, was die Stomper versuchen, Amira ist ihnen immer drei Schritte voraus, treibt ihre Ellbogen in Bäuche und ihre Hände gegen Schläfen.

Sie streckt den letzten Gegner nieder, indem sie ihren Handballen mitten in sein Gesicht schlägt. Seine Nase explodiert in einer Blutfontäne, das Knacken des Knochens hallt durch das Gefängnis. Er stößt einen erstickten Schmerzensschrei aus. Während er stürzt, greift sie nach seinem Stinger und zerlegt ihn mit einer schnellen Bewegung, zieht das Magazin und den Schlitten heraus. Sie wirft die Teile zur Seite, wo sie auf dem Boden aufschlagen, und das Klappern hallt in der plötzlichen Stille nach.

Ich springe vom Bett. »Ich hätte dir helfen können, das weißt du«, sage ich und betrachte die stöhnenden Wächter. Ein leichter Schauder der Furcht jagt durch meinen Körper, als ich auf den Stomper mit dem gebrochenen Genick blicke, aber ich unterdrücke ihn schnell.

Sie ignoriert meine Bemerkung. »Warum hast du Okwembu nicht einfach erzählt, was Garner dir gesagt hat?«

»Weil sie mir gar nichts gesagt hat. Zumindest nicht bei der Verhandlung. Ich habe doch schon erwähnt, dass ich mich im Luftlabor mit ihr treffen wollte.«

»Und warum hast du das Okwembu nicht gesagt?«

Ich schüttle den Kopf. »Amira, ich hatte bei ihr ein seltsames Gefühl … ich weiß nicht. Als wüsste sie viel mehr, als sie zugeben will.«

Amira mustert mich. Ihre Augen verraten mir gar nichts.

»Also gut«, sagt sie nach einer Weile. »Wir müssen Garner finden. Je früher wir hören, was sie zu sagen hat, desto schneller können wir das alles beenden.«

Ich denke einen Moment lang nach. »Es ist zu gefährlich, wenn ich den weiten Weg zum Garten hinaufgehe. Ich sollte in Deckung bleiben. Ich werde nach den anderen Tänzern suchen, und du machst dich auf die Suche nach Garner.«

»Nein«, sagt Amira. »Sie hat sich an dich gewandt, nicht an mich. Ich will nicht, dass sie mir am Ende sagt, dass sie ausschließlich mit dir reden will. Wir gehen gemeinsam.«

»Und was ist, wenn wir mit ihr gesprochen haben?«

Amiras Gesicht zeigt einen merkwürdigen Ausdruck, nur einen Sekundenbruchteil, eine Mischung aus Besorgnis und Wut.

»Was? Was ist los?«, frage ich.

Sie wendet den Blick ab. Dann sagt sie: »Da draußen tobt die Hölle, Riley. Überall. Es ist ein Albtraum.«

Ihre Worte hängen in der Luft, erinnern mich daran, womit wir es zu tun haben. Schließlich sagt sie: »Wir müssen gehen.«

»Gut«, sage ich. »Aber ich brauche Wasser und etwas zu essen. In der Zelle haben sie mir nichts gegeben. Wie viel Zeit bleibt uns noch?«

Ein weiterer Schatten verdunkelt ihr Gesicht, als ich Darnells Countdown erwähne. »Ich weiß es nicht. Dreißig Stunden? Wie auch immer, aber du hast recht. Im Nest gibt es noch etwas zu essen. Zuerst gehen wir dorthin, dann machen wir uns auf den Weg zum Garten.«

Und dann rennen wir wieder, aus dem Zellenblock und in die Wachstation. Die Wächter, die Amira vor dem Gefängnis erledigt hat, liegen immer noch da. Halb wird mir bewusst, dass sie vielleicht auch einige von ihnen getötet hat, aber ich verdränge diesen Gedanken. Außerdem war ich selbst vor nur wenigen Stunden bereit, jemanden zu töten, rufe ich mir ins Gedächtnis. Amira hat getan, was getan werden musste.

Sie übernimmt die Führung, und ihr Kopftuch flattert hinter ihr her. Seit den Bombenanschlägen ist einige Zeit vergangen, und die Station scheint sich ein wenig beruhigt zu haben. Aber die Leute, die wir sehen, wirken gehetzt und ausgezehrt, sie unterhalten sich besorgt in kleinen Gruppen, würdigen uns kaum eines Blickes. Wir werden nicht gejagt, und als wir uns dem Nest nähern, verringert Amira das Tempo, lässt sich an meine Seite zurückfallen, schnell atmend. Auf ihrem Gesicht ist ein dünner Schweißfilm, und sie wischt sich mit einer Hand über die Stirn.

Sie gibt mir ein Zeichen, dass ich vorausgehen soll, und ich stoße mich von der Wand ab und ziehe mich durch die Falltür. Im Eingangsbereich ist es dunkel, und als Amira mir folgt, stehe ich auf und strecke die Hand nach dem Keypad aus.

Erst dann bemerke ich, dass die Tür zum Nest ein wenig offen steht, ein dünner Strich aus Licht sickert durch den Spalt. Während Amira auf die Beine kommt, hebe ich eine Hand, gebe ihr zu verstehen, dass sie leise sein soll. Ich spüre, wie sie sich hinter mir anspannt, und in meiner Brust breitet sich ein Angstgefühl aus, als ich die Tür aufdrücke.

Das, woran Carver zuletzt gearbeitet hat, wurde zerfetzt, quer durch den Raum geworfen, ein Chaos aus verschweißtem Metall und Chemikalien. Seine Werkbank ist umgekippt. Die Matratzen wurden umgeworfen, die Füllung quillt aus tiefen Schnitten. Von Carver und den Zwillingen ist nichts zu sehen. Yaos Wandbild – ihr wunderschönes Gemälde – wurde übersprüht, entstellt durch Brandspuren, wie es aussieht, hässliche Flecken, die die gesamte Wand übersäen. Ich brauche einen Moment, um zu erkennen, dass die Flecken ein Wort bilden: VERRÄTER.

Amira tritt hinter mir ein und hebt etwas vom Boden auf. Sie kommt wieder hoch, und in ihrer Hand liegt ein kleines, verbogenes Objekt, schwarz verkohlt. Sie hält es mir hin. Ich kann gerade noch *Die Schatzi…* auf dem zerfledderten Buchrücken entziffern.

Mir fehlen die Worte.

Wir brechen an der Wand zusammen. Mein Magen schmerzt. Hier gibt es kein Essen und Wasser mehr. Wer auch immer das getan hat – mit Sicherheit Leute, die nach mir gesucht haben –, dürfte alles mitgenommen haben.

»Was machen wir jetzt?«, frage ich.

Amira schweigt eine Weile. Ihr Körper ist ruhig, ihre Augen starren in die Ferne. Dann erhebt sie sich, kommt in einer einzigen Bewegung auf die Beine und sagt: »Wir bleiben beim ursprünglichen Plan. Aber vorher suchen wir uns Lebensmittel und Wasser, weil wir es sonst nicht bis zum Garten schaffen werden.«

Ich nicke, und während ich das tue, fällt mir etwas ins Auge. An der Wand ist noch ein Zeichen, das sich von den anderen unterscheidet. Es sieht aus, als hätte jemand den Finger mit Ruß geschwärzt, um damit etwas zu zeichnen. Ich beuge mich näher heran, lege daneben die Hand auf die Wand. Es ist die untere Hälfte eines Kreises, darüber drei Schrägstriche, die von links oben nach rechts unten verlaufen. Die Striche sind ungleichmäßig, als wären sie in großer Eile gezeichnet worden.

Zeichen und Bildsymbole werden von Tracern nicht allzu oft verwendet. Einige andere Teams wie die D-Kompanie bestehen aus Dutzenden von Mitgliedern, die sich über verschiedene Sektoren verteilen. Sie benutzen Zeichen zur Kommunikation, um ihr Territorium oder die Lage ihrer Verstecke zu kennzeichnen. Wenn man nicht weiß, wonach man suchen muss, sind die Symbole nur irgendwelche Graffiti unter vielen. Kleine, eng verbundene Teams brauchen sie normalerweise nicht. Trotzdem gibt es ein paar, die wir benutzen, und ich bin mir sicher, dass ich dieses schon einmal gesehen habe. Ich bin mir fast sicher, dass es von Carver und den Zwillingen hinterlassen wurde.

»Amira, schau dir das an.«

Sie dreht sich um, legt den Kopf schief und reißt die Augen auf, als sie das Symbol sieht. »Das ist das Zeichen für die Höhlen.«

Ich starre mit gerunzelter Stirn darauf. »Bist du dir sicher?«

»Dort dürften sie jetzt sein«, sagt Amira. »In den Höhlen. Kev muss es gezeichnet haben. Seine Familie lebt bis heute dort.«

Ich erschaudere. »Wann warst du das letzte Mal da unten?«

»Ist bestimmt schon ein Jahr her. In letzter Zeit laufe ich nicht allzu oft nach Neu-Deutschland.«

»Ob sie etwas zu essen haben?«

»Das will ich hoffen.«

# 42 | Darnell

Es dauert nicht lange, bis Darnell klar wird, warum es im Sektor so still ist.

Im Amphitheater von Apex drängen sich Hunderte von Menschen – Techniker, Verwalter, Ratsmitglieder. Ihre Münder sind zu großen, erschrockenen Os geöffnet, und Schweiß glänzt auf ihren Stirnen. Darnell kann sie durch die riesigen durchsichtigen Türen sehen, aber er kann sie nicht hören. Die Türen sind absolut schalldicht, fest versiegelt.

»Wie haben Sie das gemacht?«, fragt er Janice Okwembu. »Wie haben Sie sie hierhergebracht?«

Okwembu zuckt mit den Schultern. »Ich habe eine dringende Einsatzbesprechung angesetzt. Alle ins Amphitheater gerufen. Dann musste ich nur noch die Türen versiegeln.«

Sie steht mit verschränkten Armen da und blickt auf die Tür. Jemand, ein Techniker mit dünner Brille, hämmert dagegen, zerrt am Türgriff, schreit unhörbare Flüche. Okwembu beobachtet ihn ungerührt.

»Es muss noch andere geben«, sagt Darnell. »Das können nicht alle aus diesem Sektor sein.«

»Ein paar Leute dürften noch herumlaufen. Ich bin mir sicher, dass Sie sich gern um sie kümmern werden.«

»Was ist mit den Kontrollräumen?«

»Alles läuft automatisch. Die Techniker haben ihre Posten verlassen, als ich sie dazu aufgefordert habe.«

Darnell muss sich eingestehen, dass er beeindruckt ist. Als Okwembu vor zwei Jahren zu ihm kam, fiel es ihm schwer zu glauben, dass sie dasselbe wollte wie er. Das Ende, das sie für die Station geplant hatte, klang faszinierend. Geradezu genial. Aber er war sich nie ganz sicher, ob sie damit durchkommen würde.

Doch als sie ihm von ihrer Frustration erzählte, ihrer Wut auf die Bewohner von Außenerde, wie sie sich zankten und stritten und alles verschwendeten, was sie hatten, erkannte er es allmählich. Sie war der Beweis, dass seine Idee jeden infizieren konnte. Sie war genauso empfänglich dafür wie jeder andere Schläfer. Jemand, der mit der Bewegung für die Ausrottung der Menschheit sympathisierte, sich aber davon verraten und im Stich gelassen fühlte, frustriert von der Unfähigkeit des Rats, irgendetwas in Ordnung zu bringen.

Okwembu wendet sich ab. Misstrauen überflutet seine Gedanken, schlagartig, automatisch. Er legt eine riesige Hand auf ihre Schulter, lässt sie dort liegen. Er kann ihre Knochen unter dem Overall spüren, zerbrechlich und kantig. Sie hält inne, dreht sich aber nicht zu ihm um.

»Was soll mich davon abhalten, auch Sie zu töten?«, fragt er.

»Weil Sie mir viel mehr als nur das zu verdanken haben.«

»Ach, wirklich?«

»Ich habe Sie aus dem Gefängnis geholt. Sie wären nicht hier, wenn ich nicht gewesen wäre.«

Er lacht. »Und Sie glauben, dass ich Ihnen deswegen etwas schuldig bin?«

Diesmal dreht sie sich zu ihm um und sieht ihn an, und in ihren Augen blitzt ein winziger Funke der Wut auf. »Sie wären dort bis zum Ende geblieben. Als Sie das mit Fosters Auge verpatzt haben und sich verhaften ließen, haben Sie jede Chance verspielt, irgendetwas Bedeutsames zu leisten. Aber dann erkannte ich eine *Gelegenheit*.«

»Eine Gelegenheit?«

Sie nickt. Und als sie wieder spricht, schwingt in ihrer Stimme ein ganz leichter, ermüdeter Tonfall der Verachtung mit. »Die Menschen in dieser Station müssen Furcht spüren«, sagt sie. »Sie müssen erfahren, wie es ist, sich wahrlich machtlos zu fühlen. Sie haben nicht weniger verdient. Und Sie haben diese Wirkung auf die Menschen. Durch Ihre Verhaftung wurden Sie noch berüchtigter als zuvor.«

Unwillkürlich muss er lächeln.

»Das heißt, ja, Sie sind mir etwas schuldig«, sagt sie. »Ich will bis zum Ende dabei sein. Ich will zusehen, wie es geschieht.«

»Und Ihr Freund liegt im Zeitplan?«

Sie nickt.

»Ich will mit ihm reden.«

»Vielleicht. Vorher müssen Sie auf Sendung gehen. Sie können sagen, dass Sie Apex übernommen haben, dass Sie die Ratsmitglieder als Geiseln genommen haben. Sorgen Sie dafür, dass die Leute glauben, dass Sie uns einen nach dem anderen töten werden.«

Als sie sich zum Gehen wendet, ruft Darnell ihr nach.

»Was ist mit Garner?«

»Es war nur eine Frage der Zeit, bis Hale von ihren Freunden befreit wird. Jetzt müssen wir nur noch abwarten und zuschauen. Sie werden uns direkt zu ihr führen.«

»Und wir können sie beobachten?«

Okwembu nickt zu einer Kamera. »Apex ist nicht der einzige Sektor der Station, in dem die Kameras noch funktionieren. Ich habe Garner noch nicht gefunden – sie ist sehr clever, lässt sich nirgendwo blicken. Aber wenn Hale wirklich weiß, wo Garner steckt, werden auch wir es irgendwann mitbekommen.«

»Wir hätten Hale hierherbringen sollen. Geben Sie mir fünf Minuten mit ihr, dann wird sie uns alles sagen, was wir wissen wollen.«

»Ich ziehe einen etwas subtileren Ansatz vor«, sagt Okwembu. »Und Sie können sich die Menschen in diesem Konferenzsaal vornehmen.«

Die Leute hinter der Tür haben aufgehört dagegenzuhämmern. Ihre Blicke wechseln schnell zwischen Darnell und Okwembu. Darnell sieht, wie sich echte Panik ausbreitet, die Erkenntnis, dass sie nicht einfach nur Gefangene sind. Über die Köpfe der Leute vorn kann er hinwegblicken bis zur Rückwand, wo andere mit den Händen die Wände abtasten und nach einem Fluchtweg suchen, den es nicht gibt.

Okwembu wendet sich Darnell zu und sagt ihm, wie sie sterben sollten.

# 43 | Riley

Wir verlassen das Nest, ohne die Tür hinter uns zu schließen. Hier ist nichts mehr zu holen. Amira gibt mir zu verstehen, dass ich die Führung übernehmen soll, und wir rennen los, sobald wir unten im Korridor sind.

Ich gebe mir Mühe, nicht zu genau darüber nachzudenken, was ich in den Höhlen vorfinden werde. Als der Teil der Station gebaut wurde, der Neu-Deutschland werden sollte, hat man sie etwas kleiner gemacht. Enger. Entweder hat jemand bei den Bauplänen geschlampt, oder man hat einfach nur festgestellt, dass die Zeit knapp wird. Oder es war zu wenig Geld da. Was auch immer der Grund war, am Ende gab es einen Teil der Station, zu dem es nur einen Zugang gab: eine einzige schwere Tür.

Der Sektor ist eine Brutstätte für Horrorgeschichten. In der letzten, an die ich mich erinnere, ging es darum, dass die Wände zu dünn waren, um die Strahlung abzuschirmen, was bedeutete, dass sämtliche Leute, die dort wohnten, schließlich Krebs bekamen.

Um dorthin zu gelangen, muss man hinuntersteigen, bis zum untersten Korridor, und dann geht es durch einen Treppenschacht am äußersten Ende der Galerie. Als wir es geschafft haben, ist die Tür geschlossen, und Amira und ich müssen sie gemeinsam packen und aufzerren. Das Metall knarrt, und es scheint eine Ewigkeit zu dauern, bis sich die schwere Tür geöffnet hat.

»Riley, schau mal«, sagt Amira.

Ich bin ganz auf die Tür konzentriert und merke erst, dass sie gesprochen hat, als sie mich herumdreht und ich genau ins Gesicht von Oren Darnell starre.

Der Kombildschirm hängt direkt über uns an einem Laufsteg. Wo auch immer sich die Kamera befinden mag, sie blickt von oben auf Darnell herab. Von unserem Standpunkt aus betrachtet ist es ein irritierender Effekt, als wäre die Welt auf den Kopf gestellt worden. Er steht vor einer Tür in irgendeinem Korridor, und hinter ihm sind verschwommen Bewegungen zu erkennen.

Als er spricht, klingt seine Stimme fern und blechern. »Apex gehört uns«, sagt er. »Wir haben den Stationsrat in unsere Gewalt gebracht, und wir werden alle töten, einen nach dem anderen, zu Ihrer Unterhaltung.«

Unwillkürlich wünsche ich mir eine technische Panne, hoffe, dass die Sendung unterbrochen wird. Leider passiert das nicht.

»Natürlich«, fährt Darnell fort, »fragen Sie sich, was mit allen anderen in Apex geschehen ist.«

Er tritt zur Seite. Die Bewegungen hinter ihm sind immer noch unscharf, aber nun lässt sich erkennen, dass es Menschen sind, viele Menschen, die hinter einer Tür gefangen sind.

Darnells Blick sucht wieder die Kamera. Er streckt die Hand zu einer Schalttafel an der Wand aus und drückt verschiedene Tasten.

»Wir haben die Lebenserhaltungssysteme der Station modifiziert«, sagt er. »Ich kann sie jetzt von hier aus steuern. Das ist sehr hilfreich.«

Etwas geschieht mit den Menschen im Raum. Sie

schreien wortlos, drängen sich gegeneinander, als könnten sie durch ihre bloße Masse die Wände einreißen.

»Ich habe soeben ihre Atemluft in den Weltraum entlassen«, sagt Darnell. »Jetzt können wir beobachten, welche Auswirkungen das hat.«

Wir können nichts tun. Gar nichts. Trotzdem werde ich von Wut und einer schrecklichen, zornigen Verzweiflung überwältigt. Ohne ein weiteres Wort dreht Amira mich wieder um und drängt mich, die Höhlen zu betreten.

Hinter der Tür ist ein kleiner Eingangsbereich, von dem mehrere Korridore abzweigen. Wir nehmen den ganz links, und Amira überlässt mir wieder die Führung. Seit wir eingetreten sind, fühlt es sich an, als würde etwas leicht meine Schultern zusammendrücken. Die Klaustrophobie setzt ein.

Es gibt nicht viele Lampen im Korridor, und das meiste Licht kommt durch die Eingänge der Schlafsäle, die in regelmäßigen Abständen in die Wände eingelassen sind. Außerdem ist es sehr still. Die Höhlen sind möglicherweise der am dichtesten besiedelte Teil der Station, aber hier ist kaum ein Laut zu hören.

Hier gibt es keine Namen – nur Buchstaben und Zahlen. Wir befinden uns in 1-B. Diese Markierung ist in großen, gleichmäßigen Zeichen an die Wand gemalt. Durch einige Türen, an denen wir vorbeigehen, lugen Gesichter. Die Frauen haben viel zu tiefe Runzeln, und fast alle Männer tragen Bärte und haben dunkle Augen. Niemand versucht uns aufzuhalten, doch als wir das Ende des Korridors erreichen, streckt sich ein Schatten an der Wand in die Länge, und ein Mann erhebt sich, der an der Wand gehockt hat. Er ist drahtig, nicht groß, aber hier ist es so eng, dass er den Korridor blockiert und wir stehen bleiben müssen. Sein fettiges dunkles Haar umrahmt ein narbiges Gesicht. Ich kann ihn nicht einordnen, aber er kommt mir irgendwie bekannt vor.

»Sie«, bellt er und gestikuliert verärgert. Ich weiß nicht, ob er uns beide oder nur eine von uns meint. Bevor ich etwas erwidern kann, sagt er: »Was haben Sie hier zu suchen?«

Ich höre das leise Geräusch, mit dem Amira einen Fuß zurückschiebt und kaum merklich in Kampfhaltung geht. Ich will gerade antworten, als sie sagt: »Sie haben drei Sekunden, um für uns den Weg frei zu machen, ab jetzt.«

Der Mann kneift die Augen zusammen und kommt einen Schritt auf uns zu. Schnell hebe ich die Hände. »Wir sind Tracer«, sage ich. »Ein Mitglied unseres Teams wohnt hier. Kevin O'Connell.«

»Diesen Namen kenne ich nicht.«

»Aber sicher. Sie kennen seine Familie«, sage ich, und dann fällt mir wieder ein, wo ich ihn schon einmal gesehen habe. Ich lächle, was ihn für einen Moment entwaffnet. Sein Gesicht nimmt einen zweifelnden Ausdruck an. »Kommen Sie schon, Syria. Es ist zwar schon eine Weile her, aber ich weiß, dass Sie mich nicht vergessen haben.«

Er starrt mich verständnislos an. »Riley«, helfe ich ihm weiter. Seine Miene ändert sich nicht, und einen erschreckenden Augenblick lang bin ich davon überzeugt, mich getäuscht zu haben. Doch dann entspannt er sich und lässt die Schultern sinken, während er sich im Korridor umblickt. »Aber klar, Riley. Natürlich. Jetzt erinnere ich mich an Sie«, murmelt er. »Vor einiger Zeit haben Sie für mich eine Nachricht zu meinem Cousin oben im Ring gebracht.«

Ich nicke. Er macht immer noch keinen ausgesprochen freundlichen Eindruck, aber ich spüre, wie sich Amira hinter mir entspannt. »Trotzdem kommen Sie hier nicht ohne Sicherheitscheck durch«, sagt er. »Man kann gar nicht vorsichtig genug sein.«

»Ist das wirklich nötig?«, fragt Amira nach. »Wir sind Tracer. Wir wollen keine Schwierigkeiten machen.«

»Das sagen *Sie*, die noch vor einer Minute auf Krawall aus war«, erwidert Syria. Amira seufzt verärgert. Bevor sie etwas erwidern kann, strecke ich die Arme so weit aus, wie es der Korridor erlaubt, und lasse mich von Syria auf Waffen abklopfen.

»Wissen Sie, wo wir Kevin finden können?«, frage ich ihn, während er einen Daumen zwischen Fuß und Schuh schiebt, um zu überprüfen, ob ich dort ein Messer versteckt habe.

Er grunzt unverbindlich. »Hier unten gibt es jede Menge Kevins.«

»Nein«, sage ich. »Hier gibt es nur drei. Einer von ihnen ist geisteskrank, der andere ist oben in Chengshi mit seiner Gang unterwegs, und der dritte ist ein Tracer. Raten Sie mal, welchen von den dreien wir suchen.«

Nun klopft er Amira ab, die deswegen sichtlich verärgert ist und demonstrativ zur Decke hinaufstarrt. Doch während seine Hände sie abtasten, lenkt er ein. »Ja, klar. Unten in 3-C. Letzte Tür rechts. Und wo Sie es erwähnen«, sagt er, während er Amiras Schal wieder zurechtrückt, »er ist erst vor Kurzem mit ein paar Leuten hier vorbeigekommen. Freunde von Ihnen?«

»Hat einer den Arm in einer Schlinge getragen?«, fragt Amira.

»Ja.«

Ich fange Amiras Blick auf. Also hatte sie recht mit dem Zeichen an der Wand.

»Tut mir leid wegen der Überprüfung«, sagt Syria. »Aber die Lage ist sehr brisant geworden, seit diese Bombe hochging. Wir hatten bereits einige Schwierigkeiten mit diesen Idioten von der D-Kompanie, die versucht haben, hier reinzukommen.«

»Und Sie wollten ganz allein mit Ihnen fertigwerden, Syria?«

Er lächelt und zeigt schwarze Stümpfe, wo seine Zähne sein sollten. »Wer, ich? Nein. Aber die da …«

Er zeigt hinter uns. An jeder Tür stehen Leute mit Waffen in den Händen: selbstgemachte Klingen, Rohre, sogar ein oder zwei selbstgebastelte Stinger. Hätten wir versucht, uns den Weg frei zu kämpfen, wären wir nach wenigen Sekunden tot gewesen.

Syria tritt zur Seite, und wir gehen zur Treppe am hinteren Ende des Korridors. Wir rennen nicht, aber immer wieder müssen wir uns gegen die Wand drücken, um jemanden vorbeizulassen. Mehrere Male ernten wir misstrauische Blicke, aber nun hält uns niemand mehr auf. Wir sind nervös, und mir ist bewusst, dass uns die Zeit davonläuft. Mein Bauch ist ein harter Knoten aus Hunger. Um uns herum rumpelt und knarrt Außenerde, und die Geräusche werden immer lauter, je tiefer wir in die Höhlen vordringen.

# 44 | Riley

Kevs Vater ist genauso groß wie in meiner Erinnerung, und er scheint sogar noch seltener den Mund aufzumachen als sein Sohn. Er begrüßt uns am Eingang zum Habitat, ein großer, muskulöser Mann mit dicken Armen, nachdem er in endlosen Schichten Container durch die Küchen des Sektors geschleppt hat. Er sagt nichts, als er uns sieht, sondern nickt nur und zeigt nach hinten. Dort liegt Carver auf einer Pritsche und sieht sehr krank aus. Neben ihm lehnen die Zwillinge an der Wand, die Arme verschränkt.

Und bei ihnen ist auch Prakesh.

Yao sieht mich, dann auch Kev, und im nächsten Moment reden alle gleichzeitig. Die Erleichterung, sie alle wiederzusehen, scheint sich deutlich auf meinem Gesicht abzuzeichnen, denn Kev schenkt mir daraufhin ein seltenes Lächeln.

Kevs Familie hockt zusammengedrängt auf der nächsten Pritsche. Sein Großvater ist nicht mehr als ein runzliges Gesicht, das aus einem Bündel Decken hervorlugt. Seine Mutter sitzt auf der Bettkante und hält ein Baby in den Armen, Kevs jüngeren Bruder. Sie steht auf, als sie mich sieht, zwingt sich zu einem Lächeln.

»Du bist die Letzte, nicht wahr?«, fragt sie. Das eingewickelte Baby hält sie wie einen Schild vor ihrem Körper. Sie rollt den Saum der Decke zwischen Finger und Daumen.

Wir nicken, und sie ruft ihrem Mann zu: »Ira, das war's. Du kannst die Tür jetzt schließen.«

Ich sehe Kev an. »Was auf dem Markt passiert ist …«, sage ich und stelle überrascht fest, dass meine Stimme stockt. »Danke.«

»Hast du unser Versteck gefunden?«, fragt Yao.

»Es hat mir das Leben gerettet. Wie viele habt ihr davon?«

»Einige«, sagt Kev. Als er den Kopf dreht, fällt Licht auf sein Gesicht, und ich sehe seine Blutergüsse, die inzwischen eine hässliche violette Färbung angenommen haben. Ich streiche sanft mit einer Hand über seine Wange. Er weicht nicht vor mir zurück, aber er scheint meinen Gesichtsausdruck zu bemerken, denn er zuckt mit den Schultern und wendet den Blick ab. »Kein Problem.«

Ich sehe, dass seine Mutter mich anstarrt. Kev hat mir einmal erzählt, dass sie sich gewünscht haben, er würde sich an der Akademie in Tzevya zum Schiffspiloten ausbilden lassen, und dass sie immer noch nicht glücklich darüber sind, womit er seine Zeit verbringt. Oder mit wem er sie verbringt.

Yaos Gesicht ist verschorft, aber sonst scheint es ihr gut zu gehen. Auch sie lächelt und zeigt mir einen hochgereckten Daumen. Im Schlafsaal ist es leise, und nur wenige Leute haben sich auf den Pritschen ausgestreckt. Entweder versuchen sie uns zu belauschen oder bemühen sich, uns nicht zu beachten. Im Moment ist mir beides egal. Kev teilt Proteinriegel, etwas Obst und Wasser aus. Ich bin nicht stolz darauf, den Lebensmittelvorrat seiner Familie zu beanspruchen, aber wir können erst wieder aktiv werden, wenn wir etwas gegessen haben.

»Das Luftlabor?«, frage ich Prakesh, während ich einen Bissen vom Proteinriegel schlucke.

»Sie wollten mich nicht reinlassen«, sagt er. »Hab im Feuer meinen Ausweis verloren.«

»Das bedeutet, dass Garner sonst wo sein könnte«, sagt Amira. »Und wenn Darnell in Apex ist …«

Yao und Kevin starren uns mit offenem Mund an. Selbst Kevs Familie ist hellhörig geworden.

»Darnell hat es bis Apex geschafft?«, flüstert Yao. »Und wer ist Garner?«

»Du weißt es nicht?«, erwidere ich verdutzt. »Hast du es nicht im Kom gesehen?«

»Wir sind hier in den Höhlen«, sagt Carver. »Hier unten funktioniert nichts.«

Kev wirft ihm einen Seitenblick zu. »Was?«, sagt Carver. »Es ist die Wahrheit.«

Amira und ich bringen sie auf den neuesten Stand, angefangen mit Darnells letzter Botschaft. Als wir fertig sind, sagt eine Minute lang niemand etwas. Carvers Gesicht ist bleich geworden.

»Wie macht er das?«, fragt Yao und reibt sich den Fußknöchel. »Man kann nicht einfach in Apex hineinspazieren. Dort gibt es Sicherheitscodes, Scanner, Überwachungsprogramme, Killerroboter, soweit ich weiß. Lauter Sachen, die Menschen zurückhalten sollen.«

Niemand antwortet darauf. Ich bilde es mir bestimmt nur ein, aber ich habe den Eindruck, dass es im Raum gerade ein wenig wärmer geworden ist, die Luft etwas schwerer, als würde irgendwo Rauch aufsteigen. Ein dünner Schweißfilm überzieht meine Stirn.

»Ich glaube, ich weiß es«, sage ich leise, und alle sehen

mich an. Ich atme einmal tief durch. »Oder zumindest glaube ich, wie wir es herausfinden können.«

Ich erzähle ihnen von Grace Garner und davon, was Okwembu von ihr wollte. »Ich hatte gehofft, sie würde sich im Garten bei Prakesh melden.«

»Warum ausgerechnet wir?«, fragt Carver.

Ich sehe ihn an. »Wie meinst du das?«

»Es muss eine einfachere Möglichkeit geben, sie zu finden. Warum sollten wir aus der Deckung kommen und uns im Garten blicken lassen?«

»Weil es sonst niemanden gibt. Niemanden, dem wir vertrauen können.«

»Woher weißt du überhaupt, dass sie dort ist? P-Mann sagte, dass er sie nicht finden konnte.«

»Dort stehen die Chancen am besten. Deshalb sollten wir zuerst dort suchen. Wenn sie nicht da ist, können wir den Rest des Sektors durchkämmen.«

»Amira, gib mir bitte Rückendeckung«, sagt Carver. »Das kannst du unmöglich für eine gute Idee halten.«

Amira schweigt eine Weile. Als sie sich wieder uns zuwendet, ist ihre Miene hart. »Schauen wir einfach mal, Aaron. Ich mache mir gerade bewusst, dass ich einen Tracer mit ausgerenkter Schulter habe und zwei weitere, die aussehen, als hätten sie versucht, sich mit einem Asteroiden zu prügeln. Und meine schnellste Tracer« – ihr Blick geht zu mir – »ist derzeit die meistgesuchte Person in Außenerde. Und ich habe gerade acht Stomper außer Gefecht gesetzt, als ich Riley aus dem Gefängnis geholt habe.«

»Amira …«, setzt Carver an.

Sie schneidet ihm das Wort ab. »Und ich habe noch gar

nicht die anderen Faktoren berücksichtigt, die Unruhen, die Plünderungen oder die Tatsache, dass wir alle offenbar in den nächsten Stunden sterben werden … und wir wissen immer noch nicht, warum. Halte ich es für eine gute Idee, den Garten aufzusuchen? Ich halte es für eine ganz blöde Idee. Aber wir werden es trotzdem tun.«

Ihre Stimme ist nicht lauter geworden, sondern sogar sanfter, leise wie eine Klinge, die aus einer Messerscheide gleitet. »Auf gar keinen Fall …«, sagt sie, und ihre Stimme ist ein heiseres Flüstern. Sie räuspert sich. »Auf gar keinen Fall werden wir uns auf andere verlassen. Wenn Riley glaubt, dass diese Garner Informationen hat, die uns helfen könnten, Darnell aufzuhalten, dann werden sie und ich nach ihr suchen. Wir werden es schnell tun, und wir werden es jetzt tun.«

Stille. »Was meinst du mit ›sie und ich‹?«, frage ich.

»Ja«, stimmt Yao ein. »Ihr beide könnt doch nicht allein gehen.«

»Genau das werden wir tun«, sagt Amira.

»Komm schon«, sagt Carver. »Mein Arm ist kaputt, aber meine Beine funktionieren bestens, versprochen.«

»Ihr bleibt hier. Das ist ein Befehl.«

»Tut mir leid, Amira«, sagt Yao leise. »Aber Carver hat recht. Wenn du zum Garten gehen willst, gut. Aber du lässt uns nicht hier zurück. Nicht bei so etwas.«

Amira nimmt einen tiefen Atemzug, drängt ihre Verärgerung zurück. »Also gut«, stößt sie zwischen zusammengebissenen Zähnen hervor.

»Ich komme auch mit«, sagt Prakesh. Er hat längere Zeit geschwiegen, und nun wenden sich ihm alle Blicke zu.

»Nein«, sagt Amira gereizt. »Wir sind Tracer. Wir können rennen. Du nicht. Wir haben keine Zeit für Babysitting.«

»Und im Garten?«, erwidert Prakesh mit harter Stimme. »Wie wollt ihr dort hineinkommen?«

»Wir werden einen Weg finden.«

»Kein sehr intelligenter Plan. Riley hat mir immer gesagt, dass ihr viel besser seid.«

Hinter uns ist Kevs Familie auf dem Bett enger zusammengerückt. Sein Vater Ira hat sich ebenfalls dazugesetzt, die Arme um seine Frau gelegt. Kevs Großvater starrt immer noch zur Decke hinauf, während sich seine Lippen lautlos bewegen.

Prakesh tritt vor, baut sich vor Amira auf. Sie rührt sich nicht, während sie ihm in die Augen blickt. »Ich kann nicht allein zum Garten gehen«, sagt Prakesh. »Da draußen wird es immer gefährlicher. Die besten Routen kenne ich nicht, die, auf denen es ruhig ist. Aber ihr kennt sie. Doch ihr werdet ohne mich nicht ins Labor kommen. Wir brauchen uns gegenseitig.«

Eine Minute lang starrt Amira Prakesh nur an. Ich erwarte, dass sie seinen Vorschlag ablehnt, aber schließlich nickt sie knapp. Prakesh will etwas sagen, doch sie hebt eine Hand, um ihn zum Schweigen zu bringen. »Wir werden nicht auf dich warten. Du rennst in unserem Tempo, und wenn du in Schwierigkeiten gerätst, musst du dich selbst darum kümmern.«

Prakesh lächelt leicht und dreht sich zu mir um. »Bist du bereit, mir einen Crashkurs zu geben, Riley?«

Aber Amira ist noch nicht fertig. »Wir nehmen die Monorail-Gleise. Wir gehen durch den Sektor ganz nach oben und nehmen dort die Abkürzung zum Garten. Die

Monorail dürfte jetzt nicht fahren, wo es keine Lebensmittel mehr zu verteilen gibt.«

»Über die Gleise?«, frage ich. »Du glaubst, dass wir das schaffen?«

»Dort ist es sicherer als in den Korridoren. Und es geht schneller, wenn wir aufpassen, wohin wir treten.«

Ich will weitere Bedenken äußern, aber dann wird mir klar, dass sie recht hat. Es ist gefährlich, aber besser, als uns auf den Laufstegen blicken zu lassen.

Wir brauchen nicht lange, bis wir bereit sind. Wir verlassen die Höhlen, laufen in einer Reihe durch die engen Korridore, und diesmal werden wir von niemandem aufgehalten. Sobald wir den untersten Korridor erreicht haben, rennen wir los. Amira übernimmt die Spitze, führt uns durch die Ebenen zum Bahnhof hinauf. Hinter ihr kommen Yao, Kev und Carver, Prakesh und ich bilden die Nachhut. Ich bin es nicht gewohnt, ganz hinten zu sein, und ich mache mir Sorgen, dass er zurückbleibt oder sich verletzt. Doch obwohl er kein Tracer ist und über Hindernisse klettern muss, die wir mit einem Sprung überwinden, hält er mit uns Schritt. Irgendwie. Ich höre ihn schwer und heftig hinter mir atmen, während wir rennen.

Die Kombildschirme sind schwarze Spiegel, in denen kurz unsere Reflexionen auftauchen, wenn wir vorbeisausen. Ich rechne fast damit, dass sie zum Leben erwachen und Darnells Gesicht zeigen, aber sie bleiben stumm.

Um zu den Gleisen zu gelangen, müssen wir die Galerie durchqueren, und wir hören die Menge, bevor wir sie sehen. Der Lärm ist ein lautes, wütendes Summen, als wären alle im Nahrungslabor verbrannten Insekten zurückgekehrt, um Rache zu nehmen. Wir sind immer noch in einem Korridor auf der untersten Ebene, die Beleuchtung ist ausgefallen, sodass es fast finster ist und man nur noch im fernen Licht der Galerie etwas erkennen kann. Der furchtbare Lärm erfüllt alles. Vor uns ist der Eingang zur Galerie, und selbst aus der Entfernung sehen wir, dass sich dort eine große Menge drängt.

Ich habe von Yao gehört, wie verschiedene Gruppen auf Darnell reagieren. Die Höhlen wurden abgeriegelt, man lässt dort kaum jemanden hinein. Im Rest von Neu-Deutschland herrscht Chaos, Gerüchten zufolge wurden Lebensmittellager geplündert, und in den anderen Sektoren sieht es nicht viel besser aus. Yao sagte, sie hätte gehört, dass es in Tzevya noch ganz gut läuft. Dort wurde anscheinend eine Ausgangssperre verhängt, und ein bewaffneter Trupp macht sich bereit, nach Apex vorzustoßen.

Amira hebt eine Faust, das Zeichen, dass wir anhalten sollen. Wir machen eine kurze Pause, atmen schwer, stehen in einem lockeren Kreis zusammen. Meine Hüften schmerzen von der Anstrengung, und ich habe wieder Seitenstechen. Prakesh stößt als Letzter dazu, das Gesicht gerötet. Amira mustert ihn, und sein Ausdruck wird hart. Sie wendet sich von ihm ab und winkt uns näher heran.

»Nicht mehr rennen«, sagt sie zwischen keuchenden Atemzügen. »Im Gänsemarsch durch die Menge. Sprecht mit niemandem. Geht zum Korridor auf der anderen Seite und wartet dort. Wir ziehen weiter, wenn alle durchgekommen sind.« Damit stürzt sie sich in die Menge.

Ich ziehe mir die Kapuze über das Gesicht und werfe Prakesh einen Blick zu. Er gibt mir ein Zeichen, und ich trete in die Galerie. Der Lärm explodiert um mich herum.

Hier ist ein ausgewachsener Protest im Gange. Am anderen Ende sehe ich eine Reihe Stomper mit Schilden, die offenbar einen ihrer Kommandanten schützen. Er hat eine Art Megafon, und während ich mich durch die Menge schlängle, hebt er es hoch. »Wenn alle ruhig bleiben würden …«, beginnt er und wird dann von einer neuen Lärmwelle übertönt. Etwas fliegt durch die Luft, und er muss zurückspringen, als der Gegenstand auf das Podium fällt.

Es ist schwer zu sagen, was die Demonstranten fordern – ob sie glauben, die Kommandanten könnten ihnen einfach Darnell bringen oder ob sie ganz neue Kommandanten wollen. Einer der Stomper hebt etwas hoch, doch bevor ich sehen kann, was es ist, bekomme ich einen groben Stoß in die rechte Seite. Jemand brüllt mir ins Gesicht, und ich hebe instinktiv eine Hand, um ihn zu beschwichtigen, bevor ich hastig weiterlaufe. Mein Herz scheint sich von der üblichen Position bis in meine Kehle hochgeschoben zu haben und droht mich zu ersticken. Ich kann die Tänzer und auch Prakesh nicht mehr sehen.

Ich biege seitlich ab, um durch eine Lücke in der Menge zu schlüpfen, und als ich den Kopf drehe, sehe ich etwas, das mein Herz veranlasst, noch höher durch meine Kehle hinaufzuspringen.

Zhao Zheng, der Boss der Lieren, steht nicht weit von mir entfernt.

Er hat mir den Rücken zugewandt, aber ich erkenne ihn am kahlen Schädel mit den dicken gezackten Tattoos und an den von mattem Metall bedeckten Händen, die an ungewöhnlich langen Armen hängen. Er trägt eine schwarze, ärmellose Weste und ist von vier … nein, fünf

Lieren umgeben. Die Leute in der Nähe scheinen ein wenig Abstand zu ihnen zu halten. Hätte ich einen etwas anderen Weg genommen, wäre ich genau zwischen ihnen hindurchgerannt.

Jemand rempelt mich von hinten an, und plötzlich werde ich genau in Zhaos Richtung geworfen.

In einem schrecklichen Moment sehe ich, wie sich die Kette der Ereignisse entfaltet, die gezückten Messer, der Sekundenbruchteil, bevor ich in Stücke geschnitten werde, das triumphierende Lächeln auf Zhaos Gesicht.

Aber ich kann mich abfangen, hätte ihn fast berührt, finde mein Gleichgewicht wieder, während der Lärm der Menge vom lauten Rauschen in meinen Ohren übertönt wird. Einer der Lieren am Rand der Gruppe spürt eine Bewegung, dreht den Kopf herum, doch ich weiche schnell zurück und verschwinde wieder in der Menge.

Es dauert noch eine Weile, bis ich wieder atme.

Als ich das Ende der Galerie erreiche, sehe ich, wie einzelne Leute in den Korridor gedrängt werden, doch dann bemerke ich die Tänzer. Eine Sekunde später sehe ich auch Prakesh, der sich gegen die Wand lehnt, die Hände auf die Knie gestützt. Amira erspäht mich, wie ich durch die Menge schlüpfe, doch dann wird die Erleichterung auf ihrem Gesicht von Entsetzen abgelöst. Bevor ich irgendetwas sagen kann, spüre ich eine Hand auf meiner Schulter, spüre ich die kalte Berührung der Metallringe.

Zhao Zheng beugt sich vor, bis sein Mund ganz nahe an meinem Ohr ist. »Bist du irgendwohin unterwegs?«, flüstert er.

# 45 | Riley

Es sind mindestens zehn Lieren. Sie stehen neben ihrem Anführer, legen die Hände an ihre Messer oder ballen sie zur Faust. Im Licht von der Galerie sind sie nur als Silhouetten zu sehen, kaum mehr als dunkle Erscheinungen.

Zhao zeigt ein gemeines Lächeln, das durch eine kleine Narbe im rechten Mundwinkel verzerrt wird. Das obere Ende der Narbe berührt eins seiner Tattoos: eine dicke, schwarze, schräge Linie, die über seine Wange und um seinen Kopf herum verläuft.

Amira tritt an meine Seite, aber ich hebe eine Hand, und sie bleibt verdutzt stehen. Die Leute am Rand der Menge haben gesehen, was geschieht, und ziehen sich langsam von uns zurück.

»Zhao, jetzt ist wirklich nicht der richtige Zeitpunkt«, sage ich, aber er lacht nur.

»Erzähl das Marco«, erwidert er und zeigt auf einen der Lieren, der mich finster anstarrt. Es ist der Kerl, der den Hinterhalt geplant hat, mit dem das alles begonnen hat, dem ich gegen den Kopf getreten habe, als ich auf dem Weg zum Garten war. Seine Nase ist eine dicke schwarze Knolle. Sein Messer zuckt in seiner Hand.

Hallo, Tattoo! Anscheinend hast du einen Namen.

Ich sehe wieder Zhao an. »Sie haben mich angegriffen und wollten mir mein Transportgut wegnehmen. Dein Junge hier …« Ich zeige auf Marco, der zornig die Augen zusammenkneift. »… wollte mir ein Ohr abschneiden. Ich habe ihm nur den Gefallen erwidert.«

»Nein, so funktioniert das nicht«, sagt Zhao. Sein Gesicht lächelt immer noch, aber seine Augen sind kalt. »Du hast Marco beleidigt. Und das bedeutet, dass du mich beleidigt hast.«

Sein Blick geht zu den lädierten Zwillingen, dem ramponierten Carver. Sie stehen unerschütterlich hinter mir und starren die Lieren nieder.

»Ich werde dir einen Ausweg anbieten«, fährt er anzüglich grinsend fort. »Betrachten wir es als Ehrenschuld. Wir werden gehen, aber wir nehmen einen Körperteil von dir mit. Du darfst dir aussuchen, welchen.«

Amira tritt mit gefletschten Zähnen vor. »Das wird nicht passieren«, sagt sie.

»Das dachte ich mir bereits«, erwidert Zhao. Dann rammt er eine Faust tief in Amiras Bauch.

Sie schreit auf und bricht zusammen, als ihr schlagartig die Luft aus der Lunge getrieben wird. Die Zeit verlangsamt sich, während sie zu Boden geht. Ich springe vor, reiße meinen linken Ellbogen herum, ziele genau auf Zhaos Kehle, und dann explodiert der Korridor.

Manchmal wird einem die Entscheidung abgenommen, ob man kämpfen oder weglaufen sollte.

Sämtliche Tänzer greifen gleichzeitig in einem Wirbelsturm aus Fäusten und Füßen an. Mein Blickfeld verschwimmt an den Rändern. Zhao duckt sich lachend weg, doch sein Lachen erstirbt, als ich den Ellbogen einem anderen Lieren ins Gesicht schlage. Ich spüre, wie sein Wangenknochen unter dem Hieb bricht, höre seinen Schmerzensschrei, aber ich ziehe bereits die rechte Hand hoch, zur Faust geballt, und ziele auf den Mann hinter ihm. Er ist klein, hager, fast noch ein Kind, und einen bizarren Augenblick lang frage ich mich, wie so jemand bei den Lieren landen konnte. Dann schlägt meine Faust in seine Seite, mit einem Geräusch, als würde man eine nasse Jacke in eine Ecke werfen, und er klappt würgend zusammen.

Yao tritt schnell ein paar Schritte zurück und rennt dann auf Kev zu. Er ist bereits auf ein Knie gegangen und hat die Hände zusammengelegt. Mit einem Schrei stellt sie einen Fuß hinein, und Kev schleudert sie hoch. Dann explodiert sie oben im Korridor: ein brüllendes, fliegendes Bündel aus Fäusten und Füßen, das zwei Lieren niederstreckt. Während sie wieder aufsteht, taucht ein anderer Angreifer über ihr auf, doch er kommt nicht einmal dazu, sie mit den Füßen zu berühren, weil Kev ihn mit einem kräftigen rechten Haken trifft.

Hinter ihnen wehrt Carver zwei andere ab. Er kann einen Arm nicht benutzen, aber im gleichen Moment, als die Zwillinge ihre Gegner erledigen, wirft er sich gegen die Korridorwand, springt ab und verpasst einem Lieren einen Tritt in den Brustkorb und schleudert ihn rückwärts zu Boden. Hinter mir gibt Prakesh ein seltsames Stöhnen von sich – ich kann nicht sagen, ob er einen Schlag einsteckt oder austeilt.

Bevor ich es herausfinden kann, treibt mir jemand einen Ellbogen in den Rücken. Der Schmerz kommt so plötzlich, so überraschend, dass ich nicht einmal schreien kann. Der Laut bleibt in meiner Kehle stecken.

Ich stürze nach vorn auf die Ellbogen, mein Sichtfeld ist eine Supernova aus Farben. Instinktiv trete ich mit einem Fuß aus und treffe etwas – ein Bein –, das zurückzuckt, begleitet von einem spitzen Schrei. Eine Hand greift nach meinem Haar, findet Halt und zieht, reißt meinen Nacken zurück. Für einen kurzen Moment versuche ich, mich zu befreien, doch dann knallt die Faust in mein Gesicht. Sofort schmecke ich Blut, salzig und metallisch.

Der Angreifer holt zu einem weiteren Schlag aus, dann ist er plötzlich weg. Amira, die sich mit dem linken Arm den Bauch hält und schwer durch die Nase atmet, zerrt ihn von mir fort und setzt ihn mit einem Schlag gegen die Kehle außer Gefecht.

Für einen Moment sind wir außerhalb des Kampfes. Ich hocke auf allen vieren, starre zu ihr hinauf. Carver, Prakesh und die Zwillinge sind nicht weit entfernt, sie ducken sich, blocken ab, holen aus, schlagen zu, kontern. Zhao schwingt ein Messer mit dünner Klinge, so lang wie mein Unterarm. Das Messer ritzt Carvers rechte Schulter auf, öffnet eine gezackte Wunde. Er grunzt wütend, bevor er Zhaos Messerhand packt und dreht. Die Klinge fliegt davon, prallt schlitternd auf den Boden. Mir ist vage bewusst, dass der Lärm aus der Galerie stärker geworden ist, aber ich kann nicht sagen, ob die Leute auf den Kampf reagieren oder die Menge schließlich die Reihe der Stomper durchbrochen hat.

Die Lieren sind überall. Ein weiterer rennt auf mich zu, mit triumphierendem Gesichtsausdruck. Ich bin wieder auf den Beinen und trete zur Seite, bevor ich ihm meine Faust in den Bauch ramme, worauf er zu Boden kracht.

Und dann geht plötzlich alles schief.

Von irgendwo hinter Amira taucht ein anderer Lieren auf – einer, den ich noch nie zuvor gesehen habe. Er ist groß, abgezehrt wie eine Leiche, trägt eine Jacke aus irgendeinem dunkelblauen Stoff. In der Hand, die er bereits erhoben hat, hält er eine lange Klinge: Zhaos Messer.

Es kann nur Einbildung sein, aber die Klinge sieht so schwarz aus wie der tiefste Weltraum. Sie reflektiert kein Licht, und der Angreifer ist schnell, viel zu schnell, und bevor ich irgendetwas tun kann, lässt er sie auf Amiras Hals zusausen.

Ich schalte innerlich in den höchsten Gang, konzentriere meinen Blick auf den Korridor. Aber noch während sich meine Hand hebt, um die Klinge zu blockieren, ist mir klar, dass ich nicht schnell genug sein werde. Amira reißt die Augen auf, als sie mich sieht, und dreht sich um, doch das Messer hat fast das Ziel erreicht, und nun fängt die Spitze einen Blitz aus gelbem Licht auf.

Und dann taucht etwas – nein, jemand – zwischen Amira und der Klinge auf.

Es folgt ein schreckliches Geräusch, wie ein nasser Aufprall, als würde etwas in einen Eimer mit verrottenden Essensresten fallen. Dem Angreifer wird das Messer aus der Hand gerissen, und er taumelt zurück.

Yao stürzt zu Boden, die dünne Klinge steckt bis zum Heft seitlich in ihrem Hals.

Einen furchtbaren Moment lang begegnen sich unsere Blicke, und es fühlt sich an, als wäre mir statt ihr eine Klinge in den Körper getrieben worden. Im Korridor ist es still geworden. Die Lieren und die Tänzer halten inne, alle starren auf das dunkle Blut, das plötzlich aus Yaos Hals hervorschießt, in einem dicken Strahl, der sich auf dem Boden des Korridors sammelt. Sie seufzt – ein sanfter, ruhiger Laut –, dann werden ihre Augen dunkel.

# 46 | Darnell

Ratsmitglied Morton hält am längsten durch.

Er gehörte zu dem Dutzend Leute, die Janice Okwembus Ruf ins Amphitheater ignoriert haben. Er befand sich im Ratssaal, arbeitete an Diagrammen, um mehr Ressourcen für das Luftlabor abzuzweigen, als er Oren Darnells Stimme von einem Kombildschirm hörte. Er blickte gerade noch rechtzeitig auf, um zu sehen, wie alle, mit denen er in der Verwaltung zusammengearbeitet hat, an der Tür zerrten und schließlich erstickten.

Inzwischen hat er die Türen zum Saal verbarrikadiert. Anders als die üblichen Gleittüren von Außenerde gehen sie hier nach innen auf. Also hat er sämtliche vorhandenen Stühle dagegengeschoben und die Klinken blockiert. Es müsste genügen, Oren Darnell wenigstens für zwei Minuten aufzuhalten.

Morton verkriecht sich hinter dem Tisch, wahnsinnig vor Angst. Darnell benutzt einen Plasmaschneider, brennt ein Loch in die Stahltür. Die Luft ist heiß geworden, und es stinkt nach Ozon. In wenigen Sekunden hat er ein Loch in die Tür geschnitten, das groß genug ist, um einen Arm hindurchzustecken. Morton sieht, wie der glühende Rand den Ärmel der Jacke verbrennt, zischend die Haut darunter berührt. Darnell scheint nichts davon zu spüren. Er stößt die Stühle weg, dann zieht er den Arm zurück und tritt die Tür auf.

Darnell durchquert zügig den Raum, eine schwarze Silhouette vor der Deckenbeleuchtung. Darnell packt Morton an den Schultern und zerrt ihn hervor. Er versucht sich zu wehren, schlägt gegen die Arme des Riesen, aber er könnte genauso gut versuchen, mit bloßer Willenskraft eine Stahlstange zu verbiegen.

Darnell schleift ihn hinaus in den Korridor, wirbelt ihn herum, wirft ihn zu Boden.

»Was auch immer Sie wollen …«, sagt Morton, und in diesem Moment sieht er Janice Okwembu. Sie steht hinter Darnell. Als Morton sie bemerkt, sieht Darnell den Blick der bemitleidenswerten Hoffnung in seinen Augen, als würde er glauben, sie wäre unbemerkt eingetroffen, die Hoffnung, sie würde Darnell ausschalten und ihn retten. Als sie sich nicht rührt, sagt er: »Janice, helfen Sie mir!«

Okwembu schiebt sich an Darnell vorbei und geht in die Hocke, sodass sie mit Morton auf gleicher Höhe ist. Er schüttelt jetzt den Kopf, weil er nicht versteht, weil er nicht verstehen will.

»Janice, bitte!«, sagt er. »Was Sie hier tun … es ist Wahnsinn.«

»Nein, das ist es nicht«, sagt sie leise, ohne ihn aus den Augen zu lassen. »Wissen Sie, was wirklich Wahnsinn ist, Charles? Sie. Dass Sie jahrelang in diesem Raum hocken, an der Gesetzgebung für diese Station arbeiten, als würde es auch nur den geringsten Unterschied machen.«

»Aber Außenerde …«

»Ist es nicht mehr wert, am Leben erhalten zu werden.«

Mortons Furcht wird allmählich durch Wut und Fassungslosigkeit ersetzt. »Deshalb töten Sie Ihre Kollegen? Deshalb foltern Sie sie? Das ist monströs.«

»Ja«, sagt sie, während sie aufsteht und sich zu Darnell umblickt. »Aber notwendig.«

Sie geht weg, ohne sich noch einmal umzuschauen. Morton versucht sich zu erheben, stemmt sich auf ein Knie hoch. Darnell beugt sich herab und zieht ihm das Messer über die Kehle.

Morton braucht eine ganze Minute, um zu sterben.

Als Darnell sich abwendet, bemerkt er schließlich die Verbrennung am Arm, die er sich mit dem Plasmaschneider zugezogen hat. Er streicht mit einem Finger darüber, registriert den Schmerz, reagiert aber nicht darauf. Sein Magen rebelliert, aber nicht vor Ekel, sondern vor Hunger. Wann hat er zuletzt etwas gegessen? Oder geschlafen? Er erinnert sich nicht, und in diesem Moment erscheint es ihm unwichtig.

Er macht einen Schritt, hält dann inne. Der Korridor verschwimmt vor seinen Augen, und er muss sich mit einer Hand an der Wand abstützen. Die Erinnerung kommt hoch, verdrängt den Schmerz, und bevor er sich dessen bewusst wird, hat er sie bereits zur Hälfte noch einmal durchlebt. Die Erinnerung an das Habitat seiner Familie.

Darnell hatte es aufgegeben, die Pflanzenarten zu zählen, die er kultivieren konnte. Alle wuchsen durcheinander, trieben Blüten und pralle Früchte und tastende Tentakel aus. Er musste vorsichtig sein, um nicht auf die Pflanzen zu treten oder über ihre Wurzeln zu stolpern. Das war für ihn kein Problem.

Niemand hatte jemals nach seiner Mutter gefragt. Anfangs hatte er sich deswegen Sorgen gemacht, aber niemand wollte etwas damit zu tun haben. Er holte sich weiterhin Essenspakete aus der Kantine und aß sie im Stehen, allein im Labor.

An einem ganz besonderen Tag machte er sich gerade auf den Weg zur Schule, schloss die Tür des Habitats hinter sich ab. Er dachte an eine neue Kulturvarietät, die er ausprobieren wollte, eine, die nicht …

»Junge?«

Die Augen des Mannes blickten hell über eine Lesebrille. Er trug einen braunen Overall und hielt einen Tabscreen in einer Hand. Er warf blinzelnd einen Blick auf das Gerät. »Habitat 6-21-E … Familie Darnell. Sind deine Eltern zu Hause?«

Darnell schüttelte den Kopf. »Mein Vater ist tot. Und meine Mutter ist nicht da.«

»Die zehnjährige Wartungsinspektion, Junge. Ich muss nachsehen, ob die chemische Toilette repariert werden sollte. Hier, siehst du? Meine ID.«

Er hielt den Tabscreen hoch, auf dem das Logo von Außenerde neben dem Wort *Wartungskorps* zu sehen war, darunter ein pixeliges Foto und der Name *Mosely, Lewis J., Inspektionsbeamter*.

Darnell zuckte mit den Schultern. »Ich werde meiner Mutter sagen, dass Sie da waren.«

Mosely lächelte. »Ich glaube, wir müssen sie gar nicht damit behelligen, oder?«

»Ich muss zur Schule«, sagte Darnell und wandte sich der Tür zu, um sie zu verschließen.

Er kam nie dazu. Mosely beugte sich vor und drückte sie auf. Bevor Darnell ihn zurückhalten konnte, trat er in das Habitat.

Darnell rührte sich nicht. Atmete nicht.

»Wird nur eine Sekunde dauern, Junge«, sagte Mosely. »Dann können wir …«

Er verstummte, als er das Innere des Habitats sah. Mosely drehte sich um, hielt sich die Hand vor den Mund. Darnell erinnert sich, wie er zurückwich, als Mosely sich nicht mehr zurückhalten konnte und sich auf die Tür erbrach.

»Kommen Sie?«, ruft Okwembu vom anderen Ende des Korridors.

Darnell blickt auf, während sich die Erinnerung wie Rauch verflüchtigt. Er folgt Okwembu, steigt über Mortons Leiche. An seinem Arm ist ein fernes Brennen, der Geruch von verkohltem Stoff, aber er registriert es jetzt kaum noch.

»Ich möchte mit unserem Freund reden«, sagt er, als er Okwembu eingeholt hat. Sie hat das untere Ende einer Treppe erreicht, geht dann durch einen langen Korridor zu einer Tür. »Ich will wissen, wo er ist.«

»Sie werden es erfahren«, sagt sie. »Sobald Hale Garner gefunden hat und wir haben, was wir brauchen.«

Die Erwähnung von Hale lässt ein angenehmes Wutgefühl in ihm aufflammen. Dennoch will er Okwembu gerade sagen, dass sie tun soll, was er sagt, als sie die Tür öffnet und plötzlich jeder andere Gedanke vergessen ist.

Er blickt in den Hauptkontrollraum von Außenerde.

Der Raum ist genauso lang und schmal wie der Korridor, und an beiden Wänden sind Bildschirme angebracht. Darnell berührt den nächsten, der sofort darauf reagiert und Optionen unter seinen Fingerspitzen erscheinen lässt. *Orientierung. Beleuchtungskontrolle. Kernbetrieb.*

»Ich überlasse es Ihnen«, sagt Okwembu. »Wenn Sie

bereit sind, kommen Sie zurück in den Hauptratssaal. Von dort werden wir erneut auf Sendung gehen.«

Darnell hört ihre Worte kaum. Er bewegt sich durch den Raum, weiß gar nicht, wo er zuerst hinschauen soll. Sein Gesicht zeigt ein breites Grinsen. Dann fällt sein Blick auf ein bestimmtes Display, und sein Grinsen wird sogar noch breiter.

»Ich brauche hier nur eine Minute«, sagt er und setzt sich vor den Bildschirm.

# 47 | Riley

Zhao unterbricht die Stille. Er stößt ein unmenschliches Gebrüll aus, als er sich auf den völlig überraschten Carver stürzt, die Hände zu Klauen verzerrt. Doch dann ist Amira da, stürmt durch den Raum und rammt ihn, wirft ihn gegen die Wand, an einem ebenso verblüfften Kev vorbei, der immer noch vor Schock erstarrt ist.

»Lauft!«, ruft sie.

Prakesh packt meinen Arm. Die Lieren sind benommen, aber nur für einen Moment. Dann nehmen sie die Verfolgung auf, und ihre wütenden Schreie erfüllen den Korridor hinter uns. Vor uns sind andere Leute, aber sie drücken sich mit erschrockenen Mienen an die Wand.

Ich laufe auf Autopilot, meine Füße treiben mich von ganz allein voran. Aber meine Gedanken bleiben ein Stück zurück, starren in Yaos Augen, hören ihren letzten flüsternden Atemhauch. Neben mir keucht Prakesh. Und es ist noch jemand neben uns – Carver, glaube ich. Ich weiß nicht, wo Kev und Amira sind.

Allmählich werden die Rufe der Lieren leiser. Eine Weile bekomme ich gar nicht mit, wohin wir laufen. Prakesh hat die Führung übernommen, wahrscheinlich bringt er uns zum Garten. Meine Brust brennt von der Anstrengung, und meine Waden sind nicht mehr als zwei Stücke aus schmerzendem Fleisch.

Die Schuldgefühle kommen, erblühen in meinem Kopf

wie eine kränkelnde Blume. Hätte ich Marco nicht angegriffen, wäre ich nach dem Hinterhalt ruhig geblieben, wäre Yao noch am Leben. Die Erkenntnis lässt mich beinahe straucheln. Ich halte an, würge, wünsche mir verzweifelt, mich übergeben zu können, um das Gefühl aus mir herauszuquetschen, aber nichts kommt. Ich bin zu schockiert, um weinen zu können. Ich kann mir nur den Bauch halten, während sich eine kriechende Taubheit in meinen Gliedern ausbreitet.

Prakesh ist vorausgerannt, aber er kehrt um, als er bemerkt, dass ich nicht mehr bei ihm bin. »Was tust du?«, keucht er. »Wir müssen weiter. Komm schon.«

Ich spüre eine Hand auf meinem Rücken. Carver ist in die Hocke gegangen, blickt zu mir auf. Sein Arm ist mit Streifen aus verschorftem Blut überzogen.

»Ry«, sagt er leise. Ich brauche einen Moment, bis ich die Freundlichkeit in seinen Augen sehe. »Darüber dürfen wir uns jetzt keine Sorgen machen. Wir müssen es zu Ende bringen. Für Yao.«

Langsam nicke ich.

Die Beleuchtung geht mit einem sanften Summen aus und taucht alles in Dunkelheit. »Was zum Teufel!«, ruft Prakesh, dann reißt er sich wieder zusammen. »Ich weiß, was jetzt kommt. Ich hoffe, wir schaffen es zu den Gleisen.«

Je weiter wir rennen, desto chaotischer scheint es in der Station zu werden. Es sind nicht mehr wütende Mengen, die Drohungen brüllen, jetzt sind es Kämpfe, Stomper mit erhobenen Stingern und Lähmknüppeln, die sich in ausgewachsene Handgemenge auf den Korridoren und Galerien stürzen. Das Schicksal meines Teams, der Tod von Yao, all das überwältigt meine Gedanken, und jede Faser meines Körpers sagt mir, dass ich umdrehen und sie finden muss. Aber ich zwinge mich zum Weiterlaufen, weil ich tief drinnen weiß, dass Carver recht hat. Ich habe eine Aufgabe zu erfüllen, und die ganze Situation wird von Sekunde zu Sekunde schlimmer. Darnell und die Söhne der Erde haben immer noch die Oberhand. Sie könnten alles Mögliche anrichten: weitere Brände, weitere Bomben. Vielleicht werden sie sogar eine der äußeren Schleusen öffnen und unsere gesamte Atemluft in den Weltraum ablassen, sodass wir auf der Stelle ersticken.

Ich habe jeden Augenblick meines Lebens in Außenerde verbracht. Fast alle haben das. Diese Station ist mein Zuhause, so vertraut und tröstlich wie eine Umarmung. Aber in Darnells Händen ist sie etwas, das sich gegen mich richtet. Als wäre jede Bodenplatte zu einer Falltür geworden, als wäre jedes Rohr mit einem Stolperdraht versehen.

Wir erreichen die Treppe. Hier ist es fast still. Aus der Ferne sind Rufe zu hören, aber ich kann nicht sagen, ob es eine weitere Menge oder die Lieren sind, die uns verfolgen. Allmählich gewöhnen wir uns an die Dunkelheit, und ich kann wieder den Boden vor uns erkennen.

Meine Gedanken schweifen zu den Asteroidenfängern ab. Es sind nur noch zwei übrig – riesige, klobige Schiffe mit Minimalbesatzung. Was wäre, wenn die Söhne Erfolg haben und alle Bewohner der Station töten? Wenn die Schiffe irgendwann zurückkehren, werden ihre Besatzungen feststellen, dass sie die letzten Menschen im Universum sind. Was würden sie tun? Würden sie versuchen, zur Erde zurückzukehren? Würden sie Kontakt miteinander aufnehmen? Oder würden sie einfach weiter durch den Weltraum treiben, bis ihre Lebensmittel- und Luftvorräte erschöpft sind und ihre Triebwerke aussetzen?

Wir sind schweigend die Treppen hinaufgestiegen, und immer wieder greift Prakesh mit einer Hand nach mir. Ich drücke sie, hoffe, dass es genügt. Ich bin tief in Gedanken versunken, als mir bewusst wird, dass es etwas heller geworden ist. Der Ausfall der Beleuchtung scheint die höreren Bereiche nicht zu betreffen. Bald erreichen wir die oberste Ebene des Sektors, und dann steigen wir die Treppe zum Monorail-Bahnhof hinauf.

Dann ein triumphierender Ruf hinter uns: »Wir haben euch gefunden!«

Zwei Lieren, beide mit Messern, die Gesichter im Schatten verborgen. Können wir es riskieren, im Tunnel zu rennen? Sollen wir uns zurückziehen? Ich gehe hektisch die Möglichkeiten durch, wie wir sie abschütteln könnten.

Erst dann fällt mir auf, dass Carver nicht mehr bei uns ist. Ich drehe mich mitten im Schritt um und sehe ihn mit dem Rücken zu uns dastehen, die Schultern gestrafft, während er sich den näher kommenden Lieren stellt. Ich kann sein Gesicht nicht sehen, aber ich erkenne im schwachen Licht seine herabhängenden Hände, die zu Fäusten geballt sind.

»Verschwinde, Ry«, sagt er. »Ich werde euch einen Vorsprung verschaffen.«

»Carver, komm schon!«

Aber er hebt eine Hand und winkt mich zurück – mit der linken Hand, und ich sehe, wie sich dabei sein Gesicht anspannt. Es muss ihm höllische Schmerzen bereiten. Er ist nicht kampffähig. Ich gehe auf ihn zu, aber er spürt, dass ich komme, und dreht sich mit wütender Miene um.

»Warum kannst du nicht einfach mal tun, was ich dir sage?«, knurrt er, aber unter der Verärgerung höre ich einen flehenden Unterton, der mich stutzen lässt. Die Lieren sind fast bei ihm, ihre Klingen tanzen, und er wendet sich ihnen wieder zu, beugt leicht die Knie.

Prakesh ist hinter mir. »Wir müssen gehen. Jetzt.«

Ich fahre zornig zu ihm herum. »Wir können ihn nicht zurücklassen!«

»Doch, das könnt ihr«, sagt Carver und holt mit dem gesunden Arm zu einem gewaltigen Hieb aus, der einen der Angreifer seitlich am Kopf erwischt und ihn durch den Korridor zurückschleudert. Der andere Lieren hält überrascht inne, dann stürzt sich Carver auf ihn. Prakesh packt meinen Arm, dann verflüchtigen sich meine Zweifel, und wir rennen in die Dunkelheit, lassen Carver im Kampf um Leben und Tod hinter uns zurück.

# 48 | Riley

Es dauert lange, bis sich unsere Augen an die Dunkelheit im Tunnel angepasst haben. Im Moment wissen wir nur mit Sicherheit, dass wir in Richtung Garten unterwegs sind. Wir müssen langsam laufen, weil der Boden uneben ist, und die Gleise sind nicht mehr als dünne schwarze Linien. Unsere Schritte hallen im Zwielicht.

»Glaubst du, dass sie uns hierher folgen werden?«, fragt Prakesh leise.

»Wahrscheinlich. Aber sie werden uns nicht sofort sehen. Und wir haben einen guten Vorsprung.«

»Dank Carver.«

Dazu sage ich nichts.

Schließlich, nach Stunden, wie es scheint, erreichen wir den Garten. Der Bahnhof ist verlassen, von der einzelnen, in geisterhaftem Orange leuchtenden Lampe erhellt. Bald sind wir auf einem Laufsteg hoch über dem Haupteingang zum Nahrungslabor, von dem immer noch leichte Schwaden aus beißendem Rauch aufsteigen. Ich kann den Boden ganz unten nicht erkennen, aber ich kann dort Leute hören. Es klingt nicht nach einem Kampf, aber immer wieder werden wütende Stimmen lauter: Menschen, die um Lebensmittel bitten, die hineingelassen werden wollen.

In diesem Moment knistert es im Komsystem. Am anderen Ende der Galerie hängt ein riesiger Bildschirm, und als flackernd das Stationslogo erscheint, läuft mir ein kalter Schauder über den Rücken. Ich weiß genau, was jetzt kommt.

Darnell wird auf dem Bildschirm sichtbar. Er sitzt mit verschränkten Händen am Haupttisch im Ratssaal in Apex. Sein Körper ist zu groß für den Stuhl, er ragt hoch über dem Tisch auf. Darnell lächelt.

»Es wird Zeit, dass die Dinge etwas …« Er hält inne, als würde er nach dem richtigen Wort suchen, dann wird sein Lächeln noch breiter. »… unbequemer werden.«

Da er jetzt im Ratssaal ist, muss er sich nicht mehr ins Komsystem hacken, und die fehlerfreie Übertragung macht es irgendwie noch schlimmer. »Von hier aus haben wir die Kontrolle über die Steuerdüsen, können die Sauerstoffversorgung abschalten oder sogar ein kleines Signal losschicken, das jeden Wassertropfen in der Station zu nichts verdampfen lässt.«

Prakesh ist sehr still geworden. Seine Hand sucht meine und hält sie mit festem Griff. Ich kann den Blick nicht vom Bildschirm abwenden. Darnell lehnt sich zurück, legt die großen Hände auf den Bauch. »Aber all diese Möglichkeiten sind nicht genug. Nicht für die Menschen in dieser Station. Also haben wir die Konvektionssysteme von Außenerde vollständig abgeschaltet. Das ist nicht so wirksam wie Feuer, aber das Zuschauen macht wesentlich mehr Spaß.« Der Bildschirm wird schwarz.

Es dauert vielleicht eine halbe Sekunde, bis die Menge unter uns losbrüllt. Ich drehe mich zu Prakesh um, die Augen weit aufgerissen. Ich bin keine Wissenschaftlerin, aber ich weiß, wie die Station funktioniert. Und ich weiß, dass wir in ernsthafte Schwierigkeiten geraten werden.

Man kann Außenerde ohne allzu große Probleme beheizen. Aber sie abkühlen? Die Temperatur niedrig halten, wenn eine Million Menschen darin leben, wenn zahlreiche Energiequellen arbeiten und die Station regelmäßig dem direkten Sonnenlicht ausgesetzt wird, während sie ihrer Umlaufbahn folgt? Das ist keine leichte Aufgabe. An der Station sind große Lamellen angebracht, Konvektoren, die die überschüssige Wärme in den Weltraum abstrahlen. Sie sind auf Kühlflüssigkeit angewiesen, die durch Rohre in der gesamten Station zirkuliert, ein gewaltiger Blutkreislauf, der die Temperatur stabil hält. Wenn dieses System abgeschaltet wird, wenn die Flüssigkeit nicht mehr strömt …

»Wie viel Zeit bleibt uns noch?«, frage ich mit hoher und dünner Stimme.

Prakesh wendet den Blick ab, und für einen kurzen Moment denke ich, dass er mich nicht gehört hat. Doch dann sagt er: »Bis Darnells Frist abgelaufen ist, vermutlich. Ein Tag. Vielleicht weniger.«

»Könnte jemand in die Hauptsysteme eindringen und die Kühlung wieder einschalten?«

Er schüttelt den Kopf. »Nein. Vielleicht. Ich weiß es nicht.«

Wir stehen da und hören zu, wie sich unter uns das Chaos ausbreitet. Schließlich nimmt Prakesh die Hände vom Geländer. »Hier entlang«, murmelt er und richtet sich auf, doch statt sich in Bewegung zu setzen, bleibt er stehen, die Hände an den Oberschenkeln. Sein Gesicht ist schweißfeucht, sein Atem kommt in tiefen, keuchenden Zügen. Die Anzeichen sind nicht zu übersehen: die zitternden Waden, die eingefallenen Schultern. Jeder Neuling bei den Tracern macht das durch. Prakesh ist dank der Arbeit im Luftlabor durchtrainiert, aber er hat nicht die Muskeln und die Ausdauer eines Tracers. Nicht einmal ansatzweise.

Ich gehe in die Hocke, blicke zu ihm auf. Er versucht sich zu einem Lächeln zu zwingen, schafft es aber nicht.

»Gibt es dort zu essen und zu trinken? Wenn wir hineingekommen sind?«, frage ich. Er nickt. »Gut. Und ich hoffe, dass alles natürlich ist. Ich will nicht irgendein genetisches Zeugs essen.«

Er lacht. Ich stehe wieder auf. »Na los«, sage ich. »Wir sind fast da. Lass uns ins Luftlabor gehen, dann können wir uns ausruhen. Versprochen.«

Prakesh übernimmt die Führung und läuft los. Ich wünsche mir, er würde sich schneller bewegen, aber ich beiße mir auf die Zunge, überlasse es ihm, das Tempo vorzugeben. Er führt uns über den Laufsteg und hinunter durch ein Labyrinth aus Korridoren und Treppen, bringt uns durch mehrere mit Keypads gesicherte Türen. Die Korridore ändern sich ein wenig, die schlichten Metallplatten und eingelassenen Lampen weichen Reihen von Computern, von denen einige aussehen, als wären sie seit Jahrzehnten nicht benutzt worden. Das grelle weiße Licht von der Decke spiegelt sich in den dunklen Bildschirmen.

Ich mache mir Sorgen. Wir sind sehr nahe, und die Vorstellung, dass wir Garner vielleicht nicht finden – oder noch schlimmer, dass sich ihre Informationen als nutzlos erweisen –, nagt die ganze Zeit an mir.

»Wir sind da«, ruft Prakesh. Er ist ein Stück vorausgegangen, bis zu einer niedrigen Tür auf der linken Seite des Korridors. Er führt mich hindurch, und als ich den

Raum betrete, sehe ich, wie er an einer Wandplatte zerrt. Ich helfe ihm, wir ziehen beide kräftig daran, bis sie sich mit metallischem Kreischen löst. Der Raum dahinter ist staubig und schmutzig, aber von weiter hinten sickert ein wenig Licht durch.

Ohne ein Wort schlüpft Prakesh hinein. Ich folge ihm, und kurz darauf sind wir im Luftlabor.

Wir kommen auf einem der Gänge zwischen den Algentanks heraus. Die großen Bäume zeichnen sich als Silhouetten vor den Lichtern ab. In der Ferne sehe ich ein paar Techniker, die am Fuß eines Stammes irgendetwas machen.

Es sieht so aus, als wäre es Prakesh tatsächlich gelungen, das Luftlabor vor der Verwüstung des Brandes im Nahrungslabor zu schützen. Nach der abgestandenen und verrauchten Luft in der Galerie und den Korridoren ist sie hier erfrischend kühl. Ich habe erwartet, dass es im Labor von Technikern wimmelt, aber es sind nur ein paar da, hier und dort zwischen den Bäumen verteilt. Von einem der kleineren Gebäude auf der anderen Seite des Labors, die Prakesh als mobile Labors bezeichnet hat, sind Stimmen und lautes Hämmern zu hören. Anscheinend richtet man dort die neue Nahrungsproduktion ein.

»Lass uns im Kontrollraum nachsehen«, sagt Prakesh. Er zeigt auf das große Gebäude, das aus der Wand hervorragt und durch die Bäume zu erkennen ist. Dort hatte ich Darnell den Augapfel ausgehändigt. »Wenn sie nicht da drinnen ist, können wir das Labor absuchen.«

Wir machen uns auf den Weg zum Kontrollraum, laufen zwischen den Algentanks hindurch. Die Oberflächen sind glatt und ruhig, nur selten erzittern sie ganz leicht, als würde Wind über das Wasser streichen. Nach dem Wahnsinn des Kampfes gegen die Lieren und dem Lauf durch die Station wirken die Teiche beruhigend.

Der Kontrollraum ragt über uns auf, Treppen und Stromkabel führen dort hinauf. Der obere Teil befindet sich auf Höhe der Baumwipfel und ist mit schweren Fenstern ausgestattet. Von hier aus kann ich ins Innere blicken, und ich suche nach Anzeichen von Leben, aber da ist nichts. Nur jede Menge Computer, die hinter dem Glas blinken.

Prakesh zeigt auf eine schmale Treppe an der Seite, die zu einem Laufgang aus Metall hinaufführt, der sich rund um das Gebäude zieht. »Was wirst du tun, nachdem wir mit ihr gesprochen haben?«, fragt er.

»Ich weiß es nicht«, antworte ich. »Es hängt davon ab, was sie zu sagen hat. Vielleicht weiß sie, was Darnell aus Foster herausholen wollte.«

»Ich meine …« Er schüttelt den Kopf. »Wir haben diesen weiten Weg nur in gutem Glauben auf uns genommen, Riley.«

»Nicht …«, sage ich. Meine Stimme ist erschöpft und müde und verrät nichts von der Wut, die ich empfinde.

Er fährt unbeirrt fort. »Was ist, wenn sie uns nicht helfen kann? Was dann?«

»Ich weiß es nicht«, presse ich zwischen zusammengebissenen Zähnen hervor. Es klingt hilflos, armselig. Und er hat recht: Wenn sie uns nicht helfen kann, sind Yao – und vielleicht auch Carver – völlig umsonst gestorben. Ganz zu schweigen von Amira, die sonst wo stecken könnte.

Wir versuchen, möglichst wenig Lärm zu machen, aber bei jedem Schritt dröhnt und scheppert das Metall. Es klingt viel zu laut in der Stille des Luftlabors. Wir haben gerade den obersten Treppenabsatz erreicht und treten auf den Laufgang, als von tief unten eine Stimme ertönt, von irgendwo zwischen den Bäumen.

»Mein Angebot steht weiterhin. Nimm es lieber an. Es sei denn, du möchtest, dass stattdessen deine Freundin einen Körperteil opfert.«

Zhao.

Prakesh und ich ducken uns schnell hinter das Metallgeländer des Laufgangs. Dann sehe ich sie durch eine Lücke zwischen den Platten. Sie sind zu fünft, angeschlagen und blutig, aber sehr lebendig. Zhao steht hinten, mit verschränkten Armen und tödlicher Miene. Und zu seinen Füßen, die Hände hinter dem Rücken gefesselt, die Augen geschlossen, liegt Amira.

Plötzlich habe ich viel zu viel Speichel im Mund – das Gefühl, kurz bevor man sich übergeben muss. Von Kev oder Carver ist nichts zu sehen. Zhao redet weiter, mit lauter Stimme, und nun ist ihm die Verärgerung deutlich anzuhören. »Du glaubst, ich mache nur einen Scherz? Ich weiß, dass du irgendwo da oben bist – du und dein Wissenschaftlerfreund.«

*Ich weiß, dass du irgendwo da oben bist.* Wir befinden uns an der Seite des Gebäudes, zum Teil hinter der Krümmung der Wand des Kontrollraums verborgen. Er hat gesehen, wie wir hinaufgestiegen sind, aber er weiß nicht, wo wir jetzt sind. Ich suche Prakeshs Blick und sehe, dass auch er es erkannt hat.

Er beugt sich vor, flüstert ganz nah an meinem Ohr. »Ich werde schnell in den Kontrollraum rennen. Warte auf mein Signal.«

»Signal?«, zische ich zurück, aber er ist schon auf den Beinen und rennt über den Laufgang zu einer Tür. Ich höre einen Triumphschrei von unten, als Zhao ihn sieht, und ich muss mich zwingen, nicht aufzuspringen.

»Es nützt dir nichts, wenn du dich versteckst«, ruft Zhao. »He, Riley!« Das Lachen in seiner Stimme jagt mir einen eiskalten Schauder über den Rücken. »Glaubst du, deine Freundin hier wird es merken, wenn wir anfangen? Marco hat ihr einen kräftigen Schlag gegen den Schädel verpasst, aber ich hoffe, dass sie wach genug ist, um zu spüren, was geschieht.«

Ich habe die Hände so fest zu Fäusten geballt, dass sie ganz weiß geworden sind. Jede Zelle meines Körpers schreit mich an, dass ich Amira helfen soll. Was kann Prakesh tun? Welche Waffen hofft er im Kontrollraum zu finden? Säcke mit Kunstdünger?

# 49 | Prakesh

Zufällig ist Kunstdünger genau das, was Prakesh im Sinn hat. Genauer gesagt, denkt er an Ammoniumnitrat.

Er stürmt durch die Tür zum Kontrollraum des Luftlabors, ohne die Rufe der Lieren von unten zu beachten. Er rechnet damit, hier auf einige Techniker zu stoßen, aber alle sind in den mobilen Labors, und zum Glück ist hier niemand zurückgeblieben. Oren Darnells Wasserfässer stehen vor der Rückseite des Raums, die Oberfläche ist leicht gekräuselt.

Das einzige Innenlicht kommt von den Computerbildschirmen. Prakesh rennt immer noch, und er sieht den umgeworfenen Stuhl erst, als seine Füße sich darin verheddern. Er geht zu Boden, schlägt sich die Nase blutig, hämmert frustriert mit den Fäusten auf das Metall, während er versucht, wieder auf die Beine zu kommen.

Blut läuft ihm über das Kinn, und er spürt, dass auch seine Unterlippe anschwillt. Er ignoriert es, stolpert zu den Bildschirmen hinüber und sucht hektisch nach dem richtigen Menü.

Prakesh weiß, wie sich Feuer verhält. Jeder einzelne Techniker in der Station macht einen Brandschutzkurs mit, in dem Dinge wie Rauchgasexplosionen, Kettenreaktionen und Oxidatoren erklärt werden. Selbst ein Feuer, das sich wie eine Flüssigkeit ausbreitet und sich durch chemischen Schaum brennt, muss sich in gewisser Hinsicht wie jedes andere Feuer verhalten. Man kann ihm die Luft entziehen, doch dann schläft es nur, schwelt langsam weiter. Wenn man die richtige Luftmischung zuführt und eine geeignete Zündquelle hat, kann man dieses Feuer wieder entfachen.

Prakesh pumpt Luft vom Luftlabor zum Nahrungslabor. Er muss den Zustrom präzise steuern, ihn umkehren und genau im richtigen Moment wieder unterbrechen. Wenn er es verpatzt, würde er das gesamte Luftlabor vernichten.

Innerhalb weniger Sekunden ist der Sauerstoffgehalt der Luft im Nahrungslabor angestiegen. Prakesh hat sich bereits eine Zündquelle ausgesucht. Die Hauptsicherungsanlage des Nahrungslabors dürfte durch den Brand zerstört worden sein, aber Prakesh benötigt sie nicht. Es ist sogar gut, dass sie zerstört ist, weil er nur einen Funken braucht. Ein einziges Kabel mit verbrannter Isolierung müsste genügen.

Er knirscht mit den Zähnen und schaltet die Sicherungsanlage ein.

Nichts. Die auf dem Bildschirm angezeigten Energiewerte ändern sich nicht.

Blut tropft von seiner verletzten Nase auf den Bildschirm. Er drückt erneut auf den Startbefehl für die Hauptsicherungsanlage, dann ein drittes Mal – er will, dass sie aktiviert wird.

# 50 | Riley

Ich wage einen weiteren Blick über das Geländer, und was ich sehe, lässt meinen Atem stocken.

Einer der Lieren, der mir den Rücken zukehrt, hockt vor Amira und zieht ihr langsam eine Messerklinge über die Stirn. Sie rührt sich, stöhnt, als das scharfe Metall ihre Haut berührt.

»Du hast noch etwa zehn Sekunden, bis wir anfangen«, kündigt Zhao an. »Und ich sollte dich vorwarnen: Wenn meine Jungs erst einmal loslegen, sage ich ihnen niemals, dass sie aufhören sollen.«

Etwas kitzelt in meiner Kehle. Ich versuche es zu ignorieren, aber es kommt immer wieder, verlangt nach Aufmerksamkeit.

Ich blicke nach oben und reiße die Augen auf: Die gesamte obere Hälfte des Hangars ist von grauem und weißem Rauch erfüllt. Die Lüftung wurde eingeschaltet, und nun wird der Rauch vom Feuer im Nahrungslabor hereingepumpt, sinkt langsam im Luftlabor nach unten.

*Prakesh, du Genie!*

»Du hast es so gewollt«, sagt Zhao, doch dann höre ich einen verblüfften Ruf von einem Lieren. Der Rauch wird immer dichter. Ich lege mich mit dem Kopf auf den Boden, wo die Luft noch sauberer ist.

Ich fülle meine Lunge und halte den Atem an.

Zhaos Stimme weht von unten herauf. »Woher kommt

das? Marco, ich dachte, du hast gesagt, es würde nur im Nahrungslabor brennen.«

»So war es auch!«, erwidert Marco, dessen Stimme durch die eingeschlagene Nase gedämpft klingt. »Zhao, ich weiß nicht, was das zu bedeuten hat.«

Der Rauch ist jetzt bis zum Boden gesunken und hüllt die Lieren in weißen Dunst. Und in diesem Moment stehe ich auf, während die Wut wie ein heißer Glühfaden in meinen Adern brennt, und springe vom Laufgang.

Unter mir kann ich nichts mehr sehen, weil der Rauch zu dicht geworden ist. Ich ziehe die Arme und Beine an, bereite mich darauf vor, mich nach der Landung abzurollen. Als ich dann auf den Boden treffe, eine Sekunde später, explodiert in meinen Fußknöcheln ein Schmerz, der schnell durch meine Beine bis zum Ansatz meiner Wirbelsäule hinaufschießt.

Aber ich war darauf vorbereitet, und noch bevor ich den Schmerz registriere, rolle ich mich vorwärts ab. Die Landung zwingt mich zum Ausatmen, und als ich dann aufspringe, nach den Lieren Ausschau halte, muss ich wieder einatmen. Der Rauch dringt ein, krallt sich in meiner Kehle fest, aber es ist gerade noch genügend Sauerstoff vorhanden.

Ein Lieren taucht vor mir im Rauch auf. Diesmal halte ich mich nicht mit Faustschlägen auf. Ich ducke mich, lenke die ganze Energie meiner Rolle in einen Schulterstoß, der ihn an den Knien erwischt.

Er ist wesentlich größer als ich, aber meine Wut verleiht mir Kraft, und er wird herumgeschleudert, fliegt mit wedelnden Armen und Beinen über mich hinweg. Ich sehe kurz seinen völlig überraschten Gesichtsausdruck, dann ist er weg, prallt so heftig auf den Boden, dass ich seinen Schädel knacken höre.

Keine Zeit, mich zu beglückwünschen. Noch bevor ich wieder auf den Beinen bin, erscheint im Rauch ein weiterer Lieren, der mit einem Messer herumfuchtelt. Er stößt zu, die Augen weit aufgerissen, aber ich weiche nach links aus, packe sein Handgelenk und reiße es hoch. Sein Schmerzensschrei wird eine Sekunde später abgeschnitten, als ich ihm meinen Ellbogen in den Mund ramme. Ich spüre durch den Ärmel meiner Jacke, wie ihm ein Zahn abbricht, aber ich stoße ihn bereits zur Seite.

Es ist ganz anders, als wenn ich renne. Dann bin ich auf Autopilot, mein Körper reagiert auf mein Muskelgedächtnis, alles läuft so mühelos ab, als wäre es eine zweite Haut. Und das hier? Es fühlt sich an, als hätte man mich an den Fusionsreaktor der Station angeschlossen und den Schalter umgelegt. Meine Muskeln sind Stahlstäbe, meine Zähne sind zusammengebissen, mein Sichtfeld ist glasklar, obwohl der Rauch immer dichter wird. Alles, was Amira mir über das Kämpfen beigebracht hat, erfüllt mein Bewusstsein, als hätte ich ein Buch aufgeschlagen. Im Hintergrund liegt irgendwo das unbedeutende Brennen in meiner Lunge, die vom Rauch verätzt wird.

Zwei weitere Lieren materialisieren im Zwielicht. Einem verpasse ich einen Schlag in die Eingeweide, mit sämtlicher Energie, die ich meinem Körper abringen kann. Er geht nieder, aber einen Sekundenbruchteil später entflammt eine Linie aus Feuer auf meiner Schulter. Der andere Lieren hat mich getroffen, mit seinem Messer die Haut durch meine Jacke aufgeschlitzt. Sofort ist mein Arm nass von heißem Blut. Aber der Schmerz stärkt meine Konzentration noch mehr, und ich wirbele herum, ducke mich unter seinem nächsten Hieb weg, bevor ich ihm meinen Handballen ins Gesicht ramme.

Er versucht den Schlag zur Seite abzulenken, aber er ist zu langsam, und ich spüre, wie sein Unterkiefer bricht. Er verdreht die Augen und geht zu Boden. Der Rauch ist jetzt fast undurchdringlich. Mein letzter Rest Frischluft ist aufgebraucht, und in der kurzen Kampfpause schießt der Schmerz in meiner Lunge nach oben bis in den Schädel. Ich werde von einem Hustenanfall geschüttelt, bin mir nur vage bewusst, dass mein rechter Arm klebrig von Blut ist.

Als ich eine Hand hebe, um sie auf die Wunde zu legen, kommt Zhao Zheng durch den Dunst gestürmt, mit zwei Messern in den Händen und Mordlust im Gesicht.

Mir bleibt ein kurzer Moment, mich zu fragen, woher er die Messer hat, ob er sie bereits bei sich getragen hat oder ob er sie den kampfunfähigen Lieren abgenommen hat, dann werfe ich mich zurück, ducke mich in eine unbeholfene Rolle, während ein Messer so nahe an mir vorbeizischt, dass ich den Luftzug auf der Stirn spüre. Das Adrenalin, das mich konzentriert gehalten hat, das es mir ermöglicht hat, die Lieren so mühelos niederzustrecken, ist jetzt aufgebraucht, wird durch eine bleierne Erschöpfung ersetzt. Ich springe aus der Rolle auf, mit brennender Brust und verschwommenem Blickfeld, als Zhao erneut auf mich zustürmt.

Ohne gutes Kampfgeschick überlebt man nicht lange als Anführer einer Gang von Außenerde. Ich weiche zweimal aus, suche verzweifelt nach einer Lücke in seiner Deckung, aber Zhao lässt mich nicht an sich heran. Eine

Klinge streift meine Stirn, versengt sie schmerzhaft. Blut tropft mir in die Augen, als ich versuche, hinter ihn zu gelangen. Er stößt nach rechts, doch als ich mich wegducke, wird mir klar, dass es eine Finte war – nur eine blitzschnelle Reaktion bewahrt mich vor einem Stich in den Bauch. Er springt vor, führt diesmal beide Klingen, ist sich seiner Zielgenauigkeit bewusst.

Eine schwarze Gestalt explodiert aus dem Dunst, packt ihn an den Hüften und schleudert ihn durch die Luft. Zhao und Prakesh krachen zu Boden, in einem Gewirr aus Gliedmaßen. Prakesh rollt weg, und dann springe ich auf meinen Feind, ramme ihm mein Knie in die Kehle. Zhao hat ein Messer verloren, aber das andere hält er weiterhin mit festem Griff. Er versucht es zu heben, aber ich packe seine Hand und drehe sie.

Zhao brüllt vor Wut, lässt die Klinge fallen. Er will aufstehen, doch ich treibe ihm erneut mein Knie gegen den Hals, mit aller Boshaftigkeit, die ich aufbringen kann. Er würgt, ringt nach Atem, versucht wieder, mich abzuwerfen, aber er hat nicht mehr genug Kraft. Seine Arme schlagen mich, aber ich spüre sie kaum.

Dann prügele ich auf ihn ein. Und ich höre nicht mehr auf.

Meine Fingerknöchel reißen auf, während sein Gesicht zu einer blutigen Masse wird. Ich brülle irgendetwas, vielleicht Worte, ich weiß es nicht. Vor meinen Augen ist alles weiß, ich kann nicht mehr sagen, wo der Rauch aufhört und mein Sichtfeld beginnt. Meine Hände werden taub, und erst als sein Gesicht nur noch aus blutigen Fetzen und gebrochenen Zähnen besteht, zieht Prakesh mich von ihm herunter.

»Riley, es reicht jetzt«, sagt er. Mein Instinkt will, dass ich mich aus seinem Griff befreie, um mich erneut auf Zhao zu stürzen, aber ich tue es nicht. Entsetzen und Euphorie durchströmen mich, kollidieren miteinander.

Wir stehen schwer atmend da, und mir wird bewusst, dass ich richtige Luft in meine Lunge sauge. Ich blicke mich verblüfft um. Der Rauch scheint sich ein wenig geklärt zu haben, treibt durch das Luftlabor davon. Anscheinend hat Prakesh die Lüftung wieder auf Normalbetrieb umgestellt. Zhao liegt vor uns, atmet mit feuchten, keuchenden Zügen. Sein Gesicht ist völlig zerstört.

Und dann höre ich von den Bäumen: »Ist es vorbei?«

Ihre Hände umklammern ein blaues Tuch, das ihr vom Kopf gerutscht ist, das sie gegen ihre Kehle drückt. Ihr Gesicht ist von Sorgenfalten gerunzelt, ihre Schultern zittern.

Grace Garner.

# 51 | Riley

Ich muss mich zusammenreißen, um das Wasser im Becher nicht zu gierig zu trinken. Ich nehme kleine Schlucke, genieße es.

Amira, Garner und ich sind in einem Kontrollraum hoch oben im Luftlabor. Es ist dunkel, die einzige Beleuchtung kommt von den Bildschirmen und den Kontrollkonsolen an den Wänden.

Das Wasser hilft, aber gegen meine schmerzenden Fingerknöchel kann ich nichts tun. Prakesh sieht nach den Bäumen, vergewissert sich, dass die jungen keinen Schaden durch den Rauch genommen haben.

Ich sitze auf einem Haufen Düngersäcke, meine Hände pulsieren vor Schmerz. Ich habe sie halb zu Fäusten gekrümmt, und meine Finger sind kaum mehr als zerrissene Hautstreifen. Die Schnitte in meinem Arm und auf meiner Stirn sind nicht tief, aber sie brennen heftig. Amira, von ihren Fesseln befreit, lehnt sich gegen eine Konsole, massiert ihre Handgelenke. Auf ihrer Wange bildet sich bereits ein hässlicher schwarzer Bluterguss.

Sie hat kein Wort gesagt, seit wir sie hier heraufgebracht haben, hat sich nur gelegentlich die Stümpfe ihrer fehlenden Finger gerieben. Irgendwo hat sie ihren Schal verloren, und ihr Gesichtsausdruck ist unlesbar.

Neben ihr sitzt Grace Garner auf dem einzigen Stuhl im Raum, vorgebeugt, die Hände um einen Becher mit Wasser gelegt. Ihr Gesicht scheint viel mehr Falten als bei unserer ersten Begegnung zu haben. Ich will sie nach Darnell fragen, nach Gray, Marshall Foster, den Söhnen der Erde, nach allem. Aber irgendetwas sagt mir, dass ich damit noch warten sollte.

Mehrere Male öffnet Garner den Mund, scheint sprechen zu wollen, hält jedoch immer wieder inne, als wüsste sie nicht genau, womit sie anfangen soll. Schließlich sagt sie: »Ich dachte schon, Sie würden gar nicht mehr kommen.«

Unwillkürlich muss ich lächeln. »Die Züge hatten Verspätung.«

Sie lächelt nicht. »Ich wurde von der Menge aufgehalten, nachdem …« Sie räuspert sich. »Nachdem die Bomben hochgingen. Ich habe erst viel später erfahren, dass es auch im Garten eine Explosion gab. Es war schrecklich. Die Leute schrien, schubsten mich herum.«

»Wie sind Sie ins Luftlabor gekommen?«

»Ich habe sehr lange gebraucht, um hierherzukommen, und dann wurde es immer schlimmer. Die Menge versuchte einzubrechen. Um Lebensmittel zu plündern, glaube ich. Dann kamen Schutzpolizisten und versuchten sie zurückzuhalten. Ich kannte einen von ihnen und bat ihn, mich zu verstecken. Sein Blick, als er mich sah … es war, als würde er mich überhaupt nicht wiedererkennen.« Dabei bricht ihre Stimme, und stumme Tränen laufen über ihre Wangen.

Sie schüttelt den Kopf und scheint sich zusammenzureißen, um weitersprechen zu können. »Aber dann hat er mir doch geholfen. Hat mich durch einen Hintereingang hineingebracht. Dieser Mann, zu dem ich gehen sollte, der bei Ihnen war … ich konnte ihn hier nicht finden. Andere waren da, andere Techniker. Sie jagten mich, aber ich entkam ihnen und versteckte mich. Dann kam der Rauch, und dann …«

»Dann haben Sie uns gefunden«, sagt Amira. Ihre Stimme ist ein ungeduldiges Krächzen.

»Grace«, sage ich. »Sie haben mit Marshall Foster zusammengearbeitet. Warum wurde er getötet?«

Etwas verändert sich in ihren Augen – ein winziges Fragment einer alten Stärke, die langsam zurückkehrt. Erst dann bemerke ich die hohen Wangenknochen, die immer noch vollen Lippen. Vor Jahren muss sie sehr hübsch gewesen sein.

»Ich war lange Zeit seine Assistentin«, antwortet sie. »Ich habe für ihn gearbeitet, als er dem Rat angehörte. Er war für die digitalen Systeme von Außenerde zuständig – all die Computercodes und Subroutinen, die die Station in Betrieb halten, wurden von ihm gewartet. Marshall bat mich mit ihm zu kommen, als er sich zur Ruhe setzte. Also ließen wir uns in Apogäum nieder. Wir standen uns sehr nahe, näher, als Sie sich vorstellen können. Und dann …«

Sie verstummt, senkt den Kopf.

»Gray«, sage ich.

Garner nickt. »Ich war zu Hause und habe gelesen. Marshall sammelte Bücher, hauptsächlich während seiner Zeit als Ratsmitglied. Eine verrückte Gewohnheit, aber mir hat es gefallen. Ich war völlig in das Buch vertieft und hörte gar nicht, wie Marshall hereinkam. Ich bemerkte ihn erst, als er meine Hände packte. Ich habe ihn noch nie so erschrocken erlebt. Er sagte nichts, zog mich nur vom Stuhl hoch. Er wollte mir nicht erklären, was geschehen war. Er öffnete eine Bodenplatte zu unserem kleinen Lagerraum und sagte mir, dass ich hineingehen soll. Der Raum ist winzig, und selbst zusammengekauert habe ich kaum hineingepasst.«

»Also haben Sie ihm einfach gehorcht?«, fragt Amira.

»Was hätte ich sonst tun sollen?«, erwidert Garner mit klagendem Unterton. »Ich hatte *mein ganzes Leben lang* seinen Anweisungen gehorcht. Und mir war klar, dass er mich in Sicherheit bringen wollte. Ich wollte wissen, was los ist, aber er wollte mir immer noch nichts sagen. Ich hatte ihn noch nie so erlebt. Und trotzdem ... wollte er mir nicht erklären, worum es geht.«

»Was hat er gesagt?«, frage ich.

»Er sagte, dass es ihm leidtut. Ganz gleich, was geschieht, er ... er liebt mich, und es tut ihm leid, was er getan hat, aber ich soll mich so lange wie möglich verstecken. Ich sagte ihm, dass ich nicht verstehe, wovon er redet, dass er sich für nichts entschuldigen muss. Doch dann sagte er, dass er mir etwas anderes erklären muss, dass nicht viel Zeit bleibt.«

Die Tränen strömen über ihre Wangen. Ihre Hände liegen schlaff in ihrem Schoß. Ich kann mir gar nicht vorstellen, was sie durchgemacht hat, als sie sich in den Bäumen versteckt hat, um auf jemanden zu warten, der vielleicht nie auftaucht. Zu wissen, dass ihre ganze Welt zusammenbricht und der Mann, dem sie vertraut hat, nicht mehr lebt.

Nach einer Weile erhebe ich mich von den Düngersäcken und gehe zu ihr hinüber, hocke mich vor sie hin. Ihr Gesicht ist gerötet und fleckig, feucht von den Tränenspuren. »Ich weiß, dass es schwer für Sie ist«, sage ich, »aber uns läuft die Zeit davon. Es gibt Menschen, die Außenerde vernichten wollen, und was Marshall Foster Ihnen gesagt hat, könnte uns helfen, sie daran zu hindern.«

Ich weiß nicht, ob es tatsächlich so ist oder nicht. Aber ich muss es versuchen.

»Er sagte mir, dass ich zu einer Tracer namens Riley Hale in Apogäum gehen soll«, sagt sie.

»Warum zu mir?«

»Ich weiß es nicht. Er sagte mir, dass ich Ihnen eine ganz bestimmte Information geben soll ... aber für mich ergibt sie überhaupt keinen Sinn. Ich weiß nicht, was es bedeutet. Ich habe ihn bedrängt, es mir zu erklären, aber er sagte ... er sagte, wir hätten nicht genug Zeit. Das Letzte, was er zu mir sagte, war, dass Sie wissen, wie Sie es einsetzen müssen, wenn die Zeit gekommen ist.«

Ich blicke zu ihr auf, und sie sagt: »Ich soll Ihnen nur ein Wort sagen. Iapetus. Das ist alles.«

Anscheinend bemerkt sie meinen verwirrten Gesichtsausdruck. »Das ist einer der Monde des Saturn«, sagt sie. »Aber ich hatte nie die Gelegenheit, ihn zu fragen, was das Wort bedeutet oder wofür es noch benutzt wird.« Sie zuckt hilflos mit den Schultern. »Er nannte dieses Wort, und dann war er fort. Ich habe ihn nie wiedergesehen.« Noch mehr Tränen kommen.

*Iapetus.*

Ich durchsuche mein Gedächtnis, ob ich das Wort schon einmal in einem anderen Zusammenhang gehört habe. Aber da ist nichts. Wie kam Foster darauf, dass ich etwas damit anfangen könnte? Ich habe ihn nie getroffen, ich habe das Wort nie zuvor gehört, und selbst wenn, habe ich keine Ahnung, wie es uns gegen Darnell helfen sollte.

Doch bevor wir irgendwelche Schlussfolgerungen ziehen können, ertönt ein Knall. Der Krach ist gewaltig, wird sofort durch ein Pfeifen in meinen Ohren ersetzt. Der Stuhl, auf dem Garner sitzt, kippt nach hinten um. Blut flammt in ihrem Brustkorb auf, spritzt schwarz auf ihr Kopftuch.

Sie scheint in Zeitlupe zu stürzen, die Arme seitlich ausgestreckt, als wollte sie sich abfangen. Einen schrecklichen Moment lang sehe ich die Überraschung in ihrem Gesicht, während das Leben bereits in ihren Augen verblasst. Sie landet auf dem Boden, und dann ist nur noch Stille. Nichts außer dem Pfeifen in meinen Ohren.

Ich drehe mich um und sehe Amira. Sie hält einen Stinger in der Hand. Und während ich zusehe, schwenkt sie die Waffe herum, bis sie genau auf meine Brust zeigt.

# 52 | Prakesh

Die anderen Techniker scheinen sich in Sicherheit gebracht zu haben, als der Rauch eingeleitet wurde. Prakesh steht allein auf dem Boden des Luftlabors, und er kann sich nicht erinnern, wann es hier das letzte Mal so still war. Das einzige Geräusch ist das ferne Summen des Lüftungssystems, das den Rest des Rauchs aus den Labors saugt. Nur noch wenige Schwaden hängen zwischen den Baumwipfeln.

In Wirklichkeit stellte der Rauch gar keine Gefahr für die Bäume oder die Algen dar. Prakesh hat es Riley nur gesagt, um sich von ihr entfernen zu können. Er hat etwas Zeit zum Nachdenken gebraucht.

Er läuft zum mobilen Labor hinüber, macht einen Umweg über die blutige Stelle, wo Riley sich mit Zhao geprügelt hat. Er blickt immer wieder zum Hauptfenster des Kontrollraums auf, aber darin spiegelt sich das Deckenlicht, sodass er hinter dem weißen Glanz nichts erkennen kann.

Er muss sich eine Möglichkeit ausdenken, wie er bei ihr bleiben kann.

Prakesh ist sich bewusst, dass er getan hat, was er versprochen hat. Er hat Riley und Amira ins Luftlabor gebracht. Sie haben Garner gefunden. Prakesh weiß nicht, was sie ihnen erzählen wird oder was sie als Nächstes tun werden, aber er weiß, dass es keinen guten Grund für ihn gibt, bei ihnen zu bleiben. Riley wird ihm sagen, dass er sich versteckt halten soll, dass er im Luftlabor bleiben soll, damit sie und Amira das tun können, was auch immer sie tun müssen.

Riley kann auf sich selbst aufpassen. Das weiß Prakesh. Aber das hält ihn nicht davon ab, sich zu wünschen, bei ihr zu sein. Wenn er bei ihr ist, kann er …

Er stöhnt frustriert, legt die Hände auf den Rand eines Algentanks. Seine Fingerspitzen berühren das Wasser, schicken eine Welle über die Oberfläche, sodass sein Spiegelbild verzerrt wird.

*Sie will dich nicht*, denkt er. *Nicht so, wie du sie willst.*

Er stößt sich vom Tank ab, geht weiter zum mobilen Labor. Er wird trotzdem nach den Bäumen sehen. Ein paar Instrumente holen, die pH-Werte überprüfen, die Temperatur der Algentanks, irgendetwas tun, um sich abzulenken.

Er braucht einige Minuten, bis er das mobile Labor erreicht hat. Der größte Teil der Ausrüstung befand sich in den Lagern, wo es vom Feuer zerstört wurde, aber hier liegen noch einige Dinge auf den Regalen herum. Prakesh betrachtet sie, ohne sie tatsächlich zu sehen. Schließlich greift er nach einem pH-Messgerät, mehr oder weniger automatisch, und wendet sich zum Gehen. Vielleicht macht er sich zu viele Gedanken. Vielleicht kann er …

Dann hört er etwas, aber nur ganz leise. Einen Knall, dann den Nachhall.

Er hält für einen Moment verwirrt inne, und er braucht eine Sekunde, um das Geräusch einzuordnen. Ein abgefeuerter Stinger. Ein einziger Schuss. Er lauscht angestrengt, aber der Knall wiederholt sich nicht. Zuerst glaubt er, dass er von irgendwo aus dem Innern des Luftlabors kam, aber es klang sehr weit entfernt, und das Echo hat das Geräusch verwischt. Er kann die Richtung nicht einschätzen.

Prakesh dreht sich um, will der Sache auf den Grund gehen.

Doch dann blickt er in einen anderen Stingerlauf, nur wenige Zentimeter von seinem Gesicht entfernt.

Der Lauf ist ein riesiges schwarzes Loch, das alles Licht aufsaugt. Prakesh wird sich deutlich jeder Bewegung bewusst, jedes Zuckens seiner Finger, jedes Atemzugs. Er zwingt sich zur Konzentration, zwingt sich, über den Lauf hinauszublicken, auf die Person dahinter.

Es ist ein Stomper. Die Achselhöhlen seiner grauen Uniform sind schweißgetränkt, seine dunkle Haut und der Schädel mit dem kurz geschorenen Haar glänzen feucht. Prakesh hat ihn schon einmal gesehen, doch es dauert eine Weile, bis er sich erinnert, wo es war. Der Mann war einer der Stomper, die Arthur Grays Werkstatt neben dem Monorail-Tunnel gestürmt haben.

»Zeigen Sie mir Ihren Ausweis«, sagt der Stomper.

Prakesh versucht zu atmen. »Ich bin ein Techniker. Okay? Ich arbeite im Luftlabor.«

»Zeigen Sie mir Ihren Ausweis«, wiederholt der Stomper.

»Wirklich, schießen Sie nicht auf mich, mein Name ist Prakesh Kumar. Ich war dabei, als Arthur …«

*»Zeigen Sie mir Ihren Ausweis, sofort.«* Der feste Griff um den Stinger lässt keinen Zweifel daran, dass der Stomper ihn nicht noch einmal auffordern wird, und er lässt nicht erkennen, dass ihm Prakeshs Name irgendetwas sagt.

Prakeshs Hand bewegt sich dorthin, wo die Tasche seines Laborkittels wäre, wenn er einen tragen würde, dann hält er inne. »Ich habe ihn verloren.«

Er hat keine Zeit, sich darüber zu ärgern, wie idiotisch das klingt, weil er sieht, wie sich der Finger ein wenig am Abzug bewegt. »Falsche Antwort«, sagt der Stomper. »Die Techniker haben das Labor geräumt und von eindringendem Rauch gesprochen, und jetzt finde ich Sie hier. Mitkommen.«

Prakesh setzt sich in Bewegung, ist sich schmerzhaft des Stingers bewusst. Er weiß nicht, was er mit seinen Händen machen soll.

Er hört einen weiteren Knall, fern und hallend. In diesem Moment blicken sowohl Prakesh als auch der Stomper in Richtung Kontrollraum, und der Blitz ist nicht zu übersehen, das weiß-gelbe Stingerfeuer, das durch die Fenster des Kontrollraums dringt.

»Riley«, keucht Prakesh.

Und bevor der Stomper ihn aufhalten kann, rennt er los.

# 53 | Riley

Die Zeit bleibt stehen.

Amira hält den Stinger mit beiden Händen umklammert, den Finger am Abzug. Ein winziger Rauchfaden steigt vom Lauf auf, fängt das Licht eines Bildschirms auf. Einen verrückten Moment lang frage ich mich, wie sie es geschafft hat, die Waffe zu behalten, als sie von Zhao gefangen genommen wurde.

Ihre Augen sind eiskalt. Sie hat denselben Gesichtsausdruck wie im Gefängnis, als sie mich befreit hat. Sorge und Wut, die miteinander ringen.

Irgendwann finde ich meine Sprache wieder, setze mit zitternder Stimme an. »Amira, was tust du?«

»Nicht«, sagt sie.

Ihre Stimme bricht leicht. Muss sie nachladen? Kann sie einfach noch einmal feuern? Ich kann es nicht sagen.

Mein Blick fällt auf Garners Leiche. Ihre Beine sind zur Seite gekippt, als sie mit dem Stuhl zu Boden ging, und nun liegt sie ausgestreckt da. Ich sehe, wie ihre Hand hinter dem Kopf ganz leicht zuckt. »Sie ist noch am Leben.« Ich sehe Amira an, versuche, die Verzweiflung in meiner Stimme zu unterdrücken. »Wir müssen ihr helfen.«

»Nicht, habe ich gesagt.«

Sie tritt einen Schritt vor, die Waffe immer noch genau auf mich gerichtet. »Dreh dich um.«

Ich tue, was sie sagt. Zitternd. Ich gehe in Gedanken

schnell die letzten paar Stunden durch, suche nach einem Grund, warum sie so handelt. Ich sehe, wie sie mich aus dem Gefängnis holt. Wie sie in den Höhlen versucht hat, uns zu überzeugen, ohne den Rest des Teams nach Garner zu suchen. Wie sie den Tänzern sagte, dass sie sich aufteilen sollten, als wir von Zhao angegriffen wurden. Und nun sind sie und ich allein mit Garner.

»Du hast uns getäuscht, nicht wahr?«, murmele ich und höre überrascht eine Spur von stählerner Entschlossenheit in meiner Stimme. »Die ganze Zeit. Du hast alles geplant.«

Die Waffe berührt leicht meinen Hinterkopf.

»Es tut mir leid, Riley«, sagt sie. »Ich wünschte, es wäre anders gekommen, aber nun ist es, wie es ist.«

Mein Blick geht zurück zu Garner, und diesmal bleibt die Hand still. Etwas in mir sagt mir, dass ich weiterreden soll. *Spiel auf Zeit. Vielleicht kommt Prakesh zurück.*

»Sag mir, warum. Wenigstens das bist du mir schuldig.«

»Du bist die einzige Person, mit der Garner gesprochen haben dürfte. Du musstest sie finden. Aber nachdem wir die Information hatten, dieses Wort, was auch immer es bedeutet, gab es keinen Grund mehr, sie am Leben zu lassen. Dasselbe gilt für dich.«

Die Erkenntnis legt sich wie eine schwere Decke über mich. »Du gehörst zu Darnells Schläfern. Du gehörst zu den Söhnen der Erde.«

»Ja.« Sie sagt es flüsternd.

Vielleicht ist es Instinkt. Man kann es nennen, wie man will, aber ich weiß, dass sie im nächsten Moment abdrücken wird. Jetzt. Genau in dieser Sekunde.

Ich werfe den Kopf zur Seite. Sie feuert. Die Kugel kommt mir so nahe, dass ich spüre, wie sie an meinem Ohr vorbeisaust. Amira schreit wütend auf, schwingt die Waffe herum. Aber mein Instinkt ist immer noch aktiv.

Ich reiße den linken Arm hoch, packe ihr Handgelenk und drehe. Sie knurrt, aber sie lässt die Waffe nicht los, folgt meiner Bewegung. Ich merke, wie sie ihr Gewicht verlagert, wie sie versucht, mich aus dem Gleichgewicht zu bringen. Ihre freie Hand holt aus, schlägt gegen mein Ohr, das in lautem Schmerz explodiert. Mir wird schwindlig, und sie versucht, mich abzuschütteln, aber irgendwie schaffe ich es, sie weiter festzuhalten.

Das kann nicht Amira sein. Dieses wütende Ding über mir muss jemand anders sein, eine ganz andere Person, *etwas*, das ihren Körper übernommen hat. Es kann nicht dieselbe Amira sein, die mich vor vielen Jahren gerettet hat.

Doch ein Teil von mir – der Instinkt, der mir das Leben gerettet hat, als sie die Waffe abfeuerte – weiß es besser.

Amira ist die beste Kämpferin, die ich je erlebt habe. Meine einzige Hoffnung, sie überwältigen zu können, ist ihr Stinger.

Und dann erinnere ich mich an etwas anderes.

Außerdem war sie eine der besten Lehrerinnen.

Wir stürzen zu Boden. Sie landet auf mir, kratzt mit den Fingernägeln meine Stirn auf, öffnet wieder den Schnitt, den die Lieren mir zugefügt haben. Sie wehrt sich gegen meinen Griff, mit dem ich ihr Handgelenk festhalte, versucht die Waffe herumzudrehen, sie mir ins Gesicht zu drücken.

Ich greife nach oben, zerre den Stinger an meinem

Gesicht vorbei und zur Seite. Mir stockt der Atem in der Kehle – Amira ist so schnell, dass sie genau in diesem Moment hätte abdrücken können –, aber sie tut es nicht, und dann ist die Waffe auf meiner rechten Seite, und Amira hat das Gleichgewicht verloren.

Ich reiße sie mit einer plötzlichen Bewegung zur anderen Seite zurück. Der Stinger rutscht aus ihrer Hand, schlittert über den Boden. Sie schreit frustriert auf, kann sich nicht entscheiden, ob sie gegen mich kämpfen oder die Waffe wieder an sich bringen soll. Ich nutze die Gelegenheit und schlage ihr seitlich auf die Wange. Sie fällt von mir herunter, und ich stürze mich auf die Waffe, suche sie hektisch im Zwielicht.

Meine Finger schließen sich um den Lauf, als Amira sich auf mich wirft und mir ein Knie in den Rücken treibt. Der Schmerz rast meine Wirbelsäule hinauf. Ich krache gegen den Boden, muss meine gesamte Selbstbeherrschung aufbieten, um die Waffe nicht loszulassen. Meine Faust ist so fest darum geschlossen, dass ich jede einzelne Sehne meiner Hand spüre.

Ich bäume mich auf. Amira kippt zur Seite weg, landet auf den Knien. Mit einem keuchenden Schrei drehe ich die Waffe herum. Das Metall rutscht durch meine Finger, während ich nach dem Abzug suche.

Ich liege auf der Seite, halte den Stinger mit beiden Händen genau auf sie gerichtet. Das einzige Geräusch ist unser schwerer Atem.

Langsam hebt sie die Hände. »Du verstehst nicht, Riley. Wozu tun wir das alles? Es dient dem größeren Wohl. Die Menschheit hat die Erde fast vernichtet. Wenn wir weiterexistieren, werden wir irgendwann zurückkehren und von vorn damit anfangen. Die Erde kann nur dann überleben, wenn wir es nicht tun.«

Mein Daumen berührt den Sicherungshebel des Stingers – die Waffe ist schussbereit. Aber ich habe keine Ahnung, wie viele Kugeln noch im Magazin sind. Mein Körper summt vor Adrenalin und Schmerz, und die Waffe zittert in meinem Griff.

»Das kannst du doch nicht glauben.«

Zu meinem Erstaunen lächelt sie. »Du vergisst«, flüstert sie, »dass ich Außenerde gerettet habe. Ich war im Kern.«

Mein Blick zuckt zu ihrer Hand, zu ihren fehlenden Fingern.

»Damals habe ich daran geglaubt«, fährt sie fort. »Dass es sich lohnt, dafür zu kämpfen. Aber nichts hat sich geändert. Bis heute töten und vergewaltigen und stehlen und zerstören wir. Wir haben es nicht verdient weiterzuleben. Noch nie. Und ohne uns kann sich die Erde erholen.«

»Sei still!«, schreie ich. Tränen brennen in meinen Augen. Das kann einfach nicht sein. Es ist, als wäre der wahnsinnige Darnell hier, als würde er durch Amira sprechen, sie wie eine Marionette benutzen. »Was ist mit den Tänzern? Was ist mit uns? Haben wir es verdient zu sterben?«

Ihre Miene zeigt Bedauern. »Ich wusste, dass keiner von euch es verstehen würde. Ich wollte euch die Augen öffnen, aber ich wusste nicht, wie. Ihr hättet mich aufgehalten. Ihr hättet uns aufgehalten. Mir war die ganze Zeit klar, dass ich mich irgendwann zwischen den Tänzern und dem rechten Weg entscheiden muss. Jetzt habe ich diese Entscheidung getroffen. Das ist alles.«

Meine Enttäuschung weicht Wut, die hell und heiß glüht. »Die Bomben, die Brände, die Wärmekonvektoren … ist es das, was ihr wollt? Dass alle leiden?«

Ein Aufflackern des Zweifels. Nur für einen Moment. »Nein. Ich habe nur getan, worum Janice Okwembu mich gebeten hat. Ich musste dich finden, dich zu Garner bringen und das Codewort erfahren.«

»Aber Darnell hat Okwembu in seiner Gewalt. Er sagte, dass er sie töten wird.«

Jetzt lacht sie und rappelt sich auf. »Ich arbeite für sie. Genauso wie Darnell … er ist nur die Galionsfigur. Sie kam vor zwei Jahren zu mir und wollte, dass ich mich ihnen anschließe.«

»Das ist unmöglich. Zurück!«

Amira ist ein paar Schritte auf mich zugegangen, doch nun bleibt sie stehen, hebt die Hände. »Was glaubst du, wie dieser Idiot Darnell in Apex eindringen konnte?«

*Iapetus*. »Das Wort, das Garner mir genannt hat. Wozu dient es? Was bewirkt es?«

»Wenn du glaubst, dass du irgendetwas aus mir herausbekommst, muss ich dich leider enttäuschen. Ich weiß nicht, wozu es dient. Es ist nur etwas, das Okwembu braucht.«

»Ist es irgendein Zerstörungscode? Will sie die Station sprengen?«

»Vielleicht.«

Das Klingeln in meinen Ohren hat nachgelassen, ist zu einem dumpfen Dröhnen geworden. Ich weiß nicht, ob es das Blut ist, das durch meine Adern rauscht, oder etwas ganz anderes.

»Ich weiß nicht, warum du so denkst«, sage ich, »aber

sie müssen dir eine Gehirnwäsche verpasst haben. Selbst wenn wir es nicht verdient haben, auf der Erde zu leben, haben wir eine Chance verdient. Die Menschen hier sind keine Monster. Sie haben den Planeten nicht zerstört. Amira, die Leute in dieser Station sind *unschuldig.*«

»Sie sind nicht unschuldig. Niemand hier ist das. Alle haben das verdient, was kommen wird.«

Ich schneide ihr das Wort ab. »Was ist mit mir?«

Sie verstummt. Ich rede weiter. »Du hast mich einmal gerettet, Amira. Wenn du geglaubt hast, dass wir alle leiden sollten, hättest du mich diesen Männern im Korridor überlassen sollen. Aber du hast es nicht getan. Und nach allem, was wir durchgemacht haben, was wir gemeinsam getan haben, willst du es jetzt einfach wegwerfen?«

Prakesh ist schon viel zu lange weg. Inzwischen hätte er längst wieder hier sein müssen. Doch während mir dieser Gedanke kommt, erkenne ich, dass ein Teil von mir ihn gar nicht hierhaben will. Ich will nicht, dass irgendwer dies sieht. Das alles.

In diesem Moment merke ich, dass Amira ein wenig ihr Gewicht verlagert hat, auf den Fersen balanciert.

Jeder andere hätte es vermutlich gar nicht wahrgenommen. Aber ich bin schon sehr lange mit Amira zusammen, und in diesem schrecklichen Moment verstehe ich, was sie tun will.

»Nein«, flüstere ich. Mit einem Triumphschrei stürzt sie sich auf mich.

Ich drücke ab.

# 54 | Riley

Der Knall des Schusses erfüllt den Raum. Die ganze Welt.

Die Kugel trifft Amira in den Bauch. Sie gibt einen seltsamen Laut von sich – eine Art *Puh*. Ihre Anmut und Agilität verschwinden, und ihr Körper wird zu einer fliegenden Stoffpuppe, die zu Boden kracht. Ihr Tanktop ist mit Blut getränkt.

Als sie zu meinen Füßen landet, fängt sie an zu schreien. Sie hält sich den verwundeten Bauch, ihre Stirn überzieht sich mit Schweißperlen.

Ich falle auf die Knie, drücke auf ihren Bauch, was sie erneut vor Schmerz aufschreien lässt. Ich habe ihr einen Bauchschuss verpasst. Ich habe nicht einmal gezielt. Meine Hände sind nach wenigen Sekunden nass und heiß von ihrem Blut.

»Ich muss die Blutung stoppen«, sage ich. »Wir können dich zu einer Klinik bringen. Ich glaube, hier ist eine in der Nähe. Wenn wir einfach …«

Sie greift nach meiner Hand. Einen absurden Moment lang glaube ich, dass sie mich erneut angreifen will, aber sie tut es nicht. Die Todesqual steht ihr ins Gesicht geschrieben, knapp unter der Oberfläche, aber sie wird von einer seltsamen Ruhe verhüllt.

»Das musst du nicht tun«, sagt sie. Ein kleiner Blutfaden sickert aus ihrem Mundwinkel.

Nach einer Weile sagt sie: »Ich hatte den Auftrag, zuerst

dich zu töten, dann Garner. Nicht warten, nicht reden, es einfach tun. Aber ich konnte es nicht. Ich konnte es nicht.«

»Amira …«

Ihre Stimme klingt jetzt heiser und gurgelnd. »Du darfst Okwembu nicht aufhalten. Es muss wie geplant geschehen. Es muss geschehen.«

Die Wut ist plötzlich wieder da, wie ein eingeschaltetes Licht. Grelle, weiß glühende Wut bricht aus mir hervor, und ich schlage neben ihrem Kopf meine Faust auf den Boden. Amira zuckt kaum.

»Warum sagst du das immer noch?«, schreie ich. »In dieser Station leben *Menschen*. Menschen mit Familien. Wer zum Teufel bist du, dass du sagst, dass sie sterben sollten?«

Sie antwortet nicht. Jetzt weine ich ungehemmt, die Tränen tropfen von meinen Wangen auf Amiras Brust.

Ich sollte sie sterben lassen. Unter Schmerzen.

Der Gedanke schockiert mich, aber ich kann ihn nicht abschütteln. Sie hat mich belogen, die Tänzer belogen. Sie hat uns auf die schlimmstmögliche Weise verraten. Sie hat es so verdient.

»Alles, was du mir beigebracht hast«, sage ich. »War auch das eine Lüge? Sollte das alles auf … das hier hinauslaufen?«

Etwas ändert sich in ihrem Gesichtsausdruck. Als würde eine Barriere fallen.

»Nein«, flüstert sie. »Als ich dich gerettet habe … das war keine Lüge. Und du bist all das geworden, was ich mir von dir erhofft hatte.«

Eine Blutlache breitet sich um sie herum aus. Ich greife

wieder nach ihrer Hand, halte sie fest umschlossen. Sie keucht vor Schmerz, ein Laut, der in ein schreckliches Stöhnen übergeht. Mein Hass zerplatzt, fällt von mir ab.

Amira schließt die Augen. Ihr Gesicht ist bleich, geisterhaft weiß, und es scheint, als würde sie mit einem Mal jeden Willen verlieren. »Du musst nach Apex gehen.«

»Von hier aus kann ich es schaffen. Vielleicht komme ich irgendwie mit dem Codewort hinein.«

»Nein«, sagt sie. Ihr Atem geht pfeifend, überlagert ihre Worte. »Ich bin mir sicher, dass der Zugangscode nicht dazu dient. Du kommst über die benachbarten Sektoren nicht hinein. Dort ist alles viel besser gesichert als hier. So muss es sein. Selbst wenn du irgendwie durch eine Tür hineinkommst, würdest du zu viel Zeit verlieren.«

Sie öffnet wieder die Augen und sieht mich an. Für einen Moment bin ich wieder im Korridor, sehe, wie sie mir die Hand entgegenstreckt, wie das Leben in ihren Augen brennt, als wollte sie mich herausfordern. Das gleiche Feuer ist jetzt in ihren Augen, während ihre Hand meine festhält.

»Riley«, sagt sie. »Du musst durch den Kern laufen. Das ist der einzige Weg. Du musst es tun.«

»Das kann ich nicht.«

»Du musst es tun«, wiederholt sie, während die Schmerzen ihren Worten Dringlichkeit verleihen. »Renne schnell. Mach dich auf die Veränderung der Schwerkraft gefasst. Halt nicht an. Was auch immer du tust, hör nicht auf zu rennen.«

»Amira …«

Aber was sonst gibt es noch zu sagen. Ich fühle mich

bereits, als würde ich mich in Nullschwerkraft befinden, unkontrolliert dahintreibend.

»Es gibt nur noch eine Sache, um die ich dich bitten muss«, sagt sie. »Du musst es beenden.«

Benommen schüttele ich den Kopf. »Nein. Das kann ich nicht.«

»Du kannst besser mit einer Waffe umgehen, als ich gedacht habe. Und ich habe schon einige Leute erlebt, denen in den Bauch geschossen wurde. Die Schmerzen sind schlimm, aber sie werden bald noch schlimmer werden. Viel schlimmer.«

Ihre Stimme bricht bei den letzten Worten. Amira – meine wunderschöne, starke Amira – fleht mich an.

Ich habe die Waffe aufgehoben, ohne dass es mir bewusst war. Langsam richte ich sie auf ihre Stirn. Ich berühre damit vorsichtig ihre Haut, genauso wie sie es bei mir getan hat.

»Es tut mir leid«, sagt sie.

Ich drücke zum zweiten Mal ab.

# 55 | Riley

Ich bin dem Tod schon einige Male begegnet. Mein Vater wurde mehrere Tausend Kilometer von zu Hause entfernt in Stücke gerissen. Meine Mutter siechte einfach dahin. Gray und Darnell und ihre Opfer. Yao. Grace Garner. Aber so etwas habe ich noch nie zuvor empfunden. Es ist, als hätte etwas in meine Eingeweide gegriffen und sie einfach herausgerissen. Es ist schlimmer als die heißeste Wut, schlimmer als alles, was ich je zuvor erlebt habe. Als ich auf Amira starre, ihre glasigen Augen sehe, die ihrer Kraft beraubt sind, weiß ich tief drinnen, dass mich dieses Gefühl für immer begleiten wird. Ich werde es spüren, wenn ich im Dunkeln wach liege und alle anderen um mich herum schlafen. Ich werde es spüren, wenn ich verletzt bin oder wenn ich jemanden bemerke, der hinter mir steht, bereit zum Zuschlagen. Ich werde es in meinen Knochen und in meinem Fleisch und in meinem Herzen spüren. Die Tränen kommen. Und diesmal wird aus dem Rinnsal ein Fluss, dann eine Flut.

Ich bin immer noch da, über ihre Leiche gebeugt, als Prakesh eintrifft. Er bleibt im Türrahmen stehen, reißt die Augen auf. Jemand ist bei ihm. Ein Stomper. Royo.

Royo hat seinen Stinger in der Hand, schwenkt ihn von links nach rechts. Prakesh schlingt die Arme um mich, zerrt mich zurück. Meine Schluchzer werden zu Schreien, erschüttert von der schlimmsten Qual, die ich je empfunden habe, und ich vergrabe mein Gesicht in seiner Brust. Er sagt nichts, hält mich nur an sich gedrückt.

»Also«, sagt Royo schließlich. Sein Stinger ist nicht genau auf mich gerichtet, aber er hält ihn bereit. »Ich habe hier zwei Leichen und keine Antwort. Wenn ich nicht sofort welche bekomme, wird es von Ersteren noch ein paar mehr geben.«

»Was ist passiert, Ry?«, fragt Prakesh.

Langsam, von Schluchzern unterbrochen, erzähle ich es ihnen. Von Amira und Garner. Und Okwembu.

Als ich fertig bin, sieht Royo mich an. »Warum sollte ich dir glauben?«

»Was?«

»Woher weiß ich, dass du nicht alle beide getötet hast?«

»Glaubst du, ich würde dir etwas vorspielen?«, schreie ich ihn an.

Doch Prakesh hebt eine Hand. Er spricht mit ruhiger Stimme. »Sie sagt die Wahrheit. Ich weiß es.«

Das kann nicht genug sein. Ganz bestimmt nicht. Aber Royo schweigt. Er scheint seine Worte sorgsam zu wählen.

»Mein Bauchgefühl hat mich die ganze Zeit in diesem Trümmerhaufen einer Station am Leben erhalten«, sagt er dann. »Es sagt mir, dass ich dir vertrauen kann, also werde ich es tun, aber dieses Vertrauen kann sich jederzeit in nichts auflösen, wenn du irgendetwas tust, das mich an dir zweifeln lässt. Wenn du die Wahrheit sagst, müssen wir gehen. Ich weiß nicht, wie viel Zeit wir noch haben, bis dieses Monster in Apex tut, was auch immer es beabsichtigt, aber es wird nicht viel sein.«

»Er hat recht, Ry«, flüstert Prakesh mir zu. Er hält mich immer noch in den Armen. »Uns bleiben keine zwanzig Stunden mehr. In der Station wird es immer schlimmer – es ist bereits spürbar heißer geworden. Und hier können wir nichts mehr tun.«

Mir ist schwindlig. Meine Nase ist verstopft, meine Augen sind feucht. Aber ich nicke schweigend, und er lässt mich los. Hinter uns liegt Amiras Leiche auf dem Boden.

Dann fällt mir etwas ein. »Garner. Ist sie …?«

Royo räuspert sich. »Sie ist tot. Tut mir leid.«

Prakesh sagt: »Vielleicht habe ich nicht alles richtig verstanden, aber wenn Okwembu hinter allem steckt, könnten wir es den Leuten auf irgendeine Weise sagen. Vielleicht können wir sie aufhalten, ohne dass wir auch nur in die Nähe von Apex gelangen müssen.«

»Keine Chance«, erwidert Royo. »Ich sage nicht, dass ich dieser Frau glaube« – er zeigt auf Amira –, »aber wenn die Ratsvorsitzende verantwortlich ist, müssen wir uns von ihr fernhalten. Ich habe die Sicherheitsvorkehrungen in Apex gesehen. Nach den Aufständen vor vielen Jahren wollte man kein Risiko eingehen. Der ganze Sektor lässt sich komplett abriegeln. Selbst wenn wir irgendwie bekanntmachen, was sie tut, könnten wir nicht viel ausrichten.«

Ich zwinge mich zur Konzentration. »Wenn wir nach Apex gehen, finden wir vielleicht heraus, wie wir den Code benutzen können, den Garner mir genannt hat. Ich bin mir sicher, dass wir es nur auf diese Weise stoppen können.«

Prakesh runzelt die Stirn. »Du glaubst nicht, dass es

vielleicht eine Möglichkeit für Okwembu und Darnell ist, die Station endgültig zu zerstören? Etwas, das sie für die Endphase unbedingt brauchen? Wenn das so ist, könnten wir einfach von der Bildfläche verschwinden. Uns irgendwo verstecken.«

»Nein«, sage ich. »Sie hätte das alles nicht in die Wege geleitet, wenn sie es nicht zu Ende bringen kann. Nicht Okwembu. Iapetus ist kein Mittel, um Außenerde zu vernichten. Es ist das einzige Mittel, die Vernichtung aufzuhalten. Hier ging es nur darum, dafür zu sorgen, dass dem nichts mehr im Weg steht.«

»War es Amira wirklich ernst damit, dass du durch den Kern laufen sollst? Es muss doch eine andere Möglichkeit geben.«

Royo lacht, aber ohne jeden Humor. »Selbst wenn wir es wollten, gibt es keinen anderen Weg. Chengshi wird gerade zerstört. Genauso wie Apogäum, Tzevya und jeder andere verdammte Sektor dieser Station. Da draußen geht alles zu Bruch.«

Mein Blick fällt auf Amiras Hand. Die fehlenden Finger, die sie vor all den Jahren durch Erfrierungen verloren hat.

Mir kommt eine Idee. »Wie bist du hierhergekommen?«, frage ich Royo.

»Ich wurde abkommandiert, den Eingang zum Luftlabor zu bewachen. Es gab einen Rauchalarm. Ich sollte die Sache überprüfen.« Er deutet auf Prakesh. »Als ich hereinkam, habe ich deinen Kumpel getroffen.«

Wir schweigen. Ich denke an die Sonne. Dass ich ihre Wärme in meinem Nacken spüren möchte. Ich denke daran, wie es sich anfühlt zu rennen, mich im Tempo zu verlieren, wie die Luft an meinem Gesicht vorbeirauscht. Ich denke an die Teufelstänzer: Carver, Kev, Yao. Ich denke an das Nest. Das alles scheint eine Million Jahre her zu sein.

Ich denke an meinen Vater, wie er starb. Im Kampf. Damit die Menschheit weiterbestehen kann.

Und dann denke ich schließlich an Amira. Wie sie mir kurz vor dem Ende noch einmal sagte, was ich tun muss.

Ich wende mich an Royo. »Wie kommen wir zum Eingang des Kerns?«

»Mit der Monorail. Vielleicht ist hier irgendwo ein Zug. Damit könnten wir die Unruhen umgehen und nach Apogäum zurückkehren.«

»Du kannst einen Zug fahren?«, frage ich ungläubig.

»Nein«, antwortet Royo. »Aber ich würde sagen, jetzt wäre ein guter Zeitpunkt, es zu lernen, oder?«

# 56 | Darnell

Darnell schmettert Okwembu gegen die Bildschirme des Kontrollraums. Ihre Gesichter sind nur wenige Zentimeter voneinander entfernt.

»Das nennen Sie subtil?«, schreit er sie an. Der schmale Raum verleiht seinen Worten einen metallischen Klang. »Jetzt ist es noch schlimmer geworden. Jetzt hat sie eine Stomper-Eskorte.«

»Das hat nichts zu bedeuten«, sagt Okwembu. Darnells Hände bewegen sich zu ihrer Kehle, aber sie bringt die Finger dazwischen, kurz bevor er ihren Hals erreicht.

»Ach, wirklich?«, erwidert er und drückt fester zu. »Sie haben gehört, was sie gesagt haben. Sie wissen von diesem Netzhautscanner. Es war doch der Sinn der Sache, dass niemand außer uns und unseren Schläfern jemals davon erfährt. Jetzt weiß *sie* es, und *sie* ist immer noch am Leben, und *sie ist auf dem Weg hierher.*«

Er hebt Okwembu hoch, sodass ihre Füße den Bodenkontakt verlieren, dann knallt er sie erneut gegen die Bildschirme. Einer zerbricht, versprüht Funken. Eine Glasscherbe ritzt eine dünne Linie in Okwembus Stirn. Darnell drückt zu, seine Daumen suchen nach ihrer Luftröhre. Okwembu hat die Hände erhoben, und zwei Finger sind das Einzige, was zwischen ihr und der Erdrosselung steht.

Sie blickt ihm in die Augen und nimmt die Finger weg.

»Dann töten Sie mich«, sagt sie mit schwacher und heiserer Stimme.

Sie lässt ihn nicht aus den Augen, und Darnells Finger halten inne, berühren lediglich die Haut über der Mulde oberhalb ihres Schlüsselbeins.

»Na los«, sagt sie voller Gehässigkeit. »Sie können alles selbst machen, nicht wahr? Die Komübertragung einrichten, die Kamera einschalten. Sie werden sich problemlos im Kontrollraum zurechtfinden. Sie brauchen mich gar nicht. Ich habe keinen Nutzen mehr für Sie, nicht wahr?«

In der folgenden Stille kann Darnell seinen Herzschlag hören, wie das Blut in seinen Ohren rauscht.

Ein leises *Ping* kommt von einem Bildschirm, ein Alarmsignal. Es dauert eine ganze Weile, bis Darnell einen Blick darauf wirft. Er lässt Okwembu los, und sie sackt am Boden zusammen, hustet, hält sich die Kehle. Darnell schaltet das Signal aus, wobei seine Finger dunkle Flecken auf der Mattscheibe hinterlassen.

»Jemand kommt durch den Kern herein«, sagt er. »Die Tür auf der Apex-Seite wurde geöffnet.«

Okwembu blickt mit ausdrucksloser Miene zu ihm auf. Nach einer Weile erhebt sie sich und macht sich daran, verschiedene Kamerabilder abzurufen, sucht nach dem Eingang zum Kern auf der obersten Ebene von Apex.

»Das ist nicht Hale«, sagt Darnell. »Viel zu früh.«

»Stimmt. Obwohl es mich überrascht, dass die Schutzpolizisten so lange gebraucht haben, um hierherzukommen.«

Eine Kamera zeigt genau in dem Moment, wie sich die riesigen Türhälften öffnen. Es gibt keinen Ton, aber es ist zu erkennen, wie Leute durch die Lücke in der Decke schlüpfen und sich auf den Boden fallen lassen. Stomper, die in klobigen Thermoanzügen stecken, mit langsamen, unkoordinierten Bewegungen.

Darnell blickt sich zu Okwembu um, kneift leicht die Augen zusammen. »Sie haben mir gesagt, diese Türen wären versiegelt.«

»Glauben Sie, dass sie einfach aufgeben und nach Hause gehen werden?« Okwembu tippt gegen den Bildschirm, zeigt auf die Türen, wo Rauchschwaden verwehen. »Sie haben das Schloss gesprengt.«

Drei Stomper sind bereits hereingekommen und ziehen die Thermoanzüge aus. Drei weitere folgen, verharren einen Moment an den offenen Türflügeln und springen dann nach unten.

»Ich dachte, sie würden mehr schicken«, sagt Darnell.

»Die klassische Stomper-Taktik. Lieber weniger Leute, dafür umso schneller.« Okwembus Stimme wird von Darnells Griff entstellt, aber ihr besorgter Tonfall ist nicht zu überhören.

Darnell greift an seinen Rücken, nach dem Messer. Er zieht es hervor, streicht mit einem Finger über die Schneide. Ein starkes Schwindelgefühl überkommt ihn, und in seinem Bauch breitet sich Übelkeit aus, aber dann ist es genauso schnell wieder vorbei, wie es begonnen hat.

»Ich werde mich um sie kümmern«, sagt er.

Okwembu sieht ihn nicht an. »Nein.«

Er fährt zu ihr herum. »Glauben Sie, ich könnte nicht mit ein paar Stompern fertigwerden?«

»Sie haben Stinger. Sie nicht. Ich werde warten, bis sie in der Nähe sind, dann schalte ich die Beleuchtung aus.

Das gibt Ihnen ein Überraschungselement.« Sie blickt auf und sieht Oren Darnell genau in die Augen. »Sie brauchen mich. Sie wollen es nicht zugeben, aber Sie brauchen mich.«

Oren Darnell verlässt den Kontrollraum, drückt ganz leicht den Daumen gegen die Spitze der Klinge.

# 57 | Darnell

*Es ist genauso wie damals,* denkt Darnell. *Sie wollen mir wieder alles wegnehmen.*

Er ist sich kaum bewusst, was er tut. Er läuft durch die obere Ebene von Apex, auf den Eingang zum Kern zu, aber sein Körper bewegt sich im Autopilot-Modus. Sein Geist ist ganz woanders, zwanzig Jahre und zwei Sektoren entfernt, und diesmal ist die Erinnerung so lebhaft, so überwältigend, dass er sie nicht abschütteln kann. Er versinkt vollständig darin.

Zuerst standen nur er und Mosely draußen vor dem Habitat, doch bald füllte sich der Korridor mit Dutzenden Leuten. Er erzählte ihnen immer wieder, dass er zur Schule gehen muss, dass er sich verspäten wird, aber sie wollten ihm nicht zuhören. Alle warfen verstohlene Blicke in das Habitat, zuckten entsetzt zurück.

Das, was einmal Darnells Mutter gewesen war, lag in sich zusammengesunken auf der Pritsche. Sie war von Pflanzen bedeckt, deren Wurzeln, Ranken und Blätter die Lücken zwischen ihren Knochen besiedelt hatten. Ein glänzender gelber Ring aus Fett zog sich rund um die Leiche.

Darnell verstand die schockierten Gesichter nicht, die erschrockenen Mienen. Vorher war sie nutzlos, und nun half sie seinen Pflanzen beim Wachsen. Konnten diese Leute nicht sehen, was er geschaffen hat?

Die Schutzpolizisten drängten sich ein kleines Stück entfernt zusammen, tauschten wütende Worte aus, während sie sich die Hände vor Mund und Nase hielten. Er versuchte, mit ihnen zu reden, aber sie beachteten ihn nicht. Dort hörte er zum ersten Mal den Ausdruck »kontrollierte Verbrennung«.

Darnell drehte durch. Er wehrte sich, flehte sie an. Aber er war noch ein Kind, weit von der Körpergröße entfernt, die er später einmal erreichen sollte. Als die Chemikalien eintrafen, versuchte er, die Behälter umzustoßen, aber der weiß gekleidete Techniker hielt ihn zurück. Darnell sieht auch jetzt noch seinen Gesichtsausdruck. Den stupiden Hass.

Der Korridor war eng, bot nicht allzu vielen Leuten Platz. Aber in Darnells Erinnerung waren es Dutzende, *Hunderte* von Menschen. Eine winzige Hoffnung flammte in ihm auf. Sie würden ihm helfen. Sie würden nicht zulassen, dass seine Pflanzen verbrennen.

Doch ganz gleich, wie sehr er flehte, sie wollten nichts unternehmen. Sie schauten einfach nur zu.

Und als das Feuer brannte, jubelten sie. Und sie lachten sogar! Amüsierten sich darüber, wie seine Pflanzen verbrannten. In seinem Kopf hört er immer noch, wie einige sich über ihn lustig machten.

Darnell muss sich zusammenreißen, um der Erinnerung zu entkommen. Er zwingt sich zur Konzentration, indem er wieder mit dem Daumen an der Messerspitze spielt. Ein winziger Blutstropfen quillt hervor, und der schmerzhafte Stich holt ihn zurück in die Gegenwart. Gerade rechtzeitig, um ein Geräusch zu hören, das von vorn kommt.

Der Korridor führt zu einer T-Kreuzung, und als er aufblickt, sieht er einen Stomper, der um die Ecke schaut. Der Stomper bemerkt ihn, schnappt aufgeregt nach Luft und verschwindet.

Eine Sekunde später hallen Rufe und trampelnde Schritte durch den Korridor. Sechs Stimmen schreien ihn an, dass er das Messer fallen lassen soll, sechs Stinger zielen genau auf seine Brust. Aus den sechs werden vier, als zwei der Stomper umkehren und den Korridor hinter ihnen sichern.

Darnell bleibt stehen, lässt das Messer sinken. Sein Blick zuckt zur Decke hinauf, wo er hinter den eingelassenen Leuchtstreifen das Auge einer Kamera bemerkt. Er sieht wieder die Stomper an, prägt sich ihre Positionen ein, fixiert sie in seinem Geist. Es fällt ihm schwer, denn seine Erinnerungen bedrängen ihn, wollen seine Gedanken verwirren, aber er schafft es.

Das Licht geht aus, und der Korridor liegt plötzlich im Dunkeln.

Darnell greift nach den Handgelenken des nächsten Stompers und dreht. Er hört, wie der Knochen sauber bricht, gefolgt von einem Schmerzensschrei und dem Klappern eines Stingers, der zu Boden fällt.

Die anderen Stomper eröffnen das Feuer. Eine Kugel streift Darnells Schulter, gräbt eine Furche in die Haut. Er spürt es kaum. Er hat sich längst in Bewegung gesetzt, läuft geduckt, benutzt die Mündungsblitze der Stinger, um seine Ziele zu finden.

Die Stomper erinnern sich an ihre Ausbildung und reagieren exakt so, wie Darnell gehofft hat: die Füße leicht auseinandergestellt, ohne sich zu bewegen, mit beiden Händen zielend. Sie sind statisch, langsam, und Darnell ist wie ein Wirbelwind, der schlägt, zertrümmert und schlitzt. Sein Körper ist blutüberströmt, von seinem eigenen Blut und dem der Stomper. Irgendwo in weiter Ferne steht seine Schulter in Flammen, dann kommt ein schreiender Schmerz an seiner Kopfseite hinzu, wo eine Kugel ihm die Spitze des linken Ohrs abreißt.

Das Licht geht wieder an.

Drei Stomper sind tot, von Stichwunden übersät. Zwei weitere liegen am Boden: Einer ist bewusstlos, die andere hält sich den gebrochenen Arm, stöhnt vor Schmerz. Nur der letzte Stomper steht noch. Er richtet seinen Stinger auf Darnell, seine Hände zittern, und er drückt ab.

*Klick.*

Der Stomper versucht es noch einmal und noch einmal, schüttelt wütend den Kopf. Darnell überragt ihn. Er greift hinunter, reißt dem Mann den nutzlosen Stinger aus den Händen. In diesem Moment hat der Stomper den gleichen Blick in den Augen wie Mosely vor vielen Jahren.

Darnell lächelt.

# 58 | Riley

Uns bleibt nichts anderes übrig, als Amira und Grace Garner zurückzulassen. Wir können sie nicht tragen, wenn uns die Zeit davonläuft, aber ich schwöre bei mir, dass ich hierher zurückkommen werde. *Sofern ich überhaupt zurückkommen kann.*

Ich folge Prakesh, als wir den Kontrollraum durch die Hintertür verlassen. Tiefer im Komplex sind die Korridore breiter, weil sie für den Transport schwerer Maschinen gedacht sind. Hier war ich noch nie, und ich bin erstaunt, wie sauber es ist – sanftes Licht und makellose Böden. An einer Stelle durchqueren wir einen anderen Hangar, kleiner als das Nahrungslabor, aber trotzdem riesig, kreuz und quer von Förderbändern durchzogen und voller Fertigungsgeräte. Niemand hält sich hier auf, und dic Förderbänder stehen still.

»Zur Monorail geht es hier entlang«, sagt Prakesh. Er läuft zielstrebig voraus, nimmt auf der Treppe zwei Stufen mit einem Schritt. Er wirkt geradezu optimistisch, zuversichtlich. Ich will ihn anschreien. Stattdessen zwinge ich mich dazu, mit ihm Schritt zu halten, verdränge meine Wut, versuche mich auf die Bewegung zu konzentrieren. Springen, landen, abfedern, abstoßen, wiederholen. Royo schnauft, während er mitzuhalten versucht. Er ist fit, aber mit schweren Muskeln ausgestattet, und sein massiger Körper – durch den Kampfanzug und die Ausrüstung noch schwerer – ist nicht für Schnelligkeit geschaffen. Er wird immer wieder von seiner Ausrüstung behindert, flucht leise murmelnd.

Was Amira getan hat, ist wie ein Splitter, der sich tief in meinen Geist gebohrt hat. Wir waren ihre Leute. Ihr Team. Ihre Tänzer. Sie war das ruhige, beherrschte Zentrum von allem, was wir taten. Wir wären für sie gestorben. Yao ist für sie gestorben. Es war nicht nur blinde Loyalität, es war eine Loyalität, die niemals hinterfragt werden musste.

Aber das bedeutet jetzt nichts mehr. Sie hat uns verraten. Und viel schlimmer ist, dass sie uns wegen einer so dummen und sinnlosen Sache verraten hat. Sie musste seit Jahren diesen Gedanken in einen tiefen, dunklen Winkel ihres Geistes weggesperrt haben, um ihn zu hegen. Und eines Tages fand Janice Okwembu sie und zerrte diesen vergifteten kleinen Gedanken ans Licht.

Am Ende standen die Teufelstänzer einfach nur noch im Weg.

Aber ich kann nicht zulassen, dass ihre Tat das Ende ist. Ich *werde* es nicht zulassen. Okwembu und Darnell haben die Station verraten, Amira hat ihr Team verraten, aber das spielt keine Rolle. Weil ich nicht nur loyal gegenüber den Leuten bin, denen ich folgen soll. Ich bin loyal gegenüber Dingen, die niemand ändern oder berühren oder verletzen kann. Wie zum Beispiel die Erinnerung an meinen Vater. Wie die Hoffnung, dass ich eines Tages vielleicht im Sonnenlicht laufe.

Ich werde nicht zulassen, dass Amiras Tat mich daran hindert.

Mein Magen knurrt, als wir durch die Fertigungshalle

gehen, aber ich ignoriere es. Ich habe Hunger und Durst, und meine Erschöpfung ist tiefer als je zuvor in meinem Leben, aber davon darf ich mich jetzt nicht ablenken lassen.

Der Hangar führt zu einem hell erleuchteten Ladedock und riesigen Rolltüren, hinter denen die Monorail-Gleise liegen. Ich habe befürchtet, dass es hier keinen Zug gibt, dass wir zuerst durch den Tunnel laufen müssen, aber im Bahnhof steht einer, bereit, beladen zu werden. Die meisten Waggons sind Pritschenwagen mit schweren Riegeln an den Seiten, mit denen große Container arretiert werden können. Mehrere davon stapeln sich an einer Wand des Ladedocks: klobige, unförmige Dinger, hoch wie zwei Menschen, aus verbogenem Metall zusammengeschweißt. Über dem Tor stehen auf zwei großen Bildschirmen die Fahrtziele und weitere Transportdetails in orangefarbenen Buchstaben.

Die Hitze schlägt uns entgegen, sobald wir in das Dock hinaustreten. Die Luft ist süßlich, feucht und stickig, kondensierte Tropfen rinnen an den Wänden hinab. Wenn es so weitergeht, dauert es nicht mehr lange, bis die ersten Leute an Hitzschlag sterben. Noch etwas länger, und wir werden tatsächlich bei lebendigem Leib geröstet.

»Wo ist der Fahrersitz?«, frage ich Prakesh. Er zeigt auf den vordersten Wagen. Es ist kaum mehr als eine kleine erhöhte Plattform mit hüfthohem Geländer und Bedienungselementen. Dahinter die Dunkelheit des Tunnels. Royo steigt hinauf, dann folgen Prakesh und ich.

Royo legt einen Schalter ganz links auf der Konsole um. Nichts rührt sich.

Er steht mit gerunzelter Stirn da und starrt auf die Kontrollen. Nach einer ganzen Minute beugt sich Prakesh vor. »Äh, Royo, vielleicht solltest du auch ein paar von den anderen Knöpfen ausprobieren.«

Royo dreht sich langsam um und starrt ihn an. Prakesh hebt entschuldigend die Hände. »Schon gut. Tut mir leid«, murmelt er und wirft mir einen Blick zu, als wollte er sagen: *Was ist los mit diesem Kerl?*

Schließlich probiert Royo ein paar andere Schalter aus, und der Motor erwacht summend unter uns zum Leben. Der Rest der Kontrollkonsole erhellt sich mit leisem Klicken. Royo atmet aus, dreht sich zu uns um, will etwas sagen, doch genau in diesem Moment hören wir ein Knistern aus dem Komsystem. Wir alle wirbeln gleichzeitig herum und sehen auf einem großen Bildschirm über dem Eingangstor, den wir bislang nicht bemerkt haben, kurz das Logo von Außenerde aufblitzen. Diesmal rinnt keine Furcht über meine Wirbelsäule. Ich verspüre nur kalte Entschlossenheit. Was auch immer Darnell tut, ich weiß, dass wir es verhindern können.

Er hält sich nicht mehr im Ratssaal auf. Jetzt ist er irgendwo in Apex, und die Übertragung ist stark gestört. Seine Worte mutieren, verzerren sich zu neuen, widerwärtigen Geräuschen, und sein Gesicht ist eine Masse aus beschädigten Pixeln. Blut tränkt seine obere Körperhälfte.

»Es wird Zeit, über die Schläfer zu reden«, beginnt er. »Genauer gesagt, über eine ganz bestimmte.«

Ich weiß, was er sagen wird. Ich drücke Prakeshs Hand.

»Sie ist eine Tracer, und sie hat überall in der Station Bomben gelegt. Ihr Name ist Riley Hale. Töten Sie sie, und bringen Sie ihre Leiche zur Galerie in Apogäum, wo wir sie sehen können, und Sie werden überleben. Alle anderen werden sterben.«

Er grinst anzüglich. »Aber Sie müssen sie gar nicht sofort töten. Wenn Sie sie zur Galerie bringen und sie dort verbrennen« – er kostet die Worte genüsslich aus – »werden wir dafür sorgen, dass Sie eine größere Menge Lebensmittel erhalten. Bis dahin würde ich Ihnen gerne zeigen, was mit Leuten passiert, die glauben, sie könnten uns aufhalten.«

Die Kamera zieht sich zurück. Er steht vor dem Zugang zu einer Rettungskapsel. In der Kapsel sind drei Stomper, die gegen die Tür hämmern. Die Kapsel ist nicht groß genug für alle drei, sie werden darin zusammengequetscht.

Ohne ein weiteres Wort startet Darnell die Kapsel.

# 59 | Riley

Die Übertragung bricht ab.

Ich spüre, wie Prakesh und Royo mich anstarren. Unter uns summt der Motor im Leerlauf.

Ich drehe mich zu ihnen um. »Tja, es würde nur halb so viel Spaß machen, wenn es keine Herausforderung wäre, oder?«, sage ich, aber ihre Mienen bleiben ernst.

Wortlos schiebt Royo einen großen Hebel nach vorn, und die Monorail gleitet langsam aus dem Bahnhof. Für einen Moment werden wir von der Finsternis des Tunnels verschluckt, doch dann erwacht flackernd der starke Scheinwerfer an der Vorderseite des Zuges zum Leben und taucht das Gleis in sanftes gelbes Licht. Royo drückt den Hebel noch etwas weiter vor, und wir gewinnen Tempo. Die Streben an den Tunnelwänden sausen immer schneller vorbei.

*Nicht schnell genug.*

»Wie weit ist es bis Apogäum?«, will ich wissen. Ich muss laut sprechen, um den Lärm des Zuges zu übertönen.

Er zuckt mit den Schultern, den Blick in den Tunnel gerichtet. »Vielleicht zwanzig Minuten? Eine halbe Stunde?«

»Können wir nicht schneller fahren?«

»Wir sind bereits auf Höchstgeschwindigkeit«, sagt er.

Ich blicke über die Schulter zurück. Hinter dem Triebwagen rumpeln die leeren Pritschenwagen über das Gleis, stoßen gegeneinander. Ich drehe mich wieder zu Royo um. »Was wäre, wenn wir die Waggons loswerden? Wären wir dann schneller?«

»Guter Gedanke«, sagt Prakesh, und bevor Royo etwas erwidern kann, steigt er über das Geländer und läuft bis zum Ende des Wagens. Er kniet sich hin und zerrt an der Kupplung. Nach ein paar Sekunden schaut er zu uns und ruft etwas, aber im Lärm kann ich es nicht verstehen.

»Was?«, schreie ich und kann mich selbst kaum hören. Er zeigt nach unten.

Dann wird mir klar, was er meint. »Gibt es hier eine Kontrolle für die Kupplung?«, brülle ich Royo zu.

»Keine Ahnung«, sagt er und sieht sich die Konsole an. »Aber wenn alle Waggons einzeln und gleichzeitig abgekoppelt werden, könnte der ganze verdammte Zug entgleisen. Wir müssen dafür sorgen, dass wir nur *unseren* Wagen abkoppeln.«

Ich sehe Bilder von Waggons, die sich überschlagen und auf unseren Triebwagen krachen. Ich blicke mich auf der Konsole um, bin schockiert von der Zahl der Knöpfe, Hebel und Schalter. Wie viele Kontrollen braucht man, um einen Zug vorwärts- und rückwärtsfahren zu lassen? Schließlich will niemand mit diesem Ding Asteroiden einfangen.

»Hab's gefunden«, sagt Royo. Seine Hand schießt vor, und er legt einen senkrechten Schalter nach rechts um. Hinter uns höre ich ein lautes Klacken über dem Getöse des Zuges. Unser Wagen macht einen heftigen Satz nach vorn, als er sich von den anderen löst, und als ich mich umdrehe, höre ich einen überraschten Schrei. Von Prakesh. Durch die Abkopplung wurde er nach hinten geschleudert, seine Füße hängen über die Kante, seine Finger suchen verzweifelt nach Halt.

Ich springe zum Heck des Wagens, greife nach seinem Arm. Er klammert sich fest an mein Handgelenk, und mit einer Kraft, von der ich gar nicht wusste, dass ich sie besitze, ziehe ich ihn hinauf.

Dann liegen wir schwer atmend auf dem Rücken. Und kurz darauf überrascht Prakesh mich, als er plötzlich loslacht.

Ich starre ihn an, als wäre er verrückt geworden, aber bald lache auch ich hysterisch. Es strömt wie Wasser aus uns heraus.

»Was zum Teufel macht ihr beiden da?«, brüllt unser Fahrer. Ich drehe den Kopf herum, erwarte eine wütende Miene, aber sein Gesicht zeigt Belustigung.

»Wow«, sagt Prakesh und setzt sich auf. »Ich glaube, ich habe den Überblick verloren, wie oft wir uns schon gegenseitig das Leben gerettet haben.«

»Dann solltest du vielleicht aufhören, dich ständig in Schwierigkeiten zu bringen.«

»Sagst ausgerechnet du.«

Ich schüttle den Kopf. »Warum ist keiner von uns darauf gekommen, dass so etwas passieren könnte?«

»Oh, ich wusste, dass das jetzt kommt.«

»Also hast du meine Hilfe gar nicht gebraucht? Du hattest alles unter Kontrolle?«

Er nickt. »Natürlich! Ich dachte mir nur, nachdem ich durch die ganze Station gerannt bin, fast am Rauch erstickt bin und dann gegen sämtliche Lieren von Außenerde gekämpft habe, könnte ich dem Tag einen krönenden

Abschluss geben, indem ich unter einen fahrenden Zug falle.«

Wir kehren zur Kontrollplattform zurück. Ich setze mich, ziehe die Beine an die Brust, schlinge die Arme um die Knie. Prakesh hat die Arme und Beine ausgestreckt. Jetzt macht der Zug etwas weniger Lärm. Dann fahren wir an etwas vorbei, das nach einem Rangierbahnhof aussieht. Ich sehe die dunklen Umrisse anderer Züge links und rechts neben unserem Gleis. Prakesh sucht nach meiner Hand, seine Finger schließen sich um meine. Diesmal erstarre ich nicht. Ich ziehe mich nicht zurück.

Schlagartig wird mir bewusst, wie viel davon abhängt, dass ich durch den Kern laufe. Wenn ich nicht durchkomme, wenn ich nicht schnell genug bin, werden alle Bewohner dieser Station sterben. Alles hängt an mir. Und ich war von Anfang an in diese Sache verstrickt. Hätte ich nicht gesehen, dass sich Marshall Fosters Auge in meinem Rucksack befindet, wäre ich jetzt nur ein Teil der panischen Menge, die sich irgendwo um Lebensmittel prügelt. Ob es mir gefällt oder nicht, ich stecke mittendrin.

Der Zug fährt in einen schmaleren Tunnel ein, und das Rumpeln wird wieder lauter, bis es meinen ganzen Körper zittern lässt. Wir dürften nur noch einige Minuten von der Station in Apogäum entfernt sein.

Ich drehe mich zu Prakesh um, versuche mit ruhiger Stimme zu sprechen. »Wenn ich den Hauptkontrollraum von Apex erreichen kann, werde ich versuchen, die Wärmekonvektoren wieder in Betrieb zu nehmen. Ich glaube, dass man sie nicht beschädigt, sondern nur abgeschaltet hat. Damit würden wir zumindest etwas mehr Zeit gewinnen.«

Er sieht mich mit besorgter Miene an. »Wenn Okwembu wirklich dafür verantwortlich ist, wird sie sich dort aufhalten. Woher weißt du, dass sie dich nicht erschießt, sobald sie dich sieht?«

»Das weiß ich nicht. Sie könnte es tun. Keine Ahnung.« Ich versuche meine Gedanken zu ordnen. »Die Antwort liegt in Apex. Irgendwie muss jemand dorthin, und ich glaube, ich habe vielleicht eine bessere Chance als ein Trupp Stomper.«

Ich weiß nicht, ob das stimmt. Aber ich weiß, dass die Stomper nicht sofort mehr Leute schicken werden, nachdem der letzte Versuch so spektakulär gescheitert ist. Wenn sie sich endlich gesammelt haben, wird es zu spät sein.

»Warst du schon mal dort?«, fragt Prakesh. »In Apex?«

Ich schüttle den Kopf. Im Vergleich zu anderen Sektoren ist Apex winzig: ein Hauptkontrollraum, umgeben von Wohnquartieren für die Ratsmitglieder und ihre Familien. Da der Sektor so gut abgeriegelt ist, werden Tracer dort fast nie gebraucht. Seltsam, dass ich mein gesamtes Leben im Innern eines Dreißig-Kilometer-Rings verbracht habe und es einen Teil davon gibt, den ich noch nie gesehen habe. Ich habe keine Vorstellung, wie es dort aussieht, wie der Sektor gesichert ist.

»Wie willst du dir Zugang zu den Computern verschaffen?«, will Prakesh wissen. »Du kannst nicht einfach in den Hauptkontrollraum von Außenerde hineinspazieren und an den Systemen herumspielen. Es gibt Passwörter, Sicherungen.«

»Zumindest haben wir jetzt ein Passwort«, sage ich und denke an Grace Garner. Ich habe nur noch verschwommene Erinnerungen an das Gespräch, als wäre es Teil eines Traums. Ich schüttle sie ab. »Vielleicht kann ich damit die Systemsicherungen überwinden.«

»Du solltest irgendwie die Tür zum Kontrollraum abriegeln. Wie willst du …?«

»Ich weiß es nicht, Kesh«, sage ich – lauter, als ich beabsichtigt habe. Über uns blickt sich Royo verdutzt um. Ich senke meine Stimme wieder. »Ich weiß es nicht. Aber wenn du eine andere Möglichkeit kennst, wie wir nach Apex kommen, werde ich sie mir gern anhören.«

»Wir könnten herumgehen …«

»Eine Möglichkeit, die nicht von mir verlangt, dass ich durch Menschenmengen renne, die gerade aufgefordert wurden, mich zu töten.«

Er öffnet den Mund, schließt ihn wieder.

»Was kann ich tun?«, fragt er mit ruhiger Stimme.

»Du kannst mich in den Kern bringen. Für meine Sicherheit sorgen. Und von da an …« Ich zucke mit den Schultern, versuche ein wenig Humor in meine Worte zu legen. »Ich wollte doch schon immer mal Nullschwerkraft erleben.«

»Wir sind fast da«, sagt Royo.

Prakesh steht auf, geht zum Führerstand hinüber. »Hast du auch einen Vornamen? Es kommt mir merkwürdig vor, dich die ganze Zeit mit Schutzpolizist Royo anzureden.«

Royo wirft ihm einen irritierten Blick zu. »Ist das wirklich wichtig?« Er schaut wieder geradeaus, spricht mit sanfterer Stimme. »Sam«, sagt er.

Prakesh lacht. »Freut mich, dich kennenzulernen, Sam Royo. Ich bin Prakesh Kumar, und falls dir die meistgesuchte Frau von Außenerde noch nicht bekannt ist, möchte ich dir Riley Hale vorstellen.«

Aber ich höre ihm gar nicht zu. Ich blicke in den Tunnel, in die Finsternis außerhalb des Scheinwerferlichts, und mein Herz klopft ein wenig zu schnell.

Da ist etwas auf dem Gleis.

Ich sehe den orangefarbenen Schein des Ladedocks von Apogäum ein Stück voraus. Aber etwas blockiert das Licht. Ich blinzle, versuche es zu erkennen, sage mir, dass es nichts ist, nur ein Schatten. Aber ich kann niemandem etwas vormachen und schon gar nicht mir selbst.

»Leute«, sage ich mit möglichst ruhiger Stimme. »Was ist das?«

Prakesh starrt in die Dunkelheit, die Hände an die Hüften gelegt, die Augen leicht zusammengekniffen. »Ja, was …?«

Das Scheinwerferlicht des Zuges wischt über das, was sich auf dem Gleis befindet. Es ist ein großer Haufen aus Frachtcontainern, wie die, die wir im Ladedock des Gartens gesehen haben. Die verrosteten Metallkästen wurden auf dem Gleis übereinandergestapelt, genau dort, wo sich der Tunnel öffnet, sodass sie eine provisorische Barrikade bilden.

Prakesh hat es auch gesehen. Er dreht sich mit weit aufgerissenen Augen zu mir um. »Sie können nicht wissen, dass du mit diesem Zug kommst. Unmöglich.«

»Sie wissen es nicht«, sagt Royo. »Die Arschlöcher glauben, dass es ein Zug mit Lebensmitteln aus dem Garten ist.«

»Können wir rechtzeitig stoppen?«, frage ich. Royo schüttelt den Kopf, noch während er den Beschleunigungshebel zurückreißt. Ein schreckliches Kreischen hallt durch den Tunnel, als die Bremsen greifen. Ich versuche abzuschätzen, ob es ausreichen wird, aber meine Gedanken sind mir schon weit voraus. Wir fahren viel zu schnell, und in etwa zehn Sekunden werden wir auf die Container treffen.

Royo hängt über den Kontrollen und versucht verzweifelt, so viel wie möglich aus den Bremsen herauszuholen. »Haltet euch gut fest!«, ruft er. Prakesh packt mich und reißt mich nach unten, benutzt die erhöhte Plattform des Führerstands als Schutzbarriere. Royo knurrt wütend und gibt es auf, wirft sich hinunter auf den hinteren Teil des Triebwagens, sucht nach einem Halt. Die Streben an den Tunnelwänden rasen viel zu schnell vorbei.

Eine halbe Sekunde später trifft der Zug auf die Barrikade.

Der Aufprall ist gewaltig, ein Krachen, das den Tunnel erschüttert und das Heck des Triebwagens vom Gleis hebt. Prakesh und ich werden gegen die Cockpit-Plattform geworfen, und ich knalle so heftig dagegen, dass die Welt für einen Moment mattrot wird. Royo wird auf uns geschleudert, presst uns gegen die Plattform, während der Zug sich aufbäumt und kreischt. Dann ist er über uns, schreit erschrocken, als sein Schwung ihn über das Cockpit hinausträgt, während er hektisch mit den Armen rudert. Der Tunnel ist von durcheinanderwirbelnden Konturen erfüllt, und mir wird klar, dass wir nicht nur *gegen* die Barrikade geknallt sind, sondern *mitten hindurchkrachen*.

»Pass auf!«, brüllt Prakesh und reißt meinen Kopf herunter, worauf ein Metallteil genau die Stelle trifft, wo ich noch eine Sekunde vorher war. Der Knall lässt meine Zähne vibrieren.

In diesem Moment schwingt das Heck des Wagens herum, nachdem es den Kontakt mit dem Gleis verloren hat. Prakesh bleibt gerade noch genug Zeit, irgendetwas zu rufen, bevor der Triebwagen zur Seite kippt.

Wir werden durch die Luft geschleudert, die Arme nach vorn ausgestreckt. Die Welt macht wieder diesen Zeitlupentrick, und die Container, die vom Zug hochgeworfen wurden, hängen um uns herum im Raum. Ich sehe unsere Schatten, zwei große X auf dem Gleis im Licht vom Bahnhof. Plötzlich wird es still im Tunnel. Das Donnern und Kreischen verhallt.

Mein Muskelgedächtnis übernimmt, und ich ziehe Arme und Beine an, mache mich auf den Aufprall gefasst. Eine halbe Sekunde lang tanzen spöttisch Bilder von gebrochenen Knochen und zertrümmerten Schulterblättern durch meinen Geist, dann lande ich auf dem Boden.

Ich treffe zuerst mit der Schulter auf, überschlage mich, wie ein Fass, das durch einen Korridor rollt. Meine linke Schulter braucht vielleicht eine Nanosekunde, um zu verstehen, was mit ihr passiert ist, dann schreit sie unter dem entsetzlichen Schmerz auf, der sich schnell über meinen Rücken ausbreitet und einen Schrei aus mir herauspresst. Ich weiß nicht mehr, wie oft ich mich überschlage, aber dazwischen knalle ich zweimal mit dem Kopf auf das Gleis.

Schließlich komme ich zur Ruhe, liege auf dem Rücken. Ich starre zur Decke des Tunnels hinauf, die nun ein Durcheinander aus flackernden Formen und orangefarbenem Licht ist. Der gewaltige Schmerz in meiner Schulter lässt nach, pulsiert nur noch wie ein Stroboskop. Vorsichtig bewege ich den linken Arm. Es tut weh, aber ich kann ihn wie gewohnt benutzen, und ich atme erleichtert aus. Prakesh würde mich umbringen, wenn …

Prakesh. Royo. Bevor mein Körper auch nur die Chance zum Reagieren erhält, setze ich mich auf, was schlagartig eine neue Schmerzwelle auslöst, so heftig, dass ich mich fast übergebe. Ich bin dem Bahnsteig am nächsten, liege ein oder zwei Meter entfernt unten im Tunnel. Royo sehe ich sofort, eine zerknautschte Gestalt einige Meter weiter. Sein Kopf ist von mir abgewandt, der rechte Arm steht in unnatürlichem Winkel ab. Er rührt sich nicht. Prakesh ist ein Stück hinter mir im Tunnel gelandet. Ich sehe Blut, das aus seinem Mundwinkel sickert, und dann wird mir bewusst, wie glasig seine Augen sind, und sämtliches Blut scheint in meine untere Körperhälfte zu sacken.

Doch dann bewegt er sich, schüttelt den Kopf, und das Blut kehrt in mein Gehirn zurück, hinterlässt ein Pochen in den Ohren und ein seltsames Schwindelgefühl. »Riley«, ruft er mit rauer Stimme. Ich habe meine Sprache noch nicht wiedergefunden, hebe nur die Hand, verziehe das Gesicht zu einem Lächeln …

… das sofort erstirbt, als jemand brüllt: »Sie ist es! Es ist Hale!«

Auf dem Bahnsteig stehen mehrere Leute, mit Messern in den Händen und Mordlust in den Augen.

# 60 | Riley

»Prakesh«, sage ich und rüttle seine Schulter. »Prakesh, steh auf.«

Er stöhnt und legt eine Hand an die Stirn, sieht mich mit trüben Augen an. Gehirnerschütterung. Zweifellos. Aber wenn ich ihn in den nächsten zehn Sekunden nicht auf die Beine bekomme, wird man uns in Stücke schneiden.

Ich rüttle heftiger. Ich zische, flüstere, wiederhole die Worte wie ein Mantra. »Steh auf, steh auf, steh auf.«

Die ersten Leute sind vom Bahnsteig auf das Gleis gesprungen und kommen auf uns zu. Ich erkenne jemanden, der in vorderster Reihe läuft. Ein Lehrer. Ich habe schon Aufträge für seine Schule übernommen. Aber aus seinen Augen ist jede Spur von Freundlichkeit verschwunden. »Sie ist auf dem Gleis!«, brüllt er.

»Danke«, sagt jemand hinter ihm und schubst ihn grob aus dem Weg. Die kräftig gebaute Frau mit zottigem Haar hält mit beiden Händen eine Metallstange. Ich höre sie murmeln: »Sie gehört mir.«

Ich erkenne jetzt die Verzweiflung in den Blicken dieser Leute, die sich aneinander vorbeidrängen. Sie suchen nach einer Überlebenschance, wollen mich töten, weil sie hoffen, dass Darnell sie dann retten wird.

Unter mir stöhnt Prakesh erneut, versucht aufzustehen, stürzt wieder zu Boden. Die Menge beachtet ihn gar nicht, konzentriert sich ganz auf mich. Wenn ich losrenne und sie weglocke, lassen sie ihn vielleicht in Ruhe. Ich darf es nicht riskieren, mich umzublicken – ein guter Vorsprung ist meine einzige Chance. Aber ich weiß, dass der Tunnel frei ist, und ich mache mich bereit.

Doch dann halte ich verwirrt inne. Die Menge ist stehen geblieben, mit Wut in den Augen. Sie halten ihre Waffen ausgestreckt, aber jetzt wirkt es fast furchtsam, und die ganz vorn versuchen, sich in die Gruppe zurückzuziehen. Ich höre eine schroffe Stimme hinter mir: »Ich weiß nicht, wie lange ich diese Waffe noch halten kann. Schnapp dir Prakesh, und verschwinde von hier.«

Royo liegt auf dem Rücken, zwischen uns und der Menge. Er richtet seinen Stinger genau auf die Angreifer. Sein linker Arm hängt schlaff herab, völlig verkrümmt, und seine rechte Gesichtshälfte ist blutig. Er wirft mir einen Blick zu und ruckt mit dem Kopf, zeigt in den Tunnel. »Ich sagte, beweg dich«, knurrt er.

»Du willst zusammen mit ihr sterben, Stomper?«, brüllt jemand aus der Menge. »Wie viele von uns kannst du erschießen, bevor wir dir die Waffe aus den Händen reißen.«

»Ich weiß es nicht«, sagt Royo mit hörbarer Anstrengung. »Vielleicht feuere ich ein paar Schüsse auf die Decke ab. Mal sehen, ob die in der Mitte eurer Gruppe den Querschlägern ausweichen können.«

Ich helfe Prakesh auf, werfe seinen Arm über meine Schulter. »Kannst du laufen?«, frage ich ihn. Ich habe Angst, dass er mir nicht antwortet, doch dann nickt er und hält sich an meiner Schulter fest. Wir machen ein paar Schritte, fort von der Plattform, aber dann bleibe ich neben Royo stehen. Mir scheint, dass heute alle, die einmal zu mir gehalten haben, gestorben sind, und ich bin mir nicht sicher, ob ich auch ihn verlieren will.

»Hale«, sagt er. »Wenn du nicht sofort deinen Arsch in den Tunnel bewegst, werde ich dich töten, bevor sie es tun.« Er hält weiter den Blick auf die Menge gerichtet, die trotz allem immer näher heranrückt.

Ich schultere Prakesh und mache mich auf den Weg durch den Tunnel, hinein in die Finsternis. Ich rufe mir den Grundriss von Apogäum vor Augen. Es muss einen weiteren Bahnhof geben, irgendwo vor uns. Dann sehe ich einen Lichtschimmer in der Dunkelheit, und mein Herz macht einen Satz. Es ist noch weit, aber ich erkenne das Licht des nächsten Bahnhofs. Ich habe keine Ahnung, wo wir dann herauskommen, aber es ist unsere einzige Chance.

»Kesh, wir haben nicht viel Zeit«, stoße ich zwischen zusammengebissenen Zähnen hervor. Seine Hand gräbt sich in meine Schulter, jeder Schritt lässt darin neue Schmerzen aufflammen. »Glaubst du, dass du rennen kannst?«

Er setzt zu einer Antwort an, doch dann hallen Schüsse durch den Tunnel. Ich drehe mich zu Prakesh um, blicke ihn eindringlich an, und mit großer Willensanstrengung bemüht er sich, wieder einen klaren Kopf zu bekommen, verdrängt die Nachwirkungen des Sturzes. Das Blut in seinem Mundwinkel ist im Zwielicht gerade noch zu erkennen. Er lässt meine Schulter los und läuft los, zuerst etwas unbeholfen, dann mit mehr Selbstsicherheit.

Wir erreichen den Bahnhof lange vor der Menge, die

brüllend durch den finsteren Tunnel stolpert. Ich springe auf den Bahnsteig, dann helfe ich Prakesh hinauf. Jede Zelle meines Körpers schreit mich an, dass ich weiterrennen soll, aber ein Blick auf Prakesh überzeugt mich, dass wir uns ausruhen müssen, wenigstens für eine Minute. Er atmet schwer, fast keuchend, und sein Gesicht ist schmerzverzerrt. Meine Schulter brennt. Wann habe ich zuletzt etwas getrunken? Im Kontrollraum des Luftlabors, als Garner uns ihre Geschichte erzählte, kurz bevor …

Ich schließe die Augen. Einen Moment später höre ich die Menge im Tunnel. Sie ist näher, als ich dachte.

Ich zerre Prakesh zum Eingang des Bahnhofs. Der Bahnsteig ist schmaler als der der zentralen Station dieses Sektors, und ich hoffe, dass wir in der Nähe der Galerie herauskommen. Von dort geht es dann nur noch darum, zum Eingang des Kerns hinaufzusteigen. Vorausgesetzt, wir werden unterwegs nicht von einem Mob in Fetzen gerissen.

Die ersten Angreifer erreichen den Bahnhof, als wir gerade durch die Tür schlüpfen. Der Mann stößt noch ein ersticktes »Sie sind da oben …« aus, bevor ich die Tür zuschlage und ihm das Wort abschneide. Ich weiß nicht, ob sie jetzt verriegelt ist, und ich habe keine Zeit, mich zu vergewissern. Wir stehen im Zugangsbereich eines Korridors, und soweit ich es beurteilen kann, ist der Eingang zum Kern nur noch wenige Minuten entfernt.

»Hier entlang«, sage ich, während ich mir den Weg bildlich vorstelle. Wir sind auf der gleichen Höhe wie der Eingang zum Kern, aber dazwischen liegt noch die Galerie. Das bedeutet, dass wir sie auf einem Laufsteg durchqueren müssen.

Wir haben die Galerie fast erreicht, als wir es sehen. Der gesamte Korridor wurde blockiert, diesmal durch einen Haufen aus brennenden Trümmern. Ein einzelner Sprinkler lässt weiße Kleckse aus chemischem Schaum auf das Feuer tropfen.

Ich kehre um. Prakesh stöhnt, aber er folgt mir. Dann erreichen wir den Treppenschacht, steigen hinunter auf Ebene 5. *Bitte, dieser Weg muss frei sein …*

Wir brauchen nicht lange bis zum Laufsteg. Die Galerie unter uns ist fast leer, aber von irgendwoher dringen bedrohliche Geräusche herein, Rufe und Schreie und Poltern. Es sind noch ein paar Leute auf dem Laufsteg. Einer von ihnen, ein Mann in zerfetztem Overall, kämpft gegen einen Stomper, balgt sich mit ihm, als wollte er ihn über das Geländer werfen. Schwer zu sagen, worum sie kämpfen.

Er holt zum Schlag aus, mit geballter Faust, das Gesicht zu einer schrecklichen Grimasse verzerrt. Durch die Bewegung dreht er sich, und nur für eine Sekunde treffen sich unsere Blicke.

Der Stomper geht zu Boden. Der Mann rennt auf mich zu, schreit: »Sehen Sie? Ich werde Sie töten.« Er hat keine Waffe, aber seine Miene zeigt so große Wut und Verzweiflung, dass ich wie gelähmt bin.

Prakesh tritt vor mich und schlägt so schnell zu, dass ich die Bewegung nur verschwommen wahrnehme. Der Mann stürzt bewusstlos zu Boden. Prakesh flucht, hält sich die Hand, aber gleichzeitig sehe ich, wie die anderen Leute auf dem Laufsteg in unsere Richtung blicken. Ich fahre herum, hoffe auf irgendetwas, eine Waffe, einen Fluchtweg, aber wir sitzen in der Falle. Hinter uns ein wütender Mob, vor uns sogar noch mehr Leute. Und mein Körper will sich immer noch nicht von der Stelle rühren.

»Riley …«, sagt Prakesh und wirft mir einen Blick zu. Jetzt weicht er zurück, den Blick auf die Leute gerichtet, die auf uns zukommen.

Ich höre etwas, von oben. Ich hebe den Kopf und sehe überrascht, wie sich jemand über das Geländer des Laufstegs auf Ebene 6 beugt. Jemand, der meinen Namen ruft.

Carver. Und neben ihm hängt Kev vom Geländer.

Ich brauche eine Sekunde, um zu verstehen, was Carver dann ruft, ein einzelnes Wort, aber ich verstehe es aufgrund des Lärms der Menge nicht richtig. Er ruft lauter, dann höre ich, was er meint, und sofort ist mir sein Plan klar. Carver und Kev beugen sich bereits über das Geländer, die Arme zu uns ausgestreckt. So sind sie viel zu hoch, als dass wir springen und danach greifen könnten.

Aber Carver ruft: »Tic Tac!«

Ich packe Prakesh, stoße hervor: »Hinauf! Folge meinem Beispiel.« Er starrt mich verwirrt an, aber wir haben keine Zeit für Erklärungen. Ich gehe ein paar Schritte zurück, dann renne ich auf die Wand der Galerie zu, stoße mich davon ab und werfe meinen Körper herum, strecke die Arme so weit wie möglich nach oben aus.

Für einen kurzen Moment bin ich davon überzeugt, sie verfehlt zu haben – als sie viel zu schnell durch mein Sichtfeld sausen und ich denke, dass ich nun auf den Boden krachen werde. Doch dann schließen sich Carvers Finger um mein Handgelenk und packen fest zu. Mein Schwung trägt mich weiter, aber er folgt meiner Bewegung, treibt mich auf Kev zu, der meinen anderen Arm ergreift. Seine Finger legen sich um mein Handgelenk – und rutschen ab.

Ich sehe es in erschreckender Zeitlupe, wie seine Daumenkuppe über meinen Handrücken gleitet, seine Finger nach Halt suchen. Doch in letzter Sekunde wirft er sich noch einmal nach vorn und bekommt mein Handgelenk zu fassen. Ohne zu warten, bis meine Schaukelbewegung aufhört, ziehen sie mich hoch, und mit gemeinsamer Kraft hieven sie meine schlanke Gestalt mühelos hinauf. Noch bevor ich das Geländer des Laufstegs packen kann, brülle ich: »Prakesh! Holt euch Prakesh!«

Carver ruft etwas, das ich nicht ganz verstehe. Ich halte mich am Metall fest und schwinge mich hinüber, weil mir klar ist, dass ich ansonsten im Weg wäre. Ich lande auf dem Laufsteg und rapple mich wieder auf, stürze an Kevs Seite und blicke über das Geländer.

Sie haben Prakesh erwischt. Irgendwie hat er den Absprung geschafft, und Carver und Kev haben ihn an den Handgelenken aufgefangen. Aber während ich zusehe, nimmt jemand Anlauf und springt zu Prakesh hoch. Er zieht gerade noch rechtzeitig die Beine an, und der Mann verfehlt ihn, stößt einen frustrierten Schrei aus, als er auf den Boden stürzt. Doch die Menge hinter ihm ist wütend, will Blut sehen.

Jemand wirft ein Metallrohr hoch. Es fliegt knapp an Prakesh vorbei, wirbelt davon und prallt scheppernd gegen die Wand, doch Carver und Kev ziehen ihn jetzt endgültig hinauf. Alle brechen in einem Gewirr aus Gliedmaßen auf dem Laufsteg zusammen. Zum ersten Mal bemerke ich, dass sich hier sonst niemand aufhält, und ich frage mich, warum das so ist. Doch dann streckt Prakesh den Kopf aus dem Haufen und grinst mich an.

»Alles in Ordnung mit dir?«, frage ich und bemühe mich, mir nicht anmerken zu lassen, wie besorgt ich bin.

»Mir geht's blendend«, antwortet er.

Unter ihm höre ich Carver sagen: »Vielleicht könntest du weiterplaudern, wenn du nicht mehr auf uns liegst.«

Mir ist nicht nach Lachen, aber ich tue es trotzdem. Carver und Kev kommen auf die Beine. »Behandelt man so seine Retter?«, murmelt Carver und stößt im nächsten Moment ein überraschtes »Hui!« aus, als ich ihn umarme. Ich strecke eine Hand aus und ziehe Kev heran, um beide fest zu drücken.

»Vorsicht mit dem Arm«, sagt Carver. Ich ziehe mich überrascht zurück, erwarte, dass er schlaff an ihm herabhängt, aber er sieht wieder normal aus. Die Schulter ist jedoch ein einziger blauer Fleck.

»Coole Nummer«, sagt Carver mit hochgezogenen Augenbrauen.

»Gewöhn dich lieber nicht daran«, sage ich und ignoriere die wütenden Schreie von unten. »Aber ich glaube, ich war noch nie so glücklich, dich zu sehen. Als wir dich mit den Lieren alleingelassen haben …«

»Die mit den Messern? Es überrascht mich, dass du mir so wenig zutraust, Riley.«

»Und Kev«, setze ich an und drehe mich zu ihm um. Doch dann sehe ich, wie er sich abwendet und die Hände zu Fäusten ballt. Yao. Sein Zwilling. Es ist nicht länger als einige Stunden her, seit sie starb, aber es fühlt sich wie Wochen an. Ich strecke ihm eine Hand hin, aber er nimmt sie nicht, dreht sich nur ein kleines Stück weiter weg.

Erst dann bemerke ich seinen Fußknöchel. Er ist angeschwollen – nicht schlimm, aber vermutlich tut es trotzdem höllisch weh, wenn er sich bewegt. Wobei ist das passiert?

Eine Kugel prallt vom Geländer ab. Wir alle gehen zu Boden. Mir wird schmerzhaft bewusst, wie wenig Schutz der Laufsteg uns gibt. Dann höre ich Prakesh über dem Lärm rufen: »In den Korridor! Los!«

Das muss er uns nicht zweimal sagen. Gleichzeitig rennen wir los, auf den Korridor zu. Er ist nur wenige Meter entfernt, aber noch während wir laufen, höre ich einen zweiten Schuss, diesmal gefolgt von Schreien von unten.

Der Korridor ist verlassen. Carver, Kev und Prakesh brechen an der Wand zusammen, atmen schwer. »Warum ist hier niemand?«, fragt Prakesh und blickt sich um. »Wo sind die ganzen Leute?«

»Ich bin froh, dass du mich das fragst«, sagt Carver. »Kev hatte die recht brillante Idee, die Treppe zu blockieren.« Er deutet auf das andere Ende des Laufstegs. »Erstaunlich, wie ein begrenzter Brand die Leute dazu ermutigen kann, einen längeren Umweg zu nehmen.«

»Ein begrenzter …« Ich halte inne. Carvers Augen leuchten, und ich brauche einen Moment, um meine Gedanken zu sortieren. »Ich dachte, du hättest in Tzevya all deine Brandbomben an die Stomper verloren.«

»Nicht alle.«

Prakesh starrt ihn eindringlich an. »Die andere Treppe«, will er von Carver wissen. »Hast du sie auch blockiert?«

Carver schüttelt den Kopf. »Ich hatte nur eine. Diese Dinger sind schwierig herzustellen.«

Wir kommen wieder auf die Beine, doch dann sagt Kevin: »Wo ist Amira?«

Die folgende Stille hält eine Sekunde zu lang an.

»Ich verstehe nicht«, sagt Carver. »War sie nicht bei euch?«

Zum Glück kommt Prakesh mir zu Hilfe. »Wir werden es später erklären. Jetzt müssen wir dringend zum Kern.«

Carver wirft mir einen Blick zu. »Er hat nur einen Witz gemacht, ja?«

»Nein«, sage ich und klinge tapferer, als ich mich fühle. »Das ist der einzige Weg nach Apex.«

»Du willst nach Apex?«

Kev schüttelt den Kopf. »Schlechte Idee.«

Ich muss meinen Frust zurückdrängen. »Uns läuft die Zeit davon«, sage ich und sehe Carver direkt an. »Wirst du uns helfen oder nicht?«

»Okay, Riley«, sagt Carver. »Erstens, du siehst schrecklich aus. Es überrascht mich ein wenig, dass du überhaupt noch aufrecht stehen kannst. Zweitens, ist dir klar, dass der Eingang zum Kern mit Stompern verbarrikadiert ist?«

»Ja, aber …«

»Was genau hast du geplant? Denn selbst wenn du hineinkommst, hast du keinen Thermoanzug. Du wirst nach etwa zehn Sekunden gefroren sein. Das heißt, wenn du vorhast, allein hineinzugehen, was du nicht tun wirst.«

Ich sehe Prakesh an, aber er schüttelt nur den Kopf. Er ist völlig fertig. Ich erkenne es an seinen zitternden Beinen und den hochgezogenen Schultern. Ich sehe bestimmt genauso aus.

Ich wende mich wieder an Carver. »Wenn wir uns nicht bald auf den Weg machen, wird Darnell …«

Kev schlägt mit der geballten Faust gegen die Korridorwand. Der Knall ist so laut, dass wir alle zusammenzucken, und als er die Hand zurückzieht, bin ich ein wenig überrascht, dass er keine Delle im Metall hinterlassen hat.

»Yao ist tot«, sagt er leise. »Ich werde nicht zulassen, dass auch du stirbst.«

In die folgende Stille sagt Carver: »Wenn wir jetzt dort hineingehen, ist es vorbei. Wenn wir uns etwas Zeit nehmen und einen Plan ausarbeiten, ein paar Sachen besorgen, haben wir vielleicht eine Chance.«

»Aber wo?«, frage ich. »Im Nest gibt es nichts mehr.«

»Bei der D-Kompanie?«, schlägt Kev vor.

Ich schüttle den Kopf. »Viel zu weit weg. Dadurch würden wir zu viel Zeit verlieren.«

Carver denkt einen Moment lang nach, dann leuchten seine Augen auf. »Gut, du kennst doch den Kerl, den P-Mann umgehauen hat?«

Prakesh sieht ihn an. »Hä?«

»Der Kerl, den du verprügelt hast. Vor einiger Zeit, bevor Kev und ich die Lage gerettet haben.«

»Was ist mit ihm?«, frage ich.

»Ich kenne ihn. Er ist von hier. Und vor allem weiß ich, wo er wohnt.«

»Und im Moment dürfte er sein Habitat eher nicht benutzen«, sagt Prakesh. »Sehr schlau.«

»Was ist, wenn er bereits zurückgekehrt ist?«, werfe ich ein.

Kev zuckt mit den Schultern. »Prakesh kann ihn noch einmal umhauen. Ich werde ihm dabei helfen.«

Carver sucht meinen Blick. »Essen, Wasser, so etwas wie ein Plan. Mehr verlange ich gar nicht.« Bevor ich protestieren kann, macht er sich auf den Weg durch den Korridor. Wenig später folgt ihm der Rest unserer Gruppe. Ich bin nicht wild darauf, in die Wohnung von jemandem einzubrechen, und niemand kann sagen, wen oder was wir dort vorfinden werden, aber Carver hat recht.

Apogäum wurde in Stücke gerissen. Die Korridore sind ein Chaos aus verbogenem Metall, zertrümmerten Lampen und Stromverteilerkästen, die aufgebrochen und geplündert wurden. Immer wieder müssen wir im Dunkeln laufen, unser Tempo verlangsamen, wenn wir dem Müll auszuweichen versuchen. Ein- oder zweimal stoßen wir auf Leute, die sich entweder im Schatten zusammenkauern oder Streit suchen. Aber es sind nicht viele, und sie scheinen keine Lust zu haben, es mit einer so großen Gruppe wie unserer aufzunehmen.

Ich frage Carver, ob es überall so aussieht. Er nickt. »In jedem Sektor. Seit dieser Psycho die Konvektoren ausgeschaltet hat.« Er sieht mich an. »Wir haben gehört, was er im Kom über dich gesagt hat. Du scheinst ihn ganz schön angepisst zu haben.«

Prakesh kommt an meine Seite. »Alles in Ordnung?«, fragt er mich flüsternd. Ich nicke, und er legt einen Arm um mich, während wir weitergehen. Ich bin froh darüber, weil ich das Gefühl habe, dass ich trotz der Hitze den Zittermann bekomme.

Das Habitat liegt auf Ebene 3, gleich hinter den Räumen der Schule. Die Tür ist verriegelt, aber Kev verpasst ihr einen kräftigen Tritt, und sie fliegt auf. Hier herrscht ein totales Durcheinander, überall Müll und widerliche Essensreste. Der Boden und die Wände sind mit Dreck beschmiert, und das Bettzeug auf der einzigen Pritsche ist zerwühlt. Kev rümpft die Nase. Bei ihm sieht das seltsam aus, wie etwas, das nur ein Kind tun würde. Er schließt die Tür hinter sich, fast zärtlich. Ob der Besitzer immer noch ohne Bewusstsein ist oder nicht – jedenfalls ist er noch nicht hierher zurückgekehrt.

Drinnen ist es noch heißer als draußen. Der überfüllte Raum speichert die Wärme, treibt mir noch mehr Schweiß auf die Stirn. Carver blickt sich schnell im angrenzenden Bad um. »Niemand hier. Ich vermute, der Kerl wohnt allein. Schauen wir mal, ob er ein geheimes Lager hat.«

Wir brauchen nicht lange, bis wir das Wasser gefunden haben. Eine einzelne Flasche unter der Pritsche, ganz nach hinten an die Wand geschoben. Carver reicht sie mir, und ich zwinge mich dazu, kleine Schlucke zu nehmen, weil ich meinen Magen nicht überfordern will. Es ist gerade genug für uns vier. Ich habe immer noch Durst, aber er ist jetzt gedämpft, hat sich in den Hintergrund zurückgezogen. Kev verschwindet für ein paar Minuten und kehrt dann mit seinem Rucksack zurück, aus dem er ein paar Äpfel und Proteinriegel hervorzieht.

Ich war noch nie so glücklich, etwas Essbares zu sehen. Ich mache mir leichte Sorgen, dass der Besitzer des Habitats zurückkommen könnte. Aber selbst wenn – was will er gegen uns vier ausrichten?

Wir essen schweigend, an die Wand gelehnt, während über uns die Deckenbeleuchtung flackert. Ich versuche, so schnell wie möglich zu essen, aber mein Magen lässt es nicht zu. Nach einer Weile wendet sich Carver an mich: »Kannst du uns jetzt erklären, wohin Amira gegangen ist? Weil wir im Moment etwas zusätzliche Hilfe gut gebrauchen könnten.«

Er sagt es mit einem Lächeln im Gesicht, aber ich sehe seine Augen, bemerke die Sorge, die darin steht. Auch Kev hat die Stirn gerunzelt. Vor diesem Moment habe ich mich gefürchtet, noch bevor mir selbst richtig bewusst geworden war, dass Amira tot ist.

Aber ich tue es. Ich atme tief durch und erzähle ihnen alles. Als ich fertig bin, ist mein Mund wieder eine Wüste, giert mein Körper nach mehr Wasser.

Im Habitat ist es still geworden. Selbst das übliche Rumoren der Station scheint nachgelassen zu haben. Weder Kev noch Carver haben etwas gesagt, seit ich ihnen von Amiras Tod erzählt habe. Kev weicht meinem Blick aus, hat die Hände zwischen die Knie gesteckt, die Lippen zusammengepresst. Carver jedoch – Carver starrt mich an. Sein Mund ist eine dünne Linie, und in seinen Augen ist nichts außer reiner, kaum beherrschter Wut. Es schockiert mich mehr, als es sollte, und ich brauche einen Moment, um zu erkennen, warum: Es ist das erste Mal, dass ich Carver wirklich wütend erlebe.

Mir bleibt vielleicht eine halbe Sekunde, um diesen Gedanken zu verarbeiten, bevor er sich von der Wand abstößt und auf mich stürzt, die Hände zu Klauen verzerrt, mit mordlustigem Blick.

# 61 | Riley

Der Angriff kommt so unerwartet, dass ich gar nicht reagiere. Carver rammt mich, wirft mich zurück an die Wand. Seine Hände zielen auf meine Kehle, doch in allerletzter Sekunde nimmt er sie herunter, packt stattdessen meine Schultern. Er zuckt vor Schmerz zusammen, als die Wucht seines Griffs bis in seine verletzte Schulter hinaufschießt.

»Du hast sie getötet!«, schreit er mit brechender Stimme, sein Mund nur wenige Zentimeter von meinem Gesicht entfernt.

Ich will irgendetwas sagen. Eine Million Empfindungen bestürmen mich: Fassungslosigkeit, dann Wut, dann Angst. Sie blitzen nacheinander auf, wie an einer Lichterkette aufgereiht. Carvers Worte haben sich in unzusammenhängendes Gebrüll aufgelöst. Tränen laufen über seine Wangen.

Kev und Prakesh packen ihn und zerren ihn zurück. Dann findet er seine Stimme wieder und schreit: »Lasst mich los!« Er bricht an der gegenüberliegenden Wand zusammen, taumelnd wie ein Betrunkener. Ein paar Sekunden lang lehnt er nur dagegen, dann sackt er in sich zusammen, schlägt wütend mit den Fäusten auf den Boden.

Ich kann meinen Blick nicht von Carver losreißen. Er bemerkt es und hebt den Kopf, um mich anzusehen. Diesmal bringt er nicht mehr als ein geflüstertes »Warum?« heraus.

Nichts, was ich jetzt sagen könnte, scheint mir gut genug zu sein.

Längere Zeit rührt sich keiner von uns. Prakesh behält Carver misstrauisch im Auge, aber er sitzt nur da, den Kopf gesenkt, während sein Körper von stummen Schluchzern geschüttelt wird. Schließlich sieht er mich wieder an. Sein Gesicht ist fleckig und gerötet, aber seine Augen blicken klar. Die Wut darin scheint ein wenig nachgelassen zu haben, doch als er spricht, klingt seine Stimme rau. »Warum hat sie das getan?«

Ich schüttle den Kopf. Es ist, als würde ich versuchen, etwas von der Erde zu beschreiben. Irgendein Tier, das ich nur von Bildern kenne.

Es ist Kev, der ihm antwortet. »Das spielt jetzt keine Rolle.«

»Doch, es spielt eine Rolle!«

Carvers Worte hallen im kleinen Habitat wider, hinterlassen eine kalte Stille. Ich lehne den Kopf gegen die Wand, versuche die Tränen zurückzuhalten, die in meinen Augenwinkeln kribbeln, presse die Lider zusammen. Unvermittelt sehe ich Yaos Wandbild vor mir, bevor es von den Leuten zerstört wurde, die das Nest geplündert haben. Ich sehe die Farben und verschnörkelten Formen, und alles ist so lebhaft, dass ich die Stellen erkenne, wo die Farbe noch nicht getrocknet war.

»Wir können sie nicht zurückholen oder etwas an dem ändern, was sie getan hat«, sage ich leise und wende mich wieder den anderen zu. Die Worte kommen unbeholfen aus meinem Mund, als würde ich etwas lesen, das jemand anderer geschrieben hat, aber ich spreche sie trotzdem aus. »Sie glaubte daran, dass wir das Recht verloren haben, als Spezies zu existieren. Ich aber sage, dass wir das nicht kampflos hinnehmen dürfen. Ich werde durch den Kern laufen. Ich werde Janice Okwembu ausfindig machen, und ich werde diese Sache beenden.«

Ich sage es in gleichmäßigem Tonfall, versuche mir meine Angst nicht anmerken zu lassen. Und ich schaffe es fast.

»Ich werde gehen«, sagt Carver und rappelt sich auf. Er will mich nicht ansehen. »Ich kann es tun.«

Ich starre ihn an. »Du willst mit einer kaputten Schulter durch den Kern rennen? Wirklich?«

»Ich bin topfit«, sagt er. Ich trete vor und tippe ihm leicht auf die Schulter. Er versucht sich wegzudrehen, aber ich sehe, wie er vor Schmerz das Gesicht verzerrt.

»Ich kann es tun«, wiederholt er, aber es klingt nicht mehr so kraftvoll wie zuvor.

Von der Wand aus sagt Kev: »Warum kann ich nicht gehen?«

»Mit deinem Fuß? Für so etwas haben wir keine Zeit.« Ich schüttle frustriert den Kopf. »Es geht nicht nur darum, dass ich die Schnellste von uns bin. Ich war dabei, als sie starb. Ist euch das klar? Sie hat ein falsches Spiel mit mir getrieben. Sie hat mich *benutzt*. Dies ist mein Kampf.«

»Hast du gesehen, was Darnell mit diesen Stompern gemacht hat?«, fragt Carver. »Mit denen, die durch den Kern gekommen sind? Willst du, dass dir das Gleiche passiert?«

Darauf habe ich keine Antwort.

»Riley hat recht«, sagt Prakesh. »Es gefällt mir auch nicht, aber sie ist unsere beste Chance.«

»Ich werde hier nicht untätig herumsitzen«, sagt Carver.

»Das musst du auch nicht. Der Eingang zum Kern wird bewacht, nicht wahr? Wenn wir für genügend Ablenkung sorgen, könnten wir die Tür lange genug öffnen, um Riley hineinzubringen. Wie lange wirst du brauchen, Ry? Fünf Sekunden? Zehn?«

»Drei«, sage ich und gehe zu Carver hinüber. Er weicht meinem Blick aus, aber ich lege eine Hand auf seine gesunde Schulter, und nach einer Weile legt er seine auf meine. »Ich kann es tun«, flüstere ich.

Nach längerem Schweigen nickt er.

Ich drehe mich zu Kev um. »Ist damit alles klar?«

»Alles klar.«

»Ich bin nur ungern derjenige, der euch die Stimmung vermiest«, wirft Carver ein, »aber es ist, wie ich gesagt habe. Wir reden hier nicht über einen einzelnen Stomper, der Wache schiebt. Du kommst nicht mit einem Lächeln und Augenzwinkern in den Kern. Wie wollen wir an ihnen vorbeikommen?«

»Es sind immer Stomper da«, sagt Kev. »Fünf oder sechs.«

Ich denke nach und versuche mir den Eingang zum Kern vorzustellen. Ich bin schon viele Male daran vorbeigerannt: ein großer offener Raum, zweigeteilt durch den Korridor der Ebene 6, mit einer stabilen Panzertür in der Decke. Daneben Lagerräume mit Ausrüstung. An gegenüberliegenden Wänden sind Kontrollkonsolen angebracht, alte Systeme mit verstaubten Digitalanzeigen und klobigen Schaltern. Wahrscheinlich lässt sich damit die Tür öffnen.

Prakesh liest meine Gedanken. »Es dürfte auch Sicherheitsvorkehrungen geben – wahrscheinlich zwei Schlüsselkarten oder Codes, die gleichzeitig an den beiden Terminals im Raum eingegeben werden müssen.«

Ich runzle die Stirn. »Kommen wir an eine Schlüsselkarte heran?«

»Ich könnte vielleicht eine hacken, wenn wir genug Zeit haben.«

»Wie lange brauchst du?«

Er sieht mich ratlos an. »Zehn Minuten?«

»Aber natürlich, Schutzpolizist«, sagt Carver. »Dieser kleine Fleck an der Wand ist das Faszinierendste, was Sie in Ihrem ganzen Leben zu sehen bekommen. Aber Sie müssen mindestens zehn Minuten lang darauf starren, um wirklich sämtliche Nuancen wahrnehmen zu können …«

»Nicht hilfreich«, sage ich.

»Vielleicht können wir den Raum abriegeln«, schlägt Prakesh nachdenklich vor. »Irgendwie bringen wir alle raus und verbarrikadieren dann den Eingang. Das könnte uns ausreichend Zeit verschaffen.«

Ich schüttle frustriert den Kopf.

»Hallo?«, sagt Kev. Wir alle sehen ihn an, und er breitet die Hände aus. »Wie wär's, wenn wir einfach alles kaputthauen?«

Carver reibt sich die Schläfe. »Sosehr ich deinen Enthusiasmus zu schätzen weiß, Kev, aber Sachen funktionieren meistens nicht mehr, wenn man sie zerstört.«

»Ja … aber nicht das, womit sie verbunden sind«, sagt Kev langsam, als würde er zu einem Kind sprechen. Seine

Stimme ist klarer als vorher. »Zertrümmern wir die Konsolen. Dann gehen die Panzertüren davon aus, dass es einen Kurzschluss gab. Und öffnen sich.«

»Könnte das wirklich funktionieren?«, frage ich Prakesh. Von uns allen ist er am besten mit der Stationstechnik vertraut, vor allem mit den Teilen, die den Zugang zu gesicherten Bereichen ermöglichen. Er denkt eine Minute lang nach, eine Hand ans Gesicht gelegt.

Schließlich sagt er: »Es wäre möglich. Die Türen von Außenerde sind tatsächlich so konfiguriert, dass sie sich automatisch mithilfe von Notbatterien öffnen, wenn es zu einem Stromausfall kommt. Zumindest sollten sie es tun.« Dann schüttelt er den Kopf. »Aber wir wissen nichts über die Systeme, die den Kern sichern. Vielleicht ist es dort anders als bei den sonstigen Türen in der Station. Wir könnten Stunden damit zubringen, die Konsolen zu zertrümmern, ohne dass sie sich öffnet.«

»Das gefällt mir nicht«, sagt Carver. »Da gibt es zu viel, das wir nicht wissen. Bei dieser Sache bekommen wir keine zweite Chance.«

Ich wähle meine Worte sorgfältig und blicke ihm in die Augen. »Wenn auch nur die geringste Wahrscheinlichkeit besteht, dass es funktionieren könnte, werde ich es probieren.«

Er erwidert meinen Blick eine ganze Minute lang. Ich bin mir sicher, dass er noch weitere Einwände vorbringen will, doch dann sagt er: »Gut, du wirst hineingehen, nicht ich. Aber wenn sich die Tür nicht öffnet, lasse ich dich dort zurück und renne, als wär der Teufel hinter mir her.«

»Verständlich.«

Prakesh legt die Hände an die Hüften. »Ich komme auch mit.«

Ich atme tief durch. Das wird ihm nicht gefallen.

»Ich brauche dich hier in Apogäum. Wenn im Kern etwas schiefgeht, musst du die Leute warnen. Sag ihnen, was wir wissen.«

Noch bevor ich fertig bin, öffnet er den Mund zum Protest, also rede ich schnell weiter. »Wir könnten verletzt oder gefangen genommen werden oder … Was auch immer, es spielt keine Rolle. Wir brauchen einen Ersatzplan. Dafür brauche ich dich.«

»Wenn es hier um Tempo geht, werde ich dich nicht bremsen«, sagt er. »Bis jetzt habe ich mit dir Schritt gehalten. Lass mich dir helfen hineinzukommen.«

Ich schüttle den Kopf. »Darum geht es nicht. Die Leute vertrauen dir. Sie hören dir zu. Aber nicht uns.« Ich zeige auf Carver und Kevin. »Wir sind nur Tracer. Man bezahlt uns, damit wir Pakete ausliefern und dann wieder verschwinden.«

Sein Gesichtsausdruck hat sich ein wenig besänftigt, obwohl er noch nicht völlig überzeugt ist. Ich senke die Stimme. »Du musst uns vertrauen, Prakesh. Wir können das schaffen.«

Die folgende Stille scheint ewig anzuhalten, aber schließlich nickt er knapp, ohne mich anzusehen.

»Damit wäre so weit alles geklärt. Gehen wir«, sage ich. Aber die anderen rühren sich immer noch nicht.

Bis mir etwas klar wird. Dies ist der Moment, in dem Amira den Kopf geneigt hätte, die winzige Geste, die bestimmt, dass wir es genauso machen werden. Sie würde dort drüben gegen die Wand gelehnt dastehen, die

Arme verschränkt, den Blick in die Ferne gerichtet, als würde sie sämtliche Optionen einzeln abwägen und auf Fehler prüfen.

Es ist Kev, der das Schweigen bricht – und bevor er es tut, blickt er zu der Stelle, wo Amira stehen würde, als würde er erwarten, dass sie plötzlich wieder auftaucht. Er sagt: »Wenn's zum Baumeln kommt, sollen alle baumeln, das sage ich.«

Es dauert einen Moment, bis seine Worte für mich einen Sinn ergeben. Dann dämmert es mir: *Die Schatzinsel.*

Ich lächle leicht und nicke. »Also baumeln wir.«

Carver seufzt. »Da ich dieser wahnsinnigen Idee zugestimmt habe, würde ich gern noch wissen, ob irgendjemand weiß, wie wir genug Zeit gewinnen, um diese verdammten Konsolen zu zerstören.«

»Ich weiß es«, sage ich, als mir etwas wieder einfällt, das Carver selbst erwähnt hat. Als es darum ging, durch den Kern zu rennen.

Ich brauche weniger als zwei Minuten, um meinen Plan zu umreißen. Anfangs ist Carver skeptisch, doch dann nickt er und denkt angestrengt nach.

»Ich muss nachsehen, ob ich ein paar Dinge aus dem Nest retten kann«, sagt er. »Ich habe hier nichts, womit ich arbeiten könnte. Kev, du kommst mit. Und ihr beiden bleibt auf jeden Fall hier.«

»Was tun wir, wenn der Mann zurückkommt, der hier wohnt?«, fragt Prakesh.

Carver zwinkert ihm zu. »Wie Kev gesagt hat. Haut ihn noch einmal um.«

Er zeigt auf einen großen Schrank an der Wand. »In

der Zwischenzeit könnt ihr das Ding vor die Tür zerren, sobald wir losgezogen sind.«

Sie gehen, und Prakesh und ich wuchten den Schrank vor die Tür. Als wir damit fertig sind, nehme ich mir eine Minute Zeit, um mich zu strecken, meine steifen Beinmuskeln zu lockern und die Schultern kreisen zu lassen, um die Anspannung loszuwerden. All die Verletzungen der letzten paar Tage scheinen sich gleichzeitig bemerkbar zu machen – das geprellte Schlüsselbein, die Ringe unter meinen Augen, die blauen Flecken am Hals und am Bauch, die mein Kampf gegen Darnell hinterlassen hat. Die Schnitte in den Händen und der Stirn, die schon gut verheilt sind, aber immer noch hässlich aussehen, und die Verbrennung an meiner rechten Hand, wo ich im Feuer auf meine brennende Jacke geschlagen habe. Und überall spüre ich dumpfe Schmerzen. Mein Körper sagt mir auf jede mögliche Art, dass ich meine Belastungsgrenze erreicht habe. Aber ich kann nicht aufhören. Nicht jetzt. *Bitte*, sage ich stumm, *nur noch eine Weile. Dann werden wir schlafen. Mehrere Wochen lang.*

Ich setze mich auf die Pritsche, um meine Beine auszustrecken. Prakesh kommt herüber und hockt sich neben mich. Er wirkt besorgt, viel besorgter, als ich ihn je zuvor erlebt habe. »Was willst du tun, wenn sie dir in den Kern folgen?«, fragt er.

Ich zucke mit den Schultern, versuche so zu tun, als hätte ich solche Sorgen weit hinter mir gelassen, obwohl es sich anfühlt, als würde ein Stahlband aus Furcht meinen Brustkorb zusammenquetschen. »Was ich immer tue, Prakesh«, sage ich. »Rennen.«

Ich will noch etwas sagen, aber dann küsst Prakesh

mich so heftig, dass es mich fast rückwärts umgeworfen hätte. Ich bin so überrascht, dass sein offener Mund eine Sekunde lang auf meinem geschlossenen liegt.

Ich ziehe mich zurück. »Kesh, ich … wir können das nicht.«

Er schüttelt den Kopf. »Warum nicht?«

Ich lache, überspiele damit das Zittern in meiner Stimme. »Schau dir diese Wohnung an. Sie ist ein einziges Chaos. Es ist nicht einmal unsere.«

Ich erwarte, dass er mein Lächeln erwidert. Dass er den Moment vorübergehen lässt. Er tut es nicht. Er blickt mir nur genau in die Augen. Seine Hand berührt meine, umklammert sie, drückt sie fest und lässt sie nicht mehr los.

»Erinnerst du dich, wie du gesagt hast, dass du dich entscheiden musst?«, sagt er. »Dass du, wenn wir zusammen sind, dich irgendwann zwischen mir und den Tänzern entscheiden müsstest?«

Er gibt mir keine Gelegenheit, darauf zu antworten. »Es wäre mir egal. Hörst du? Denn selbst wenn du dich für die Tänzer entscheidest, selbst wenn du nicht mit mir zusammen sein könntest, würde mir immer noch die kurze Zeit bleiben, die ich mit dir verbracht habe. Und jetzt gehst du nach Apex. Du machst diesen *idiotischen Lauf* durch den Kern … und du gibst mir nicht einmal eine Chance.«

»Wenn ich es nicht …«

»Nein, hör mir zu! Ich weiß, dass du gehen musst. Das habe ich verstanden. Aber du wirst es nicht tun, ohne mir eine Chance zu geben. Das ist eine Entscheidung, die du nicht treffen wirst.«

Seine andere Hand hat jetzt meinen Unterarm ergriffen, und er zieht mich zu einem weiteren Kuss heran. Dieses Mal erwidere ich den Kuss.

»Wir haben nicht genug Zeit«, flüstere ich.

»Das ist mir egal«, sagt er.

Mir auch.

Er hat die Hände auf meinen Rücken gelegt und lässt sie lautlos unter mein Top gleiten, tastet sich an meiner Wirbelsäule entlang. Seine Berührung ist sanft, sogar zögernd, doch dann wird er mutiger, schneller. Ich spüre ein heißes Kribbeln auf meiner Haut.

Wir fallen rückwärts auf die Pritsche, schieben die Decken zur Seite, während meine Hände sein Hemd packen und es ihm über den Kopf ziehen. Sein Mund senkt sich auf meinen Hals, dann ist auch mein Top weg, und er bewegt sich noch tiefer hinab, küsst meine Brüste, Haut auf Haut.

Er bedrängt mich zu heftig, und mein Kopf schlägt gegen die Wand. Ich zucke zusammen, aber er ist sofort da, küsst meine Stirn und lacht. Ich versuche ihm zu sagen, dass alles in Ordnung ist, aber ich komme nicht dazu, weil er genau in diesem Moment in mich gleitet.

Er hält kurz inne, blickt mir in die Augen. Dann dringt er tiefer ein. Die Schmerzen meines Körpers verschwinden, zerschmelzen. Bald gibt es kein Zögern mehr, keine Zurückhaltung, nur wir zwei, unsere gemeinsamen rhythmischen Bewegungen, und meine Fingernägel, die tiefe Furchen in seine Haut graben. Sein Mund, mein Mund, seine Hände, überall gleichzeitig. Als ich komme, als Prakesh uns endlich zum Höhepunkt treibt, ist es, als würde sich meine gesamte Energie auf einen einzigen glühenden Punkt konzentrieren, tief in meinem Innern.

Ich kann mich nicht bewegen, ich kann nicht atmen, ich will es gar nicht. Ich würde alles hergeben, jeden Lauf, jede angenehme Erinnerung, wenn ich die Zeit an diesem Punkt erstarren lassen könnte. Seine Hand liegt in meinem Genick, seine Haut ist warm. Es fühlt sich gut an.

Etwa so, wie ich mir das Gefühl von Sonnenlicht vorstelle.

Anschließend liegen wir nebeneinander. Unser Atem ist langsamer, stiller geworden. Er hebt die linke Hand und streichelt meine Wange.

»Du wirst zurückkommen«, sagt er. »Ganz gleich, was geschieht, du wirst zu mir zurückkommen. Du wirst einen Weg finden.«

Und ich flüstere: »Ja, das werde ich. Das verspreche ich.«

Ich halte ihn, solange es geht. Ich will, dass die Erinnerung an seine Berührung so intensiv wie möglich ist. Wenn ich sterbe, wenn ich meine Welt nicht retten kann, dann soll dies das Letzte sein, woran ich mich erinnere.

Ich weiß nicht mehr, wie lange wir dort gelegen sind, aber als Carver und Kev zurückkehren, sind wir wieder angezogen, sitzen still an der Wand, teilen ein wenig Wasser. Ich dachte, im Nest wäre nichts Brauchbares mehr übrig geblieben, aber wahrscheinlich habe ich nicht Carvers Blick. Er hat einen Arm voller Werkzeuge und Ersatzteile dabei. Kev hat doch noch etwas Essbares gefunden: einige Proteinriegel aus einem seiner Geheimlager.

Wir essen, während Carver alles zusammenbaut. Er

braucht etwas länger, als mir lieb ist, aber schließlich richtet er sich auf und nimmt die Schutzbrille ab.

Prakesh umarmt mich noch einmal.

Und dann sind wir draußen auf dem Korridor. Und wir rennen. Diesmal nicht in einer Reihe, sondern in einer geschlossenen Gruppe, Carver und Kev dicht an meinen Seiten. Wir laufen mit Höchstgeschwindigkeit, jagen durch die Station, und für einen kleinen Moment fühlt es sich an, als hätten wir gar kein Ziel, als würden wir einfach nur rennen.

# 62 | Prakesh

Prakesh blickt ihr nach, als sie geht. Es fällt ihm unglaublich schwer.

Er sitzt noch eine Weile im Habitat. Die Luft ist kalt, doch als seine Hand zur Decke wandert, auf der Riley und er gesessen haben, stellt er fest, dass sie immer noch warm ist.

Riley hat ihn gebeten, die Leute zu informieren, falls sie scheitert. Er überlegt, wie er das machen könnte, aber die Aufgabe ist viel zu groß. Außenerde ist ein Chaos, nachdem die Bewohner von Oren Darnell aufgehetzt wurden. Wie bringt man die Leute dazu, lange genug den Kampf zu unterbrechen, um einem zuzuhören?

Er stemmt sich hoch. Nun, schließlich ist er Labortechniker. Er kennt sich mit Pflanzen, Maschinen und Chemikalien aus. Er kann Rauch von einem Raum in einen anderen leiten. Er kann Leute für sich einnehmen, ihre Gedanken ändern.

*Ich habe ihre Gedanken geändert.*

Was auch immer er tun muss, kann er nicht tun, wenn er hierbleibt. Prakesh tritt nach draußen, schließt hinter sich die Tür. Er kann die Kämpfe von hier aus hören. Es ist ein misstönendes Rumpeln, das durch die Korridore weitergeleitet und an jeder Ecke verzerrt wird. Die Luft ist stickig und süßlich und so heiß, dass Prakesh keuchen muss. Es kann nur seine Einbildung sein, aber er ist davon überzeugt, dass am Ende des Korridors ein Hitzeschleier aufsteigt, der im Licht flimmert. Irgendwo schrillt ein Alarm, eine elektronische Stimme erteilt Warnungen, die niemand hört.

Der Lärm ändert sich. Rufe. Sie sind näher – nahe genug, dass er einzelne Stimmen unterscheiden kann.

Prakesh wischt sich den Schweiß aus den Augen und läuft durch den Korridor. Als er um die Ecke kommt, sieht er eine Gruppe von Leuten, die mitten im nächsten Abschnitt stehen. Drei von ihnen tragen Gang-Farben, blaue Hemden mit Armbändern und schwarze Hosen. Sie haben sich um zwei andere versammelt, einen alten Mann und eine wesentlich jüngere Frau. Der alte Mann trägt einen schmutzigen Overall, und ein Ärmel ist an der Schulter zusammengeknotet.

Die drei Gang-Mitglieder knuffen ihn in den Bauch und lachen ihn aus, als er versucht, sich vor die Frau zu stellen. Sie ist extrem hager, ihr Kopf völlig kahl. Einer aus der Gang tippt ihr auf den Schädel und lacht. Sie drückt sich an den alten Mann, der herumwirbelt und Drohungen schreit.

»Na los«, sagt einer der anderen. »Ich habe dich schon mal auf dem Markt gesehen. Du musst etwas zu essen dabeihaben.«

Der Mann antwortet wütend. Etwas Spucke aus seinem Mund landet auf der Schulter eines Gang-Mitglieds. Der junge Mann schnippt sie weg.

»Du hast mich angespuckt«, sagt er und verpasst dem alten Mann einen Schlag gegen die Brust. Dieser wird gegen die Korridorwand geworfen und sackt in die Knie. Die Frau schreit.

»He!«, sagt Prakesh.

Alle drehen sich um und starren ihn an. Prakesh läuft auf sie zu, ist nur noch wenige Meter entfernt. Er kann unmöglich schaffen, was er sich vorgenommen hat, aber er läuft weiter, direkt auf sie zu.

Der Kerl, der den alten Mann geschlagen hat, sieht Prakesh mit einem schiefen Lächeln an. »Geh einfach weiter, Mann.«

Prakesh packt ihn am Kragen seines Hemdes, zieht ihn zu sich heran. Dabei bemerkt er, dass er fast noch ein Kind ist. Genauso wie die anderen – der Älteste scheint allerhöchstens sechzehn zu sein.

»He, was …?«, setzt der Junge an.

»Ihr glaubt also, was hier geschieht, gibt euch das Recht, alte Männer zusammenzuschlagen?«, sagt Prakesh. Sein Unterarm berührt fast den des Gang-Mitglieds, seine Haut ist ihm so nahe, dass er die Wärme spürt. »Es ist mir scheißegal, wer ihr seid oder was ihr glaubt, tun zu dürfen. Ihr werdet jetzt rennen, und ihr rennt einfach weiter, und wenn ich euch noch einmal sehe, bevor das alles hier vorbei ist, werde ich dir einen Arm abreißen und ihn dir in den Mund stopfen.«

Er lässt los. Der Junge stolpert zurück, schafft es nur mit Mühe, auf den Beinen zu bleiben. Die anderen beiden haben sich von ihrem Schock erholt, und der ältere macht einen Schritt auf Prakesh zu.

*Jetzt nicht aufhören*, denkt Prakesh wie im Delirium. Er schreit dem anderen Jungen ins Gesicht: *»Verschwindet!«*

Das bricht ihren Willen. Sie entfernen sich. Sie rennen noch nicht, aber sie gehen schnell. Der Junge, den Prakesh gepackt hat, blickt sich über die Schulter um, seine

Miene verspricht Vergeltung. Prakesh erwidert den Blick des Jungen, bis sie hinter der nächsten Ecke verschwunden sind. Sein Herz hämmert in seiner Brust, und er kann kaum beschreiben, was er empfindet. Überraschung ist es nicht ganz. Es ist fast schon Ehrfurcht.

»Danke«, sagt der alte Mann. Prakesh dreht sich um und hält ihm eine Hand hin, hilft ihm auf die Beine. Seine Haut fühlt sich überempfindlich an, als hätte man ihm eine seltsame Droge injiziert.

Die Frau schlingt die Arme um den Mann, ihre riesigen Augen blicken Prakesh an.

»Mistkerle«, spuckt der alte Mann aus. »Sie alle. Stehlen und töten, anderes können sie nicht.« Die Frau nickt, und ihr Gesicht nimmt einen bösartigen Ausdruck an.

»Ja, ich weiß«, sagt Prakesh. Sein Adrenalin verflüchtigt sich, der kalte Glanz der Realität kehrt zurück. Das waren drei Kinder. Beim nächsten Mal könnte es anders sein.

»Madala«, sagt der alte Mann.

Prakesh dreht sich zu ihm um. »Was?«

»Mein Name Madala«, sagt der Mann und hält ihm eine verwitterte Hand hin. Prakesh nimmt sie an, und der Mann pumpt zweimal, dann zeigt er mit einer Kopfbewegung auf die Frau. »Das Indira. Sie redet nicht viel, aber sie sagt hallo.«

Die Frau blinzelt ihn an und nickt.

»Alles klar«, sagt Prakesh. »Sie beide dürfen sich nicht hier draußen aufhalten. Hier wird es noch viel schlimmer werden.«

»Ha«, sagt der alte Mann, was wie ein Bellen klingt. »Nein. Wir kommen mit Sie.«

Bevor Prakesh etwas einwenden kann, haben Indira und Madala ihn an den Armen gepackt, dann laufen sie gemeinsam durch den Korridor. Prakesh will etwas sagen, aber Madala kommt ihm zuvor. »Sie sagen uns, was wir tun sollen, wir tun es.«

*Na gut*, meinetwegen, denkt Prakesh.

# 63 | Darnell

»Wo bist du?«, sagt Darnell, den Blick auf die Bildschirme gerichtet.

Seine Worte ergeben kaum Sinn, vermischen sich in einem heiseren Flüstern. Um ihn herum ist es still im Kontrollraum. Er weiß nicht, wo Okwembu ist, und eigentlich interessiert es ihn auch gar nicht.

Er hat den Zugang zum Kern in Apogäum auf dem Bildschirm. Die Schutzpolizisten, die ihn bewachen, sind unruhig und besorgt, gehen mit gezückten Stingern auf und ab. Keine Hale in Sicht.

Er wählt eine andere Kameraperspektive – die Galerie von Apogäum, die Kamera am Laufsteg auf Ebene 2, der Blick nach unten gerichtet. Das Bild zeigt eine Galerie, die mit brennendem Müll übersät und in Rauch gehüllt ist. Er weiß nicht mehr, wie oft er die Bildübertragung schon aufgerufen hat, in der Hoffnung, dass er Hale bei lebendigem Leib verbrennen sieht. Nicht zum ersten Mal verflucht Darnell die Kameras, die nicht mehr funktionieren, die blinden Flecken in seinem Blickfeld.

Schmerz jagt durch seinen Körper, treibt eine scharfe Spitze durch sein zerrissenes Ohr, seine Schultern, die verschorfte Verbrennung an seinem Arm. Er knurrt wütend. Als er getroffen wurde, war es, als würde der Schmerz zu einer anderen Person gehören. Jetzt ist er allgegenwärtig, heftig und beißend. Darnell kann ihm nicht entkommen.

Er sollte diese letzten paar Stunden genießen, den Kontrollraum dazu benutzen, so viel Furcht wie möglich zu verbreiten. Stattdessen ist er nur von Hale besessen. Die Stomper, die durch den Kern gekommen sind, haben für eine vorübergehende Ablenkung gesorgt, aber seine Gedanken kreisen immer wieder um Hale. Er weiß, dass sie bestenfalls eine geringfügige Gefahr darstellt, dass sie nicht ewig rennen kann, aber es nützt nichts. Die Tatsache, dass er nichts gegen sie ausrichten kann, macht ihn zornig. Er fühlt sich hilflos.

Wie damals.

In den Jahren nach der kontrollierten Verbrennung war er tatsächlich hilflos. Er wurde bei verschiedenen Familien untergebracht. Er hatte Berater. Doch diese Jahre sind ein dunkler, verschmierter Fleck – er kann sich an nichts erinnern, was irgendjemand zu ihm gesagt hat.

Darnell hatte kein Mitleid mit seiner Mutter – sie wäre ohnehin bald gestorben, und auf diese Weise konnte sie sich wenigstens noch etwas nützlich machen. Warum hat das keiner verstanden? Warum konnten sie nicht sehen, dass die Pflanzen einfach nur das taten, was zum Leben nötig war?

Er versuchte zu rationalisieren, versuchte zu verstehen, warum sie die Pflanzen vernichteten und warum niemand sie daran hinderte. Er schaffte es nicht. Es war zu groß für ihn, eine monströse Wahrheit, die er nicht begreifen konnte.

Und es waren nicht nur die Pflanzen in seinem Habitat. Die Erde unter ihnen lag in Trümmern, ihre Umwelt war zerstört. Auch das hatten Menschen getan. *Und sie hatten nichts daraus gelernt*. Selbst als sie sich an ihre Existenz klammerten, während sie die Erde umkreisten, begingen sie wieder dieselben Fehler.

Darnell war noch minderjährig, als er ins System eingegliedert wurde. Am achtzehnten Geburtstag wurden gemäß der Gesetze von Außenerde seine Vorstrafen gestrichen. Er zog in einen fernen Sektor, wo niemand ihn wiedererkannte. Zu dieser Zeit war er zu voller Größe herangewachsen und fand Arbeit im Nahrungslabor, wo er Kunstdüngersäcke schleppte. Dort hatte er seine Offenbarung, die so plötzlich kam, dass er abrupt stehen blieb, während der Sack, den er trug, in seinem Griff hin und her schaukelte.

Er würde es in Ordnung bringen.

Eine Spezies, die etwas so Reines und Schönes zerstören konnte, war der Welt nicht würdig, die ihr anvertraut worden war. Also würde Darnell sie ihnen wieder wegnehmen. Ohne die Menschen konnte die Natur die Erde zurückerobern. Es würde Jahrtausende dauern, aber das spielte keine Rolle.

Auch für ihn würde es in dieser Welt keinen Platz geben. Als er das erkannte, war die Erleichterung ein wunderbares Gefühl, als wäre er seit Jahren durstig gewesen und hätte endlich kühles Wasser gefunden.

Er würde vorsichtig sein müssen. Unauffällig bleiben, Kontakte knüpfen, sich Macht und Einfluss verschaffen. Es würde äußerst schwierig werden. Wenn sein Plan aufgehen sollte, musste er allumfassend sein – kein einziger Mensch durfte überleben. Er musste Außenerde mit einem Schlag auslöschen. Er akzeptierte, dass er nur wenig wegen der Asteroidenfänger tun konnte, aber ohne Außenerde als Basis hatten auch sie keine Zukunft. Die Menschen an Bord würden ebenfalls sterben, auch wenn es ein wenig länger dauerte.

Und es hatte funktioniert. Seine Geduld, seine Selbstbeherrschung hatten sich ausgezahlt. Es war nur noch eine Frage von Stunden, bis Außenerde vollständig vernichtet war. Das konnte Hale nicht aufhalten, ganz gleich, was sie versuchte. Warum war er trotzdem so sehr auf sie fixiert? Weshalb starrte er die ganze Zeit auf die Bildschirme?

»Wir haben nicht mehr viel Zeit.«

Okwembu steht hinter ihm. Ihr Mund ist zu einer dünnen Linie zusammengepresst.

Darnell beachtet sie nicht. Er betrachtet weiter die Bildschirme.

»Ich weiß, dass es keinen Sinn hat, diese Wunden zu behandeln«, sagt sie. »Aber ich kann Ihnen etwas gegen die Schmerzen geben, wenn Sie möchten.«

Darnell öffnet den Mund, um ihr zu sagen, dass es ihm gut geht, doch dann wird sein Blick von einer Bewegung angezogen, die eine Kamera eingefangen hat. Schnell vergrößert er die Darstellung, zoomt die Stelle heran.

Etwas geschieht am Eingang zum Kern in Apogäum.

# 64 | Riley

»Zehn Stomper«, sagt Carver. »Das ist kein Einbruchsversuch, das ist ein Selbstmordkommando.«

Ich beiße mir auf die Lippen, während ich auf den Eingangsbereich zum Kern starre. Wir stehen an der Seite, im Schatten des Korridors. Wir haben es geschafft, durch die Ebenen nach oben zu gelangen, ohne auf allzu viel Widerstand zu stoßen. Wir hatten es mit einer Gruppe von kampflustigen Jugendlichen zu tun, aber sie waren unbewaffnet, und obwohl sie in der Überzahl waren, sind wir mühelos mit ihnen fertiggeworden. Als ich jetzt in den Raum starre, verspüre ich die starke Neigung, Carver zuzustimmen. Aber da uns keine zehn Stunden mehr bleiben, bis Darnell alles vernichtet haben würde, bleibt uns keine andere Wahl.

Der Eingang ist immer noch genauso hübsch wie in meiner Erinnerung: ein großer offener Raum voller Paletten zum Transport von Ausrüstung. An den Wänden sind Schränke aufgereiht, jeder mit einem übergroßen Keypad ausgestattet. Es gibt keine Deckenbeleuchtung. Stattdessen sind grelle Scheinwerfer am Boden angebracht, die genau auf die schwere Panzertür gerichtet sind. Der Zugang nimmt fast die gesamte Decke ein, reicht von einer Wand zur anderen. Das Schloss zwischen den zwei Türhälften sieht wie eine doppelte Reihe aus riesigen Metallzähnen aus. Jeder einzelne Zahn ist schwarz vom Rost.

Die Türflügel sind nicht bündig in die Decke eingesetzt, sondern liegen etwas tiefer. Darauf steht in riesigen schwarzen Buchstaben das Wort *Reaktorzugang*.

Ich erkenne die Kontrollkonsolen auf beiden Seiten des Raums. Ich würde sie mir gern genauer ansehen, aber selbst wenn ich die Anzeigen verstehen würde – was etwa genauso wahrscheinlich ist, als könnten mir Augen am Hinterkopf wachsen –, ist es mir nicht möglich, näher heranzukommen. Die Stomper im Raum sind nervös, gehen auf und ab. Es sieht nicht danach aus, als hätte schon jemand versucht, hier durchzubrechen, aber wenn ich danach gehe, wie sie an ihren Waffen herumfummeln, vermute ich, dass sie jederzeit mit einem Angriff rechnen.

Und jetzt sieht es danach aus, dass der erste Angriff von drei völlig erschöpften Tracern kommt. Diese Glückspilze. Wahrscheinlich wird es für sie nicht mehr als eine Aufwärmübung sein.

Kev kauert sich neben mir hin und flüstert: »Hältst du es immer noch für eine gute Idee?«

»Nicht unbedingt. Aber es ist unsere einzige. Bist du bereit?«

Er brummt und schultert seinen Rucksack.

»Vergiss nicht«, sagt Carver zu ihm. »Sobald es losgeht, trittst du in Aktion. Sie werden schießen, aber dich werden sie als Letztes sehen.«

Kev nickt. Ich beschäftige mich damit, die Handschuhe anzuziehen, die Carver mir gegeben hat. Sie sind dick, aus einem steifen Außenmaterial, das mit alten Stofffetzen ausgestopft wurde. Sie sind viel zu groß für meine Hände. Ich spanne sie an und stelle erstaunt fest, dass ich mich richtig anstrengen muss, um auch nur ansatzweise eine

Faust zu machen. Damit zu klettern dürfte fast unmöglich sein. Aber sie werden meine Finger vor der Kälte schützen. Was mit Amira passiert ist, wird mit mir nicht passieren. In mehr als nur einer Hinsicht.

Dann wird mir ein schmutziger schwarzer Schal um den Hals gewickelt. Unter meiner Jacke bin ich bereits gut gepolstert, nachdem ich zwei Hemden von Carver und einen Kapuzenpulli angezogen habe, der Kev gehört. Die Kleidung ist abgetragen, der Stoff hält kaum noch zusammen. Nach dem Rennen ist die unterste Schicht von Schweiß getränkt. Ich mache mir Sorgen, dass der Schweiß gefrieren und meinen Körper auskühlen könnte, aber darüber kann ich jetzt nicht nachdenken. Es wäre toll, wenn ich einen kompletten Thermoanzug hätte, aber dann könnte ich mich nicht mehr so schnell bewegen. Vorläufig muss ich mich mit dieser Notlösung begnügen.

»Letzte Chance für einen Rückzug, Riley«, sagt Carver.

Ich schüttle den Kopf. Mein Herz pocht in meiner Brust, und ich habe einen seltsamen metallischen Geschmack im Mund. Aber ich verdränge das alles, versuche mich zu konzentrieren. »Wir ziehen das durch«, sage ich.

»Mir war schon immer klar, dass meine Entscheidung, Tracer zu werden, irgendwann mein Tod sein wird«, sagt Kev. Und damit steht er auf und marschiert direkt in den Raum hinein. Ich muss mich daran erinnern weiterzuatmen.

Kev geht langsam, die Hände erhoben, während sein Rucksack locker von seinen Schultern hängt. Der Stomper, der uns am nächsten ist – eine stämmige Frau mit Pferdeschwanz –, hört die Schritte und blickt auf. »Halt!«, bellt sie. Innerhalb einer halben Sekunde haben sie und alle anderen Stomper im Raum ihre Waffen gezückt und auf Kev gerichtet.

Er zeigt ein nervöses Lächeln, hält weiterhin die Hände erhoben. »Eine Lieferung«, sagt er. »Eilsendung aus der Kantine. Jemand schickt Ihnen was zu essen.«

Der Gesichtsausdruck des weiblichen Stompers ändert sich nicht, aber ich sehe, wie hinter der Frau einige der anderen mit hoffnungsvollen Mienen ganz leicht die Waffen sinken lassen. Ich habe richtig geraten: Sie sind schon seit Stunden hier oben, vielleicht schon seit Tagen, und sie dürften nur wenig zu essen bekommen haben. Eine Lebensmittellieferung wäre ihnen sehr willkommen.

Es tut mir fast leid, dass wir sie enttäuschen müssen. Fast.

»Seit wann beauftragt die Kantine Tracer mit Essenslieferungen?«, fragt die Frau.

Kev zuckt mit den Schultern, und ich bewundere ihn, dass er so ruhig wirkt. »Nicht mein Problem«, erwidert er. »Aber wenn ich umkehre, werden sie wahrscheinlich niemanden mehr schicken.« Jetzt werfen sich die Stomper nervöse Blicke zu. Ich höre fast, wie ihre Bäuche knurren. Doch die Frau mit dem Pferdeschwanz zeigt immer noch keine Reaktion.

»Wir machen es folgendermaßen«, sagt Kev. »Ich nehme die Lieferung heraus und lege sie auf den Boden. Ganz ruhig und entspannt.« Er behält die Hände oben, um niemanden zu provozieren.

Nach einer langen Minute sagt die Frau: »Nehmen Sie den Rucksack ab.«

Kev greift langsam nach hinten, zieht sich den Rucksack von den Schultern und hält ihn auf Armeslänge von sich gestreckt. Die Stomper nickt. »Gut. Nehmen Sie die Lieferung heraus.«

»Gut«, sagt Kev. Und zieht das versteckte Fach ganz unten im Rucksack auf.

Die Chemikalien reagieren sofort mit der Luft. Kev wirft sich zu Boden, im selben Moment, als die Stomper das Feuer eröffnet. Doch sein Körper ist bereits in der großen Rauchwolke verschwunden, die von den Pellets aufwirbelt.

Daran hat Carver gearbeitet, als er mich aus dem Nest ausgesperrt hat. Er hat das Rauchsystem entwickelt, um uns eine weitere Fluchtmöglichkeit zu verschaffen, falls wir in Schwierigkeiten geraten. Zunächst hatte er Schwierigkeiten damit, weil die Formel nicht ganz stimmte. Doch dann stellte sich heraus, dass Schlafschnell – das Zeug, mit dem Arthur Gray seine Opfer überwältigt hat – die fehlende Komponente war. Carver destillierte es, fügte ein paar andere Chemikalien hinzu und kombinierte es dann mit seinem ursprünglichen Rezept. Wenn man es der Luft aussetzt, entsteht etwas, das ein Tänzer dazu benutzen kann, seinen Jägern zu entkommen.

Mit dem Schlafschnell und den Resten, die Kevin und er im Nest zusammenkratzen konnten, ließ sich gerade genug für eine Ladung herstellen. Carver brauchte weniger als zwanzig Minuten, um die Chemikalien zu mischen und das Ergebnis in einem umgebauten Wasserbehälter zu verstauen. Er musste sehr schnell arbeiten, damit nicht zu viel Rauch im Habitat freigesetzt wird, aber er hat es geschafft.

Wir stürmen aus unserem Versteck in den widerlichen

Rauch, während der Raum von verwirrten Rufen und Schüssen erfüllt ist. Mindestens ein paar Sekunden lang wird man uns nicht bemerken. Wir haben uns Tücher um den Kopf gebunden, aber der Rauch dringt trotzdem hindurch, brennt sich in meine Kehle. Ich renne zu der Stelle, wo sich meiner Einschätzung nach die Kontrollkonsole befindet, und genau vor mir prallt eine Kugel vom Boden ab. Ich ducke mich, laufe weiter, auf die andere Seite des Raums zu.

Hinter mir schreit jemand. Carver? Keine Ahnung. Der Rauch ist jetzt überall. Aus dem Dunst materialisiert vor mir ein Stomper mit erhobener Waffe, aber ich bewege mich viel zu schnell. Ich schlage ihm gegen die Kehle, und er stößt einen lauten, erstickten Schrei aus, während er zurückgeworfen wird. Ein Schuss löst sich aus seiner Waffe, die Kugel prallt von der Decke ab. Ich zucke zusammen, aber ich renne weiter.

Einen Sekundenbruchteil später stoße ich gegen die Wand. Dabei werden meine Finger schmerzhaft umgebogen. Ich unterdrücke einen Schmerzensschrei, weil ich meine Position nicht verraten will. Ich zwinge meine pulsierenden Finger, sich an der Wand entlang nach rechts vorzutasten, während ich verzweifelt hoffe, die richtige Richtung eingeschlagen zu haben.

Jetzt kann ich fast gar nichts mehr sehen. Ich atme zu schnell, inhaliere zu viel Rauch, rechne jede Sekunde damit, von einer Kugel getroffen zu werden. Doch dann ändert sich die Oberfläche unter meinen Fingern, vom kalten Metall der Wand zum glatten Glas eines Bildschirms, und ich weiß, dass ich die Kontrollkonsole gefunden habe. Meine Hände wandern nach unten, erkunden die Schalttafel. Sie ragt auf Hüfthöhe aus der Wand hervor, eine Leiste mit mehreren Knöpfen, darüber der Bildschirm, den ich nun im Rauch verschwommen erkennen kann.

Ich krame in meiner Tasche, mühe mich mit den dicken Handschuhen ab und ziehe Carvers zweite technische Spielerei hervor.

Das Ding ist eigentlich viel zu primitiv, um funktionieren zu können. Ein kleiner Kasten mit einem Klecks aus plastischem Sprengstoff, auf den ein kurzer Dorn zielt. Die Spitze ist mit einer anderen Chemikalie präpiert, völlig harmlos, bis man den Kasten auf eine flache Oberfläche setzt und mit der Hand daraufschlägt. Dadurch wird der Dorn in den Sprengstoff getrieben, der sich mit der Chemikalie verbindet. Dann bleibt einem noch etwa eine Sekunde, sich aus dem Staub zu machen, bevor die Explosion einem die Hand abreißt.

Als der Knall kommt, ist er so laut, dass mein Gehör völlig ausfällt. Es bleibt nur noch ein Klingeln, das sich tief in meinen Schädel gräbt. Ich habe mich zur Seite geworfen, weg von der Explosion. Sie ist klein, aber hell und heiß, und sie sprengt ein Loch von der Größe eines menschlichen Kopfes in die Kontrollkonsole. Kurz darauf spüre ich, wie eine zweite Druckwelle durch den Raum hallt. Carver scheint auch den zweiten Sprengsatz gezündet zu haben.

Mein Gehör kehrt langsam zurück. Im Raum ist es jetzt lauter von den verängstigten Schreien der Stomper, die sich gegenseitig zum Rückzug auffordern. Ich möchte ihnen zurufen, dass sie nicht angegriffen werden, dass wir ihnen nichts antun wollen, aber nach dem Rauch und den Explosionen würde ich mir damit vermutlich nur eine Salve aus Stingerkugeln einhandeln. Während ich auf dem Boden liege, meine Ohren pulsieren und meine Lunge vom heißen Rauch brennt, sagt mir ein winziger Gedanke im Hinterkopf, dass diese Aktion eine völlig idiotische Idee war.

Und dann höre ich es. Ein helles mechanisches Summen.

Die Panzertür öffnet sich.

Ich springe auf und renne los, ohne auf die Übelkeit Rücksicht zu nehmen, die der Rauch in mir auslöst. Mir kommt in den Sinn, dass ich keine Ahnung habe, wie ich eigentlich durch die Tür kommen will. Senkt sich eine Leiter herab? Eine Treppe? Ich verfluche mich, weil ich nicht vorher daran gedacht habe. Ich blicke durch den Rauch nach oben, suche nach der Öffnung. Doch dann, höchstens fünf Sekunden nach dem Aufschwingen der Türflügel, ändert sich das Geräusch. Es wird tiefer. Als würden sich …

Ich verliere den Mut. Die Panzertür schließt sich wieder. Irgendeine Sicherung, irgendein elektronischer Pförtner ist aktiv geworden, und ich kann nicht erkennen, wie weit sich die Tür zuvor geöffnet hat.

Eine Gestalt bricht aus dem Dunst hervor. Es ist Carver. Blut läuft ihm über das Gesicht, und seine Lippen sagen etwas, das ich nicht verstehe. Er muss es zweimal wiederholen, bis ich ich es höre. »Spring!«

Ohne langsamer zu werden, stoße ich mich mit dem linken Bein ab, katapultiere mich nach oben. Gleichzeitig lässt sich Carver auf ein Knie fallen und legt die linke Hand unter meinen Fuß. Mein Körper reagiert, bevor ich darüber nachdenken kann, und ich stoße mich von seiner Hand ab, während er mich gleichzeitig hinaufdrückt. Er schreit auf, legt seine ganze Kraft in seinen gesunden Arm. Ich zwinge meine Augen, im ätzenden Rauch geöffnet zu bleiben, suche nach einem Zugang.

Meine Unterarme streifen die Kante der Tür. Fast wäre ich wieder nach unten gestürzt, aber ich strecke die Arme, und dann hänge ich mit den Ellbogen an der Panzertür. Das Summen ist lauter geworden, es bohrt sich in meinen Kopf. Wenn ich mich nicht hinaufziehen kann, werden die Türflügel mich halbieren.

Meine Beine hängen in der Luft, und ich rechne ständig damit, dass sie von Kugeln durchsiebt werden. Aber Carver hat meinen Fuß nicht losgelassen und schiebt mich weiter hinauf, nachdem er aufgestanden ist. Ich stöhne vor Anstrengung, als ich mich hochziehe, zuerst den Brustkorb, dann die Hüfte, und dann sind auch meine Beine oben. Ich sehe noch kurz Carvers Gesicht durch die Lücke zwischen den Türflügeln: rot vom Blut, aber mit hell strahlenden Augen. Dann schlägt die Tür mit einem lauten, hallenden Knall zu.

Plötzlich wird es absolut still. Während ich im Halbdunkel daliege, spüre ich, wie die Kälte in meinen Körper eindringt, wie Zungen aus Eis, die an meiner ungeschützten Haut lecken.

# 65 | Darnell

»Sie ist drinnen«, sagt Oren Darnell.

Seine Stimme ist gleichmäßig, ruhig, beherrscht. Er hat die Rückenlehne eines Stuhls gepackt, betrachtet gebannt einen Bildschirm. Die Kamera blickt von innen auf den Eingang zum Kern. Sie zeigt Hale, die sich aufrappelt, die Arme um den Oberkörper legt. Auf dem Bildschirm besteht die Wolke ihres Atems aus grauen Pixeln, die klotzig ruckeln.

Okwembu steht mit verschränkten Armen im Türrahmen des Kontrollraums.

Darnell wirft den Stuhl. Er fliegt durch den Kontrollraum, reißt dabei andere Stühle mit. Okwembu reagiert nicht, auch nicht, als Darnell zu ihr hinüberstürmt. Sein Körper ist von Schweiß und Blut überströmt.

»Sie ist hartnäckig, das muss man ihr lassen«, sagt Okwembu.

»Wir müssen sie aussperren.«

Okwembu zuckt mit den Schultern. »Die Stomper haben das Schloss außer Betrieb gesetzt. Wir können die Tür schließen, aber nicht verriegeln.«

»Sie kennt den verdammten Code. Wenn sie in den Kontrollraum gelangen sollte …«

»Aber das wird sie nicht«, erwidert Okwembu matt. »Sie trägt keinen Thermoanzug. Sie wird erfrieren, bevor sie auch nur in die Nähe des Apex-Zugangs kommt. Und falls sie es doch irgendwie schaffen sollte, wird sie viel zu erschöpft sein, um kämpfen zu können.«

Okwembus Augen funkeln, und Darnell erkennt darin etwas, das er dort noch nie zuvor gesehen hat. Es sieht nach Spannung, Aufregung aus.

»Wir können sie gemeinsam töten. Vor allen anderen. Und dann können wir ihnen sagen, was kommt.«

Darnell fängt an zu lachen, und dann stellt er fest, dass er nicht mehr aufhören kann. Das Lachen kommt von irgendwo tief in ihm – ein schreckliches, hustendes Geräusch, als hätte sich ein bösartiger Tumor in seiner Brust gelöst. Er hebt sein Messer, richtet es auf Okwembu. Seine Schulterwunde blutet wieder, und er kann den tiefen, pulsierenden Schmerz spüren, der einfach nicht verschwinden will.

»Sie haben in Ihrem ganzen Leben noch nie jemanden getötet«, sagt er zwischen zwei Lachanfällen. »Sie haben sogar mich gebeten, den Sauerstoff aus dem Amphitheater abzulassen. Sie haben es nicht *verdient*, Hale zu töten.«

»Wenn Sie dort hineingehen, bringen Sie sich in Gefahr. Aber wenn wir hier auf sie warten, muss sie sich mit uns beiden auseinandersetzen. Lassen wir sie zu uns kommen.«

Darnell denkt darüber nach, aber nur für eine Sekunde. Jede Faser seines Hasses hat sich auf diese eine Sache konzentriert. Er wird sie nicht *kommen lassen*. Er wird es in Ordnung bringen. Er wird *sie* aus dem Weg räumen.

Er geht an Okwembu vorbei und bleibt erst stehen, als sie ihm eine Hand auf den Arm legt.

»Sie sind verletzt«, sagt sie und zeigt auf seine blutende Schulter. »Es wird Sie behindern. Wenn Sie schon gehen, dann lassen Sie wenigstens zu, dass ich Ihnen etwas gegen die Schmerzen gebe.«

Darnell sieht zu, wie Okwembu die Kappe von einer Spritze zieht, in der sich eine klare Flüssigkeit befindet. Sie will seinen Ärmel hochschieben, und in diesem Moment schlägt er ihre Hand zur Seite. Die Spritze zerplatzt an der Wand.

»Das ist Butorphanol«, sagt sie und hebt die Hände. »Ein Schmerzmedikament. Mehr nicht. Einfach nur …«

Darnell schlägt sie.

Okwembu geht zu Boden, bricht auf allen vieren zusammen. Darnell steigt über sie hinweg und geht durch den Korridor. Erst als er die Treppe erreicht, überlegt er, ob er sie töten sollte. Er dreht sich halb um, hält dann inne, weil er nur an Riley Hale denken kann. Okwembu ist nicht wichtig. Sie kann ihm nichts antun.

Darnell lacht wieder, wendet sich ab. Er steigt die Treppe hinauf.

»Oren«, sagt Okwembu hinter ihm, mit hörbarem Schmerz in der Stimme. Als er nicht antwortet, wiederholt sie schärfer: »Oren!«

Er hört sie kaum. Ist sich kaum bewusst, was er tut. Er kann nur daran denken, dass jede Stufe ihn näher an den Kern heranbringen wird.

Näher an Hale heran.

# 66 | Riley

Jeder Atemstoß ist sichtbar, genauso dicht wie der Rauch im Raum unter mir. Und die Luft, die ich einsauge, schneidet tief in meine Lunge. Das ist anders als die Kälte, die ich im Nest gespürt habe, wenn ich aus tiefem Schlaf aufgewacht bin, die Decke um meine Füße gewickelt. Daran kann man sich gewöhnen. Doch dies ist trockene Kälte, die vom absoluten Nullpunkt des Vakuums kommt, kanalisiert und kontrolliert, um die enorme Hitze des Fusionsreaktors und der supraleitenden Kabel zu senken, die die Energie in den Rest der Station weiterleiten.

Ich stehe am Grund eines riesigen Zylinders, der sich nach oben in die Unendlichkeit erstreckt, erleuchtet von großen Scheinwerfern, die es trotzdem nicht schaffen, das Zwielicht vollständig zu vertreiben. Ich zähle sechs Kabel, jedes so dick wie drei Menschen, die sich im Zylinder verteilen. Ein Laufsteg führt vor den Kabeln an den Seiten des Zylinders entlang, schraubt sich allmählich wie eine gespannte Feder hinauf.

Ich komme auf die Beine. Von hier aus sind es knapp zehn Kilometer bis nach Apex. Wenn ich mein Tempo halten kann, müsste ich etwa zwei Stunden brauchen, um durch den Kern zu laufen.

Nur dass ich es in frostiger Temperatur tun muss – und in einem Schwerkraftfeld, das mit jedem Schritt schwächer wird.

Ich gehe zur Rampe, die zum Laufsteg hinaufführt, dann bleibe ich stehen. Wie kommen die Techniker nach oben? Steigen sie wirklich nur wegen eines undichten Rohrs in einem klobigen Thermoanzug und mit schwerer Ausrüstung fünf Kilometer in die Höhe?

Ich brauche einen Moment, bis ich es sehe, im Schatten versteckt. Ein Lift. Ein Erste-Klasse-Ticket nach oben. Unwillkürlich muss ich lächeln.

Meine Schritte klingen laut im riesigen Raum, als ich hinübergehe. Mir kommt in den Sinn, dass sie vielleicht eine Möglichkeit gefunden haben, den Lift abzuschalten, nachdem ich eingedrungen bin. Aber die Tür öffnet sich, als ich auf den Knopf drücke. Im Innern geht flackernd die Beleuchtung an, erhellt die enge Kabine. Unter normalen Umständen wäre es vermutlich mühsam, mit dem Lift hinaufzufahren, aber in diesem Moment kann ich ihn gar nicht schnell genug betreten.

Ich drücke den Aufwärts-Knopf, muss mich anstrengen, weil das mit meinen unförmigen Handschuhen schwierig ist. Trotz der Polsterung sind meine Hände schon jetzt taub, und meine Wangen pulsieren leicht, als hätte man mir eine Ohrfeige verpasst. Ich versuche, so ruhig wie möglich zu bleiben, um Energie zu sparen. Der Lift erwacht summend zum Leben, und mit einem lauten Klacken beginnt er die langsame Fahrt nach oben. Ich halte den Atem an, rechne jeden Moment damit, dass er ruckelnd anhält und wieder nach unten fährt, wo mich ein Trupp schwer bewaffneter Stomper erwartet. Aber der Lift bleibt in Bewegung, kriecht langsam den Zylinder hinauf. Mein Brustkorb ist noch warm, und meine schweißgetränkte Unterkleidung scheint nicht gefroren zu sein.

Mir fällt ein, dass dies das erste Mal ist, dass ich ganz allein bin, seit ich in Apogäum in die Arrestzelle gesteckt wurde. Niemand kann mir Rückendeckung geben: weder Amira noch Prakesh oder Carver oder Kev. Und je höher der Lift steigt, desto weiter entferne ich mich von allen anderen.

Die Tänzer wären von den Verhältnissen im Kern begeistert. Wenn man sich vorstellt, wie man hier laufen kann, während man sich der Nullschwerkraft nähert. Amira würde …

Ich schließe die Augen. Ich nehme Amira, Yao und Grace Garner und verbanne sie in den hintersten Winkel tief in meinem Geist. Ich zwinge mich dazu, zwinge sie dazu, still zu bleiben. *Später*, sage ich ihnen. *Später, wenn das hier vorbei ist, können wir reden.*

In diesem Moment gibt der Lift ein kreischendes Geräusch von sich und kommt mit einem Ruck zum Stehen. Ich lasse mich auf den Boden fallen, bis mir klar wird, dass unmöglich irgendjemand durch das Sichtfenster auf mich zielen kann. Langsam komme ich wieder auf die Beine, aber ich verliere das Gleichgewicht, als der Lift plötzlich nach unten fährt. Ich gerate in Panik, erkenne, dass die Leute den Angriff gemeldet haben und sie mich jetzt zurückholen.

Ich schlage auf den Notöffnungsknopf des Lifts. Nichts tut sich. Neben den zwei Knöpfen, die nach oben und unten zeigen, gibt es einen weiteren, mit dem offenbar die Kommunikation aktiviert wird. Ich will ihn drücken, doch dann halte ich inne, über mich selbst verärgert. Ja, Riley, bestätige nur, dass du dich in der Liftkabine aufhältst.

Ich versuche die Türen aufzudrücken, meine Finger in den Spalt zu schieben, aber mit den Handschuhen geht es nicht. Erschüttert wird mir klar, dass ich sie ausziehen muss.

Ich halte einen mit den Zähnen fest, zerre ihn von meiner Hand. Mit dem anderen mache ich dasselbe, dann klemme ich mir beide unter den Arm. Meine Finger sind weiß. Bilde ich es mir nur ein, oder werden sie an den Spitzen bereits ein wenig blau?

Keine Zeit. Ich stoße die Finger zwischen die Türhälften, suche nach einem Ansatz. Das Metall brennt unter meiner Berührung, jagt eiskalten Schmerz durch meine tauben Finger. Ganz langsam, mit einem hässlichen Knarren, lösen sich die Türhälften voneinander, und ich zwänge meinen Körper in die Lücke. Ich bin zur Hälfte innerhalb und außerhalb der Kabine, meine Hände schreien vor Schmerz, nur wenige Meter über dem Laufsteg.

Mit lautem Gebrüll stoße ich mich von der Liftkabine ab und lande mit den Füßen auf der Rampe. Es gibt einen Knall, der durch den ganzen Schacht hallt. Ein Handschuh rutscht unter meinem Arm weg und fliegt bis zum Rand des Laufstegs. Mit einem entsetzten Keuchen hechte ich nach vorn, greife danach. Meine Finger erwischen ihn, kurz bevor er von der Rampe gleiten und in die Tiefe stürzen kann. Dann liege ich da, atme schwer durch die Nase. Hinter mir fährt der Lift weiter nach unten.

Ich setze mich auf und ziehe die Handschuhe wieder an. Meine Finger fühlen sich viel zu taub an. Wieder steigt Panik in mir hoch, vernebelt meine Gedanken. Ich versuche mich zu konzentrieren, zu ordnen, was jetzt getan werden muss. Mir ist kalt, was bedeutet, dass mein

Körper das Blut aus den Extremitäten ins Zentrum zieht. Ich muss dafür sorgen, dass meine Hände wieder durchblutet werden. Ich stehe auf und lasse die Arme kreisen. Das Kribbeln, das kurz darauf in meine Finger zurückkehrt, ist fast schlimmer als die Taubheit, aber ich knirsche mit den Zähnen, zwinge mich, damit weiterzumachen. Nach einiger Bewegung fühlen sie sich bereits etwas wärmer an. Vielleicht schaffe ich es doch noch.

Ich brauche einen Moment, um die seltsame Empfindung in meinen Armen zu bemerken. Es ist, als müsste ich sie, wenn sie ganz oben sind, nach unten zwingen, statt sie vom Schwung treiben zu lassen. Dann steigt leichte Übelkeit von meinem Magen auf, und ich erkenne, dass es an der Gravitation liegt. Ich spüre allmählich die Nullschwerkraft – oder eher die Mikrogravitation. Je näher ich dem Zentrum des rotierenden Ringes komme, desto geringer wird die Schwerkraft sein. Ich blicke die Rampe hinauf, die sich um den Schacht windet, und frage mich, wie es sich wohl anfühlen wird.

Es gibt nur eine Möglichkeit, es herauszufinden. Ich renne los.

Ich habe keine Ahnung, wie weit es noch bis zum Kern ist, aber ich spüre sofort die Auswirkungen der geringeren Schwerkraft. Wie bei den Armen muss ich meine Füße nach unten drücken. Es kostet mich immer weniger Kraft, mich bei jedem Schritt abzustoßen, aber immer mehr, die Füße aufzusetzen. Ich versuche mich an die Verhältnisse anzupassen, benutze sie, um zu Beginn jedes Schritts Energie zu sparen, die ich am Ende freisetze. Doch stattdessen ermüde ich viel schneller als sonst. Die Übelkeit kehrt in Wellen zurück. Wahrscheinlich werden die Proteinriegel, die ich gegessen habe, nun in meinem Magen hin und her geworfen. Ich würde gern über diese Vorstellung lachen, aber ich keuche zu sehr, und mein Atem kondensiert zu feinen Wolken.

Nach einigen Minuten halte ich neben einem supraleitenden Kabel an, um mich auszuruhen. Ich gleite mit der Hand über die Isolierung. Es ist kein Metall, eher etwas Gummiartiges, das sich leicht elastisch anfühlt. Ich spüre, wie es unter meinen Fingern summt, vor Energie pulsiert. Wollen Darnell und die Söhne der Erde uns auf diese Weise vernichten? Vielleicht haben sie eine Art Bombe im Reaktor deponiert, wollen so die Energieversorgung abschalten, damit alle Beleuchtungs-, Lüftungs- und Heizungssysteme ausfallen und sich die Station schließlich in eine Grabkammer verwandelt.

Ich sage mir noch einmal, dass ich das nicht zulassen werde.

Stöhnend stoße ich mich vom Kabel ab und renne weiter. Der Laufsteg steigt an, führt im Uhrzeigersinn um den Zylinder herum, ein Stück von der Wand entfernt, um Platz für die Kabel zu lassen. Die Oberfläche besteht aus metallenem Lochgitter, das uneben und scharfkantig ist. Jeder Schritt hallt von der anderen Seite des Zylinders zurück. An der Außenseite des Laufstegs ist ein Geländer angebracht. Ich lasse eine Hand daran entlanggleiten, während ich renne, um mich in der immer schwächeren Gravitation zu stabilisieren. Es ist, als würde ich im Kreis aufwärtslaufen, ohne dass sich die Richtung ändert, aber ich stelle fest, dass sich mein Oberkörper viel zu weit nach vorn neigt und mich aus dem Gleichgewicht zu bringen droht. Ich muss mich bewusst aufrichten, und jedes Mal, wenn ich das tue, verbrauche ich zusätzliche Energie.

Und ich bemerke eine noch viel seltsamere Empfindung. Immer wieder neige ich mich zur Wand, als wäre sie ein riesiger Magnet, der meinen metallischen Körper anzieht. Ich brauche eine Weile, um zu verstehen, woran das liegt. Es ist die Rotation des Rings. Während ich mich dem Zentrum nähere, macht sich in der geringen Schwerkraft die Drehbewegung der Station bemerkbar. Ich werde gegen eine Seite des Schachts gedrückt. Ich kann nur hoffen, dass dieser Effekt mich nicht zu sehr behindert.

Ich halte wieder an, atme keuchend. Im Kern herrscht kein Vakuum, aber es fühlt sich an, als müsste ich die Luft in meine Lunge saugen. Hat das etwas mit der Änderung der Höhe zu tun? Oder bin ich vom Rennen erschöpft? Der Schweiß unter meiner Kleidung ist kalt geworden, und ich erwische mich dabei, wie ich zittere. *Das kann einfach nicht funktionieren.*

Die ganze Zeit habe ich *gegen* die Auswirkungen der Mikrogravitation gekämpft und mich bemüht, genauso zu laufen, wie ich es gewohnt bin. Vielleicht gibt es eine Möglichkeit, *mit* der Mikrogravitation zu arbeiten.

Anders als zuvor lege ich meine Energie jetzt in den Aufwärtssprung, versuche mich höher hinaufzustoßen. Als ich es das erste Mal mache, setze ich so viel Kraft ein, dass ich mich fast über das äußere Geländer katapultiert hätte. Ich packe es mit beiden Händen, stabilisiere mich und probiere es noch einmal. Und diesmal kontrolliere ich den Sprung, halte meinen Körper während des Fluges ruhig. Der erste Schritt bringt mich gute drei Meter weiter. Der nächste fünf. Dann springe ich immer höher, stoße mich in langen Hüpfern ab, überwinde jedes Mal sieben, dann acht Meter. Es fühlt sich immer noch an, als würde ich von der Wand angezogen, aber ich passe den Winkel meiner Sprünge an, lasse mir etwas Freiraum.

So etwas habe ich noch nie zuvor empfunden. Ich schließe die Augen, und jetzt lache ich doch, denn ich spüre zum ersten Mal, wie sich Fliegen anfühlt. Zum ersten Mal in meinem Leben, unter den schlimmstmöglichen Umständen, die ich mir vorstellen kann, segle ich durch die Luft.

Ich habe noch nie einen solchen Rausch erlebt. Und wenn ich dies überlebe, weiß ich, dass ich mich mein ganzes Leben lang danach zurücksehnen werde.

Der Laufsteg entfernt sich immer weiter von mir, bis ich im leeren Raum hänge. Ich zucke zusammen, und eine Sekunde lang denke ich, dass ich gleich nach unten stürzen werde. Doch dann wird mir bewusst, dass ich mich immer noch weiterbewege, getragen von der Schwerelosigkeit.

Es ist eine unglaubliche Empfindung, so friedlich.

Fünf Sekunden später stoße ich schmerzhaft gegen die Schachtwand.

Ich pralle ab, fliege ein Stück durch die Leere des Schachts. Dann werde ich erneut von der Wand eingeholt. In der Luft drehe ich meinen Körper, sodass meine Füße auf die Wand zeigen.

Diesmal federe ich den Aufprall mit den Beinen ab. Dann stoße ich mich noch kräftiger ab und katapultiere mich mitten in den Schacht.

Ich blicke nach unten und sehe den Laufsteg, der tatsächlich kurz vor einem Kabel endet. Natürlich! Die Techniker brauchen ihn hier nicht mehr. Nicht wenn sie sich einfach abstoßen und fliegen können.

Es ist ein seltsames Gefühl. Die Gravitation ist so schwach, dass ich über längere Strecken durch die Mitte des Schachts schweben kann, aber immer wieder kommt mir die Wand entgegen, wenn die Rotation mich einholt. Nachdem ich jetzt nicht mehr renne, wird mir immer kälter, und bald zittere ich am ganzen Körper. Mir wird schmerzhaft bewusst, dass ich den Kern so schnell wie möglich durchqueren muss. Ich weiß nicht, wie lange mein Körper diese Kälte aushält, und ich werde sehr geschwächt sein, wenn ich die andere Seite erreicht habe.

Mir kommt ein beunruhigender Gedanke. Wie gelange ich durch die Tür, wenn ich tatsächlich auf der anderen Seite bin? Gibt es eine Schalttafel, mit der sie sich öffnen lässt? Oder ist sie nur von außen zugänglich? Am Zugang in Apogäum habe ich nicht daran gedacht, nach so etwas zu suchen, was mir jetzt wie ein enormes Versäumnis vorkommt.

Das Hintergrundgeräusch im Schacht ändert sich, das Rumpeln wird tiefer, klingt hohler. Ich recke den Hals, und dann sehe ich als Silhouette im Gegenlicht – wie etwas, das aus der Sonne kommt – den Reaktorkern.

Er ist riesig, viel größer, als ich erwartet hätte. Der Schacht öffnet sich zu einer gewaltigen kugelförmigen Kammer. Der Reaktor befindet sich genau im Zentrum, ein kantiger Block, der von einer Wand bis zur anderen reicht, umhüllt von Kabeln und Kontrollkonsolen. Ich rechne fast damit, dass Dampfstrahlen in den Raum schießen, aber jede Feuchtigkeit wäre in dieser Kälte tödlich für die Elektronik. Das Summen fließt zusammen, ein Geräusch, wie ich es noch nie zuvor gehört habe. Als hätte dieses Ding einen knurrenden Magen.

Ich fliege aus der Öffnung des Schachts, genau auf den Reaktor zu. Ich werfe einen Blick über die Schulter und sehe, dass sich der Schachtzugang zur Seite bewegt. Jetzt bin ich genau im Zentrum des Rings, und alles rotiert um mich. Die Bewegung ist langsam – langsam genug, dass ich damit zurechtkomme.

Ich drehe meinen Körper – was in der geringen Schwerkraft nicht einfach ist, aber ich schaffe es –, und dann stoßen meine Füße gegen den Reaktor. Ein dumpfer Klang hallt durch die Kammer. Rechts von mir sind Handgriffe, an denen ich mich festhalte, damit mein Körper zur Ruhe kommt. Als ich mich gerade wieder abstoßen will, höre ich über mir einen lauten Triumphschrei.

Oren Darnell fliegt mir aus der Dunkelheit entgegen, und in den Händen hält er ein riesiges Messer.

# 67 | Riley

Ein Schrei erstirbt in meiner Kehle, erstickt von der Erinnerung an diese rauen, feuchten Hände. Nur noch ein verängstigtes Wimmern dringt nach außen.

Ich bin wie erstarrt, während ich zusehe, wie Darnell näher kommt. Sein Gesicht ist wie etwas vom anderen Ende des Universums.

Im allerletzten Moment, kurz bevor er bei mir ist, finde ich endlich die Kraft, etwas zu tun. Ich ziehe die Beine an und katapultiere mich zur Wand der Kammer. Aber Darnell war auf so etwas vorbereitet. Er packt den Handgriff, an dem ich mich keine zwei Sekunden zuvor festgehalten habe, benutzt ihn, sich in Position zu bringen, stößt sich dann mit den Beinen vom Reaktor ab. Ich entferne mich schnell, aber nicht schnell genug. Er hat mehr Kraft in den Sprung gelegt, und während wir auf die Wand zufliegen, wird der Abstand zwischen uns immer geringer.

Wie? Wie konnte er wissen, dass ich durch den Kern komme? Wie lange hat er schon auf mich gewartet?

Der Teil der Wand, dem wir uns nähern, ist mit mehreren Bildschirmen und Stromleitungen tapeziert. Als ich sie eine Sekunde später erreiche, mit den Knien voran, spüre ich, wie ein Bildschirm unter mir eingedrückt wird und aufplatzt. Es regnet Glasscherben und Funken.

Darnell ist genau hinter mir. Ich stoße mich von der Wand ab, so, dass ich über seinen Kopf hinwegfliege.

Aber er versucht gar nicht, mich einzufangen, sondern dreht sich im Flug, wendet mir die linke Schulter zu, während er die Klinge nach oben streckt und an der Seite meine Jacke aufschlitzt.

Es fühlt sich an wie ein glühend heißes Stück Metall auf meiner Haut. Ich zucke zurück, ein weiterer Schrei löst sich von meinen Lippen, als eine kleine Blutblase austritt und sich ausbreitet, genau zwischen uns in der Luft schwebt. Sein Stich hat meine Richtung beeinflusst, nun treibe ich wieder auf den Reaktor zu.

Darnell brüllt und kommt mir hinterher, aber diesmal habe ich einen guten Vorsprung, und er hat nicht genau genug gezielt. Er fliegt unter mir vorbei. Er dreht das Gesicht nach oben, und beim Anblick seines Lächelns hätte ich fast den letzten Rest meiner Beherrschung verloren.

»Ich habe gesehen, wie du in Apogäum eingestiegen bist«, ruft er mir zu. »Dachtest du, ich würde dich einfach nach Apex kommen lassen?«

Die Kameras. Alles klar. Es spielt keine Rolle, dass nicht mehr alle funktionieren. Die vor dem Zugang zum Kern ist jedenfalls in Betrieb. Vielleicht sogar eine im Kontrollraum des Luftlabors. Woher kann er sonst wissen, dass Amira gescheitert ist?

Er breitet die Arme aus. Die Bewegung lässt ihn langsam in die andere Richtung rotieren, aber er lässt mich keinen Moment aus den Augen. »Jetzt geht es nur noch um dich und mich, Hale. Und gibt es einen besseren Ort für die Revanche als das Zentrum von Außenerde? Das hat fast etwas Poetisches.«

Das Wimmern steckt wieder in meiner Kehle. Meine

Seite brennt. Ich glaube nicht, dass es ein tiefer Schnitt ist, aber ich hinterlasse eine glänzende Blutspur, während ich durch die Luft treibe.

Ich pralle gegen den Reaktor und suche hektisch nach einem Halt. Aber dieser Teil der Oberfläche ist völlig glatt, und ich bewirke damit nur, dass ich in Rotation versetzt werde. Heftige Übelkeit steigt in mir auf, und ich rudere hektisch mit Armen und Beinen. Auch Darnell bemüht sich, am Reaktor einen Halt zu finden. Jetzt sieht er mich nicht mehr an.

Unter mir sehe ich ein Gewirr von Kabeln, die aus schwarzen Isolierungshüllen sprießen. Ich strecke die Hand aus und packe eins, in der Hoffnung, dass ich es nicht aus einer Buchse reiße. Ich will auf keinen Fall, dass ich jetzt selbst eine Reaktorabschaltung auslöse. Als ich mich am Kabel festhalte, schwingt mein Körper herum, bis sich mein Gesicht wieder in Darnells Richtung dreht.

Ich kann ihn nicht besiegen. Nicht, wenn er bewaffnet ist und ich nicht. Und erst recht nicht in Nullschwerkraft. Ich habe den Kampf in normaler Gravitation nur mit Mühe überlebt. Ich atme viel zu schwer, und die Kälte saugt meine Körperwärme aus. Ich spüre ein seltsames Kribbeln in den Händen.

Die Kabel. Ich sehe ein dickeres Bündel, ein Stück vom Reaktor entfernt, in regelmäßigen Abständen zusammengehalten von Stahlklammern. Die Lücke hinter den Kabeln scheint gerade groß genug zu sein, dass ich mich hineinzwängen kann.

Ich ziehe mich zur Öffnung hinüber, versuche dabei, so leise wie möglich zu sein. Ich schiebe mich hinein, und die Kabel drücken gegen meine unförmige Jacke.

Wenn Darnell mich beobachtet hat, sitze ich in der Falle, und er kann mich in aller Ruhe erledigen. Ich sehe schon die Klinge, die zwischen den Kabeln hindurchfährt und meinen Brustkorb aufspießt, aber es kommt nichts. Ich spüre nur das Summen des Reaktors am Rücken. Darnell kann ich gar nicht mehr hören, und als ich durch das Kabelgewirr luge, ist er verschwunden. Ich versuche, langsamer zu atmen, mich ruhig zu verhalten.

Da ist er. Ich sehe, wie er langsam durch mein Sichtfeld treibt. Seine Augen suchen den Raum ab, streifen mein Versteck. Ich halte den Atem an und presse mich gegen die Wand, mache mir Sorgen, dass eine Wolke meines kondensierten Atems mich verraten könnte.

Er starrt scheinbar eine Ewigkeit in meine Richtung.

Doch dann dreht er den Kopf, wendet den Blick ab. Und ich bemerke noch etwas anderes. Er atmet schwer, ich höre ein erschöpftes, feuchtes Keuchen. Seine Messerhand zittert, als würde er die Waffe zu fest umklammern, und seine breiten Schultern zittern, heben und senken sich mit jedem Atemzug. Er ist nicht so fit wie ich, und sein Körper verbrennt viel zu schnell viel zu viel Energie. Auch er ist verletzt, Blut tränkt seine Schulter. Die Jacke passt ihm nicht, und das Hemd, das er darunter trägt, wirkt dünn und ungeeignet.

Er ist in den Kern gekommen, weil er mich persönlich erledigen wollte, genau hier. Diese Art von schräger Logik muss jemandem wie ihm gefallen. Aber er hat nicht nachgedacht. Hat sich nicht klargemacht, wie sehr die Kälte ihn beeinträchtigen wird.

Zum ersten Mal sieht es danach aus, dass ich im Vorteil bin.

Sollte ich einfach abwarten? Sollte ich hierbleiben, bis er an Unterkühlung gestorben ist? Das klingt so verrückt, dass ich mich zwingen muss, nicht zu lachen. Auch wenn ich es schaffen würde, nicht selbst an der Kälte zu sterben, auch wenn er mein Versteck in einem Raum mit sehr wenigen Versteckmöglichkeiten nicht finden sollte, würde am Ende die Zeit zu knapp werden. Okwembu ist immer noch da draußen, und die Wärmekonvektoren sind weiterhin inaktiv.

*Was willst du tun, wenn sie dir in den Kern folgen?*

*Was ich immer tue, Prakesh. Rennen.*

Ich muss warten, bis er weit genug weg ist. Er wird unruhig, bewegt sich auf die Basis des Reaktors zu. Ich zwinge mich dazu weiterzuatmen, meine Finger und Zehen anzuspannen, damit das Blut weiterfließt. Die Sekunden dehnen sich zu Minuten aus.

»Wo bist du?«, brüllt er.

Langsam schiebe ich mich zwischen den Kabeln hervor. Ich kann ihn sehen. Er ist unter mir und wird mich nur bemerken, wenn er genau nach oben blickt. Ich bewege mich sehr leise und bringe mich auf dem Reaktor in Position, bereit, mich abzustoßen, in den Schacht, der nach Apex führt, sobald er in Sicht kommt. Unter mir summt der Reaktor, zerrt vibrierend an meinen Schuhsohlen.

Der Eingang zum Schacht ist genau über mir. Mit einem kräftigen Stoß löse ich mich vom Reaktor und schwebe auf die Öffnung zu.

Darnell schreit, als er mich sieht. Ich werfe einen Blick zurück. Er ist immer noch unter mir, aber – nein, er holt auf. Vielleicht hat er sich mit mehr Schwung abgestoßen. Ich will meine Bewegung beschleunigen, lege die Arme an, mache meinen Körper möglichst stromlinienförmig. Hinter mir tobt Darnell. In seiner Stimme ist jetzt keine Freude mehr, sondern nur noch purer Hass.

Der erste Teil des Schachts ist schwierig. Wieder kommt mir die Wand entgegen, und ich muss mich abstoßen, mich langsam an die Schwerkraftverhältnisse anpassen, mich zwingen, nicht zurückzublicken. Ich kann die Rampe unter mir erkennen. Allmählich ändere ich die Richtung, drehe meinen Körper, was nicht einfach ist, weil ich mich nirgendwo abstoßen kann, aber ich schaffe es. Er ist näher gekommen, nur noch einige Meter entfernt. Die Klinge schimmert im matten Licht, und ich höre, wie er atmet, tief und schwer. Es hallt im Schacht wider. Ich zittere jetzt heftig – ob vor Angst oder wegen der Kälte, kann ich nicht sagen.

Dann bemerke ich, dass die Gravitation wieder einsetzt, je weiter wir uns vom Reaktor entfernen. Das kann ich zu meinem Vorteil nutzen. Genauso wie im Apogäum-Schacht schraubt sich die Rampe an den Wänden nach unten. Ich muss nicht über den gesamten Laufsteg gehen. Ich kann von einer Seite zur anderen springen, meinen Fall von der geringen Schwerkraft abfedern lassen. Und je tiefer ich vordringe, desto weniger problematisch wirkt sich die Drehung der Station aus.

»Du gehörst mir, Hale«, sagt er.

Ich werfe einen Blick über die Schulter.

»Dazu musst du mich zuerst erwischen.«

Ich treffe auf die Rampe und werde sofort wieder nach oben geschleudert. Doch diesmal dirigiere ich mich durch den Schacht und ziele auf einen tieferen Teil des Laufstegs auf der anderen Seite. In der schwachen Gravitation kann ich mit jedem Sprung mehrere Ebenen der Rampe überwinden.

Die Bewegung überrascht Darnell, aber er erholt sich schnell. Ich höre ihn hinter mir, während ich auf den Laufsteg unter mir zutreibe. Mein Herz pocht, aber ich zwinge mich zu rennen, weiter nach unten zu springen, diesmal zur anderen Seite des Schachts. Als ich mich umblicke, sehe ich Darnell. Er hat den Laufsteg knapp verfehlt und zieht sich über das Geländer, flucht unter der Anstrengung. Das Messer hat er sich unter den Gürtel gesteckt.

»Was ist los, Oren?«, rufe ich. »Kannst du nicht hoch genug springen?«

Er sagt nichts. Er brüllt nur. Ich verschwende meine Zeit nicht weiter mit Schadenfreude, sondern bewege mich die Rampe hinunter. Nach einiger Zeit kann ich rennen. Die Schwerkraft ist immer noch gering, sodass ich meine Schritte genau kalkulieren muss, aber nun lasse ich ihn sehr schnell hinter mir. Auch er läuft jetzt die Rampe hinunter, doch bald habe ich einen großen Vorsprung gewonnen. Sein Keuchen wird immer leiser. Wenn ich unten bin, kann ich vielleicht nach draußen gelangen und ihn irgendwie hier einsperren …

Ich habe immer noch keine Ahnung, wie ich die Tür am Ende des Schachts öffnen kann. Wenn sie sich nur von außen bedienen lässt, bin ich innerhalb weniger Minuten tot.

Mir bleibt keine andere Wahl, als weiterzurennen.

Es dauert ewig, bis ich das Ende des Schachts erreicht habe. Die letzten Minuten laufe ich in einem Dunst aus Erschöpfung und Schmerzen, die durch meinen Körper strömen und im Schnitt in meiner Seite brennen. Als ich den Boden erreiche, stolpere ich über meine eigenen Füße und stürze mit einem Schrei hin.

Ich zwinge mich, wieder aufzustehen. Ich kann Darnell nicht mehr hören, aber ich muss in Bewegung bleiben. Mir ist kälter als je zuvor in meinem Leben. Ich kann meine Füße und Hände nicht mehr spüren.

Der Boden des Schachts ist ähnlich wie auf der Apogäum-Seite. Der gleiche Lift, die gleichen Kabel. Es muss eine Möglichkeit geben, diese Panzertür zu öffnen. Was auch immer mich dahinter erwartet – selbst wenn es Okwembu mit einem Stinger in der Hand ist –, ich muss hier so schnell wie möglich raus.

Ich erkenne eine Kontrolltafel, direkt neben dem Lift, und mein Herz macht einen Satz. Als ich näher komme, sehe ich, dass sie sehr einfach aufgebaut ist: eine kleine Digitalanzeige und ein einzelner Schalter. Es gibt keine Beschriftungen, aber die brauche ich auch nicht. Ich lege den Schalter um und wage kaum noch zu atmen.

Die Türhälften knirschen, rucken und öffnen sich langsam. Gleichzeitig höre ich Darnell über mir.

Er läuft die letzten paar Windungen des Laufstegs hinunter. Ohne nachzudenken, ohne überhaupt einen Blick zu riskieren, springe ich durch die Lücke zwischen den Türhälften.

Die Landung in Apex ist hart, ich rolle mich ab, in meiner Seite explodieren flammende Schmerzen. Die Temperatur ändert sich so schnell, dass ein Sturm aus winzigen Nadeln durch meinen Körper rast. Der Raum ist hell erleuchtet, eine große Halle mit weißen Wänden und grellen Leuchtstreifen. Aber ich habe keine Zeit, mich in

Details zu verlieren. Ich suche nach der Schalttafel für die Tür. Da. Auf jeder Seite des Raumes eine, genauso wie in Apogäum, nur viel neuer und besser gewartet als die Gegenstücke am anderen Ende.

Ich kann ihn immer noch hören, wie er keucht, als er sich der offenen Tür nähert. Wie nahe ist er? Keine Ahnung. Ich muss die Tür schließen. Ich springe zur nächsten Kontrollkonsole, schlage auf den Touchscreen, suche nach der entsprechenden Option.

*Reaktorzugang versiegeln?*, fragt die Konsole. Ich schlage so heftig auf *Bestätigen*, dass ein Speer aus Schmerz durch meinen Finger schießt. Keine Zeit. Laufen. Ich treibe meinen Körper bis an die Belastungsgrenze, aber es fühlt sich immer noch so an, als würden sich meine Beine nicht schnell genug bewegen, als hätte die Kälte meine Gelenke verfestigt. Dann bin ich an der anderen Konsole, gehe hektisch die Optionen durch.

Über mir schließen sich knirschend die Türflügel. Ich blicke hinauf – und sehe gerade noch, wie er den letzten Abschnitt der Rampe herunterkommt. Die Tür schließt sich viel zu langsam. Er wird sie in wenigen Sekunden erreicht haben.

*Beweg dich*, sage ich mir, aber es ist wieder wie beim Reaktor, als ich beobachtet habe, wie er auf mich zuschwebt. Meine Beine haben sich in Blei verwandelt.

Die Türhälften bewegen sich aufeinander zu, Zentimeter um Zentimeter. Darnell hat den Boden erreicht und nimmt Anlauf zu einem letzten verzweifelten Sprung.

# 68 | Darnell

Darnell ist halb durch die Tür gekommen, als sie sich um seinen Oberkörper schließt.

Die Metallzähne stoppen seinen Sturz, zuerst bremsen sie ihn, dann halten sie ihn fest, dann beißen sie zu, als die gewaltigen knirschenden Motoren sich bemühen, die Türhälften zusammenzudrücken.

Er spürt, wie seine Rippen bersten – es klingt wie ein leises Knacken, als würde man einen Zweig von einem Baum abbrechen. Von den Schmerzen wird ihm schwarz vor Augen. Er hängt kopfüber da, rudert mit den Armen in der Luft, sein Gesicht ist schmerzverzerrt. Unter seinen Rippen gibt etwas nach, und er schreit. Die Dunkelheit kommt näher.

Bevor sie ihn völlig verschlingen kann, sieht er Riley Hale. Sie steht unter ihm, mit weit aufgerissenen Augen, starrt ihn in stummem Entsetzen an. Nur wenige Meter von ihm entfernt.

*Du gehörst mir.*

Darnell versucht sich herumzudrehen. Er spürt seine Beine auf der anderen Seite, wie sie sich haltlos bewegen. Er legt die Hände gegen die beiden Türflügel und drückt. Knochen schrammt über Knochen, und er schreit wieder. Die dicken Muskelstränge an seinem Hals spannen sich an. Die Motoren der Tür drehen hell summend durch, und er riecht den strengen Gestank verschmorter Elektronik.

Mit einem letzten Ruck befreit Darnell seinen Körper aus dem Griff der Tür. Als er auf den Boden stürzt, fühlt es sich an, als hätte eine riesige Hand seinen Oberbauch herausgerissen. Seine Beine funktionieren nicht mehr, und ein dumpfer Schmerz geht vom unteren Ende seiner Wirbelsäule aus.

Hale weicht langsam vor ihm zurück. Als Darnell ihren Namen schreit, dreht sie sich um und rennt davon.

Er kann seine Hände noch bewegen. Er kann immer noch etwas tun. Sein Messer ist ihm aus dem Gürtel gerutscht und liegt in Reichweite neben ihm. Darnell greift danach, stöhnt, als die Welt grau und scharlachrot wird. Aber er kann Hale immer noch sehen. Sie ist genau vor ihm, hat ihm den Rücken zugekehrt, präsentiert ihm eine perfekte Zielscheibe. Darnell sammelt alle Kraft, die ihm noch geblieben ist, hebt den Arm, so hoch er kann, winkelt den Ellbogen an.

*Du hast immer einen leichten Drall nach rechts,* denkt er. *Das musst du ausgleichen.*

Sein Muskelgedächtnis ist zuverlässig, jede Bewegung geht in die nächste über, und sein Arm ist vollständig ausgestreckt, als er das Messer loslässt. Ein perfekter Wurf.

Die Klinge wirbelt durch die Luft, fliegt genau auf Riley Hale zu, wie ein flackernder Stern in einem unmöglich hellen Universum. Einen Moment lang ist Darnell überzeugt, dass sie ihr Ziel finden wird. Wenn es darauf ankommt, ist seine Treffsicherheit unfehlbar.

Der Wurf geht weit daneben.

Das Messer prallt klirrend gegen die Wand, die Klinge blitzt auf, als sie zurückspringt. Hale blickt sich erschrocken um, und das dumme, tierische Erstaunen in ihren Augen feuert Darnells Wut an. Er zieht sich über den Boden, arbeitet sich mit den Ellbogen voran, seine Rippen bohren sich in den Stoff seines Hemdes. Wenn er zu ihr gelangen kann …

Seine Arme geben nach. Sein Gesicht knallt auf den Boden, und schlagartig verliert er jede Kraft. Er liegt keuchend da, die Hände zu Fäusten geballt. Es ist nicht seine Bestimmung, hier zu sterben. Er soll zusammen mit allen anderen sterben, als Einziger in einem Meer aus Schreien lachen. Alles andere wäre ungerecht.

Er hebt noch einmal den Kopf. Die Tracer starrt ihn immer noch an.

»Du kannst dhhh…«, sagt er und verstummt wieder. Seine Kehle hat vergessen, wie Worte gebildet werden. Er versucht, sie zu reaktivieren.

»Du kannst dir nicht vorstellen, was du da drinnen vorfinden wirst«, sagt er. Blut sprüht zwischen seinen Zähnen hervor, als er spricht. »Du kannst nicht davor weglaufen. Niemand kann es.«

Sein Blick findet ihren.

»Es wird dich bei lebendigem Leib verbrennen.«

Das Grau und Scharlachrot wird zu Schwarz, wie ein Stück Seide im Feuer, und dann ist nichts mehr.

# 69 | Riley

Lange Zeit kann ich mich nicht rühren.

Ich erwarte, dass er zuckt, dass er aufblickt und noch einmal auf mich losgehen will. Doch er tut es nicht. Ich sollte das Messer holen, es in seinem Herzen versenken, um ganz sicherzugehen. Aber die Vorstellung, ihm wieder nahe zu sein, lässt mich erschaudern.

Zerquetscht. Die inneren Organe zermatscht. Die alte Riley hätte etwas empfunden.

Der neuen ist es gleichgültig.

Nach einer Weile geben meine Beine nach. Ich gehe in die Knie, atme schwer. Das Zittern ist wieder da, stärker als zuvor, und Schmerzen jagen wie stechende Nadeln durch meinen Körper. Die Versuchung, die Augen zu schließen und mich treiben zu lassen, ist so stark, dass ich mich zwingen muss, es nicht zu tun. *Konzentrier dich auf etwas. Irgendetwas.*

Dann sehe ich ihn. Einen Wasserspender. Er steht in einer Ecke, glänzt im Licht. Ich stehe so schnell auf, dass es eine ganze Sekunde dauert, bis der Schmerz in meiner Seite einsetzt. Ich beachte ihn nicht, wanke zum Wasserspender hinüber, taste am Schalter herum. Der Wasserhahn klickt, surrt und verstummt wieder, genauso trocken wie meine Kehle.

Ich lasse den Kopf hängen, bin wütender, als ich mir eingestehen will, aber in diesem Moment surrt der Hahn erneut, schreckt mich auf, und dann sprudelt Wasser heraus. Ich stöhne vor Erleichterung und halte meinen Kopf unter den Hahn, sauge gierig das Wasser auf, nehme große Schlucke. Ich trinke und trinke und trinke.

Nach einer Weile trinke ich zu viel. Hustend und würgend breche ich vor dem Wasserspender zusammen, aber ich bin überrascht, wie gut ich mich fühle. Erstaunlich, wie viel ein wenig Wasser verändern kann.

Ich wische mir den Mund ab. Ich zittere immer noch, aber nicht mehr so heftig. Langsam ziehe ich mir die Handschuhe aus und knöpfe meine Jacke auf. Ich bin keine Expertin für Erfrierungen, aber es sieht danach aus, dass ich meine Finger lange genug schützen konnte. Und schon bald brennen sie mit kräftigem, aber beruhigendem Schmerz, sind stark gerötet.

Ich bin allein. Keine Okwembu. Oder sonst jemand. Sämtliche Oberflächen glänzen weiß, erhellt von Leuchtstreifen, wo die Wände auf Decke und Boden treffen. Es gibt keine Kisten oder irgendwelche Ausrüstung oder auch nur weitere Kontrollkonsolen. Im Gegensatz zu Apogäum – und zu jedem anderen Sektor – ist es hier still. Ich kann das leise Knarren der Station hören, aber dazu muss ich meine Ohren anstrengen.

Und dann bemerke ich etwas. Hier ist es deutlich kühler.

Die Temperatur auf der anderen Seite der Station war fast unerträglich. Aber hier ist es geradezu angenehm. Darnell – und Okwembu – scheinen dafür gesorgt zu haben, dass die Konvektionsfinnen von Apex weiterhin in Betrieb sind. Ich muss eine Möglichkeit finden, sie für die übrige Station zu reaktivieren. Wie viel Zeit bleibt mir dafür noch?

Ich kann es nicht sagen.

Ich schaue mich nicht mehr zu Darnell um, als ich gehe. Mit ihm bin ich fertig. Ich versuche, so leise wie möglich zu sein, und mache mich auf den Weg zu einem der Korridore, die vom Hauptraum abgehen. Die Beleuchtung ist dort schwächer. In die Wände sind Türen eingelassen. Ich würde gern wissen, was sich dahinter befindet, aber ich habe keine Zeit.

Die kleine dunkle Ecke, in die ich Yao, Amira und alle anderen verbannt habe, pulsiert leicht. Ich unterdrücke es. Ich darf jetzt keine Angst haben, kann es mir nicht leisten. Darnell ist außer Gefecht gesetzt – hoffe ich zumindest –, aber das gilt nicht für seinen Plan. Und es bedeutet nicht, dass Okwembu kein Unheil mehr anrichten kann.

Ich komme an eine T-Kreuzung. Kurz davor drücke ich mich gegen die Wand, schließe die Augen und horche angestrengt. Wenn Okwembu nicht auf mich gewartet hat, als ich aus dem Kern kam, besteht durchaus die Möglichkeit, dass sie sich in einem dieser Korridore aufhält, damit sie mir eine Kugel in die Brust jagen kann, sobald ich mich blicken lasse. Plötzlich erinnere ich mich an Darnells Messer und verfluche mich, dass ich es nicht mitgenommen habe.

Ich kann nichts hören, nur das leise Summen der Beleuchtung und dahinter die Geräusche der Station, wie kleine Wellen in einer Wasserpfütze. Ich schiebe mich um die Ecke und laufe vorsichtig durch den verlassenen Gang. Ich werde immer schneller, renne fast, bis ich beschließe, lieber leise zu sein.

Am Ende des Korridors ist eine Treppe. Wieder zögere

ich, bevor ich weitergehe, weil ich befürchte, dass Okwembu oben oder unten auf mich wartet. Wieder höre ich nichts. Ich wage kaum zu atmen, als ich in den Treppenschacht trete und hinuntersteige.

Erst einige Ebenen tiefer traue ich mich, wieder zu atmen. Es ist eigenartig beruhigend, wie viel Lärm jeder Schritt auf der Treppe verursacht. Jeder könnte hören, dass ich hier unterwegs bin – aber genauso würde ich auch jeden anderen hören. Ein paar Ebenen weiter zweigen keine Korridore mehr vom Schacht ab. Ich bin fast da.

Einige Minuten später habe ich die unterste Ebene erreicht. Vor mir liegt ein einzelner schmaler Korridor, am Ende eine Tür, die in den Kontrollraum führen müsste. Ich weiß nicht, was ich erwartet habe – vielleicht eine Panzertür oder einen komplizierten Verriegelungsmechanismus –, aber sie sieht genauso aus wie jede andere Tür in der Station.

Ich gehe darauf zu, blicke mich nervös über die Schulter um. Neben der Tür erkenne ich eine kleine Schalttafel. Unter normalen Umständen würde hier vermutlich eine schwer bewaffnete Elitetruppe Wache halten, sodass in diesem engen Raum wahrscheinlich keine weiteren Sicherheitsvorkehrungen nötig wären.

Doch das kleine Tastaturfeld lässt mich innehalten. Es gibt keine Möglichkeit, den Code zu erraten. Muss ich zuerst Okwembu holen? Sie zwingen, mir den Code zu verraten? Ich lasse die Schultern hängen. Ich darf keine Zeit damit verlieren, jemanden in einem Sektor aufzuspüren, in dem die anderen sich auskennen und ich nicht – die anderen, die bewaffnet und ausgeruht sind, während ich erschöpft und wehrlos bin.

Dann sehe ich, dass ganz unten an der Schalttafel ein kleines grünes Licht aufblinkt, so kurz, dass ich es fast nicht bemerkt hätte. Ich erstarre, wage kaum zu glauben, dass ich es wirklich gesehen habe. Doch nach etwa dreißig Sekunden blinkt es wieder.

Die Tür ist unverriegelt.

Sollte es tatsächlich so einfach sein? Das kann nur bedeuten, dass Okwembu drinnen wartet. Sie weiß, dass ich zu ihr kommen werde. Sobald ich durch diese Tür trete, wird sie mich erschießen.

Aber ich habe keine andere Wahl. Ich muss hineingehen. Ich schaue mich nach etwas um, hinter dem ich mich verstecken kann, aber der Korridor ist völlig leer.

Vielleicht muss ich hier draußen gar nicht in Deckung gehen. Vielleicht kann ich sie überraschen und im Kontrollraum irgendwo Schutz suchen, bevor sie schießt. Das könnte mir einen entscheidenden Vorsprung verschaffen. Okwembu dürfte keine Hemmungen haben, in den Korridor zu schießen, aber sie könnte zögern, wenn sie befürchten muss, vielleicht die Kontrollen zu treffen.

*Was aber keine so große Rolle mehr spielt, weil sie die Station ohnehin zerstören will.*

Ich schüttle den Gedanken ab und trete einen Schritt von der Tür zurück. Ich lege einen Finger auf die Enter-Taste der Schalttafel und sage mir, dass ich drücken sollte. Aber ich warte noch. Jede Zelle meines Körpers schreit mir zu, dass ich umkehren soll, dass ich mir einen dunklen Winkel suchen soll, wo es warm und sicher ist, wo ich verschwinden kann. Ich muss mir ins Gedächtnis rufen, dass es in der Station keinen solchen Ort mehr gibt.

Ich drücke auf die Taste.

Die Tür gleitet zischend auf, und ich werfe mich hindurch, ziehe die Arme und Beine an und rolle mich ab. Verschwommen sehe ich mehrere Terminals, und während ich mich abrolle, erwarte ich, den schrecklichen Knall einer abgefeuerten Waffe zu hören. Ich drehe den Kopf hin und her, mache mich bereit, irgendwo in Deckung zu gehen. Auf diese Weise verschaffe ich mir einen vollständigen Überblick und halte schließlich auf allen vieren hockend inne.

Der Kontrollraum ist verlassen.

Erschrocken blicke ich mich noch einmal um, suche nach Versteckmöglichkeiten, verborgenen Winkeln, in denen sie lauern könnte. Aber hier ist nichts. Langsam stehe ich auf und drehe mich im Kreis.

Okwembu ist nicht hier. Der Hauptkontrollraum von Außenerde ist schmal, kaum breiter als der Korridor davor. Die Wände links und rechts von mir werden von Bildschirmreihen eingenommen, die den Raum in orangefarbenes Licht tauchen. Es gibt nur wenige Tastaturen oder Konsolen, was vermutlich bedeutet, dass die meisten Bildschirme auf Berührung reagieren. Mehrere Stühle liegen umgekippt auf dem Boden.

Langsam gehe ich durch den Raum. Er ist winzig. Es gibt nicht einmal ein Sichtfenster, nur die Bildschirme. Ich sehe auch nirgendwo einen Netzhautscanner, nichts, wofür Darnell Fosters Augapfel gebraucht hätte – sofern er sich nicht in einer verborgenen Ecke befindet.

Inzwischen rechne ich jeden Moment damit, dass Sirenen ertönen, dass eine Computerstimme Warnungen verkündet, aber im Raum bleibt es still. Ich drehe mich wieder zur Tür um, hoffe, dass es eine Möglichkeit gibt, sie zu verriegeln. Ich sehe eine weitere Schalttafel, aber dort blinkt ebenfalls ein grünes Licht, und ohne den Code werde ich die Tür nicht verriegeln können. Ich gehe zurück und drücke auf die Enter-Taste, worauf sich die Tür mit einem Zischen schließt.

Okwembus Abwesenheit beunruhigt mich. Wo ist sie? Mir fällt kein einziger Grund ein, warum sie sich nicht im Kontrollraum aufhält. Vielleicht beobachtet oder belauscht sie alles aus der Ferne. Und wartet darauf, dass ich eine Falle auslöse.

Dagegen kann ich jetzt nichts tun, es sei denn, ich nehme mir die Zeit, den gesamten Sektor nach ihr abzusuchen. Ich schaue mich nach einem Login-System um, etwas, das ein Passwort benötigt, wo ich das Wort *Iapetus* eintippen kann, um herauszufinden, was es bewirkt.

Aber sämtliche Bildschirme, die ich mir ansehe, zeigen bereits uneingeschränkten Zugang an, präsentieren verschiedene Optionen, die vom Dockzugang über die Schubdüsensteuerung bis zur Flugüberwachung reichen. Die meisten Anzeigen sind auf Englisch, aber es gibt auch einige in Hindi und Chinesisch. Ein Bildschirm stellt eine statische Funkfrequenz dar, und es liegt ein wenig Staub auf den Kontrollen, als wären sie seit langer Zeit nicht mehr benutzt worden. Ich kann es ihnen nicht zum Vorwurf machen. In den Jahrzehnten nach dem Atomkrieg konnten wir immer noch Funksignale von der Erde auffangen. Bis sie nacheinander verstummten. Seit fünfzig Jahren herrscht völlig Funkstille.

Ich bleibe vor einem Bildschirm stehen. Ich überlege, ob ich mir einen Stuhl holen soll, beschließe dann jedoch, stehen zu bleiben. Wenn Okwembu durch diese Tür kommen sollte, will ich bereit sein.

Zögernd – aber nur für eine Sekunde – lege ich den Finger auf den Touchscreen und navigiere durch das System. Meine ersten Versuche führen mich in die Irre, und ich starre auf unverständliche Anzeigen und Diagramme, die die Reaktorleistung in Gigawatt darstellen. Fluchend manövriere ich mich zum Hauptmenü zurück und gehe dann systematisch die Optionen durch. Es ist eine seltsame Vorstellung, dass ich in diesem Moment fast die absolute Kontrolle über sämtliche technische Aspekte von Außenerde habe. Kein Wunder, dass Darnell und Okwembu diesen Raum für sich haben wollten.

Ich brauche länger, als ich gehofft habe, aber dann finde ich es, in irgendeinem Untermenü versteckt: *Konvektionssysteme*. Ich tippe auf die Option, und der Bildschirm zeigt wieder Diagramme und Messwerte. Eine Anzeige springt mir ins Auge: Durchschnittliche Modultemperatur: 46 °C.

Sechsundvierzig Grad Celsius. Ich muss diese Dinger ganz schnell wieder in Betrieb nehmen.

Ich zwinge mich, nicht ungeduldig zu werden, und lese die Anzeigen auf dem Bildschirm. Ganz unten finde ich es: *Konvektionsfinnenstatus: Inaktiv*. Ich tippe darauf und hoffe, dass es das war. Ich verliere den Mut, als sich ein neues Menüfenster öffnet: Ein kreisrunder Grundriss der Station, auf dem die Positionen sämtlicher Konvektionsfinnen mit kleinen grünen Dreiecken markiert sind. Es scheint etwa ein Dutzend zu geben, über den Rumpf der Station verteilt.

Ich beuge mich vor, versuche Details zu erkennen.

Jedes kleine Dreieck ist innen leer. Ich tippe auf eins, und es wird vollständig grün ausgefüllt. Ganz unten auf dem Bildschirm öffnet sich ein Textfenster: *Finne 6E1 aktiviert.*

Lächelnd mache ich mich daran, auf alle Dreiecke zu tippen, und atme erleichtert aus, als alle grün werden. Doch dann stockt mir der Atem, als eine Fehlermeldung aufblitzt und meinen Finger vor dem Bildschirm erstarren lässt.

*Warnung: Eiskristalle im Konvektionssystem. Temperaturwerte suboptimal.*

Zahlen und Buchstaben erscheinen unter der Meldung. Es scheinen die Positionen der Konvektionsfinnen zu sein. Die Fehlermeldung ist halbdurchsichtig, und als ich genau hinschaue, sehe ich, dass sich alle auf einer Seite der Station befinden, in den Sektoren Garten, Chengshi und der Hälfte von Apogäum.

*Konvektionspumpensystem könnte versagen, wenn es extremen Temperaturen ausgesetzt wird,* steht in der Meldung. *Fortfahren?*

Ich stütze den Kopf auf die Arme, knurre frustriert und spüre, wie meine Hilflosigkeit an mir zerrt.

Ich hebe den Kopf und blicke auf den Bildschirm. Eis in den Rohren … das muss daran liegen, dass die Pumpen abgeschaltet sind. Die Flüssigkeit, die sich auf der Außenseite der Station befand, als das System abgeschaltet wurde, hat sich nicht mehr bewegt. Sie war zu lange der Kälte des Weltraums ausgesetzt.

Ich kann sie noch nicht ins System zurückpumpen. Aber könnte ich sie vielleicht irgendwie schmelzen lassen? Die Temperatur der Flüssigkeit in den Konvektionsfinnen mindestens so weit erhöhen, dass sie wieder zirkulieren kann.

*Zirkulieren …*

Vielleicht ist es gar nicht die Flüssigkeit in den Rohren, die ich in Bewegung setzen muss.

Vielleicht sollte ich das mit Außenerde machen.

# 70 | Riley

Es dauert eine Ewigkeit, bis ich es gefunden habe. Ich muss zwischen verschiedenen Touchscreens wechseln, nach dem richtigen Menü suchen, und bei dieser Gelegenheit blicke ich erneut auf die Temperaturanzeige und sehe, dass die Innentemperatur der Station noch einmal um ein halbes Grad angestiegen ist.

»Na los«, sage ich und kämpfe mich durch ein Gewirr aus Messwerten und obskuren technischen Optionen. »Ich weiß, dass du hier irgendwo bist.«

Ich stoße tatsächlich einen Freudenschrei aus, als ich es finde. *Rotationsgeschwindigkeit*. Ich weiß, die Düsen an der Außenseite der Station sorgen dafür, dass sie sich langsam wie ein riesiges Rad dreht. Wenn ich die Rotationsgeschwindigkeit erhöhen kann, bringe ich die vereisten Rohre ins direkte Sonnenlicht.

Es würde die Gravitation verstärken. Die Fliehkraft wird mich zu Boden drücken. Aber ich sehe keine andere Möglichkeit.

Ein anderes Modell der Station ist erschienen, das die Position relativ zu Erde, Mond und Sonne darstellt. Ich finde die Kontrolle für die Rotationsgeschwindigkeit und erhöhe sie.

Ich rechne damit, etwas zu hören – vielleicht ein dumpfes Dröhnen, wenn die Düsen aktiviert werden. Stattdessen spüre ich einen Druck zwischen den Schulterblättern.

Innerhalb von Sekunden verstärkt er sich von leicht zu unerträglich, zwingt mich auf die Knie. Es ist kein Schmerz, aber meine Hände sind schwer geworden, als müsste ich Kraft aufwenden, damit sie nicht von der Kontrollkonsole rutschen. Ich hebe den Kopf – es fühlt sich an, als würde mein Hals ihn der Länge nach spalten – und sehe, dass die Station auf dem Bildschirm nun schneller rotiert. Ich muss sie einmal um einhundertachtzig Grad drehen, um die gefrorenen Rohre ins Sonnenlicht zu bringen.

Die Gravitation scheint noch stärker zu werden, und diesmal ist sie mit echten Schmerzen verbunden: Mein Kopf tut so sehr weh, dass ich aufschreie. Ich verliere den Halt an der Konsole, und mein Körper plumpst zu Boden; ein Schmerzpfeil jagt durch meine Arme, als sie auftreffen.

Es wäre so leicht, einfach hier liegen zu bleiben. Mein Körper fühlt sich an, als würde er von großen Gewichten zu Boden gedrückt. Aber ich stemme mich wieder hoch, ächze unter der Anstrengung. Ich wuchte meinen rechten Unterarm auf die Konsole und richte den Blick auf den Bildschirm. Chengshi hat sich bewegt und wird nun von der Sonne beschienen. Aber die Station rotiert immer noch zu langsam. Wenn ich es nicht schneller schaffe, werde ich das Bewusstsein verlieren. Dann ist niemand mehr da, der die Rotation wieder verlangsamen kann.

Ich knirsche mit den Zähnen und hebe die Hand. Es fühlt sich an, als wäre mein Arm mit dicken Gummiseilen an den Boden gefesselt. Dann erhöhe ich die Rotationskontrolle weiter.

# 71 | Prakesh

Madala ist rüstiger, als er aussieht. Er humpelt in einem seltsamen hüpfenden Gang. Prakesh und Indira müssen sich anstrengen, um mit ihm mitzuhalten. Und er hat Freunde. Während sie sich durch die Ebenen bewegen, hält er immer wieder an, um an Türen zu klopfen. Ihre Gruppe wächst. Zuerst kommt eine Familie hinzu – Mann und Frau und ihr jugendlicher Sohn –, dann ein untersetzter Mann mit langen, blassen Dreadlocks, der eine Stahlstange geschultert hat, als würde sie aus Schaumgummi bestehen.

Dreads reicht eine Wasserflasche herum, und jeder nimmt einen tiefen Schluck. Schweiß läuft Prakesh in die Augen, brennt heiß, und er muss ihn immer wieder wegblinzeln.

»Was tun wir also?«, will Madala von Prakesh wissen.

»Wie meinen Sie das?«

Hinter ihnen wird es plötzlich laut. Alle drehen sich um und sehen zwei Männer, die gegeneinander kämpfen, sich gegen die Korridorwände werfen. Anscheinend streiten sie sich um einen einzelnen Proteinriegel.

Madala zeigt darauf. »Wegen das. Was wollen wir gegen das tun? Gegen alles das.«

»Ich weiß nicht …«, sagt Prakesh, doch dann spürt er, dass alle ihn ansehen. Er senkt kurz den Blick, dann schaut er wieder auf, als der Mann mit den Dreadlocks spricht.

»Madala sagt, Sie hätten ihn gerettet«, sagt er. »Er vertraut Ihnen. Das bedeutet, dass ich Ihnen vertraue. Sagen Sie uns, wohin wir gehen sollen.«

Der Rest der Gruppe murmelt zustimmend. Indira nickt eifrig, schlägt eine Faust in die offene Handfläche.

Die Worte liegen auf Prakeshs Lippen, sind draußen, bevor er sie zurückhalten kann. »Gegen die großen Kämpfe können wir nichts tun. Aber vielleicht können wir ein paar kleinere verhindern.«

»Was nützt uns das?« Die Frage kommt von jemandem, den Prakesh bislang noch gar nicht bemerkt hat: eine hagere junge Frau mit ernstem Gesicht und kurzer Igelfrisur. Sie erinnert ihn ein wenig an Riley, und er muss sich zwingen, ihr zu antworten.

»Wenn wir einen kleinen Zwist beenden, verstärken wir unsere Gruppe. Vielleicht können wir dann auch etwas gegen die größeren Kämpfe tun.«

»Sie haben gehört, was Darnell gesagt hat. Wir alle werden braten. Wir sollten uns auf den Weg nach Apex machen und …«

»Nein«, sagt Prakesh mit Entschiedenheit. »Andere kümmern sich um Apex. Wir werden hier unten gebraucht.«

»Warum gehen wir nicht zur Kantine hinunter?«, fragt Dreads. »Dort herrschte das totale Chaos, als ich vor Kurzem dort war.«

Prakesh nickt. »Also gut.«

Die Frau mit der Igelfrisur zuckt mit den Schultern. »Was auch immer du sagst, Boss.«

Die Kantine von Apogäum liegt auf Ebene 2, ein quadratischer Raum mit Wänden in schrillem Orange – ein fehlgeschlagener Versuch aus der Frühzeit der Station, das Ambiente fröhlicher zu gestalten. Im Saal sind große Metalltische und Bänke verstreut. Einige Tische wurden umgekippt, als hätte man Barrikaden errichten wollen. Viele Leute drängen sich um den langen Tresen der Essensausgabe oder kommen aus den angrenzenden Küchen zurück. Der Lärm ist unbeschreiblich. Diese Menschen haben Furcht und Wut bereits hinter sich gelassen, sind nun in eine hilflose Panik verfallen.

Wieder spürt Prakesh, dass alle ihn ansehen, und als er in sich nach einer Idee sucht, was zu tun ist, stellt er überrascht fest, dass die Antwort bereits auf ihn wartet.

Er wendet sich den zwei größten Mitgliedern der Gruppe zu – dem Mann mit den Dreadlocks und dem Jugendlichen. »Sie beide. Ziehen Sie los, und schlichten Sie so viele Streitereien wie möglich. Tun Sie niemandem weh, der nicht versucht, Ihnen wehzutun. Alle anderen suchen sich etwas, womit man Krach machen kann. Töpfe, Stühle, Besteck.«

Im ersten Moment rührt sich niemand. Dann schnappt Dread sich den Jungen und läuft mit ihm zur Küche hinüber. Madala und Indira und die anderen machen sich auf die Suche, greifen sich alle möglichen Dinge, die Lärm verursachen können.

Prakesh richtet einen Tisch auf, lässt ihn mit einem lauten Knall auf die Beine fallen. Der Krach übertönt alles, aber keiner der Plünderer blickt sich auch nur in ihre Richtung um. Prakesh ignoriert das Übelkeitsgefühl in seiner Magengrube, steigt auf den Tisch und legt die Hände an den Mund.

»Alle mal zuhören!«, ruft er und versucht, sich so laut

und autoritär wie möglich zu gebärden, aber er könnte genauso gut Jupiter anbrüllen. Niemand beachtet ihn.

Er blickt sich zu Madala um und will den anderen sagen, dass sie jetzt möglichst viel Lärm erzeugen sollen, um die Aufmerksamkeit der Plünderer zu wecken. Als er sich umdreht, spürt er einen Stich in den Schulterblättern, ignoriert ihn, doch dann packt ihn der stechende Schmerz immer fester.

Prakesh schreit auf, geht auf dem Tisch in die Knie, hebt die Hände zum Nacken. Zuerst denkt er, jemand hätte etwas auf ihn geworfen, doch dann sieht er durch seine vor Schweiß brennenden Augen, dass es allen anderen genauso geht. Die Plünderer schreien vor Schmerz. Madala und Indira liegen flach auf dem Boden, halten sich aneinander fest.

Der Druck verstärkt sich, presst Prakesh auf die Metallplatte des Tisches. Sein Kopf schmerzt pochend. *Die Schwerkraft,* erkennt er. *Darnell lässt uns schneller rotieren, bis wir zerquetscht werden.*

Als er denkt, dass der Druck nicht schlimmer werden kann, wird er noch schlimmer. Sein Sichtfeld schrumpft zu einem kleinen hellen Punkt am Ende eines dunklen Tunnels, dann hört Prakesh splitterndes Glas und das gequälte Geräusch von sich verbiegendem Metall.

# 72 | Riley

Das Gewicht zwischen meinen Schulterblättern drückt immer kräftiger zu, und meine erhobene Hand fällt zurück auf die Konsole. Wie muss es jetzt in der übrigen Station zugehen?

Die Leute werden zu Boden geworfen. Metall knirscht und bricht, während die Fliehkraft alles nach außen zwingt. Die Bäume im Luftlabor, die sich unter der Last biegen, abbrechende Äste.

Ein Bildschirm auf der anderen Seite des Raums blinkt rot. Eine ruhige Stimme hallt durch den Kontrollraum: »Warnung. Horizontale Schubdüsen überhitzen sich. Rotationsgeschwindigkeit unverzüglich reduzieren.«

*Na los!*

Zum zweiten Mal stemme ich mich hoch. Meine Muskeln fühlen sich an, als könnten sie jeden Moment zerreißen. Ein Arm. Der zweite. Es kostet mich sogar Mühe, die Augen nach oben zu richten, als wären sie in einer Schraubzwinge gefangen.

Dann sehe ich, dass sich nach dem Garten und Chengshi auch Apogäum ins Sonnenlicht geschoben hat. Mit einem letzten Kraftaufwand drücke ich den Finger auf den Bildschirm und regle die Rotationsgeschwindigkeit wieder herunter.

Diesmal ist es mit Lärm verbunden – es klingt wie ein riesiger Ventilator, der abgeschaltet wird. Ich gleite zu

Boden, schnappe nach Luft. Allmählich heben sich die Gewichte von meinem Körper.

Es dauert ein paar Minuten, bis die Schwerkraft wieder normal ist. Als ich aufstehe, merke ich, dass meine Beine zittern. Ich muss mich an der Kontrollkonsole festhalten, und ich brauche eine Weile, um zur anderen Seite des Raums zurückzukehren. Die Temperatur ist wieder um ein Grad angestiegen, auf 47,5 °C.

Ich versuche erneut, die Konvektionsfinnen zu aktivieren, tippe auf die winzigen Dreiecke. Die gleiche Fehlermeldung blinkt auf. Extreme Temperatur.

Ich zwinge mich zu warten. Eine Minute vergeht. Zwei. Dann probiere ich es noch einmal.

Diesmal kommt keine Fehlermeldung. Alle Dreiecke werden grün ausgefüllt. Nach einer weiteren langen Minute sinkt die Temperaturanzeige auf 46 °C.

Ich habe es geschafft. Die Finnen der Station arbeiten wieder, strahlen die Wärme in den Weltraum ab. Es dürfte eine Weile dauern, aber die Temperatur wird nun weiter nach unten gehen. Die enorme Wärmeenergie, die von etwa einer Million Menschen erzeugt wird, verflüchtigt sich allmählich. Was auch immer jetzt passiert, wir werden jedenfalls nicht bei lebendigem Leib geröstet.

Ich bin viel zu erschöpft, um zu jubeln. Ich lächle nur. Und ich denke: *Du kannst Rauchbomben basteln, Carver, aber ich wette, du hast noch nie eine komplette Raumstation gedreht*.

Doch etwas nagt an mir. Ich musste *Iapetus* noch nicht einsetzen, die Information, für die Grace Garner und Marshall Foster gestorben sind. Irgendetwas habe ich übersehen.

Ich muss die Türen von Apex öffnen – wenn ich die Stomper hier hereinholen kann, wird alles viel schneller gehen. Ich bin jetzt selbstsicherer geworden, und ich brauche nicht lange, um den Bildschirm mit den Türkontrollen zu finden. Ein Drahtgittermodell des Sektors erscheint, und sämtliche Türen sind rot markiert. Ich tippe auf die Option *Alle öffnen*.

Der Bildschirm blinkt rot mit einer neuen Fehlermeldung. Fast hätte ich meine Faust in den Bildschirm gerammt, doch dann atme ich noch einmal tief durch und zwinge mich dazu, die Meldung zu lesen.

*Temperaturungleichgewicht registriert.*

Die Namen der Sektoren werden eingeblendet – alle liegen bei über 40 Grad, nur Apex steht bei 22.

*Zugang zum Sektor bleibt eingeschränkt, bis Temperaturdifferenz ausgeglichen ist. In diesem Fall Einschränkung aufheben?*

Ich drücke auf *Bestätigen*. Keine Ahnung, wie lange das dauern wird, aber es ist zumindest ein Anfang. Wenn die Konvektionsfinnen wieder normale Verhältnisse hergestellt haben, werden die Türen zu Apex aufgehen. Jetzt muss ich mir nur noch überlegen, was ich bis dahin tun kann.

Ich will gerade von den Bildschirmen zurücktreten, als mein Blick auf eine andere Menüoption fällt. *Komsystem*.

Ich öffne das Fenster. Eine Liste der Sektoren wird angezeigt – als Nummern, nicht mit Namen –, und alle sind auf *Inaktiv* gesetzt. Ich ändere das, dann spreche ich so deutlich wie möglich. Ich weiß nicht, ob meine Worte nach draußen übertragen werden, da ich nirgendwo ein Mikrofon sehe. Aber ich sage trotzdem, was ich zu sagen habe.

# 73 | Prakesh

Prakesh kommt wieder zu sich. Er liegt auf dem Boden der Kantine, und der Schmerz zwischen seinen Schulterblättern lässt nach. Sein Mund ist ausgetrocknet, als wäre er mit einem monströsen Kater aufgewacht.

Er hebt den Kopf, blinzelt im hellen Licht. Madala und Indira liegen bewusstlos nebeneinander. Prakesh stemmt sich hoch, auf alle viere, wehrt einen plötzlichen Übelkeitsanfall ab und sieht dann, dass Dreads an einem umgekippten Tisch zusammengebrochen ist. Der Mann starrt zur Decke hinauf, als würde er befürchten, sie könnte auf ihn stürzen.

Prakesh benutzt einen Stuhl, um sich hochzuziehen. Seine Beine fühlen sich an, als würden sie aus Kartoffelpüree bestehen, und eine Sekunde lang ist er sich nicht ganz sicher, wo er sich überhaupt befindet. Dann sieht er die Essensausgabe und den Zugang zur Küche. Dort liegen viele benommene Menschen, die unsicher wankend wieder zum Leben erwachen, und seine Erinnerung kehrt schlagartig zurück.

Prakesh packt den Tisch, den er wieder aufgestellt hat, und zieht sich hinauf. Er muss aufpassen, dass er nicht das Gleichgewicht verliert. Für einen Moment dreht sich die Welt um ihn, und sein Sichtfeld verengt sich wieder, zerfasert an den Rändern. Er wehrt es ab, legt die Hände an den Mund.

»Alle hören mir jetzt zu!«

In der schockierten Stille der Kantine ist seine Stimme unmöglich zu überhören. Alle Augen wenden sich in seine Richtung, voller Erstaunen und Feindseligkeit. Auch diesen Druck wehrt er ab.

»Das ist genau das, was er will«, sagt er und reckt den Zeigefinger zur Decke. Er hätte auf den Kombildschirm zeigen sollen, der wie ein bösartiger Gott in einer Ecke des Raums hängt, aber es spielt keine Rolle. Alle wissen, wen er meint.

»Er will, dass wir kämpfen. Er will, dass wir uns gegenseitig wehtun. Und wenn wir genau das tun, wird er gewinnen. Ganz einfach. Es gibt genug für alle zu essen, wenn wir zusammenarbeiten.«

Das Schweigen hält an. Die Menge erholt sich langsam von den Auswirkungen der verstärkten Schwerkraft, und er sieht, dass die Ersten sich leise unterhalten. Ein oder zwei wenden sich sogar ab, der Küche und den Lagerräumen zu, als wollten sie sich gegenüber den anderen einen Vorsprung verschaffen.

»Ich weiß, dass alle Angst haben«, sagt Prakesh, aber es nützt nichts. Immer mehr kehren ihm den Rücken zu. Verzweifelt sucht er die Gesichter der Menge ab, bis er bei einer jungen Frau innehält. Sie ist etwa in Rileys Alter, trägt einen roten Schal um die Schultern. Sie hält ein Kind an sich gedrückt, einen kleinen Jungen. Ihre Hände liegen auf seinen Schultern. Beide erwidern Prakeshs Blick, und es ist keine Wut, die er in ihren Augen sieht. Es ist Verwirrung und Furcht.

Er versucht es noch einmal, spricht die Mutter und den kleinen Jungen an. »Ich weiß, dass alle Angst haben. Sie wollen Ihre Familien ernähren. Sie wollen, dass wieder Normalität einkehrt. Sie wollen die Menschen schützen, die Ihnen am nächsten stehen.«

Er hält eine Sekunde lang inne. Der Tisch knarrt unter ihm, und er spürt, wie jemand neben ihn tritt. Dreads. Er blickt zu Prakesh auf, nickt knapp.

»In diesem Moment«, fährt Prakesh fort, »ist die Frau, die ich liebe, in Gefahr. Sie setzt ihr Leben für uns aufs Spiel – für Sie alle –, um Oren Darnell aufzuhalten. Und das macht mir verdammt große Angst, weil ich nicht weiß, wie ich ihr helfen könnte, weil ich nicht weiß, ob sie es schaffen wird. Aber Sie können sich nicht nur um die Menschen kümmern, die Ihnen nahe sind. So war es viel zu lange in Außenerde: Jeder kümmert sich nur um sich und seine Leute und scheißt auf alle anderen. Das dürfen wir nicht mehr tun. Nicht jetzt. Wir werden diese Krise nur überleben, wenn wir uns gegenseitig helfen.«

Eine Sekunde lang ist Prakesh überzeugt, dass er es verpatzt hat, dass die Menge ihn nicht weiter beachten wird. Aber die Stille hält an, und selbst die Leute, die in die Küche gehen wollten, starren ihn an.

Das Komsystem erwacht knisternd zum Leben.

Alle keuchen entsetzt auf. Sogar Prakesh zuckt zusammen, blickt zum Kombildschirm auf, erwartet Darnells Gesicht zu sehen. Aber es gibt kein Bild. Nur eine Stimme. Und als Prakesh sie hört, droht ihm das Herz in der Brust zu platzen.

*Ja, Riley, ja!*

# 74 | Riley

»Hier spricht Riley Hale. Ich befinde mich im Kontrollraum in Apex. Oren Darnell ist tot, und ich habe die Wärmekonvektoren wieder aktiviert. Ich …«

Ich schlucke. Als Nächstes wollte ich sagen: *Okwembu ist für alles verantwortlich. Sie hat es getan.* Doch bevor ich die Worte aussprechen kann, wird mir klar, dass es nichts bringt. Die Leute würden mir nicht glauben. Ich muss sie suchen. Ich muss Okwembu zwingen, es den Leuten selbst zu sagen. Irgendwie. »Wer auch immer zuhört, das alles war nicht meine Schuld. Ich bin nicht verantwortlich. Aber ich werde die Person finden, die das getan hat.«

Mehr fällt mir nicht ein. Ich trete vom Bildschirm zurück und blicke mich noch einmal im Raum um. Alle Anzeigen scheinen normal zu sein, und das warme orangefarbene Licht der Bildschirme wirkt seltsam beruhigend.

Ich will mich gerade auf die Suche nach Okwembu machen, als mir etwas ins Auge springt. Ein Bildschirm am Ende des Raums zeigt einen Anblick, den ich seit Jahren nicht mehr gesehen habe.

Die Erde.

Versengtes braunes Land, mattblaue Ozeane. Wirbelnde, brodelnde Wolken, braun und weiß gefleckt. Alles sieht fast genauso aus wie vor Jahren, als ich das letzte Mal ein Bild der Erde gesehen habe.

Aber da ist noch etwas anderes.

Etwas erschreckend Vertrautes hängt mitten in der Szene, die von der Kamera übertragen wird, hebt sich deutlich von der Krümmung des Planeten ab.

Jeder Muskel meines Körpers ist gelähmt. Mein Mund ist völlig ausgetrocknet, meine Gedanken sind erstarrt. Ich kenne diese Silhouette. Ich kenne sie, weil ich sie immer wieder gesehen habe. In Sendungen, auf Bildern. Auf dem Mahnmal in Apogäum.

Es ist die *Akua Maru*. Das Schiff mit der Mission »Rückkehr zur Erde«.

Ich rede mir ein, dass ich mit diesem Unsinn aufhören sollte, dass es nicht die *Akua* sein kann, dass es irgendein Archivvideo ist, ein grausamer Scherz, mit dem Okwembu mich verhöhnen will.

Meine Hand bewegt sich, ohne dass ich es ihr befehle, berührt vorsichtig den Bildschirm. Ein orangefarbenes Quadrat legt sich blinkend über den Umriss der *Akua*. Darunter öffnet sich ein Menü mit der Option *Sendefrequenzen: Inaktiv.*

Ich tippe auf den Bildschirm, und die Sendung wird aktiviert. Ich schaffe es, ein Wort zu sagen.

»Hallo?«

Eine ganze Weile tut sich gar nichts. Dann ist plötzlich ein Rauschen zu hören, das aus Lautsprechern irgendwo im Raum kommt. Und dann eine Stimme, durch die Zeit und die Entfernung verzerrt, aber mir genauso vertraut wie meine eigene.

»Janice?«, sagt die Stimme. »Bist du das?«

Ich weiß nicht, was ich tun soll. Meine Hand liegt immer noch auf dem Bildschirm, und ich kann sie nicht zurückziehen.

»Bist du da?«, fragt die Stimme, jetzt mit leichter Verärgerung. »Bitte antworten. Wir haben nicht viel Zeit, und alles muss für meine Rückkehr vorbereitet werden. Bitte antworten.«

Ohne den Blick vom Schiff losreißen zu können, schaffe ich es, noch ein einzelnes Wort zu sagen.

»Vater?«

# 75 | Riley

Anfangs ist nur Stille zu hören, durchsetzt vom Rauschen des Funksignals im leeren Raum.

Ich kann den Blick nicht vom Bildschirm abwenden. Die *Akua* ist jetzt deutlicher zu erkennen: die Krümmung des Rumpfes, die gebogenen Finnen an den Seiten, die zylindrische Form des Schiffs. Es sieht so unwirklich aus.

Das Rauschen schwillt an und ab. »Wer ist da? Mit wem spreche ich?« Die Stimme stellt eine direkte Verbindung durch die Zeit zu einem Mann her, der aufrecht in seiner Kapitänsuniform dasteht und mit einem sanften Lächeln auf mich herabblickt.

»Ich bin es, Vater«, sage ich mit zitternder Stimme. »Riley.«

In seiner Stimme schwingt Verachtung mit, als er antwortet. »Ich kenne diesen Namen nicht.«

»Vater …«

»Und ich kenne auch deine Stimme nicht. Wer auch immer du bist.«

»Vater, glaub mir, ich bin …«

»Nein!« Das Wort ist so laut und kommt so unvermittelt, dass ich vor Überraschung fast rückwärts umgekippt wäre. Die Stimme ist jetzt verzerrt, deformiert, nicht nur durch die Entfernung und die schlechte Signalqualität, sondern durch etwas anderes. »Riley ist tot. Sie ist tot! Du lügst!«

»Nein«, flüstere ich. »Ich bin nicht tot.« Und dann lauter: »Bitte, Vater. Bitte hör mir zu.«

»Nenn mich nicht so!«, knurrt er, und der Hass in seiner Stimme brennt ein schreckliches Loch in meine Seele. »Du bist nicht meine Tochter. Hörst du? Du bist nicht sie.«

Das Rauschen verstummt, lässt es schlagartig still im Raum werden.

Ich hämmere auf den Touchscreen, versuche verzweifelt, die Verbindung wiederherzustellen. Meine Stimme bricht und wechselt von einem heiseren Flüstern zu einem lauten Schrei. Jede Faser meines Körpers will, dass ich renne, dass ich renne und nie mehr zurückblicke. Aber hiervor kann ich nicht wegrennen.

Es dauert eine Weile, bis ich wieder eine Verbindung bekomme. Als das Rauschen zurückkehrt, höre ich zunächst längere Zeit nichts, nur meine eigenen Atemzüge. Jemand hat die Welt, die ich kannte, auf den Kopf gestellt, von innen nach außen gekehrt. Es gibt so viel, was ich sagen will, aber jedes Mal, wenn ich es versuche, kommen keine Worte heraus.

Schließlich sagt er: »Es spielt keine Rolle, wer du wirklich bist. Ihr alle werdet für das bezahlen, was ihr getan habt.«

Ich verstehe den Sinn seiner Worte nicht. Es ist, als könnte ich sie einzeln hören, aber keinen Zusammenhang herstellen. Es ist einfach undenkbar, dass mein Vater so etwas sagt.

Ich zwinge mich, ruhig zu bleiben. »Vater«, setze ich an, doch dann bricht meine Stimme wieder. »Vater, wie kann das sein? Du bist noch am Leben … Wie …?«

»Warum nennst du mich immer wieder so?«, erwidert er, doch nun höre ich neben der Wut noch etwas anderes. Einen winzigen Hauch von verzweifelter Hoffnung.

Ich schließe die Augen und sage langsam: »Dein Name ist John Abraham Hale. Du wurdest am zehnten Dezember in Apogäum geboren. Du hast Arianna Tahangai in Außenerde geheiratet, als du einundzwanzig Jahre alt warst.«

»Das alles bedeutet gar nichts. Das beweist nicht, wer du zu sein behauptest.«

Ich halte die Augen geschlossen. »Als ich fünf Jahre alt war, hast du mir einen deiner Weltraumsteine gezeigt. Du hast ihn von einer Mission an Bord eines Asteroidenfängers mitgebracht. Mutter wollte nicht, dass du ihn mir zeigst; ich glaube, sie dachte, er wäre radioaktiv oder so. Aber als sie nicht da war, hast du ihn hervorgeholt und mir erlaubt, ihn in den Händen zu halten, eines Nachts, als du mich ins Bett gebracht hast. Der Stein hatte so viele verschiedene Farben. Wir haben versucht, die Namen für alle zu finden, und dann haben wir welche für die Farben erfunden, die wir noch nie zuvor gesehen hatten. Anschließend haben wir …«

»Halt«, sagt er, und diesmal klingt seine Stimme ruhig. »Das … das ist unmöglich. Du kannst nicht meine Tochter sein.«

»Doch, Vater. Ich bin hier, und ich lebe, und bitte, bitte sprich mit mir!«

»Riley …« Und endlich ist es seine Stimme, die bricht, die zwischen Furcht und Ungläubigkeit schwankt. »Wie machst du das? Wo bist du?«

»Im Hauptkontrollraum in Apex.«

»Ist Janice Okwembu bei dir?«

*Okwembu*. Ich hatte sie ganz vergessen. Ich blicke zur Seite, zur Tür, aber sie ist immer noch geschlossen. »Nein, Vater, sie ist nicht hier«, antworte ich.

Etwas fällt mir ins Auge. Eine kleine Linse, am oberen Rand des Bildschirms. »Vater«, sage ich. »Hier im Kontrollraum ist eine Kamera. Hast du auch eine?«

»Ja«, sagt er. Seine Stimme klingt nun kräftiger. »Ja, natürlich. Ich versuche, eine Bildverbindung herzustellen.«

Es dauert eine Weile, doch nachdem ich durch mehrere Untermenüs navigiert habe, erscheint endlich ein kleines blinkendes Symbol in der unteren rechten Ecke. Ich berühre es. Die *Akua* und die Sterne dahinter verschwinden. Der Bildschirm ist schwarz, und für einen Moment bin ich davon überzeugt, dass der Verbindungsaufbau fehlgeschlagen ist. Doch dann bewegt sich die Dunkelheit, und ich erkenne, dass es sein Körper ist, ganz nahe vor dem Bildschirm, der das Licht ausblendet. Die Übertragung flackert und stockt, aber sie funktioniert. Er zieht sich zurück, kommt in Sicht, und zum ersten Mal seit sieben Jahren sehe ich meinen Vater wieder.

Der Mann, der mich anstarrt, ist zerstört, ein vernarbter, runzliger alter Mann mit schmutzigem, verfilztem Haar. Seine Augen … zuerst sind sie genauso matt und leblos wie der Planet, zu dem er gereist ist. Doch als sich unsere Blicke treffen, leuchtet darin das Wiedererkennen auf, entflammt wie ein kleiner Stern. Und in den Furchen und Runzeln seines Gesichts erkenne auch ich ihn wieder.

Er trägt eine zerrissene Jacke. Ich kann gerade noch ein

Stück verblasster roter Paspel an der Schulter erkennen. Hinter ihm ist es dunkel in der *Akua*, nur ein paar flackernde Lichter erhellen schwarzes Metall und Kabelstränge.

»Ach, Riley«, flüstert er. »Ich ... ich dachte du wärst ... Sie sagte mir, dass du tot bist.« Eine einzelne Träne fällt ihm auf die Wange.

Ich habe mich mit einem Panzer geschützt, sobald ich seine Stimme hörte. Ich habe nicht darüber nachgedacht, aber ich habe es getan. Als ich die Träne sehe, bricht der Panzer schlagartig zusammen. Nun kommen auch mir die Tränen, viel zu spät, sieben Jahre zu spät.

»Ich lebe«, ist das Einzige, was ich herausbringe, bevor die Schluchzer kommen, schwer und schnell. Jetzt ist es nicht die Welt, die endet, sondern ich bin es. Jede Erinnerung an ihn schwimmt an die Oberfläche, eine nach der anderen: wie er mich aufhebt und hochhält. Er mit meiner Mutter, wie er mir von der Tür zu unserem Quartier zulächelt. Und der letzte Abschied, vor der Mission, wie er über mir steht, mit einem warmen und aufrichtigen Lächeln im Gesicht. Doch ich kann das alles nicht mit dem verbinden, was ich auf dem Bildschirm sehe.

»Du lebst, Vater«, sage ich nach einer Weile, wische mir die Tränen ab. »Du lebst! Wie? Wie hast du das gemacht? Was ist mit dem Rest der Besatzung? Wo warst du die ganze ...?«

Er hebt eine Hand, und für einen flüchtigen Moment sehe ich in ihm den Kapitän, der er einst war.

»Das Erste, was du wissen musst, meine Kleine, ist, dass sich dieses Schiff auf direktem Kurs zu Außenerde befindet. Es fliegt darauf zu, und in weniger als zwei Stunden erfolgt die Kollision. Dabei wird die gesamte Station zerstört.«

»Was?«, sage ich verwirrt. »Vater, gibt es ein Problem mit dem Triebwerk? Das können wir in Ordnung bringen. Wir schicken Leute zu dir.«

»Nein.« Sein Gesicht verzerrt sich vor Wut. Ich zucke körperlich vor dem Bildschirm zurück, ich verstehe seinen Gesichtsausdruck nicht. »So muss es geschehen. So ist es bestimmt.«

»Warum?«

»Weil«, sagt er, stößt er zwischen zusammengebissenen Zähnen hervor, während er sich zur Beherrschung zwingt, »ihr uns habt sterben lassen. Ganz Außenerde hat uns den Rücken zugekehrt.«

»Das verstehe ich nicht. Es heißt, dass die *Akua* in der Atmosphäre verglüht ist.«

Er lacht, doch darin schwingt Verbitterung mit. »Wir sind nicht verglüht. Während des Eintritts in die Atmosphäre fiel der Reaktor aus. Wir mussten eine Bruchlandung hinlegen, das Schiff per Hand steuern. Und alle haben es zugelassen, jeder einzelne Bewohner von Außenerde. Ihr habt nichts getan. Ihr habt einfach wie gewohnt weitergelebt.«

Meine Hände packen die Kante der Kontrollkonsole, die Knöchel treten weiß hervor. Ich lasse sie langsam los, halte den Blick auf den Bildschirm gerichtet, beobachte ihn wie jemanden, der mit einem Messer herumfuchtelt. Was er sagt, kann nicht wahr sein. Es ist unmöglich, dass ein Schiff abstürzt, dann sieben Jahre lang auf einem verwüsteten Planeten herumliegt und schließlich wieder zurückkehrt.

»Erzähl mir, was geschehen ist«, sage ich. »Erzähl es mir von Anfang an.«

Mein Vater fixiert mich mit seinem Blick. Nach einer Minute sagt er: »Es hat Jahre gedauert, all die Maschinen zu entwickeln, die zur Gründung einer Kolonie auf der Erde benötigt werden. Die Biosphäre war eine Katastrophe, und wir wollten versuchen, sie wieder in Ordnung zu bringen. Wir können nicht ewig in Außenerde leben.« Er hält inne, bevor er fortfährt. »Ich hätte in zwei Jahren wieder zu Hause sein sollen. Bei dir. Bei deiner Mutter.«

»Was ist schiefgegangen?«

»Irgendetwas im Reaktor. Eine Explosion oder etwas in der Art. Warum wir nicht in der Atmosphäre verbrannt sind, werde ich wohl nie erfahren. Wir schafften es, in einer Region namens Kamtschatka zu landen, was früher der Osten von Russland war. Es war ein Wunder, dass wir überlebten. Fast alle Grundfunktionen des Schiffs schalteten sich einfach ab.«

»Warum hat man uns dann erzählt, dass das Schiff zerstört wurde? Warum wurden wir belogen?«

»Ein Mann namens Marshall Foster war der Stationskommandant für diese Mission. Er …«

»Ich weiß, wer er war.«

Er lacht rau. »Dann stell dir vor, man hätte eine Rettungsmission gestartet. Es wäre die Gelegenheit gewesen, die Ursache für die Explosion gründlich zu untersuchen. Wenn sich herausgestellt hätte, dass Foster irgendwie dafür verantwortlich war, weil er etwas übersehen oder falsch berechnet hat, wäre sein Ruf ruiniert gewesen.«

»Vater, das ergibt keinen Sinn.«

»Wenn du Foster gekannt hast, müsste es dir eigentlich klar sein. Er war die ganze Zeit von seinem Vermächtnis besessen. Er wollte auf der richtigen Seite der Geschichtsschreibung stehen. Lieber sollte die Mission wegen eines unbekannten technischen Problems scheitern als wegen etwas, das er getan haben könnte. Ein solches Risiko wollte er nicht eingehen. Er dachte, dass man uns vergessen würde. Und ihr – ihr alle – habt ihm geglaubt. Ihr seid genauso schuldig wie er.«

»Vater, das stimmt nicht. Wenn wir es gewusst hätten, wenn alle es gewusst hätten, wäre etwas unternommen worden. Wir hätten euch Hilfe geschickt.«

»Wir haben endlose Nachrichten geschickt. Unsere Notsender aktiviert. Keine Antwort. Wir glaubten, dass jemand uns zu Hilfe kommen würde. Aber nachdem Tag um Tag vergangen war, Jahr um Jahr, wurde uns klar, dass Foster uns verrotten lassen wollte. Er hat unser Signal blockiert, und alle Bewohner von Außenerde haben es zugelassen.«

»Nein. Wir wurden belogen. Wenn irgendjemand Bescheid gewusst hätte, wäre ein Schiff geschickt worden. Du musst mir glauben.«

Er wendet sich von der Kamera ab. Ich höre, wie er etwas murmelt, aber ich kann die Worte nicht verstehen.

Dann fällt mir etwas ein. »Vater, wie hast du überlebt? Wovon hast du dich ernährt?«

»Ach«, sagt er in wegwerfendem Tonfall, während er immer noch auf etwas starrt, das ich nicht sehen kann. »Ein großer Teil unserer Terraforming-Maschinen wurde beim Absturz zerstört, aber schließlich konnten wir einige wieder in Betrieb nehmen. Schließlich habe ich es auch geschafft, die Energieversorgung zu reparieren. Und das Schiff zu reparieren.«

»Aber die Nahrung …«

Es folgt eine lange Pause. Schließlich sieht er mich wieder an, und sein Gesicht hat einen qualvollen Ausdruck. »Ich habe schreckliche Dinge getan, Riley. Dinge, die du dir nicht vorstellen kannst. Wir haben uns gegeneinander gewendet, und ich habe getan, was ich tun musste. Ich habe überlebt.«

Ich lege die Hand vor den Mund, und das Blut gefriert in meinen Adern.

»Ich habe jahrelang daran gearbeitet, die Systeme zu reparieren«, sagt er. »Es war sehr schwierig. Und für sehr lange Zeit war sonst niemand da. Eine Weile hatte ich vergessen, wie man spricht. Ich habe nur am Reaktor gearbeitet. Ich war davon überzeugt, dass die *Akua* wieder fliegen kann. Aber selbst dann hätte ich nirgendwohin fliegen können. Unser Navigationssystem war beschädigt. Ohne präzise Daten konnten wir kein Ziel ansteuern. Ich hatte fast die Hoffnung aufgegeben. Doch dann empfing ich eines Tages ein Signal. *Sie* war es. Sie sagte mir, sie weiß, dass ich hier bin. Und dass sie Hilfe braucht, dass sie will, dass ich die *Akua* benutze, um die Station zu vernichten.«

»Aber warum? Du konntest dich so lange am Leben erhalten …«

»Das Einzige, was mich zum Weitermachen antrieb«, sagt er, »waren du und deine Mutter. Solange ihr am Leben wart, wollte auch ich am Leben bleiben. Irgendwann kehre ich zu euch zurück, das habe ich mir immer wieder gesagt. Aber Janice erzählte mir … dass ihr beide tot seid.«

»Du hättest nach Hause kommen können.«

»Wozu? Der einzige Grund, der mich am Leben erhielt, war hinfällig geworden. Außenerde und ihre Bewohner hatten mich nicht nur dem sicheren Tod überlassen. Sie hatten mir auch die Menschen genommen, die ich am meisten geliebt habe. Ich wollte, dass alle leiden.«

Ich will mir nicht bildlich vorstellen, was er durchgemacht haben muss, aber ich kann es nicht verhindern. Sieben Jahre in der Kälte, ganz allein, ohne Hoffnung. Zu wissen, dass die Menschen im Orbit einen retten könnten – und zu glauben, dass sie beschlossen haben, es nicht zu tun. Und genau in dem Moment, wenn man das verliert, was einen zum Durchhalten motiviert hat, bekommt man einen Ausweg angeboten. Einen Ausweg, der dem eigenen Tod einen Sinn gibt.

»Sie hat mir Daten gegeben«, sagt er. »Diagramme, Flugbahnen, Positionen im Weltraum. Ich habe die *Akua* wieder flugfähig gemacht, doch ich konnte sie nicht steuern. Nicht ohne ihre Hilfe. Aber wir haben es geschafft. Es hat zwei lange Jahre gedauert, aber schließlich konnte ich das Schiff auf Kurs Außenerde bringen.«

»Vater, das ist unmöglich. Wie konntest du …?«

»Wie ich es konnte?« Seine Stimme hat sich in Eis verwandelt. »Ich habe mein Leben im Weltraum verbracht. Und ich habe viele Jahre in diesem Schiff gelebt. Ich brauchte nur die Kursdaten von Außenerde, dann konnte ich eine vorausberechnete Position ansteuern.«

»Aber sie wird dabei auch sterben.«

»Verstehst du nicht? Das war die ganze Zeit ihr Ziel. Sie sagte mir, dass es für die Menschen keinen Platz im Universum mehr gibt.«

»Du hast ihr geglaubt?«

»Alles andere hat mich nicht interessiert«, sagt er. »Sie hat mir alles gegeben, was ich brauchte. Was sie glaubte, war mir egal.«

Auf einmal passt alles zusammen. Ich sehe die *Akua Maru*, wie sie sich mit mehreren Tausend Kilometern pro Stunde nähert und mit Außenerde kollidiert. Ich sehe, wie die Station auseinandergerissen wird, zerbricht, in Flammen aufgeht. Niemand wird es überleben.

*Eure Welt wird enden.*

Ich ziehe die Jacke enger um meinen Körper. Nein, nicht meine Jacke, seine. Das Einzige, was er mir hinterlassen hat. Ich widerstehe dem Drang, sie herunterzureißen, sie wegzuwerfen und nie wieder eines Blickes zu würdigen. Er scheint meinen Gesichtsausdruck zu sehen, das Entsetzen zu spüren, das ich empfinde, denn seine Miene wird ein wenig sanfter. »Riley, wenn ich gewusst hätte, dass du lebst ... wenn man mir gesagt hätte ...«

Irgendwo unter den Schmerzen, der Furcht und der Verwirrung, die in meinem Kopf durcheinanderwirbeln, gibt es einen winzigen Keim der Hoffnung. Ich beuge mich zur Kamera vor, zwinge mich, in diese Augen zu starren. Ich suche nach etwas, hinter all dem Hass.

»Ja, sie haben gelogen«, sage ich schließlich. »Sie haben in allem gelogen. Was dich betrifft. Was das Schiff betrifft. Foster hat uns belogen. Aber ich sage dir die Wahrheit, Vater. Ich lebe. Und ich liebe dich. Ich liebe dich. Bitte tu das nicht.«

Er starrt mich nur an, eine Ewigkeit, wie es scheint. Dann erschlaffen seine Gesichtszüge, und in meinem Herzen zerbricht etwas. John Hale, einst so stolz und so tapfer, hat das Ende erreicht.

»Ich kann die Station bewegen«, sage ich verzweifelt. »Ich weiß, wie ich sie drehen kann – ich finde bestimmt heraus, wie ich sie von der *Akua* wegsteuern kann.«

»Riley, es tut mir leid«, sagt er. »Der Schiffsreaktor ist noch aktiv, aber das Haupttriebwerk ist tot. Selbst wenn ich jetzt den Reaktor abschalte, kann ich unseren Kurs nicht mehr ändern. Die Station aus dem Orbit zu bewegen würde zu lange dauern. Wir können nichts mehr tun.«

# 76 | Riley

Ich erwarte, irgendetwas zu empfinden. Aber da ist nichts. Mir wird bewusst, dass ich ihn nicht ansehen will, richte den Blick stattdessen auf die Kontrollen. Auf die Lämpchen. Die sauberen Metalloberflächen. Damit lässt sich eine komplette Raumstation steuern – ich kann die Lichter ein- oder ausschalten, die Sauerstoffversorgung unterbinden, die Wasserleitungen schließen oder öffnen. So viel Macht. Und sie bewirkt gar nichts.

Wieder suche ich nach etwas, woran ich mich festhalten kann. Doch selbst als ich mir die Gesichter von Prakesh, von Carver und Kev ins Gedächtnis rufe, kommt keine Reaktion.

Auf dem Bildschirm sagt mein Vater: »Deine Mutter. Ist sie …?«

Meine Stimme klingt tonlos. »Sie starb, nachdem du … nachdem man uns sagte, was geschehen ist. Sie hat einfach aufgegeben.«

Ich sehe ihn an. Sein Gesicht ist von Trauer gezeichnet. »Wer …?« Er leckt sich über die aufgesprungenen Lippen und wendet den Blick von mir ab. »Wer hat sich um dich gekümmert?«

»Niemand. Ich selbst. Aber ich habe überlebt.« Ich halte inne, wäge ab, wie viel ich ihm erzählen will, wie viel er verdient hat, beschließe dann jedoch, dass es mir inzwischen egal ist. »Ich wurde zu einer Tracer, Vater.

Einer der besten. Ich hatte eine gute Lehrerin. Sie brachte mir bei, wie man rennt.«

Ich sehe Amira, wie sie mir ihre Hand hinhält. Wieder nichts, nur eine kriechende Taubheit.

»Ich bin so stolz auf dich«, sagt er, dann sprudelt seine Trauer über. Jetzt weint er ungehemmt, die Tränen strömen ihm übers Gesicht. »Riley, ich wünschte …«

»Nein.« Die Härte in meiner Stimme überrascht mich. Aber ich halte mich an diesem winzigen Faden aus Stahl fest. »Es ist vorbei. Wir sind erledigt.«

Meine Beine geben nach, und ich breche zusammen, lehne mich gegen die Konsole. Hinter mir redet der Mann auf dem Bildschirm weiter, fleht mich an. Ich schließe die Augen. Wenn ich sie lange genug geschlossen halte, spüre ich vielleicht gar nicht, wie das Schiff auf die Station trifft.

Doch etwas zerrt an meinem Bewusstsein. Es dauert eine Minute, bis mir klar wird, was es ist.

*Iapetus.*

Langsam ziehe ich mich hoch. Mein Vater ist verstummt, aber er ist immer noch da, starrt mich an, lehnt sich in seinem Sitz zurück. Er öffnet den Mund, um etwas zu sagen, aber ich schneide ihm das Wort ab.

»Da ist etwas, das du mir verschweigst«, beginne ich und suche nach den richtigen Worten. »Marshall Foster ist tot. Er wurde vor einigen Tagen ermordet. Aber es gibt ein Wort, das er um jeden Preis geheim halten wollte. Das Wort lautet *Iapetus*.«

Sein Gesicht hat sich verfinstert, als ich Fosters Namen erwähnte, und nun runzelt er verwirrt die Stirn. »Iapetus?«, sagt er, zunächst überrascht, dann hellt sich seine

Miene auf, als er begreift. Er versucht es zu verbergen, aber ich habe es gesehen.

»Du weißt, was es bedeutet, nicht wahr?«, sage ich.

Er schüttelt den Kopf. »Ein Passwort, mehr nicht. Zur Sicherung der Kommunikation.« Aber er weicht meinem Blick aus.

»Vater.« Das Wort fühlt sich seltsam in meinem Mund an. »Du musst mir sagen, was es bedeutet.«

»Es bedeutet nichts.«

»Du lügst«, erwidere ich. »Hätte Mutter das gewollt? Dass du deine Tochter belügst?«

»Sprich nicht so über sie.«

»Warum, Vater? Sie ist tot. Sie ist schon lange nicht mehr da. Jetzt geht es nur noch um mich, und ich frage dich. Was bedeutet *Iapetus*?«

Er macht den Eindruck, als wollte er die Kamera zertrümmern, um die Kommunikation endgültig zu unterbrechen. Doch dann atmet er einmal tief durch. »Es ist ein Vorrangbefehl. Eine Hälfte eines zweifachen Sicherheitscodes.«

»Was bewirkt er?«

Er scheint nachzudenken, wie er darauf antworten soll. Als er es tut, klingt er resigniert. »Bei jeder Mission wählen der Stationskommandant und der Schiffskapitän je ein Codewort. Man kann das eine nicht ohne das andere benutzen. Foster hat seins ausgesucht, ich meins. Falls es zu einem … Notfall kommt, bei einer Fehlfunktion des Schiffs oder wenn es danach aussieht, dass das Schiff die Station beschädigen könnte, lassen sich beide Codewörter ins System eingeben.«

Ich warte darauf, dass er weiterredet, aber er scheint

in Gedanken versunken zu sein. »Was passiert dann?«, frage ich.

Es dauert eine scheinbare Ewigkeit, bis er die richtigen Worte findet. »Dann wird ein Signal geschickt, das den Reaktor durchbrennen lässt. Detonation.«

*Detonation.*

Bevor mir bewusst wird, was ich tue, navigieren meine Finger durch die Bildschirmkontrollen. Ich bemerke seinen erschrockenen Gesichtsausdruck, als er versteht. »Riley«, sagt er mit belegter Stimme. »Was tust du da?«

»Was ich kann«, murmele ich. Meine Finger scheinen aus eigenem Antrieb zu arbeiten, springen durch die Menüs, überfliegen *Kondensatorenkontrolle* und *Reaktordaten* und die *Netzwerkvarianz*, bis sie *Schiffskommunikation* erreichen – und schließlich *Vorrangbefehl.*

»Riley, bitte«, kommt seine Stimme aus den Lautsprechern. Sein Blick ist jetzt ernst, sucht meinen, bis ich schließlich gezwungen bin, ihn zu erwidern. »Ich muss die Mission zu Ende bringen.«

Etwas bricht in mir. Dann legen wir beide gleichzeitig los, schreien uns gegenseitig an, und in unseren Stimmen mischen sich Wut und Angst. Ich brauche einige Zeit, um die Worte zu verstehen, die aus meinem Mund kommen. »Du willst uns alle töten«, brülle ich. »Du sagst, dass du mich liebst, aber du willst uns vernichten. Mich vernichten. Ist es das, was du willst? Ist es das, was Mutter gewollt hätte?«

Zornig schlage ich auf den Bildschirm, aktiviere die *Vorrang*-Option. Der Computer blendet Daten über die *Akua* ein: Schiffsreaktortemperatur, Rotationsgeschwindigkeit – und Flugbahn. Unten links auf dem Schirm erscheint ein kleines Symbol, ein Ausrufezeichen in einem kleinen blinkenden Dreieck. Irgendwo im Kontrollraum sagt eine ruhige Stimme: »Warnung: Annäherungsalarm.«

Wie es scheint, hat Außenerde endlich bemerkt, dass ihr Gefahr droht.

Neben dem Symbol stehen die Worte: *Vorrangcode übermitteln*. Während mein Vater immer noch herumbrüllt, aktiviere ich die Option. Aller sonstiger Text verschwindet vom Bildschirm, wird durch eine Touchscreen-Tastatur ersetzt, darunter die Worte: *Bestätigungscode 1*.

Ich denke nicht nach. Ich gebe *Iapetus* ein und drücke auf Bestätigen. Ich will, dass alles schnell vorbei ist. Ich will mich nicht mit dem Mann auf dem Bildschirm auseinandersetzen.

Das Wort wird grün, blinkt einen kurzen Moment lang und verschwindet, dann erscheint wieder ein Textfenster: *Bestätigungscode 2*.

*Foster hat seins ausgesucht, ich meins.*

Nein.

»Du bist wie deine Mutter«, sagt er. Die Worte sind wie ein Eiszapfen, und die Kälte, die durch meinen Körper jagt, ist so intensiv, dass ich meine Finger nicht mehr bewegen kann. Ich kann gar nichts mehr bewegen. »Sie war stark. Stärker, als ich es jemals war. Sie hätte dies niemals gewollt. Nichts davon. Es tut mir leid. O Gott, es tut mir so leid.«

Ich will etwas sagen. Irgendetwas. Aber nichts kommt heraus. Der letzte Rest meiner Gefühle ist eingetrocknet, verschwunden, leer wie der Weltraum.

Schließlich sagt er: »Du wirst nach einem zweiten Codewort gefragt, nicht wahr?«

»Ja«, flüstere ich.

»Ich habe so lange gewartet«, sagt er, als würde er zu sich selbst sprechen. »Und du warst die ganze Zeit hier. Du warst am Leben.«

Ich brauche mehr als einen Versuch, um die Worte herauszubringen, doch als ich es schaffe, bin ich überrascht, wie stark meine Stimme klingt. »Was auch immer du hinter dir gelassen hast, es hat sich verändert. In dieser Station gibt es vieles, das bewahrt werden sollte. Dinge, die ich dir zeigen könnte, wenn …« Die Worte bleiben in meiner Kehle stecken. »Dinge, die ich liebe. Menschen, die ich liebe. Du musst mir den zweiten Code nennen, Vater. Bitte.«

»Riley, nein.«

»Ich bin deine Tochter, und ich flehe dich an, es nicht zu tun. Du wolltest sterben? Dann nutz diese Gelegenheit. Du wurdest viel zu lange belogen. Du wurdest manipuliert und ausgenutzt. Wir beide. Aber du hast die Wahl, Vater. Du kannst eine Entscheidung treffen.«

Die Qual, die in meinem Herzen pulsiert, spiegelt sich auf seinem Gesicht. »Ich liebe dich«, sage ich noch einmal, mit winziger Stimme, die fast im Summen der Elektronik untergeht.

Schließlich berührt seine Hand die Kamera, er legt einen Finger darauf. Es muss bald geschehen. Wenn es nicht bald geschieht, wird sich jede Zelle meines Körpers in Staub verwandeln.

»Das zweite Codewort lautet *Riley*«, sagt er stockend, als würde er versuchen, die Worte zurückzuhalten. »Du musst deinen eigenen Namen eingeben.«

*Was?*

»Warum, Vater?«

»Weil ich mir dachte, wenn etwas schiefgeht, will ich als Letztes deinen Namen aussprechen.«

Ich muss ein paarmal ansetzen, um die Buchstaben in das Display zu tippen, doch dann steht mein Name auf dem Bildschirm, leuchtet orangefarben über seinem Gesicht. Darunter blinkt die Option: *Bestätigen?*

Seine Hand liegt wieder auf dem Monitor. »Riley … ich liebe d…«

Mein Finger berührt zum letzten Mal den Bildschirm.

# 77 | Riley

Ich weiß nicht, wie lange ich daliege. Zeit vergeht, aber ich weiß nicht, wie viel. Ich spüre, wie mir Tränen über das Gesicht laufen, und ich will verzweifelt laut schluchzen, aber es kommt nichts.

Nach einer Weile werde ich von starken Händen aufgehoben. Mir kommt die Idee, dass ich vielleicht tot bin. Der Gedanke ist verschwommen, fern, wie ein Umriss am Ende eines dunklen Korridors. Ich stelle fest, dass es mir letztlich egal ist.

Mir ist nicht bewusst, dass ich die Augen geöffnet habe, dass ich meine Umgebung betrachte. Da sind Schemen und Licht, aber es dauert sehr lange, bis sie sich zu etwas formen, das ich wiedererkenne. Janice Okwembu sitzt mir gegenüber auf einem Stuhl, die Hände im Schoß verschränkt. Sie sieht mich erwartungsvoll an, als sollte ich etwas Bestimmtes sagen.

Hass. Das scheint die angemessene Reaktion zu sein. aber da ist nichts mehr. Die Taubheit, die ich vor einiger Zeit empfunden habe, ist überall. Meine Wunden schmerzen nicht. Mein Bauch ist ein hohles Gefäß. Mein Geist ist leer.

Es ist nicht so, dass ich kein Gefühl mehr festhalten könnte, es ist, als wäre gar nichts mehr da, woran ich mich festhalten könnte.

»Können Sie mich hören, Ms. Hale?«, fragt Okwembu,

den Kopf leicht schief gelegt. »Ich möchte, dass Sie sich sehr genau anhören, was ich Ihnen zu sagen habe.«

Ich blicke ihr in die Augen. Ihre Worte berühren etwas tief in meinen Eingeweiden, und ganz langsam breitet sich dort Hass aus.

Falls sie es mir ansieht, geht sie nicht darauf ein. »Sie wollen mir zweifellos wehtun. Das ist verständlich. Aber das darf ich nicht zulassen.« Sie hebt eine Hand, und ich sehe, dass sie darin einen Stinger hält.

»Ich könnte Sie jetzt einfach töten, hier und jetzt«, sagt sie. »Aber ich finde, dass Sie etwas Besseres verdient haben. Sie haben sich hervorragend geschlagen. Besser, als ich es mir jemals erhoffen konnte. Also werde ich Sie vor eine Wahl stellen.«

Ich muss meine Lippen zwingen, Worte zu bilden. »Eine Wahl?«

Sie nickt und wirft mir etwas vor die Füße. Ein Messer. Polierter Stahl, schwarzer Griff. Es fällt klappernd auf den Metallboden, rotiert einen Moment lang auf der Stelle. Ich hebe es auf, während ich Okwembu die ganze Zeit im Blick behalte.

»Sie werden sterben, Ms. Hale. Ob Sie als Heldin oder als Verräterin sterben, liegt jetzt an Ihnen. Das ist Ihre Wahl. Wenn Sie versuchen, mich anzugreifen, schieße ich. Sie werden sterben, und ich werde dafür sorgen, dass alle erfahren, dass Sie mit Darnell zusammengearbeitet haben, dass Sie zu den Söhnen der Erde gehörten, dass Sie die *Akua* zurückgeholt haben, damit sie uns vernichtet. Man wird den Namen Hale mit ›Verräter‹ gleichsetzen. Sie werden die Tochter sein, die ihren eigenen Vater verraten hat. Ihre Freunde werden es nicht mehr wagen,

Ihren Namen auszusprechen. Ich werde alles vernichten, wofür Sie sich eingesetzt haben.«

»Sie werden Ihnen nicht glauben«, flüstere ich.

»Sie werden glauben, was ich ihnen erzähle. Das tun sie immer. Aber wenn Sie sich selbst das Leben nehmen – ich schlage vor, dass Sie sich die Pulsadern aufschneiden –, werde ich dafür sorgen, dass man Sie als Heldin in Erinnerung behält. Sie werden diejenige sein, die das höchste Opfer gebracht hat, um Außenerde zu retten. Und weil Sie damit nicht weiterleben konnten, wird Ihr Name in die Geschichte eingehen. Wenn wir zur Erde zurückkehren, wird man Ihnen zu Ehren Städte bauen.«

*Wenn wir zurückkehren?*

Sie legt leicht den Kopf schief. »Ich biete Ihnen diese Möglichkeiten an, weil ich Sie respektiere – Sie und das, was Sie durchgemacht haben. Ich werde Außenerde in ein neues Zeitalter des Friedens führen, aber damit das geschehen kann, müssen Sie sterben. Sie haben nun die Wahl, wie man sich an Sie erinnern soll.«

Ich berühre mit der Klinge die Haut meines linken Handgelenks. Sie ist scharf. Es werden saubere Schnitte sein.

Das kann ich unmöglich tun. Ich kann nicht tun, was sie sagt.

Doch dann flüstert eine leise Stimme: *Rede weiter mit ihr. Gewinne Zeit.*

Ich überlege, sie anzugreifen oder zu flüchten. Aber mir ist klar, dass ich nicht schnell genug sein werde. Es gibt nur eine Möglichkeit, wie diese Sache enden kann.

Mit zwei knappen Bewegungen schlitze ich leicht mein linkes Handgelenk auf. Ich spüre Schmerz, aber nicht so heftig und stechend, wie ich erwartet habe. Es ist ein ferner Schmerz, wie etwas, das jemand anderer empfindet. Das Blut kommt sofort, ein stetiger, pulsierender Fluss, der in meine Handfläche läuft und langsam zu Boden tropft.

Ich versuche die Klinge in die linke Hand zu nehmen, um auch das andere Handgelenk aufzuschlitzen, aber sie fällt zu Boden. Das Klappern hallt durch den Kontrollraum.

Okwembu nickt. Ein Handgelenk scheint ihr zu genügen. »Sie werden eine Heldin sein«, sagt sie. Zu meinem Erstaunen lächelt sie.

»Warum?«, frage ich, und dann kommt der eigentliche Schmerz, ein so intensives Stechen, dass ich mir auf die Lippe beißen muss, um nicht zu schreien.

»Weil die einzige Möglichkeit, die Ordnung wiederherzustellen, manchmal darin besteht, Chaos zu erzeugen«, antwortet sie langsam, als würde sie zu einem Kind sprechen.

Allmählich dämmert mir die Erkenntnis. »Es ging gar nicht darum, die Erde vor den Menschen zu retten, nicht wahr?«

»Die Erde interessiert mich nicht – noch nicht. Ich wollte diese Station retten.«

»Sie retten? Wovor?«

»Vor uns.« Sie schweigt eine Weile. Dann fährt sie fort: »Der Rat hat schon seit längerer Zeit die Kontrolle über Außenerde verloren. Gangs. Verbrechen. Ein Aufstand. Weitere Unruhen. Dann ein Krieg. Die Station würde sich selbst vernichten. Wenn wir alles beim Alten belassen, würde sie uns aus den Händen gleiten. Wenn das geschieht, gibt es keine Hoffnung mehr.«

»Also wollten Sie Außenerde retten, indem sie alle Bewohner töten? Entschuldigung, aber ich komme nicht mehr mit.«

Sie redet weiter, als hätte ich gar nichts gesagt. »Also rief ich die Söhne der Erde ins Leben. Eine Terroristengruppe, die es darauf abgesehen hat, die Menschheit auszulöschen. Wenn ich sie besiege – oder bei ihrer Bekämpfung mithelfe –, wird sich die gesamte Station unter meiner Führung vereinigen. Meine Macht wäre absolut. Ich könnte alles in Ordnung bringen. Die Gangs loswerden, die Schutzpolizisten stärken, die Tracer unter meine Kontrolle bringen. Ich könnte herrschen, aber nicht als Ratsmitglied, nicht als jemand, der von allen anderen zurückgehalten wird, der jede Entscheidung einem Narrenkomitee vorlegen muss.«

»Sie sind verrückt.«

»So mag es aussehen, aber nur, weil Sie es nicht verstehen. Ich habe einiges über Macht gelernt.«

»Zum Beispiel?«

»Nichts bringt die Menschen enger zusammen als ein gemeinsamer Feind. Und der Kampf gegen widrige Umstände, für die man diesen Feind verantwortlich machen kann, wird sie zusammenschweißen. Darnell hatte diese sehr nützlichen Ideen über die Ausrottung der Menschen. Es war so leicht, ihn glauben zu lassen, dass ich wollte, dass die *Akua Maru* mit der Station kollidiert, zum Wohl der Erde.«

Inzwischen hat sich eine Menge Blut angesammelt. Es bildet eine dunkle Pfütze zu meinen Füßen, sickert durch die Ritzen zwischen den Metallplatten. Die geistige Leere ist einer leichten Benommenheit gewichen.

»Foster hat die Sendungen Ihres Vaters tief im System versteckt«, sagt sie. »Sie tauchten nirgendwo in den Logs auf. Bis ich eines Tages etwas in einer Subroutine sah, tief im Programmcode. Als mir klar wurde, dass die *Akua* nicht nur überlebt hat, sondern möglicherweise sogar flugfähig war, erkannte ich die Gelegenheit.«

Ein weiterer schmerzhafter Stich schießt meinen Arm hinauf, und ohne nachzudenken, umklammere ich mein Handgelenk. Ich schreie auf und lasse meinen Arm los, als würde er brennen.

»Haben Sie mich verstanden, Ms. Hale?«, fragt sie nach. Als ich aufblicke, verschwimmt sie vor mir, scheint nur noch halb zu existieren. »Es gelang mir, die Kommunikation mit Ihrem Vater geheim zu halten, und mit den Informationen, die ich ihm vor zwei Jahren gab, konnten wir einen exakten Kurs für ihn berechnen.«

»Aber Foster …«

Okwembu beugt sich ein wenig vor und blickt mir genau in die Augen, als wäre es ein dringendes Anliegen von ihr, dass ich sie verstehe. »Für jede Schiffsmission«, sagt sie, »wird ein Vorrangcode in einem Netzhautscanner gespeichert. Die einzige Person, die Zugang dazu hat, ist der Missionskommandant. So ist es Standard, falls ein Schiff defekt ist und die Station gefährdet. Foster konnte die Sendungen der *Akua* verbergen, aber es hätte Verdacht erregt, wenn er versucht hätte, den Vorrangcode zu löschen. Also ließ er alles, wie es war. Ich glaube, er hat nie damit gerechnet, dass er irgendwann benötigt werden könnte.«

Sie glättet eine Falte im Hosenbein ihres Overalls, zupft an einer unsichtbaren Fluse.

»Mir war klar, dass er mir niemals den Vorrangcode verraten würde. Ich habe ihn trotzdem danach gefragt. Er behauptete, er hätte ihn vergessen, was gelogen war. Er war natürlich misstrauisch, aber er würde nie das Risiko eingehen, dass die Vergangenheit ans Tageslicht kommt. Typisch Foster, er hat ständig Informationen gehortet, so wie man kleine Lebensmittellager für schlechte Zeiten anlegt. Er war ein wahrer Politiker.«

»Und Sie sind es nicht?«

Sie lächelt nur, völlig gelassen.

Das Sprechen strengt mich immer mehr an. »Warum hacken Sie den Code nicht einfach?«

Sie schüttelt den Kopf. »Deswegen der Netzhautscanner. Er ist völlig vom übrigen Netzwerk isoliert. Er kann nicht gehackt werden.« Okwembu lächelt gedankenverloren. »Zumindest nicht mit digitalen Methoden. Jedenfalls musste ich, damit alles wie geplant abläuft, dafür sorgen, dass Darnell glaubt, wir müssten den Scanner knacken und den Code vernichten.«

Sie lehnt sich auf ihrem Stuhl zurück, legt die Waffe in den Schoß. »Sie ahnen nicht, wie sehr ich entsetzt war, als ich hörte, dass Darnell die Sache mit Fosters Augapfel verpatzt hat. Als ich davon erfuhr, hatten die Schutzpolizisten den Fall dokumentiert und das Auge bereits eingeäschert.« Sie atmet langsam aus. »Ich hätte mir das Auge schon viel früher beschaffen sollen.«

»Warum haben Sie es nicht getan?«

»Wegen Darnell. Hätte er Foster zu früh getötet, hätten die Stomper genug Zeit gehabt, die Angelegenheit zu untersuchen und ihm auf die Spur zu kommen. Das hätte er niemals zugelassen. Es durfte erst geschehen, wenn bereits alles andere in Bewegung gesetzt war. Doch am Ende spielte es keine Rolle mehr. Garner hat uns alle gerettet. *Sie* haben uns alle gerettet.«

»Sie haben mich benutzt.«

Es dauert eine ganze Weile, bis sie antwortet. Dann liegt etwas anderes in ihrer Stimme – nicht Bedauern, eher Traurigkeit. »Wenn es nach mir gegangen wäre, hätten Sie genauso wie alle anderen überlebt und wären nie in diese Sache verstrickt worden. Aber irgendwann hatte ich den Verdacht, dass Sie wissen, wo Garner steckt. Wenn Sie es mir gesagt hätten, wäre alles viel einfacher gewesen. Aber Sie wollten nicht einlenken. Sie sind störrisch. Genauso wie Ihr Vater.«

»Wagen Sie es nicht, so über ihn zu sprechen.« Überrascht höre ich eine Abwandlung der Worte meines Vaters, die mir mühelos über die Lippen kommen. Der Schmerz in meinem Handgelenk flammt wieder auf.

»Nachdem Fosters Auge vernichtet war, gab es keine Hoffnung mehr, Zugang zum Netzhautscanner zu bekommen«, sagt sie. »Garner war unsere einzige Hoffnung, und es hätte zu lange gedauert, die gesamte Station zu durchsuchen.«

»Amira.«

»Eine Schande«, erwidert sie, und mein tief verborgener Hass verfestigt sich. »Sie hat sich viel zu leicht von Darnells Fiktionen begeistern lassen. Hätte sie etwas mehr Weitblick gezeigt, wäre sie eine ausgezeichnete Stellvertreterin gewesen. Darnell wollte, dass ich den Aufenthaltsort von Grace Garner durch Folter aus Ihnen heraushole, aber mir war ein etwas subtilerer Ansatz lieber. Amira hat mir die Gelegenheit dazu geboten.«

Der dunkle Winkel, in den ich Amira, Yao und Garner verbannt habe, droht aufzubrechen und die schrecklichen Erinnerungen in mein Bewusstsein zu spülen. Ich dränge sie zurück.

»Ich hätte wissen müssen, dass sie nicht die nötige Stärke hat, Sie zu töten«, sagt Okwembu. »Wie es scheint, hat meine Menschenkenntnis ihre Schwächen. Dennoch verbirgt sich in jeder verzweifelten Situation eine Gelegenheit. Und Sie ... o ja, Sie ... Als Sie Amira ausgeschaltet haben, boten Sie die bislang beste Gelegenheit. Die Ordnung lässt sich am besten wiederherstellen, indem man nicht nur einen Feind erschafft, sondern einen Märtyrer, der ihn vernichtet.«

Mein Blick fällt auf einen Bildschirm hinter Okwembu. Ich kann gerade noch die Textanzeige lesen. *Temperatur ausgeglichen. Zugang zum Sektor ermöglicht.*

Egal. Sie würden ohnehin nicht mehr rechtzeitig eintreffen. Und selbst wenn, würden sie mir kein Wort glauben.

»Als uns klar wurde, dass Sie durch den Kern nach Apex gelangen wollten, wusste ich, wie sich die Ereignisse entfalten werden«, sagt Okwembu. »Darnell wollte natürlich weiterhin, dass wir von der *Akua* vernichtet werden. Er war davon überzeugt, dass Sie sterben müssen, und ging in den Kern, um Sie zu töten.«

»Und Sie haben es zugelassen?«

»Sie müssen mir glauben, Ms. Hale. Ich wollte niemals, dass Sie das alles durchmachen. Ich habe nur unterschätzt, wie sehr er sich bereits in seine Ideen verrannt hat. Ich wollte ihm eine Überdosis Schmerzmittel injizieren, doch leider hat es nicht funktioniert. Ich hätte einen direkteren Ansatz wählen sollen. Das tut mir leid.«

Ich muss mich jetzt zum Sprechen zwingen. Ich habe kein Gefühl mehr im Arm, der Schmerz ist nur noch eine Erinnerung, aber ich verspüre eine Leichtigkeit, die mir Angst macht. Also suche ich den kleinen Klumpen aus Hass in meinem Bauch und halte mich daran fest, schließe geistig meine Finger um die schuppige Außenhaut.

»Sie haben zugelassen, dass Darnell die Ratsmitglieder tötet.«

»Sie waren schwach«, sagt sie. »Keiner von Ihnen hätte die Stärke besessen, den Plan in die Tat umzusetzen.«

In diesem Moment erkenne ich, dass sie viel verrückter ist, als ich mir jemals hätte vorstellen können. In ihren Augen ist gar nichts: weder Triumph noch Vernunft oder Freude. Nur ein schrecklicher grüner Wahnsinn. Der Wahnsinn einer Person, die Menschen als Spielfiguren betrachtet, die sich nach Belieben auf einem Brett hin und her schieben lassen.

»Sie hätten irgendwann nicht mehr mitgemacht«, sagt sie. »Wenn sie gesehen hätten, was getan werden muss. Und schließlich kann eine Person genauso gut herrschen wie viele.«

Ein Gedanke zerrt an meinem Bewusstsein. »Der zweite Code«, sage ich. Meine Stimme klingt krächzend, meine Atemzüge kommen viel zu schnell, und mein Herz pumpt hektisch. Ich wiederhole die Worte, dann sage ich: »Sie hätten ihn niemals aus ihm herausbekommen. Aus meinem Vater. Er hätte Ihnen den Code niemals gegeben.« Noch während ich die ganze Bedeutung meiner Worte erkenne, brennt ein wilder Stolz in meiner Brust.

Sie lacht tatsächlich. »Ms. Hale, Ihr Vater hat den Code freiwillig herausgegeben.«

»Was?«

»Eine Kollision des Schiffs mit uns wäre verheerend gewesen, aber es bestand die kleine Hoffnung, dass einige Teile der Station überleben. Das wusste Ihr Vater. Also sagte ich ihm, dass ich die *Akua* genau in dem Moment explodieren lassen wollte, in dem sie auf Außenerde trifft. Maximale Zerstörung. Er glaubte mir und gab mir, was ich brauchte.«

Diese wahnsinnigen, leeren Augen fixieren mich. »Sie haben Außenerde gerettet, Riley Hale. Dafür wird man Sie niemals vergessen.«

Ihre Worte gehen im Pochen meines Herzens unter. Schwarz drängt sich gegen den Rand meines Sichtfeldes, und ich möchte nur noch die Augen schließen. Die Augen schließen und davongleiten, irgendwohin, wo es keinen Schmerz und keine Erinnerungen gibt. Ich kann meinen Blick nicht mehr auf Okwembu konzentrieren. Ihre Gestalt verschwimmt immer wieder, obwohl ich nicht weiß, ob es vielleicht nur an den Tränen in meinen Augen liegt. Die Zeit ist abgelaufen.

Lärm. Hämmern. Irgendwo außerhalb des Raums. Schritte auf Metallplatten. Ich strenge mich an und hebe den Kopf.

Im Eingang zum Kontrollraum ist ein Schatten, eine Silhouette vor dem Licht, das viel zu hell strahlt. Es ist ein Mann – und er hat einen Stinger, den er genau auf uns richtet.

Nein, nicht auf uns. Auf sie.

Der Mann spricht. »Janice Okwembu – legen Sie sich auf den Boden. Sofort!« Andere Gestalten erscheinen hinter dem Mann, blockieren das Licht.

Okwembu blickt sich um, zuerst verwirrt, dann ängstlich. Sie wendet sich mir zu, und ihre Miene verfinstert sich vor Wut.

»Sie hatten recht«, flüstere ich. »Ihre Menschenkenntnis lässt zu wünschen übrig.«

Dann scheint sie zu verstehen. Vielleicht sieht sie etwas auf den Bildschirmen, oder vielleicht hat sie nur die Teile zusammengesetzt, aber plötzlich wird ihr alles klar.

Das Komsystem.

Das ich eingeschaltet und nie ausgeschaltet habe. Das alles in die gesamte Station übertragen hat.

Wie es scheint, hat es wirklich funktioniert.

Ich höre, wie die Männer den Raum betreten, wie sie genau auf uns zukommen. Doch da sind meine Augen bereits geschlossen, und ich bin seitlich vom Stuhl gekippt. Der Knoten aus Hass hat sich gelöst, hat sich befreit. Jetzt gibt es nichts mehr, woran ich mich festhalten kann.

Mein Körper schlägt nicht auf den kalten Metallboden. Stattdessen falle ich nur.

Ich falle und falle …

# 78 | Riley

Zuerst ist gar nichts.

Und dann, nachdem einige Zeit vergangen ist – vielleicht Stunden, vielleicht Jahrzehnte –, ist da etwas.

Stimmen. Sie klingen gedämpft, ich kann keine Worte verstehen. Ich will zu ihnen sprechen, ihnen sagen, dass ich hier bin. Doch dann verhallen die Stimmen, und ich versinke wieder in der warmen Dunkelheit.

Meine Augen sind offen, und ich blicke auf einen Körper, der auf einem Stuhl in sich zusammengesackt ist. Der Kopf liegt schief auf der Schulter, der Mund ist leicht geöffnet. Ich blinzle, bin mir immer noch nicht sicher, wie viel Zeit vergeht, wenn ich die Augen schließe und wieder öffne. Doch als ich es tue, ist der Körper immer noch da, und ich sehe, dass es Aaron Carver ist.

Während ich zusehe, rührt er sich, streckt sich, gähnt und reibt sich das Kinn, kratzt an Bartstoppeln. Ich versuche seinen Namen zu sagen, doch meine Kehle ist so trocken und glatt wie altes Gummi.

Ich muss irgendein Geräusch gemacht oder mich bewegt haben, denn plötzlich blickt er in meine Richtung, reißt die Augen auf. »Riley«, sagt er erstaunt, und seine Stimme ist so laut, dass mir die Ohren klingeln. Ich presse die Augenlider zusammen, und in diesem Moment schlägt der Schmerz zu, sticht an so vielen Stellen in meinen Körper, dass ich mich fühle, als würde ich auseinandergerissen.

Am Rand meines Sichtfeldes erkenne ich, wie Carver vortritt und neben meinem Kopf etwas macht. Gleich darauf fließt etwas Kühles und Wunderbares durch mich. Zuerst hält es den Schmerz auf, dann drängt es ihn zurück. Während er sich in nichts auflöst, starre ich zu Carver hinauf. Das Bild verschwimmt. Mit den Lippen forme ich ein stummes *Danke*, und er legt eine Hand auf meinen Bauch.

Eine seltsame Geste, doch dann erinnere ich mich an Okwembu. Wie ich mir die Pulsadern aufgeschnitten habe. Ich verdränge meine Benommenheit, setze mich auf. Mein Rücken knirscht von der Anstrengung.

»He, langsam, Ry. Immer mit der Ruhe«, sagt Carver.

Ich befinde mich in einem Bett unter frischen Laken. Ich huste. »Wo bin ich?«, frage ich und erkenne meine eigene Stimme kaum wieder. Sie klingt nicht nur heiser und trocken, sondern irgendwie älter.

»In der Klinik von Apogäum«, antwortet er. Gleichzeitig nehme ich meine Umgebung nun deutlicher wahr. Ein weißer Raum, hell erleuchtet, voll summender Maschinen und sauberer Lampen.

»Ich wusste nicht …« Ich stocke. »Ich dachte, ich wäre tot.«

»Du warst ziemlich nahe dran«, sagt er und lässt sich wieder auf den Stuhl fallen. »Du scheinst einen zusätzlichen Blutvorrat hinter der Lunge oder so gehabt zu haben, denn du warst offenbar genau an der Grenze. Ganz zu schweigen von den anderen Schlägen, die du eingesteckt hast. Zum Beispiel das Loch in deiner Seite. Oder die mittelgradige Unterkühlung.«

Ich blicke auf mein linkes Handgelenk. Es steckt in einem dicken Verband und fühlt sich recht taub an.

»Ja, du wirst viele Narben zurückbehalten«, sagt Carver mit einem seltsamen Lächeln. »Vergiss nicht, sie voller Stolz zu tragen, ja?«

Er beugt sich auf dem Stuhl vor. »Du hast es toll gemacht, Riley. Wir haben dich über das Komsystem gehört. Alle haben dich gehört. Ich weiß nicht, wie du es bis nach Apex geschafft hast, aber nachdem du die Konvektoren wieder eingeschaltet hast, hörten alle auf zu kämpfen.«

»Okwembu … ist sie …?«

»In einer Zelle, von schwer bewaffneten Leuten bewacht«, sagt er. »Es heißt, dass man sie anklagen will, wenn es einen neuen gewählten Rat gibt. Aber wir haben alles gehört, die ganze Geschichte. Du bist ein Genie.«

Ich schließe die Augen. Eigentlich sollte ich mich glücklich fühlen. Oder zumindest erleichtert. Doch stattdessen entfaltet sich der Knoten aus Hass, den ich bereits vergessen hatte, tief in meinem Bauch. Ich wollte ihren Tod. Ich wollte, dass sie leidet.

Ich verdränge es. »Und Darnell?«

»Man hat seine Leiche am Apex-Zugang zum Kern gefunden.«

Plötzlich reiße ich die Augen auf. »Prakesh. Kev. Wo sind sie? Geht es ihnen gut?«

Carver lacht. »Könntest du dich bitte entspannen? Es geht ihnen gut. Beiden. Prakesh hat sogar Erstaunliches geleistet. Er hat die Lebensmittelversorgung für drei Sektoren übernommen. Du solltest ihn sehen, Ry. Es ist Furcht einflößend. Er hat dich ein paarmal besucht, aber du warst nie bei Bewusstsein.«

»Und Kev?«

»Ich bitte dich!« Er breitet die Arme aus. »Glaubst du, ein paar fette Stomper könnten uns aufhalten? Nachdem du in den Kern eingestiegen bist, haben wir sie nach etwa fünf Sekunden abgeschüttelt. Mit Kev ist alles in Ordnung. Er liefert wieder Transportgut aus. Aber wenn er nicht ein paar anständige Aufträge an Land gezogen hat, werde ich ihm kräftig in den Arsch treten.«

»Wie lange bin ich schon hier?«

»Zwei Tage, ungefähr.«

Etwas beschäftigt mich, etwas, das er vorher gesagt hat. »Du hast mich über das Komsystem gehört. Hast du auch gehört …?«

Jetzt weicht er meinem Blick aus, und ich erkenne, dass er meine Frage gar nicht beantworten muss. Das Gespräch mit meinem Vater kommt mir wie eine Traumsequenz vor. Ich kann mich nicht mehr an alles erinnern, nur noch an ein paar Fetzen, Gefühle, seltsame Worte.

Ich schlucke. »Die *Akua Maru*. Ist es vorbei?«

Er starrt auf den Boden. »Die Trümmer haben uns verfehlt, Riley. Es tut mir unendlich leid.«

Und das ist der Moment, in dem der kleine, dunkle Winkel in meinem Geist aufbricht. Dort habe ich meine Erinnerungen an Amira und Yao und Garner eingelagert – und an meinen Vater, wie mir jetzt klar wird. Es passiert so plötzlich, dass es sich anfühlt, als hätte jemand mir einen Schlag verpasst. Der Schrei kämpft sich durch meine Kehle hinauf, springt aus mir heraus wie ein schreckliches, wütendes Tier. Als er sich endlich befreit, scheint sich der Bruch auszuweiten, meine Seele in zwei Hälften zu zerreißen. Ich schreie und schreie, bis ich einen leichten Stich im Nacken spüre und wieder in der Dunkelheit versinke, während der Schrei verhallt.

Als ich wieder zu mir komme, sind Carver und Kev da. Kev hat ein paar hässliche blaue Flecken, aber als er mich sieht, hellt sich seine Miene auf. Er tritt ans Bett und umarmt mich. Carver bleibt hinter ihm, mit einem besorgten Ausdruck auf dem Gesicht.

Der Schmerz ist schwächer als vorher. Ich manövriere mich in eine sitzende Position und schwinge die Beine über die Bettkante. Ich spüre ein dumpfes Pochen, aber nicht mehr. Werden wir je wieder gemeinsam rennen? Werden die Tänzer ohne Amira, ohne Yao weiterexistieren?

Der Schrei, der aus dem zusammengeballten Hass hervorbrach, hat einen Sprössling zurückgelassen, der in meinen Eingeweiden kauert. Er wird immer dort sein.

Aber ich lasse mir nichts davon anmerken. Ich darf es nicht tun.

Stattdessen zwinge ich mein Gesicht zu einem Lächeln, blicke Kev in die Augen und sage: »Hilf mir auf.«

Er hebt mich hoch, stellt mich auf die Beine. Seine riesigen Arme tragen mühelos das Gewicht meiner schlanken Gestalt. Er zieht eine Grimasse, eher amüsiert als alles andere. »Was hast du da an?«

Ich blicke an mir herab. Es ist eine Art Kittel, der mir gerade bis zu den Knien reicht. Langsam greife ich nach hinten und taste nach der Rückseite. Beziehungsweise dorthin, wo sich eigentlich eine Rückseite befinden sollte.

»Bitte sagt mir, dass jemand meine Kleidung gerettet hat«, murmele ich, während Carver und Kev unter johlendem Gelächter zusammenbrechen. Bald lache ich mit, während ich mit einer Hand hinter meinem Rücken den Stoff zusammenknülle.

Schließlich bringen sie mir eine Hose, ein weites Hemd, ein Paar Schuhe. Keine Spur von der Jacke meines Vaters, und keiner von ihnen sagt etwas. Ich überlege kurz, ob ich sie danach fragen soll, doch dann wird mir klar, dass ich sie nie wieder tragen würde, selbst wenn ich sie zurückbekomme. Vielleicht ist es besser, wenn ich nicht weiß, wo sie ist.

Die Jungs versuchen mich zu stützen, als wir das Zimmer verlassen, aber ich schüttele sie ab, gehe zuerst mit zögernden Schritten, dann mit größerer Selbstsicherheit. Zwei Ärzte wollen uns aufhalten, aber ich wehre sie ab, murmele, dass es mir gut geht.

Wir verlassen die Klinik, laufen durch einen Korridor in Richtung Galerie. Apogäum ist ein einziges Chaos. Überall liegt Müll herum: umgestürzte Kisten, technische Bauteile, zertrümmerte Lampen, zerbrochene Tabletts aus der Kantine. Aber seltsamerweise fühlt es sich gar nicht so schlimm an. Nicht wie vor Tagen, als wir vor den Menschenmassen flüchten mussten, die uns in Stücke reißen wollten. Auch diese Erinnerung kommt mir vor, als würde sie aus einer längst vergangenen Epoche stammen.

Die Leute, an denen wir vorbeigehen, tun so, als würden sie uns nicht bemerken, aber ich sehe aus dem Augenwinkel, dass sie mir nachstarren. Einige flüstern miteinander, und ein oder zwei zeigen sogar auf mich.

Ich schätze, daran werde ich mich gewöhnen müssen. Aber mehr als einmal lächelt man mir zu, und eine ältere Frau drängt sogar Carver und Kev zur Seite, um mich unbeholfen zu umarmen. Ich bin so überrascht, dass ich fast laut losgelacht hätte, aber ich erwidere die Umarmung, und sie drückt mich noch einmal, bevor sie geht.

»Was geschieht in Apex?«, frage ich Carver.

Er zuckt mit den Schultern. »Der Rat ist erledigt. Okwembu war die einzige Überlebende, und sie sitzt im Knast. Wie ich höre, kümmern sich einige Leute um bestimmte Dinge. Hauptsächlich Techniker. Niemand trifft irgendwelche großen Entscheidungen, sie behalten nur die Hauptsysteme im Auge. Ich hatte erwartet, dass einige Gangs versuchen, den Laden zu übernehmen, aber bisher hat sich nichts getan.«

»Wie geht es jetzt weiter?«

»Das weiß niemand. Irgendwie hoffe ich, dass es noch eine Weile so bleibt. Ich kann es nicht beschreiben, Ry, aber so habe ich die Station noch nie zuvor erlebt. Beinahe …« Er sucht nach dem richtigen Wort. »… friedlich.«

»Ja«, sagt Kev, der zum ersten Mal seit längerer Zeit wieder spricht. »Keine Kämpfe. Sehr seltsam.«

Hinter mir bellt jemand meinen Namen, und ich lächle, als ich sehe, wer es ist. Royo humpelt durch den Korridor auf uns zu. Er sieht genauso übel zugerichtet aus wie Apogäum, eine Ansammlung von blauen Flecken und Verbänden. Einer liegt über seinem rechten Auge, und ein Arm steckt in einer komplizierten Schlinge. Und er humpelt, aber er schafft es trotzdem, den Eindruck zu erwecken, als könnte er sich jederzeit einer Schlägerei stellen.

Ich will ihn in die Arme schließen, halte mich aber im letzten Moment zurück. Er scheint es bemerkt zu haben und lächelt. »Gute Arbeit, Hale«, sagt er.

»Danke. Wie geht's dir?«

»Nur Fleischwunden«, sagt er, immer noch lächelnd.

Der Moment geht vorbei, dann räuspert er sich und wird wieder sachlich. »Falls ihr zur Galerie geht, ich habe gehört, dass man Leute zum Erdeschaufeln braucht. Sie ist vom Dienst freigestellt, aber ihr beiden« – er zeigt auf Carver und Kev – »seid einsatzfähig. Na los!«

Carver verdreht die Augen. Wir setzen uns in Bewegung, aber dann sagt Royo: »Könntet ihr uns für einen Moment allein lassen?«

Er starrt über meine Schulter auf Carver, der die Stirn runzelt. »Sie hat gerade die Klinik verlassen, Mann. Lass sie in Ruhe.«

»Schon gut«, sage ich beschwichtigend. »Ich komme gleich nach.«

Royo legt einen Arm um meine Schulter und dreht mich von Carver und Kev weg. Eine schützende Geste, die völlig unerwartet kommt.

»Du musst bereit sein«, sagt Royo.

»Ach ja? Wofür?« Es fällt mir schwer, nicht über seine Worte zu lachen, über seinen übermäßig ernsten Tonfall. Nach allem, was ich durchgemacht habe, kann ich mir kaum etwas vorstellen, wofür ich nicht bereit wäre.

Royo blickt sich kurz zum ungeduldigen Carver um. »Du hast alles richtig gemacht. Es gibt kein Detail, das du hättest ändern sollen. Aber …«

»Selbst das Detail, als du … du weißt schon …« Ich zeige auf seine Verletzungen.

»*Hör mir zu.* Das spielt keine Rolle. Ich könnte dir irgendwelchen Blödsinn über Ursache und Wirkung erzählen, aber du bist intelligent genug, um von selbst darauf zu kommen. Aber … ich werde es dir trotzdem erklären. Man stößt nicht einfach eine Ratsvorsitzende wie Janice Okwembu vom Sockel und erwartet dann, dass alles sofort wieder normal wird.«

»Es ist mir egal, wer ihre Stelle einnimmt.«

»Vergiss es. Ich mache mir Sorgen wegen der Dinge, die du nicht vorhersiehst. Die Konsequenzen, die man nicht einplanen kann, egal, wie sehr du dich darum bemühst.«

»Und welche wären das?«

»Dumme Frage, Hale.«

Er lässt mich los, nickt in Richtung Carver und Kev. »Halt sie in deiner Nähe. Sie stärken dir den Rücken.«

Ich blicke ihm in die Augen. »Was ist mit dir, Royo? Stärkst du mir den Rücken?«

Er erwidert den Blick, und der Hauch eines Lächelns zieht über sein Gesicht. »Die ganze Zeit.«

Ich kehre zu Carver und Kev zurück, und wir gehen zur Galerie. Überall ist Lärm und Bewegung. Leute tragen zu zweit große Säcke mit Erde. Andere brüllen Anweisungen, sagen den Leuten, dass sie Reihen bilden sollen. Doch trotz des Gewimmels sehe ich Prakesh sofort.

Er steht neben einem Techniker in weißem Kittel, blickt mit ernster Miene auf ein Klemmbrett. Als ich ihn bemerke, scheint der Lärm im Raum schlagartig nachzulassen.

Ich weiß nicht, wie er spürt, dass ich da bin. Ich weiß nur, dass er eben noch auf das Klemmbrett gestarrt hat, und im nächsten Moment blickt er genau zu mir. Sein

Gesicht zeigt eine Mischung aus Erleichterung, Sorge und Freude.

Ich renne los, mein Körper wirft die Schmerzen ab wie alte Kleidung, meine Arme pumpen, meine Füße arbeiten im perfekten Rhythmus, und der Rausch setzt ein. Ich renne auf ihn zu.

Und dann liegen wir uns in den Armen, und wir küssen uns, und die Welt um uns herum verschwindet.

# Danksagung

Riley hat ihr Team, und ich habe meins.

Besonderen Dank für wissenschaftliche Ratschläge schulde ich Dr. Barnaby Osborne (University of New South Wales), Chris Warrick (Culham Centre for Fusion Energy), Professor Marcel Dicke (Wageningen University) und Dr. Paul Goulart (Oxford University). Dane Grant und Shabnam Abdool-Haq füllten die Lücken in meinem Allgemeinwissen. Jegliche Fehler sind ganz offensichtlich meine Schuld.

Ich danke meinen Freunden, die mir guten Rat gaben und noch bessere Gesellschaft leisteten: Chris Ellis, Dane Taylor, Rayne Talor, Ida Horwitz und Rob Long. Ein zusätzlicher Dank geht an George Kelly, der diesem Buch einen Tritt in den Hintern gab, als es dringend nötig war, und an Gary Gibson für seine Kommentare zu einem frühen Entwurf.

Mein wunderbarer Agent Ed Wilson zog für dieses Buch in den Krieg und kehrte blutig, aber siegreich zurück. Danke, Ed. Du bist der Beste.

Meine Herausgeberin Anna Jackson ist eine Heldin. Ihre behutsamen, geduldigen, hartnäckigen Fragen und ihr fachkundiges Auge für extreme Gewalt hat diese Geschichte zu dem gemacht, was sie ist. Inzwischen kennt sie Außenerde besser als ich. Danke, Anna.

Ich danke auch meinen Leuten bei Orbit Books: Joanna

Kramer, Felice Howden, Gemma Conley-Smith, James Long und Clara Diaz. Und Tim Holman, weil er Ja gesagt hat. Ihr habt einen Wahnsinnsjob gemacht. Gleichermaßen Anne Clarke sowie alle anderen bei Orbit US.

Nick Fawcett kümmerte sich um ein tadelloses Lektorat, und Nico Taylor entwarf ein wunderbares Cover. Toll gemacht, meine Herren.

Und ich danke Mutter, Vater und Katze – dies war eindeutig Plan B, Absatz 7, Abschnitt D. Dass es euch egal ist und ihr mich trotzdem liebt, bedeutet mir mehr, als ich sagen kann. Ich danke der ganzen Familie, der engeren und weiteren. Vor allem Claudi, die ein Geheimnis bewahrt hat.

Und Nix, die immer schon vor mir die besten Ideen hat. Ich liebe dich, Baby.